Günther Urban
DIE CLIQUE

Bibliografische Information der Deutschen Nationalbibliothek:
Die Deutsche Nationalbibliothek verzeichnet diese Publikation in der
Deutschen Nationalbibliografie. Detaillierte bibliografische Daten sind
im Internet über http://dnb.dnb.de abrufbar.

2. Auflage 2017

© 2017 Günther Urban
Eine Kopie oder anderweitige Verwendung, auch auszugsweise,
ist nur mit schriftlicher Genehmigung des Autors gestattet.
guenther.urban41@gmail.com

Covergestaltung und Satz: Jürgen Müller, LayArt

Herstellung und Verlag: BoD – Books on Demand, Norderstedt
ISBN: 978-3-7412-8291-1

I

Seit den Mittagsstunden stürzt ein heftiger Föhnsturm auf das Alpenvorland. Im weitläufigen Park der Villa Hortocány ist der Gärtner Sebastian schon eine Zeit lang damit beschäftigt, abgebrochene Äste und Zweige, die der Sturm rücksichtslos durch den Park wirbelt, von den Blumenbeeten fernzuhalten und auf einen großen Handwagen zu verfrachten. Am Ufer des angrenzenden Sees wogt das Schilf im Gleichklang mit den Böen, die vom Süden her über den See fegen. Einige Wasservögel machen sich offenbar ein Vergnügen daraus, dem Sturm die Stirn zu bieten. Sie stürzen sich mit angelegten Flügeln aus großer Höhe auf den See hinunter und segeln, kurz bevor sie das Wasser berühren, mit ausgebreiteten Schwingen wieder gen Himmel. Der leuchtet in hellem Blau, und lang gestreckte, weißgraue Föhnwolken stehen in Reih und Glied über dem Alpenvorland.

Die Segelboote vom Vormittag liegen längst in den Häfen oder auf den Bootsplätzen am Ufer. Nur zwei waghalsige Surfer rasen, lange Gischtfahnen hinter sich herziehend, mit akrobatischem Geschick und erstaunlicher Ausdauer hin und her über den See.

Die Gräfin Eleonore A. I. Hortocány ist vor kurzem von ihrem Gestüt zurückgekommen und erwartet nun im Salon ihre Gäste zum freitäglichen Fünfuhrtee. Eine Weile beobachtet sie durch eines der beiden südseitigen Rundbogenfenster die beiden Surfer auf dem wild bewegten See. Sie wendet sich dann einem farbenprächtigen Papagei zu, der in seinem Käfig aufgeregt herumhüpft, und sagt zu ihm in liebevollem Tonfall: »Ricardo, Ricardo, ich bin ja schon bei dir, ich bin ja schon bei meinem süßen Ricardo.«

Der hört ihr aufmerksam zu, wiegt dann den Kopf ein paar Mal hin und her und krächzt schließlich laut: »Schönen Tag, Noarri, schönen Tag, Noarri!«

»Den wünsche ich dir auch, mein Guter. Aber jetzt muss ich dich leider zudecken, sonst quatscht du nachher dauernd mit.«

Die Gräfin holt vom Sideboard, das an der den Fenstern gegenüberliegenden Wand steht, ein grünes Seidentuch und legt es über den Käfig. Der Papagei hüpft noch einige Male hin und her, krächzt noch ein paar Laute und ist dann still.

Der kreisrunde Käfig aus Messing steht zwischen den beiden Fenstern auf einem massiven, kunstvoll gedrechselten und gut einen Meter hohen Ständer aus tiefbraunem Holz.

Der Papagei, wie auch der Käfig und der Ständer sind ein Geschenk ihres ersten Gatten Nelson Cortales, einem Argentinier, von dem sie sich nach nicht einmal drei Jahren Ehe scheiden ließ.

Sie hatte ihn bei einem Pferderennen in der Peripherie von Paris kennengelernt und sich Hals über Kopf in den tollkühnen Reiter und Polospieler verliebt.

Nicht lange nach ihrer Hochzeit zeichnete sich allerdings ab, dass Nelson seine Zeit lieber auf Rennbahnen und bei Autorennen in aller Welt verbringt, als bei ihr; und er war schon gar nicht dafür zu gewinnen, einer geregelten Tätigkeit nachzugehen. Bald konnte er seinen Lebensstil aus der Apanage, die ihm seine wohlhabenden Eltern zukommen ließen, nicht mehr voll finanzieren und betrachtete es sodann als eine Selbstverständlichkeit, dass seine Frau die Regelung seiner monetären Engpässe übernimmt.

Für die junge Gräfin entwickelte sich diese Ehe zu einem Drama. Sie liebte Nelson vom ersten Tag an über alle Maßen, aber sie musste sich doch bald eingestehen, dass sie für ihn im Grunde nicht viel mehr als eine attraktive Gespielin ist.

In dieser schweren Zeit war ihr ihre Mutter zum ersten Mal in ihrem Leben eine starke und letztlich auch entscheidende Stütze. Sie erinnerte ihre Tochter eines Tages eindringlich daran, dass sie eine Hortocány sei, und sich deshalb nicht von diesem nutzlosen Mitglied des internationalen Jetset auf der Nase herumtanzen lassen darf. Nur einen Monat später war sie von Nelson geschieden, und es viel eine zentnerschwere Last von ihrem Herzen – und sie war dennoch todunglücklich.

Mein Ricardo ist so ein braver und treuer Vogel, denkt die Gräfin ein wenig wehmütig, während sie eine Taste am Funktelefon drückt und damit die Klingel im Dienstmädchenzimmer auslöst. Das Telefon liegt auf einem kreisrunden Couchtisch, der, umgeben von sechs mit mattweißem Leder bezogenen Polstersesseln, mitten im Salon steht.

Annina, eine hübsche junge Rumänin, bekleidet mit weißer Bluse und knielangen schwarzen Rock, kommt kurz darauf in den Salon, knickst und fragt: »Frau Gräfin, Sie wünschen?«

»Bringen Sie mir bitte eine Flasche Mineralwasser und fünf von den halbhohen Trinkgläsern.«

»Sofort, Frau Gräfin.«

Annina knickst wieder und verlässt eiligst den Salon.

Die Gräfin betrachtet sich dann kritisch in einem ovalen Standspiegel. Sie ist eine große, schlanke Frau und unstreitbar eine Schönheit, deren zweiundfünfzig Lebensjahre zumindest äußerlich keinerlei Spuren hinterlassen haben. Ihr schulterlanges Haar, das von Natur aus zwischen dunklem Blond und Kastanie spielt, hat sie raffiniert und äußerst attraktiv hochgesteckt. Sie trägt eine elegante weinrote Bluse, einen etwa eine Handbreit über den Knien endenden dunkelgrauen Rock und schicke Riemensandaletten mit halbhohem Absatz.

Mit ihrem Aussehen zufrieden, setzt sie sich ans Klavier, das an der fensterlosen westseitigen Wand des Salons steht. Sie wirft noch einen liebvollen Blick auf die Fotografie ihres Vaters, die in einem verchromten Rahmen über dem Klavier hängt, und beginnt dann improvisierend zu spielen.

Innerhalb weniger Augenblicke geht sie in ihrem Spiel völlig auf und hört deshalb auch nicht das Dienstmädchen, das nach mehrmaligem Anklopfen wieder in den Salon kommt. Annina legt ein Leinenset auf die massive Glasplatte des Couchtisches, stellt das Mineralwasser und die Gläser darauf ab und verlässt dann auf leisen Sohlen den Salon.

Der Sturm, der um die Ecken und Kanten der Villa heult und pfeift, das Rauschen der Bäume im Park und das Spiel der Gräfin vereinigen sich zu einem Konzert, das wie eine Komposition von Grieg oder Rimski-Korsakow anmutet. Eleonore Hortocány ist eine vielseitig talentierte Frau und mit einem sehr empfindsamen Gemüt ausgestattet, das sie aber meist routiniert verborgen hält. Die Menschen, die im Alltag mit ihr zu tun haben, kennen sie vor allem als eine energische und erfolgreiche Unternehmerin und als gesellschaftspolitischen Hardliner.

Das Dienstmädchen kommt nach neuerlichem vergeblichen Anklopfen wieder in den Salon, berührt die Gräfin zaghaft an der Schulter und meldet: »Gnädige Frau Gräfin, der Herr Staatssekretär und Herr Wagenlenker mit seine Tochter sind da.«

Die Gräfin rückt den Klavierhocker zurück, steht auf, betrachtet sich noch einmal im Spiegel und sagt dann zu Annina: »Bitte, bringen Sie die Herrschaften herein.«

Annina eilt hinaus und bringt kurz darauf die Besucher in den Salon. Auf das Nicken der Gräfin hin, entfernt sie sich wieder mit Knicks.

»Grüß' dich, Eleonore, wie schön dich wieder zu sehen ... Und blendend siehst du heute wieder aus, meine Liebe.«

Mit diesem etwas stockend daherkommenden Kompliment begrüßt Reinhardt Wagenlenker, ein großer, gut aussehender Mann, die Gräfin und küsst sie auf beide Wangen.

»Grüß' dich, du Schmeichler!«

Mit dem nächsten Atemzug gesteht sie aber unumwunden und mit nicht überhörbarer Genugtuung:

»Aber ich höre es trotzdem gerne, lieber Reinhardt.« Und zu seiner Tochter sagt sie locker und in bester Stimmung: »So sind wir Frauen halt, nicht wahr?«

»Aber ja, und guten Tag, Frau Gräfin.«

Die Gräfin drückt Sabrina Wagenlenker noch kurz die Hand und begrüßt dann mit einem gewinnenden Lächeln den Staatssekretär: »Guten Tag, mein lieber Rehagen, es freut mich sehr, dass Sie wieder einmal zu mir herausgefunden haben.«

Rehagen küsst ihr die Hand und bekennt dann: »Oh, verehrte Frau Gräfin, Sie wissen ja, dass ich Ihre Einladungen nur allzu gerne annehme, wenn es mein Zeitbudget zulässt.«

Die Gräfin nimmt diese neuerliche Galanterie strahlend entgegen und sagt, begleitet von einer einladenden Handbewegung: »Aber nehmt jetzt doch bitte Platz.«

Während sich ihre Gäste setzen, rückt sie die Mineralwasserflasche und die Gläser in die Tischmitte und fragt dann: »Was darf ich euch heute bringen lassen, liebe Freunde?«

»Ich hätte gerne einen Kaffee und ein paar von den Leckereien nach dem Rezept, das du jüngst aus Brasilien mitgebracht hast«, sagt Reinhardt Wagenlenker.

Sabrina möchte eine Cola und der Staatssekretär einen schwarzen Tee.

Die Gräfin setzt sich und klingelt dem Dienstmädchen, das unverzüglich in den Salon kommt.

»Sie bringen uns bitte zweimal Kaffee, einen schwarzen Tee, eine Cola und eine Schale mit dem Ramineza-Gebäck.«

Das Dienstmädchen wiederholt den Auftrag und eilt mit Knicks aus dem Salon.

Mit »Ach, Eleonore, wenn ich mich recht erinnere, wollte doch heute auch unser Kardinal kommen, nicht wahr?« lässt sich gleich darauf Reinhardt Wagenlenker ein wenig besorgt vernehmen.

»Ja, er will auf jeden Fall kommen. Am Nachmittag erhielten wir einen Anruf, mit dem er uns mitteilen ließ, dass es bei ihm etwas später werden kann.«

Reinhardt Wagenlenker lehnt sich nun bequem zurück, schlägt die Beine übereinander und neigt sich zum Staatssekretär hinüber. Bestens gelaunt fragt er ihn dann: »Na, Bodo, wie geht's und was macht die große Politik?«

»Danke, mir geht es eigentlich ganz ordentlich. Derzeit habe ich nur den üblichen Stress und daneben das scheinbar unvermeidliche Sommertheater.«

»Und, wie läuft es zurzeit bei dir?«, fragt Rehagen zurück.

»Im Großen und Ganzen zufriedenstellend. Nur das Thema Ukraine ist noch nicht ganz vom Tisch; vielleicht kann ich später darauf zurückkommen.«

»Was ist mit der Ukraine?«, fragt Sabrina und schaut von dem Modejournal auf, das sie sich vom Sideboard genommen hatte.

»Ach, nichts besonders«, antwortet ihr Vater ausweichend.

Es klopft.

Auf das »Ja, bitte!« der Gräfin kommt das Dienstmädchen wieder in den Salon und bringt auf einem Tablett die Getränke, Zucker und Sahne und eine Schale mit Gebäck.

Mit »Stellen Sie bitte das Tablett am Tisch ab ... und Sie können dann wieder gehen, Annina« weist die Gräfin das Dienstmädchen an und schenkt sich dabei Mineralwasser in eins der Gläser.

Annina stellt das Tablett auf den Tisch und sagt dann zögerlich: »Entschuldigung, Frau Gräfin, Sein Eminenz, der Herr Kardinal ist gekommen gerade.«

»Ah, sehr schön! Ich bitte ihn selbst herein. Sie warten hier so lange.«

Annina nickt, sagt: »Jawohl, Frau Gräfin«, geht dann zum Sideboard und stellt sich möglichst unauffällig daneben. Sie bildet dort den größtmöglichen Kontrast zum Großvater der Gräfin, der in Öl gemalt in einem vergoldeten Rahmen über dem Sideboard hängt. Das Gemälde zeigt ihn in stolzer Haltung und nahezu lebensgroß in der prächtigen Uniform eines Generalfeldmarschalls des ungarischen Heeres.

Die Gräfin verlässt eilends den Salon und lässt die Tür offen stehen. Nach einer Weile hört man sie in der Eingangshalle sagen: »Lieber Kardinal, schön, dass Sie nun doch kommen konnten.«

Mit »Guten Tag, verehrte Frau Gräfin!« begrüßt sie der Kardinal und schließt nach einem Räusperer euphorisch daran an: »Und was soll ich sagen, verehrte Gräfin, sie sehen wieder einmal überwältigend aus! Unser Schöpfer macht Sie täglich noch etwas schöner, wie mir scheint.«

Die beiden kommen in den Salon und die Gräfin sagt strahlend: »Kardinal, Kardinal, und Sie sind wieder einmal dabei, unseren Reinhardt gehörig auszustechen.«

»Ach ja? Wie schön!«, freut sich der und begrüßt die Wagenlenkers und Rehagen mit »Einen schönen Tag und Gottes Segen, ihr Lieben«.

Bodo Rehagen und die Wagenlenkers haben sich erhoben und der Kardinal schüttelt ihnen der Reihe nach die Hand.

Mit »Schön, dich wieder einmal zu sehen, Johannes« begrüßt ihn Reinhardt Wagenlenker.

Der Staatssekretär belässt es bei einem knappen »Guten Tag, Eure Eminenz«.

Sabrina deutet einen Knicks an und begrüßt ihn mit »Guten Tag, Herr Kardinal«.

Der Kardinal umfasst Sabrinas Hand mit beiden Händen, tätschelt sie ausgiebig und sagt entzückt: »Wie jugendfrisch Sie doch sind und wie anmutig, liebe Sabrina.«

Sabrina entzieht dem Kardinal verlegen ihre Hand und setzt sich wieder.

Ihr Vater, Rehagen und die Gräfin setzen sich ebenfalls.

Der Kardinal, ein großer, stattlicher Mittfünfziger, nimmt neben Sabrina Platz und lächelt sie vergnügt an.

»Lieber Kardinal, was darf ich nun Ihnen bringen lassen?«, fragt die Gräfin, während sie die Wagenlenkers und den Staatssekretär bedient.

»Ihren wundervollen Darjeeling-Tee bitte, und dazu ein kleines Schlückchen von Ihrem exzellenten Cognac, wenn ich darum bitten darf.«

»Aber selbstverständlich, lieber Kardinal. Tee und Cognac wie immer.«

»Sie haben verstanden, Annina?«

»Jawohl, Frau Gräfin. Ein Tee und eine Cognac«, wiederholt Annina brav und verlässt mit Knicks den Salon.

Reinhardt Wagenlenker wendet sich zum Kardinal hin, den man in seinem dunkelgrauen Anzug, einem anthrazitfarbenen Hemd und einer perfekt darauf abgestimmten Krawatte eher für einen Banker halten könnte, als für einen geistlichen Würdenträger, und fragt: »Und, Johannes, wie steht es heute um dein Befinden?«

»Du, der Föhn macht mir arg zu schaffen, das muss ich leider sagen«, klagt der Kardinal mit betrübter Miene und fügt nach einem Seufzer hinzu: »Und ansonsten habe ich derzeit arg viel um die Ohren. Ich muss mich einfach um zu vieles selber kümmern, und der damit verbundene Stress tut meinem Magen so gar nicht gut.«

»Das kommt mir bekannt vor. Mein Unternehmen läuft ja auch nur nach Wunsch, wenn ich nahezu jedes Detail im Auge behalte. Insofern liegen unsere Aufgabenfelder wohl nicht weit auseinander.«

»Ach, Ihr zwei Armen!« Amüsiert lächelnd lässt sich die Gräfin in die Rückenlehne fallen und ruft gleich darauf in Richtung Türe: »Ja, bitte!«

Annina kommt in den Salon und serviert mit schüchternem Lächeln und ein wenig errötend dem Kardinal seinen Tee und den Cognac. Kaum vernehmlich sagt sie dabei: »Bitte, Euer Eminenz.«

Mit »Vielen Dank, mein schönes Kind« revanchiert sich der Kardinal galant und blickt ihr ungeniert tief in die Augen.

Annina wird nun vollends rot, wendet sich rasch zur Gräfin hin und stottert: »Ha… haben Sie noch eine Wunsch, Frau Gräfin?«

»Nein, danke. Sie können wieder gehen, Annina.«

Der Kardinal, der Annina mit seinem Blick bis zur Tür gefolgt ist, bemerkt erfreut: »Was für ein hübsches Ding, das Sie jetzt wieder haben, verehrte Gräfin. Sie ist aber keine Deutsche, oder täusche ich mich da?«

»Nein, da täuschen Sie sich nicht, lieber Kardinal. Sie kommt aus Rumänien und spricht leider nur gebrochen deutsch.«

Nach einem kleinen Seufzer legt die Gräfin den rechten Arm auf die Rückenlehne und erklärt dann noch: »Und so wird es wohl auch noch Monate dauern, bis ich sie auf den Level gebracht habe, den dieses Haus nun einmal erfordert.«

»Nun ja«, sagt der Kardinal nur dazu, meint aber gleich darauf ganz angetan: »Mit Annina haben Sie aber auf jeden Fall eine ganz reizende Person in Dienst genommen, verehrte Frau Gräfin.«

Er wendet sich daraufhin seinem Cognac zu, lässt ihn mit Bedacht im Glas zirkulieren, atmet dann mit sich verklärender Miene dessen Bouquet ein und fragt schließlich mit erhobenem Glas in die Runde: »Ich darf doch den ersten Schluck auf euer Wohl trinken, ja?«

»Aber gerne, lieber Kardinal«, sagt die Gräfin mit nachsichtigem Lächeln.

»Alsdann, auf euer aller Wohl, meine Lieben!«

Hochgestimmt lässt der Kardinal seinen Blick noch einmal über die kleine Gesellschaft schweifen und nimmt dann einen guten Schluck zu sich.

Sabrina Wagenlenker, die dem Kardinal erst zwei- oder dreimal begegnet ist, beobachtet ihn fasziniert. Er zelebriert das Trinken des Cognac geradezu, er ist wohl ein großer Genießer, denkt sie, und das ist durchaus ein sympathischer Zug an ihm.

Mit »Eine Deutsche hast du nicht gefunden?« kommt Reinhardt Wagenlenker auf das Dienstmädchen zurück.

»Wo denkst du hin?!« Die Gräfin setzt sich auf und lässt dann frustriert eine geharnischte Anklage vom Stapel: »Ohne Ausnahme haben die Deutschen heutzutage geradezu unverschämte Vorstellungen bezüglich der Entlohnung, sie wollen dazu zwei feste freie Tage in der Woche und sind auch sonst wenig anpassungsfähig. Sehr unerfreulich ist auch, dass hierzulande Respekt und Stil beim einfachen Volk offenbar out sind.«

Mit »Sie meinen damit wohl, dass die Deutschen nicht mehr unterwürfig genug sind« geht Sabrina Wagenlenker reflexhaft auf die harsche Kritik der Gräfin ein und legt das Journal zur Seite.

Der Kardinal und ihr Vater reagieren sichtlich irritiert auf diesen Einwurf. Der Staatssekretär dagegen schaut nur etwas überrascht zwischen der jungen Frau und der Gräfin hin und her.

Die schenkt sich eine Entgegnung auf diese in ihren Augen höchst ungebührliche Bemerkung, wirft Sabrina nur einen strengen Blick zu und fährt dann ungerührt fort: »Darüber hinaus schmerzt es ganz besonders, dass bei unseren Landsleuten die Bereitschaft zum Dienen offenbar verloren gegangen ist, einen dramatischen Verfall muss ich diesbezüglich konstatieren.«

Sie rückt nach diesem Befund in ihrem Sessel ein Stück zurück, schlägt ihre Beine energisch übereinander und stellt dann noch abgehoben und missmutig fest: »In diesem Volk will inzwischen jeder sein eigener Herr sein, am liebsten aber selber die Herrschaft! Wie das gehen soll, darüber machen sich die Leute allerdings nicht die geringsten Gedanken. Und so, meine Herrschaften, nimmt diese Situation am Ende geradezu irrationale Züge an, wenn man sich daneben auch noch vor Augen führt, dass einige Millionen Deutsche untätig herumlungern.«

»O ja, da muss ich Ihnen bedauerlicherweise vorbehaltlos zustimmen, verehrte Gräfin.«

Der Kardinal richtet sich mit bekümmerter Miene halb auf und erhebt dann seinerseits Anklage: »Das Dienen, eine der vornehmsten Fähigkeiten, die der Mensch entwickeln kann, geht zunehmend verloren; allen Bemühungen zum Trotz, die von Seiten der Kirche gegeben sind. Der einfache Pfarrer, die Bischöfe, wir Kardinäle und schließlich unser ehrwürdiger heiliger Vater, wir alle leben den Dienst am Menschen tagaus, tagein vor. Aber leider, unser Beispiel fällt immer seltener auf fruchtbaren Boden.«

Mit »Herr Kardinal, Ihr Beispiel überzeugt die Allgemeinheit also zunehmend weniger, wenn ich Sie richtig verstanden habe« kommentiert Sabrina nun auch das Klagelied des Kardinals und schaut ihn dabei unschuldig an.

Ihr Vater wirft ihr einen missbilligenden Blick zu und schaut dann besorgt auf die Gräfin, die sich unübersehbar ungehalten zeigt. Nur der Staatssekretär verfolgt die unversehens entbrannte Debatte ganz entspannt und mit einem zurückhaltenden Lächeln.

Der Kardinal reagiert auf Sabrinas Kommentar steif und knapp mit »Wenn Sie so wollen, Sabrina!« und schlägt dann recht nachdrücklich vor, das Thema doch besser zu wechseln.

Mit »Das finde ich auch!« stimmt ihm Reinhardt Wagenlenker hastig und sichtbar erleichtert zu.

Aber seine Tochter ist jetzt nicht mehr zu bremsen, obwohl auch die Miene der Gräfin recht deutlich zu erkennen gibt, dass eine weitere Behandlung dieses Themas nicht erwünscht ist. Sie richtet sich in ihrem Sessel auf und sagt dann resolut: »Bezüglich des Dienens stellt sich für mich doch ganz klar die grundsätzliche Frage, warum der eine Mensch einem anderen dienen soll? Und welche Gründe kann man nennen, die es gerechtfertigt erscheinen lassen, dass der eine zum Diener des anderen wird?«

Sabrina schaut fragend in die Runde und führt dann, weil ihre Gegenüber nicht umgehend eine Antwort parat haben oder die junge Frau einfach ins Leere laufen lassen wollen, engagiert weiter aus: »So ein Recht würde doch auch unterstellen, dass mancher Mensch über seinen Mitmenschen steht und wertvoller und wichtiger für die Gemeinschaft ist, als andere Menschen, dass es also zwei Kategorien von Menschen gibt.«

Sabrina Wagenlenker atmet einmal tief durch und wendet sie sich dann direkt an den Kardinal: »Herr Kardinal, lehrt aber nicht gerade Ihre Kirche, dass vor Gott alle Menschen gleich sind?«

Die Gräfin, die nun einen Schlusspunkt unter diese

aus ihrer Sicht total überflüssige Diskussion setzen will, lässt den Kardinal nicht zu Wort kommen und meint sarkastisch: »Vor Gott vielleicht schon!«

Der Kirchenfürst sieht sich nun genötigt, auf die Ausgangsthematik ›Dienen‹ zurückzukommen. Nach kurzem Überlegen sagt er so verbindlich wie nur möglich: »Verehrtes Fräulein Wagenlenker …«

Mit »Frau Wagenlenker, bitte!« unterbricht ihn Sabrina dennoch rebellisch, weil sie diesen Ton überhaupt nicht mag.

»Wie meinen Sie?«

»*Frau* Wagenlenker, Herr Kardinal!«

»Sabrina, bitte!«, stößt da ihr Vater alarmiert heraus.

Mit »Schon gut, Reinhardt, auch die Jugend hat sich gewandelt« gibt sich der Kardinal verständnisvoll und wendet sich dann wieder seiner Tochter zu: »Also, meine Liebe, ohne den Dienst am Nächsten würde unser Zusammenleben unmenschliche Formen annehmen. Denken Sie doch nur an die Kranken- und Altenpflege oder an die Menschen in den verschiedenen Rettungsdiensten. Dann …«

Mit »Kein Einspruch, Herr Kardinal, wenn diesen Tätigkeiten eine adäquate Honorierung gegenübersteht« fällt ihm Sabrina erneut ins Wort. »Aber dienen«, fährt sie nach kurzem Atemholen fast schon aggressiv fort, »damit manche ein bequemes Leben führen und unangenehme Arbeit auf andere abladen können; vielleicht auch noch bei einer Entlohnung, die Almosen gleicht, das können Sie doch nicht meinen, oder?«

Sabrina lässt sich daraufhin in die Rückenlehne fallen und atmet einmal tief durch. Sie spürt durchaus, dass ihr Reden als höchst unpassend und als ausgesprochen fehl am Platze empfunden wird, aber sie ist von Natur aus ein Oppositionsgeist, und der Kardinal und die Gräfin reizen sie im Moment unwiderstehlich, die Dinge von einer anderen Warte aus zu betrachten.

Die Gräfin hat sich während Sabrinas Statement in ihrem Sessel entrüstet aufgerichtet und faucht sie, den Kardinal neuerlich missachtend, nun äußerst aufgebracht an: »Mein gutes Kind, falls du damit auf dieses Haus anspielen willst: Meine engsten Bediensteten haben freie Kost und Logis, sind sozialversichert und erhalten noch dazu ein recht ansehnliches Entgelt!«

»Ach ja, also doch eher Almosen?«

Mit »Sabrina, bitte!« mahnt sie erneut ihr Vater, der wie auf Kohlen das Eskalieren dieser Auseinandersetzung verfolgt.

Der Kardinal, der das Dazwischenfahren der Gräfin nachsichtig hingenommen hat, sagt nun in einem für Sabrinas Ohren unangenehm salbungsvollen Ton: »Liebe Frau Wagenlenker, dienen ist immer gelebte Nächstenliebe, und so ist jedes Dienen positiv, ehrenwert und gottgefällig. Es ist also wenig angebracht, dabei vorrangig an den schnöden Mammon zu denken.«

Nach diesem Plädoyer lehnt er sich selbstzufrieden zurück und erklärt: »Aber, meine Herrschaften, gelegentlich etwas unüberlegt und vorschnell zu reden, ist ja ein durchaus legitimes Vorrecht der Jugend, nicht wahr?«

Der Kardinal wollte damit die Wogen dieser Kontroverse glätten, er erreicht aber eher das Gegenteil.

Sabrina Wagenlenker kontert nämlich gänzlich unbeeindruckt: »Das nehmen wir uns auch gerne heraus,

Herr Kardinal«, und schießt gleich darauf einen weiteren Pfeil ab: »All die Bischöfe im Land und Sie selbst, Herr Kardinal, Ihr lasst Euch Eure Dienste an Euren Schäfchen aber ganz bestimmt recht ordentlich honorieren. Liege ich wenigstens damit so halbwegs richtig?«

Ihr Vater schlägt mit der rechten Hand auf die Armlehne und schimpft: »Sabrina, jetzt reicht es aber!«

»Gut, gut, ich weiß Bescheid! … Ich geh ja schon.«

Sabrina steht auf, schnappt sich ihre Handtasche, wirft ihrem Vater eine Kusshand zu und rauscht dann vergnügt winkend und mit »Ciao, ciao … e buonasera a tutti« hinaus.

Die Gräfin und der Kardinal schauen ihr verärgert, der Staatssekretär ziemlich baff, hinterher.

Reinhardt Wagenlenker sitzt in sich zusammengesunken in seinem Sessel. »Es tut mir leid, meine Herrschaften«, sagt er nach einer Weile mit rauer Stimme, »ich muss bei ihrer Erziehung Fehler gemacht haben.«

»Bring sie in Zukunft einfach nicht mehr mit!«, faucht ihn die Gräfin ärgerlich an und schickt anklagend hinterher: »Sie hat sich, das ist doch nicht zu übersehen, mein guter Reinhardt, in den letzten Jahren geradezu unmöglich entwickelt. Neben allen möglichen fragwürdigen Ansichten, die sie ungeniert von sich gibt, kritisiert sie inzwischen ja auch blindlings die Gewinne, die wir mit unseren Unternehmen erzielen.«

Sie wendet sich daraufhin zum Kardinal und zum Staatssekretär hin und erklärt entrüstet: »Würde ich, wenn es nach ihr geht, auf der einen Seite mein Personal noch besser entlohnen, dann müsste ich logischerweise auf der anderen Seite noch höhere Gewinne einfahren, wenn ich weiterhin ein standesgemäßes Leben führen will. Und dieses Leben«, bricht es trotzig aus ihr hervor, »will ich mir von niemand nehmen lassen!«

...

Während Sabrina Wagenlenker im immer noch recht heftigen Föhnsturm auf ihren geliebten Mini zugeht, fragt sie sich – jetzt doch etwas verunsichert –, warum sie sich wohl gar so sehr mit dem Kardinal und der Gräfin angelegt hat. Ein schlechtes Gewissen hat sie aber nur gegenüber ihrem Vater, der sich jetzt bestimmt eine Standpauke der Gräfin und vermutlich eine nicht minder unangenehme Stellungnahme von Seiten des Kardinals anhören muss. Sie fragt sich aber auch, warum die beiden ihre Sichtweisen gar so vehement verteidigen.

Sie bleibt unvermittelt stehen und dreht sich um. Ihr leichtes Kleid und ihr halblanges brünettes Haar beginnen augenblicklich im Föhn wild zu flattern. Sabrina muss ihr Haar mit der linken Hand festhalten, damit sie die imposante Front der Villa Hortocány betrachten kann: das steile, irgendwie gotisch wirkende Satteldach; die beiden turmartigen Erker links und rechts, die vom Kellergeschoß bis zur Dachtraufe hinauf ragen und dort von schlanken, kegelförmigen Dächern abgeschlossen werden; dann die großzügige Freitreppe, die zur Terrasse am Haupteingang hinaufführt – einem Eingang, der mit seinen schweren und mit Schnitzereien versehenen Türflügeln schon eher wie ein Portal anmutet. Das prächtige Wappen der Hortocány über dem

Eingang vervollständigt schließlich den herrschaftlichen Eindruck, den die Villa erweckt.

Sabrinas Blick schweift auch noch über die markanten, schwarz lackierten Balkone am ersten und zweiten Stockwerk, die sich über die gesamte Frontseite der Villa erstrecken und durchgehend mit roten Geranien geschmückt sind.

Sie wendet dann der Villa den Rücken zu und genießt das wunderbare Bild, das der Park und der zwischen den Bäumen hervorschimmernde See bieten. Dass die Leute im nahen Dorf immer nur vom Schloss reden, wenn sie die Villa meinen, kann sie gut verstehen; und genauso auch, dass nicht wenige Menschen eine so großartige Bleibe, einen so atemberaubend schönen Besitz gerne ihr Eigen nennen würden. Und sie kann sich auch gut vorstellen, dass der eine oder andere alles daransetzt, um sich so etwas zu schaffen.

Und sicher ist es auch höchst angenehm und von Vorteil, geht es ihr mehr unbewusst durch den Kopf, ein Dienstmädchen stets zur Verfügung zu haben; eine Köchin, einen Gärtner und eine Person für die Hausarbeit beschäftigen zu können; und, wie im Falle der Gräfin, mit Nina von Hagen sogar eine Hausdame, die ihr immer und überall zur Seite steht und das Haus verlässlich weiterführt, wenn sie selbst nicht anwesend ist.

Aber, überlegt sie weiter, diese Annehmlichkeiten werden sich früher oder später unvermeidlich zu einer Sucht auswachsen, sich zu einer elementaren Schwäche entwickeln. Man ist dann ohne Hilfestellungen nicht mehr lebensfähig, und wird deshalb mit allen Mitteln versuchen, sich diese auf Dauer zu erhalten. Man wird Gefangener einer Lebenswelt, die nur mit großem Aufwand, also nur über den Einsatz von erheblichen Geldmitteln realisiert und aufrechterhalten werden kann.

Diese Gedanken fallen über Sabrina geradezu her und drängen sie weiter zu der Schlussfolgerung, dass so eine Lebenswelt in einem gerechten Umfeld nicht aufgebaut werden kann. Das funktioniert doch nur, wenn man große Ertragsanteile aus der Arbeit vieler Hände an sich reißt.

Und ihr steigt eine nicht geringe Wut hoch, während sie daran denkt, dass nahezu alle Leute in ihrer Gesellschaftsschicht kritische Stellungnahmen bezüglich der himmelschreiend weit auseinanderklaffenden Arbeitseinkommen und den daraus resultierenden dramatischen Vermögensunterschieden dumm und skrupellos als Äußerungen von neidgetriebenen Zeitgenossen abtun. Sie schämt sich jedes Mal, wenn sie diese niederträchtige Unterstellung miterleben muss. Und sie empfindet es ganz besonders bedrückend, dass weder die katholischen noch die evangelischen Kirchenoberen diese Einstellung der Topgesellschaft eindeutig und konsequent verurteilen.

Abrupt dreht sie sich wieder zur Villa hin, nimmt noch einmal deren beeindruckende Fassade in sich auf und marschiert dann mit energischen Schritten und dem festen Vorsatz, auch in Zukunft gegen gesellschaftliche Schieflagen und gegen das dazugehörige Denken anzugehen, zu ihrem Auto.

Beim Einsteigen und Losfahren sagt sie sich noch, dass sie nicht mehr ohne sich zu schämen in den Spiegel schauen könnte, wenn sie sich dem vom blanken Egoismus geleiteten Denken und Handeln, das in weiten Teilen ihrer Gesellschaftsschicht unhinterfragt zuhause ist, ergeben würde.

...

Wie Sabrina vermutet hatte, kommt ihr Vater im gräflichen Salon nicht umhin, die Ansichten seiner Tochter und deren ungezügeltes und respektloses Auftreten wenigstens halbwegs verständlich zu machen, auch wenn ihm das ganz und gar nicht leicht fällt.

Er richtet sich in seinem Sessel mühsam auf und sagt zur Gräfin: »Auch wenn ich bei dir wieder einmal ins Fettnäpfchen treten sollte, verehrte Eleonore, in Sabrinas Gesellschaftskonzept gibt es in einem Haushalt im Prinzip keine Hilfskräfte und schon gar keinen Hofstaat. Hilfskräfte im Privathaushalt sind nach ihren Vorstellungen im Grunde nur dann gerechtfertigt, wenn körperliche Gebrechen von Haushaltsmitgliedern dies notwendig machen. Der Staat leistet in solchen Fällen Zuschüsse für die Hilfskraft, und so steht niemand vor der Notwendigkeit, ein hohes Einkommen alleine auf Grund von Personalkosten erzielen zu müssen.«

Mit »Also waschen du und ich in Zukunft selbst die Wäsche, vergnügen uns mit Putzen und Bügeln und mähen eigenhändig den Rasen« kommentiert die Gräfin spöttisch und verärgert zugleich diesen Ansatz. Und während sie sich in ihrem Sessel aufrichtet und mit beiden Händen die Armlehnen umfasst, schickt sie hinterher: »Und wer kümmert sich dann um unsere

Geschäfte und Unternehmen, du Vater dieser gestörten Konzepteschmiedin?«

Reinhardt Wagenlenker, der nun wieder ziemlich fest im Sattel sitzt, pariert kühl und gelassen den gräflichen Angriff: »Sabrina geht davon aus, dass jedes Aufgabenfeld in unserer Wirtschaft teilbar ist, sich also niemand ein Arbeitspensum zumuten muss, das ihm für den privaten Bereich keine Zeit mehr lässt. Und sie ist weiter der Ansicht, dass es in unserer Gesellschaft genügend fähige Köpfe gibt, die den Anforderungen in den oberen Segmenten unserer Arbeitswelt gewachsen sind.«

Und während er sich zurücklehnt und den rechten Arm auf die Rückenlehne legt, erklärt er: »Sabrina weiß selbstverständlich schon, dass diese Konzeption nicht ohne fließende Grenzen auskommt. Aber ihrer Meinung nach kann die Arbeitsteilung gegenüber dem heutigen Stand deutlich ausgebaut und so auch die Arbeitslosigkeit erheblich reduziert werden. Dieser Schritt bewirkt schlussendlich auch, dass die Pyramide in den Bereichen Arbeit und Einkommen wesentlich flacher und breiter wird, und so ganz automatisch gerechtere Verhältnisse bei den Arbeitseinkommen einkehren.«

»Das rechte Maß und seine fließenden Grenzen, jetzt sind wir wohl beim ältesten Problemkreis der Menschheit angelangt. Ein Problemkreis, der den Staatsdiener und Politiker seine Grenzen schmerzlich erkennen lässt und leider oft überfordert.« Mit diesen Worten klinkt sich der Staatssekretär unvermittelt in den Disput ein, und es ist nicht zu übersehen, dass er diese elementare Problematik, mit der sich die Führungskräfte im Staat nahezu tagtäglich herumschlagen müssen, nur allzu gerne anspricht und herausstellt.

Die Gräfin reagiert auf diese Anmerkung ziemlich unwirsch und genervt: »Mein lieber Rehagen, sie hängen das Problem schlicht und einfach zu hoch. Das Problem macht und ist für mich im Grunde nur Sabrina. *Führungsarbeit teilen*, so ein Hirngespinst! Viele Köche verderben bekanntlich den Brei. Und dann auch noch *flachere Arbeits- und Einkommenspyramiden*, das ist doch der pure Marxismus!«

Reinhardt Wagenlenker setzt zum Sprechen an, aber der Kardinal kommt ihm zuvor. Er neigt sich zu ihm hinüber und meint in einer fast schon konspirativen Art und Weise: »Ich würde dir … Entschuldige, ich würde dir für Sabrina das Kloster Hochgaden in der Schweiz empfehlen. Dort werden seit Jahrzehnten unsere Außenseiter mit großem Erfolg umerzogen.«

»Also Kardinal, was soll denn diese dubiose Empfehlung?!«, entrüstet sich da Reinhardt Wagenlenker und fährt in seinem Sessel hoch. »Sabrina ist doch im Grunde ein prima Typ, Johannes!«

Verärgert und kopfschüttelnd lässt er sich wieder zurückfallen und verschränkt die Arme vor der Brust. Aber schon im nächsten Augenblick legt er sie auf die Armlehnen und meint in versöhnlichem Tonfall: »Vielleicht hat sich Sabrina im Laufe der Zeit ein etwas überzogenes Gerechtigkeitsempfinden zugelegt, das kann ja sein, und vielleicht schießt sie auch beim Thema Menschenwürde gelegentlich etwas übers Ziel hinaus, das will ich auch gerne zugestehen, aber umerziehen müssen wir sie nun wirklich nicht, Johannes!«

»Etwas überzogen sagst du! Sie benimmt sich aufrührerisch und sie versucht inzwischen bei jeder sich bietenden Gelegenheit, die aus guten Gründen gewachsenen Gesellschaftsstrukturen zu untergraben!«, poltert die Gräfin erneut los.

Und der Kardinal, der Zweifel an seinem Urteil und Wort nicht so ohne weiteres tolerieren kann, schließt daran an: »Und sie respektiert die Basis nicht, der sie entstammt, die ihr ein gesichertes Leben ermöglicht und viele Vorteile bietet.«

Unbeeindruckt und bestimmt entgegnet ihm darauf Wagenlenker: »Das Umfeld, dem sie entstammt, ist aber, das vermute ich ganz stark, der Hintergrund für ihr Verhalten. Sie fühlt sich nicht rundum wohl auf einer Basis, die nur wenigen Menschen vorbehalten ist.«

Reinhardt Wagenlenker trinkt daraufhin einen Schluck Kaffee, fischt sich ein Mandelplätzchen mit Rumglasur aus der Schale und lehnt sich locker und wieder bestens gelaunt in seinem Sessel zurück und stellt überrascht fest, dass ihm erstmals das Vertreten von Positionen, die gravierend von denjenigen abweichen, die in seinen Kreisen üblich sind, ziemlich locker über die Lippen kommt und sogar ein gewisses Vergnügen bereitet.

Dem Staatssekretär ist das nicht entgangen, und er denkt, dass er in Zukunft beim einflussreichen Unternehmer Wagenlenker möglicherweise auf mehr Verständnis für seine politische Richtung stoßen könnte.

Der Gräfin hingegen missfallen Reinhardts illoyales Verhalten und seine Erklärungen über die Maßen und sie sagt aufgebracht: »Sie ist undankbar und lässt selbstherrlich naturgegebene Unterschiede beim Menschen außer Acht, mein Bester! Sie macht sich stark für weite Teile unserer Bevölkerung, die froh und dankbar sein sollen, dass sie in unserem Kielwasser ein gesichertes und geordnetes Leben führen können.«

Trotz des neuerlichen Angriffs von Seiten der Gräfin versucht Reinhardt Wagenlenker unverdrossen, ein wenig Verständnis für die Haltung seiner Tochter zu wecken. Er wendet sich zunächst an die Runde und erklärt: »Sabrina hat während ihres Studiums auch Vorlesungen in Philosophie besucht, und diese haben unter anderem ihr Menschen- und Naturverständnis in einer Richtung gefestigt, die in ziemlichen Gegensatz zu unserer ...« Nach kurzem Zögern fährt er mit Blick auf die Gräfin betont ruhig fort: »Vor allem aber zu deiner steht.«

Die Gräfin reagiert aber dennoch in äußerst scharfem Tonfall: »Willst du damit etwa andeuten, dass mein Menschen- und Naturverständnis anzuzweifeln wäre, Reinhardt?!«

»Gott bewahre, ich will damit nur in etwa erklären, warum und wie Sabrina zu ihrer Einstellung gekommen ist.«

»Die Philosophie und die Philosophen, immer gefährlich für den Menschen, wenn er unzureichend gerüstet dieser Welt begegnet«, orakelt daraufhin der Kardinal vor sich hin. Nach einer kurzen Denkpause wendet er sich wieder seinem Freund zu und meint fürsorglich: »Deine im Grunde ja sehr liebe Tochter ist ganz offensichtlich – wie so oft der Mensch – den falschen Propheten in die Hände gefallen, mein guter

Reinhardt. Es ist also ohne Frage angezeigt, dass sie baldmöglichst auf den rechten Weg gebracht wird, bevor es zu spät ist.«

Der Kirchenfürst ergreift nach dieser Empfehlung sein Glas, schwenkt eine Weile gedankenverloren den Rest Cognac darin und leert es schließlich mit Genuss.

»Und dieser Weg beginnt in dem Kloster in der Schweiz, meinst du!«, rekapituliert Reinhardt Wagenlenker ungehalten.

»Das meine ich damit!«, antwortet der Kardinal bestimmt und lehnt sich bequem zurück.

»In ein Kloster geht Sabrina ganz bestimmt nicht, mein Freund! Und ich möchte ihr das auch nicht zumuten. – Und bitte«, Wagenlenker richtet sich wieder auf, »macht doch jetzt keinen Fall aus Sabrina! Sie ist doch noch so jung, und wir sollten ihr alleine deswegen Abweichungen von unserer Weltsicht gestatten.«

Der Gräfin wird es nun endgültig zu viel: »Reinhardt«, faucht sie genervt, »es fällt mir extrem schwer, Verständnis für deine Haltung aufzubringen! Deine Tochter triftet doch mit geradezu abenteuerlicher Geschwindigkeit aus unserer Gesellschaftsschicht heraus, und es steht zu befürchten, dass sie über kurz oder lang zur Nestbeschmutzerin abgleitet und am Ende gar im Volk gegen uns antritt.«

Sie streicht sich mit einer hektischen Bewegung eine Haarsträne aus der Stirn und fügt dann fast schon panisch hinzu: »Ich kann ja nur hoffen, dass es noch nicht soweit ist, denn mein Wellnessprojekt, das wissen wir alle, wird nicht nur Zustimmung in unserer Region erfahren.«

Mit »Sabrina wird nie von außen unsere Positionen und Aktivitäten angreifen, diesbezüglich steht sie loyal zu uns!« weist Wagenlenker dieses Szenario gereizt zurück.

Der Kardinal richtet sich alarmiert auf und appelliert händeringend: »Bitte, keinen Streit, nehmt Rücksicht auf meinen Magen!«, und greift dann auch schon nach seinem leeren Cognacglas.

Die Gräfin bemerkt seinen enttäuschten Blick und klingelt dem Dienstmädchen.

Mit »Bitte, bringen Sie dem Herrn Kardinal noch einen Cognac, Annina« instruiert sie gleich darauf das Dienstmädchen. Während Annina hinauseilt, dringt Motorengedröhn und wenig später ein heftiges Bremsgeräusch in den Salon. Im Zwinger hinter der Villa beginnen die Doggen der Gräfin wie rasend zu bellen und der Papagei Ricardo hüpft aufgeregt in seinem Käfig umher und krächzt: »Ruhä, Ruhä!«

»Welche verrückte Person kann denn das nur sein!«, schimpft die Gräfin erschrocken und steht auf. Sie geht zum Käfig, hebt das Tuch ein wenig hoch und flüstert dem Papagei zu: »Ist ja schon gut, Ricardo, ist ja schon wieder gut.«

Während sie sich wieder zu ihren Besuchern setzt, wird es in der Halle laut: »Nein, nein! Bitte, Sie einen Moment warten!«, hört man Annina verzweifelt rufen und eine kräftige männliche Stimme tönt rücksichtslos: »Ach Püppchen, halten Sie mich nicht auf! Ich kenne mich hier einigermaßen aus.«

Und dann stürmt auch schon der junge von Hohenfels in Saint-Tropez-mäßigem Outfit und mit dunkler Sonnenbrille in den Salon, verfolgt vom völlig aufgelösten Dienstmädchen.

»Hallo, zusammen!«, grüßt er großspurig und küsst die Gräfin, die ihn im Aufstehen nicht schnell genug abwehren kann, auf beide Wangen.

Die ringt sich ein »Grüß dich, Maximilian!« ab und herrscht ihn dann äußerst ungnädig an: »Und jetzt erst einmal folgendes: Stell beim nächsten Mal deinen Ferrari wenigstens ein paar hundert Meter vor meinem Anwesen ab! Wir, aber auch meine Tiere, vertragen deine Fahrweise nämlich absolut nicht!« Sie wendet sich dann dem Dienstmädchen zu, das in heller Aufregung an der Tür wartet, und sagt: »Ist schon gut, Annina. Sie können wieder gehen.«

Das Dienstmädchen knickst und verlässt erleichtert den Salon. Nachdem Annina die Salontüre hinter sich geschlossen hat, gibt sich der junge von Hohenfels reumütig: »Gut, gut, liebe Gräfin, ich werde mir das zu Herzen nehmen.«

»Das will ich aber auch schwer hoffen, du Held!« Und während sie sich setzt, sagt sie streng: »Und jetzt sag, was führt dich eigentlich zu mir?«

»Ich dachte, ich könnte Sabrina hier treffen.«

Mit »Sabrina ist vor ein paar Minuten gegangen, ich weiß allerdings nicht wohin« informiert ihn Reinhardt Wagenlenker widerstrebend.

»Zu blöd, ich wollte sie für nächstes Wochenende zum großen Preis von Monaco einladen, das wird nämlich wieder ein supergeiles Happening«, tönt der junge von Hohenfels vollmundig und lümmelt sich ungeniert an das Sideboard.

Der Kardinal dreht sich halb zu ihm um und sagt mit fein dosiertem Spott: »Und ich dachte bisher immer, das wäre ein Autorennen.«

»Ach, mein guter Kardinal, das Rennen ist doch nur der Aufhänger. Das ganze Drumherum macht den Grand Prix erst wirklich interessant. Da trifft sich die Highsociety aus aller Welt und nicht zuletzt die schönsten Frauen, die unsere Erdkugel zu bieten hat.« Und nach kurzem Überlegen sagt der Schlacks auch noch gönnerhaft: »Das wäre doch auch einmal etwas für Sie, Herr Kardinal.«

»Junger Mann, etwas mehr Respekt, bitte!« Und mit dem nächsten Atemzug schießt ihn der Kardinal auch noch unmissverständlich an: »Und außerdem, junger Mann, Sie haben es ja wohl gehört, dass Sabrina nicht mehr hier ist!«

»Okay, okay, Kardinal! Nichts für ungut, ich wollte Ihnen nicht zu nahe treten.«

Die Gräfin drückt verärgert die Klingeltaste am Funktelefon.

Annina kommt kurz darauf mit dem Cognac für den Kardinal in den Salon und stellt ihn mit einem schüchternen, den Kardinal aber bezaubernden Lächeln zu ihm auf den Tisch. Sie nimmt noch rasch das Tablett von vorhin an sich und blickt dann fragend auf die Gräfin.

»Herr von Hohenfels möchte gehen, Annina. Bitte, bringen Sie ihn hinaus.«

»Jawohl, Frau Gräfin«, sagt Annina mit Genugtuung und geht dem jungen Mann bis zur Tür voraus.

Der junge von Hohenfels bringt zunächst kein Wort heraus. Total konsterniert schaut er ein paar Augenblicke die Gräfin an und dann verunsichert in die Runde. Schließlich sagt er stockend: »Okay ... bye-bye, Leute!«, und geht.

An der Tür versetzt er dem Dienstmädchen einen kräftigen Klaps auf den Po und entschwindet dann trotz der Abfuhr genau so forsch, wie er aufgetaucht ist.

Das Dienstmädchen reagiert auf seine Tätlichkeit mit einem erschreckten Schrei, stößt dann erbost ein paar rumänische Worte aus und folgt ihm schließlich mit verächtlichem Blick in die Eingangshalle.

»Entschuldigt bitte diesen Auftritt«, sagt die Gräfin und geht zur Salontüre und schließt sie. Während sie zum Tisch zurückkommt, meint sie sarkastisch: »Für diesen adeligen Nichtsnutz käme wohl auch Ihr Hochgaden zu spät, nicht wahr, Kardinal?«

Nach dieser Einschätzung nimmt sie im Stehen ein Schluck Wasser zu sich und lässt sich dann ziemlich bedient und mit einem Seufzer in ihren Sessel fallen.

Mit »Da haben Sie nur zu Recht, verehrte Gräfin, diesen Schlacks hätte man rechtzeitig in eine Erziehungsanstalt stecken sollen« stimmt ihr der Kardinal mit Nachdruck zu.

Er überlegt dann ein paar Augenblicke lang und sagt schließlich: »Aber lasst mich nach diesem Intermezzo noch einmal auf Sabrina zurückkommen.« Er setzt sich auf, beugt sich zu Reinhardt Wagenlenker hinüber und beginnt in verbindlichem Tonfall: »Also, mein guter Reinhardt, das mit dem Kloster funktioniert ganz anders, als du dir das offenbar vorstellst. Sabrina bekommt dort eine Anstellung, sie hat ja Betriebs- und Volkswirtschaft studiert, wenn ich das richtig weiß, und wird – ohne dass ihr dies ins Bewusstsein dringt – während ihrer Arbeit im Rahmen der globalen Wirtschaftstätigkeit des Klosters auf ihren angestammten Weg zurückgeführt. Als Wertmaßstab möge dir dienen, und zu deiner Beruhigung kann ich dir sagen, dass das Kloster auch sehr erfolgreich Lehrgänge und Ausbildungen für Unternehmer und Manager aus aller Welt durchführt. – Ja, und darüber hinaus hat es die Achtundsechziger aus unseren Kreisen auf den rechten Weg zurückgeführt, auch wenn uns damals ein ungetrübter Erfolg versagt blieb.«

Der Kardinal lässt sich in die Rückenlehne fallen und fährt nach kurzem Überlegen mit sorgenvoller Miene und an die Runde gewandt fort: »Und, meine Herrschaften, das müssen wir leider zur Kenntnis nehmen, diese Einrichtung muss sich in Zeiten des neuen und globalen Terrorismus erneut um junge Leute aus der Oberschicht kümmern. Ich will damit absolut nicht sagen, dass Sabrina diesen Abtrünnigen und Verblendeten in unseren Reihen schon zuzurechnen ist, aber, wie schon angedeutet, sicher ist sicher.«

Reinhardt Wagenlenker, der mit zunehmenden Interesse dem Kardinal zugehört hatte, neigt sich nun seinerseits ein Stück weit zu seinem Freund hinüber und meint entgegenkommend: »Okay, Johannes, das klingt erst einmal überzeugend, ich werde mir das gründlich durch den Kopf gehen lassen.«

»Warum willst du da noch lange überlegen, Reinhardt?!«, fährt ihn die Gräfin ungeduldig und verständnislos an. »Zögerlichkeit ist doch sonst ganz und gar nicht deine Art!«

Der dreht sich zur Gräfin hin und sagt sehr bestimmt und ein wenig ärgerlich: »Es geht hier schließlich um meine Tochter, verehrte Eleonore! Und deshalb möchte ich nun auch vorschlagen, dass wir uns jetzt deinem Golfprojekt zuwenden.«

Mit »Gut, gut, belassen wir es vorerst dabei« lenkt die Gräfin ein. Sie nimmt einen Schluck Kaffee zu sich und sagt dann eindringlich: »Um eins möchte ich euch aber schon vorab bitten: Verwendet zukünftig nicht mehr die Bezeichnung Golfplatz oder Golfprojekt. Dies würde nämlich ganz sicher bei den Behörden, den örtlichen Politikern und den Naturschützern vermehrt zu Problemen führen. Ich will ein Wellnesszentrum entstehen lassen, das von einem kleinen Golfareal umgeben ist. Könnt ihr das in Zukunft beherzigen, meine Herren?«

»Aber selbstverständlich, Eleonore«, beteuert Reinhardt Wagenlenker. Und dem Kardinal und dem Staatssekretär zugewandt, befindet er: »Wir werden das in Zukunft ganz sicher beachten, nicht wahr?«

Der Kardinal nickt nur dazu und der Staatssekretär sagt knapp: »Ganz sicher, Herr Wagenlenker. Aber ich möchte unbedingt«, schließt er eilends daran an, »bevor wir uns dem Wellnessprojekt zuwenden, noch ein paar Worte in Sachen Hochgaden an den Herrn Kardinal richten.«

Er wendet sich zum Kardinal hin und sagt dann ein wenig angespannt: »Verehrter Herr Kardinal, lassen Sie mich bitte anmerken, dass das spezielle Wirken des Klosters in der vom Terror geplagten Welt keinesfalls in die Öffentlichkeit gelangen darf. Für manche Presse wäre es nämlich ein gefundenes Fressen, dieses Tätigkeitsfeld auszuschlachten und mit diesem schließlich das Volk gegen die Oberschicht im Lande aufzuwiegeln.«

Der Kardinal, der Rehagen mit Verwunderung und zunehmend verstimmter Miene zugehört hatte, richtet sich empört auf und sagt dann in strengem und überlegenem Tonfall: »Mein guter Herr Staatssekretär, einem Mann der Kirche müssen Sie keinen Nachhilfeunterricht in Menschenführung, Staatslenkung und Diplomatie erteilen! Auf diesen Feldern, das darf ich wohl mit Fug und Recht behaupten, sind wir den Politikern der Neuzeit nämlich um Jahrhunderte voraus.«

Die Gräfin und Reinhardt Wagenlenker amüsieren sich sichtlich über diesen Disput. Sie lächeln sich verstohlen zu und lehnen sich dann ganz entspannt – so, als hätte es nicht die geringsten Differenzen zwischen ihnen gegeben – in ihren Sesseln zurück.

Den Staatssekretär dagegen trifft die harsche Rüge des Kardinals offenbar sehr, und er wirkt mit einem Mal klein und bedeutungslos. Nach einer langen Schrecksekunde sagt er verunsichert: »Verehrter Herr Kardinal, nichts steht mir ferner, als einen Kirchenfürsten zu belehren.«

Er holt daraufhin einmal tief Luft, richtet sich auf und erklärt dann mit fester Stimme: »Zu meiner Entlastung, Herr Kardinal, möchte ich aber schon darauf hinweisen, dass ein Mann wie ich in unserer spannungsgeladenen Zeit immer in der Sorge lebt, dass sich neue Risse im Damm des Staatsgefüges auftun könnten.«

Mit »Entschuldigung angenommen, Herr Staatssekretär, ich verstehe das letztlich recht gut« gibt sich der

Kardinal, begleitet von einer großzügigen Geste, umgehend versöhnlich und gesteht auch noch ohne Umschweife: »Wir Kirchenführer leben ja in einer ganz ähnlichen Situation. Denken wir nur an die Kirchenvolksbewegung ›Wir sind Kirche‹, an das unselige Wirken der Piusbruderschaft, an das Zölibat und ...«

Mit »Meine Herren, können wir bitte zum Wesentlichen kommen?!« fährt die Gräfin, die befürchtet, dass die beiden nun kein Ende finden könnten, ungeduldig dazwischen.

Der Kardinal lehnt sich wieder zurück und sagt ergeben: »Aber selbstverständlich, verehrte Gräfin.«

»Dem steht nichts entgegen, Frau Gräfin«, sagt der Staatssekretär, der erleichtert und mit Genugtuung das Einlenken des Kardinals aufgenommen hat. Ein wenig spitzzüngig meint er dann aber doch noch, und so, als ob er schon wüsste, dass die nächste Schlacht nicht lange auf sich warten lässt: »*Wir zwei* haben ja gerade die Friedensverträge unterzeichnet.«

Genervt und ziemlich angespannt kontert die Gräfin: »Gut, gut, Rehagen, dann kann ich mich ja ganz beruhigt dem Herrn Kardinal zuwenden.«

Sie fährt sich noch mit einer fahrigen Bewegung übers Haar und sagt dann: »Also, mein lieber Kardinal, wie weit konnten Sie den Verkauf der Kirchengrundstücke an mein Unternehmen voranbringen?«

Der Kardinal faltet die Hände auf dem Schoß und formuliert seine Antwort bedächtig und mit dem wohl angeborenen Geschick, das führende Männer der Kirche in aller Regel auszeichnet: »Verehrte Frau Gräfin, die Übertragung dieser Flächen kann in Kürze erfolgen. Dennoch wäre es nach wie vor sehr zweckdienlich, wenn Sie vorher eine erste Teilspende für die neue Domorgel leisten könnten. Sie wissen ja, dass unsere Liegenschaftsverwaltung wieder einmal den Einfluss eines Beziehungsgeflechtes wittert und sich lähmend hinter ihrer Froschperspektive verschanzt. Eine Spende vorab würde diese Transaktion in ein günstigeres Licht rücken und allen Bedenkenträgern den Wind aus den Segeln nehmen.«

Die Gräfin richtet sich mit einem Ruck auf und fährt, schlagartig die Beherrschung verlierend, den Kardinal bitterböse an: »Kardinal, mich nervt das unsäglich, dass kleine und wichtigtuerische Angestellte, von mir aus können es auch verbohrte Geistliche sein, in dieser Weise Einfluss nehmen können! Ich zahle für diese Grundstücke einen Preis, den Euch kein Landwirt jemals zahlen würde, und dennoch ist es möglich, dass der Verkauf jetzt schon viele Monate hinausgezögert wird! Ich will das Projekt in einem überschaubaren Zeitraum durchziehen, das verstehen Sie doch, oder?«

»Aber sicher, Frau Gräfin, ich verstehe Sie nur zu gut, aber Sie sollten auch meine Lage …«

Der Kardinal kann seine Erklärung nicht zu Ende bringen, weil die Gräfin jetzt vollends die Fassung verliert. Sie springt auf und geht wutentbrannt zu einem der Fenster.

Dort schaut sie eine Weile frustriert und wehmütig in den Park hinunter und hinaus auf den See. Sie dreht sich dann hektisch um und wütet: »Am liebsten würde ich den ganzen Laden hier hinschmeißen und mich in Brasilien niederlassen! Bei meinem letzten Besuch auf der Farm der Raminezas konnte ich wieder einmal erleben, wie wohltuend und entspannend das ist, wenn sich die Welt noch im Gleichgewicht befindet. Die Herrschaft und die Mannschaften leben dort einträchtig nebeneinander und ziehen Tag für Tag an einem Strang, und selbstredend in die gleiche Richtung – und niemand, aber absolut niemand käme je auf die Idee, einem engagierten Unternehmer auch nur *einen* Stein in den Weg zu legen!«

Sie marschiert daraufhin zum Sideboard, lehnt sich mit aufgestützten Armen daran und wettert restlos aufgebracht weiter: »Ich will ja gar nicht, wie manche von uns, neidisch in den arabischen und asiatischen Raum blicken, und auch nicht nach Russland, wo heute die Rangordnungen in der Gesellschaft offenbar wieder ins rechte Lot zu kommen scheinen, ich möchte nur unbehelligt von kleinen Geistern meinen Weg gehen und nicht in einem gesellschaftlichen Einheitsbrei ersticken!«

Reinhardt Wagenlenker, der Kardinal und auch Rehagen schauen sich einen Moment lang erschreckt und ratlos an und blicken dann wieder äußerst betroffen auf die Gräfin.

Der Kardinal findet als erster aus der kollektiven Sprachlosigkeit der drei Herren heraus und will mit seiner gesellschaftspolitischen Sicht der Gräfin deutlich machen, dass er im Grunde voll und ganz auf ihrer Seite steht. Er will sie damit wenigstens so weit beruhigen, dass er auf den für ihn so wichtigen Punkt ›Domorgel‹ zurückkommen kann.

»O ja«, hebt er also an, »die französische Revolution und der Kommunismus haben dem Abendland nicht gut getan. Die natürliche Ordnung ist zerstört, viele Menschen können ihre Freiheit und die verordnete Gleichheit nicht sinnerfüllt leben. Sie können sich aber auch nicht mehr einfügen und haben darüber hinaus die Sicht auf das Große und Ganze verloren. Ihr Leben hat sich auf ein menschenunwürdiges Konsumentendasein verengt, und im Gleichschritt mit diesem Vorgang ist ihnen leider auch der für unser Zusammenleben so eminent wichtige Gemeinschaftssinn abhanden gekommen. Deshalb«, der Kardinal versucht einen tröstlichen Tonfall anzuschlagen, »so bedauerlich das auch ist, verehrte Frau Gräfin, neigen sie nur allzu leicht dazu, die Werke der anderen argwöhnisch zu beäugen.«

»Nicht nur das, Kardinal, sie sind zum Störfaktor geworden!«, giftet die Gräfin unverändert aufgebracht vom Sideboard aus weiter, und lässt gleich darauf einem wohl schon über einen längeren Zeitraum angestauten Unmut freien Lauf: »Wenn ich zum Beispiel nur an das Drama letzte Woche im Flughafen denke: Mit tausenden von aufgeregten Touristen wird man durch den halben Airport geschleust, du wirst geschubst und gestoßen – und VIP-Lounge – natürlich wieder einmal Fehlanzeige. Und diese Leute überschwemmen inzwischen nicht nur die Flughäfen, sondern auch alle schönen Flecken auf dieser Erde.«

Mit »Ja, das sind sicher höchst unerfreuliche Zustände, die in den letzten Jahrzehnten eingekehrt sind, verehrte Frau Gräfin« pflichtet ihr der Kardinal umgehend bei. Und darauf hoffend, dass sie sich von seinen zustimmenden Worten in ein ruhigeres Fahrwasser leiten lässt, baut er die gräfliche Kritik auch noch aus:

»Und darüber hinaus zerstört das massenhafte Fliegen unsere Atmosphäre, und schlussendlich ruinieren die Heerscharen des modernen Tourismus auch noch Gottes schöne Erde darunter.«

Dass die Topgesellschaft das Fliegen der Masse einige Jahrzehnte lang durchaus hingenommen hat, weil nur so nahezu der gesamte Erdball mit der teuren Infrastruktur für den Flugverkehr überzogen werden konnte, und damit dem oberen Segment der Gesellschaft weite Teile der Erde täglich offen stehen, behält der Kardinal für sich, obwohl dieser Hinweis nach der snobistischen Missfallensäußerung der Gräfin eigentlich angebracht gewesen wäre.

»So weit ist es leider gekommen, Johannes.« Reinhardt Wagenlenker schlägt die Beine übereinander und schließt dann mit Nachdruck daran an: »Und deshalb ist es ohne Frage auch allerhöchste Zeit, dass der gemeine Mensch einsieht, dass er nicht alles haben kann, dass er sich in die Natur einfügen muss, wenn seine Tage nicht bald gezählt sein sollen. ›Macht euch die Erde untertan‹ hat allerdings deine Kirche … entschuldige, Johannes, haben vielmehr beide christlichen Kirchen zu lange den Erdenbürgern gepredigt. Daran, mein Freund und großer Kardinal, möchte ich dich der Gerechtigkeit halber aber schon erinnern.«

»Das sagten wir nur, solange die Erde nicht so dicht bevölkert war wie heute, das weißt du sehr gut, Reinhardt!«

Der Kardinal poliert daraufhin nachdenklich mit dem linken Ärmel seines Sakkos den tiefroten Stein im Ring an seiner rechten Hand und erklärt schließlich:

»Inzwischen verändern wir diese Anweisung ja Schritt für Schritt, aber ich habe ja schon anklingen lassen, dass unser Einfluss derzeit zu wünschen übrig lässt, und wir deshalb dem Volk nur kleine Änderungsschritte zumuten können. Gerade die zunächst bitter anmutende Medizin des Verzichts, die allerdings nur flüchtig betrachtet wirklichen Verzicht bedeutet, die uns aber näher zu unserem Gott hinführt, dürfen wir nur in kleinen Teilmengen verabreichen, weil sich sonst der moderne Mensch recht schnell von uns beziehungsweise vom Glauben abwendet. – Das ist wie in der Politik, immer nur verträgliche Häppchen, nicht wahr, Herr Staatssekretär?«

Mit »Leider ist das so« gibt der Staatssekretär dem Kardinal Recht und unterstreicht nach einem tiefen Seufzer diesen problemträchtigen Befund von seiner Plattform aus: »Nur mit kleinen Veränderungsportionen können wir unsere Wähler bei der Stange halten.«

Die Gräfin, die sich inzwischen halbwegs beruhigt und wieder gesetzt hat, rastet erneut aus: »Ihr seid doch beide absolute Weicheier! Ihr werdet mit Euren Häppchen solange herumdoktern, bis es zu spät ist! Dabei ist es doch längst fünf vor zwölf, und da helfen nur mehr radikale Schritte hin zu einer naturverträglichen beziehungsweise naturgemäßen Ordnung. Es kann nicht jeder alles haben, das hat doch Reinhardt gerade eben sehr deutlich gesagt! Es gibt eben die von der Natur, von mir aus auch, wenn ihr so wollt, die vom Schöpfer geschaffenen Eliten und daneben den Massentypus, der sich mit seinen Ansprüchen selbstredend nicht an uns orientieren darf.«

Nach dieser Attacke lässt sie sich erschöpft in die Rückenlehne fallen, schaut aber schon in der nächsten Sekunde kampfbereit auf ihre Männerrunde.

Es ist wieder der Kardinal, der als erster zu einer Entgegnung findet. Weil er der Gräfin aber keinen Ansatzpunkt für einen neuerlichen Angriff liefern will, verzichtet er darauf, auf den Vorwurf des ›Herumdokterns‹ einzugehen, und beschränkt sich auf eine Stellungnahme zum Schöpfungsplan.

Er beugt sich etwas nach vorne, stützt die Unterarme mit verschränkten Händen auf den Knien ab und meint dann vorsichtig: »Verehrte Frau Gräfin, von einem Massentypus sollten wir tunlichst nicht sprechen, denn ohne jeden Zweifel hat der allmächtige Gott jeden Einzelnen von uns nach seinem Ebenbild erschaffen und im Grunde gleich ausgestattet.«

Nach dieser Richtigstellung lehnt er sich wieder bequem zurück, legt den rechten Arm über die Rückenlehne und führt dann weiter aus: »In dieser Ausstattung finden sich aber auch die Elemente Entscheidungsfreiheit und Eigenverantwortlichkeit – und damit lässt er es zu, dass sich die einzelnen Individuen im Laufe ihres Lebens recht unterschiedlich entwickeln. Diesen Vorgang wollen allerdings manche unter uns irrtümlich und unbelehrbar auf ungleiche Entwicklungschancen in den Volksgemeinschaften zurückführen, und versteigen sich auf Basis dieser Sichtweise dazu, wenigstens annähernd gleiche Lebensqualität für alle zu fordern. Ersteres ist aber nun nichts anderes als das Ergebnis einer höchst oberflächlichen Betrachtungsweise, und das Zweite schließlich gar eine Forderung, die mit der Schöpfung absolut nicht zu vereinbaren ist, wie uns heute täglich und unübersehbar vor Augen geführt wird.«

Mit »In der Tat kann niemand mehr übersehen« hakt da der Staatssekretär ein, und bringt damit den Kardinal um seine Abschlussbemerkung, »dass es nicht möglich ist, dass mehrere Milliarden Menschen all die Leistungen und Möglichkeiten nutzen, die uns der technische Fortschritt und unser geballtes Wissen auf vielen Gebieten erbracht haben. – Nur, verehrte Gräfin, Herr Kardinal und mein guter Reinhardt«, fährt Rehagen nach kurzem Überlegen mit etwas erhobener Stimme fort, »es ist absolut nicht einfach, der Mehrheit verständlich zu machen, dass sie in Zukunft nur mehr in eingeschränktem Maße daran teilhaben kann.«

Nach einigem Zögern fügt er noch hinzu: »Noch schwieriger ist es allerdings, einer im Überfluss lebenden Minderheit klarzumachen, dass es am einfachsten und wohl auch am sinnvollsten wäre, wenn alle Menschen ihre Ansprüche auf ein verträgliches Maß zurückschrauben, also eine zukunftsfähige Lebensweise akzeptieren würden.«

»Mann, Rehagen, was Sie da vorschlagen ist doch nichts anderes als einfallslose Gleichmacherei!«, wettert die Gräfin wieder los. »Nur weil es Ihnen und so vielen schwachbrüstigen Politikern an Durchsetzungsvermögen fehlt, sollen wir uns in eine Reihe mit Hinz und Kunz stellen. Mein Gott, unser großer Franz Josef Strauß hat doch schon in den Achtzigern flammend appelliert, dass wir uns keinesfalls einem primitiven und lähmenden Ökokommunismus ergeben dürfen.«

Die Gräfin trinkt hastig ein paar Schlucke Wasser und schickt dann einen entrüsteten Blick zu Rehagen hinüber.

Der gibt sich aber auf den gräflichen Angriff hin geradezu kämpferisch und dreht den Spieß geschickt um: »Verehrte Gräfin, ich stehe im Grunde der Lage ja ganz ähnlich gegenüber wie Sie. Aber im politischen Alltag sind Lösungen deutlich schwerer zu erreichen, als es von hier aus gesehen werden kann.« Und während er sich halb aufrichtet, schließt er mit Nachdruck daran an: »Gehen Sie doch selbst in die Politik, verehrte Frau Gräfin! Sie haben Format, das reklamierte Durchsetzungsvermögen und sind in jeder Weise unabhängig, was ein unschätzbarer Vorteil auf diesem Felde ist.«

»Das werde ich mir nicht antun, mein guter Rehagen. Alleine der Gedanke an Wahlkampf, stickige Versammlungssäle und an das Drücken der Hände von aufdringlichen Parteimitgliedern treibt mir den Schweiß auf die Stirn.«

»Nun ja, das sind leider die recht unangenehmen Seiten dieses Metiers«, gibt Rehagen unumwunden zu. »Aber neben den, wenn oft auch minimalen Gestaltungsmöglichkeiten, verehrte Frau Gräfin, ergeben sich für den Politiker immer wieder erhebliche Vorteile, weil er unter anderem auf der Ebene der Wirtschaft einen wertvollen Kenntnisvorsprung gegenüber allen anderen Mitgliedern einer Volksgemeinschaft besitzt. So kann ich heute schon empfehlen, weil wir vorhin die Problematik des Flugverkehrs angesprochen haben, sich von Wertpapieren zu trennen, die irgendwie damit zu tun haben. Momentan sind diese Anlagen zwar noch auf einem Rekordniveau, aber ihr Wert wird in den nächsten Jahren mit sich beschleunigendem Tempo fallen, weil die Umweltbelastungen, die mit dem Fliegen einhergehen, zu groß geworden sind. In Brüssel sind deshalb schon Konzepte und Maßnahmen in Vorbereitung, die eine deutliche Reduktion der Flugbewegungen im europäischen Luftraum zum Ziele haben.«

»Oh, das ist nun wirklich wieder eine wertvolle Info für mich, und wohl auch für dich, nicht wahr, Reinhardt?«, stellt die Gräfin erfreut und großzügig fest.

Reinhardt Wagenlenker nickt nur dazu, und so fährt die Gräfin hemmungslos freimütig fort: »Und diese Ihre Information zeigt nun auch erneut auf, dass ein Mensch wie ich nicht hautnah in der Politik tätig sein muss, Herr Staatssekretär. Wir haben ja Leute wie Sie als Partner, die, zwar etwas lax, wie ich gerade kritisieren musste, aber grundsätzlich für uns und in unserem Sinne tätig sind.«

Während ihrer letzten Worte lässt die Gräfin Rehagen einen entwaffnend freundlichen Blick zukommen und lehnt sich dann ganz gelöst und zufrieden in ihrem Sessel zurück.

Dem Staatssekretär missfällt dieser Stil, dem er in der Topgesellschaft immer wieder ausgesetzt ist, dennoch ganz entschieden. Er umfasst mit hartem Griff beide Armlehnen und sagt unüberhörbar missmutig: »Bei dieser Gelegenheit darf ich Sie, werte Frau Gräfin, aber schon daran erinnern, dass für uns Politiker das Zusammenspiel mit ihren Kreisen nicht unproblematisch ist. Ein Teil der Presse ist ja auch ständig auf der Suche nach unkorrekten Verhaltensweisen auf unserer

Seite, und wir sind deshalb ganz schnell in den Schlagzeilen oder haben gar eine Anklage am Hals.«

Die Gräfin berührt das wenig und antwortet darauf kühl und gelassen: »Damit müssen Sie leben. Und, wenn wir nun schon dabei sind, mein guter Herr Staatssekretär, dann darf *ich* wohl daran erinnern, dass unser Zusammenspiel, wie Sie zu sagen belieben, ja auch von erheblichem Wert für Ihre Person ist.«

Rehagen, dem der Ärger und die Frustration über die ungeschminkte Offenheit der Gräfin anzusehen ist, will darauf heftig antworten, aber er kommt nicht dazu, weil an die Salontüre geklopft wird. Die Gräfin, der diese Unterbrechung ganz willkommen ist, wendet sich zur Türe hin und ruft: »Ja, bitte!«

Das Dienstmädchen kommt mit einem Telefon in den Salon.

»Ein Gespräch für Herrn Staatssekretär«, sagt sie in Richtung Gräfin, gibt dann Rehagen das Telefon und verlässt den Salon mit Knicks.

Mit »Entschuldigt bitte« wendet sich der Staatssekretär kurz an die kleine Gesellschaft und meldet sich dann am Telefon. Er nickt während des Hörens einige Male zustimmend und antwortet schließlich: »Ich kann in etwa einer Stunde anwesend sein.« Und kurz darauf meint er noch ein wenig aufgeregt: »In Ordnung, auf Wiederhören.«

Rehagen legt das Telefon hastig auf den Tisch und sagt mit stockender Stimme: »Frau Gräfin, meine Herren, zu meinem größten Bedauern muss ich diese Runde umgehend verlassen, im Ministerium wurde überraschend ein Gespräch anberaumt.«

Er steht dann rasch auf und wendet sich halbwegs gefasst an die Gräfin: »Verehrte Frau Gräfin, herzlichen Dank für Ihre Einladung, und ich bin Ihnen trotz des kleinen Disputs von vorhin selbstverständlich auch weiterhin zu Diensten.«

Mit »Oh, Herr Staatssekretär, das freut mich sehr, dass wir das Kriegsbeil wieder begraben können« gibt sich die Gräfin erleichtert und steht auf.

Rehagen küsst ihr die Hand und wünscht Reinhardt Wagenlenker und dem Kardinal einen schönen Abend.

Der Kardinal verabschiedet ihn im Sitzen mit »Gott sei mit Ihnen«.

Reinhardt Wagenlenker dagegen steht auf, drückt Rehagen freundschaftlich die Hand und sagt zu ihm: »Ciao, Bodo, und mach's gut, alter Freund.«

An den Kardinal und Reinhardt Wagenlenker gewandt sagt die Gräfin: »Ihr entschuldigt mich bitte für einen Moment, meine Herren, ich möchte den Herrn Staatssekretär nur ganz kurz nach draußen begleiten.«

In der Halle hört man sie nach einer Weile sagen: »Ich weiß Ihre Dienste nach wie vor sehr zu schätzen, Herr Rehagen, und ich bin Ihnen auch in Zukunft sehr dankbar dafür. Also, dann auf Wiedersehen und gute Fahrt, Herr Staatssekretär.«

Als sie wieder zurück ist, meint sie nach einem kurzen Blick auf den Tisch erschrocken: »Oh, entschuldigt bitte, ihr sitzt ja beide vor leeren Tassen und Gläsern. Mein Gott, was bin ich doch für eine nachlässige Gastgeberin! Also, meine Herren, sagt mir doch bitte, was ich euch jetzt bringen lassen darf.«

»Darf ich Sie noch einmal um einen Cognac bitten?«, fragt etwas zögerlich der Kardinal.

»Aber sicher, lieber Kardinal.«

»Und ich, Eleonore, hätte jetzt gerne ein Pils, wenn sich das machen lässt.«

»Natürlich lässt sich das machen, Reinhardt!«

Mit der Verlässlichkeit eines Uhrwerks kommt das Dienstmädchen auf das Klingeln der Gräfin in den Salon, wiederholt deren Auftrag und geht wieder mit Knicks.

Nachdem Annina den Salon verlassen hat, meint Reinhardt Wagenlenker: »Ich denke, wir sollten jetzt in aller Ruhe auf euer Grundstücksgeschäft zurückkommen.« Und während er sich zum Kardinal hinwendet fragt er neugierig: »Wie ist denn die Kirche eigentlich in den Besitz dieses landschaftlich so reizvollen Areals gekommen, Johannes?«

»Ein Bauer hat es uns vermacht.«

»Er wollte damit wohl seine Eintrittskarte in den Himmel lösen, der gute Mann«, meint da Reinhardt Wagenlenker augenzwinkernd.

»Reinhardt, diese Zeiten sind vorbei!«, rügt ihn der Kardinal ein wenig vorschnell. Denn gleich darauf besinnt er sich und meint: »Obwohl, vielleicht doch, denn im Dom, wenn ich richtig informiert bin, wird jedes Jahr eine große Messe für ihn und seine Frau gelesen.«

»Siehst du. Auf jeden Fall wollte er wohl ein gutes Werk tun, bevor er unsere Erde verlässt. Und ich ...«

Ungehalten und genervt fährt die Gräfin dazwischen: »Reinhardt, das ist doch schon wieder eine total unnötige Diskussion, und außerdem klingt mir das höchst unangenehm nach deiner Tochter! – Ja, und abgesehen davon, mein Freund, mit meinem Wellnessprojekt schaffe ich jede Menge Arbeitsplätze für die Leute hier auf den Dörfern und in der Stadt. Und damit erfüllt sich, wenn du das unbedingt so sehen willst, doch auch sehr schön die vielleicht einmal gegebene hehre Absicht des Bauern, oder etwa nicht?«

»Schon gut, schon gut, Eleonore! – Übrigens, bevor ich es vergesse, dem Bau des Autobahnteilstücks, nur ein paar Kilometer nördlich von deinem Vorhaben, steht nun nichts mehr im Wege, wie ich erst gestern von unserem Freund im Innenministerium erfahren habe. Und diese staatliche Baumaßnahme wird die Naturschützer, die Grünen und alle Berufsquerulanten in unserer Gegend über Jahre beschäftigen. Du kannst also dein Vorhaben im Windschatten dieses Projekts vermutlich relativ ungestört durchziehen.«

»Ach Reinhardt, du bist ja doch ein Schatz!«, gesteht die Gräfin hocherfreut und eröffnet ihm auch noch unumwunden: »Wegen so vielem Anderen, musst du wissen, habe ich das Autobahnprojekt gar nicht mehr beachtet.« Und nach einem kleinen Seufzer wird sie geradezu euphorisch: »O Reinhardt, dir und dem Himmel sei gedankt!« Sie haucht ihm einen Kuss zu und erklärt: »Denn diese Freigabe erspart mir ganz bestimmt viele schlaflose Nächte.«

»Verehrte Gräfin, bemühen Sie deswegen nicht den Himmel!«, rügt sie der Kardinal streng, schließt aber umgehend und ohne Skrupel daran an: »Mich lässt dessen Erwähnung allerdings auf den großherzigen Erblasser zurückkommen. Wenn nämlich Ihr Werk wie geplant gelingt, setzt sich sein gottgefälliges letztes Handeln tatsächlich in schönster Weise fort. Denn Ihre wirtschaftliche Situation bessert und festigt sich vermutlich ganz erheblich, in der Region entstehen darüber hinaus eine ganze Reihe neuer Arbeitsplätze und, Dank Ihrer großherzigen Unterstützung, kann in Bälde im Dom die neue Orgel zum Lobe Gottes erklingen.«

Reinhardt Wagenlenker kann nur staunen, wie elegant der Kardinal einen Bogen von einer aus seiner Sicht notwendigen Rüge, über eine wohlwollende Schau auf die Aktivitäten der Gräfin, zu seinen Zielen schlägt.

Auf das Gesicht der Gräfin legt sich dagegen für einen Augenblick ein gequältes Lächeln. Sie seufzt dann kurz auf und stößt grimmig heraus: »Mein lieber Kardinal, Sie sind so unausstehlich wie ein kleiner Junge vor Weihnachten!«

Nach einem Schluck Kaffee lehnt sie sich ein wenig verkrampft zurück, überlegt eine Weile und sagt schließlich energisch: »Also, damit dieses Thema endlich vom Tisch ist, ich werde demnächst eine erste Spende für Ihre Orgel überweisen lassen. Aber Gnade Ihnen Gott, wenn ich nicht bald darauf im Besitz der Grundstücke bin!«

Mit »Aber, aber, verehrte Frau Gräfin!« reagiert der Kardinal zunächst recht ungehalten. Nach einmal tief Luft holen sagt er aber ganz gelassen, ja geradezu locker: »Sie kennen mich und die Kirche doch seit vielen Jahren nur als absolut verlässliche Partner. Für mich, verehrte Gräfin, ist dieser Handel nun perfekt, und wir sollten tunlichst mit Ihrem wunderbaren Cognac darauf anstoßen.«

»Aber gerne, Eure Eminenz.«

Es ist bisher höchst selten vorgekommen, dass die Gräfin den Kardinal so respektvoll angesprochen hat. Aber in dem Augenblick, da sich die Türen zu ihrem seit langem geplanten Großprojekt weit öffnen, fällt sie unbewusst in die Rolle einer untertänigen Bittstellerin.

Sie klingelt unverzüglich dem Dienstmädchen und trinkt dann gedankenverloren den inzwischen kalten Rest in ihrer Kaffeetasse.

Annina kommt kurz darauf mit dem Pils und dem Cognac in den Salon. Die junge Frau hat den Tisch noch gar nicht erreicht, da instruiert sie die Gräfin auch schon: »Das Pils für Herrn Wagenlenker und den Cognac für den Herrn Kardinal ... und ... und dann bringen Sie uns bitte noch ganz schnell zwei weitere Cognac.«

»Jawohl, Frau Gräfin!« Annina serviert hastig die Getränke und eilt dann ohne Knicks hinaus.

Reinhardt Wagenlenker, der mit großer Erleichterung den vorläufigen Abschluss dieses langwierigen Grundstücktransfers aufgenommen hat, schiebt das Pilsglas in Gedanken eine Weile im Kreis herum und sagt dann zur Gräfin: »Eleonore, ein Tipp für eine möglichst glatte Abwicklung deines Vorhabens ›Wellnesszentrum‹: Zu deinem Mittsommerfest lädst du diesmal nicht nur den ersten und zweiten Bürgermeister ein, sondern auch den Chef vom Bauamt und alle Fraktionsvorsitzenden des Stadtrates. Ich denke, dass sich während des Festes bestimmt die eine oder andere Gelegenheit ergibt, bei der du diese Herren mit deinem Projekt vertraut machen und in eine geneigte Stimmung versetzen kannst. Den ersten Bürgermeister und den Bauamtsleiter machst du ja alleine schon glücklich, wenn sie dir nur die Hand küssen dürfen, nicht wahr, Eleonore?«

»Mein lieber Reinhardt«, die Gräfin und lässt sich mit entrüsteter Miene in die Rückenlehne fallen, »du bist mir wieder einmal eine Spur zu indiskret! Aber trotzdem, Dank auch für diese Anregung.«

»Mit der Generierung positiver Stimmungen hast du wohl vor einigen Jahren auch deine neue Fertigungsanlage durchgesetzt, du Schlitzohr«, mutmaßt der Kardinal augenzwinkernd. »Ja, und dann …«

Das Klopfen des Dienstmädchens unterbricht den Ausflug des Kardinals in die Vita des Unternehmers Wagenlenker. Auf das »Ja, bitte!« der Gräfin kommt Annina in den Salon, stellt das Tablett mit den beiden Cognac auf den Tisch und bleibt abwartend stehen.

»Danke, ich übernehme das selbst«, sagt die Gräfin, die mit ihren Gedanken mit einem Mal weit weg war, erst nach einer ganzen Weile.

Annina verlässt daraufhin den Salon wieder brav mit Knicks, der ihr wohl noch nicht so ganz in Fleisch und Blut übergegangenen ist.

Die Gräfin reicht einen Cognacschwenker Reinhardt Wagenlenker und sagt dann strahlend: »Also, meine Herren, auf euer Wohl und auch weiterhin auf ein gutes Zusammenwirken.«

»Zum Wohle«, wünschen Reinhardt Wagenlenker und der Kardinal, der noch hinzufügt: »Und Gottes Segen für Ihr Wellnessprojekt.«

»Danke, mein lieber Kardinal, den kann ich gut gebrauchen.« Die Gräfin deutet noch ein Anstoßen an und lehnt sich dann sichtlich erleichtert in ihrem Sessel zurück. Sie lässt den Cognac noch ein paar Augenblicke lang im Glas zirkulieren und nimmt schließlich einen kleinen Schluck zu sich.

Mit »Mein lieber Johannes, bezüglich der von dir vorhin angesprochenen Betriebserweiterung muss ich wohl etwas zurechtrücken« kommt Wagenlenker nach einem guten Schluck auf seine letzte größere Investition zurück.

Er lehnt sich mit dem Cognacschwenker in der Hand zurück und sagt dann in souveräner Manier: »Von dieser Maßnahme musste ich letztlich nur – und noch dazu ohne viel Mühe – unseren damaligen Wirtschaftsminister überzeugen. Danach lief alles andere wie geschmiert.«

Mit »O, o, o, mein guter Reinhardt, du hast doch damals ganz massiv mit der Verlagerung von Arbeitsplätzen in den osteuropäischen Raum gedroht!« korrigiert ihn die Gräfin mit gespielt strenger Miene. Sie lehnt sich dann total relaxed noch weiter zurück, schlägt ihre langen, wohlgeformten Beine übereinander und geniest ungeniert den Blick des Kardinals auf dieselben.

Mit »Also bitte, verehrte Eleonore, du weißt doch recht gut, dass Drohgebärden nicht meine Art sind!« weist Reinhardt Wagenlenker die Gräfin zurecht und stellt den Cognacschwenker mit einer missmutigen Bewegung auf den Tisch. Einigermaßen aufgebracht erklärt er dann noch: »Ich habe damals dem Minister lediglich dargelegt, dass mich nach dem Zusammenbruch der kommunistischen Welt, die dramatisch veränderten Rahmenbedingungen im Wirtschaftsleben schlicht und einfach dazu zwingen, in den Osten zu gehen, wenn hier die Bedingungen für eine Betriebserweiterung so ungünstig bleiben. So war das, und keinen Deut anders, meine Gute!«

»Ach bitte, kriegt euch doch nicht schon wieder in die Haare!«, mahnt sie der Kardinal besorgt. Im Grunde kommt ihm diese neuerliche Reiberei aber auch entgegen, weil sie ihn von der freizügig dargebotenen Fleischlichkeit der Gräfin ablenkt.

Und so greift er auch dankbar den Kernpunkt dieser Auseinandersetzung auf, um ein Statement zu den Problemen anzubringen, denen die Menschen in den Führungsetagen häufig ausgesetzt sind; Probleme, die auch ihn zunehmend beschäftigen und belasten.

»Wir tragenden Säulen der Gesellschaft«, beginnt er also noch relativ emotionslos, »geraten leider häufig in Situationen, die uns Schritte abverlangen, die auf den ersten Blick weder gottgefällig noch dem Gemeinwohl dienlich erscheinen.«

Ächzend beugt er sich daraufhin nach vorne, greift nach seinem Cognacschwenker und lehnt sich mit diesem wieder zurück. Wie Halt suchend umfasst er ihn dann mit beiden Händen und fährt, den Blick mehr ins Glas als auf seine Gegenüber gerichtet, bekümmert fort: »So ist es zum Beispiel für mich immer wieder ganz besonders bedrückend, wenn meine Glaubensschwestern und Glaubensbrüder aufgeschreckt und mit Unverständnis auf so manche Entscheidung von uns Kirchenobern reagieren.«

Mit »O ja, Ihr Kirchenführer habt es derzeit wirklich nicht leicht, das haben Sie heute ja schon einmal anklingen lassen« geht die Gräfin flugs und mit leicht spöttischem Unterton auf seine Betrachtungen ein. Sie wechselt dann aber skrupellos das Thema, denn sie verspürt im Moment keine Lust, sich mit einem Problem zu beschäftigen, dem die Menschen in Führungspositionen grundsätzlich gegenüber stehen.

»Der Wirtschaftsminister«, schließt sie also umgehend daran an, und bringt damit den Kardinal auch um eine Entgegnung auf ihre locker hingeworfene Bemerkung, »war ein Stichwort für mich, meine Herren.« Sie streicht ihren Rock zu den Knien hin glatt und sagt dabei geschäftig: »Also, ich meine, wir sollten tunlichst unsere Anlageaktivitäten auf den Windkraftsektor ausdehnen, bevor sich früher oder später verstärkt die Fondsmanager darauf stürzen und die Kurse gewaltig zu steigen beginnen. Unser Mann im Umweltministerium ließ nämlich vor kurzem mir gegenüber durchblicken, dass jetzt sogar die Christsozialen ihre ablehnende Haltung gegenüber der Windkraft aufgeben wollen, und damit auch die restriktive Genehmigungspraxis unserer Landesregierung gegenüber den Windrädern bald der Vergangenheit angehören könnte. Regionale Energieerzeugung und regenerative Energieformen vor Landschaftsbild, soll sich in der Partei durchgesetzt haben. Und«, schließt sie süffisant lächelnd daran an, »angeblich sieht dort so mancher im Windrad sogar schon ein Symbol seines Glaubens ... etwa so, wie den Kirchturm.«

Mit »Verehrte Gräfin, so weit wollen wir nun aber bitte nicht gehen!« rügt sie der Kardinal diesmal äußerst streng und stellt den Cognacschwenker auf den Tisch zurück.

Recht überzeugt und wieder um Verständigung bemüht, meint er gleich darauf allerdings: »Aber sicher fügt sich diese Art der Energiegewinnung wesentlich harmonischer in den Schöpfungsplan ein, als so manche andere. Wir können also unser gutes Geld mit ruhigem Gewissen in diesem Sektor anlegen, und mit dem Wind sicher auch langfristig eine recht ansehnliche Rendite erzielen.

Wegen der gravierenden Umweltbelastungen«, merkt er nach kurzem Überlegen noch an, »die mit der Bereitstellung von Strom durch das Verbrennen von fossilen Energieträgern verbunden sind – von der nuklearen Stromgewinnung will ich gar nicht erst reden –, ergibt sich für uns Christenmenschen sogar eine gewisse Verpflichtung, in diesem Wirtschaftszweig investiv tätig zu werden.«

Reinhardt Wagenlenker und selbst die gerügte Gräfin vermerken nach diesem Statement des Kardinals unisono erstaunt, dass sich die Vermittlung und Bewahrung des christlichen Glaubens und die fundierte Beschäftigung mit der Ökonomie offenbar nach wie vor nicht im Wege stehen.

Der Kardinal ergreift wieder seinen Cognacschwenker, trinkt nun auch einen Schluck, beugt sich dann zu seinem Freund hinüber und sagt: »Du, Reinhardt, wenn ich noch einmal auf deine Aktivitäten als Unternehmer zurückkommen darf; wie entwickeln sich denn deine jüngsten Auslagerungspläne in Richtung Ukraine, und könnte es nicht sein, dass die Stadt und auch der Staat die steuerlichen und sonstigen Vergünstigungen, die sie dir in den Neunzigern gewährten, zurückfordern?«

»Mit den Leuten in der Ukraine bin ich weitgehend einig, Johannes. Und hier vor Ort und von Seiten des Landes erwarte ich keine größeren Probleme, weil ein bedeutender Teil der Produktion und die gesamte Entwicklung im Stammhaus verbleiben. Mir würde es also nicht schwer fallen, etwaige Rückforderungen abzuwehren«, antwortet Reinhardt Wagenlenker offen und ehrlich. Weil er aber dieses doch etwas heikle Thema nicht vertiefen möchte, hebt er sein Glas und bringt einen Toast aus: »Also, dann noch einmal, auf unser aller Wohl und eine gute Entwicklung unserer Vorhaben, meine Lieben!«

Mit »Zum Wohle!« bleibt die Gräfin knapp und setzt das erhobene Glas, ohne daraus getrunken zu haben, wieder ab. Und dann bricht auch schon eine neuerliche Unmutswelle aus ihr hervor: »Mein lieber Herr Kardinal«, beginnt sie noch halbwegs gefasst, »Ihre so leicht und beiläufig hingeworfene Bemerkung bezüglich der Steuern weckt in mir die fast schon chronische Wut auf diesen Staat, der mir zunehmend die Freude an der Arbeit nimmt und den Aufenthalt in diesem Lande vergällt! Würde man nämlich mit uns ideologiefrei und mit Verstand zusammenarbeiten, dann käme man ganz schnell dazu, Unternehmen wie die unseren gar nicht oder nur minimal zu besteuern, denn dem Staat fließen ja schon große Summen über die Besteuerung der Menschen zu, die wir beschäftigen. Unsere Aktivitäten werden also vom Staat letztlich zweimal belastet, und er drängt uns somit geradezu zur Steuerhinterziehung und in die Steuerflucht.«

Sie richtet sich nach kurzem Atemholen erregt auf und legt dann erst so richtig los: »Und, was tut dieses gefräßige Monster mit den Geldströmen? Es erbringt soziale Leistungen, die höchst selten in unserem Sinne sind! Warum haben wir denn heute so unsägliche Probleme mit Hilfskräften, meine Herren? Weil das Nichtstun vom Staat derart lukrativ honoriert wird, sodass wir eine ganze Reihe von einfachen Arbeitsplätzen in unseren Häusern und Unternehmen nicht mehr besetzen können!«

Die Gräfin greift sich nach dieser Kanonade hektisch ihren Cognacschwenker und leert ihn in einem Zug. Sie lässt sich dann in die Sessellehne fallen und setzt ihr Lamento unvermindert fort: »Wie und warum also, meine Herren, soll unsereiner unter solchen Vorzeichen diesem unseligen und über Gebühr aufgeblähten Staat noch die Stange halten und dazu auch noch seine Führungsmannschaft anerkennen? Eine Mannschaft, die mehrheitlich von Leuten gewählt wurde, die nichts anderes als einen Versorgungsstaat im Auge haben und gar nicht daran denken, ihr Schicksal in die eigenen Hände zu nehmen. Dieser Staat, der vorrangig unser Arbeiten behindert und uns aufhält; der uns Lobbyarbeit abfordert, damit dieses Land nicht wirtschaftlich abstürzt, und uns darüber hinaus in erbärmliche Koalitionen mit seinen Politikern und Verwaltungsleuten zwingt.«

Die Gräfin hält es nun nicht mehr im Sessel. Sie steht mit einem Ruck auf, marschiert wieder zum Sideboard, lehnt sich in Anklägermanier daran und verkündet: »Wenn schon nicht Brasilien, dann werde ich über kurz oder lang ernsthaft überlegen, wenigstens den Wohnsitz und Teile der Kosmetiksektion nach Marokko zu verlegen. Das Klima ist dort meteorologisch gesehen noch erträglich, für Unternehmen und Unternehmer aber um Welten freundlicher als hierzulande.«

Der Kardinal und Reinhardt Wagenlenker sind ihr mit besorgten Blicken gefolgt, und Reinhardt entdeckt zum ersten Mal eine deutliche Ähnlichkeit zwischen den Gesichtszügen der Gräfin und denen ihres Großvaters auf dem Gemälde über ihr. Gleichzeitig befällt ihn ein bedrückender Gedanke: Sie steht da, als würde sie zu ihren Truppen sprechen, die sie auf einen Feldzug einstimmen will. Sie wirkt so, als hätte sie den Feind und die nächste Schlacht schon deutlich vor Augen.

Den Kardinal dagegen berührt offenbar nur die Ankündigung, dass sie nach Marokko gehen möchte. Denn kaum ist die Drohung der Gräfin im Salon verhallt, stöhnt er auch schon geschockt: »Aber verehrte Gräfin, das können Sie mir und unserem ganzen Kreis doch nicht antun!«

Er setzt sich auf, dreht sich ganz zu ihr hin und appelliert dann eindringlich: »Mit Ihnen gingen doch unsere so erbaulichen Nachmittage und all die schönen Feste für immer verloren; es würde wieder ein Stück aus einer Welt herausbrechen, die es doch zu erhalten und zu festigen gilt. Rückzug kann doch ganz und gar nicht Ihre Sache sein!«

Er atmet einmal tief durch, schaut kurz auf das Gemälde über ihr und sagt dann mit deutlichem Vorwurf in der Stimme: »Und denken Sie doch auch an Ihren Herrn Großvater, verehrte Frau Gräfin! Der über alle Maßen verdiente Generalfeldmarschall würde diesen Schritt ganz sicher als Feigheit vor dem Feind werten und aus seiner Gruft heraus fahren wollen, um das zu verhindern.«

Der Kardinal möchte noch ein weiteres Argument gegen ihre Flucht ins nördliche Afrika vorbringen, aber da herrscht ihn die Gräfin auch schon ungehalten an: »Kardinal Hallhuber, jetzt bleiben Sie aber auf dem Teppich!« Und während sie mit energischen Schritten zu ihrem Sessel zurück marschiert und sich wieder setzt, erklärt sie noch: »Herr Kardinal, meine Vorfahren stammen aus der russischen Steppenregion, was Ihnen vielleicht nicht bekannt ist. In mehreren Etappen, zuletzt über Ungarn, gelangten die Hortocánys schließlich hierher. Strategische Bewegungen sind also seit jeher ein Schlüssel für unsere Erfolge. Und in der modernen Welt, das dürfte Ihnen sicher nicht unbekannt sein, spielt der Standort letztlich eine gänzlich untergeordnete Rolle.«

»Das mag ja alles sein«, gesteht der Kardinal widerwillig zu. Er lässt sich aber dennoch nicht davon abhalten, das für ihn höchst unerfreuliche Szenario weiter auszumalen: »Sie würden mir aber über die Maßen fehlen, verehrte Gräfin! Meine frei verfügbare Zeit müsste ich dann wohl oder übel öfter bei der esoterisch angehauchten Verlegerfamilie Meininger oder am Ende gar bei den knauserigen und freudlosen Graniers verbringen, die alleine einen kleinen Cognac penibel als unverzeihliche Verfehlung registrieren, und wo neben der Führung ihrer Bank, Kant und Kafka die Basis jeglicher Unterhaltung bilden.«

Reinhardt Wagenlenker, dem die Aufgeregtheit des Kardinals allmählich zu viel wird, und der die Ausbruchsphantasien der Gräfin zur Genüge kennt, nimmt die Erwähnung der Familie Meininger dankbar auf und stoppt den Kardinal, indem er einwirft: »Gut, dass unser Kardinal die Meiningers erwähnt hat, Eleonore. Ich meine nämlich, dass du den Kontakt zum Verleger unserer regionalen Zeitung wieder etwas beleben solltest. Den hast du, soweit ich das beobachten konnte, in der letzten Zeit nämlich arg vernachlässigt. Und ohne eine geneigte Presse, das wissen wir nur zu gut, sind unsere Pläne letztlich ungleich schwerer zu verfolgen.«

»Ach Reinhardt, wenn ich dich nicht hätte«, sagt die Gräfin dankbar und nimmt einen Schluck Wasser zu sich. Sie lehnt sich dann halbwegs entspannt in ihrem Sessel zurück und gesteht: »Ich kann diesen Meininger zwar nur mit großer Überwindung ertragen, aber du hast ja nur zu Recht. Und weil aller guten Dinge drei sind, hast du jetzt ein Abendessen bei mir gut, einverstanden?«

Der Blick, den ihm die Gräfin dabei zukommen lässt, treibt Reinhardt Wagenlenker umgehend eine leichte Röte ins Gesicht. Und so antwortet er auf das eindeutige Angebot auch etwas holprig: »Oh … das nehme ich gerne an … liebe Eleonore.« Auch nicht gerade leidenschaftlich meint er mit einiger Verzögerung noch: »Und außerdem möchte ich mich voll und ganz dem Kardinal anschließen: Auch für mich, und ganz sicher auch für alle unsere Freunde, wäre es ein großer Verlust, wenn du wirklich von hier weggehen würdest.«

»Das hat der Kardinal aber schöner und gewinnender gesagt, du steifer Gentleman!«, kritisiert ihn die Gräfin kokett und schießt einen herausfordernden Blick auf ihn ab.

Der Kardinal schlägt mit beiden Händen auf die Armlehnen und schimpft: »Hört auf Ihr zwei, Ihr macht mir das Kardinalsein wieder einmal schwerer als nötig!«

»Das haben Sie sich aber selbst zuzuschreiben, mein guter Kardinal«, kontert die Gräfin und fährt im gleichen Tenor fort: »Der Mensch kann eben nicht alles haben, da waren wir uns doch gerade vorhin einig. Kirchliche Macht und alle weltlichen Genüsse, das geht eben derzeit nicht zusammen, das stellt Ihr Kirchenoberen doch selber immer wieder fest, oder etwa nicht?«

Mit »Sie sind schrecklich, Gräfin, was treibt Sie denn nur dazu, mir diese unglückselige Tatsache so gnadenlos zu servieren?!« beklagt sich der Kardinal erneut, und schickt nach einem schweren Seufzer vorwurfsvoll hinterher: »Dabei wissen Sie doch sehr gut, dass diesbezüglich in unserer Kirche von oben bis unten keine Einigkeit herrscht. Aber leider haben es die Päpste immer wieder verstanden, Mehrheiten gegen lebensbejahende Männer um sich zu scharen.«

»Und so gibt uns Ihre Kirche wiederholt kein gutes Beispiel«, gibt sich die Gräfin kritisch, die Gefallen daran gefunden hat, den Kardinal ein wenig hochzunehmen. »Und da fragt man sich unwillkürlich schon«, fährt sie genüsslich fort, »wie soll sich denn die Welt zum Besseren wenden, wenn nicht einmal *Ihr* Einigkeit in elementaren Fragen erzielen könnt?«

Nach diesem Seitenhieb schlägt sie schwungvoll die Beine übereinander, stützt den Kopf mit dem rechten Arm auf der Armlehne ab, und schaut nun den Kardinal herausfordernd an.

Dem ist offenbar entgangen, dass es der Gräfin

ein geradezu diebisches Vergnügen bereitet, ihn aus der Reserve zu locken. Ihr im Grunde durchaus berechtigter Angriff stößt aber dennoch ins Leere, weil ihn der Kardinal nicht auf Anhieb parieren kann. Er entgegnet ihr deshalb nur entrüstet: »Sie sagen *Ihre* Kirche, Frau Gräfin! Dabei sind Sie doch selbst ein Mitglied unserer Glaubensgemeinschaft.«

Mit »Ja doch, Kardinal, wenn es mir nicht zum Schaden gereicht, schon« bleibt die Gräfin ungerührt auf ihrem Kurs.

Reinhardt Wagenlenker findet, dass das üble Spiel, das die Gräfin da treibt, nun ein Ende haben sollte. Er wirft ihr einen missbilligenden Blick zu und sagt: »Du bist wieder einmal beispiellos offen und ehrlich, meine gute Eleonore. – Wie so oft«, fügt er einen Atemzug später gottergeben hinzu.

Er wendet sich dann zum Kardinal hin und meint so versöhnlich er nur kann: »Aber letztlich schätzen wir das doch an ihr, nicht wahr, Johannes?«

»Ja und nein. Manchmal ist diese Offenheit schon schwer zu ertragen«, sagt der Kirchenfürst bitter.

»Ach, sind Sie doch nicht so empfindlich, Kardinal! Offenheit und uneingeschränkte Ehrlichkeit sind doch auch ein zentraler Inhalt der christlichen Lehre, oder etwa nicht?«

»Aber nicht bis zum Exzess, werte Frau Gräfin!«

Der Kardinal trinkt den Rest Cognac in seinem Glas und schaut auf seine Taschenuhr. Mit »Oh, die Zeit ist schon weit fortgeschritten!« gibt er sich überrascht und schließt umgehend daran an: »Mein Fahrer wartet bestimmt schon draußen im Park.«

Er steht auf und sagt mit eingetrübter Miene und leicht bebender Stimme: »Verehrte Gräfin, es war wieder ein fruchtbarer und abwechslungsreicher Aufenthalt in Ihrem Hause.«

Und während die Gräfin und Wagenlenker aufstehen, schließt er standhaft daran an: »Ich danke Ihnen für Ihre Gastfreundschaft und wünsche Ihnen Gottes Segen bis zu unserem nächsten Zusammentreffen.«

»Ach lieber Kardinal, *ich* habe Ihnen zu danken! Und vergessen Sie bitte ganz schnell meine gelegentliche Raubeinigkeit, für die wohl das Tatarenblut in mir verantwortlich ist.«

Mit »Ja, ja, das Tatarenblut, das macht dir das Leben nicht gerade leicht, liebe Eleonore« wagt Reinhardt Wagenlenker eine Diagnose und streicht ihr dabei sanft über den Rücken. Auch nur bedingt diplomatisch meint er dann noch und drückt die Gräfin kurz an sich: »Aber, und wenn ich mich auch wiederholen sollte, vielleicht lieben wir dich – einer wie der andere – am Ende gerade deswegen.«

Er versetzt dann dem Kardinal einen freundschaftlichen Stoß mit dem Ellenbogen und sagt in aufmunterndem Tonfall zu ihm: » Könnte es nicht so sein, Johannes?«

Der Kardinal nickt nur tapfer und wendet sich zum Gehen.

»Liebe Eleonore, ich darf mich doch dem Kardinal anschließen?«, sagt kurz entschlossen Reinhardt Wagenlenker und trinkt im Stehen den Rest von seinem Cognac. »Auch wenn morgen Samstag ist, muss ich trotzdem früh aus den Federn, weil wir eine neue Drehmaschine einfahren müssen. Ich möchte zumindest am Vormittag mit dabei sein, das verstehst du ja bestimmt, oder?«

Mit »Aber ja, Reinhardt« gibt sich die Gräfin verständnisvoll. Sie reicht dann den beiden die Hand zum Kuss und begleitet sie hinaus. Vor der Freitreppe hält sie an, wünscht ihnen noch einen schönen Abend und alles Gute bis zum nächsten Treffen.

Reinhardt Wagenlenker küsst die Gräfin noch flüchtig auf beide Wangen und wünscht ihr ein schönes Wochenende. Der Kardinal bringt nicht mehr als ein »Gott behüte Sie« zustande und wendet sich dann auch schon zur Treppe hin.

Während die beiden auf ihre Wagen zugehen, winkt ihnen die Gräfin noch kurz nach und kehrt dann mit gemischten Gefühlen in den Salon zurück.

Bevor der Kardinal und Reinhardt Wagenlenker ihre Wagen erreichen, hält Wagenlenker an und redet auf den Kardinal ein: »Mein lieber Johannes, lass dir doch von unserem Raubein nicht so sehr die Laune verderben! Sie ist zurzeit wohl ziemlich überlastet und überzieht deshalb in ihrem Reden leicht einmal. Im Nachhinein tut ihr das dann oft leid und sie macht sich Vorwürfe.

Kirchenfürsten reizen sie ja seit jeher besonders, das weißt du ja. Und, im Ernst, Johannes, ich glaube, sie bedauert es sehr, dass du ein katholischer Würdenträger bist und deshalb in ihren Augen nicht der Mann sein kannst, wie es von der Natur vorgesehen ist.«

»Ach Reinhardt, mach dir doch nicht groß Gedanken um mich, ich bin ja schon wieder ganz okay. Im

Grunde ist die Gräfin ja eine wunderbare Frau und ich mag sie sehr – vielleicht etwas zu sehr eben.«

Weil Reinhardt Wagenlenker zu diesem Dilemma so gar nichts einfällt, sagt er nur ein wenig hilflos: »Ja dann, Johannes … Also, ich wünsche dir eine gute Heimfahrt … Und … und vielleicht treffen wir uns demnächst wieder einmal bei mir oder bei dir für eine Schachpartie, was meinst du? – Übrigens, ich habe eine neue Eröffnung in petto, an der wirst du schwer zu beißen haben.«

»Oja, das machen wir! Und ich bin jetzt schon recht gespannt, was du mir da präsentieren wirst. Vielleicht gewinnst du damit zur Abwechslung auch wieder einmal, mein Freund.«

»Aber ganz gewiss, Johannes! Ich werde dich überrumpeln, wie du es noch nicht erlebt hast.«

»Wir werden ja sehen … und bis dahin Gottes Segen auch für dich. Und komme gut nach Hause, Reinhardt.«

Der Kardinal drückt Reinhardt Wagenlenker fest und herzlich die Hand und geht dann schnellen Schrittes zu seinem Wagen. Sein Chauffeur öffnet ihm mit einem respektvollen »Bitte, Eure Eminenz« die hintere Wagentüre, schließt sie wieder und steuert dann den schweren schwarzen Wagen langsam die Auffahrt hinunter.

Wagenlenker schaut dem Wagen kurz nach und geht dann gedankenverloren zu seinem Auto.

In den Salon zurückgekehrt, setzt sich die Gräfin lässig auf eine Sessellehne und sinniert vor sich hin: Er ist ein armer Teufel, unser Kardinal. Er hat aufs falsche Pferd gesetzt und muss nun ziemlich einsam durchs Leben reiten. Ich sollte besser ihn einmal zum Dinner einladen – wer weiß? Es wird bestimmt nicht langweilig mit ihm. Reinhardt ist ja meistens so lähmend nüchtern und kaum einmal für eine amüsante Überraschung gut.

Als ihr Blick durch eines der Fenster fällt, bemerkt sie, dass sich der Sturm inzwischen gelegt hat, und beschließt, vor dem Dinner noch zum Schwimmen zu gehen.

Im Park trifft sie den Gärtner Sebastian, der den großen Handwagen hinter sich her zieht, hoch beladen mit den vom Sturm abgebrochenen Ästen.

»Aber Sebastian, Sie machen noch nicht Feierabend?«

»Verehrte Frau Gräfin, heute Nacht regnet es vielleicht schon, dann sind die Äste nass und ich muss mit dem Zersägen und Hacken ein paar Tage warten.«

»Ach, mein guter Sebastian, Sie wissen doch, dass ich noch heuer eine neue Heizungsanlage einbauen lasse, an die auch Ihr Zimmer angeschlossen wird. Umständlich selber heizen ist dann für Sie passé.«

»Verehrte Frau Gräfin, ich weiß, ich weiß. Aber ich traue der modernen Technik nicht so ganz. Und außerdem, selbst wenn das mit den Hackschnitzeln funktioniert, ich habe mich so an das Brennholzmachen gewöhnt, ich kann mir gar nicht vorstellen, das eines Tages aufzugeben.«

»Mein lieber Sebastian, Sie werden sich bestimmt ganz schnell umstellen, wenn Sie nur mehr den Thermostaten am Heizkörper betätigen müssen.«

»Das kann ja vielleicht sein, verehrte Gräfin. Aber da ist noch ein anderer Aspekt. Ich erspare mir mit der

Handarbeit so manchen Arztbesuch und auch das Fitnessstudio.«

»Damit haben Sie allerdings Recht, Sebastian. Ich meine allerdings schon, dass die Körperertüchtigung im Fitnessstudio erheblich unterhaltsamer ist, als jegliche Handarbeit; nicht zuletzt auch wegen der Weiblichkeit, die dort immer anzutreffen ist.«

»Oh, diesbezüglich leide ich hier ja nicht gerade unter Mangel«, sagt Sebastian mutig, wird aber augenblicklich rot dabei.

Die Gräfin kann ein amüsiertes Lächeln nicht zurückhalten und Sebastian wechselt umgehend das Thema: »Aber sagen Sie«, sagt er besorgt, »Sie wollen jetzt doch nicht im Ernst schwimmen gehen? Das Wasser ist saukalt, weil es der Sturm stundenlang aufgewühlt hat. Schwimmen ist da kein Vergnügen mehr, und außerdem würden Sie sich dabei eine arge Erkältung holen, verehrte Frau Gräfin.«

»Machen Sie sich doch bitte keine Sorgen um mich, Sebastian. Ich bin kühles Wasser gewöhnt, und nach so einem Föhntag brauche ich unbedingt eine Erfrischung. Also, dann bis morgen, Sebastian.«

»Einen schönen Abend, und bis morgen, Frau Gräfin«, sagt der ein wenig zögerlich und schaut ihr kopfschüttelnd nach.

...

Der Gärtner Sebastian wurde vom Vater der Gräfin in Dienst genommen, als sie noch ein Teenager war. Sie hatten sich bald gut verstanden, und der sechs Jahre ältere Sebastian hat des Öfteren Dummheiten und Streiche von ihr ausgebügelt und sich mehr Zeit für sie genommen, als es ihrem Vater möglich war. Sebastian sah damals nicht nur aus wie ein Hauptdarsteller in einem Film von Luis Trenker, sondern war auch in Wahrheit ein weithin bekannter Bergsteiger und Kletterer.

Als sie knapp achtzehn Jahre alt war, hat sie total überrascht bemerkt, dass er ihr nicht nur ein verlässlicher Freund ist, sondern sie offenbar auch über alles liebt.

Sie war nach einem ausgiebigen Reitausflug am Abend noch schwimmen gegangen. Als sie nach etwa zehn Minuten splitternackt aus dem See auf den Badesteg kletterte, fielen zwei junge Männer aus dem Dorf über sie her und wollten sie vergewaltigen. Auf ihre gellenden Hilfeschreie hin kam Sebastian angestürmt und hat die beiden – sie bekam nicht mit, wie er das angestellt hat – in den See geworfen.

Sie lag geschockt und weinend auf dem Badesteg. Sebastian hat sie mit ihrem Bademantel zugedeckt und versucht, sie zu beruhigen: Liebste Nori, meine liebste Nori, es ist ja alles wieder gut. Niemand kann dir mehr etwas tun, meine allerliebste Nori! Und er küsste ihre Augen, ihre Stirn und ihre Wangen so innig, wie sie bis dahin – und auch danach – kein anderer Mann je geküsst hat. Sebastian hat ihr schließlich aufgeholfen, ihr den Bademantel angezogen und sie ins Haus geführt.

In der Eingangshalle blieben sie beide unschlüssig stehen; sie mit tropfnassem Haar und unter dem Schock und vor Kälte zitternd, und Sebastian verlegen wie ein junger Bursche. Und da hoben sich auf einmal ihre Arme wie von selbst, umschlangen seinen muskulösen Körper, und sie drückte sich so fest an ihn, sodass er einen kurzen Schrei ausstieß.

Danke, Sebastian … danke, mein lieber Sebastian, stammelte sie dabei und spürte, wie ein glühend heißer Strom von ihren hart an seinen Körper gepressten Brüsten durch ihren ganzen Körper lief.

Nach ein paar Augenblicken ließ sie ihn abrupt los und rannte wie gehetzt und restlos durcheinander die breite Marmortreppe hinauf in ihr Zimmer.

Sie konnte an diesem Abend lange nicht einschlafen. Sie warf sich in ihrem Bett von der einen Seite auf die andere, einmal war ihr zu heiß und dann wieder zu kalt. Sie zitterte und bebte, und halb im Unterbewusstsein wurde ihr gewahr, dass sie weniger der Vergewaltigungsversuch nicht zur Ruhe kommen lässt, sondern Sebastian. Es waren seine Worte, seine Küsse und sein sie elektrisierender Körper.

Irgendwann fiel sie dann doch in einen unruhigen Schlaf und hatte kurz vorm Morgengrauen einen schlimmen Traum: Sie war in einem Wald, die Bäume hatten dicke, wild verschlungene Äste, die fortwährend versuchten, sie zu ergreifen. Die Äste entwickelten sich immer deutlicher zu dicken, fleischigen und schrecklich langen Armen. Sie begann im Zickzack zu rennen, aber überall waren diese furchtbaren Arme. Auf einmal lief ein Pferd neben ihr her. Sie schwang sich mit letzter Kraft auf dessen Rücken, schlang ihre Arme um seinen Hals und verbiss sich in der Mähne. Das Pferd begann zu galoppieren, und nur unter Aufbietung all ihrer Kräfte konnte sie sich auf seinem Rücken halten.

Die Kraft ihrer Schenkel ließ immer mehr nach, und als sie aus dem Wald heraus waren, erkannte sie, dass das Pferd Sebastian war. Durch die in die Mähne verbissenen Zähne hindurch, knirschte sie noch: Mein Sebastian, mein treuer Sebastian, und fiel dann entkräftet zu Boden. Sie erwachte schweißgebadet und brauchte eine ganze Weile, bis sie im Halbdunkel ihres Zimmers in die Wirklichkeit zurückfand.

Obwohl sie kurz vor dem Abitur stand, blieb sie den ganzen Vormittag über auf ihrem Zimmer, warf aber immer wieder einen Blick in den Park und in den Gemüsegarten hinunter. Sebastian war aber nicht zu sehen. Sie wollte ihm heute auf jeden Fall aus dem Weg gehen, weil sie nicht die geringste Idee davon hatte, wie sich verhalten sollte, wenn sie ihm wieder begegnet.

Mittags schlich sie in die Küche hinunter und ließ sich von der Köchin verwöhnen. Sie hatte mit einem Mal einen gewaltigen Hunger und dachte nicht eine Sekunde an ihre Figur, auf die sie sonst peinlichst Rücksicht nahm. Während des Essens erkundigte sie sich vorsichtig bei der Köchin, ob sie heute den Gärtner gesehen schon hätte. Die Köchin verneinte, und so ging sie nach dem Essen in den Salon zu ihrer Mutter, die sie dort Klavier spielen hörte. Die Mutter berichtete ihr, dass Sebastian schon in aller Frühe beim Vater war und ihn um ein paar freie Tage gebeten hat.

Als sie Sebastian nach knapp einer Woche eher zufällig im hintersten Eck des weitläufigen Parks wieder trifft, begrüßt er sie freundlich wie immer, aber doch etwas distanziert. Ein wenig verlegen und nach einigem Zögern, sagt er schließlich zu ihr, dass sie beide den *Vorfall* am besten vergessen und auf sich beruhen lassen sollten.

Sie nickt nur kurz und fühlt sich schlagartig hundeelend. Sie bringt noch »Tschüss, Sebastian!« heraus und eilt dann auf ihr Zimmer.

Dort wirft sie sich auf ihr Bett und weint bitterlich. Und sie fühlt sich mit einem Mal von einer unheimlichen Lähmung befallen und es steigt eine diffuse Angst vor einem unabwendbaren Schicksal in ihr auf. Ihr Leben wird sich in Zukunft in einem engen, unfreien Rahmen abspielen, dessen ist sie sich absolut sicher – und dieses Leben beginnt mit dem heutigen Tag.

Ihr Weinen geht in ein schreckliches Wimmern über, und damit sie niemand hört, kriecht sie schließlich unter die Bettdecke.

Plötzlich setzt sie sich mit einem Ruck auf und schimpft mit heiserer Stimme los: Eleonore, reiß dich endlich zusammen! Was sollen nur deine Vorfahren von dir denken, vor allem der Großpapa. Du bist eine Hortocány, hast du das vergessen?!

In den Wochen und Monaten danach wandelte sich die bisher immer fröhliche und springlebendige Nori zu einer disziplinierten und zielstrebigen jungen Frau, was im Hause Hortocány niemand entgangen ist. Ihre Eltern hat diese Verhaltensänderung einerseits beunruhigt, aber andererseits haben sie diese auch als sehr positiv empfunden.

Sebastian fühlte sich in einer nicht fassbaren Weise schuldig. Und um diese imaginäre Schuld abzutragen, hat er sich unauffällig, aber mehr denn je um sie gekümmert. Er blieb dem Hause Hortocány treu, obwohl er mehrfach Gelegenheit hatte, sich beruflich zu verbessern.

Eleonore bestand bald darauf mit Bravour ihr Abitur und begann noch im selben Jahr Betriebswirtschaft zu studieren und hat nebenher auch Vorlesungen in Jura besucht. Schon während ihres Studiums entwickelte sie sich für ihren Vater zu einer wertvollen Partnerin bei der Abwicklung seiner vielfältigen Geschäfte und Unternehmungen.

Sie war noch nicht einmal dreiundzwanzig Jahre alt, als ihr geliebter Vater bei einem Autounfall ums Leben kam. Seit diesem für sie so unendlich grausamen Tag führt sie mit großer Umsicht – wo es ihr erforderlich erscheint, auch hart und kompromisslos – das kleine, aber erfolgreiche Imperium Hortocány.

...

Begleitet von den Erinnerungen an ihre Jugendzeit betritt die Gräfin den vom Schilf eingeschlossenen Badesteg. Ihr läuft mit einem Mal ein Schauer über den Rücken und es ziehen auch alle folgenden Jahre ihres Lebens wie ein Film an ihr vorüber; und dieser Film schließt mit dem Gedanken: Warum nur verläuft unser kleines bisschen Leben oft so vertrackt und so sehr gegen unser tiefstes Inneres?

Während sie ihren Bademantel fallen lässt, spürt sie, dass sie Sebastian beobachtet. Es ist nicht das erste Mal, und sie stört das nicht im Geringsten. Im Gegenteil, sie mag es, wenn er sie nackt sieht und ihren Körper betrachtet.

Nur heute beginnt ihr Blut in den Adern heftig zu strömen und sie befällt eine Erregung, die sie bisher nur wenige Male erlebt hat. Und wieder stürmen übermächtig und bohrend Gedanken über den Sinn ihres Lebens auf sie ein: Da ist ein Mann, der sie immer noch liebt, der immer für sie da ist, und dennoch war und ist er in ihrem Leben nur eine Randerscheinung; in einem Leben voller Zwänge und Pflichten, voller Verantwortung und Engagement. Sie hat sich Prioritäten aufdrängen lassen und die Rolle eines Leittieres übernommen; und sie hat sich damit in eine verdeckte Einsamkeit hineinmanövriert. Aber vor allem, sie hat sich kampflos dumpfen gesellschaftlichen Zwängen ergeben.

Die Gräfin sackt in sich zusammen, fällt auf ihre Knie und beginnt bitterlich zu weinen. Ihr ganzer Körper wird schon nach wenigen Augenblicken von Weinkrämpfen geschüttelt, die schließlich in ein markerschütterndes Klagen übergehen. Und durch ihren Kopf zucken zusammenhangslos Gedankenfetzen: Was hab ich nur? ... Der Föhn ... ich werde alt ... Sabrina, dieses gemeine Biest! ... Dieses blöde Leben ... mein Gott, was ist denn heute nur los mit mir? Sie wirft sich verzweifelt auf den Steg, vergräbt ihren Kopf unter den Armen und heult hemmungslos.

Und dann spürt sie, wie ihr jemand sanft über den Kopf streicht, und sie hört Sebastians besorgte Stimme: »Nori, liebe Nori, es ist doch alles gut.« Er korrigiert sich umgehend: »Entschuldigung, verehrte Frau Gräfin, ich wollte nur sagen, dass doch eigentlich alles gut ist.«

Ziemlich hilflos und verunsichert meint er nach

ein paar Augenblicken noch: »Vielleicht kann ich Ihnen aber trotzdem irgendwie helfen, Frau Gräfin.«

Die Gräfin richtet sich halb auf und stützt sich mit dem rechten Arm ab. Sie wischt sich dann mit der linken Hand über das tränenüberströmte Gesicht und sagt stockend: »Ach Sebastian, es tut mir leid, dass ich Sie erschreckt habe. Ich bin eine dumme Gans, Sebastian. Aber es geht schon wieder. Ich bin wohl etwas überarbeitet. Ich sollte vielleicht ein paar Tage ausspannen …«

»Oja, machen sie das! Die Welt ist dann bestimmt wieder in schönster Ordnung«, pflichtet ihr Sebastian restlos überzeugt bei.

»Lieber Sebastian, ich danke ihnen für Ihre Fürsorge. Wenn ich Sie nicht hätte …«

Mit »Ist schon gut, verehrte Frau Gräfin« fällt ihr Sebastian abwehrend ins Wort. Unverändert besorgt meint er aber gleich darauf mit Nachdruck: »Ins Wasser gehen Sie nun aber bestimmt nicht mehr!«

»Doch, doch! Ich brauche jetzt auf jeden Fall eine Abkühlung. Und Sie machen sich jetzt bitte keine Sorgen mehr um mich, Sebastian.«

»Wie Sie wünschen … und gute Nacht, Frau Gräfin.«
»Gute Nacht, Sebastian.«

Sebastian geht zögerlich zum Ufer zurück und die Gräfin lässt sich nixengleich in den See gleiten. Mein Gott, denkt sie, während das kühle Wasser ihren Körper umspült, was ist nur los mit mir? So eine Schwäche sollte ich mir nicht noch einmal leisten.

Am Himmel stehen schmale Föhnwolkenreste und im Osten sind schon die ersten Sterne aufgegangen.

Und während die Gräfin zügig auf den See hinaus schwimmt, fällt die trübe Stimmung ebenso schnell von ihr ab, wie sie von dieser überrascht wurde.

...

Der Kardinal hat vor wenigen Minuten seine Wohnung betreten. Er hat sich erst einmal frisch gemacht, und steht nun an einem der Fenster seines Wohn- und Arbeitszimmers und betrachtet das Versinken der glutroten Sonnenscheibe im Häusermeer seiner Stadt. Wie schön ist doch Gottes Schöpfung, denkt er, und auch so vieles, das wir Menschen geschaffen haben – und doch ist unser Leben nicht selten auch ein Kreuzweg.

Er geht zur Musikanlage, schaltet das Radio ein, wählt den Klassikkanal und setzt sich dann in einen der Ledersessel, die um einen niedrigen, rechteckigen Tisch aus edlem Holz stehen.

Aus den Lautsprechern erklingt ein Klavierkonzert, das er nicht kennt, das aber seine Gedanken wieder auf die Gräfin und die nicht ungetrübte Freundschaft zwischen ihnen lenkt. Nahezu während der ganzen Rückfahrt, und obwohl er alles Mögliche versucht hatte, sich gedanklich mit etwas anderem zu beschäftigen, konnte er sie nicht aus seinem Kopf verbannen.

Sein Fahrer, der normalerweise recht gesprächig ist, hatte sich heute äußerst wortkarg gezeigt, und bot ihm somit auch keine Ablenkung. Und auch Reinhardts gut gemeinten Worte haben eher das Gegenteil bewirkt. Die Gräfin, hat er gesagt, würde es sehr bedauern, dass er ein Würdenträger der katholischen Kirche ist, und deshalb nicht der Mann sein kann, wie es die Natur vorgesehen hat. – Hat er das wirklich so gesagt?

Er steht noch einmal auf, stellt das Radio etwas leiser und setzt sich wieder. Er legt dann den Kopf auf die Rückenlehne, schließt die Augen und versucht nur die Musik an sich heran zu lassen. Das gelingt ihm aber nur wenige Minuten, und dann drängen neuerlich Gedanken um sein Leben in sein Bewusstsein.

Seine Jugendjahre erscheinen ihm bis ins letzte Detail: Die Grundschuljahre, besonders die hübsche Lehrerin, die er vier Jahre lang glühend verehrt hatte, und für die er alles getan hätte; die turbulente Zeit im Gymnasium mit den Kämpfen, die er sich dort mit dem einen oder anderen Lehrer geliefert hatte.

Er kann heute nicht verhehlen, dass er zeitweilig eine echte Zumutung für den Lehrkörper war, weil er sich unter anderem immer wieder ein Vergnügen daraus gemacht hatte, so manches Ungereimte in den Lehrinhalten und im Schulbetrieb hartnäckig, ja fast schon boshaft zu hinterfragen. Er sieht sich auf der Bühne des Schultheaters, wo er mit Vorliebe den jugendlichen Liebhaber oder einen Bösewicht gespielt hat, und sieht sich als das Aushängeschild seiner Schule im Bereich des Sports. Und so wurde er schließlich auch zum großen Schwarm für die Mädchen, sowohl in den unteren, wie auch in den oberen Jahrgangsstufen.

Und er sieht sich das Abiturzeugnis in Empfang nehmen und spürt wieder die Ratlosigkeit, die sich bei diesem Ereignis in ihm breit gemacht hat: Was nun? Welchen Weg sollte er demnächst einschlagen? Für seinen Vater, einem erfolgreichen Anwalt, war es nur zu selbstverständlich, dass er in seine Fußstapfen tritt. Für ihn selbst kam das absolut nicht in Frage. Er wollte nicht sein Leben lang mit Vergehen und Streitigkeiten, mit gescheiterten und unglücklichen Menschen zu tun haben, nicht dauernd mit den Schattenseiten der Gesellschaft konfrontiert werden.

Am liebsten wäre er Sportlehrer geworden. Er hatte während der Schulzeit oft mitbekommen, welch positive Wirkungen der Sport bei schwierigen und gefährdeten jungen Menschen auslösen kann, und wie wichtig ein guter Sportlehrer im Schulapparat ist. Seine Eltern waren kategorisch dagegen. Geringes Ansehen und Einkommen, unsichere Zukunft und Ausstieg aus ihrer Gesellschaftsschicht waren ihre Argumente dagegen. Und so hat er sich nach monatelangen Auseinandersetzungen schweren Herzens geschlagen gegeben.

Ein Onkel von ihm, mit dem ihn viel Gemeinsames verband, hatte ihm dann zwei Wege vorgeschlagen, die seinem Wunsch, im Beruf einmal hautnah mit den Menschen in Berührung zu kommen, und ihnen Helfer und Stütze zu sein, im Prinzip entsprachen. Wenn ich mir so anhöre, was du dir wünscht, hat der Onkel damals nach einem längeren Gespräch gesagt, und auf der anderen Seite bedenke, was deine Eltern so sagen, dann fallen mir eigentlich nur zwei adäquate Berufe für dich ein, nämlich Mediziner und Geistlicher.

Auf die Idee, Geistlicher zu werden, wäre er von sich aus wohl nie gekommen, obwohl er ein paar Jahre lang Messdiener war, und ihm die Pfarrer, mit denen er damals zu tun hatte, alle imponiert haben. Mit dem Beruf des Arztes verband er, zugegeben einigermaßen unreflektiert, ähnlich viele negative Aspekte, wie mit dem des Anwalts.

Nach einigen Wochen hatte er sich entschieden und seinen Eltern mitgeteilt, dass er Priester werden will. Sein Vater fiel aus allen Wolken und hat ein halbes Jahr lang versucht, ihn davon abzuhalten. Damit hatte der Vater aber nur eine Verfestigung seines Entschlusses bewirkt. Nach seiner Priesterweihe hat er immer wieder einmal überlegt, ob er bei seiner Entscheidung auch wirklich geblieben wäre, wenn sich sein Vater nicht so vehement dagegen gestellt hätte. Die Gegnerschaft seines Vaters hatte ihm damals aber keine Wahl mehr gelassen, denn er wollte nicht wankelmütig sein und sich schon gar nicht von seinem Vater umstimmen lassen.

Seine Mutter hat seine Entscheidung ebenfalls eher unangenehm überrascht, aber sie hat sie schließlich akzeptiert. Sie war sich damals wohl ziemlich sicher, dass ihr Sohn für diesen Beruf, der ihrer Ansicht nach Berufung voraussetzt, nicht gerade prädestiniert sei. Nach einem abschließenden Gespräch unter vier Augen hatte sie ihn lange umarmt und ihm dann unter Tränen Gottes Segen für seinen künftigen Lebensweg gewünscht.

Seine Ausbildung zum Priester verlief reibungslos und wesentlich entspannter, als seine Jahre am Gymnasium. Besonders die Zeit, in der er als Kaplan tätig war, gab ihm das Gefühl, sich richtig entschieden zu haben. Er hatte damals oft mit jungen Menschen zu tun, war für sie immer ein Partner, dem sie vertraut haben und von dem sie Hilfestellungen in den verschiedensten Lebenslagen gerne angenommen haben. Und, das macht ihn heute noch stolz und zufrieden, er war ein großes

Vorbild für sie. Denn während dieser ersten Jahre konnte er seinen sportlichen Neigungen in einen Ausmaß nachgehen, das ihn positiv überraschte. Seine Leistungen als Turner erreichten in dieser Zeit das höchste Niveau und ein Studienkollege, der sein Talent für den Ringkampf erkannt hatte, holte ihn in seine Ringerstaffel. In ungewöhnlich kurzer Zeit war er landesweit erfolgreich, und die Sportberichterstatter nannten ihn damals mit Vorliebe den ›Ringkämpfer Gottes‹.

Und dann kam der Tag seiner Primiz, und es erging ihm ganz ähnlich wie beim Empfang des Abiturzeugnisses. Sicher wollte er sich für seinen Gott einsetzen, ein Diener seines Herrn und dessen Herde sein. Aber konnte und wollte er das wirklich? Vor allem gegen Ende seiner Ausbildung hat er auch die Schattenseiten seines künftigen Amtes kennengelernt: Die Borniertheit, die manche Gläubige an den Tag legen, und noch schlimmer fast, die blinden Eiferer unter den Katholiken; die geringen Freiräume, die so mancher Bischof seinen Pfarrern lässt, und die streckenweise tiefe Zerrissenheit in allen Ebenen seiner Kirche und zwischen den einzelnen Ebenen; und schließlich auch die Belastungen, die das Zölibat dem katholischen Geistlichen aufbürdet.

Er hat sein Amt dennoch angenommen, er wollte nicht kneifen, er wollte sich mit allen seinen Kräften in dieser Kirche engagieren, wie er sich das vor Jahren vorgenommen hatte. Und so wurde er relativ bald in Kirchenkreisen als ein Mann der klaren und ehrlichen Worte, als ein überzeugender Neuerer und nicht zuletzt als ein kompetenter und begehrter Ansprechpartner für junge Christen bekannt.

Er machte eine beispiellose Kirchenkarriere. Vermutlich dachten die Führungsriegen in seiner Glaubensgemeinschaft, dass es sinnvoller ist, diesen Nachwuchsmann zügig in ihren Reihen aufzunehmen, als sich andernfalls jahrzehntelang mit einem rebellischen Pfarrer herumzuschlagen.

Und da sitzt er nun heute, einer der jüngsten Kardinäle in der neueren Kirchengeschichte, und wird wieder bedrängt von zwiespältigen Gefühlen: Hat sich sein Einsatz, sein Wirken wirklich gelohnt? Hat er positive und nachhaltige Akzente in seiner Kirche gesetzt? Gibt es Menschen, die ihm dankbar sind für das, was er bisher getan und geleistet hat? Und vor allem, wie beurteilt ihn wohl sein Gott?

Die Sonne ist längst untergegangen und es wird dunkel in seinem Zimmer und in seinem Herzen. Er sitzt da – alleine – umgeben nur von seinen vier Wänden; sicher gut versorgt und frei von wirtschaftlichen Sorgen – aber er ist alleine, und fühlt sich mit einem Mal auch von seinem Gott verlassen.

II

Reinhardt Wagenlenker, Inhaber und Geschäftsführer der Sievers-Werke, sitzt am frühen Vormittag in seinem hellen und großzügig gestalteten Büro am Schreibtisch. Das Büro befindet sich im dritten Stock des Verwaltungsgebäudes seines Unternehmens. Seit fast vier Jahrzehnten produzieren die von ihm gegründeten Werke feinmechanische Apparate verschiedenster Art sowie spezielle Werkzeuge und Geräte für den medizinischen Sektor.

Er überprüft gerade das Angebot einer international tätigen Firma, die Betriebsanlagen für den Maschinen- und Fahrzeugbau plant und schlüsselfertig errichtet, als seine Sekretärin ohne anzuklopfen und völlig aufgelöst in sein Büro stürzt und mit sich überschlagender Stimme meldet: »Ein wilder Streik!«

Wagenlenker fährt erschrocken hoch: »Aber Frau Steinbach, was haben Sie mich jetzt erschreckt! Ein Streik? Ja wo denn, um alles in der Welt?«

»Bei uuunns! Vor der Verwaltung haben sich hunderte versammelt!«, schreit sie ihn fast an.

»Das kann nicht sein, es gibt doch absolut keinen Grund dafür!«, meint Wagenlenker kopfschüttelnd und fügt noch halbwegs gelassen, aber sehr bestimmt hinzu: »Und bitte, Frau Steinbach, fahren Sie ihre Lautstärke wenigstens etwas herunter!«

Aber unverändert laut und aufgeregt berichtet sie weiter: »Ich habe ein Transparent gesehen, Herr Wagenlenker, keine Verlagerung in den Osten, steht da drauf!«

Der Sievers-Chef steht widerstrebend auf, geht zu einem der Fenster und öffnet es. Sogleich dringen Protestrufe und der Lärm von Trillerpfeifen in das Büro. Er schaut kurz nach unten und sagt überrascht: »Tatsächlich!«, und schlägt das Fenster zu. Kopfschüttelnd und mit sich verfinsternder Miene geht er zum Schreibtisch zurück, lässt sich in den eleganten Chefsessel fallen und stößt aufgebracht heraus: »Frau Steinbach, wir haben einen Maulwurf im Haus!«

Die erschrickt, stößt einen spitzen Schrei aus und flüchtet sich zu ihrem Chef. Sie umklammert seine rechte Hand und ruft voller Angst: »Wo?!«

»Ach lassen Sie das!«, herrscht sie Wagenlenker an und schüttelt ihre Hand ab. »Ich meine damit«, sagt er dann verbittert, »dass es eine undichte Stelle um mich herum geben muss.«

»Das kann nicht sein, wir stehen doch alle loyal zu Ihnen«, meint die Sekretärin restlos überzeugt.

»Und wie sonst sollen die Leute Kenntnis davon haben, dass wir unsere neue Produktionslinie im Osten ansiedeln wollen, gute Frau?«

»Das kann ich Ihnen leider nicht sagen.«

»Sie wissen es also!«, fährt sie Wagenlenker streng an.

Seine Sekretärin erschrickt wieder heftig und stammelt dann verängstigt: »Nein, nein! Ich wollte damit nur sagen, dass ich es nicht weiß.«

»Also, jetzt aber heraus mit der Sprache, haben am Ende Sie selbst mit irgendjemand über meine Pläne geredet?«, fragt er nun eindringlich und etwas ruhiger.

»Nein! Mein Gott nein! Ich habe nur gegenüber meiner besten Freundin einmal eine Andeutung gemacht.«

Letzteres kommt Frau Steinbach nur zögerlich und sehr kleinlaut über die Lippen. Und die groß gewachsene, stets elegant gekleidete und immer selbstsicher auftretende Chefsekretärin, der jedermann in den Sievers-Werken nur mit größtem Respekt begegnet, steht mit einem Mal wie ein Häufchen Elend vor ihrem Chef.

»Ja sind Sie denn von allen guten Geistern verlassen?! Das wird ein Nachspiel haben, Frau Steinbach!«, poltert Wagenlenker nun aber restlos aufgebracht los.

»Jawohl, Herr Wagenlenker«, sagt die Sekretärin leise und den Tränen nahe.

»Rufen Sie mir den Betriebsratsvorsitzenden!«, herrscht sie Wagenlenker dennoch ungnädig an.

»Sofort, Herr Wagenlenker!«, stößt Frau Steinbach mit zitternder Stimme heraus und stürzt in Panik aus dem Büro.

Reinhardt Wagenlenker steht wütend auf, geht noch einmal zum Fenster und schaut auf das Betriebsgelände hinunter, wo sich nach wie vor mehrere hundert Belegschaftsmitglieder drängen. Er kehrt wieder um, lässt sich geschockt in seinen Sessel fallen und ächzt: »Nur der besten Freundin. Dieses dumme Stück! Ich sollte sie fristlos entlassen.«

Kurz darauf klopft es.

»Herein!«, ruft Wagenlenker hektisch.

Der Betriebsratsvorsitzende betritt das Büro und grüßt noch an der Tür: »Guten Tag, Herr Wagenlenker. Sie haben mich rufen lassen?«

»Jawohl! Und den guten Tag hätten Sie sich sparen können! Aber bitte, kommen Sie endlich herein und schließen Sie die Tür.«

Der Betriebsratsvorsitzende ist ein noch recht junger Mann, hinter dem die gesamte Belegschaft wie ein Mann steht und den Wagenlenker sehr schätzt. Die überraschende Arbeitsniederlegung seiner Beschäftigten schockt ihn allerdings so sehr, sodass es ihm erstmals nicht möglich ist, dem Betriebsratsvorsitzenden mit Respekt zu begegnen, und so herrscht er auch ihn stocksauer an: »Also, was ist los, Reger?! Haben Sie die Leute neuerdings nicht mehr im Griff? Was soll denn dieses Theater da unten?«

»Herr Wagenlenker, die Leute sind seit der Frühschicht in Aufruhr. Sie wollen aus sicherer Quelle erfahren haben, dass Teile der Produktion in den Osten verlagert werden sollen. Meine Kollegen und ich haben händeringend versucht, die Leute so lange zurückzuhalten, bis ich mit Ihnen gesprochen habe. Aber Sie sehen ja, wir waren machtlos. Die Arbeiter, aber auch viele Angestellte wurden offenbar von einer regelrechten Hysterie erfasst.«

»Aus sicherer Quelle, sagen Sie?! Sie ahnen ja gar nicht, wie unsicher diese Quelle ist«, stöhnt Wagenlenker und schaut seinen Betriebsratsvorsitzenden niedergeschlagen an.

Im nächsten Moment klingelt das Telefon. Wagenlenker nimmt ab und bellt hinein: »Was ist los?!«

Gleich darauf ordnet er nicht minder heftig an: »Schicken Sie sie fort, ich bin jetzt auch für meine Tochter nicht zu sprechen!«

Aber da flattert Sabrina Wagenlenker auch schon ins Büro.

»Hallo Papa!«, ruft sie ihrem Vater zu und deutet verstohlen einen Kuss in Richtung Reger an. Sie setzt sich dann auf eine der Fensterbänke, schaut kurz auf das Betriebsgelände hinunter und meint bestens gelaunt und offenbar ahnungslos: »Ja Papa, was ist denn heute los bei dir? Deinen sechzigsten Geburtstag feierst du doch erst nächste Woche!«

»Sabrina, verschone mich bitte mit deinen Scherzen! Das da unten …«, ihr Vater deutet zum Fenster, »ist ein wilder Streik und kein Geburtstagsständchen. Also, zieh dich schnellstens zurück, ich habe jetzt absolut keine Zeit für dich!«

»Oh, là, là, ein Streik!« Sie schaut noch einmal hinunter, zwinkert dann Reger vergnügt zu und flachst unverändert ausgelassen weiter: »Na, so was! Endlich einmal eine Abwechslung in deinem Revier.«

»Du, zum letzten Mal«, faucht sie ihr Vater genervt an, »lass deine unangebrachten Scherze und lass uns jetzt verhandeln!«

»Verhandeln?«

»Was sonst? Die Leute müssen schnellstens wieder an ihre Arbeitsplätze gebracht werden.«

»Okay, aber jetzt sagt mir bitte, warum die Belegschaft streikt.«

»Sie wollen erfahren haben, dass ich einen Teil der Produktion in den Osten verlagern will.«

»Ach, deshalb vor ein paar Wochen die kurze Erwähnung der Ukraine! Du kochst also wieder einmal ein für mich geheimes Süppchen. Schäm dich, Papa!«

Obwohl er sich sehr bemüht, kann der Betriebsratsvorsitzende ein leichtes Grinsen nun nicht mehr verbergen.

Wagenlenker, dem die Situation inzwischen äußerst unangenehm ist, versucht nun so freundlich und gelassen wie es ihm im Moment nur möglich ist, seine Tochter endlich los zu werden: »Das sind doch noch ungelegte Eier, Sabrina. Und bitte, halte uns jetzt nicht mehr länger auf!«

»Nein, ich bleibe da! Und ich will auch mit verhandeln. Ich soll doch im nächsten Jahr deine Partnerin in der Unternehmensleitung werden – also ist das eine gute Gelegenheit zu zeigen, dass ich etwas gelernt habe und auch Führungsqualitäten besitze.«

Wagenlenker will seine Tochter unterbrechen, aber die ist nun nicht mehr zu halten. Sie steht auf, schnappt sich einen der Besuchersessel, stützt sich auf die Rückenlehne und sagt dann voller Elan: »Ich schlage euch vor, ich gehe jetzt hinunter, rede mit den Leuten und sage ihnen, dass du die Erweiterung der Produktion in einem Land im Osten derzeit nur prüfst, und die Fertigungsstätten dort nur so groß bemessen werden, dass hier keine Arbeitsplätze verloren gehen. Ich werde ihnen aber auch sagen, dass die Belegschaft unter Umständen einen Teil dazu beitragen muss, damit das Ganze etwa so ablaufen kann.«

Sie atmet einmal tief durch, wirft kurz einen spitzbübischen Blick zu Reger hinüber, und sagt dann noch selbstbewusst zu ihrem Vater: »Die Leute kennen mich und vertrauen mir, ich habe schließlich in fast allen Abteilungen der Firma praktiziert.«

Reinhardt Wagenlenker und Reger bringen erst einmal kein Wort heraus, sie schauen sich nur sprachlos an, und da rauscht Sabrina auch schon hinaus.

Nach ein paar Augenblicken ächzt Wagenlenker: »Ich glaube, mich hat ein Blitz getroffen. So ein verrücktes Stück!«

Reger dagegen meint mit leuchtenden Augen: »Ihre Tochter ist eine phantastische Person, ich kenne sie nicht anders.«

Wagenlenker schaut den Betriebsratsvorsitzenden erstaunt an und meint dann ungnädig: »Was Sie nicht sagen, Herr Reger.« Gleich darauf fragt er aber irritiert und misstrauisch: »Wieso kennen Sie meine Tochter eigentlich so gut, und seit wann denn schon?«

»Seit ihrem Praktikum bei uns.«

Wagenlenker lehnt sich nachdenklich in seinem Sessel zurück und sagt nach einer Weile nur: »Aha«

Mit »Aber hören Sie, ich glaube unten ist es still geworden!« reißt ihn der Betriebsratsvorsitzende wenige Augenblicke später recht unsanft aus seiner Abwesenheit.

Wagenlenker fährt hoch, hört angestrengt nach unten und sagt schließlich überrascht: »Tatsächlich!« Besorgt und verunsichert fällt er dann in ein Selbstgespräch: »Sie hat mich überrumpelt. Ich hätte sie nicht hinuntergehen lassen dürfen, sie ist mir zu traumtänzerisch geworden. Sie wird den Leuten einen Floh ins Ohr gesetzt haben.«

Geradezu überschwänglich erlaubt sich dagegen Reger zu sagen: »Ich finde, die Ansichten ihrer Tochter sind außerordentlich zukunftsweisend und sie haben wesentlich mehr Gehalt als so vieles, das man tagtäglich hören und lesen kann.«

Mit einem prüfenden und zugleich argwöhnischen Blick entgegnet ihm Wagenlenker: »Junger Mann, Sie kennen meine Tochter aber verdammt gut und klingen mir darüber hinaus verdächtig euphorisch!«

Während Reger nach einer unverfänglichen Antwort sucht, kommt Sabrina zurück.

»Was hast du den Leuten gesagt?«, fragen ihr Vater und Reger wie aus einem Munde.

Bevor Sabrina antworten kann, wendet sich Wagenlenker streng und ungehalten an den Betriebsratsvorsitzenden: »Herr Reger, Sie duzen meine Tochter?!«

Der schaut Wagenlenker einen Moment lang verdutzt an, findet dann aber schnell zu einer halbwegs überzeugenden Antwort: »Entschuldigung, Herr Wagenlenker, das muss mir in der Aufregung einfach herausgerutscht sein.«

Der Sievers-Chef reagiert auf diese Erklärung erst einmal mit einem zweifelnden »So, so«. Gleich darauf meint er aber kritisch: »Einen besonders aufgeregten Eindruck machen Sie mir aber ganz und gar nicht, Herr Reger!«

Er wendet sich dann wieder zu seiner Tochter hin und fragt angespannt: »Also, was hast du zu den Leuten gesagt?«

Sabrina setzt sich in einen Besuchersessel und beginnt ein wenig atemlos und aufgeregt zu berichten: »Ich habe den Leuten gesagt, dass ich mich dafür verbürge, dass hier keiner seinen Arbeitsplatz verliert, falls die Erweiterung der Produktion wegen des Kostendrucks unvermeidlich im Osten erfolgen muss. Ich habe ihnen aber auch gesagt, dass wir in den nächsten Jahren unsere außertariflichen Leistungen unter Umständen zurückfahren müssen, dass dann aber auch das Unternehmen einen Beitrag zur Kostendämpfung leisten wird.«

Sabrina Wagenlenker atmet nach diesem knappen Rapport einmal tief durch, lässt dann ihren Blick prüfend zwischen ihrem Vater und Reger hin und her gehen und lehnt sich schließlich entspannt und mit sich zufrieden im Sessel zurück.

Ihr Vater dagegen richtet sich alarmiert auf und fragt streng: »Wir leisten auch einen Beitrag zur Kostendämpfung, was soll denn das jetzt heißen, Sabrina?«

»Wir werden uns mit einem niedrigeren Unternehmensergebnis zufrieden geben, Papa.«

Mit »Ja bist du denn des Teufels!« explodiert da ihr Vater und schlägt mit der Faust auf den Schreibtisch. Fassungslos und deprimiert stöhnt er nach einer Weile: »Die Höhe des Betriebsergebnisses ist doch kein Thema das nur dich und mich tangiert, das weißt du doch genau so gut wie ich!«

Reinhardt Wagenlenker steht schwer atmend auf, geht aufgeregt zu den Fenstern und schaut in den inzwischen menschenleeren Hof hinunter. Er dreht sich nach einer Weile langsam um und sagt etwas ruhiger: »Die stillen Teilhaber am Unternehmen werden mir die Hölle heiß machen. Deren Leben basiert doch auf einer Kapitalrendite von mindestens zehn Prozent, und die halten überhaupt nichts davon, hier Arbeitsplätze zu erhalten. Wie kannst du das nur aus den Augen verlieren, Sabrina?!«

Sabrina fährt sich mit beiden Händen hastig übers Haar, meint dann aber recht gelassen: »Diese von Hohenfels und die unmöglichen Graniers sind mir im Moment ziemlich wurst, Papa. Der junge Hohenfels hat erst vor ein paar Tagen seinen Ferrari zu Schrott gefahren, dann bekommt er halt, was nur gut ist für ihn, etwas später einen neuen. Und der Granier, dieser unsaubere Zeitgenosse, muss eben seine Finanzspritzen in Richtung Partei und deren Stiftung kürzen, was ebenfalls kein Schaden ist.«

Wagenlenker, der wieder zu seinem Schreibtisch zurückgekehrt ist, stützt sich mit beiden Händen auf die Schreibtischplatte und fährt seine Tochter erneut äußerst aufgebracht und frustriert an: »Sabrina, du redest, als wäre dir die Tragweite dieses Redens nicht bewusst! Diese Linie können wir ohne Schaden für uns nicht durchsetzen; wir werden damit zu Abweichlern und Außenseitern in unseren Kreisen und man wird uns vorwerfen, dass wir leichtfertig die falschen Signale setzen. – Du meine Güte, wenn ich nur daran denke, was die Gräfin dazu sagen wird!«

Wagenlenker schüttelt fassungslos und deprimiert den Kopf, schaut dann ein paar Augenblicke lang mit ungläubiger Miene seine Tochter an und lässt sich schließlich total geschafft in seinen Sessel fallen.

»Also Papa, meine Richtung bedeutet doch keine fundamentale Änderung der Verhältnisse, aber ich meine schon, dass sich unsere Gesellschaftsschicht selbst das Wasser abgräbt, wenn sie weiterhin ohne Rücksicht auf die Mehrheit dahinlebt!«

Sabrina atmet einmal tief durch und wirft dann dem Betriebsratsvorsitzenden einen Hilfe suchenden Blick zu.

Dem ist seine Gegenwart während dieser Auseinandersetzung allerdings äußerst unangenehm, und er möchte das Chefbüro eigentlich baldmöglichst verlassen. Aber Reinhardt Wagenlenker hat seine Anwesenheit offenbar völlig vergessen und hat augenscheinlich auch sein deutliches Räuspern nicht mitbekommen.

»Ohne Rücksicht auf die Mehrheit dahinleben ...«, wiederholt Wagenlenker erbost den Vorwurf seiner Tochter. »Ich lebe und arbeite nun schon fast vierzig Jahre für das Unternehmen und somit auch für mehrere tausend Mitarbeiter! Hast du das total aus den Augen verloren, du wild gewordene Lehrmeisterin?!«

Trotz seiner Aufgeregtheit hat Wagenlenker Sabrinas kurzen Blick in Richtung Reger aber doch irgendwie registriert, und er wendet sich nun so gelassen wie nur möglich an den Betriebsratsvorsitzenden: »Ach, Herr Reger, entschuldigen Sie bitte, ich habe Sie über meine schreckliche Tochter total vergessen. Halten Sie sich bitte den morgigen Tag komplett frei. Wir müssen einen Weg finden, der für beide Seiten gangbar ist.«

»Selbstverständlich, Herr Wagenlenker, ich halte mich zur Verfügung.«

»Gut, Sie können jetzt gehen«, seufzt der erschöpft.

Der Betriebsratsvorsitzende verneigt sich knapp vor Reinhardt Wagenlenker und wendet sich dann zu seiner Tochter hin und sagt betont freundlich: »Auf Wiedersehen, Frau Wagenlenker, und vielen Dank für Ihr Engagement.«

»Ach, das war doch selbstverständlich, Herr Reger«, meint Sabrina Wagenlenker lächelnd. »Ja, und auf Wiedersehen ... allerdings etwas weniger problemgeladen, das würde ich mir schon wünschen, Herr Reger.«

Nachdem Reger das Büro verlassen hat, sagt Reinhardt Wagenlenker misstrauisch zu seiner Tochter: »Sag einmal, eure Blicke und euer ›Auf Wiedersehen‹, das kommt mir nicht ganz geheuer vor. Und vorhin, als du unten deine Frohbotschaft verkündet hast, nannte er dich eine phantastische Person.«

»Sag bloß?!«, gibt sich Sabrina überrascht. Aber schon mit dem nächsten Atemzug gesteht sie unumwunden: »Also, ehrlich gesagt, ich finde ihn sehr sympathisch … und für mich ist er der beste Mann im Unternehmen.«

Wagenlenker schaut seine Tochter einen Augenblick lang ungläubig an und sagt dann eindringlich und genervt: »Sabrina … du ich vertrage heute keinen weiteren Schock mehr! Du kannst ihn ja von mir aus nett und sympathisch finden, aber erspare mir bitte alles, was darüber hinausgeht. Dieser Reger ist Betriebsratsvorsitzender und Ingenieur, der passt zu uns so wenig wie ein Maultier zu den Vollblutpferden der Gräfin.«

Sabrina stützt ihre Arme energisch auf die Sessellehnen, steht dann mit einem Ruck auf und marschiert mit entrüsteter Miene zum Schreibtisch. Sie setzt sich auf dessen Kante und sagt streng: »Papa, das ist ein höchst unpassender Vergleich, und das ist auch nicht dein Niveau! Der erste Streik in deinem Unternehmen war wohl zu viel für dich. – Du, ich mach dir einen Vorschlag: Wir treffen uns …«, sie schaut auf ihre Armbanduhr, »sagen wir um kurz vor eins zum Lunch im Arkadia. Ich lade dich ein, und beruhige dich bis dahin wenigstens so halbwegs, damit dir das Essen auch schmeckt. Vielleicht können wir dabei auch in aller Ruhe Einzelheiten für dein morgiges Gespräch mit Reger besprechen. – Ach ja, dann noch etwas, ich finde den Reger nicht nur nett und sympathisch, sondern auch süß und hinreißend.«

Bevor der konsterniert auf seine Tochter blickende Vater zu irgendeiner Antwort fähig ist, drückt sie ihm einen Kuss auf die Stirn und verlässt dann das Büro so quicklebendig wie sie hereingekommen ist.

Wagenlenker fällt geschockt in die Rückenlehne seines Sessels und schaut seiner Tochter mit halb offenem Mund fassungslos nach.

Nach einer Weile beginnt er mit leerem Blick vor sich hin zu murmeln: »Was ist das heute nur für ein Tag? Ich werde das Gefühl nicht los, dass sich die Welt anders herum zu drehen beginnt, und meine Tochter dreht da wie entfesselt mit. – Oder werde ich nur alt? Oder beginnt am Ende gar eine neue Zeit, in der ich und meine Weggenossen fehl am Platze sind?«

Deprimiert und müde lässt er seinen Blick über das weitläufige Werkgelände schweifen und sagt nach einer Weile, so, als stünde er vor der versammelten Belegschaft: »Haben wir in den letzten Jahren etwa etwas falsch gemacht, was meint ihr?« Er dreht sich daraufhin von den Fenstern weg und fährt etwas zögerlich fort: »Na also! Niemand will und kann sagen, dass es ihm mit uns jemals schlecht ergangen wäre.«

Er schaut dann eine Zeit lang gedankenverloren auf das Bild von seiner verstorbenen Frau, das links von ihm am Schreibtisch steht, und sagt schließlich zu ihr: »Unsere Sabrina ist ein kreuzbraves Mädchen, ganz so, wie du es warst, meine liebe Christine. Damit fehlt ihr aber – werte das bitte nun ja nicht als Vorwurf, mein

Engel – die notwendige Einstellung, um sich in den Leaderetagen dieser Welt durchzusetzen und dort auch halten zu können. Unsere Tochter lebt nämlich in dem Irrglauben, dass das einfache Volk unten, also auch unsere Belegschaft, und wir oben, partnerschaftlich und gleichberechtigt zusammenarbeiten und zusammenleben können – ja sogar sollen.«

Zäh, zielstrebig und unermüdlich hat Reinhardt Wagenlenker sein Unternehmen im Verlauf von fast vierzig Jahren aus dem Nichts zu seiner heutigen Größe aufgebaut. Er hat sich dabei nie übernommen, weder körperlich noch finanziell, aber heute beschleicht ihn erstmals das scheußliche Gefühl, dass er an Grenzen stößt.

Sein Weg war geradlinig, er tat wohlüberlegt einen Schritt nach dem anderen, und hat es stets vermieden, nicht abschätzbare Risiken einzugehen. Und so wurden seine Entscheidungen auch kaum einmal von elementaren Zweifeln überschattet. Nicht zuletzt auch deshalb, weil er immer im Auge behalten hatte, dass er nur erfolgreich sein kann, wenn er seine Mitarbeiter achtet und deren Bedeutung bei allen seinen Aktivitäten richtig einschätzt. Und, das gibt er durchaus zu, sein Wirken wurde auch deswegen durchweg von Erfolgen gekrönt, weil er in all den Jahren mit einer gehörigen Portion Glück im Gepäck unterwegs war.

Nun trägt aber schon seit einigen Jahren ausgerechnet seine Tochter kritische Aspekte bezüglich seines Wirkens an ihn heran. Sie unterminiert sein Lebenswerk, wie er meint, und sie bringt sein Denkgebäude ins Wanken. Sie kollidiert mit ihm, dem vielfach geehrten und landesweit anerkannten und geschätzten Unternehmer; einem Unternehmer der alten Schule, wie viele Leute fast schon ehrfürchtig sagen; einem Unternehmer und Geschäftsmann, der in seinen Anfangsjahren sogar in Gewerkschaftskreisen gut angesehen war.

Beginnend mit dem Zusammenbruch der ehemaligen Sowjetunion stießen seine unternehmerischen Entscheidungen zunächst nur vereinzelt, spätestens seit der Jahrtausendwende aber zunehmend auf Kritik bei den Gewerkschaftsmitgliedern innerhalb seiner Belegschaft und auch im Betriebsrat. Die Wirtschaftswelt begann sich mit zunehmendem Tempo zu verändern, und unter dem Begriff Globalisierung, die nach dem Fall der Mauer enorm Fahrt aufnahm, entwickelten sich Zwänge und Strategien, die ihm im Grunde seines Herzens missfielen, denen er sich aber beugen und folgen musste, wenn er sein Unternehmen weiterhin erfolgreich führen und seine Stellung in der Wirtschaft und in der Gesellschaft wahren wollte.

Er schaut auf das Foto an der gegenüber liegenden Wand. Es füllt die halbe Wand aus und zeigt ihn in stolzer Haltung am Steuerrad seiner Hochsee-Segeljacht. Bis in die neunziger Jahre des vergangenen Jahrhunderts hinein hatte er nicht den Eindruck, dass dieses Foto je negative Assoziationen ausgelöst hätte. Im Gegenteil, bei Verhandlungen der verschiedensten Art hat es wohl immer seine Position unterstützt und gestärkt. Es symbolisierte bis dahin vor allem Zielstrebigkeit, Verantwortungsbewusstsein und den vollen Einsatz für eine Sache.

Als sich aber im Verlauf der Neunziger die so genannte Einkommensschere zu öffnen begann, und nicht nur Arbeitnehmer, sondern auch Teile des Mittelstandes auf der Einkommensleiter nach unten rutschten, geriet es möglicherweise zunehmend zu einem Symbol für Ungerechtigkeit und Ausbeutung.

Seine Tochter hatte ihm schon vor einiger Zeit vorgeschlagen, dieses Bild durch eine Luftaufnahme von den Werksanlagen oder durch ein Gemälde von einem jungen Maler, mit dem sie befreundet ist, zu ersetzen. Dieser vielleicht durchaus sinnvollen Überlegung konnte er sich aber bis zum heutigen Tag nicht anschließen. Er möchte an jedem Tag, den er hier im Büro verbringt, sehen, wofür er unter anderem arbeitet, und auch an jedem Arbeitstag an die abenteuerlichen, so manches Mal auch recht harten, aber immer wunderschönen Tage auf hoher See erinnert werden.

Reinhardt Wagenlenker lehnt sich mit einem tiefen Seufzer weit in seinem Sessel zurück. Er trommelt dann mit den Fingern der rechten Hand nervös auf der Armlehne herum, und schaut schließlich mit wehmütigem Blick wieder auf das Werksgelände hinaus. Nach ein paar Minuten, in welchen ohne Zusammenhang die verschiedensten Gedanken durch seinen Kopf getrieben waren, gibt er sich einen Ruck und teilt seiner Sekretärin über die Sprechanlage ziemlich barsch mit, dass er in der nächsten Stunde von niemand gestört werden möchte. Er schaltet dann das Diktiergerät ein und beginnt unverzüglich Stichpunkte für die Besprechung mit dem Betriebsratsvorsitzenden darauf zu sprechen.

III

Im Salon der Villa Hortocány sitzen die Gräfin und der Kardinal schon knapp zehn Minuten in angeregter Unterhaltung zusammen. Auf dem Couchtisch stehen zwei Tassen Tee und der obligate Cognac für den Kardinal.

Seit der letzten gemeinsamen Teatime sind mehrere Wochen vergangen und die Tage sind kühler geworden. Die Gräfin trägt deshalb einen leichten, knöchellangen braunen Rock, eine Bluse aus sandfarbenem Leinen und darüber eine dunkelbraune Strickweste, die gerade bis zum Rockbund reicht. Sie ist in dunkelbraune Schuhe mit breiten, halbhohen Absätzen geschlüpft, und ihr volles Haar fällt weich und leicht toupiert auf ihre Schultern.

Ihr Erscheinungsbild hat den Kardinal wieder einmal in Verzückung versetzt, und er hat sie bei seinem Eintreffen mit Komplimenten überschüttet. Nachdem sie im Salon Platz genommen hatten, überraschte ihn dann auch noch die Erkenntnis, dass der lange Rock ihre schönen Beine zwar verdeckt, der weich fließende Stoff diese aber noch verführerischer erscheinen lässt. Und so entwickeln sich seine Besuche bei der Gräfin immer zu ziemlich harten Belastungsproben, die er nur deshalb besteht, weil er glauben will, dass sie sein Gott für ihn so vorgesehen hat. Heute kommt noch erschwerend hinzu, dass die Gräfin erstmals das neue Eau de Toilette aus ihrem Kosmetikunternehmen aufgetragen hat, dessen feiner Duft unaufdringlich im Salon schwebt, seinen Sinnen aber dennoch Flügel verleiht.

Er trägt wieder Anzug und Krawatte. Wenn er private Besuche macht, käme er sich in der durchaus attraktiven Amtsrobe, die die katholische Kirche für ihre Kardinäle vorsieht, geradezu maskiert und in einen starren Rahmen gepresst vor.

Der Kardinal hebt sein Glas und sagt hochgestimmt und mit herzlichem Blick auf die Gräfin: »Alsdann, auf Ihr Wohl, verehrte Gräfin, und auf einen guten Start der ersten Baumaßnahmen im Rahmen Ihres Wellnessprojektes.« Er nimmt genussvoll einen guten Schluck von ihrem exquisiten Cognac zu sich, und lehnt sich dann wieder bequem und rundum zufrieden im Sessel zurück.

»Danke, lieber Kardinal. Persönliches Wohlergehen – gerade in den nächsten Monaten – und dazu wenig Probleme bei der Abwicklung dieses Projekts, dafür würde ich dem Himmel von Herzen danken, auch wenn ich diesem nicht so nahe stehe, wie Sie das gerne hätten.«

»Sobald Sie sich dem Himmel gegenüber dankbar erweisen, verehrte Gräfin, stehen Sie dem Allmächtigen schon näher, als so mancher andere Mensch.«

Wohlweislich lässt es der Kardinal damit aber auch schon gut sein, und kommt umgehend auf das vorangegangene Gespräch zurück: »Ihr Mittsommerfest war also in jeder Hinsicht ein großer Erfolg, wenn ich Sie bisher richtig verstanden habe. Und ich, verehrte Gräfin, ich habe alles in vollen Zügen genossen: das unvergleichliche Büffet, die wunderbare Musik und diese feenhaften Tänzerinnen, die auf mich wirkten, als kämen sie aus einer anderen Welt.«

Letzteres sagt der Kardinal in so überschwänglicher Manier und mit einer Begeisterung, die wieder einmal deutlich werden lässt, wie sehr er den weltlichen Genüssen zugetan ist.

»O ja, es war ein sehr gelungenes Fest, alle meine Gäste waren begeistert. – Ich selbst war leider zu sehr mit den vielen Leuten beschäftigt, aber es hat sich gelohnt. Das Wellnesszentrum wurde bis zum heutigen Tag allerdings erst von der Landesregierung und vom Stadtrat abgesegnet. Das Landratsamt mäkelt nämlich noch immer an einigen Details herum, und nervt damit meinen Architekten und den Landschaftsplaner.«

»Wie sollte es auch anders sein, verehrte Gräfin, wer Großes schaffen will, muss sich oft mit kleinen Geistern herumschlagen. Sie werden wohl oder übel nicht umhinkommen, diese Widersacher mit einem Bauernopfer zufrieden zu stellen.«

»Darauf wird es wohl hinauslaufen, lieber Kardinal. Wir haben das im Grunde ja schon eingeplant, und dennoch sträubt sich in mir alles, diesen grauen Mäusen im Landratsamt nachzugeben.«

»Seien Sie doch großzügig, verehrte Gräfin, und gönnen Sie den Leuten dort einen kleinen Erfolg; der Himmel wird Sie dafür ganz sicher belohnen. – Ach, bevor ich es vergesse, unsere neue Orgel ist nahezu fertig im Dom eingebaut. Es sind nur mehr letzte Arbeiten an ihrer äußeren Hülle und die abschließende Feinabstimmung durchzuführen, aber sie klingt jetzt schon einzigartig. Auf einer CD habe ich, als kleine Kostprobe sozusagen, das ›Te Deum‹ mitgebracht. Vielleicht können wir uns diese Aufzeichnung heute gemeinsam anhören.«

»Aber gerne, sobald Reinhardt da ist.«

Die Gräfin schaut auf ihre Armbanduhr und meint dann: »Ich weiß nicht, wo er heute bleibt, er ist doch sonst immer pünktlich. Er will übrigens, was mir gar nicht gefällt, diesmal wieder seine Tochter mitbringen … ach ja, und auch einen jungen Mann aus dem Umfeld der beiden. Er machte ein ziemliches Geheimnis daraus, und so habe ich nicht die geringste Ahnung, um wen es sich dabei handeln könnte.

Schon bei seiner befremdend einfachen Geburtstagsfeier, Sie haben das ja nicht miterlebt, weil Sie in Rom weilten, und auch die letzten Male am Telefon, wirkte er ziemlich verändert auf mich. Einmal kommt er mir lockerer vor als früher, und das andere Mal so unsicher, wie ich ihn noch nicht erlebt habe. Irgendetwas muss in den letzten Wochen vorgefallen sein.«

»Verehrte Gräfin, vielleicht kann ich Ihnen mit einer möglichen Erklärung für sein Verhalten dienen. Ich habe vergangene Woche mit dem alten Granier wegen meiner Beteiligung an einem Windkraftpark telefoniert, und bei dieser Gelegenheit hat er mir ziemlich verärgert berichtet, dass Reinhardt vor seiner streikenden Belegschaft in die Knie gegangen ist, und dass er zukünftig mit einem deutlich geringeren Unternehmensergebnis zufrieden sein will. Seine Tochter soll übrigens ihre Finger dabei ganz entscheidend mit im Spiel gehabt haben.«

»Oh, dieses Miststück! Ja, das wird es wohl sein … und … und ich erfahre das erst durch Sie. Ach, ich fasse es einfach nicht, Kardinal!«

»Liebe Gräfin, ich kann mir vorstellen, dass er uns heute von den Vorfällen in seinem Hause in Kenntnis setzen möchte, und dass der angekündigte junge Mann damit zu tun haben könnte.«

»Das kann ja sein, Kardinal! Ich werte das aber auf jeden Fall als einen massiven Vertrauensbruch, denn bisher hat er mich bei allen seinen wichtigen Entscheidungen zumindest angehört.«

»Verehrte Frau Gräfin, warten wir doch erst einmal ab, was wir nachher von ihm hören werden!« Händeringend versucht der Kardinal die Gräfin zu besänftigen, weil ihn ihre heftigen Gefühlsausbrüche immer höchst unangenehm berühren.

Im nächsten Augenblick klopft es.

Die Gräfin wendet sich zur Tür hin und sagt mit erregter Stimme: »Ja, bitte!«

Das Dienstmädchen tritt ein, knickst und meldet: »Herr Wagenlenker mit seine Tochter und eine Herr Reger sind da.«

Mit »Ich lasse bitten« gibt sich die Gräfin sehr förmlich und bleibt sitzen.

Annina stutzt einen Augenblick und eilt dann aus dem Salon.

»Die gnädige Frau Gräfin lässt bitten«, hört man sie gleich darauf in der Halle sagen. Wenig später kommt sie mit den Wagenlenkers und Herrn Reger in den Salon zurück.

Der Kardinal erhebt sich, geht den dreien entgegen und begrüßt zuerst Sabrina Wagenlenker: »Guten Tag, Frau Wagenlenker, wie schön, Sie wieder einmal zu sehen«, sagt er sichtlich erfreut und drückt der jungen

Frau dabei anhaltend die Hand.

Mit »Einen schönen Tag, Herr Kardinal« grüßt ihn auch Sabrina Wagenlenker recht freundlich und deutet einen Knicks an.

Der Kardinal wendet sich dann ihrem Vater zu und sagt bestens gelaunt zu ihm: »Grüß dich Gott, Reinhardt.« Er schüttelt ihm kräftig die Hand und fragt augenzwinkernd: »Na, wie geht's dir heute, alter Freund und Kämpfer?«

»Danke, ganz passabel. – Und, wie steht es um dein Befinden, Johannes?«, fragt Reinhardt Wagenlenker nur der Form halber zurück, weil ihm nicht entgangen ist, dass die Gräfin in abweisender Haltung und mit einer Miene, die nichts Gutes verheißen kann, in ihrem Sessel sitzen geblieben ist.

»Oh, mir geht es glänzend, Reinhardt! Unsere verehrte Gräfin verwöhnt mich ja wieder mit ihrem feinen Tee und ihrem exzellenten Cognac und … und wir haben uns auch auf das Angenehmste unterhalten«, fügt er, mehr an die Adresse der Gräfin gerichtet, mit erhobener Stimme hinzu.

Der Kardinal drückt Reinhardt Wagenlenker noch einmal kurz die Hand und wendet sich dem dritten Besucher zu: »Und sie sind Herr Reger, nicht wahr?«

»Ganz richtig, Alexander Reger ist mein Name. Und Sie sind wohl Herr Kardinal Hallhuber, so wurde ich zumindest von Herrn Wagenlenker unterrichtet.«

»Ja, der bin ich«, antwortet der Kardinal mit einem wohlwollenden Nicken, »und ich grüße Sie ganz herzlich, Herr Reger.« Die beiden schütteln sich freundschaftlich die Hand und erwecken so den Eindruck, als würden sie sich schon eine ganze Weile kennen.

»Neue Gesichter«, schließt der Kardinal leutselig an die Begrüßung an, »sind in unserer Runde übrigens eher selten, Herr Reger, und ich finde es dann immer recht spannend zu erfahren, ja zu erforschen, was für ein Mensch sich dahinter verbirgt.«

Mit einer kleinen Indiskretion versucht er dann erneut, die Gräfin aus ihrer frostigen Haltung zu lösen: »Unsere verehrte Frau Gräfin pflegt diese Leidenschaft übrigens auch mit Vorliebe, Herr Reger.«

Er dreht sich daraufhin halb zu Gräfin hin und sagt fast beschwörend: »Das trifft doch zu, gnädige Frau Gräfin.«

Die Gräfin antwortet darauf nur mit einem steifen »Ja doch«.

Sie steht daraufhin auf und gibt Annina mit einem Wink zu verstehen, dass sie den Salon verlassen kann. Mit »Grüß dich« und einem flüchtigen Händedruck begrüßt sie dann Reinhardt Wagenlenker.

Der bemüht sich trotz ihrer unfreundlichen Miene um einen möglichst lockeren Tonfall und sagt: »Hallo, und grüß dich, Eleonore.« Für ihn selbst überraschend, findet er auch noch ein paar Worte für ein Kompliment: »Und du siehst wieder einmal phantastisch aus, meine Liebe.«

Mit »Danke, du Geheimniskrämer« giftet ihn die Gräfin dennoch an und droht ihm mit dem nächsten Atemzug auch noch: »Mit dir habe ich später ein kapitales Hühnchen zu rupfen, mein Freund!«

Sie drückt dann seiner Tochter kurz die Hand und begrüßt sie auch nur knapp mit »Hallo, Sabrina!«.

Sabrina Wagenlenker bleibt deshalb mit »Guten Tag, Frau Gräfin« ebenfalls recht kurz und kühl, und richtet dann einen fragenden Blick auf ihren Vater.

Vergleichsweise überschwänglich, und bevor Reinhardt Wagenlenker dazu kommt, Alexander Reger näher vorzustellen, begrüßt die Gräfin ihren neuen Gast: »Guten Tag, und herzlich willkommen, Herr Reger.« Übergangslos und ohne Rücksicht darauf, dass der junge Mann damit wenig anfangen kann, schließt sie daran an: »Unser Reinhardt hat leider auch aus Ihnen ein ziemliches Geheimnis gemacht, was offenbar eine neue Masche von ihm ist.«

Alexander Reger begrüßt die Gräfin mit »Guten Tag, Frau Gräfin« küsst ihr galant und formvollendet die dargebotene Hand und sagt dann mit einem charmanten Lächeln und einer Sicherheit, die die Gräfin einen Moment lang aus der Fassung bringt: »Für mich ist es auf jeden Fall eine große Ehre, dass ich Sie heute kennenlernen darf, und ich kann nun nur hoffen, dass ich für Sie keine unangenehme Überraschung bin.«

»Im Augenblick bin ich schon etwas überrascht, aber ausnehmend positiv, das muss ich schon sagen, Herr Reger«, gesteht die Gräfin rundheraus und faucht gleich darauf Reinhardt Wagenlenker heftig an: »Was bist du doch für ein ausgemachter Esel, Reinhardt!«

An die übrigen Gäste gewandt, sagt sie nach dieser Entgleisung locker und unbekümmert: »Entschuldigt bitte, wenn ich das so ungeschminkt sage, aber Reinhardt leistet sich derzeit einfach zu viele Schnitzer.«

Und so, als wollte sie Ihren taktlosen Angriff auf ihn verständlich machen, fällt sie umgehend ein weiteres Mal über ihn her: »Reinhardt, du hättest mir doch wenigstens mitteilen können, dass unser neuer Gast ein so galanter und attraktiver junger Mann ist. Als Gastgeberin möchte ich meinen Gästen doch immer wohl abgestimmt gegenüber treten, das ist doch gerade dir recht gut bekannt, oder?«

»Tut mir leid, dass ich dich um die rechte Abstimmung gebracht habe«, meint da Wagenlenker pikiert, aber auch mit ein wenig Spott in der Stimme. Er holt einmal tief Luft und packt dann auch noch eins d'rauf: »Es ist aber auch etwas Gutes dabei, Eleonore, nun kennt auch Herr Reger deine gelegentlich aufflammende Deftigkeit. Als Betriebsratsvorsitzender ist ihm so ein Verhalten allerdings nicht fremd, er wird höchstens ein wenig erstaunt sein, dass sich manches Mitglied der Hautevolee diesbezüglich nicht vom einfachen Volk abhebt.«

Reinhardt Wagenlenker geniest sichtlich seine Retourkutsche, und Sabrina und der Kardinal schauen sich aus den Augenwinkeln amüsiert an; sie hoffen aber beide, dass dieser Begrüßungsdisput nicht weiter eskaliert.

Alexander Reger entschärft die Situation elegant, indem er der Gräfin überzeugend versichert, dass er sich jetzt schon in ihrer Gegenwart und in ihrem Hause sehr wohl fühlt, und dass ihm eine emotional veranlagte Frau wesentlich sympathischer ist, als der kühle und allzeit beherrschte Frauentyp.

Als sie das hört, lächelt Sabrina einen Augenblick lang vieldeutig, meint dann aber ein wenig ungeduldig: »Ach, könnten wir uns jetzt vielleicht erst einmal setzen?«

Die Gräfin, die Regers Worte hocherfreut aufgenommen hatte, sagt daraufhin irritiert: »Aber natürlich, setzt euch doch bitte!« Sie wirft Sabrina noch einen strafenden Blick zu und nimmt dann wie selbstverständlich rechts von Reger Platz, und drängt so Sabrina auf dessen linke Seite.

»Sie gefallen mir, Herr Reger, das habe ich ja schon anklingen lassen. Und wenn Sie mit Ihrem derzeitigen Chef eines Tages nicht mehr klarkommen«, die Gräfin legt ihre linke Hand auf dessen Rückenlehne, »bei mir stünden Ihnen alle Türen offen und ich …«

Mit »Einspruch, meine gute Eleonore! Abwerbung haben wir Unternehmer hier in der Region seit jeher ausgeschlossen« fährt ihr Reinhardt Wagenlenker reflexhaft in die Rede.

»Ach Reinhardt, spiel nun nicht auch noch den Paragraphenreiter!« Die Gräfin wendet sich daraufhin wieder Reger zu und sagt ungerührt: »Mein Wort gilt, junger Mann, da kann sich Reinhardt von mir aus auf den Kopf stellen.«

Sie lässt sich dann in die Rückenlehne fallen, schlägt die Beine energisch übereinander und sagt: »Aber nun sagt mir aber bitte, was ich euch bringen lassen darf.«

Leicht verschnupft sagt Reinhardt Wagenlenker: »Mir bitte einen Kaffee.«

»Und ich hätte gerne einen Campari«, sagt Sabrina.

»Und ich, gnädige Frau Gräfin, nehme ebenfalls gerne einen Kaffee.«

Die Gräfin klingelt dem Dienstmädchen. Annina kommt gleich darauf in den Salon, knickst artig und fragt: »Sie wünschen, Frau Gräfin?«

»Sie bringen uns bitte zwei Kaffee und einen Campari.«

»Jawohl, Frau Gräfin, zwei Kaffee und eine Campari.« Annina knickst wieder und eilt hinaus.

»Ach Gott, jetzt fällt bei mir der Groschen!«, entfährt es der Gräfin, während die Salontüre hinter Annina ins Schloss fällt. Sie lässt ihren Blick einmal zwischen Reger und Wagenlenker hin und her gehen, und dann sagt sie auch schon vorwurfsvoll zu Reger: »O Mann, Sie sind ja bei Reinhardt beschäftigt, und sind sogar sein Betriebsratsvorsitzender! Wenigstens das hat Reinhardt irgendwann einmal verlauten lassen. – Oh, là, là, das ist aber ein Ding! Und wenn ich den Herrn Kardinal vorhin richtig verstanden habe, dann habt ihr zwei noch vor kurzem die Klingen gekreuzt, und Reinhardt ist dabei unterlegen.«

Sie richtet ihren Blick auf Reinhardt Wagenlenker, der zwischen seiner Tochter und dem Kardinal Platz genommen hat, und sagt grimmig zu ihm: »Das ist übrigens der Punkt, mit dem ich nachher mit dir ins Gericht gehen muss!«

Wieder Reger zugewandt, sagt sie fassungslos: »Und heute sitzt ihr friedlich bei mir zusammen? – Nein, so etwas! Ach, ich glaub' es einfach nicht, das kann doch gar nicht wahr sein, Leute! – Bei mir würde so eine Nummer übrigens anders laufen, Herr Reger. Das nur für den Fall, dass Sie auf mein Angebot doch einmal zurückkommen wollen.«

»Dieser Zug ist abgefahren, werte Frau Gräfin. Alexander und ich werden im nächsten Jahr heiraten und dann gemeinsam die Sievers-Werke leiten«, lässt da Sabrina Wagenlenker triumphierend heraus. Sie lehnt sich dann auch noch zu ihrem Zukünftigen hinüber und erfasst in besitzergreifender Manier seine linke Hand.

Die Gräfin fährt in ihrem Sessel hoch und klagt mit frustriertem Gesichtsausdruck: »Wie kannst du mit mir nur so umgehen, Reinhardt?! Da erfahre ich erst über den Kardinal vom Streik in deinem Unternehmen und muss mir dabei auch noch anhören, dass du klein beigegeben und damit ein ungeschriebenes Gesetz in unserem Lager gröblich missachtet hast; dann überrascht du mich auf dem falschen Fuß mit Herrn Reger, und jetzt teilt mir deine Tochter so ganz beiläufig mit, dass in deinem Hause das Oberste zuunterst gekehrt wird. – Ich brauche jetzt unbedingt einen Cognac, Herrschaften! Wer von euch hält wenigstens diesbezüglich zu mir?«

Begleitet von einer teilnehmenden Geste sagt der Kardinal: »Verehrte Frau Gräfin, Sie wissen ja, ich stehe immer auf Ihrer Seite.«

»Gott sei Dank, dass man sich wenigstens auf die Kirche verlassen kann«, meint da die Gräfin mit müdem Lächeln sarkastisch.

Und Reger, diesmal nicht gerade geschickt formulierend, erklärt: »Wenn es um einen guten Cognac geht, Frau Gräfin, dann lasse auch ich Sie keinesfalls im Stich.«

Auf diesen Schnitzer reagiert die Gräfin nun aber mit nicht überbietbarem Sarkasmus: »Oh, das tut aber gut, noch so ein zu Herzen gehender Treueschwur!« Sie klatscht daraufhin aufgeregt ein paar Mal laut nach dem Dienstmädchen und erschreckt damit auch den Papagei Ricardo, der in seinem Käfig hochhüpft und lauthals losschimpft: »Ruhä! Ruhä!«

Die Gräfin steht auf, geht zum Käfig, hebt das

verhüllende Tuch ein wenig hoch und sagt in beruhigendem Tonfall: »Entschuldige Ricardo, ich hab dich erschreckt, nicht wahr? Mein guter Ricardo, es tut mir leid.« Sie lässt dann das Tuch über den Käfig gleiten, setzt sich wieder und sagt ein wenig kleinlaut zu ihren Gästen: »Entschuldigt bitte auch ihr, ich war wohl wieder einmal zu unbeherrscht.«

Während sie sich entschuldigt, kommt Annina, deren Anklopfen sie überhört hatte, in den Salon und bringt die beiden Tassen Kaffee und den Campari.

»Bitte stellen Sie alles hier ab und bringen Sie uns noch ganz schnell drei Cognac, Annina!«

»Jawohl, Frau Gräfin!« Annina stellt das Tablett auf den Tisch und eilt hinaus.

Nachdem die Gräfin die Getränke verteilt hat, geht ihr Blick einmal zwischen Reger und Sabrina hin und her und dann sagt sie auch schon ungläubig: »Und ihr zwei wollt *wirklich* heiraten und euch in unserer schnelllebigen Zeit so altmodisch festlegen? Also *ich*, unerfahren wie ich war, habe nur meinen ersten Mann geheiratet. Bei den beiden danach habe ich tunlichst davon Abstand genommen, weil sich ein Mann, auch wenn man ihn liebt, früher oder später nur allzu leicht zu einem Klotz am Bein auswächst.«

Das Klopfen des Dienstmädchens unterbricht das Statement der Gräfin und sie ruft ein wenig ungehalten: »Ja, bitte!«

Annina bringt die drei Cognac und bleibt abwartend neben der Gräfin stehen.

»Ach ja, einen bitte für unsern Herrn Kardinal, einen für Herrn Reger und den letzten schließlich für mich«, sagt die Gräfin – die mit ihren Gedanken wohl bei ihren Männern hängen geblieben war – erst nach einer guten Weile.

Das Dienstmädchen verteilt rasch die Gläser und schaut dann mit fragendem Blick auf die Gräfin.

»Danke, Annina, Sie können wieder gehen.«

Annina nimmt die beiden Tabletts an sich, knickst, errötet ein wenig unter dem Blick des Kardinals und verlässt den Salon.

»Alsdann ... und trotz allem, auf unser aller Wohl!« Die Gräfin, mit einem Mal wieder gut aufgelegt, hebt ihr Glas, nickt ihren Gästen freundlich zu und sagt dann noch: »Und ich hoffe, dass sich das Überraschungskarussell jetzt nicht mehr weiterdreht, meine Herrschaften.«

Der Kardinal, Sabrina und Reger deuten ein Anstoßen an, und Reinhardt Wagenlenker sagt erleichtert: »Wohl bekomms, meine Lieben.«

Nach einem ordentlichen Schluck lehnt sich die Gräfin ganz entspannt in ihrem Sessel zurück, schlägt die Beine übereinander und lässt dann ihren Blick prüfend von Reger über Sabrina bis zu ihrem Vater wandern. Schließlich sagt sie in einem Tonfall, in dem sich Neugierde und Misstrauen die Waage halten: »Aber eins würde ich jetzt doch noch ganz gerne erfahren: Wieso ein Streik, und warum bist du dabei in die Knie gegangen, Reinhardt? Genauso hat sich nämlich unser Kardinal erst vor einer Viertelstunde ausgedrückt.«

Sabrina Wagenlenker richtet ihren Blick kurz auf ihren Vater, wendet sich dann zur Gräfin hin und sagt sorgfältig abwägend: »Es hat einen kurzen wilden

Streik gegeben, weil unsere Leute den Abbau von Arbeitsplätzen befürchtet haben. Papa ist dabei aber nicht in die Knie gegangen, er hat nur eingesehen, dass wir in wirtschaftlich nicht gerade einfachen Zeiten unsere Entscheidungen nicht nur zu Lasten unserer Belegschaft fällen können.«

»Was heißt das im Klartext?«, fragt die Gräfin misstrauisch.

Reinhardt Wagenlenker beugt sich ein wenig vor, faltet die Hände auf den Knien und sagt dann etwas angespannt: »Dass wir die geplante Ansiedlung in der Ukraine relativ klein halten werden und hier alle Arbeitsplätze erhalten bleiben. Keine Entlassungen nicht zuletzt auch deshalb, weil dies den Verlust von hervorragenden Fachkräften bedeuten würde.«

»Gut, das ist ja noch ganz okay. Aber warum ist nun der Granier stocksauer auf dich?«, hakt die Gräfin hartnäckig nach.

»Wohl deshalb, weil wir uns in Zukunft mit einem geringeren Unternehmensgewinn zufrieden geben wollen«, gesteht Wagenlenker zögerlich und widerstrebend.

»Doch nicht im Ernst?!«

»Aber sicher!«, antwortet Sabrina Wagenlenker mit nicht ganz unterdrücktem Triumph in der Stimme und mit einer Entschiedenheit, die die Gräfin nur als gezielte Konfrontation auffassen kann.

Mit »Ja seid ihr denn noch zu retten?!« fährt die Gräfin die beiden Wagenlenkers umgehend an. Sie steht mit einem Ruck auf, geht erzürnt die paar Schritte zum Sideboard, schaut einen Moment lang kopfschüttelnd zu ihrem Großvater hinauf und lehnt sich dann an das

Möbel. Sie stützt sich noch mit beiden Armen darauf ab und wettert in Scharfrichtermanier los: »Mann, Reinhardt, so eine Entscheidung kann man doch nur treffen, wenn man unfassbar leichtsinnig außer Acht lässt, dass sich die Belegschaften landauf, landab an eurem Kurs orientieren werden, und damit viele Unternehmer in bisher nicht bekannter Weise in Bedrängnis geraten! Und, das kommt zu allem Überfluss noch hinzu, wer glaubt ihr denn, wird in diesem Lande noch investieren wollen, wenn die Renditen im Fallen begriffen sind?«

Sabrina, die der Ausbruch der Gräfin ziemlich kalt lässt, erwidert kühl und gelassen: »Wir visieren eine Kapitalrendite an, mit der alle Beteiligten durchaus zufrieden sein können.«

Die Gräfin, die Sabrinas selbstbewusstes und sicheres Auftreten nicht wenig beeindruckt, stößt sich vom Sideboard ab und faucht die junge Frau auf dem Weg zu ihrem Sessel eifersüchtig an: »Und das rechte Maß hast wohl du in die Welt gesetzt?!«

»Nein, die neuen Eckwerte haben Papa, Alexander und ich gemeinsam festgelegt.«

Während sich die Gräfin wieder setzt, fragt sie ungläubig und wirft dabei Reinhardt Wagenlenker einen bitteren Blick zu: »Und so muss ich nun wohl auch davon ausgehen, dass ihr tatsächlich niemand kontaktiert habt, weder eure stillen Teilhaber noch Leute wie mich.«

Sie greift daraufhin mit einer hektischen Bewegung nach ihrem Glas, trinkt es in einem Zug aus und klingelt dem Dienstmädchen.

Annina kommt unverzüglich in den Salon und die Gräfin sagt mit brüchiger Stimme zu ihr: »Bringen Sie mir bitte ganz schnell noch einen Cognac … ach nein, bringen Sie doch gleich die ganze Flasche!«

»Jawohl, Frau Gräfin!« Annina rennt hinaus und kommt gleich darauf mit der Flasche zurück.

»Bitte, gnädige Frau Gräfin.«

»Danke, Annina, Sie können wieder gehen.«

Das Dienstmädchen knickst und verlässt eilends den Salon.

Die Gräfin schenkt sich ihr Glas zu einem Viertel voll und sagt dann zu ihren Gästen: »Ihr bedient euch bei Bedarf bitte selbst.«

»Also, liebe Eleonore«, sagt Reinhardt Wagenlenker nun so verbindlich wie nur möglich, »ich habe niemand kontaktiert, weil ich der Ansicht war, dass ich in diesem Fall die üblichen Gepflogenheiten durchbrechen muss, denn ich war mir ganz sicher, dass ich nirgendwo Zustimmung erfahren hätte.«

»Das hast du allerdings ganz richtig gesehen!«, knurrt ihn die Gräfin an und klagt dann: »Aber warum und wieso, um alles in der Welt, überhaupt dieser unsinnige Richtungswechsel, Reinhardt?! Wenn sich die Kapitalgeber als Folge davon verunsichert zurückziehen, dann bleibt doch am Ende für niemand etwas. Du bist bald Pleite und deine Belegschaft findet sich in der Agentur für Arbeit wieder. – Mein Gott, welcher Teufel hat euch denn da nur geritten!«, lamentiert die Gräfin nach einmal tief Luft holen fassungslos weiter und schaut mit einem Blick, der größtes Unverständnis und Missfallen zugleich ausdrückt, von Reinhardt Wagenlenker zu Sabrina und schließlich strafend, aber distanziert auf Reger.

Sie rutscht dann in ihrem Sessel so weit wie möglich von ihm weg, und lässt ihn so deutlich spüren, dass er sich auf ein Terrain begeben hat, auf dem er nichts zu suchen hat.

Aber gerade wegen dieser Geste möchte Reger der Gräfin die Beweggründe für den Strategiewandel in den Sievers-Werken erläutern, doch Sabrina kommt ihm zuvor: »Zumindest in unserem Fall«, beginnt sie voller Elan, »da bin ich mir ziemlich sicher, werte Frau Gräfin, wird sich kaum ein Kapitalanleger zurückziehen, weil uns das Zurückfahren der Gewinne konkurrenzfähiger macht. Unsere Position am Markt wird sich also festigen, und dies wiederum bewirkt, dass das Betriebsergebnis auch längerfristig auf stabilen Beinen stehen kann. In den Jahren«, klärt sie die Gräfin selbstbewusst weiter auf, »in denen Papa sein Unternehmen aufgebaut hat, war er ja auch mit vertretbaren Erträgen zufrieden. Nicht zuletzt deshalb, Frau Gräfin, konnte er damals seinen Leuten auch anständige Löhne und Gehälter zahlen.«

Sabrina Wagenlenker atmet einmal kräftig durch und fügt dann noch kritisch hinzu: »Zum Erwirtschaften höherer Renditen sah sich Papa erst veranlasst, als er die letzte Expansionsphase des Betriebes verstärkt mit Fremdkapital finanzieren musste. Hohe Renditen werden heute aber nur allzu oft nach dem Motto ›Gewinne stabil halten oder steigern – Löhne runter und Leute entlassen‹ zu Lasten der Belegschaften abgesichert. Und so werden ganz nebenbei, und so, als wäre das nur eine Formsache, immer mehr Menschen aus dem Erwerbsleben gedrängt, was heutzutage nicht selten einem Herausfallen aus der Volksgemeinschaft gleichkommt. Auf der anderen Seite werden die in den Arbeitsprozessen verbliebenen Menschen immer stärker belastet und nicht selten geradezu verschlissen.«

Bevor die Gräfin, deren Miene sich während Sabrinas Worten zunehmend verfinstert hatte, sich dazu äußern kann, bringt Sabrina Wagenlenker noch eine Sichtweise an, die ihr besonders am Herzen liegt: »Bei dieser Gelegenheit möchte ich auch noch bemerken, dass ich ganz allgemein hohe Einkommen aus Kapitalanlagen und die Gewinne aus Finanzgeschäften, also all diejenigen Einkommen, denen keine Arbeitsleistung gegenübersteht, als hochgradig sittenwidrig ansehe.«

Sabrina atmet wieder tief durch und fährt, die Gräfin erneut an einer Entgegnung hindernd, eiligst und leidenschaftlich fort: »Kapitalerträge resultieren letztlich immer aus der Wertschöpfung, die der arbeitende Mensch erbracht hat. Sie mindern also dessen Verdienst und führen in aller Regel auch noch dazu, dass der an der Wertschöpfung unbeteiligte Kapitalist noch wohlhabender wird, und somit dieses ungerechte Spiel verstärkt fortsetzen kann. Die Gewinne auf den so genannten Finanzmärkten erweisen sich schließlich noch um ein gewaltiges Stück schäbiger, denn sie werden ja außerhalb der realen Arbeits- und Wirtschaftswelt, also abseits von den Wertschöpfungsketten erzielt. Der Finanzgewinnler verschafft sich also seine Lebensbasis, ohne je Leistungen zu Gunsten des Gemeinwohls erbracht zu haben. Er wirkt weder an der Produktion von Lebensmitteln und Gütern mit noch engagiert er sich auf dem Felde der Dienstleistungen. Er ist somit nichts anderes als ein Schmarotzer, der einer Volksgemeinschaft grundsätzlich, also nicht nur im Crashfall zum Schaden gereicht. Beiden Einkommensformen ist schließlich gemein, dass sie den Wert der Arbeit mindern, weil sie den Beziehern dieser Einkommen ohne Arbeitsleistung zufallen. Und dies wird, es kann eigentlich gar nicht anders sein, früher oder später dramatische Folgen nach sich ziehen.«

Nach dieser zunehmend leidenschaftlich vorgetragenen Sichtweise lehnt sich Sabrina Wagenlenker ein wenig erschöpft zurück, richtet aber schon im nächsten Augenblick ihren Blick herausfordernd auf die Gräfin.

Die spürt durchaus, dass Sabrina nicht unüberlegt daherredet, etwa getrieben vom puren Oppositionsgeist des jungen Menschen, und dass die Worte der jungen Frau auf einem soliden Fundament stehen und aus ihrem tiefsten Herzen kommen. Aber sie sieht sich dennoch nicht in der Lage, diesem Großangriff auf Teile der Gesellschaft und auf die Wirtschaftswelt kühl und ohne Polemik zu begegnen: »Du redest wie eine blinde Gewerkschafterin!«, giftet sie Sabrina an und feuert gleich darauf noch hemmungslos hinterher: »Aber das ist ja letztlich auch kein Wunder, wenn man sogar den eigenen Betriebsratsvorsitzenden heiraten will.«

Sabrina will darauf heftig reagieren, aber Reger hält sie zurück, und so kann die Gräfin eine weitere Breitseite abfeuern: »Ich kann dir bezüglich der Finanzgeschäfte zwar zustimmen, aber im Grunde willst du in Bausch und Bogen gegen ein System anstinken, das sich seit langem bewährt, und sich gegenüber dem sozialistischen, vor allem aber gegenüber dem kommunistischen als unschlagbar erweist.«

»Unschlagbar?!«, heult da Sabrina regelrecht auf und entgegnet dann der Gräfin – nun doch ziemlich angespannt und erregt: »Unschlagbar vielleicht aus der Sicht der Reichen, aber zunehmend fragwürdig und nachteilig nach den Erfahrungen der überwiegenden Mehrheit im Land!«

Alexander Reger ergreift Sabrinas rechten Arm und drückt ihn beschwichtigend. Er wendet sich dann ganz gelassen der von ihm abgerückten Gräfin zu und sagt: »Frau Gräfin Hortocány, lassen Sie mich bitte auf den Ausgangspunkt dieser Auseinandersetzung zurückkommen: Herr Wagenlenker, vor allem aber Sabrina und ich sind bei unserem Kurswechsel von dem nicht von der Hand zu weisenden Gesichtspunkt ausgegangen, dass sich die Oberschicht sehr bald selbst das Wasser abgraben wird, wenn die Einkommensschere zwischen derselben und der überwiegenden Mehrheit im Lande weiterhin so weit geöffnet bleibt oder sich sogar noch weiter öffnet. Wir meinen also, dass es nicht länger angehen kann, dass ausgerechnet diejenigen Menschen, die mit ihrer Hände Arbeit den Mehrwert in unserem Lande schaffen, dafür ein höchst ungerechtes, nicht selten gar ein geradezu schnödes Entgelt erhalten.«

»Gerecht! … Mein Gott, das hat jetzt gerade noch gefehlt! Dieses untauglichste Wort, das sich die Menschen je haben einfallen lassen!«

Die Gräfin nimmt einen Schluck Cognac zu sich und wendet sich dann an den Kardinal: »Gerechtigkeit … Ungerechtigkeit … Mein lieber Kardinal, ich muss wieder einmal Ihre zehn Gebote bemühen. Diese beiden Begriffe kommen doch explizit nicht einmal dort vor, nicht wahr?«

»Es gibt dafür kein spezielles Gebot, da haben Sie ganz Recht, liebe Gräfin. Aber die Idee des Gerechten, und somit der Begriff ›Gerechtigkeit‹, spiegelt sich durchaus in unserem Gebotekanon wider.«

Der etwas überrascht wirkende Kardinal brachte diese nicht sonderlich überzeugende Antwort erst nach einigem Überlegen zustande. Und so nimmt er sein Glas zur Hand, schwenkt es routiniert und beobachtet nachdenklich – als könnte ihm der ein stärkeres Argument pro Gerechtigkeit liefern – den darin treibenden Cognac.

»Sehen Sie«, triumphiert die Gräfin, »man kann sie vielleicht als Extrakt vorfinden – wenn man will!« Sie lehnt sich siegessicher in ihrem Sessel zurück und führt dann weiter aus: »Und die Bewertung und Gewichtung dieses Extraktes wird darüber hinaus auch noch von Mensch zu Mensch höchst unterschiedlich ausfallen, sodass wir mit diesem Begriff letztlich nur Verwirrung und Streit entfachen. Was gerecht ist, kann sich immer nur aus den Kräfteverhältnissen in einem Bevölkerungsverband herauskristallisieren, das ist für mich so selbstverständlich und natürlich wie nur irgendetwas; und so werden also vor allem die Starken den Maßstab dafür setzen.«

Beinahe panisch meint sie nach einmal Durchatmen noch – sie richtet sich dabei resolut auf: »Mein Gott, Herr Kardinal Hallhuber, wo kämen wir denn da hin, wenn etwa vorrangig die Schwachen die Richtschnur dafür legen würden?«

Sie atmet noch einmal tief durch, trinkt einen Schluck Tee und lässt sich dann kopfschüttelnd in die Rückenlehne fallen.

Der Kardinal nimmt erneut sein Glas zur Hand, hebt es prüfend ins Licht, stellt es wieder ab und wendet sich dann der Gräfin zu und sagt bedächtig: »Grob betrachtet, verehrte Gräfin, trifft Ihre Sichtweise dieses schwierige Thema recht gut. Als ein Mann der Kirche muss ich allerdings schon anmerken, dass Sie dabei die Nächstenliebe ausgeblendet haben, die ja ein Basiselement für das gedeihliche Zusammenleben der Menschen ist, und der gerade wir Christen eine herausragende Bedeutung beimessen.«

Die Gräfin legt ihren linken Arm auf die Rückenlehne, schlägt ihr rechtes Bein über das linke und sagt dann amüsiert: »Ach, mein guter Kardinal, da haben wir ja schon den zweiten Begriff, der wenig alltagstauglich ist. ›Liebe deinen Nächsten wie dich selbst‹, so sagt Ihr doch in Euren Empfehlungen für unser Zusammenleben. Ich habe beispielsweise meine drei Männer alle einmal geliebt, sehr sogar; und dennoch war es – wohl unvermeidlich – immer nur eine mehr oder weniger kurze Phase.«

Sie streicht nach diesem Einblick in ihr Privatleben mit der rechten Hand gedankenverloren über ihren Rock und setzt dann ihr Statement fort: »Gleichwohl sollte der starke Mensch immer bereit sein, den Schwächeren zu helfen wo immer es möglich ist, und so, ich übernehme da gerne Ihre Formulierung, Herr Kardinal, zum gedeihlichen Zusammenleben unserer Spezies beitragen. Ohne mich hervorheben zu wollen, darf ich in diesem

Zusammenhang ein weiteres Mal mich selbst einblenden und meine Fördertätigkeit zu Gunsten junger Tanztalente aus ärmlichen Verhältnissen erwähnen. – Und dennoch, Herr Kardinal und meine Herrschaften, wäre es höchst unangebracht und unrealistisch zu erwarten, dass die Achtsamkeit auf den Mitmenschen als täglich geübte Tugend unser Leben bestimmt, denn aus gutem Grund beherrscht ja auch der Egoismus unser Handeln. Und deshalb, Freunde, wird unser Zusammenleben auch nur in einem relativ bescheidenen Ausmaß von dem geprägt sein, was in den Schubladen ›Gerechtigkeit‹ und ›Nächstenliebe‹ abgelegt werden kann.«

Die Gräfin genehmigt sich wieder einen Schluck Cognac und lehnt sich dann ganz entspannt und mit sich im Reinen in ihrem Sessel zurück.

Reger hält Sabrina, die es kaum mehr auf ihrem Sessel hält, erneut zurück und sagt kühl zur Gräfin: »Bleiben wir doch einmal bei den Begriffen beziehungsweise den Adjektiven ›stark‹ und ›schwach‹, verehrte Frau Gräfin. Gerade in den letzten zwei Jahrzehnten haben sich in unserem Land die vermeintlich starken Menschen durchgesetzt, und vor allem im Wirtschaftsleben den Gang der Dinge zu Lasten der Mehrheit bestimmt.«

Er macht eine kleine Pause, schaut die Gräfin mit festem Blick an und sagt dann langsam: »Was würden Sie also sagen, werte Frau Gräfin, wenn sich die Mehrheit, der Ausbeutung überdrüssig, zusammentut und feststellt, dass sie von Natur aus stärker ist, als eine Minderheit?«

Die Gräfin lässt dieser Gedankengang offenbar völlig kalt. Sie richtet sich nur ein wenig auf, erwidert Regers Blick ganz gelassen und sagt dann spöttisch: »Also, mein junger Freund, das ist abgenutztes Gewerkschafter- und Kommunistengedöns, und dieses tangiert mich nicht im Geringsten. Wir haben genug Erfahrung, um sicher sein zu können, dass dieser Zusammenschluss in nennenswertem Ausmaß nicht eintreten wird. Und, das wissen Sie genauso gut wie ich: Die Mehrheit folgt ausnahmslos den Fleischtöpfen und denen, die sie füllen.«

Die Gräfin lehnt sich wieder zurück und fährt dann mit provozierender Offenheit fort: »Außerdem habt Ihr ja gerade in den letzten Jahrzehnten beruhigend oft zu erkennen gegeben, dass Ihr Euch nicht einig seid und auf Eurer Seite wirklich starke Führungspersönlichkeiten fehlen. Darüber hinaus übersehen Sie, mein guter Herr Reger, dass wir die Arbeitnehmer schlagartig ausbremsen können, wenn wir im Ernstfall auch nur einen Teil unserer Investitionen im Ausland tätigen.«

Sie wippt daraufhin in aufreizender Manier mit ihrem rechten Bein und richtet ihren Blick auf Reinhardt Wagenlenker, weil ihre letzte Äußerung vor allem ihm gegolten hat, weil sie ihn damit zu einer Stellungnahme drängen will.

Doch der denkt gar nicht daran, auf diese Waffe im Arbeitgeberlager einzugehen, und erwidert deshalb ihren Blick nur mit einem nichts sagenden Lächeln.

Aber Sabrina Wagenlenker schleudert nun ihre Sichtweise der Gräfin geradezu ins Gesicht: »Frau Gräfin, das Füllen der Fleischtöpfe ist ohne Ausnahme ein Gemeinschaftswerk von Arbeitgebern und Arbeitnehmern, und letztere leisten dabei den weitaus größten Beitrag! Dieser einfache Sachverhalt sollte doch gerade Ihnen sehr gut bekannt sein!«

Ihren Vater und den Kardinal reißt Sabrinas heftige Reaktion jäh aus der relativen Ruhe, mit der sie bisher die Auseinandersetzung zwischen ihr und der Gräfin verfolgt haben. Sie schauen besorgt auf die beiden Kontrahentinnen und befürchten, dass eine dramatische Eskalation dieser Kontroverse nun nicht mehr abgewendet werden kann.

Alexander Reger schaut seine zukünftige Frau, die sich wie eine angriffslustige Schlange aufgerichtet hatte, erstaunt und erschreckt zugleich an, denn so aufgebracht und streitbar hat er Sabrina bisher noch nicht erlebt. Er drückt sie sanft aber bestimmt in ihrem Sessel zurück und schaut dabei mit fragendem Blick auf ihren Vater.

Wie der Kardinal und Reinhardt Wagenlenker vermutet haben, schießt die Gräfin umgehend und äußerst aufgebracht zurück: »Wir Arbeitgeber leisten aber den Initialbeitrag, indem wir investieren und somit die Arbeitsplätze schaffen, du Klugscheißerin! Bei deinen Analysen muss ich mich regelmäßig fragen, bei welch weltfremden und verirrten Professoren du wohl studiert hast.«

Reger hält Sabrina mit festem Griff in ihrem Sessel und bedeutet ihr so, dass sie diese Provokation ins Leere laufen lassen möge. Unverändert gelassen sagt er dann zur Gräfin: »Aber das Geld, verehrte Frau Gräfin, das Sie investieren, haben Sie vorher, wie jeder andere Arbeitgeber auch, in Gemeinschaft mit Ihren Beschäftigten erwirtschaftet oder bei einer Bank aufgenommen oder, wie in unserem Fall, zum Teil auch von privaten Geldgebern erhalten. Und auch diese Finanzmittel sind immer das Ergebnis aus dem Mehrwert einer Sache, der aus der Arbeit an ihr resultiert, oder sie sind das Ergebnis aus Arbeit im Dienstleistungssektor. Und so sind Gewinne im Regelfall die Frucht aus der Arbeit vieler Hände, auf die der Unternehmer auf Gedeih und Verderb angewiesen ist.«

Sabrina hört mit Genugtuung die kühl und sachlich vorgetragenen Argumente, und ist Alexander nun auch dankbar dafür, dass er sie schon einige Male zurückgehalten hat.

Mit Blick auf Reinhardt Wagenlenker, wohl wieder Zustimmung und Unterstützung erwartend, stellt die Gräfin bezüglich Regers Schlusssatz nur geringfügig ruhiger fest: »Angewiesen ist vor allem die Masse auf engagierte Unternehmer, da beißt die Maus keinen Faden ab!«

Sie dreht sich dann wieder zu Reger hin und sagt schroff und unnachgiebig zu ihm: »Und wenn das dem Arbeitnehmer nicht gefällt, kann er sich ja selbstständig machen! *Sie* waren allerdings so clever«, fügt sie nach kurzem Stocken hinzu, »und haben diese Etappe der Einfachheit halber übersprungen und starten demnächst gleich als Geschäftsführer in einem großen Unternehmen. Und damit, junger Mann, wird unsere Kontroverse nun aber geradezu irrational!«

Sie schüttelt ungläubig den Kopf und sagt dann herablassend: »Sabrina und Sie, mein guter Herr Reger, ihr beide kämpft doch mit geradezu unglaublicher Vehemenz gegen die eigene Festung. – O Mann, es ist nicht zu fassen, die verrückten Situationen wollen heute offenbar kein Ende mehr nehmen!«

Nach einem schweren Seufzer schaut sie mit forschendem Blick von einem ihrer Gäste zum anderen und meint dann versöhnlich: »Aber lasst uns jetzt trotzdem – oder gerade deswegen – auf unsere Zukunft anstoßen, das kann ja nicht schaden, oder?«

»Da sind wir doch alle dafür, denke ich«, sagt Reinhardt Wagenlenker erleichtert, was der Kardinal und Alexander Reger umgehend mit beifälligem Nicken unterstreichen.

»Ach, mein lieber Reinhardt«, sagt die Gräfin nach kurzem Blick über den Tisch besorgt, »du sitzt ja immer noch vor deiner Kaffeetasse! Einen Moment, bitte.«

Sie steht auf und geht zu einer Vitrine, die links neben der Salontüre steht, nimmt ein Cognacglas heraus, stellt es zu ihm auf den Tisch und schenkt auch den Cognac ein.

Als sie wieder sitzt, schaut sie Reger einen Moment lang mit undefinierbarem Blick an, nimmt dann ihr Glas und sagt beschwingt: »Also, auf unser aller Wohl!«

Reinhardt Wagenlenker, der Kardinal und Alexander Reger deuten reihum ein Anstoßen an, und auch Sabrina hebt ihr Glas und sagt ein wenig verkrampft: »Zum Wohle, allerseits.«

Sie nippt aber nur am Campari und stellt dann das Glas recht hastig auf den Tisch zurück. Nach kurzem Überlegen schiebt sie es mit zwei Fingern noch ein Stück weit in Richtung Tischmitte und sagt schließlich so beherrscht wie nur möglich zur Gräfin: »Wir kämpfen nicht gegen uns selbst an, werte Frau Gräfin, sondern wir wollen ein Beispiel dafür geben, dass von den Ergebnissen der Arbeit alle Beteiligten gut leben können. Und wir gehen im Übrigen auch davon aus, dass die skrupellose Bereicherungsmentalität einer Minderheit von der Mehrheit nicht mehr lange hingenommen wird.«

Die Laune der Gräfin kippt daraufhin wieder schlagartig. Sie setzt sich kerzengerade auf, hält sich an den Armlehnen fest und klagt: »O Mann, Reinhardt, warum nur hast du diese schreckliche Querulantin nicht nach Hochgaden gebracht?! Jetzt spürst du doch am eigenen Leib, welche Sprengwirkung von ihr ausgeht.«

Sie belegt ihn noch mit einem vorwurfsvollen und strafenden Blick und lässt sich dann niedergeschlagen in die Sessellehne zurückfallen.

Sabrina dreht sich mit einem Ruck zu ihrem Vater hin und faucht ihn aufgebracht an: »Papa, was soll denn das jetzt heißen?!«

Geschockt von der Reaktion seiner Tochter bringt Wagenlenker nur ein hilfloses »Nichts von Bedeutung, Sabrina« heraus.

»Das glaube ich dir nicht! Die Gräfin spricht nie belanglos. Also, rede!«

»Vielleicht darf ich das aufklären, ja?«, meint der Kardinal mit besorgtem Blick auf die beiden Wagenlenkers. Reinhardt Wagenlenker nickt nur müde und Sabrina sagt heftig: »Ja, bitte!«

Der Kardinal richtet sich in seinem Sessel auf, umfasst mit beiden Händen die Armlehnen, überlegt einen Moment lang und beginnt dann in beschwichtigendem Tonfall: »Nach Ihrem letzten, recht emotional geführten Auftritt in diesem Hause – Sie können sich vermutlich noch daran erinnern –, habe ich Ihrem Herrn Vater vorgeschlagen, dass er Ihnen eine Zusatzausbildung im Kloster Hochgaden in der schönen Schweiz angedeihen lassen möge.«

»Wozu denn das?!«, herrscht ihn Sabrina heftig an.

Der schaut sie nur einen Augenblick lang ungehalten an, lehnt sich dann wieder zurück und führt ganz gelassen weiter aus: »Das Kloster erteilt Führungskräften aus der Wirtschaft den Feinschliff und kümmert sich ganz besonders um diejenigen Nachwuchskräfte aus unseren Reihen, die in das Topmanagement aufsteigen sollen.«

Der Kardinal nimmt daraufhin mit größtem Wohlbehagen einen Schluck Cognac zu sich, schlägt ein Bein über das andere und richtet dann seinen Blick wieder auf Sabrina.

Die beugt sich ein wenig zu ihm hin und sagt noch halbwegs ruhig: »Ich habe das untrügliche Gefühl, Herr Kardinal, dass Sie mir da gekonnt eine schön verpackte Schachtel mit höchst unsauberen Inhalt präsentieren.«

Und während sie einmal tief durchatmet, stemmt sie die Arme in die Hüften und meint dann aufgebracht: »Das Ganze, Herr Kardinal, kann doch nur bedeuten, dass ich umerzogen werden sollte, in Ihrem Kloster in der *schönen* Schweiz!«

Über Sabrinas Gesicht läuft im nächsten Augenblick ein regelrechtes Gewitter aus Wut, Enttäuschung und Empörung. Sie springt auf, schlägt die Hände vors Gesicht und stöhnt: »Oh, welch gemeines und hinterhältiges Komplott! Ihr wollt mich anders haben! Ich soll so werden wie Ihr!«

Sie nimmt die Hände wieder vom Gesicht, streift mit einem Blick der töten könnte die Gräfin und den Kardinal, schaut dann verzweifelt auf ihren Vater hinunter und klagt mit bebender Stimme: »Ich soll eure Oberschichtdenkweisen nicht kritisieren, soll euer egoistisches und skrupelloses Handeln tolerieren und sogar mitmachen! – Oh, ich hasse euch!«, heult sie schließlich noch auf und rennt dann mit Tränen in den Augen aus dem Salon.

Alexander Reger sagt nur kurz: »Entschuldigt bitte!«, nimmt Sabrinas Handtasche und eilt hinter ihr her.

Reinhardt Wagenlenker sitzt geschockt und in sich zusammengesunken in seinem Sessel und schaut mit hilflosem Blick zur Tür. Der Kardinal legt impulsiv seine rechte Hand auf Reinhardts Unterarm, ganz so, als wollte er ihn zurückhalten, und sagt mit etwas belegter Stimme beschönigend zu ihm: »Das renkt sich wieder ein, Reinhardt. Das war nichts anderes als eine Überreaktion, die typisch ist für einen jungen, noch nicht ganz gefestigten Menschen – damit müssen wir wohl oder übel leben.«

Wagenlenker richtet sich halb auf und sagt mit tonloser Stimme: »Wollen wir es hoffen, mein Freund, wollen wir es hoffen«, und sinkt dann wieder in die Rückenlehne zurück.

Die Gräfin dagegen ärgert sich sichtlich über Sabrinas Verhalten, denn sie ist davon überzeugt, dass sie nur eine üble Show abgezogen hat. Sie kann deshalb auch nicht das geringste Verständnis für Reinhardts Betroffenheit aufbringen und sagt rücksichtslos zu ihm: »Mann, Reinhardt, so einer unbeherrschten Frauensperson, von ihren umstürzlerischen Ideen einmal ganz abgesehen, willst du dein Unternehmen anvertrauen? Das wird sicher nicht lange gut gehen, mein Freund.«

Reinhardt Wagenlenker, der sich inzwischen einigermaßen gefangen hat, antwortet darauf gefasst: »Sie ist nicht emotionaler veranlagt als du, meine gute Eleonore. – Und im Übrigen, ich bin ja auch nicht so ganz sicher, ob das wirklich ein zukunftsfähiger Weg ist, den sie da einschlagen will. Allerdings haben die Gespräche, die ich in den letzten Wochen mit Sabrina und Alexander geführt habe, in mir schon gewisse Zweifel an unseren Prioritäten und Zielsetzungen, vor allem aber an unserer Gesellschaftsphilosophie aufkommen lassen.«

Er schaut eine Weile gedankenverloren aus einem der beiden Rundbogenfenster, dreht sich dann wieder zur Gräfin hin und sagt völlig emotionslos: »Außerdem werde ich allmählich müde, die beiden aber sind voller Elan. Und so werde ich ihnen keinen Stein in den Weg legen, sie aber beraten und unterstützen, wo immer sie Wert darauf legen.« Und an den Kardinal gewandt meint er noch: »Ja, Johannes, ich bin tatsächlich müde geworden vom jahrzehntelangen Kämpfen. Und in den letzten Tagen ist mir auch aufgegangen, dass wir so manchen unnötigen Kampf ausgetragen haben, nur weil wir immer und überall die Ersten sein wollten … aber auch, Johannes, weil meine Partner in den letzten Jahren nicht genug in den Hals bekommen konnten.«

Der Kardinal will darauf antworten, aber die Gräfin kommt ihm zuvor und sagt ziemlich von oben herab: »Du bist schlicht und einfach deren marxistisch angehauchter Ideologie erlegen. Und, mein Guter, die beiden werden alleine schon deswegen scheitern, weil sie die moderne Wirtschaftswelt beziehungsweise deren Trägerschaft gnadenlos schneiden wird.«

Mit »Vielleicht kommt es so« gibt sich Wagenlenker gelassen und gönnt sich einen Schluck Cognac. Er lehnt sich dann halbwegs entspannt zurück und schlägt die Beine übereinander.

Und während sein Blick zwischen der Gräfin und dem Kardinal hin und her geht, eröffnet er den beiden: »Ich halte es aber auch durchaus für möglich, dass die weltweiten Beispiele bezüglich einer Abkehr vom unsozialen Wirtschaften, die mir Sabrina und Alexander in den vergangenen Monaten vorgestellt haben, eine Wende hin zur partnerschaftlichen Führung von Unternehmen einläuten. Unternehmer und Beschäftigte gleich wertvoll für das Unternehmen verstanden, und die Beschäftigten in alle wesentlichen Entscheidungen mit eingebunden. Dieser neue Führungsstil – davon sind die beiden überzeugt – wird eines Tages auch dem unseligen Wirken so vieler Manager ein Ende setzen.«

Mit »Mein Gott, Reinhardt, du bist ja schon total umgeschwenkt!« erregt sich die Gräfin aufs Neue und fährt sich mit beiden Händen hektisch übers Haar.

Gleich darauf meint sie aufgeregt: »Ja willst du denn in Zukunft geradezu freundschaftlich mit deinen Beschäftigten umgehen? Etwa so vielleicht: Handschlag mit dem Mann an der Maschine, Verständnis für familiäre Belange deiner Sekretärin, Geschenk zum fünfzigsten Geburtstag der Putzfrau und vielleicht gar, was es früher einmal gegeben haben soll, Taufpate für das erste Kind von deinen Abteilungsleitern? Das kannst du doch gar nicht! Dazu bist du doch viel zu steif, zu schüchtern und zu elitär veranlagt, Reinhardt!«

Die Gräfin schaut ihn ungläubig an, schüttelt den Kopf und lässt sich dann bis ins Mark erschüttert in die Rückenlehne fallen.

»Ich muss mich nicht umstellen, Eleonore, ich scheide ja in Bälde aus dem Unternehmen aus«, meint da Reinhardt Wagenlenker ganz gelassen. Die Aufgeregtheit der Gräfin lässt nun sogar ein Lächeln über sein Gesicht huschen, und er scheut sich auch nicht noch anzumerken: »Ich kann mir aber gut vorstellen, dass Sabine und Alexander einen wesentlich persönlicheren Kontakt zur Belegschaft haben werden, als dies heute verbreitet der Fall ist.«

Während er das sagt, kommt Reger zurück.

»Sabrina lässt sich entschuldigen«, sagt er verlegen, »sie hat eine Migräneattacke und ist nach Hause gefahren. – Und ich soll Ihnen sagen, dass ihr das Ausrasten von vorhin leid tut.«

»Okay, Herr Reger – und jetzt setzen Sie sich doch bitte wieder zu mir.«

Die Gräfin unterstützt ihren Vorschlag mit einer einladenden Handbewegung, und Reger sagt mit einem charmanten Lächeln: »Aber gerne, Frau Gräfin.«

Während sich Reger setzt, meint sie lächelnd: »Trotz der gewaltigen Differenzen zwischen uns beiden, möchte ich mit Ihnen nun aber auch auf gute Freundschaft anstoßen.«

Sie nimmt ihr Glas, stößt mit ihm behutsam an und sagt: »Auf gute Freundschaft, junger Mann, und nehmen Sie mich bitte in Zukunft einfach so, wie ich nun einmal bin, dann kommen wir bestimmt immer glänzend miteinander aus.«

»Von meiner Seite steht dem nichts entgegen, verehrte Gräfin. Ich sagte ja heute schon einmal, dass ich emotionale und leidenschaftliche Frauen bevorzuge.«

Die Gräfin schenkt ihm für dieses Bekenntnis ihr schönstes Lächeln und richtet dann ihr Glas auch auf Reinhardt Wagenlenker und den Kardinal und sagt unbeschwert: »Auf unser aller Wohl, meine lieben Freunde.«

Nach einem kleinen Schluck lehnt sie sich ganz gelöst zurück und legt ihren linken Arm auf die Rückenlehne. Sie lässt dann ihre Fingerspitzen leicht über Regers Oberarm gleiten und bekundet dabei: »Auch wenn Sie ganz offensichtlich ein eingefleischter Gewerkschafter sind, mir gefällt Ihre Entschlossenheit und auch die Zielstrebigkeit mit der Sie auftreten und vorgehen. Und deswegen habe ich auch nicht den geringsten Zweifel daran«, in ihrem Gesicht leuchtet ein überlegenes Lächeln auf, »dass Sie über kurz oder lang auf meiner Seite landen werden.«

Es klopft.

Die Gräfin ruft etwas ungehalten: »Ja, bitte!«

Das Dienstmädchen bringt ein Telefon und sagt zur Gräfin: »Ein dringend Anruf für Sie, Frau Gräfin.« Annina reicht ihr das Telefon, knickst und eilt aus dem Salon.

»Ja, bitte! ... Ah, guten Abend, Frau Rehagen«, grüßt die Gräfin betont freundlich und hört dann zunehmend angespannt ins Telefon. Nach einer Weile sagt sie entsetzt: »Mein Gott, das ist ja schrecklich! Meine tief empfundene Anteilnahme möchte ich Ihnen aussprechen, Frau Rehagen.«

Und ein paar Augenblicke später meint sie mit belegter Stimme: »Selbstverständlich nehmen wir am Begräbnis teil ... das ist doch Ehrensache ... Frau Rehagen ... Im Moment kann ich aber leider nichts anderes tun, als Ihnen viel Kraft für die nächsten Tage zu wünschen. – Und bitte, denken Sie daran, das Leben geht weiter, und muss weitergehen.«

Es vergeht wieder eine Weile, und schließlich sagt die Gräfin noch: »Ich danke Ihnen dafür, dass Sie uns umgehend benachrichtigt haben, und auf Wiederhören, Frau Rehagen.«

Die Gräfin fällt das Telefon aus der Hand und sie sagt tonlos: »Rehagen ist tot.«

»Mein Gott! ... Ein Unfall?«, ist alles, was der geschockte Reinhardt Wagenlenker herausbringt.

»Nein ... Selbstmord ... vergangene Nacht. Er hat sich von einer Brücke gestürzt«, sagt die Gräfin mit brüchiger Stimme vor sich hin.

Der Kardinal betet: »Gott sei seiner armen Seele gnädig.« Er schaut dann einen Moment lang abwartend in die Runde und sagt schließlich selbst: »Amen.«

»Ja warum denn das?«, fragt Reinhardt Wagenlenker nach einer Weile fassungslos.

Die Gräfin fährt sich mit einer nervösen Bewegung über die Stirn und berichtet dann mit rauer Stimme: »Er hat ein Ermittlungsverfahren befürchtet, weil er in einer Reihe von schwerwiegenden Fällen die Verschwiegenheitspflicht verletzt hat. Zumindest vertritt die Opposition diese Ansicht. Mehr wollte Frau Rehagen vorerst nicht sagen.«

»Das kann ich gut verstehen«, sagt Wagenlenker halblaut vor sich hin. Gleich darauf klagt er aber aufgerührt: »Das ist ja schrecklich! Unser guter Freund Bodo, wie konnte er das nur tun? Er hat doch eine Frau und zwei Kinder! Und er war doch ein korrekter und gefestigter Mensch. Ich verstehe das nicht, Eleonore! – Das muss eine Kurzschlusshandlung gewesen sein«, meint er schließlich noch und schüttelt ungläubig den Kopf.

»Das vermute ich auch.«

Und während sie sich in die Rückenlehne fallen lässt, meint sie noch, es schwingt ein Hauch Abgehobenheit in ihren Worten mit: »Für die Politik war er schlussendlich wohl nicht selbstbewusst und hart genug.«

Alexander Reger setzt sich auf, schaut kurz in die Runde und sagt dann zögerlich: »Dieser Herr Rehagen war doch Staatssekretär und ein enger Freund von euch, nicht wahr? Sabrina hat das gelegentlich erwähnt.«

»So ist es, und wir sind ihm auch zu größtem Dank verpflichtet, Herr Reger.«

Die Gräfin atmet einmal tief durch und schlägt nach kurzem Überlegen vor: »Ich lasse morgen von meinem Sekretär ein ehrendes Kondolenzschreiben in unser aller Namen verfassen. Wäre euch das recht?«

»Dafür wäre ich dir sehr dankbar, liebe Eleonore«, sagt Reinhardt Wagenlenker, der sichtbar mitgenommen im Sessel lehnt.

»Bitte, lassen Sie Ihren Sekretär auch anführen«, der Kardinal setzt sich auf, »dass wir für ihn beten werden und unseren Gott bitten wollen, dass er ihm gnädig gestimmt sein möge und seine Seele in sein Reich aufnimmt.«

Er lehnt sich dann wieder bequem zurück, schlägt die Beine übereinander und hinterlässt so bei Reinhardt Wagenlenker den Eindruck, als ob er dieses schreckliche Ereignis damit abgehakt hätte.

…

Reinhardt Wagenlenker und der Kardinal kennen sich schon seit ihrer Studentenzeit. Ihre Wege haben sie zwar mehrere Male getrennt, aber das Schicksal hat sie immer wieder zusammengeführt.

In den letzten Jahren ist Wagenlenker wiederholt recht unangenehm aufgefallen, dass sein Freund einerseits ungebrochene Lebenslust ausstrahlt und die schönen Seiten des Lebens ohne Wenn und Aber genießt, aber andererseits zunehmend eine kühle, ja distanzierte Einstellung gegenüber seinen Mitmenschen und ihren Lebensbedingungen an den Tag legt.

Vielleicht resigniert Johannes vor den Problemen der Menschheit, sinniert er bedrückt, während er seinen Freund beobachtet. Er hat sich wohl auch abgefunden mit den Zwängen und der Enge in seiner Kirche und hat sich so gut wie möglich eingerichtet … in einem regelrechten Schneckenhaus. Ja, Johannes nimmt sich zurück und schottet sich ab, stellt Wagenlenker angesichts der nahezu emotionslosen Reaktion seines Freundes auf Rehagens Tod beklommen fest.

…

Während Wagenlenker seinen trüben Gedanken um den Kardinal nachhängt, antwortet die Gräfin etwas reserviert auf dessen Anregung: »Ich werde das sinngemäß so einfügen lassen, lieber Kardinal.«

Sie lehnt sich dann wieder im Sessel zurück, schlägt ihre Beine übereinander und sagt nach kurzem Überlegen: »Aber nun, meine Herren, so tragisch der Freitod von Rehagen auch ist, das Leben geht weiter, wie ich gerade eben zu Frau Rehagen gesagt habe. Und so werden wir auch nicht darum herumkommen, eine neue Verbindung ins Wirtschaftsministerium aufzubauen.«

Sie macht eine kleine Pause und sagt dann mit einem gewinnenden Lächeln zu Reger: »Was ist, Herr Reger, das wäre doch eine interessante Aufgabe für Sie?«

Reger, den dieses Ansinnen ziemlich überrascht, ja fast erschreckt, antwortet nach einer Weile bedächtig und fest: »Nach allem, was ich diesbezüglich bisher mitbekommen habe, ganz sicher nicht, verehrte Frau Gräfin. Sabrina und ich wollen alle unsere Aktivitäten so anlegen, dass Recht und Gesetz in keiner Weise verletzt werden.«

Begleitet von einem Lächeln, in dem eine Komponente Überlegenheit nicht zu übersehen ist, sagt die Gräfin daraufhin zu Reger: »Ach, mein süß naiver junger Freund, da bin ich aber gespannt, wie lange Sie das durchhalten werden.«

Sie legt ihre linke Hand auf seinen Unterarm und deklamiert dann weiter: »Sie wären der Erste, der sich mit dieser Einstellung längerfristig im Spitzenfeld der Wirtschaft und in der Topgesellschaft halten kann. Recht und Gesetz sind vorrangig ein Rahmen für die Masse, junger Mann, denn ohne diese beiden Wegweiser würde sie unser Land in ein Chaos stürzen. Leute wie wir aber, die das Land voranbringen wollen, müssen das Recht immer maximal zu unseren Gunsten auslegen und dürfen keinesfalls eine Scheu vor Paragraphen entwickeln.«

Sie nimmt ihre Hand wieder von Regers Arm, lehnt sich in ihrem Sessel schräg von ihm weg und mustert ihn dann mit forschendem Blick.

Die unverblümten Auslassungen der Gräfin haben Alexander Reger offenbar schon ein wenig beeindruckt, denn er wendet sich nach kurzem Überlegen an den Kardinal: »Aber Sie, Herr Kardinal, Sie werden mir doch sicher zustimmen, dass wir mit Gottes Hilfe unsere Ziele auch auf geradem Wege erreichen können, nicht wahr?«

Der Kardinal antwortet ihm darauf großmütig und mit einem milden Lächeln: »Wer so sehr auf Gott vertraut, dem hilft der Allerhöchste immer und in allen seinen Lebenslagen, mein junger Freund.«

Mit dem nächsten Atemzug wendet er sich aber auch schon der Gräfin zu – er legt ganz offensichtlich keinen Wert darauf, dieses Thema zu vertiefen – und sagt: »Verehrte Gräfin, unser Freund Reger hat mir soeben ein höchst willkommene Brücke zu unserer neuen Orgel gebaut. Was meinen Sie, wollen wir uns jetzt die Testaufzeichnung von diesem wunderbaren Instrument anhören?«

Mit »Aber gerne, lieber Kardinal« gibt sich die Gräfin interessiert. Sie lässt dann ihren Blick von Alexander Reger zu Reinhardt Wagenlenker wandern und fragt: »Was meint ihr, wollen wir uns das … ach, lieber Kardinal, wie heißt das Stück schon wieder?«

»Es handelt sich um die schönste Lobpreisung, die die Christenheit kennt, verehrte Gräfin, es ist das ›Te Deum‹.«

»Also, meine Herren, wollen wir uns dieses ›Te

Deum‹ aus dem Munde von Kardinal Hallhubers liebstem Kind jetzt zu Gemüte führen?«

»Ich höre mir das gerne an«, meint Reinhardt Wagenlenker leise. Er stützt dann den Kopf in die rechte Hand und schließt die Augen; nicht so sehr in Erwartung der Orgelmusik, sondern weil er sich seit der Nachricht vom Tod seines Freundes unendlich schwach und müde fühlt.

»Ich kenne dieses Werk zwar nicht, aber für Musik habe ich immer etwas übrig«, sagt Reger und leert genussvoll sein Glas Cognac.

Der Kardinal steht auf, nimmt die CD aus der Innentasche seines Sakkos und reicht sie der Gräfin. Die geht zum Sideboard, legt sie in den dort untergebrachten CD-Player und setzt sich wieder. Während sie und ihre Gäste einträchtig auf das Erklingen der Orgel warten, breitet sich im Salon eine geradezu feierliche Stille aus.

IV

In den Sievers-Werken ist zwar das Oberste nicht zuunterst gekehrt worden, wie die Gräfin vor einem Dreivierteljahr gemutmaßt hatte, aber der Generationswechsel wurde wie geplant vollzogen. Die Chefetage wurde umgebaut, die Büros von Sabrina Wagenlenker und Alexander Reger liegen direkt nebeneinander und jeweils daran anschließend, die ihrer persönlichen Mitarbeiter. Am Ende des Bürotraktes hat Reinhardt Wagenlenker, verglichen mit seinem ehemaligen Chefbüro, einen recht bescheidenen Arbeitsraum bezogen, den er sich mit Frau Steinbach teilt. Er hat sie am Ende doch nicht entlassen, weil ihre Geschwätzigkeit dem Unternehmen letztlich nicht geschadet hat, wie er heute meint.

Sabrina hat die Ressorts Finanzen, Investitionen und Verkauf übernommen, und Alexander Reger leitet die Bereiche Fertigung, Forschung und Entwicklung, Einkauf und das Personalwesen. Reinhardt Wagenlenker vertritt die beiden, wann immer es notwendig ist, und berät sie in allen Problemlagen. Ein Novum ist vielleicht, dass Sabrina nicht eine Sekretärin zur Seite steht, sondern ein noch relativ junger Mann, den sie sich von einer großen Bank geholt hat.

Und die Firma glänzt seit dem Wechsel an der Spitze mit einem Führungselement, das womöglich erstmalig in der Wirtschaft Anwendung findet: Sabrina und Alexander stehen ihren Mitarbeitern einmal pro Woche jeweils für zwei Stunden in einer Sprechstunde zur

Verfügung. Die Sprechstunde ist eine Idee von Sabrina, die bei ihrem Vater zunächst große Bedenken ausgelöst hatte, der aber inzwischen die überwiegend positiven Wirkungen dieser Maßnahme durchaus sieht und auch anerkennt.

Denn durch die Belegschaft ist nur wenige Wochen nach Einführung der Sprechstunden ein klar erkennbarer Ruck gegangen. Die Mitarbeiter fühlen sich enorm aufgewertet; sie spüren, dass sie von den neuen Chefs als Partner im Unternehmen anerkannt werden, und dass die beiden ein über das übliche Maß hinausgehendes Engagement dankbar annehmen.

Schon Reinhardt Wagenlenker hatte von Anfang an – nicht zuletzt aus Kostengründen – auf eine flache Unternehmenshierarchie geachtet, und somit den Abstand zwischen ihm und der Belegschaft relativ klein gehalten. Nun aber kann sich jeder im Unternehmen, wenn sich die Ebene der Meister, Abteilungsleiter und Betriebsräte aus irgendwelchen Gründen als zu undurchlässig erweisen sollte, mit seinen Ideen, Ansichten und Anliegen direkt an die Unternehmensspitze wenden.

Das Procedere für die Sprechstunden – kurze schriftliche Beschreibung des Anliegens und zunächst einmal nur fünfzehn Minuten Sprechzeit – war anfangs für manches Belegschaftsmitglied durchaus ein kleines Problem, aber inzwischen kommen die Arbeitnehmer in den Sievers-Werken damit ganz gut zurecht.

Reinhardt Wagenlenker überzeugt inzwischen insbesondere der Tatbestand, dass seine Tochter und Reger mittels der Sprechstunden einen außergewöhnlich guten Überblick über das gesamte Unternehmen und die

Stimmungslage in der Belegschaft gewinnen, und deshalb so manche Entscheidung auf eine sicherere Basis stellen können.

Im Unternehmerlager wird das Zusammenarbeiten von Unternehmensleitung und Belegschaft auf gleicher Augenhöhe vereinzelt kontrovers diskutiert. Mehrheitlich belächelt man diese Kooperation aber nur und hofft, beziehungsweise ist sich sicher, dass sie über kurz oder lang wieder erlöschen wird, wie manch andere Form der Mitarbeitereinbindung in der Vergangenheit.

Einige Hardliner sind allerdings der Ansicht, dass umgehend geeignete Schritte unternommen werden müssen, um diesem Spuk schnellstmöglich ein Ende zu bereiten. Sie führen unter anderem ins Feld, dass der Funke ›partnerschaftliche Unternehmensführung‹ auf ihre eigenen Belegschaften überspringen könnte, und sodann die derzeitige Differenz zwischen Löhnen und Gewinnen nicht mehr gehalten werden kann, weil Mitarbeit über das normale Maß hinaus, Begehrlichkeiten weckt.

Das Engagement der Arbeitnehmer muss nach deren Credo auch deshalb im üblichen Rahmen bleiben, damit sie jederzeit ersetzt werden können, der Arbeitgeber also nicht in ein Abhängigkeitsverhältnis gerät. Im Klartext läuft die Haltung der Hardliner darauf hinaus, dass der Arbeitnehmer keinesfalls einen höheren Status als den eines Kostenfaktors erlangen darf.

Nahezu geschlossen und kategorisch lehnt das mittlere und obere Management die Zusammenarbeit mit dem einfachen Belegschaftsmitglied ab. Unisono meinen die Manager, dass ihre Arbeitszeit dafür zu schade beziehungsweise zu teuer sei, und sie geben auch unumwunden zu, dass sie auf keinen Fall mit den Niederungen der Arbeitswelt in Berührung kommen wollen.

Nur einige jüngere Führer von Familienunternehmen sehen die Entwicklung in den Sievers-Werken durchaus positiv und verschweigen auch nicht, dass für ihre Vorgänger der persönliche Kontakt mit dem Arbeitnehmer selbstverständlich war und diesem in aller Regel auch hohe Wertschätzung entgegengebracht wurde. Sie lassen darüber hinaus auch durchblicken, dass sie ihr derzeitiges Führungskonzept kritisch prüfen und gegebenenfalls reformieren wollen.

...

Es ist ein traumhaft schöner Tag im späten Frühling. Eine kurze Autokolonne bewegt sich auf einem Wiesenweg auf eine kleine Kirche zu, die auf einer sanften Anhöhe steht. Um das bescheidene Gotteshaus stehen mächtige Linden, deren Laub im leichten Wind des Vormittags leise rauscht. Das Rauschen vereinigt sich mit dem tiefen Summen tausender Bienen zu einer sanften, monotonen Melodie, die dem geneigten Ohr von Ruhe und Frieden kündet.

Als die Autos nicht weit von der Kirche anhalten, beginnen die Glocken zu läuten. Dem ersten Auto entsteigt ein Brautpaar. Es ist Sabrina Wagenlenker und Alexander Reger. Sie warten, bis sich ihre kleine Hochzeitsgesellschaft bei ihnen eingefunden hat, und gehen dann auf die weit geöffnete Kirchentüre zu.

Aus der Kirche tritt ein älterer, klein gewachsener Geistlicher und begrüßt sie aufs Herzlichste. Es ist der

Pfarrer, von dem Sabrina vor einem Vierteljahrhundert auf Wunsch ihrer Mutter katholisch getauft wurde, und den ihr Vater in den letzten Wochen nur mit viel Mühe an seinem Ruhesitz ausfindig machen konnte.

Der alte Herr ist der Bitte von Reinhardt Wagenlenker, seine Tochter zu trauen, mit großer Freude gefolgt, und bemüht sich jetzt auch gar nicht, seine Rührung gegenüber seinem Täufling, der ihm heute als engelsgleiche Braut gegenübersteht, zu verbergen. Nachdem er sich wieder einigermaßen gefangen hat, macht er eine einladende Handbewegung und lässt das Brautpaar zuerst in die Kirche eintreten.

In diesem Augenblick endet das Läuten der Glocken und es erklingt – ein wenig eingerostet und asthmatisch – die Orgel von der Empore. Sabrina und Alexander schauen sich einen Augenblick lang tief in die Augen und gehen dann mit gemessenen Schritten auf den Altarraum zu. Vor einer kleinen Kniebank bleiben sie stehen. Der Pfarrer bedeutet ihnen, dass sie sich setzen mögen, und geht dann eiligen Schrittes in die Sakristei.

Die Hochzeitsgäste nehmen in den vordersten Bänken Platz; in der rechten Bankreihe Sabrinas Vater, die Gräfin Hortocány und der Kardinal Hallhuber, dahinter zwei Freundinnen von Sabrina und ihr Sekretär. In die linken Bankreihen setzen sich die Eltern von Alexander, seine Schwester und sein Bruder, ein Freund, seine Sekretärin und der neue Betriebsratsvorsitzende.

Das Orgelspiel klingt aus, und der Pfarrer betritt mit zwei Messdienern den Altarraum.

Auf Wunsch von Alexander hält der Geistliche die Trauungszeremonie so kurz als nur möglich. Alexander

Reger antwortet auf die traditionelle Frage des Eheversprechens mit einem festen und sicheren »Ja«. Sabrinas »Ja« dagegen tönt durch die Kirche wie ein Jubellaut, sodass sich die Hochzeitsgäste unwillkürlich anschauen.

Reinhardt Wagenlenker ergreift gerührt die linke Hand der Gräfin, denn so glücklich hat er die Stimme seiner Tochter zuletzt in ihrer Kindheit vernommen, in der Zeit, als ihre Mutter noch lebte.

Die Gräfin, die diese Trauung – für sie selbst überraschend – ebenfalls sehr bewegt, streicht daraufhin mit ihrer rechten Hand sanft über die seine und drückt sie dann fest und innig.

Dieser von Herzen kommende Händedruck berührt Reinhardt Wagenlenker ganz besonders, weil er in den letzten Tagen seine ganze Überredungskunst aufbieten musste, um die Gräfin zur Teilnahme an der Hochzeit seiner Tochter zu bewegen. Denn in den Augen der Gräfin hat sich Sabrina zu einer gefährlichen Unruhestifterin, ja mehr noch, zu einer Umstürzlerin entwickelt. Und sie mausert sich allmählich sogar, was die Gräfin allerdings nicht offen eingestehen würde, zu einer höchst unangenehmen Rivalin auf ihrem Parkett.

Nachdem die Trauung im Wesentlichen beendet ist, richtet der Geistliche an die jungen Eheleute die Bitte, noch ein paar Worte sagen zu dürfen.

Sabrina und Alexander nicken bereitwillig und setzen sich.

Der alte Pfarrer räuspert sich kurz und beginnt dann: »Liebe Sabrina, lieber Herr Reger, ihr beide habt mir, einem alten und ziemlich unbedeutenden Pfarrer, die große Freude zuteil werden lassen, den Bund für euer zukünftiges Leben besiegeln zu dürfen. In einer Zeit, in der religiöse Formen von der Moderne zunehmend in den Hintergrund gedrängt werden und dramatisch an Bedeutung verlieren, habe ich, liebe Sabrina, den Wunsch deines Vaters, euch zu trauen, von Herzen gerne erfüllt.«

Der Geistliche macht eine kurze Pause, um seiner Rührung Herr zu werden, und fährt dann mit halbwegs fester Stimme fort: »Von deinem Vater habe ich erfahren, dass ihr jüngst eine große und verantwortungsvolle Aufgabe übernommen habt. Ihr führt ein bedeutendes Unternehmen mit mehreren tausend Beschäftigten in einer Zeit, die von erheblichen Umbrüchen und Problemen hierzulande und weltweit geprägt ist.

Dein Vater, liebe Sabrina, hat mir auch berichtet – und ich hatte den Eindruck, dass er das trotz nicht verleugneter Bedenken mit einer gehörigen Portion Stolz gesagt hat –, dass ihr sein Lebenswerk in einer Weise fortführen wollt, die in deutlichem Gegensatz zu dem steht, was im wirtschaftlichen und verbreitet auch im gesellschaftlichen Leben unter der Bezeichnung Mainstream beziehungsweise unter den angeblich unvermeidlichen Zwängen der Globalisierung abläuft.«

Der alte Herr macht wieder eine Pause, lässt seinen Blick kurz über die Hochzeitsgäste schweifen und fährt dann mit seiner Ansprache fort: »Ihr führt euer Unternehmen – vielleicht ganz unbewusst – nach christlichen Grundsätzen, was besonders deutlich wird, wenn man euer Verhältnis zu den Mitarbeitern betrachtet. Das Wort *Mitarbeiter* ist für euch aber keine gängige und abgenutzte Floskel, sondern ihr seht die Arbeiter und

Angestellten in eurem Unternehmen ohne Abstriche wirklich so, ja mehr noch, sie sind für euch hoch geachtete Partner. Ihr stellt euch aus Überzeugung mit euren Mitarbeitern auf eine Stufe und beachtet so in vorbildlicher Weise das Wort unseres Herrn und Vaters, der gesagt hat ›Was ihr euren Nächsten getan habt, das habt ihr mir getan‹. Und so ist euer erstes Ziel nicht der große Unternehmensgewinn, etwa zu Gunsten von Dritten, sondern ihr wollt zuvörderst die in eurem Hause geleistete Arbeit ihrem Wert entsprechend honorieren.«

Der Geistliche macht erneut eine Pause, und unschwer ist zu erkennen, dass ihm die folgenden Worte nicht leicht fallen. Er atmet einmal tief durch und sagt dann: »Ihr führt euer Unternehmen also nach christlichen Grundsätzen in einer Zeit, in der sogar ausgewiesene christliche Politiker und Wirtschaftsvertreter diese Grundsätze leichtsinnig außer Acht lassen. Und leider ...«, er atmet wieder tief durch, »beziehen auch die Führer der beiden christlichen Glaubensgemeinschaften gegen das kapitalistische und damit eindeutig unchristliche Wirtschaften, das in den letzten Jahrzehnten in so unerträglichem Ausmaß über unser Land hereingebrochen ist, zu selten und nicht deutlich genug Stellung.«

Kardinal Hallhuber, der zur Hochzeit von Sabrina besonders elegant gekleidet erschienen ist, ist sich ziemlich sicher, dass ihn der alte Pfarrer nicht erkannt hat, dessen Kritik also nicht direkt auf ihn zielt. Dennoch treffen ihn dessen Worte in einem empfindlichen Punkt. Guter Mann, sagt er sich in Gedanken, du hast leicht reden, du musst dich nicht mit den wirklich

Mächtigen in diesem Lande auseinandersetzen, mit den Leuten, die sich im Grunde einen Teufel um unsere christliche Lehre und unsere Stellungnahmen scheren, die uns oft genug deutlich zu erkennen geben, dass wir im Grunde nur geduldet werden und ihnen nur als Ruhigsteller und Psychotherapeuten für das Volk willkommen sind.

Und er denkt auch einen Moment lang wehmütig daran, dass er als junger Priester ganz ähnlich eingestellt war, wie der alte Herr da vorne. Auf seinem steilen Weg nach oben musste er aber zur Kenntnis nehmen, dass die Menschen im Umfeld eines Kirchenführers so klare und deutliche Worte nicht ertragen, und so hat für ihn diplomatisches Verhalten, unter anderem das Tolerieren von schändlichen Kompromissen, zunehmend Bedeutung erlangt. Und so kann er heute auch nicht ausschließen, dass das diplomatische Element auf der Wirkungsebene der Kirchenoberen wieder einmal überhand nimmt.

Reinhardt Wagenlenker wird es siedend heiß, als er die massive Kritik des Pfarrers an bedeutenden Mitgliedern der christlichen Konfessionen und deren Repräsentanten vernimmt. An der Gräfin vorbei schaut er besorgt zum Kardinal hinüber, um zu sehen, wie der wohl darauf reagiert. Dessen Gesichtszüge, das ist zumindest sein Eindruck, spielen zwischen Entrüstung und Versteinerung; und es würde ihn nun nicht überraschen, wenn der Kardinal nach der Trauung die Hochzeitsgesellschaft verlässt.

Auch der Gräfin entgeht nicht, wie sehr die Worte des kleinen Mannes den Kardinal treffen, wie der jetzt angespannt und steif auf der harten Kirchenbank sitzt. Sie nimmt ganz instinktiv auch seine Hand, drückt sie leicht und schaut ihn einen Augenblick lang besänftigend an. Sie selbst fühlt sich von dem Geistlichen allerdings nicht im Geringsten angesprochen, auch wenn er Sabrinas Linie so positiv bewertet, ja geradezu auf den Altar des christlichen Wirtschaftens hebt. Der alte Herr gefällt ihr ganz einfach. Ihr imponiert seine lebendige Art und sein engagiertes Reden.

Sie sieht dennoch für sich selbst keine Alternativen und auch keine Veranlassung, ihren Weg zu korrigieren. Ihre Erfahrung ist nun einmal, dass die Masse geführt werden muss und geführt werden will, dass die überwiegende Mehrzahl der Arbeitnehmer nur allzu gerne der Verantwortung aus dem Wege geht und im Arbeitsplatz nur ein notwendiges Übel sieht. Dass die Mehrheit im Volk schon seit langem systematisch auf ein Untertanendasein getrimmt wird, will sie einfach nicht sehen, und kann es wohl auch nicht, weil sie einem Umfeld entstammt, in dem diese Sichtweise nie zugelassen wurde.

»Liebe Sabrina, und lieber Herr Reger«, fährt der Pfarrer fort, »ich wünsche euch ein erfülltes gemeinsames Leben – ein erfülltes Leben, das ihr aber nicht nur eurer unternehmerischen Arbeit widmen solltet. Dennoch wünsche ich euch auch von ganzem Herzen, dass euer Wirken von Erfolgen gekrönt sein möge und euer Weg zum Zeichen werde – in unserem Land und darüber hinaus.«

Der Pfarrer erteilt jetzt noch den jungen Eheleuten und den Hochzeitsgästen den kirchlichen Segen, schüttelt dann Sabrina und Alexander kräftig die Hand und wünscht ihnen noch einmal viel Glück für ihren gemeinsamen Lebensweg.

Sabrina, die während der Ansprache des Pfarrers mehrere Male bestätigend und zustimmend genickt hatte, bedankt sich überglücklich bei ihm und küsst ihn dann auch noch impulsiv auf beide Wangen. Der kleine Mann errötet ein wenig und gibt dann dem Organisten ein Zeichen.

Die Orgel erklingt nun mit allen ihren Registern und Sabrina und Alexander verlassen die Bank und schreiten langsam auf den Ausgang der Kirche zu. Die Türflügel werden von außen geöffnet, und noch bevor Sabrina und Alexander über die Schwelle treten, stocken ihre Schritte und sie schauen sich überrascht, ja fast erschreckt an.

Draußen, im gleißend hellen Licht der Mittagsstunde, säumen vielleicht mehr als hundert Menschen die beiden Seiten des Kirchenweges. Erst als Sabrina und Alexander erkannt haben, dass es sich um Mitarbeiter aus ihrem Unternehmen handelt, setzen sie ihren Weg fort. Die Leute streuen vor ihnen Blumen auf den Weg und ganze Wolken Reis über sie. Und sie rufen: »Viel Glück, Sabrina! Viel Glück, Alexander!« und »Viel Glück, Frau Wagenlenker! Viel Glück, Herr Reger!«

Sabrina und Alexander glauben zu träumen. Sie wollten im engsten Familien- und Freundeskreis heiraten und erst nach ihrer Hochzeitsreise ihre Vermählung im Unternehmen bekannt machen. Ganz offensichtlich gab es aber in den Sievers-Werken wieder einmal eine undichte Stelle, und so schreitet das junge Paar nun vorbei an Mitarbeitern, die wohl vertretungsweise aus allen Abteilungen und Bereichen ihres Unternehmens kommen. Sabrina und Alexander danken und winken nach allen Seiten, und Sabrina kann Tränen der Rührung nicht mehr zurückhalten. Bis die beiden das Ende des Spaliers erreicht haben, ist ihr Gesicht tränenüberströmt und Alexander muss es ihr erst einmal mit seinem Taschentuch abtupfen, bevor sie sich wieder den Belegschaftsmitgliedern zuwenden können.

Die haben inzwischen einen Halbkreis um sie gebildet, aus dem nun eine junge Frau aus der Buchhaltung und ein alter Meister aus dem Bereich Fertigung heraustreten. Sie drücken Sabrina und Alexander herzlich die Hand, gratulieren ihnen zur Eheschließung und wünschen ihnen im Namen der gesamten Belegschaft viel Glück für ihren gemeinsamen Lebensweg. Etwas verlegen gesteht der alte Meister dann noch, dass er sich von Herzen über Nachwuchs vom jungen Paar freuen würde, was die umstehenden Mitarbeiter mit großem Beifall quittieren.

Sabrina und Alexander bedanken sich tief gerührt für die wunderbare Überraschung, die ihnen die Leute mit ihrem Kommen bereitet haben. Sabrina sagt dann abschließend noch, dass sie sich bald für diese unerwartete Geste revanchieren werden und wünscht allen einen schönen Tag und einen guten Nachhauseweg. Sie hakt sich dann bei Alexander unter und geht mit ihm, gefolgt von den Hochzeitsgästen und begleitet vom Applaus ihrer Mitarbeiter, glückstrahlend zu seinem Wagen.

Reinhardt Wagenlenker nimmt den Kardinal kurz zur Seite und entschuldigt sich bei ihm dafür, dass der wohl schon etwas schrullige Pfarrer die Trauung seiner Tochter dazu benutzt hat, seine Enttäuschung über die Einstellung der Kirchenoberen in Sachen Wirtschaft unters Volk zu bringen.

Der Kardinal gibt sich generös und meint, dass ein Kardinal heutzutage mit Kritik von unten zu leben gelernt hat, und dass die Worte dieses wackeren Glaubensbruders ja auch ein Stück weit berechtigt sind.

Reinhardt Wagenlenker fällt ein Stein vom Herzen, weil damit der Hochzeitsfeier seiner Tochter ein Eklat erspart bleibt. Er drückt seinem Freund dankbar die Hand, und beide steigen dann in Reinhardts Wagen, in dem die Gräfin schon Platz genommen und von dort aus das Gespräch der beiden interessiert verfolgt hatte.

Nach einer kurzen Fahrt erreicht die Hochzeitsgesellschaft einen idyllisch gelegenen See am Fuße der Alpen. Die Wagen fahren in den Hof eines kleinen Gasthauses, das direkt am See liegt.

Die Wirtsleute und das Personal erwarten ihre Gäste am Fuße einer breiten Treppe, die zu einer festlich geschmückten Terrasse hinauf führt. Der Wirt und seine Frau wünschen Sabrina und Alexander viel Glück für ihr Eheleben und erfolgreiches Arbeiten mit ihrem Unternehmen. Ein Serviermädchen und ein junger Koch tragen dann ein launiges Gedicht in Mundart vor, das auf die schönen Seiten der Ehe, aber auch auf deren Fußangeln eingeht, und eine ganze Reihe von guten Ratschlägen beinhaltet. Der Vortrag der beiden wird mehrmals vom Beifall der Hochzeitsgäste unterbrochen, und nach dem letzten Vers belohnen auch Sabrina und

Alexander wie auch das Team des Gasthofes die zwei jungen Leute mit herzlichem Applaus.

Nachdem der Beifall abgeflaut ist, erklingt der Hochzeitsmarsch von Felix Mendelsohn-Bartholdy und die Wirtsleute geleiten Sabrina und Alexander die Treppe hinauf und weiter zur wunderschön dekorierten Hochzeitstafel, die auf der Terrasse in einem Viertelbogen zum See hin angeordnet ist. Mitten in den Marsch hinein lässt das in Tracht gekleidete Personal mit großem Vergnügen die Korken von Champagnerflaschen knallen, und die Hochzeitsgesellschaft lässt wenig später das junge Paar hochleben und wünscht ihm Glück und Gottes Segen für alle Tage seines Lebens.

...

Sabrina lehnt ihren Kopf an die Schulter von Alexander und sagt mit verträumter Stimme: »Liebster Alex, was hatten wir doch für eine wundervolle Hochzeit ... für mich ist der Tag wie ein Traum verlaufen ... und ich bin so uferlos glücklich. – Du auch, Alex?!« Sabrina erschreckt Alexander mit ihrem Ausruf und gleichzeitigem Hochfahren gehörig. Und während sie ihn mit prüfendem Blick anschaut, stöhnt der nur: »Ach, Sabrina, wie kannst du mich nur so erschrecken?!«

Sabrina und Alexander haben vor ein paar Minuten die Hochzeitsgesellschaft verlassen. Es war ein günstiger Moment, denn die Stimmung unter ihren Gästen steuerte gerade auf einen Höhepunkt zu. Die Gräfin und der Kardinal hatten im Saal des Gasthofes eine turbulente Polonaise eröffnet, und so konnte sich das junge

Paar sozusagen im Vorbeigehen von der ausgelassenen Gesellschaft verabschieden.

Alexander, der auch mit der untergehenden Sonne zu kämpfen hat, richtet nach einem tiefen Schnaufer seinen Blick ganz kurz auf Sabrina und sagt: »Ich auch, liebste Sabrina. Ich ganz besonders, denn das wunderbarste Geschöpf unter der Sonne ist ab heute meine Frau. Ich kann es eigentlich noch gar nicht so richtig fassen.«

»Das sollst du aber!« Sabrina kuschelt sich wieder an Alexanders rechte Seite und beginnt ein Kinderlied zu summen. Alexander hat nun seine liebe Not, den Wagen sicher über die enge und kurvenreiche Nebenstraße zu steuern. Er sagt aber nichts, weil er sie keinesfalls aus ihrer glücklichen Stimmung reißen möchte.

Nach einer Weile fragt Sabrina unter Gähnen: »Hast du eigentlich bemerkt, wie der junge Pianist auf die Gräfin abgefahren ist?« Weil Alexander nicht gleich antwortet, fügt sie hörbar beeindruckt hinzu: »Und als die beiden vierhändig gespielt haben, da dachte ich, jetzt fehlt nicht mehr viel und das Klavier beginnt zu glühen.«

»Ja, die beiden waren großartig. Auf der einen Seite die temperamentvolle Ungarin und auf der anderen der unglaublich talentierte junge Mann aus dem Mozarteum. So wie die beiden gespielt haben, kann man sich eigentlich gar nicht so recht vorstellen, dass sie zum ersten Mal zusammen am Klavier saßen.«

»Du und die Gräfin, ihr zwei wart aber auch nicht gerade von Pappe, mein Freund! Ihr habt den ersten Tango in geradezu atemberaubender Weise getanzt.«

Sabrina schielt gespielt eifersüchtig zu Alexander hoch und beißt ihn dann vorsichtig in seine Hüfte.

»Au!«, ruft der trotzdem erschrocken und gibt ihr einen Klaps auf den Oberschenkel.

»Ja, sie ist eine phantastische Tänzerin, sie hat mich einfach in den Tango hineingezogen, das muss ich zugeben«, gesteht er dann freimütig und meint auch noch recht leichtsinnig: »Sie ist schon ein kapitales Weib, diese Gräfin.«

Sarina quittiert dieses Geständnis umgehend mit einem etwas kräftigeren Biss und droht ihm dann auch noch: »Wenn wir morgen auf La Palma sind, musst du in Renatos Tanzbar mit mir mindestens genauso leidenschaftlich tanzen wie mit ihr. Ansonsten, mein Freund, lasse ich mich noch auf den Kanaren wieder von dir scheiden! Hast du das verstanden, du Frauenheld?«, fragt sie nach kurzem Atemholen eindringlich und bohrt ihren Kopf in seine Seite.

»Wenn du so weitermachst, kommen wir nicht einmal heim, sondern landen im Straßengraben oder an einem Baum, du eifersüchtiges Frauenzimmer!«, rügt sie Alexander ernsthaft, drückt dann aber doch ihren Kopf liebevoll an sich.

Sabrina ruckt wieder hoch: »Iiich, und eifersüchtig?! Das wirst du nie erleben! Aber die Gräfin, die werde ich immer gut im Auge behalten, die hat nämlich verdammt viel für dich übrig, mein guter Alexander.«

Wenige Augenblicke später lachen beide schallend über diesen so genüsslich gespielten Zwist, der deshalb so gut tut, weil sie sich ganz sicher sind, dass sie nichts und niemand jemals auseinander bringen wird.

Sabrina setzt sich nach einer Weile auf, stupst ihre arg ramponierte Frisur ein wenig in Form und sagt dann: »Am schönsten war es aber, den alten Pfarrer Ruland zu beobachten, den wir kurzerhand zwischen meine Freundinnen gesetzt haben. Ich glaube, die beiden wurden in ihrem ganzen Leben noch nie so gut unterhalten und haben noch nie so viel gelacht wie heute. Du, ich hätte nicht gedacht, dass ein Geistlicher so viele amüsante Geschichten zu erzählen weiß, und so viele supergute Witze auf Lager hat. Ich habe mich ein paar Mal ganz schrecklich verschluckt, weil ich gerade einen Bissen im Mund hatte, während er eine seiner Pointen abbrannte.«

»Das ist mir nicht entgangen, mein Schatz. Du hattest ja eine Zeit lang Aug und Ohr mehr bei dem alten Herrn als bei mir, du treulose Seele.«

»Ah, wer ist denn da nun eifersüchtig, du oder ich?!«, ruft da Sabrina triumphierend aus und drückt Alexander einen Kuss auf die Wange.

»Du, ich werde immer, und sogar hemmungslos eifersüchtig sein, wenn sich mein Engel zu sehr auf andere Männer konzentriert.«

»Ach, ist das schön! Oh, wie ich dich liebe! – Und ich werde dich oft und gerne eifersüchtig machen, mein liebster Alex«, droht ihm Sabrina glücklich und drückt ihm erneut einen Kuss auf die Wange.

»Na, da ergänzen wir uns ja aufs Schönste, und wir werden sicher ein recht bewegtes Eheleben führen, mein Schatz. – Aber dieser Pfarrer Ruland, das möchte ich schon noch bemerken, Sabrina, der ist ja nicht nur ein famoser Erzähler, sondern auch ein erstaunlich guter und unermüdlicher Tänzer, was übrigens genauso für den Kardinal zutrifft. Und da fragt man sich unwillkürlich, wo und bei welchen Gelegenheiten haben sich die beiden das angeeignet. Alleine bei Hochzeiten kann man so ein Niveau doch kaum erreichen. Was meinst du?«

»Ich weiß nur, dass der Kardinal seit langem jedes Fest der Gräfin besucht, und dort immer einer der eifrigsten und begehrtesten Tänzer sein soll, und dass er auch sonst in unseren Kreisen ein gern gesehener Gast und Gesellschafter ist … allerdings weniger bei den Männern, sondern vor allem bei der Weiblichkeit. Und so ranken sich um ihn auch einige amouröse Geschichten, oder sagen wir besser, Gerüchte, wie Papa gelegentlich durchblicken lässt.«

»Das kann gut sein, denn offensichtlich ziehen katholische Geistliche deine Geschlechtsgenossinnen ganz besonders an; sie fasziniert wohl deren Ehelosigkeit, und sie sind möglicherweise begierig darauf aus, die Diener Gottes auf die Probe zu stellen.« Und mit einem spitzfindigen Seitenblick auf Sabrina meint Alexander nach kurzem Überlegen auch noch: »Vielleicht ist für sie das Zusammensein mit ihnen auch besonders erregend.«

»Ach du Scheusal! Du Macho! So etwas kann doch nur dem Gehirn eines neidischen und verquer denkenden Mannes entspringen!«, gibt sich Sabrina empört und boxt ihn vorsichtig in die Rippen.

Aber schon im nächsten Moment meint sie nachdenklich: »Vielleicht liegst du damit aber gar nicht so verkehrt, Alex. Denn die Gräfin – wenn ich Papa bisher richtig verstanden habe – legt es immer wieder einmal darauf an, den Kardinal rumzukriegen. Der Kardinal ist ja einer von Papas besten Freunden, und deshalb fragt er sich gelegentlich schon etwas besorgt, liebt die Gräfin den Kardinal wirklich oder will sie nur den Zölibat durchbrechen, der für sie so eine Art rotes Tuch zu sein scheint. Die Gräfin, hat Papa einmal gesagt, kann die Ehelosigkeit der katholischen Geistlichen nur als eine Auflage verstehen, die von den Päpsten selbstherrlich, und die Frauen sozusagen unter den Teppich kehrend, in die Welt gesetzt wurde.«

»Lange wird man das Zölibat wohl nicht mehr halten können, denke ich. Denn es richtet nach meiner Kenntnis seit eh und je in der katholischen Welt viel Schaden an, zieht aber kaum nennenswerte positive Wirkungen nach sich«, meint Alexander, während er das Tempo seines Wagens drosselt und ein Reh im Auge behält, das mitten auf der Straße wie angewurzelt stehen geblieben ist.

Nachdem sich das Reh dazu herbeigelassen hatte, die Straße wieder freizugeben, und Sabrina seiner Stellungnahme offenbar nichts hinzufügen möchte, ergreift er wieder das Wort und sagt: »Apropos, Gräfin, neugierig wie ich manchmal bin, habe ich schon nachgeschaut, wie viel und für welchen Zweck sie an Stelle eines Hochzeitsgeschenks gespendet hat. Du, ich war und bin immer noch platt, und du wirst vermutlich genauso überrascht sein.« Alexander unterbricht sein Geständnis, weil er annimmt, dass ihm Sabrina seine Voreiligkeit gleich ankreiden wird.

Sie sagt aber nur gespannt: »Na, sag schon, wie viel hat sie locker gemacht, und für wen oder was?«

»Sage und schreibe *fünfundzwanzigtausend* Euro für ein SOS-Kinderdorf irgendwo in Afrika.«

»Das glaub ich nicht, Alex, das kann doch gar nicht sein!«

»Doch, Sabrina, es ist schon so! Schau halt nach, meine Süße, ich habe alle Spendenkuverts in die Schachtel zu deinem Brautkleid gelegt.«

Sabrina beugt sich nach hinten und holt aus der Schachtel ein ganzes Bündel Kuverts hervor. Zuoberst liegt ein Kuvert mit dem gräflichen Wappen. Sie öffnet es aufgeregt, liest rasch über das Glückwunschschreiben hinweg und kramt dann hastig einen Überweisungsbeleg heraus.

»Nein, das kann doch gar nicht sein! – Tatsächlich, fünfundzwanzigtausend Euro für ein Kinderdorf! Du meine Güte! – Dabei … dabei sind doch wir zwei, vor allem aber ich, doch auch so etwas wie ein rotes Tuch für sie! Papa musste ja all seine Überredungskünste aufbieten, damit sie überhaupt zu unserer Hochzeit kommt. – Und jetzt das … und wie herzlich sie geschrieben hat. Hast du das auch gelesen?«

»Aber selbstverständlich, Sabrina! – Ja, man wird nicht recht klug aus ihr. Es wohnen wohl zwei widerstreitende Seelen in ihrer Brust.«

»Ganz bestimmt.«

Sabrina lehnt sich geschockt zurück, und Alexander, der kurz zu ihr hinüberblickt, meint im Halbdunkel ihre Augen feucht schimmern zu sehen.

»Ich verstehe die Gräfin einfach nicht«, sagt sie nach einer Weile und schaut verstört in die beginnende Nacht hinaus. »Auf der einen Seite trägt sie mit ihrem

Wirtschaften und gesellschaftspolitischen Engagement in erheblichem Maße mit dazu bei, dass viele Menschen in ärmlichen und unwürdigen Verhältnissen leben müssen, und auf der anderen Seite erscheint sie dir immer wieder wie die Seele von einem Menschen.«

Sie schaut daraufhin verunsichert zu Alexander hinüber und fragt: »Verstehst *du* das?«

»Ja und nein«, antwortet der nach kurzem Überlegen. Und während er sich ganz besonders auf die Straße konzentriert, spricht er wie ein Automat weiter: »Dieses widersprüchliche Verhalten zieht sich allerdings fast durch die gesamte Oberschicht im Lande und ist auch weltweit sehr verbreitet, Sabrina. Vielleicht wollen die Leute mit ihrer punktuellen Großzügigkeit verhindern, dass sich – früher oder später – doch einmal ein schlechtes Gewissen bei ihnen einstellt. Vielleicht kann man das aber auch als eine Variante des Ablasshandels ansehen, wie ihn die katholische Kirche lange Zeit betrieben haben soll. Ein schlechtes Gewissen bringt dich irgendwann um, und das will man natürlich verhindern; nicht gerade um jeden Preis, aber wenn es irgendwie machbar ist, auf jeden Fall. Man vermeidet mit gelegentlicher Mildtätigkeit ein schlechtes Gewissen und steht darüber hinaus in den Augen vieler Menschen auch noch gut da. Das ist doch eigentlich ein recht geschickter Schachzug, nicht wahr?«

»Absolut, Alex. Und man nimmt damit auch Einfluss auf den Lauf der Dinge, indem man sich ganz gezielt und nur dort großherzig zeigt, wo das weite Herz letztlich den eigenen elementaren Zielen dient.«

Während sie sich wieder an Alexanders Schulter

kuschelt, meint sie nachdenklich: »Aber mit unserem Hochzeitsgeschenk muss das irgendwie anders sein ... ich glaube ... also ich glaube, die Gräfin mag uns im Grunde ihres Herzens; sie kann nur von dem Weg, den sie als junge Frau einschlagen musste, nicht mehr herunter. Sie hat in diesen Weg schon zu viel investiert, zu viele ihrer Jahre und zu viel Kraft; und sie müsste, das darf man nicht vergessen, sich selbst und ihrem Umfeld eingestehen, dass ihr bisheriges Denken und Handeln zum Teil falsch war.«

Nach einer Weile – Alexander hat den Eindruck, dass Sabrina nun eher laut denkt, als dass sie zu ihm spricht – nimmt sie ihre Betrachtungen wieder auf: »Sie tut viel für Kinder ... Papa sagt, dass sie Kinder liebt, und er meint, dass sie selbst gerne welche gehabt hätte. Aber ihre Beziehungen sind alle relativ bald gescheitert. Sie ist eine ungewöhnlich starke Frau, und ihre Stärke hat wohl ihre Männer vertrieben, bevor sich ein Kind einstellen konnte.«

Sabrina hält wieder ein paar Augenblicke inne. »Sie sah sich«, fährt sie schließlich fort, »schon in jungen Jahren gezwungen, die relativ weit gespannten Unternehmungen ihres Vaters weiterzuführen. Sie musste und wollte stark sein, sie wollte keinesfalls scheitern, nicht zuletzt ihrem Vater zuliebe, mit dem sie durch ein sehr inniges Verhältnis verbunden gewesen sein soll. Dazu kommt auch noch, dass sie bei der Bewältigung dieser schweren Aufgabe von Anfang an auf sich alleine gestellt war, denn ihre Mutter, hat mir Papa einmal erzählt, hatte absolut keinen Bezug zu den hortocányschen Unternehmen. Und sie kam offenbar auch zu keiner Zeit auf den Gedanken, sich nach geeigneten Leuten umzuschauen, denen sie Teile der Führungsarbeit übertragen könnte; und so sah sie möglicherweise auch bei sich selbst die Voraussetzungen für Kinder nicht gegeben.«

Sabrina setzt sich auf, gähnt herzhaft und stellt ihren Sitz ein wenig nach hinten. Halb liegend und mit schläfriger Stimme erzählt sie weiter: »Von Papa habe ich auch, dass die Gräfin vor einigen Jahren irgendwo im Ausland ein Erlebnis hatte, das sie sehr betroffen gemacht hat und bis heute bewegt. Sie war mit einer bundesdeutschen Delegation unterwegs, als am Rande eines Armenviertels ihr Blick auf ein etwa zweijähriges Kind fällt, das mit unsäglich traurigen Augen zu ihr aufschaut. Die Gräfin bleibt stehen und will das Kleine ansprechen und streicheln – folgt dann, auf den energischen Wink eines Personenschützers hin, aber doch widerstrebend der Delegation. Im weiteren Verlauf des Rundganges war es für sie allerdings unmöglich geworden, sich auf die Informationen der Gastgeber und das Gespräch mit ihnen zu konzentrieren, weil sie den Blick des Kindes nicht aus ihrem Kopf verbannen konnte. Zurück im Hotel, bestellt sie sich ein Taxi und fährt zu dem Armenviertel zurück. Begleitet vom Taxifahrer versucht sie dann etwa eine Stunde lang vergeblich, das Kind wieder zu finden. – Papa meint, dass sie dieses Erlebnis verändert hat. Sie sei einerseits härter geworden, und auf der anderen Seite hat sie ihr Engagement für Kinder erheblich ausgebaut.«

Sabrina gähnt anhaltend, dreht dann langsam den Kopf auf Alexanders Seite und der glaubt, dass sie allmählich einschläft. Doch nach einer Weile ruckt sie urplötzlich hoch und sagt recht bestimmt: »Ich möchte mein erstes Kind spätestens in zwei Jahren haben!«

Alexander erschrickt so sehr, dass er das Steuer verreißt und dann den Wagen gerade noch auf der Straße halten kann. »Mein Gott, hast du mich wieder erschreckt!«, beschwert er sich lautstark, als er das Auto wieder unter Kontrolle hat.

»Weil ich bald ein Kind haben möchte?«

»Nein, Sabrina! Aber ich hatte gerade noch den Eindruck, dass du einschläfst, und da richtest du dich so urplötzlich auf. – O Mann, o Mann, war das knapp!«

»Ach Alex, entschuldige bitte! Ich bin so in Gedanken und hatte gar nicht mehr im Kopf, dass wir ja mit dem Auto unterwegs sind. – Bitte, bitte, entschuldige meine Dummheit!«, bettelt sie noch und gibt ihm dann ganz behutsam einen Kuss auf die Wange.

»Ist ja schon wieder gut, Sabrina.«

»Dass ich in zwei Jahren unser erstes Kind haben möchte, das hast du aber schon verstanden, oder?«

»Aber ja, Sabrina. Dir soll es keinesfalls so ergehen wie der Gräfin.«

»Das will ich auch sehr hoffen, Alex!«

Sabrina lehnt sich daraufhin recht achtsam in ihrem Sitz zurück, schließt die Augen und summt wieder das Kinderlied vor sich hin.

Nach einiger Zeit beginnt sie erneut den Tag zu rekapitulieren: »Mein Gott, was war das doch für ein wunderbarer Schock, als die Kirchentüren aufgingen und wir ins Freie traten … und da stehen so viele von unseren Leuten am Wegrand und jubeln uns wie einem königlichen Hochzeitspaar zu.«

Sabrina wischt sich über die Augen, weil sie dieses Ereignis auch jetzt noch zu Tränen rührt. Sie atmet einmal tief durch und sagt dann: »Für mich ist das wie in einem Traum, Alex. Die Belegschaft fühlt sich mit uns so verbunden, als wären wir eine große intakte Familie. Ich hätte sie am liebsten alle einzeln umarmt und geküsst.«

»Das hätte dein Hochzeitskleid aber ziemlich ruiniert, mein Schatz.«

»Oh, das brauche ich jetzt nicht mehr! Ich will heute das erste und letzte Mal geheiratet haben. Du selbst hast doch gerade gesagt, dass es mir nicht wie der Gräfin ergehen soll. Hast du das vielleicht schon wieder vergessen, du Schlawiner?«

»Da sprachen wir von euren Kinderwünschen.«

»Auch recht. Und dass du dich da ja nicht drückst, mein Freund! – Übrigens, ich hätte gerne wenigstens drei, und das solltest du auch nicht vergessen, mein guter Alexander.«

»Von dreien war bisher aber nicht die Rede, mein ungestümer Engel.«

»Stimmt, aber seit heute möchte ich drei – zwei Buben und ein Mädchen. Ich bin ja so glücklich seit heute früh, liebster Alex! – Und die Buben sollen so werden wie du.«

»Und das Mädchen?«

»Wie meine Mutter war: sanft, klug und liebevoll.«

»Und warum nicht so wie du?«

»Weil ich zu stürmisch und gleichzeitig zu empfindsam bin.«

»Ich wünsche mir aber, falls sich auch ein Mädchen einstellt, dass es dir ähnlich ist. Es sollte so lebendig sein wie du, und auch so couragiert und durchsetzungsfähig. Besonders wichtig wäre mir, dass es die eigenen Ideen und Gedanken, seine Pläne und Zielsetzungen auch so konsequent wie du verfolgen kann. So hätte ich selbstverständlich auch gerne unsere Buben ... denn ich wünsche mir ganz besonders, dass aus unseren Kindern keine stromlinienförmigen Mitläufer werden, wie sie unsere Zeit in so großer Zahl hervorbringt.«

»Dafür werden wir beide schon sorgen, Alex. Vielleicht müssen wir uns eher im Gegenteil darum bemühen, dass sie nicht zu sehr mit dem Kopf durch die Wand gehen wollen. Du und ich, mein lieber Mann, da könnte es ja leicht sein, dass wir zügellose Revoluzzer in die Welt setzen.«

»Diese Sorge habe ich eigentlich nicht, Sabrina. Sie werden von dir ja nicht nur das Temperament mitbekommen, sondern auch den klaren Verstand und das umsichtige Wesen.«

»Oh, was habe ich doch für einen wundervollen Hochzeitstag! Nach all den schönen Überraschungen, macht mir mein Mann jetzt auch noch Komplimente zuhauf.«

Sabrina drückt Alexander einen Kuss auf die Wange und kuschelt sich dann mit einem glücklichen Lächeln wieder an seine Seite.

»Hast du das eigentlich bemerkt«, sagt sie nach einer Weile unvermittelt, »*mein Mann* habe ich jetzt schon zweimal gesagt, ganz so, als wären wir schon seit einer Ewigkeit verheiratet. Na, so was!«

»Das ist mir gar nicht aufgefallen«, gesteht Alexander recht unbedacht.

»Da haben wir's! Kaum seit ihr Männer verheiratet, hört ihr euren Frauen nicht mehr richtig zu!«

Noch weniger überlegt, kontert Alexander: »Männer achten eben nur auf das Wesentliche, und das ist mir bis jetzt noch nicht entgangen, oder?«

»Oh, du Scheusal, du! Dass du jetzt *mein* Mann bist, das ist dir also gar nicht so wichtig! Na warte!« Sie richtet sich auf und versetzt ihm einen Stoß mit dem Ellenbogen.

»He, Sabrina, du verrücktes Luder, wir sind doch nach wie vor mit dem Auto unterwegs!«

»Ach Gott ja! Entschuldige bitte, liebster Alex. Du, ab jetzt bleibe ich aber ganz bestimmt brav und ruhig sitzen ... und ich sag auch kein Wort mehr, versprochen!«

V

Es ist ein regnerischer Freitag in der zweiten Oktoberhälfte. Im Park der Villa Hortocány ist der Gärtner Sebastian damit beschäftigt, das Laub zu großen Haufen zusammenzurechen. Das ist zwar eine sehr mühselige Arbeit, aber er macht das trotzdem gerne. Moderne technische Geräte lehnt er dabei kategorisch ab. Für ihn hat diese Arbeit etwas mystisches, denn sie beschließt ein Jahr in höchst eindringlicher Weise. Die abgestorbenen Blätter wird er in den nächsten Tagen mit dem großen Handwagen zum Kompostplatz beim Gemüsegarten fahren, und so werden sie bald wieder Grundlage für neues Leben sein. Der Kreislauf aus Werden und Vergehen, mit dem der Gärtner so eng verbunden ist, hat ihn von Anfang an gefesselt und seither nicht mehr losgelassen.

Im Salon der Villa haben sich zum Fünfuhrtee Kardinal Hallhuber, Reinhardt Wagenlenker und Dr. Hofmeister eingefunden. Dr. Hofmeister ist ein noch recht junger Mann aus dem Wirtschaftsministerium, den die Gräfin vor ein paar Wochen als Begleiter des Wirtschaftsministers kennengelernt hatte.

Die Gräfin präsentiert sich heute außergewöhnlich gut gelaunt und bewirtet ihre Gäste zunächst einmal mit Champagner. Sie trägt ein knapp knielanges rotes Kleid mit dreiviertellangen, etwas ausgestellten Ärmeln. In den für die Tageszeit etwas zu tiefen Ausschnitt des

Kleides schmiegt sich eine Kette aus dunklen, geheimnisvoll schimmernden Tahiti-Perlen. Ihr Haar hat sie äußerst attraktiv hochgesteckt, und so sieht sie wieder einmal atemberaubend weiblich aus. Für Reinhardt Wagenlenker steht außer Frage, dass sie so perfekt gestylt den jungen Dr. Hofmeister beeindrucken will.

»Meine lieben Freunde«, sagt sie strahlend und so entspannt wie schon lange nicht mehr, »lasst uns jetzt bitte auf die glückliche Fertigstellung des Wellnesszentrums und dessen so zuversichtlich stimmenden Start anstoßen.«

»Aber gerne, verehrte Gräfin«, sagt der Kardinal und hebt sein Glas und beteuert: »Ich hatte ja nie Zweifel daran, dass dieses Werk mit Gottes Hilfe wohl gelingen und ihm auch ein dauerhafter Erfolg beschieden sein wird.«

Die kleine Gesellschaft deutet ein Anstoßen an und genießt dann mit Wohlbehagen den Spitzenchampagner Cristal aus dem Hause Louis Roederer.

»Ich dagegen, mein lieber Kardinal«, gesteht die Gräfin nach einem guten Schluck, »habe ein ganzes Bündel von Zweifeln in den letzten drei Jahren mit mir herumgetragen – im Grunde bis zum Tag der Einweihung, und ganz geschwunden sind sie erst in den letzten Wochen, als geradezu ein Run auf fast alle Bereiche dieser Einrichtung einsetzte.«

»Ehrlich gesagt, Eleonore, mir erging es ganz ähnlich. Ich konnte mir eigentlich nicht so recht vorstellen, dass ein so großer Bedarf im gehobenen Segment der Wellnessbewegung gegeben ist, und deshalb ist auch mir ein Stein vom Herzen gefallen, als du mir vom so erfreulichen Start deines neuen Standbeins berichtet hast«, sagt Reinhardt Wagenlenker offen und ehrlich und fügt mit dem nächsten Atemzug anerkennend hinzu: »Und so hast du zum wiederholten Male bewiesen, dass du ein gutes Gespür für wirtschaftliche Entwicklungen besitzt, und hast erneut den Mut aufgebracht, eine Investition zu tätigen, für die es noch kein Beispiel gibt. Respekt, liebe Eleonore!«

Er richtet sich in seinem Sessel auf und meint dann noch: »Und darauf, dass dieser Einrichtung der dauerhafte Erfolg auch tatsächlich beschieden sein möge, sollten wir gleich noch einmal anstoßen.«

»Das meine ich auch«, pflichtet ihm Dr. Hofmeister bei. »Und auch ich möchte Ihrem neuen Unternehmen langfristigen Erfolg wünschen, nicht zuletzt im Hinblick auf die Arbeitsplätze, die Sie mit dem Wellnesszentrum geschaffen haben. Und darüber hinaus, verehrte Frau Gräfin, wird diese Einrichtung auf Grund ihrer Außenwirkung ganz sicher auch zur wirtschaftlichen Stabilisierung der gesamten Region beitragen.«

»Oh, ich danke euch! Und ich gestehe es gerne, dass es mir unendlich gut tut, wenn nach einer so langen Zeit des Kämpfens und nach vielen schlaflosen Nächten die Spannung abfällt und gute Wünsche und Anerkennung auf mich herabrieseln. Ich möchte aber auch auf euer aller Wohl anstoßen und besonders Ihnen, lieber Kardinal, noch einmal für Ihr loyales Verhalten und Ihre tatkräftige Unterstützung in der schwierigen und alles entscheidenden Grundstücksangelegenheit danken.«

»Ach, verehrte Gräfin, für mich war das doch selbstverständlich und noch dazu mit relativ wenig

Mühe verbunden. Und, was soll ich sagen, Sie haben sich doch äußerst generös mit Ihren Spenden für die neue Domorgel revanchiert.«

»Das wiederum, war für mich selbstverständlich und eine Ehrensache«, antwortet ihm die Gräfin mit herzlichem Blick. – »Übrigens, ich bedauere es sehr, dass ich nicht zum Konzert anlässlich der Orgelweihe kommen konnte, weil ich in dieser Zeit zu Sondierungsgesprächen in Marokko weilte. Vielleicht war es aber auch ganz gut so, lieber Kardinal«, schließt sie nach einem kurzen Seufzer daran an, »denn, wie mir jüngst zu Ohren gekommen ist, halten sich trotz der allgemeinen Freude über die neue Orgel in der Diözese hartnäckig ein paar kritische Stimmen wegen des Grundstückstransfers.«

Mit »Damit müssen und können wir leben, verehrte Gräfin« gibt sich der Kardinal unbeeindruckt und über den Dingen stehend. Und während er seine Beine übereinander schlägt und den rechten Arm auf die Rückenlehne legt, prognostiziert er auch noch kühl und gelassen: »Die Stimmen dieser engstirnigen Leute werden über kurz oder lang verstummen; nicht zuletzt auch deshalb, weil sie bei der Mehrheit absolut nicht ankommen, und somit keinerlei Rückhalt und nicht die geringste Unterstützung vorfinden. – Aber, verehrte Gräfin, lassen Sie mich nun noch auf Ihre Verlagerungsabsichten Richtung Marokko zurückkommen: Sie tragen sich also nach wie vor mit dem Gedanken, zumindest Unternehmensteile und ihren Wohnsitz ins Ausland zu verlegen, obwohl Sie mit dem Wellnesszentrum Ihr Engagement in unserer Region ganz erheblich ausgebaut haben, und damit ihr unternehmerisches Wirken nun perfekt ausgewogen auf vier kräftigen und, soweit ich das beurteilen kann, auf recht krisensicheren Beinen steht. Sehe ich das richtig, Frau Gräfin?«

»Das sehen Sie ganz richtig, Kardinal!« Die Gräfin setzt sich auf und beginnt dann auch schon mit sich eintrübender Miene zu lamentieren: »Und Sie sagen auch ganz richtig ›Ausland‹, denn nicht nur in Marokko finden Leute wie ich ein wesentlich unternehmerfreundlicheres Umfeld vor. – Ja, mein guter Kardinal, wir haben das ja schon einige Male ausgiebig erörtert, denke ich, und eigentlich wiederhole ich mich diesbezüglich ungern … aber, wenn wir schon dabei sind: In einer Vielzahl von Ländern sind Querschüsse von kleinkarierten Zeitgenossen, wie sie bei der Abwicklung unseres Grundstücksgeschäftes an der Tagesordnung waren, undenkbar. Mich grämt es einfach unsäglich, dass es in diesem Land möglich ist, unternehmerisches Wirken in so unerträglichem Ausmaß und ohne Ende zu diskreditieren, und uns damit das Arbeiten und Leben unnötig schwer zu machen!«

Die Gräfin greift sich nach dieser Anklage ihren noch halb vollen Champagnerkelch, trinkt ihn in einem Zug aus und stellt ihn dann recht unsanft auf den Tisch zurück. Es ist nicht zu übersehen, dass ihr die schwierige und langwierige Grundstücksübertragung immer noch anhängt, und auch jetzt wieder die Laune verdorben hat.

Bevor der Kardinal dazu Stellung nehmen kann, ergreift der junge Dr. Hofmeister das Wort: »Verehrte

Gräfin Hortocány, nichts steht mir ferner, als Ihre Absichten und Entscheidungen auch nur im Geringsten in einem anderen Licht sehen zu wollen, aber dennoch möchte ich folgenden Gesichtspunkt in die Waagschale werfen: Auch wenn in einem freiheitlich angelegten Staat Hinz und Kunz, ausgestattet oft nur mit Teilkenntnissen und einer schmalspurigen Denkweise, gerade den potentesten Leistungsträgern, den Stützen unserer Gesellschaft also, das Agieren immer wieder vergällen können, möchte ich doch meinen, dass in unserem Land tatkräftige Menschen wie Sie letztlich mit am effektivsten wirken können, und dabei auch recht zufriedenstellend abschneiden.«

Hofmeister trommelt nach diesem Statement mit den Fingern der rechten Hand ein paar Augenblicke lang etwas unentschlossen auf der Armlehne herum, fügt dann aber doch hinzu: »Darüber hinaus möchte ich noch einen ganz speziellen Aspekt bezüglich der Unternehmertätigkeit im Ausland ansprechen, auch wenn Ihnen dieser nicht unbekannt sein wird: Im Wirtschaftsministerium vergeht nahezu kein Tag, an dem nicht ein neuer Fall von unsauberen, bis hin zu kriminellen Begleiterscheinungen beim Betrieb von Niederlassungen im Ausland bekannt wird. Zunehmend beeinträchtigen und schröpfen Fundamentalisten und Extremisten aller Couleur, sowie mafiöse Gruppierungen die Unternehmen im näheren und weiteren Ausland. Es …«

Mit »Mein guter Herr Dr. Hofmeister« unterbricht ihn die Gräfin ungeduldig, »wie Sie richtig vermutet haben, sind mir diese Begleitumstände sehr wohl bekannt.

Nur, schauen Sie sich doch einmal aufmerksam und vorurteilsfrei in unserem Lande um, der Unternehmer wird hierzulande von der Steuergesetzgebung und den Finanzbehörden nicht weniger geschröpft, als von den Elementen und Gruppen, die Sie gerade aufgeführt haben.«

Nach diesem Return blickt die Gräfin herausfordernd in die Runde, legt schwungvoll das rechte Bein über das linke und lässt sich dann nicht minder temperamentvoll in die Rückenlehne zurückfallen.

Reinhardt Wagenlenker dagegen, der das Ausufern, vor allem aber eine Eskalation dieses Disputs unbedingt verhindern möchte, richtet sich in seinem Sessel beunruhigt auf und sagt in besänftigendem Tonfall: »Meine liebe Eleonore, wenn du aber in Sachen Wellnesszentrum alles zusammenzählst, dann sieht das Ergebnis unter dem Strich doch sehr positiv aus, möchte ich meinen. Wenn ich nur an die ausnahmslos wohlwollenden Reden denke, die bei der Einweihungsfeier gehalten wurden; eine Einweihungsfeier übrigens, die schon eher den Charakter eines Volksfestes angenommen hatte, und bei der sogar unser Landrat das gesamte Projekt über den grünen Klee gelobt hat. Er hat sich auf deine Seite gestellt, obwohl du gegen den Widerstand aus seinem Amt unter anderem einen Neun-Loch-Golfplatz rund um den Gebäudekomplex durchgesetzt hast. Und die Landtagsgrüne, wohl wissend, dass die Grünen in der Region vor allem gegen diesen Golfplatz Sturm gelaufen sind, zeigte sich nachgerade begeistert von dessen Konzeption, weil du unter anderem Wert darauf gelegt hast, dass er ohne bauliche Eingriffe in das parkähnliche Gelände eingefügt wird.«

Bevor sich Reinhardt Wagenlenker einem weiteren positiven Moment zuwenden kann, unterbricht ihn die Gräfin mit einem müden Lächeln: »Ach, mein guter Reinhardt, ich sehe das alles sehr wohl, und dennoch belasten mich zunehmend die atmosphärischen Störungen, die sich aus der Missgunst, dem Neid und der Intoleranz von diversen Zeitgenossen zusammensetzen.«

Wagenlenker will auch dazu ein paar ermutigende Worte sagen, aber die Gräfin kommt ihm zuvor und sagt mit nicht überhörbarer Verbitterung in der Stimme: »Ich weiß, ich weiß, Reinhardt, es sind im Grunde nur wenige Leute, und eigentlich immer die gleichen Geister dafür verantwortlich. Aber auch ich werde älter, und Anfeindungen prallen von mir nicht mehr so leicht ab wie früher. Und außerdem, mein guter Reinhardt, man kann doch heute keine Zeitung mehr aufschlagen, ohne dass du wieder lesen musst, wie ungerecht die Arbeitseinkommen verteilt sind, wie weit sich die Einkommensschere inzwischen geöffnet hat, wie wenig Steuern wir zahlen, welche Kapitalgewinne wir erzielen und wie viele Leute in diesem Land unter der Armutsgrenze leben.«

Die Gräfin richtet sich erregt auf, umklammert mit beiden Händen die Armlehnen und klagt dann frustriert und ernsthaft besorgt weiter: »Und, meine Freunde, das bringt bei mir das Fass schließlich zum Überlaufen: Nun verdüstert schon einige Jahre Die Linke, dieses diffuse Ungeheuer von Partei unser Land. Konnte man um die Jahrtausendwende noch mit einer gewissen Hoffnung in den Tag gehen, weil bei den Sozialdemokraten endlich die Weichen in eine halbwegs vernünftige Richtung gestellt wurden, da quillt unversehens aus deren rotem Bodensatz und aus der Asche der ehemaligen DDR dieses Monster hervor, das mir verdammt eindringlich die Oktoberrevolution in Erinnerung ruft.«

Nach dieser dramatischen Lagebetrachtung lässt sich die Gräfin wieder in die Rückenlehne fallen und streicht sich mit einer fahrigen Handbewegung eine Haarsträhne aus der Stirn, was bei Reinhardt Wagenlenker den Eindruck erweckt, als wollte sie ihre dunklen Ahnungen wegwischen.

Sie atmet dann einmal tief durch und sagt schließlich etwas ruhiger und wieder ein wenig optimistisch: »Trotz alledem, liebe Freunde, wir sind den Widrigkeiten, die uns derzeit umgeben, nicht hilflos ausgeliefert. Ich meine also, dass wir baldmöglichst eine Offensive auf den Weg bringen müssen, um in diesem Land eine Wende in unserem Sinne herbeizuführen. Und darauf, dass uns das auch gelingen möge, möchte ich mit euch nun ebenfalls anstoßen, und ihr gestattet mir dann bitte, dass ich zunächst einmal die Problemfelder aufzeige, die mir besonders im Magen liegen.«

»So gefällst du mir wesentlich besser, Eleonore«, sagt Reinhardt Wagenlenker erleichtert und hebt sogleich sein Glas.

»Einen Moment bitte, Reinhardt!« Die Gräfin steht auf, nimmt die Champagnerflasche aus dem Eiskübel, fasst sie mit einem weißen Leinentuch am Boden und schaut dann fragend in die Runde. Auf das Nicken des Kardinals hin, füllt sie dessen Glas nach und das ihre auf.

Sie setzt sich wieder, nimmt ihr Glas zur Hand und sagt beschwingt und wieder bestens gelaunt: »Also, meine lieben Freunde, auf unsere Zukunft und auf unser Land.«

Sie deutet dabei ein Anstoßen an, und die vier trinken dann mit Genuss den wundervollen Champagner der Gräfin, zu dem triste Gedanken so gar nicht passen.

Während die Gräfin ihr Glas abstellt, sagt sie: »Bevor wir nun daran gehen, die Basis für diese zwingend notwendige Offensive zu legen – ich vermute, wir werden damit bis in den späten Abend hinein beschäftigt sein –, möchte ich euch gerne, falls eure Tagesplanungen nicht dagegen stehen, zu einem einfachen Abendessen einladen.«

Mit »Ich habe heute sozusagen meinen freien Tag und kann somit so lange bleiben, wie es Ihnen genehm ist, verehrte Frau Gräfin« nimmt der Kardinal als erster die Einladung hocherfreut an.

»Und ich bin im Prinzip seit einem Jahr Rentner und habe deshalb, ganz im Gegensatz zu vielen anderen Rentnern, im Grunde immer Zeit, und selbstverständlich ganz besonders für dich, Eleonore«, erklärt Reinhardt Wagenlenker vergnügt und fügt noch hinzu: »Ich bleibe also ebenfalls gerne, und bin auch schon recht gespannt darauf, zu erfahren, wo du vorrangig angreifen möchtest und welche Aktionen du vielleicht schon im Auge hast.«

Mit ein wenig Schalk in den Augen wendet er sich dann an den jungen Dr. Hofmeister: »Und, wie sieht es bei Ihnen aus, Herr Hofmeister? Das Ministerium wird Sie ja noch nicht so arg in seinen Klauen haben, wie das bei Ihren älteren Kollegen oft der Fall ist, oder?«

»Von Seiten des Ministeriums bin ich schon im Wochenende, aber ich müsste auf jeden Fall meine Frau anrufen und sie davon in Kenntnis setzen, dass ich zum

Essen eingeladen bin, und somit wohl erst in der Nacht nach Hause kommen werde.«

Mit »O ja, tun Sie das bitte!« geht die Gräfin postwendend auf seinen Vorbehalt ein. Und während der junge Mann aufsteht, sagt sie zu ihm, unterstützt von einem Blick, der ihm fast den Atem nimmt: »Und richten Sie bitte Ihrer Gemahlin die besten Grüße von mir aus und sagen Sie ihr, dass ich sehr dankbar dafür wäre, wenn sie auf ihren Mann heute Abend verzichten könnte.«

»Ich werde sehen, was sich machen lässt … Frau Gräfin«, meint Hofmeister ein wenig durcheinander und eilt mit »Sie entschuldigen mich bitte für einen Augenblick« aus dem Salon.

»Da bin ich jetzt aber echt gespannt, ob der junge Mann frei bekommt, liebe Eleonore. Eine überraschende Einladung zum Abendessen, das klingt doch hochgradig verdächtig.«

»Wir werden ja sehen«, sagt die Gräfin mit überlegenem Lächeln. »Auf jeden Fall wäre es sehr vorteilhaft, wenn wir unser neues Bindeglied in den Regierungsapparat heute etwas intensiver bezüglich seiner Fähigkeiten und Tauglichkeit unter die Lupe nehmen könnten.«

»Ich kannte diesen Dr. Hofmeister ja bis heute noch nicht, aber er macht bisher einen sehr guten Eindruck auf mich.« Und während er seinen Ring ein wenig gedankenverloren betrachtet, fügt der Kardinal hinzu: »Er scheint trotz seiner jungen Jahre schon mit einem gerüttelten Maß von Erfahrungen ausgestattet zu sein und auch eine erstaunliche Weltsicht zu besitzen.«

»Deswegen habe ich ja auch Verbindung zu ihm aufgenommen, lieber Kardinal. Was für uns aber ganz besonders wichtig ist, er möchte vorwärts kommen und Karriere machen. Sein derzeitiger Posten im Wirtschaftsministerium soll für ihn nicht die Endstation sein, wie er mir freimütig und selbstbewusst gesagt hat. Besonders von Vorteil wird dabei für uns sein, dass seine Frau voll hinter seinen Plänen steht, und deshalb bin ich mir auch ganz sicher, dass sie nichts gegen die Ausweitung seines Besuches haben wird.«

Die Gräfin will noch einen weiteren Aspekt zum zukünftigen Wasserträger der Topgesellschaft ansprechen, aber da kommt Hofmeister auch schon zurück und sagt erfreut, dass seine Frau nichts gegen seinen Verbleib zum Abendessen einzuwenden hat, und er soll auch Grüße an die werte Frau Gräfin und ihre Gäste weitergeben. Und während er sich setzt, gesteht er ein wenig verlegen, dass seine Frau die verehrte Frau Gräfin bei passender Gelegenheit gerne persönlich kennenlernen würde.

»Oh, das wird sich bestimmt einmal einrichten lassen, Herr Hofmeister.«

Die Gräfin steht auf und sagt: »Also, dann entschuldigt mich bitte für ein paar Minuten, damit ich mich mit meiner Köchin abstimmen kann.«

Und schon halb im Gehen schließt sie daran an: »Ihr habt doch sicher nichts dagegen, wenn wir das kleine Abendessen gleich hier im Salon einnehmen; das wäre für uns sicher praktischer und für das Personal mit weniger Aufwand verbunden.«

»Aber selbstverständlich essen wir gerne hier, oder?«, meint Reinhardt Wagenlenker in Richtung Kardinal und Hofmeister. Der Kardinal nickt nur kurz dazu und

Hofmeister erklärt geflissentlich: »Ich habe ebenfalls nichts dagegen einzuwenden, Herr Wagenlenker.«

»Schön, meine Herren, und ich bin auch gleich wieder da.« Die Gräfin nickt den dreien kurz zu und verlässt auf ihren hochhackigen Pumps mit der Leichtigkeit und Eleganz einer Gazelle den Salon.

»O Mann, ist das eine Frau!«, entfährt es dem jungen Dr. Hofmeister, nachdem die Gräfin die Tür hinter sich geschlossen hat. »Ach, entschuldigen Sie bitte, meine Herren!«, stößt er mit dem nächsten Atemzug erschrocken heraus und erklärt: »Ich wollte weder der Gräfin noch Ihnen zu nahe treten, das ist mir einfach so herausgerutscht.«

»Dafür müssen Sie sich nicht entschuldigen, Herr Hofmeister.« Und an Reinhardt Wagenlenker gewandt, bekennt der Kardinal gleich darauf freimütig: »Uns zwei beeindruckt sie ja auch immer wieder aufs Neue, nicht wahr, Reinhardt?«

»Da hast du nur zu Recht, Johannes.« Wagenlenker schlägt die Beine schwungvoll übereinander, legt den rechten Arm auf die Rückenlehne und bekennt dann seinerseits: »Herr Hofmeister, wir beide kennen die Gräfin nun schon so viele Jahre, und trotzdem treibt sie unseren Puls immer wieder auf ein Niveau, das älteren Herren nicht gerade förderlich ist.« Und während er sich zum Kardinal hinwendet sagt er mit schelmischer Miene: »Das stimmt doch, Johannes, oder?«

Der Kardinal nimmt seinen Champagnerkelch, lehnt sich damit gemächlich zurück und sagt zu ihm: »Da musst du mich gar nicht so anschauen, alter Freund und Kupferstecher! Aber wir könnten, wenn wir schon bei unserer gemeinsamen Herzensdame sind, ein Schlückchen auf ihr Wohl trinken, meint ihr nicht auch?«

»Nichts tue ich lieber, Johannes. Und Sie doch auch, nicht wahr, Herr Hofmeister?«, meint Reinhardt Wagenlenker augenzwinkernd.

»Aber sicher, Herr Wagenlenker!«, sagt der ein wenig verdutzt.

Die drei lassen ihre Gläser klingen und nehmen dann einträchtig einen guten Schluck Champagner zu sich.

Hofmeister, der sich von der Lockerheit der beiden älteren Männer anstecken lässt, stellt seien Kelch schwungvoll auf den Tisch zurück, atmet dann einmal tief durch die Nase ein und sagt mutig: »Und dieses Parfum, meine Herren, macht die Gräfin schließlich gänzlich unwiderstehlich. So ein unaufdringlicher, aber letztlich doch betörender Duft hat mich noch nie umfangen, das muss ich ehrlich zugeben. Dieses Parfum«, fährt er fasziniert fort, »zieht dich an und hält dich fest ... und am Ende, so kommt es mir vor, hält es dich doch irgendwie auf Distanz zu ihr.«

»Auf Distanz hält Sie ihre Aura, junger Mann«, klärt ihn der Kardinal auf. »Aber die Wirkungen ihres neuen Eau de Parfum haben Sie recht gut beschrieben. Und wegen seiner die Sinne verwirrenden Wirkungen, Herr Hofmeister«, fährt der Kardinal zwischen Schalk und Ernst schwebend fort, »hätte meine Kirche dieses Wässerchen vor noch nicht allzu langer Zeit wohl dem Teufel zugeschrieben.« Der Kardinal deutet daraufhin ein Zuprosten an und trinkt sein Glas in einem Zug aus.

»Diese raffinierte Duftkreation, Herr Hofmeister«, schließt Reinhardt Wagenlenker mit Vergnügen an die drastische Auslassung des Kardinals an, »entstammt nun aber beileibe nicht der Unterwelt, sondern kann eindeutig dem neuen Parfumeur der Gräfin zugeschrieben werden, einem blutjungen Burschen, den sie, das könnte man durchaus sagen, aus Frankreich entführt hat.«

»Und der ihr zu Füßen liegt«, fährt ihm der Kardinal mit einem etwas zwiespältigen Lächeln in die Rede.

Hofmeister schaut überrascht zwischen dem Kardinal und Wagenlenker hin und her und fragt dann neugierig: »Wie soll ich das verstehen, meine Herren, ›Sie hat ihn entführt‹?«

Mit »Wir zwei, Herr Hofmeister, kennen diese Geschichte, der durchaus abenteuerliche und auch romantische Züge anhaften, leider nur bruchstückhaft aus einigen Randbemerkungen seitens der Gräfin« geht Wagenlenker bereitwillig auf die Frage des jungen Mannes ein, genehmigt sich aber, bevor er sich weiter darüber auslässt, erst einmal einen Schluck Champagner.

Er lehnt sich dann bequem zurück, schlägt die Beine lässig übereinander und beginnt schließlich zu berichten: »Vor gut zwei Jahren war Eleonore auf einer Fachmesse in Paris. An einem der Messetage taucht auf dem Stand ihres Unternehmens dieser junge Franzose auf, der sich fachkundig und interessiert, aber auch kritisch mit der Standbesetzung auseinandersetzt. Sie hat ihn nach einer Weile kurzerhand angesprochen und nach einigen Wortwechseln zum Abendessen eingeladen.

Bei diesem Essen hat er ihr gestanden, dass er einer alten Kosmetikdynastie entstammt und mit seinem stockkonservativen Vater nicht mehr zu Rande kommt.

Er fühlt sich im väterlichen Unternehmen wie angekettet, soll er gesagt haben, und dabei würde er in diesem Metier doch so gerne neue Wege beschreiten. Er möchte mehr experimentieren und unter anderem ein völlig neues Duftwässerspektrum für die moderne Frau kreieren; für Frauen, die einen anspruchsvollen Beruf ausüben, die aber auch große Dame und begehrte Partnerin sein wollen. Die Gräfin bot ihm kurz entschlossen an, dass er in ihrem Unternehmen völlig freie Hand bekäme, wenn er sich dazu durchringen könnte, exklusiv für sie zu arbeiten.«

»Und zwei Monate später war er auch schon da, und er hat sich – wie Sie schon festgestellt haben – höchst bemerkenswert eingeführt«, fügt der Kardinal, mit einem Hauch von Eifersucht in der Stimme hinzu.

»Das ist fürwahr eine delikate Geschichte«, meint da Hofmeister und kommt nun nicht mehr umhin, zu denken, dass sich der junge Franzose nicht nur zu einem erfolgreichen Mitarbeiter für die Gräfin, sondern auch zu einem Rivalen für ihre beiden langjährigen Freunde entwickelt hat.

Während er noch überlegt, was er dazu noch sagen könnte, kommt die Gräfin in den Salon zurück.

Sie schaut kurz über den Tisch und sagt dann überrascht und erfreut zugleich: »Oh, ihr sitzt ja bald auf dem Trockenen! Ich lasse uns noch eine Flasche bringen, meine Herren, es sei denn, ihr steht jetzt auf ein männlicheres Getränk.«

»Ich glaube, wir bleiben zunächst bei Ihrem wunderbaren Champagner, liebe Gräfin«, meint beschwingt und eilfertig der Kardinal. Nur der Form halber wendet er sich noch an seine Gegenüber und fragt: »Könntet ihr mir da zustimmen?«

Mit »Ich auf jeden Fall, Johannes« segnet Wagenlenker dessen Vorschlag nur zu gerne ab. Und weil er die Gräfin unbedingt bei guter Laune halten möchte, schließt er diplomatisch daran an: »Denn mit nichts anderem, liebe Eleonore, als mit diesem wundervollen Champagner lässt sich die Vollendung des Wellnesszentrums – für mich steht das heute nach wie vor im Vordergrund – wie auch dessen erfolgreicher Start angemessen feiern.«

Auf den fragenden Blick der Gräfin hin, schließt sich Hofmeister erneut geflissentlich den beiden Herren an und sagt: »Ich will da keinesfalls aus der Reihe tanzen, verehrte Frau Gräfin.«

Die Gräfin setzt sich und klingelt dem Dienstmädchen. Annina kommt gleich darauf in den Salon, knickst und fragt: »Sie wünschen, Frau Gräfin?«

»Sie bringen uns bitte noch eine Flasche Champagner. Aber lassen Sie die Flasche tunlichst wieder von der Köchin öffnen, Annina! Der im wahrsten Sinne des Wortes nur zu gerne überschäumende Cristal ist nicht leicht zu bändigen, das wissen Sie ja mittlerweile.«

»Jawohl, Frau Gräfin!« Annina errötet ein wenig und verlässt mit Knicks den Salon.

Reinhardt Wagenlenker schaut verwundert zur Gräfin hinüber, und die eröffnet ihm nach kurzem Zögern, dass Annina kurz vor dem Eintreffen der Besucher erstmals eine Flasche von Roederers Champagner öffnen wollte. »Und das ist gründlich schiefgegangen, Reinhardt. Annina hat die Flasche vermutlich etwas zu hastig aus dem am Küchenboden abgestellten Korb genommen und dann über der großen steinernen Spüle wohl recht zögerlich am Verschluss hantiert. Kurz und gut, der Korken knallt aus der Flasche und durchschlägt das Küchenfenster. Annina lässt daraufhin geschockt die Flasche fallen, und die zerbirst in tausend Scherben im Spülbecken.«

»Ach Gott, die Arme!«, stößt da der Kardinal heraus. »Und wie schade um den Champagner.«

»Ja, schade d'rum«, seufzt die Gräfin und lässt sich gottergeben in die Rückenlehne fallen. Ein wenig ironisch meint sie dann noch: »Allerdings duftet es jetzt in der Küche mindestens so berauschend wie in der Kellerei von Louis Roederer.«

Mit »Scherben bringen Glück, Eleonore« tröstet sie Reinhardt Wagenlenker und lächelt ihr aufmunternd zu.

»Wollen wir es hoffen, Reinhardt. – Ach, beinahe hätte ich es vergessen, die Köchin hat gemeint, dass sie für unsere abendliche Gesprächsrunde am sinnvollsten eine ordentliche Platte mit kleinen Sandwiches, diversen Spießchen und feinen Canapés herrichtet. Seit Ihr damit einverstanden?«

»Ich nur zu gerne, liebe Eleonore«, beteuert Reinhardt Wagenlenker. Und an den Kardinal und Hofmeister gewandt, schwärmt er: »Die Köchin ist ein kleines Genie auf diesem Gebiet und eine wahre Künstlerin im Anrichten ihrer Köstlichkeiten. Ihr werdet ganz bestimmt begeistert sein.«

»Reinhardt hat mich überzeugt, verehrte Gräfin.« Und mit einem Anflug von Obrigkeit in der Stimme schließt der Kardinal daran an: »Und Sie wohl auch, nicht wahr, Herr Hofmeister?«

»Aber sicher, Herr Kardinal«, antwortet Hofmeister brav, obwohl er wieder recht unangenehm berührt registrieren musste, dass die beiden Herren gelegentlich herrschaftliches Verhalten nicht unterdrücken können.

»Schön, damit ist das zu unser aller Zufriedenheit geklärt«, stellt die Gräfin erfreut fest. Sie schlägt ihre Beine übereinander und sagt nach kurzem Überlegen: »Meine Herren, bevor wir nun in unser Strategiegespräch einsteigen, möchte ich euer Urteil in einer Angelegenheit einholen, die das Wellnesszentrum betrifft.«

Sie überlegt erneut einen Moment lang und wendet sich dann an Reinhardt Wagenlenker: »Die Vertreterin der Grünen hat sich doch – was du gerade vorhin besonders hervorgehoben hast – so überaus zustimmend bezüglich der Gestaltung des Golfareals am Wellnesszentrum geäußert. Soweit ich mich erinnere, hat ihr vor allem der harmonische Übergang von den Grün- und Blumenflächen im Bereich des Gebäudetraktes zu den einzelnen Golfbahnen sehr gut gefallen. Ein paar Tage nach der Einweihung, als ich mein fast fertiges Projekt in aller Ruhe alleine unter die Lupe genommen habe, überfiel mich geradezu der Gedanke, dass die Bezeichnung Wellnesszentrum Hortocány scheußlich trocken und absolut unattraktiv klingt. Als Arbeitstitel während der Projektierungsphase mochte das ja noch angehen, aber schon der Architekt hätte eigentlich einen attraktiveren Namen vorschlagen können, und erst recht die mit der vorläufigen Werbung beauftragte Agentur.«

Die Gräfin streicht mit der rechten Hand energisch über den Rock ihres Kleides und erklärt dabei ärgerlich:

»Mit Letzterer werde ich deswegen noch ein paar kritische Worte reden müssen!«

Sie atmet einmal tief durch und fährt dann wieder ganz gelassen fort: »Also, ich habe mir überlegt, dass ›Wellnesspark Hortocány‹ doch wesentlich einladender und somit auch werbewirksamer klingen würde – meint ihr nicht auch, meine Herren?«

Mit »Oh, das klingt sehr gut, verehrte Gräfin« kommt Hofmeister dem Kardinal und Reinhardt Wagenlenker mit seinem Urteil zuvor.

Mit »Das finde ich auch« stimmt ihm Wagenlenker umgehend zu. Und geradezu enthusiastisch schließt er nach kurzem Überlegen daran an: »Ja, Eleonore, ich meine sogar, Wellnesspark Hortocány charakterisiert perfekt dieses so hervorragend gelungene Ensemble. Also die lockere Anordnung der einzelnen Gebäude, den herrlichen alten Baumbestand, dann den Bach mit den kleinen Teichen, die nahezu die gesamte Anlage umschließen ... ach ja, und dann noch die Golfbahnen dazwischen, die der Kursdesigner so geschickt in das Gelände eingefügt hat. O ja, Wellnesspark Hortocány, das passt sehr gut, Eleonore!«

Er wendet sich zum Kardinal hin und fragt: »Was meinst du, Johannes?«

Der Kardinal verschränkt die Hände hinter dem Kopf, lehnt sich zurück und sagt nach einer Weile: »Also, auf Anhieb fällt mir keine passendere Bezeichnung für diese Einrichtung ein.«

Er richtet sich dann wieder auf, nimmt seinen leeren Kelch zur Hand, lässt ihn in Gedanken zwischen den Fingern rotieren und sagt schließlich zur Gräfin:

»Ja, ich meine auch, dass Ihr Projekt damit sehr gut charakterisiert wird, verehrte Frau Gräfin. Und, was ich mir jetzt – Reinhardt hat ja gerade die gesamte Anlage so treffend beschrieben – sehr gut vorstellen kann: Ein stilisiertes Logo mit den Gebäuden, den Bäumen, mit dem Bach und einem Teich, und schließlich noch mit einem Fähnchen, das das Loch einer Golfbahn markiert.«

Mit »Oh, lieber Kardinal, das ist ja eine hervorragende Idee!« zeigt sich die Gräfin höchst angetan. Und nach kurzem Überlegen sagt sie begeistert: »O ja, Kardinal, diesen himmlischen Einfall werde ich gleich nächste Woche an das Werbeteam weitergeben!«

Im nächsten Moment ruft die Gräfin ein wenig ungehalten: »Ja, bitte!«

Das Dienstmädchen bringt einen Eiskübel mit der Flasche Champagner und stellt ihn vorsichtig auf den Tisch, nimmt dann den anderen an sich und fragt: »Haben Sie sonst noch eine Wunsch, Frau Gräfin?«

»Nein, danke. Sie können wieder gehen.«

Annina knickst, wagt ein schüchternes Lächeln in Richtung Kardinal und verlässt den Salon.

Nachdem die Türe hinter dem Dienstmädchen ins Schloss gefallen ist, meint der Kardinal wohlwollend: »Ihre Annina hat sich inzwischen recht gut in ihr Haus eingefügt, nicht wahr, Frau Gräfin?«

Weil der Gräfin das Spielen des Kirchenmannes mit dem leeren Champagnerglas nicht entgangen ist, geht sie auf dessen Bemerkung zunächst nur ganz kurz ein: »O ja, da haben Sie wohl Recht, Kardinal.« Begleitet von einer aufmunternden Geste sagt sie dann lächelnd: »Und bitte, meine Herren, schenkt euch den Champagner jetzt doch selbst nach.«

Während sich der Kardinal Champagner nachfüllt, kommt sie auf das Dienstmädchen zurück: »Ja, meine Annina entwickelt sich zunehmend zu einer Perle, wie man in so einem Falle zu sagen pflegt. Und sie will auch nicht mehr in ihr Heimatland zurückkehren. Sie hätte überhaupt kein Heimweh mehr, sagte sie mir schon vor einigen Monaten. Nur ihr rumänischer Freund fehlt ihr ganz arg, hat sie kürzlich gestanden und mich im gleichen Atemzug gefragt, ob ich nicht einen Arbeitsplatz für ihn wüsste.«

»Da hat sie dich aber mit einem schwer erfüllbaren Wunsch konfrontiert, die Arme«, meint da Reinhardt Wagenlenker. »Aber Sie«, sagt er gleich darauf jovial zu Hofmeister, »sitzen doch mitten in unserem Wirtschaftsministerium, für Sie, junger Mann, müsste es doch ein Leichtes sein, der Frau Gräfin aus dieser Notlage herauszuhelfen.«

Offenbar überrascht von diesem Ansinnen ruckt Hofmeister in seinem Sessel hoch und schaut erst einmal etwas irritiert in die Runde. »Ja doch, ich will gerne schauen, inwieweit ich hier behilflich sein kann«, sagt er schließlich stockend und lehnt sich dann ein wenig steif in seinem Sessel zurück.

Reinhardt Wagenlenker wollte Hofmeister mit seinem Vorschlag beileibe nicht überrumpeln oder gar überfordern, und deshalb versucht er umgehend, ihm ein wenig unter die Arme zu greifen. Er wendet sich wieder zur Gräfin hin und sagt: »Liebe Eleonore, damit dir unser Herr Hofmeister erfolgreich helfen kann, müsste er allerdings schon wissen, welche Kenntnisse beziehungsweise Fähigkeiten der Freund von Annina vorweisen kann.«

Mit »Er ist gelernter Maschinenschlosser und zweiunddreißig Jahre alt, Herr Hofmeister« informiert die Gräfin den jungen Mann wie aus der Pistole geschossen. Und mit einem gewinnenden Lächeln sagt sie gleich darauf auch noch zu ihm: »Ja, Sie würden mir wirklich einen großen Gefallen erweisen, wenn Sie über ihre Verbindungen zum Mittelstand einen Arbeitsplatz für Anninas Freund finden könnten.«

Wie in Gedanken spielt sie dann eine Weile im Ausschnitt ihres Kleides mit der Perlenkette und meint schließlich mit einem Blick, der Hofmeisters Puls augenblicklich beschleunigt: »So gerne Annina auch bei mir ist, Herr Hofmeister, die Liebe erweist sich am Ende meist doch als die stärkere Macht. Und so treibt mich nun schon eine Zeit lang die Sorge um«, fügt sie mit bekümmerter Miene und nach neuerlichem Spielen mit der Kette hinzu, »dass ich die mühsam aufgebaute junge Frau über kurz oder lang wieder verliere.«

Reinhardt Wagenlenker, der das Agieren der Gräfin mit gemischten Gefühlen beobachtet, findet, dass es nun angezeigt wäre, den jungen Mann nicht weiter zu beknien. Er richtet sich halb auf und sagt zu ihr: »Wir waren doch vorhin kurz davor, den Wellnesspark Hortocány aus der Taufe zu heben. Wollen wir das jetzt nachholen, Eleonore?«

»Aber gerne, Reinhardt, und es freut mich auch sehr, dass ihr diese Firmierung auf Anhieb so positiv beurteilt. Der erste Eindruck ist ja meist der beste, das ist zumindest eine Erfahrung, die wir Frauen immer wieder machen.«

Die Gräfin nimmt ihren Kelch zur Hand und sagt hochgestimmt: »Dann lasst uns also auf den Wellnesspark Hortocány anstoßen, und ganz besonders darauf, dass er eine erfolgreiche Zukunft haben möge.«

Sie deutet ein Anstoßen mit ihren Gästen an, nickt ihnen dabei glückstrahlend zu und trinkt dann ihr Glas bis zur Neige aus. Recht schwungvoll stellt sie es daraufhin auf den Tisch zurück und lässt sich entspannt und zufrieden in die Sessellehne fallen.

Aber nur ein paar Augenblicke später, meint sie recht bestimmt und energisch: »Ja, und jetzt möchte ich, dass wir uns der Aufgabenstellung zuwenden, die ich Eingangs schon angekündigt habe.«

Sie überlegt eine Zeit lang, richtet sich wieder auf, fährt sich mit beiden Händen übers Haar und wirkt mit einem Mal seltsam unentschlossen und so, als ob ihr die rechten Worte für ihr Anliegen abhanden gekommen wären.

Schließlich lehnt sie sich wieder zurück, schlägt die Beine übereinander, zupft die Ärmel ihres Kleides zurecht und sagt dann: »Also, meine Herren, ich möchte in der nächsten Zeit verstärkt darauf hinwirken, dass unsere Gesellschaftsschicht in diesem Lande wieder Boden gut macht und seine Position nachhaltig festigt. Wenn man nämlich die Entwicklungen in den letzten Jahren aufmerksam verfolgt, ist nicht zu übersehen, dass unser Fundament von den Linken, leider auch wieder von den Sozialdemokraten und nach wie vor von einigen Vertretern der Grünen in gefährlichem Ausmaß erodiert wird. Und dazu gesellen sich – manchmal denke ich, es ist nur ein schlimmer Alptraum – Leute aus unserem Umfeld, die leichtsinnig und gelegentlich in geradezu dümmlicher Weise unser angegriffenes Fundament auch noch untergraben.«

Die Gräfin atmet einmal tief durch und deklamiert dann aufgeregt weiter: »Wenn ich von Leuten aus unserem Umfeld spreche, dann meine ich damit einige Idioten in der Bankenwelt und diverse blinde und unfähige Politiker gerade in jenen Parteien, die unsere Basis eigentlich festigen sollen. Ich denke dabei auch an eine neue Schicht von skrupellosen Finanzprofiteuren sowie an ein ganzes Heer von Managern, die vor allem Negativschlagzeilen produzieren. Und, als ob das alles nicht längst genug wäre, muss man auch noch registrieren, dass von den Professoren auf unserer Seite kaum mehr Impulse zu unseren Gunsten ausgehen.

Diese Herren haben – ganz im Gegensatz zu ihren linken Kollegen – offenbar vorrangig ihren Ruhestand im Auge und wirken auf mich flügellahm, ja geradezu paralysiert. Ganz ähnlich ergeht es uns mit den Medien, die sich um unsere Werbeaufträge zwar nach wie vor reißen, aber zunehmend nachlässig und stümperhaft für uns tätig sind, sich immer häufiger sogar als ein Totalausfall erweisen.«

Der Kardinal und Reinhardt Wagenlenker hören der Gräfin ganz entspannt zu und nicken das eine oder andere Mal beifällig. Hofmeister dagegen sitzt in seinem Sessel wie das personifizierte Staunen, denn eine derartige Kaskade von Anschuldigungen gegen das eigene Lager hat er bisher nicht einmal im Entferntesten vernommen.

»Übrigens, mein guter Reinhardt«, fährt die Gräfin fort, »die beiden Traumtänzer, denen du vor einem Jahr dein Unternehmen überantwortet hast, zähle ich heute nicht mehr zu den Schädlingen in unseren Reihen, damit das nur klar ist! Mit ihrem Sozial- und Gerechtigkeitswahn werden sie wohl für immer Außenseiter bleiben, und man kann zumindest derzeit davon ausgehen, dass sie unsere Seite nicht in größere Schwierigkeiten bringen werden.«

Reinhardt Wagenlenker schenkt es sich, auf diese Nadelstiche einzugehen. Er weiß ja aus jahrelanger Erfahrung, dass man mit der Gräfin nicht gut reden kann, wenn sie erst einmal in Fahrt ist.

Der Kardinal versüßt sich das Zuhören mit dem Champagner und wartet in aller Ruhe ab, worauf die Gräfin letztlich hinaus will. Ihn bewegt allerdings das Erscheinungsbild, das sie bei solchen Gelegenheiten bietet. Sie ist eine hinreißend schöne Tigerin, denkt er, und fragt sich gleichzeitig, wie sie nur so werden konnte; wie sie nur die vielen Spannungen aushält, denen sie sich immer wieder aussetzt, und ob ein Mann über einen längeren Zeitraum mit ihr zusammenleben könnte.

»Unsere Gesellschaftsschicht«, fährt die Gräfin nach einer kurzen Pause leidenschaftlich fort, »ist also auf dem besten Wege, die Führerschaft in diesem Lande an einen gemischten und ideologiegeladenen Haufen von Klassenkämpfern zu verlieren, und in der Folge auch – vermutlich schneller als man denkt – die oft über lange Zeiträume gewachsenen Besitzstände und die mühsam aufgebauten Einflusssphären und Steuerungsstrukturen.«

Nach dieser pessimistischen Vorausschau unterbricht sie ihren Redefluss, steht auf und füllt sich Champagner nach. Sie trinkt einen kleinen Schluck im Stehen und lässt sich dann mit einem Seufzer in ihrem Sessel fallen.

Nach kurzem Überlegen setzt sie ihre Bestandsaufnahme mit unverminderter Vehemenz fort: »Und, meine Freunde, dann haben wir es auch noch mit einem Gespenst zu tun, das Eiferer aller Couleur, leider sind darunter auch einige von uns anzutreffen, unermüdlich an die Wand malen. Ich meine den Klimawandel beziehungsweise die Erderwärmung. Der Haken und die große Gefahr für uns ist dabei, und deshalb kann ich gerade die Klimafetischisten in der Oberschicht absolut nicht verstehen, dass man sturheil darauf zusteuert, das Kind mit dem Bade auszuschütten. – Und, zweimal dürft ihr raten«, schließt sie aufgeregt daran an und schaut mit eindringlichem Blick auf ihre Männerrunde, »das Kind sind letztlich wir.«

Sie schlägt nach dieser Prophezeiung hektisch ihre Beine übereinander, trommelt dann eine Weile mit den Fingern auf den Armlehnen herum und führt schließlich in beschwörendem Tonfall weiter aus: »Nicht zuletzt für diese Problemlage müssen wir unverzüglich ein Strategie entwickeln, die uns in die Lage versetzt, zu verhindern, dass vielleicht unvermeidliche Wegkorrekturen, die der Klimawandel der Menschheit abfordert, nicht zu einer Gleichmacherei in einem noch nicht da gewesenen Ausmaß gerät. Ich möchte also verhindern, dass uns eine Lebensart aufgedrängt wird, die uns den Atem abschnürt und uns der Zielsetzungen beraubt, die für uns das Leben erst lebenswert machen.«

Die Miene der Gräfin drückt bei diesen Worten größte Besorgnis aus, und der junge Dr. Hofmeister hängt förmlich an ihren Lippen, weil ihm eine so komprimierte Lagebetrachtung aus dem Blickwinkel der Oberschicht ebenfalls noch nicht begegnet ist. Auch der Gedanke, dass sich der Klimawandel zu einer ernsthaften Bedrohung für die Lebenswelt der oberen Zehntausend auswachsen könnte, ist ihm völlig neu; aber er erscheint ihm, zumindest in diesem Augenblick, durchaus plausibel zu sein.

Nach ein paar aufgeregten Atemzügen setzt sich die Gräfin halb auf, legt die Arme auf die Lehnen und führt dann ihren Appell mit unverminderter Intensität fort: »Meine Herren, ich möchte keinesfalls zu schwarz malen, aber ich werde das verdammte Gefühl nicht los, dass auf unserer Seite die Uhren auf fünf vor Zwölf stehen. Und deshalb meine ich, dass wir nicht mehr länger zögern dürfen, die Zeiger dieser Uhren wieder in eine Stellung zu bringen, die wir akzeptieren können.«

Nach dieser finalen Erklärung lehnt sie sich ein wenig erschöpft seitlich in den Sessel und schaut mit forschendem Blick in die Runde.

Reinhardt Wagenlenker, der die Sichtweisen und die gesellschaftspolitische Einstellung der Gräfin bestens kennt, fängt sich nach ihren flammenden Worten als erster und sagt in aller Ruhe: »Liebe Eleonore, deiner Lagebeurteilung kann ich durchaus zustimmen, nur – wie du selbst gesagt hast – es haben auch einige aus unserem Umfeld ganz erheblich mit dazu beigetragen, dass wir in ein schwieriges Fahrwasser geraten sind. Alleine deshalb wird es nicht leicht zu bewerkstelligen sein, uns wieder in ein günstigeres Licht zu rücken, den Glauben an uns und an eine liberale Wirtschaftsordnung zu festigen und so auch im Volk einen dauerhaft hohen Toleranzwert für all das zu installieren, was wir vom Leben erwarten, was das Leben für uns erst lebenswert macht.«

Er streicht daraufhin mit der rechten Hand über seine Knie, so, als wollt er irgendetwas von der Hose wischen, und sagt dann zögerlich: »Und was die Wirkungen des Klimawandels angeht, Eleonore, da bin ich inzwischen zur Ansicht gelangt, dass unsere Gesellschaftsschicht schon so geschickt sein sollte, die eventuell notwendigen Verhaltensänderungen ein Stück weit mitzugehen, um nicht ein Dauergast am Pranger der Nation zu werden.«

Zu Wagenlenkers großer Überraschung nimmt die Gräfin seine Worte ganz gelassen auf und meint nur kühl: »Okay, Reinhardt, wenn es nicht zu vermeiden ist, werden wir – dort wo es nicht weh tut – Verhaltensänderungen mitgehen.«

Aber mit einer Strenge, die Hofmeister aufhorchen lässt und erschreckt, meint sie gleich darauf: »Den hohen Toleranzwert für unseren Lebensstil, wie du so treffend gesagt hast, müssen wir aber auf jeden Fall konsequent und frei von unangebrachten Selbstzweifeln und ohne falsche Rücksichtnahmen wieder stabil im Volk implantieren! Unsere Gegner, mein guter Reinhardt, das weißt du genauso gut wie ich, würden nämlich eine weiche Linie nur als Schwäche auslegen und unverzüglich dreister auftreten!«

Bevor noch einer der drei Herren dazu etwas sagen kann, richtet sie sich in ihrem Sessel auf, atmet einmal tief durch und sagt dann ganz locker und entspannt: »Aber nun möchte ich euch erst einmal vorschlagen, dass wir einen Spaziergang durch den Park machen. Ich brauche jetzt unbedingt ein paar Atemzüge frische Luft, und außerdem können währenddessen Annina und die Köchin unseren Imbiss hereinbringen und den Tisch ein wenig herrichten. Seid ihr damit einverstanden?«

Die drei Männer stimmen einhellig zu. Die Gräfin steht auf, öffnet eines der Fenster, deckt dann behutsam den Vogelkäfig ab und sagt zu ihrem Papagei leise: »Hallo, Ricardo.«

Der Papagei schaut zunächst etwas verschlafen auf die Gräfin, neigt dann den Kopf einmal nach links und nach rechts und krächzt schließlich: »Grüß dich, Noarri! Grüß dich, Noarri!«

Mit »Grüß dich, Ricardo« grüßt ihn die Gräfin und sagt noch liebevoll zu ihm: »Mein lieber Ricardo, heute bist du ganz besonders brav gewesen. Aber jetzt, mein Süßer, müssen wir dich für eine Weile alleine lassen. Ist das in Ordnung?«

Mit »In Oarrdnung Noarri, in Oarrdnung« gibt sich der Papagei kooperativ.

»Also, dann gehen wir, meine Herren«, sagt die Gräfin beschwingt und geht ihren Gästen voraus.

In der Halle hält sie kurz an und meint: »Ich darf euch doch für zwei, drei Minuten alleine lassen, oder? Ich muss nämlich noch einmal in die Küche hinunter und mir auch noch einen Mantel holen. Geht doch einfach voraus, meine Herren.«

Und während sie die Stufen in das Kellergeschoß hinunter eilt, ruft sie nach oben: »Wir treffen uns dann unten am See!«

Die drei Herren nehmen ihre Mäntel von der Garderobe und gehen dann über die Freitreppe in den im Halbdunkel liegenden Park hinunter.

Der Regen hat mittlerweile aufgehört, und in der Luft liegt der Duft von feuchtem Laub, von wassergesättigter Erde und der unverkennbare Geruch von nassem Schilf.

»Oh, das tut aber gut!«, ruft Hofmeister schon nach wenigen Metern aus und bleibt stehen. Er schnuppert genüsslich in den Abendhimmel und meint im Weitergehen: »Und welch himmlische Ruhe von diesem Park ausgeht, das ist ja überwältigend … die Gräfin ist wirklich zu beneiden.«

»In diesen Genuss könnten Sie durchaus öfter kommen, junger Mann«, sagt da der Kardinal fast beiläufig. Ein paar Schritte weiter fügt er etwas deutlicher werdend hinzu: »Falls es Ihnen gelingen sollte, zur Gräfin ein gutes Verhältnis aufzubauen.«

»Oh, an mir soll es nicht liegen!«, meint Hofmeister locker und hoffnungsvoll und lässt dabei seinen Blick weiter durch den Park schweifen.

Unten am See bleibt der junge Mann erneut stehen und flippt beinahe aus. Der Blick auf die Alpenkette, die darüber schwebenden silbergrauen Wolkenreste und die schwarzblau schimmernde Wasseroberfläche begeistert ihn über alle Maßen. »Mein Gott, ist das schön! Welch ein wunderbarer Blick und was für eine herrliche Landschaft!«, sagt er hingerissen und atmet dann, während der Kardinal und Reinhardt Wagenlenker lächelnd weitergehen, erneut die weiche Abendluft gierig ein.

Im nächsten Moment erschrickt er heftig, denn die Gräfin sagt nur ein paar Schritte hinter ihm: »Sie sind also auch ein Naturfreund, Herr Hofmeister. Das gefällt mir an Ihnen.«

Hofmeister dreht sich mit einem Ruck um und stottert: »Ja ... eigentlich schon ... verehrte Frau Gräfin. Nur ... nur bisher bin ich mit so dramatisch schöner Natur nicht allzu oft in Berührung gekommen. Schule, Studium, Berufseinstieg, Heirat, Hausbau, Karriereplanung und so fort ... Sie wissen ja, wie das heutzutage läuft, da bleibt nicht mehr viel Zeit für das Schöne ... leider.«

»Ja, Herr Hofmeister, wir Menschen geraten nur allzu oft auf einen Weg, der uns am Schönen und wirklich Erstrebenswerten vorbeiführt.«

Die Gräfin sagt das mit leiser Wehmut in der Stimme, und diese Wehmut legt sich auch auf ihr Gesicht und lässt es in Hofmeisters Augen überirdisch schön erscheinen.

Er kann gerade noch halbwegs kühl denken, dass jetzt auch ihre Unnahbarkeit wie ein Schleier von ihr abgefallen ist, und dann spürt er auch schon eine heiße Woge durch seinen Körper laufen und wie seine Knie weich werden. Und dann ärgert er sich auch schon über sich selbst, weil er nicht anders kann, als die Gräfin gebannt anzustarren.

Sie hat einen langen dunkelgrünen Lodenmantel übergezogen und den Kragen hochgestellt, ist in elegante schwarze Stiefeletten geschlüpft und trägt einen breitkrempigen schwarzen Hut.

Mein Gott, zuckt es nun auch noch durch seinen Kopf, so gekleidet sieht sie ja aus wie eine Mitstreiterin von den drei Musketieren im Roman von Dumas. Er dreht sich Hilfe suchend nach dem Kardinal und Wagenlenker um, aber die beiden spazieren schon über den weit in den See hinausragenden Boots- und Badesteg.

Der Gräfin ist ihre Wirkung auf den jungen Mann nicht entgangen. Sie versagt es sich deshalb, die Betrachtungen zum menschlichen Leben weiterzuspinnen, und schlägt ihm lächelnd vor: »Gehen wir doch zu den beiden hinaus, Herr Hofmeister.«

»Aber gerne, Frau Gräfin«, sagt der erleichtert.

Draußen am Ende des Steges legt Reinhardt Wagenlenker den rechten Arm um die Schultern der Gräfin und sagt: »Du lebst fürwahr auf einem der schönsten Flecken dieser Erde, Eleonore. All das Schöne hier vor Augen, kann ich mir nun gar nicht mehr vorstellen, nachher über die Schattenseiten zu reden, die du vorhin angesprochen hast, und eventuell auch schon ein grobes Konzept für unseren Feldzug zu entwickeln.«

»Wenn wir uns die schönen Flecken erhalten wollen, dann müssen wir aber auch aktiv werden, mein Freund«, sagt die Gräfin mit Nachdruck, legt ihren Arm um seine Taille und drückt ihn fest an sich.

Mit »Das sehe ich genauso, mein guter Reinhardt« unterstützt sie der Kardinal und schließt daran an: »Die Entwicklungen der letzten Jahre lassen es nicht zu, dass wir noch länger relativ passiv bleiben und die Dinge treiben lassen. Wir müssen unser Haus verteidigen und unsere Stellungen festigen. Euer weltliches Haus steht vor einer elementaren Herausforderung, wie auch das christliche – und dieses, Reinhardt, will ich keinesfalls kampflos preisgeben!«

Und nach einmal tief Luft holen sagt er auch noch energisch: »Wir sitzen in einem Boot, mein Guter, und deshalb lass uns die Ärmel hochkrempeln und tunlichst zur Tat schreiten.«

Nach diesem Appell klopft er Reinhardt Wagenlenker aufmunternd auf die Schultern und erklärt ungeniert: »Und außerdem habe ich inzwischen einen Mords Hunger, Reinhardt!«, dreht sich dann auch schon um und geht raschen Schrittes auf dem Steg zurück.

Die Gräfin schaut dem Kardinal amüsiert lächelnd nach und sagt zu Wagenlenker und Hofmeister: »Kommt, meine Herren, lassen wir unseren Kardinal nicht verhungern.«

Weil sich die zwei von dem Bild, das ihnen der See, die Bergkette und der Abendhimmel bieten, nicht sogleich trennen wollen, gibt sie ihnen mit milder Strenge noch zu verstehen: »Darüber hinaus machen wir der Köchin bestimmt keine Freude, wenn wir den Imbiss allzu lange stehen lassen. Also, meine Herren, gehen wir!« Sie hakt sich bei den beiden energisch unter und marschiert mit ihnen zur Villa zurück.

Mit »Du meine Güte, das sieht ja fantastisch aus!« zeigt sich Hofmeister im Hause Hortocány etwas zu überschwänglich, als er mit dem Kardinal und Reinhardt Wagenlenker in den Salon zurückkommt.

Neben der Sitzgruppe sind auf einem runden

Tisch, der sich unter einem bis zum Boden reichenden grünen Tuch verbirgt, um eine runde Platte fünf kleinere ovale Platten aufgebaut, sodass sie mit den verschiedensten Häppchen darauf wie eine überdimensionale Blüte wirken.

»Na«, sagt Reinhardt Wagenlenker, »habe ich zu viel versprochen?«

»Keinesfalls, Herr Wagenlenker, die Köchin des Hauses ist tatsächlich eine Künstlerin ... und das sieht ja alles auch so unglaublich lecker aus ... Mir läuft schier das Wasser im Mund zusammen, Herr Wagenlenker.«

Mit »So geht es nicht nur Ihnen, Herr Hofmeister« schließt sich der Kardinal dieser Bewertung an und fügt hinzu: »Hoffentlich müssen wir auf unsere verehrte Gräfin nicht allzu lange warten.«

»Ich bin ja schon da, meine Herren!«, sagt die Gräfin, die in diesem Moment in den Salon kommt. »Und bitte, bedient euch jetzt ganz nach Belieben, auch beim Wein, wenn ich bitten darf. Falls einer von euch aber lieber Bier trinken möchte, sag er es bitte gleich, denn für Annina beginnt jetzt der Feierabend.«

Keiner der drei Herren legt angesichts des in zwei Karaffen abgefüllten ›Chateau Clerc Milon‹ Wert auf ein Bier. Die beiden Karaffen stehen neben einem Krug mit Wasser, einem Stapel weißer Dessertteller und den Gläsern für Rotwein und Wasser auf einem zweiten Tischchen, das sich ebenfalls unter einem grünen Tuch versteckt.

Während sich der Kardinal, Wagenlenker und Hofmeister ausgelassen und sich mit Lob für die Köchin gegenseitig überbietend, die elegant geformten Porzellanteller füllen, korrigiert die Gräfin ein wenig den Blumenstrauß, den ihr Sebastian auf den Couchtisch gestellt hat, rückt die Platzdeckchen etwas zurecht und zupft dann auch noch an den aufwändig gefalteten Damastservietten herum. Etwas sorgfältiger muss sie schon noch werden, meine Annina, denkt sie dabei.

Sie schließt noch das Fenster und deckt den Vogelkäfig wieder zu. »Schlaf jetzt schön, Ricardo«, sagt sie dabei zärtlich zu ihm, »und bis morgen, mein Süßer.«

»Bis moarrgen, Noarri«, krächzt der Vogel, »bis moarrgen!«

Schließlich füllt sie Wasser und Rotwein jeweils in ein Glas, stellt die Gläser auf den Tisch, belegt noch einen Teller mit Canapés und Spießchen und setzt sich damit zu ihren Gästen.

Nach einem kurzen Blick in die Runde, sagt sie bestens gelaunt: »Einen guten Appetit wünsche ich euch, meine Freunde, und ich hoffe, dass ihr von diesen kleinen Bissen auch satt werdet.«

Der Kardinal schaut zu den Platten hinüber und sagt restlos überzeugt: »Ach liebe Gräfin, da sehe ich keine Gefahr, das ist ja eine derartige Fülle, da …«, er bricht ab und während sein Blick zu Hofmeister schwenkt, nimmt er den Satz wieder auf: »Da müssten wir schon in eine Nachtsitzung hineinschlittern, wenn wir das alles verzehren wollten, nicht wahr, Herr Hofmeister?«

»Das meine ich auch, Herr Kardinal. Ich muss allerdings gestehen, dass ich angesichts dieser Köstlichkeiten nicht das Geringste gegen eine Nachtsitzung einzuwenden hätte.«

Hofmeister wendet sich nach diesem Geständnis zur Gräfin hin und sagt begeistert: »Verehrte Frau Gräfin, ein großes Kompliment an ihre Küche. Diese Leckerbissen sehen ja nicht nur fantastisch aus, sie schmecken auch ganz hervorragend.«

Und nach einem Schluck Wein und kurzem Zögern meint er noch: »Aber eins ist für mich schon ein ziemliches Rätsel, wie konnte ihre Köchin diese Köstlichkeiten in nicht einmal einer Stunde herbeizaubern?«

»Das war für meine Frau Mehrens kein allzu großes Problem, Herr Hofmeister«, sagt die Gräfin lächelnd und erklärt dann noch: »Sie ist zum einen Überraschungen gewöhnt, und dann gehen ihr in solchen Fällen das Dienstmädchen und der Gärtner Sebastian zur Hand. Sebastian ist unser Mädchen für alles, und er hilft nur zu gerne in der Küche aus, weil ihn die gute Mehrens mit ihren Kochkünsten ebenso gerne verwöhnt.«

»Sie können sich also auf Ihre Leute voll und ganz verlassen, welch ein Glück für Sie ... und nicht zuletzt auch für uns, nicht wahr, meine Herren?«

Mit dieser Vertrautheit, die er da gegenüber dem Kardinal und Reinhardt Wagenlenker an den Tag legt, erschreckt sich der junge Dr. Hofmeister nun aber selbst ein wenig. Er richtet deshalb seinem Blick nur ganz kurz auf die beiden gesellschaftlichen Schwergewichte und wendet sich dann den Köstlichkeiten auf seinem Teller zu.

Die beiden zeigen sich aber in keiner Weise unangenehm berührt. Ganz im Gegenteil, denn mit »Absolut, Herr Hofmeister« stimmt ihm Wagenlenker unverzüglich zu und eröffnet ihm auch noch: »Unsere Gräfin hat eine selten glückliche Hand, ganz gleich, was sie auch anfasst.«

Er hebt daraufhin sein Glas, dreht sich zur Gräfin hin und sagt: »Auf dein Wohl, Eleonore, und auch auf das Wohl deiner Leute.«

Ebenso locker und fast schon freundschaftlich meint daraufhin der Kardinal: »Herr Hofmeister, da schließen wir uns doch gerne an, oder?«

»Aber selbstverständlich«, antwortet der junge Mann erleichtert. Er nimmt sein Weinglas, wendet sich zur Gräfin hin und sagt aus vollem Herzen: »Zum Wohle, verehrte Frau Gräfin.«

Die Gräfin lässt ihren Blick von einem der Herren zum andern wandern und sagt glücklich lächelnd: »Ich danke euch, meine lieben Freunde.«

Nachdem die drei ihre Gläser wieder abgestellt haben, schaut sie auf ihre Armbanduhr und meint dann mit gespielter Strenge: »Auch wenn Reinhardt unten am See wenig Lust gezeigt hat, denke ich doch, dass wir uns nun unverzüglich an die Arbeit machen sollten, um wenigstens die wichtigsten Grundpfeiler für unsere Offensive zu setzen.«

Sie steht auf, geht zum Sideboard und nimmt aus einer Schublade einen Schreibblock und einen Füllfederhalter, setzt sich wieder und legt beides neben sich auf den Sessel. Nach einem Schluck Wein sagt sie voller Elan: »Also, ich schlage vor, dass wir zunächst einmal diejenigen Missstände und Fehlentwicklungen benennen und in Stichworten beschreiben, die uns die größten Bauchschmerzen bereiten und gegen die vorrangig angegangen werden muss. Seid ihr damit einverstanden?«

»Ich schon«, sagt der Kardinal, steht auf und belegt sich noch einmal seinen Teller und füllt sich auch den vorzüglichen Rotwein des Baron von Rothschild nach.

Reinhardt Wagenlenker und Hofmeister nicken nur. Und während sich Wagenlenker erwartungsvoll in seinem Sessel zurücklehnt, holt Hofmeister aus der Innentasche seines Sakkos ein Notizbuch.

Mit »Lasst mich zuerst einmal« beginnt die Gräfin dann auch schon, »zu dem großen Ärgernis Mindestlohn kommen, das ich vorhin gar nicht erwähnt habe, und der uns …«

»Und der auch von kirchlicher Seite kritisch gesehen werden muss«, hakt der Kardinal energisch ein.

»Okay, okay, Kardinal! – Also, der Mindestlohn ist alleine deswegen schon ein Unding«, fährt sie ein wenig ungehalten fort, »weil er vom Staat verordnet wird, und somit einen eklatanten Eingriff in das Marktgeschehen darstellt.«

Und mit Nachdruck fügt sie nach kurzem Atemholen hinzu: »Der Staat, beziehungsweise wirtschafts- und marktferne Politiker überschreiten damit ein weiteres Mal ihren Kompetenzrahmen in einem Ausmaß, das wir nicht länger hinnehmen dürfen.«

Nach dieser Kriegserklärung nimmt die Gräfin einen Schluck Wasser zu sich und stellt dann das Glas heftig auf den Tisch zurück.

Hofmeister nutzt die kleine Pause und sagt kurz entschlossen: »Ich darf mir doch eine Bemerkung zu diesem sicher sehr problematischen Thema erlauben, nicht wahr, Frau Gräfin?«

»Aber natürlich, Herr Hofmeister, schießen Sie los!«

Die Gräfin legt den rechten Arm auf die Rückenlehne und wartet dann ungeduldig darauf, was von dem jungen Mann aus dem Wirtschaftsministerium nun wohl kommen wird.

Der nimmt sein Notizbuch in beide Hände und sagt – den Blick auf den abgegriffen Einband des Buches gerichtet: »Also ich meine, verehrte Frau Gräfin, in einer Gesellschaft, die den Anspruch erhebt, sozial und gerecht aufgestellt zu sein, sollte sich die Festsetzung von Mindestlöhnen eigentlich erübrigen, da bin ich ganz bei Ihnen.«

Er schaut mit den letzten Worten auf, lässt seinen Blick von der Gräfin zu Reinhardt Wagenlenker und wieder zurück zur Gräfin wandern und fährt dann fort: »Leider sind aber – etwa seit dem Fall der Mauer – auf dem Arbeitsmarkt der Bundesrepublik Verhältnisse eingekehrt, die staatliches Eingreifen zwingend notwendig machen, wenn nicht immer mehr Arbeitnehmer in unzumutbare Lebensverhältnisse abgleiten sollen.«

Die Gräfin will darauf heftig reagieren, aber Hofmeister, was der Kardinal und Reinhardt Wagenlenker erstaunt registrieren, lässt dem unbeirrt folgen: »Die veränderten Verhältnisse ergeben sich aus der Freizügigkeit für Arbeitnehmer innerhalb der Europäischen Union, aus einer immer noch zu hohen Arbeitslosigkeit und aus dem Aussteigen von Arbeitgebern aus den Tarifverbünden. Ein Resultat daraus sind die inzwischen nicht mehr tolerierbaren Niedriglöhne in verschiedenen Branchen beziehungsweise in einer Vielzahl von Beschäftigungsverhältnissen.«

Hofmeister atmet nach diesen Feststellungen einmal tief durch, lehnt sich zurück und widersteht tapfer dem erzürnten Blick der Gräfin. Er erkennt aber schon, dass er sich mit dieser Stellungnahme wohl keinen allzu guten Dienst erwiesen hat.

»Mein lieber Herr Dr. Hofmeister«, sagt die Gräfin streng und setzt sich auf, »wenn hierzulande jemand in wirklich unzumutbare Lebensverhältnisse hineingeraten ist, dann, das ist meine Erfahrung, hat sie dieser Mensch in aller Regel selbst verschuldet. Diejenigen, die gute und wertvolle Arbeit leisten, werden ohne Ausnahme auch gut dafür bezahlt, und so ist die Idee vom Mindestlohn so unnötig und störend wie ein Kropf!«

»Aber, verehrte Gräfin, damit sind wir auch schon beim alles entscheidenden Punkt angelangt. Einer immer größeren Anzahl von Tätigkeiten wird nämlich ein geringer Wert beigemessen, wenn man das Entgelt, das man dafür erhält, als Maßstab für deren Wertigkeit heranzieht. Diesen Tätigkeiten stehen auf der anderen Seite vermehrt Arbeitsfelder gegenüber, die in geradezu astronomischen Ausmaß überbewertet sind.«

Mit »Den Wert der Arbeit soll und darf nur der Markt bestimmen, junger Mann!« fegt die Gräfin rigoros und dogmatisch über Hofmeisters Feststellungen hinweg und schließt mit dem nächsten Atemzug daran an: »Alles andere führt höchst gefährlich in Richtung staatlich gelenkte Wirtschaft und am Ende gar noch in die Planwirtschaft, und das können doch gerade *Sie* wirklich nicht im Auge haben, will ich zu Ihren Gunsten nun erst einmal annehmen. Das Nächste ist, mein guter Herr Hofmeister, dass die Befürworter von Mindestlöhnen einfach nicht sehen wollen, dass mit diesem Instrument Arbeitsplätze vernichtet werden, weil ein nicht marktgerechter Lohn verschiedene Leistungen zu teuer macht, was schlussendlich zur Folge hat, dass diese nicht mehr nachgefragt oder nicht mehr gewinnbringend erbracht werden können.«

Die Gräfin nimmt nach diesem Statement einen kräftigen Schluck Rotwein zu sich und lehnt sich dann etwas erregt, aber selbstzufrieden in ihrem Sessel zurück. Ihre Miene und Haltung lassen nur den Schluss zu, dass sie davon ausgeht, dass sie ihren jungen Gast mit ihren Argumenten nun matt gesetzt hat.

Der nimmt aber – jetzt allerdings schon ein wenig angespannt – auch dazu Stellung: »Wenn verschiedene Leistungen nur über Hungerlöhne auf dem Markt bestehen können, verehrte Gräfin, dann drängt sich aber schon die Frage auf, ob die Gesellschaft diese Leistungen wirklich benötigt beziehungsweise, ob solche Leistungen zwingend notwendig erbracht werden müssen.«

Hofmeister atmet nach dieser elementaren Überlegung erneut tief durch, legt sein Notizbuch zur Seite und will dann seine Arme vor der Brust verschränken. Er besinnt sich aber in letzter Sekunde, weil ihm nicht unbekannt ist, dass diese Geste abweisend wirkt und Unzugänglichkeit signalisiert.

Er legt sie deshalb ein wenig verkrampft auf die Armlehnen und wartet unverändert angespannt auf die Entgegnung der Gräfin.

Aus den Augenwinkeln meint er nun auch zu erkennen, dass der halbrechts von ihm sitzende Kardinal sein Engagement wohl als etwas überzogen und als wenig hilfreich empfindet. Im Grunde weiß er ja selbst nicht so recht, warum er sich mit der Gräfin derart anlegt und sich so sehr in das Thema Mindestlöhne hineinsteigert. Liegt es an der manchmal recht kategorischen Art und Weise, wie sich die Gräfin äußert, ist es ihr abgehobenes Denken, das er nun schon einige Male registrieren musste, oder das gelegentliche Aufflammen von Unnahbarkeit und Seelenlosigkeit?

Die Gräfin reagiert auf Hofmeisters neuerlichen Einwand ungeduldig und herablassend, und verscheucht so bei dem jungen Mann auch umgehend den Gedanken, dass er auf diese außergewöhnliche Frau vielleicht überempfindlich reagieren könnte: »Ich darf es wohl Ihrer Jugend zugute halten, Herr Hofmeister«, sagt sie, während sie sich im Sessel aufrichtet, »wenn Sie dem Denkfehler erliegen, dass eine Leistung entbehrlich wird, wenn sie nicht hoch dotiert ist. Dazu nur ein paar Beispiele aus meiner Praxis: In meinem Kosmetikunternehmen beschäftige ich etwa dreißig Leute in den Sekundärbereichen Lagerhaltung und Versand. Diese Beschäftigten sind keinesfalls entbehrlich, aber ich könnte ihnen trotzdem nicht den im Raum stehenden Mindestlohn zukommen lassen. Ganz ähnlich verhält es sich übrigens auch auf meinem Gestüt sowie in den weitläufigen Waldungen, die ich bewirtschaften muss. Und selbst im Wellnesszentrum ... ach, das hätte ich doch beinahe schon wieder vergessen ... also, selbst im Wellnesspark verhält es sich in einzelnen Bereichen nicht anders. – Und warum kann ich diesen Hilfskräften die an den Schreibtischen der Politiker kreierten Mindestlöhne nicht zahlen, junger Mann? Weil ich dann vor allem gegenüber diversen Auslandskonkurrenten den Kürzeren ziehen würde.«

Es ist nicht zu übersehen, dass die Gräfin nun weitere Kontras nicht mehr hören möchte, aber Hofmeister sieht sich außer Stande, auf diese gängige Argumentation nicht einzugehen. Er überlegt kurz und formuliert dann so behutsam wie nur möglich: »Verehrte Frau Gräfin, Sie gestehen also zu, was ich als höchst anerkennenswert empfinde, dass die bei Ihnen beschäftigten Hilfskräfte keinesfalls entbehrlich sind. Diese Leute sind also im Grunde genauso wichtige Räder in den Getrieben Ihrer Unternehmen, wie Ihre anderen Mitarbeiter auch. Also erscheint es mir doch sehr angebracht, dass Sie, und selbstverständlich nicht nur Sie, verehrte Frau Gräfin, sondern die Arbeitgeber insgesamt am unteren Ende der Lohnskala Mindestlöhne gewähren – nötigenfalls zu Lasten von den darüber angesiedelten Arbeitskräften oder der Rendite.«

Mit »Junger Mann, die Löhne und die Rendite bestimmt der Markt, daran kommen Sie nicht vorbei!« weist ihn die Gräfin genervt zurecht und fügt ärgerlich hinzu: »Hilfskräfte findet man trotz der übertriebenen Unterstützungsleistungen des Staates immer noch leichter als Fach- und Spitzenkräfte. Und die Rendite zu Gunsten der Leute am unteren Ende der Lohnskala zu kürzen, das ist doch eine Schnapsidee, Herr Dr. Hofmeister! Unternehmer werden immer die größtmögliche Rendite anstreben. Wir leiten schließlich keine Versorgungs-, sondern Wirtschaftsunternehmen, das ist Ihnen doch sehr gut bekannt, oder?«

Der Kardinal und Reinhardt Wagenlenker verfolgen aufmerksam die so unvermutet aufgeflammte Auseinandersetzung und staunen nicht wenig, wie engagiert und konsequent der junge Mann der Gräfin entgegentritt. Den Kardinal berührt dessen Festigkeit letztlich aber eher unangenehm, während bei Wagenlenker die Sorge wächst, dass der Gräfin bald der Kragen platzen und dann der bisher weitgehend harmonisch verlaufene Abend ein unerfreuliches Ende finden könnte.

Bevor Hofmeister auf die harschen Belehrungen der Gräfin reagieren kann, stellt sie etwas ruhiger fest: »Und wenn tatsächlich manche Bezieher niedriger Einkommen finanziell nicht zurechtkommen, dann springt ihnen unser Versorgungsstaat doch nur allzu bereitwillig bei. So ist es doch, oder etwa nicht, mein guter Herr Hofmeister? Ich sehe also keinen vernünftigen Grund, in Wohltätermanier Löhne zu zahlen, die nicht marktkonform sind.«

Die Gräfin trinkt daraufhin mit Bedacht einen Schluck Rotwein, nimmt ein Käsespießchen mit Zucchini und Bacon von ihrem Teller, begutachtet es wohlgefällig von allen Seiten, führt es schließlich sorgsam in den Mund und lehnt sich dann genussvoll kauend zurück. Für sie ist diese Diskussion nun endgültig beendet, das drückt ihre Körpersprache unübersehbar aus.

Hofmeister riskiert es aber trotzdem, die letzten Äußerungen der Gräfin zu kommentieren. »Verehrte Frau Gräfin«, sagt er wieder betont ruhig, »Sie fordern einerseits, dass sich der Staat aus dem Wirtschaftsgeschehen heraushält, was zunächst einmal durchaus zu verstehen ist, andererseits verlassen Sie sich in gewissem Maße aber doch auf diesen, in dem Falle eben, wenn der eine oder andere Ihrer Beschäftigten von seiner Arbeit nicht leben kann.«

Obwohl sich die Gräfin während seiner letzten Worte abrupt in ihrem Sessel aufgerichtet hatte, fügt er dennoch unerschrocken hinzu: »Und diese Haltung ist in unserem Land in den letzten Jahren leider immer häufiger anzutreffen und macht der Politik und den Verantwortlichen im Regierungsapparat zunehmend Probleme, weil wir in höchst unerfreulicher Weise zwischen den Stühlen sitzen. Auf der einen Seite treffen wir auf energisch und in aller Regel auch erfolgreich agierende Unternehmer und Investoren, auf der anderen Seite aber auf eine zunehmende Anzahl von äußerst unzufriedenen Menschen – auf eine kritische Masse sozusagen, wenn Sie mir diesen Rückgriff auf die Nukleartechnologie gestatten wollen –, die sich langsam aber sicher zu einer latenten und nicht zu unterschätzenden Gefahr für unseren Staat entwickelt.«

Hofmeister legt sein Notizbuch vor sich auf den Tisch und lehnt sich dann ein wenig erschöpft in seinem Sessel zurück.

Reinhardt Wagenlenker schließt aus seinem Verhalten, dass der junge Mann nun annimmt, dass der Abend für ihn gelaufen ist; und er befürchtet auch, dass die Gräfin auf dessen Argumente hin in der nächsten Sekunde explodieren wird.

Aber zu seinem großen Erstaunen lässt sie sich lediglich mit einem tiefen Seufzer in die Rückenlehne fallen und stellt dann kühl, aber mit nicht zurückgehaltener Resignation fest: »Und so haben wir beide unsere Probleme: Ich muss mich Tag für Tag im immer härter werdenden Konkurrenz- und Überlebenskampf bewähren, und Sie werden mit den Randerscheinungen auf diesem Schlachtfeld konfrontiert. Vielleicht hat sich das menschliche Leben im Verlauf der Jahrtausende fehl entwickelt – das kann ja durchaus sein. Nur, *wir zwei* werden das nicht ändern können, ich zumindest nicht mehr. Denn ich, Herr Hofmeister, habe alle Hände voll damit zu tun, meine kleine Flotte in stürmischer Zeit auf dem rechten Kurs zu halten, mir bleibt also so gut wie keine Zeit für grundsätzliche Überlegungen, auch nicht für diejenigen, die unsere gesellschaftliche Ordnung betreffen. Und deshalb, junger Mann, möchte ich diese Diskussion nun auch tunlichst beenden!«

Hofmeister, der im Grunde nicht der Typ ist, der seine Ansichten auf Gedeih und Verderb durchsetzen muss, nickt nur kurz dazu, und die Gräfin nimmt nach einem neuerlichen Seufzer den Schreibblock zur Hand und notiert: Kampagne gegen Mindestlohn.

Während sie den Block zur Seite legt, sagt der Kardinal in einem betont versöhnlichen Tonfall: »Vielleicht darf ich noch einen Gesichtspunkt von Seiten der Kirche zum Mindestlohn anbringen, Herr Hofmeister.«

Er räuspert sich kurz, lehnt sich bequem zurück und hebt dann an: »Ich habe ja vorhin schon anklingen lassen, dass auch wir dessen Einführung kritisch gegenüber stehen, weil Mindestlöhne eine ganze Reihe von kirchlichen Einrichtungen in große finanzielle Schwierigkeiten stürzen und somit ernsthaft gefährden würden. Ihnen muss ich es ja nicht sagen, dass es sich dabei vorrangig um Projekte handelt, die den Schwächeren im Lande gewidmet sind und einen Schirm für diejenigen Menschen bilden, denen unser allmächtiger Gott ein schweres Schicksal auferlegt hat. Darüber hinaus beschäftigen wir in unseren Einrichtungen eine große Zahl von Menschen, die aus verschieden Gründen in der freien Wirtschaft keine Anstellung finden. Und diesen Menschen könnten wir, das werden Sie sicher verstehen, keinesfalls die in Rede stehenden Mindestlöhne zahlen.«

»Ja, ja, die Kirche war schon immer ein knauseriger Zahler, Johannes«, stellt Reinhardt Wagenlenker übermütig fest und prostet dem Kardinal mit schelmischer Miene zu.

»Bitte, meine Herren, lasst uns jetzt endlich zum nächsten Punkt kommen! Wenn wir so weitermachen, gerät das Ganze doch noch zu einer Nachtsitzung.«

»Oh, mir wäre das durchaus Recht, Eleonore!« meint da überschäumend gut gelaunt Reinhardt Wagenlenker. Und während er sich ein Avocadobrötchen von seinem Teller nimmt, sagt er: »Dein Rotwein ist einfach Spitze und diese Happen sind einer besser als der andere.«

Mit »Trotzdem, Reinhardt, ich meine auch, dass wir uns jetzt tunlichst dem nächsten Thema zuwenden sollten!« pflichtet der Kardinal der Gräfin bei, denn er legt keinen Wert darauf, das Lohnniveau beim kirchlichen Arbeitgeber eingehender zu beleuchten.

»Danke, lieber Kardinal, und ich denke, dass ich nicht nur Ihre Zustimmung habe, wenn wir uns jetzt die Partei Die Linke vornehmen, die sich fraglos zu einer fundamentalen Bedrohung für uns entwickelt hat.«

Die Gräfin legt den Schreibblock und den Füllfederhalter auf den Tisch und lehnt sich dann etwas angespannt in ihrem Sessel zurück.

Reinhardt Wagenlenker streicht mit der rechten Hand über seine Knie und sagt nicht gerade kampfbetont: »Nun, Eleonore, wir beide haben uns mit dieser unerfreulichen Truppe ja schon einige Male ausführlich beschäftigt.«

Er lehnt sich daraufhin schräg im Sessel zurück, schlägt die Beine übereinander, legt den rechten Arm auf die Rückenlehne und befindet dann aber doch einigermaßen engagiert: »Wir müssen auf zwei Ebenen tätig werden, denke ich. Zum einen erscheint es mir unabdingbar, dass wir unsere Gesellschaftsschicht dazu bewegen, das Niveau ihrer Ansprüche zumindest zu überprüfen, und zum anderen sollten wir einen Großangriff auf diese Partei in die Wege leiten. – Aber zunächst einmal, wie stellst du dir eigentlich das Procedere nach dem heutigen Abend vor?«

»Also, ich habe mir gedacht, dass ich die Problemfelder, die wir heute festhalten, und auch die möglichen Maßnahmen und Aktivitäten zu deren Eliminierung, in den nächsten Tagen ordne, gegebenenfalls erweitere und sie anschließend euch, den Graniers, der Familie von Hohenfels und allen anderen treuen Verbündeten im bayrischen Raum per Briefpost zukommen lasse und um ihre Stellungnahmen ersuche. – Und bitte, vergesst mir das ja nicht! Unsere Aktion handeln wir nur auf dem Briefwege oder im direkten persönlichen Gespräch! Also keine Telefongespräche und auch keine E-Mails! Keiner von uns wird ja wollen, dass wir und unsere Aktivitäten Schlagzeilen machen.

Und, meine Freunde, sobald das Aktionspapier so halbwegs steht, werde ich es an unsere Weggefährten in der ganzen Republik senden und sie zu einem dreitägigen Arbeitswochenende in den Wellnesspark einladen. Im Hotel stehen immerhin fünfzig Betten zur Verfügung, die wohl reichen werden, selbst wenn der eine oder andere in Begleitung anreist. – Übrigens, Herr Hofmeister, Sie und Ihre Frau wären natürlich meine Gäste, und ich könnte mir vorstellen, dass sich Ihre Frau dort nicht langweilen wird.«

»Oh, dieses Angebot wird meine Frau ganz bestimmt gerne annehmen, verehrte Frau Gräfin. Drei Tage Entspannung in dieser wunderschönen Anlage würden ihr sicher gut tun«, sagt Hofmeister sichtlich erfreut und auch überrascht, denn nach der Auseinandersetzung um den Mindestlohn hatte er stark angenommen, dass die Gräfin die Verbindung zu ihm nun wohl abbrechen wird.

»An diesem Wochenende«, führt die Gräfin weiter aus, »sollten wir zumindest die Schwerpunkte unserer Offensive – ich mag das Wort Kampagne nicht verwenden, obwohl es sich um eine solche letztendlich handelt – absegnen und ein Konzept für deren Ablauf erstellen. Und schließlich sollte auch festgestellt werden, wer welches Segment der Offensive federführend in die Wege leitet und betreut.«

»Und wann denkst du, könnte dieses Wochenende stattfinden?«, fragt Reinhardt Wagenlenker.

»Ich meine, dass der Februar günstig wäre. Die Vorlaufzeit scheint mir bis dahin lange genug zu sein, im Wellnesspark läuft das Geschäft in dieser Zeit vermutlich etwas ruhiger, und wer will, könnte zum Beispiel vorher oder nachher auch für ein paar Tage zum Skilaufen gehen.«

»Und gut ein halbes Jahr später sind Wahlen ... du hast wieder einmal perfekt geplant, Eleonore«, stellt Reinhardt Wagenlenker anerkennend fest.

»Ja, unsere Gräfin ist unschlagbar«, gesteht auch der Kardinal neidlos zu und schließt umgehend daran an: »Und weil mich die Existenz der Linken ganz besonders bedrückt, lasst mich bitte diese unselige Partei vorab aus dem Blickwinkel der Kirche ansprechen und auch erläutern, warum ich der Ansicht bin, dass sie so schnell wie nur möglich zurückgedrängt werden muss.«

Mit »Aber bitte, lieber Kardinal« gibt sich die Gräfin großzügig und meint vorausschauend: »Gerade die Gesichtspunkte und Argumente der katholischen Kirche werden, davon bin ich überzeugt, ein starkes Pfund im Abwehrkampf gegen dieses Pack sein und daneben auch unsere Position im Lande stärken.«

Der Kardinal nimmt zunächst einen kräftigen Schluck vom Bordeaux zu sich, poliert dann eine Weile mit dem linken Ärmel seines Sakkos den Kardinalsring, räuspert sich noch kurz und beginnt schließlich: »Auch wenn im Programm dieser Partei kein expliziter Hinweis auf eine restriktive Behandlung von Glaubensgemeinschaften zu finden ist, und ihre führenden Leute sich bisher auch nicht als Glaubensfeinde geoutet haben, so wissen wir doch aus verschiedenen verlässlichen Quellen, dass diese Partei die Religionsgemeinschaften in ein Schattendasein drängen will. Ihre führenden, aber auch die Mehrzahl ihrer einfachen Mitglieder sind überzeugte Atheisten und stellen somit eine elementare Gefahr für unsere Gesellschaft dar, spätestens dann, wenn sie Gewicht in den Parlamenten erlangt haben.«

Der Kardinal rückt im Sessel zurück, legt die Arme auf die Lehnen und fährt dann mit erhobener Stimme fort: »Wer einen Gott, eine höhere Macht nicht anerkennt, nicht an die Sinnhaftigkeit unseres Daseins glaubt und diesen Gedanken auch noch bekämpft, der raubt seinen Mitmenschen die stärkste Antriebskraft für ihr individuelles Leben und zerstört damit fahrlässig deren wichtigste Lebensgrundlage. Gerade diese Partei, meine Herrschaften, bietet weder dem einzelnen Individuum, noch einem Gesellschaftsverband Anleitung für ethisches Verhalten und friedfertiges Zusammenleben. Diese ...«

Mit »Das stimmt nicht ganz, mein guter Johannes« unterbricht ihn Reinhardt Wagenlenker. Er legt seine linke Hand für einen Moment auf den Unterarm des Kardinals und sagt dann: »Beim Themenkomplex Arbeit und Einkommen stößt man durchaus auf ethisches Denken und die entsprechenden Zielsetzungen, und, soweit ich mich erinnere, auch in gewissem Maße beim Thema Umwelt. Und ...«

»Nichts anderes als Gleichmacherei und Klassenkampf wird da gepredigt, mein blauäugiger und naiver Reinhardt!«, wirft die Gräfin ärgerlich und ungeduldig dazwischen. Und mit dem nächsten Atemzug schickt sie hinterher: »Allen voran schürt doch gerade Die Linke mit ihren Statements in unerträglicher Weise die gegenwärtige Neiddebatte, und sie strebt, für mich ist das nicht zu übersehen, letztendlich einen kommunistisch geprägten Staat an.«

Sie steht nach diesen Anschuldigungen missmutig auf, nimmt ihren Teller und ihr Weinglas und füllt sich beides an den Beistelltischen hastig auf.

Hofmeister sieht in der Behandlung dieses Punktes eine gute Gelegenheit, verlorenes Terrain wieder zurück zu gewinnen.

Er nimmt seinen Kugelschreiber vom Tisch, dreht ihn ein paar Mal mit den Fingern beider Hände hin und her und sagt dann überzeugt: »Was Die Linke betrifft, so kann ich vor allem Ihnen, Herr Kardinal, voll und ganz beipflichten. Diese Partei und ihre programmatischen Aussagen erscheinen mir wie ein nacktes, kaltes Gerüst, zusammengesetzt aus blinder und teilweise weit hergeholter Kapitalismuskritik und einer konzeptlosen Zusammenstellung von Verteilungs- und Wirtschaftsfragen, die nahezu durchgehend begleitet werden von haltlosen Hinweisen auf Ungerechtigkeit und Staatsversagen.«

Mit »Sehr gut gesprochen, Herr Hofmeister!« lobt ihn die Gräfin, während sie sich wieder neben ihn setzt. »Und ich denke«, schließt sie zufrieden und wieder ganz gelassen daran an, »wir haben jetzt nahezu alle wesentlichen Beweggründe genannt, die es höchst dringlich erscheinen lassen, diese Partei mit allen uns zur Verfügung stehenden Mitteln zu bekämpfen, mit dem Ziel, dass sie möglichst bald von der Bildfläche verschwindet.«

»Der wichtigste Schritt auf diesem Wege scheint mir allerdings zu sein, ich habe das vorhin ja schon angedeutet«, sagt Wagenlenker – in Rücksicht auf die Gräfin so verhalten wie nur möglich, »dass man dieser Partei den Nährboden entzieht. Wir sollten also zunächst einmal unsere Gesellschaftsschicht dazu bringen, von ihrem ausufernden Besitz- und Machtstreben zu Lasten der Mehrheit Abstand zu nehmen, und ihr vor Augen führen, dass vor allem der in den letzten Jahrzehnten exorbitant gewachsene Unterschied zwischen Arm und Reich die Partei Die Linke erst ins Leben gerufen hat, sozusagen als ihr Geburtshelfer fungierte.«

Mit »Reinhardt, du redest wie ein Pfaffe!« fährt ihn die Gräfin dennoch heftig an. Sie wendet sich daraufhin halb zum Kardinal hin und sagt: »Entschuldigen Sie bitte diesen Ausdruck, aber anders kann ich Reinhardts Äußerungen nicht kommentieren.«

Nur geringfügig ruhiger geht sie dann erneut auf ihn los: »Also, du seltsamer Apostel, abgesehen von den Auswüchsen in unserem Umfeld, ich habe das heute ja schon angeschnitten, und ich will später auch noch einmal darauf zurückkommen, kann unser Lager im Grunde doch gar nicht zurückstecken. Sollen wir etwa Teile unserer Vermögen und Besitztümer nach irgendeinem Verteilungsmechanismus der Allgemeinheit zukommen lassen und unsere Schlüsselstellungen in der Wirtschaft, im Staat und in den gesellschaftlichen Netzwerken einfach an Meier und Huber abgeben? So weit ist doch bisher nicht einmal deine verrückte Tochter gegangen, Reinhardt!«

Die Gräfin trinkt hastig einen Schluck Wein und stellt dann das Glas so heftig auf den Tisch zurück, sodass der Rest darin beinahe herausschwappt.

Sie neigt sich dann, Wagenlenker, der gerade zu einer Entgegnung ansetzt, ganz bewusst missachtend, zu Hofmeister hinüber und fragt ihn in betont spöttischem Tonfall: »Was sagen denn Sie zu dieser *Nährboden-Entzugs-Strategie,* junger Mann? Ihre Meinung zu dieser aberwitzigen Idee würde mich nur allzu sehr interessieren.«

Hofmeister wirkt einen Moment lang überrascht und irritiert. Er fängt sich aber schnell, richtet sich in seinem Sessel auf und überlegt ein paar Augenblicke.

Er lehnt sich dann wieder zurück und sagt schließlich bedächtig: »Also, ich habe ja schon beim Thema Mindestlohn deutlich gemacht, und befinde mich somit zumindest partiell auf der Linie von Herrn Wagenlenker, dass die extremen Einkommensunterschiede in unserem Land schnellstmöglich und deutlich zurückgefahren werden müssen.«

Hofmeister beugt sich etwas nach vorne, richtet seinen Blick auf Reinhardt Wagenlenker und fährt dann fort: »Und ich meine genauso wie Sie, Herr Wagenlenker, dass ohne dieses Missverhältnis die Partei Die Linke wohl kaum das Licht der Welt erblickt hätte.«

Wieder der Gräfin zugewandt und spürbar um Goodwill bemüht, bekennt er aber auch: »Ich kann aber auch Ihnen dahingehend folgen, verehrte Frau Gräfin, dass, was die Besitz- und damit auch die Machtverhältnisse im Lande angeht, eine Umkehr eigentlich nicht möglich ist. Enteignungen, Verstaatlichungen oder die vom Staat eingeleitete Teilung von großen Besitztümern und Unternehmen, sind in einer freiheitlich angelegten Volksgemeinschaft höchst unpopulär und in vielen Fällen auch gar nicht sinnvoll zu machen.«

Nach kurzem Atemholen und an die ganze Runde gewandt, schließt er mit Nachdruck daran an: »Damit, meine Herrschaften, will ich aber nicht gesagt haben, dass ich persönlich große Wirtschaftseinheiten und Besitztümer als unproblematisch und unvermeidbar ansehe.«

Hofmeister nimmt ein paar Schlucke Wasser zu sich und bekundet dann auch noch recht selbstsicher: »Und so meine ich auch, muss der Staat – solange nicht eintritt, was Herr Wagenlenker angedeutet hat, dass nämlich der Mensch von sich aus wieder zu mehr Solidarität zurückfindet – auf jeden Fall überall dort lenkend eingreifen, wo sich Auswüchse einstellen und sein Fortbestand ernsthaft gefährdet ist. Das heißt gegenwärtig unter anderem: Stärkere und vereinfachte Förderung des Mittelstandes, Anhebung der Besteuerung von hohen Einkommen und von großen Vermögen, Maßnahmen gegen den Missbrauch von Marktmacht und verstärkte Kontrollen sowie steuernde Eingriffe auf dem Finanzsektor. Und, was für mich grundlegende Bedeutung hat: Der Staat muss die Verhältnisse im Bereich der Bildung so gestalten, dass wir zu wahrhaft uneingeschränkter Chancengleichheit kommen, und er muss parallel dazu die Rahmenbedingungen für die Familie nachhaltig verbessern. Ohne diese beiden Maßnahmenbündel wird es meiner festen Überzeugung nach nämlich nicht gelingen, die Ungleichgewichte in unserer Gesellschaft auf ein erträgliches und somit zukunftsfähiges Maß zurückzuschrauben.«

Nach diesem umfassenden Statement legt der junge Mann beide Arme auf die Lehnen und sagt etwas angespannt zur Gräfin: »Ich hoffe, ich habe Ihre Frage damit fürs Erste zur Genüge beantwortet, verehrte Frau Gräfin.«

»Oh, mir genügt das vollständig, Herr Hofmeister«,

meint da die Gräfin mit einem etwas schiefen Lächeln. Gänzlich unaufgeregt, was Reinhardt Wagenlenker erneut nicht wenig erstaunt, sagt sie nach einem Schluck Wein auch noch zu ihm: »Sie werden aber sicher verstehen, dass ich mich nicht in allen Punkten Ihren Ausführungen anschließen kann, junger Mann. Wenn ich mir Ihr Aufgabenfeld im Ministerium vor Augen führe, sehe ich allerdings schon, dass Sie sich so äußern müssen. Mir gefällt aber, dass Sie nicht zu einer Kahlschlagpolitik tendieren, wie sie von linken Geistern propagiert wird, und dass auch Sie deren Partei als ein Übel in unserem Lande empfinden, was Sie ja vorhin schon deutlich zu erkennen gegeben haben.«

Die Gräfin schaut wieder auf ihre Armbanduhr und sagt drängend: »Also, meine Herren, wir sollten nun unverzüglich unser Augenmerk darauf richten, wie dieses Übel am wirkungsvollsten bekämpft werden kann. Reinhardts naive und somit wenig taugliche Austrocknungsidee lassen wir wohl besser erst einmal links liegen, auch wenn Sie«, die Gräfin wirft einen um Verständnis werbenden Blick auf Hofmeister, »*partiell* ganz ähnlich denken.«

Während sie den Schreibblock in den Schoß legt, lehnt sie sich bequem zurück und schaut dann erwartungsvoll in die Runde.

Mit »Aus meiner Sicht« ergreift der Kardinal eiligst das Wort, »liefert diese Partei, über die vom Atheismus geprägte Weltanschauung ihrer führenden Vertreter hinaus, genügend Ansatzpunkte, um sie wenigstens unter die Fünf-Prozent-Marke zu drücken.«

Hofmeister kommt der Optimismus, den der Kardinal da an den Tag legt, ziemlich aufgesetzt und auch wenig fundiert vor. Reinhardt Wagenlenker ergeht es offenbar ganz ähnlich, denn er fragt umgehend: »Und die wären?«

»Nun, da ist einmal das Wirken einer Reihe von ihren Spitzenleuten in der ehemaligen DDR, dann ihre aggressive Haltung gegenüber dem Unternehmertum und den Leistungsträgern in unserem Lande, schließlich ihr geringer Abstand zum überwunden geglaubten Kommunismus und nicht zuletzt auch der Lebenswandel, den einige von ihren Führungskräften an den Tag legen«, lässt der Kardinal, locker und ohne groß nachzudenken zu müssen, heraus.

»Nun ja, mein Freund, mit dem ersten und dem letzten Punkt werden wir vermutlich keine große Wirkung erzielen«, meint Reinhardt Wagenlenker amüsiert lächelnd, »da sieht es bei den anderen Parteien kaum besser aus. Ihre Abneigung gegenüber dem erfolgreichen Menschen und ihre Nähe zum Kommunismus sollten für uns allerdings schon recht wirksame Waffen im Kampf gegen sie sein.«

Die Gräfin macht eilig ein paar Notizen und sagt nach kurzem Überlegen: »Lieber Kardinal, Sie haben zu meinem großen Bedauern schon des Öfteren zu erkennen gegeben, dass wir auf die Kirchenobern bei der Verteidigung unserer Positionen zumindest nach außen hin nicht groß zählen können. Sie haben aber vorhin ganz richtig festgestellt, dass Die Linke den Einfluss der Religionen zurückdrängen will, weil Religionen nach deren Sichtweise seit jeher als Opiat fürs Volk missbraucht werden. Letzteres haben Sie zwar nicht wörtlich so gesagt, aber es war herauszuhören. Von daher sitzen wir also in einem Boot, was Sie unten am See schon festgestellt haben. Und so werden Sie und Ihre werten Kollegen nicht darum herumkommen, sich demnächst ernsthaft und öffentlichkeitswirksam im Kampf gegen diese Partei zu engagieren. Ihr habt direkten Zugang zu vielen Millionen von Bundesbürgern, die Euer Wort beherzigen, die Ihr auch unschwer davon überzeugen könnt, dass die Linken einen anderen Staat wollen und deren Zielsetzungen letztlich auf die Einschränkung der persönlichen Freiheit eines jeden Einzelnen von uns hinauslaufen.«

Die Gräfin nimmt wieder einen Schluck Wasser zu sich und fährt dann schwerstes Geschütz auf: »Und was das in den letzten Jahren so widerwärtig aufgeflammte Verteilungsgezänk angeht, Herr Kardinal, möchte ich Sie vorneweg an folgende fundamentale Weisheit Ihres Glaubens erinnern: ›Was nützt es dem Menschen, wenn er die ganze Welt gewinnt, aber Schaden nimmt an seiner Seele‹. Dieser Grundsatz scheint mir bei Ihren neidgetriebenen Schäflein inzwischen gänzlich aus dem Blickfeld geraten zu sein, und Ihr lasst die Zügel diesbezüglich, diesen Vorwurf kann ich Ihnen nicht ersparen, schon zu lange schleifen. Ja, ich möchte sogar sagen, dass Ihr Kirchenführer Eurer Verantwortung in diesem Punkt nicht mehr im notwendigen Maße gerecht werdet.«

Der Kardinal, der der Gräfin mit unbewegter Miene zugehört hatte, rückt sich in seinem Sessel etwas zurecht, zieht den Knoten seiner Krawatte fester und legt dann den rechten Arm in aller Ruhe auf die Rückenlehne.

Er blickt noch kurz nach links und rechts, als wollte er die Wirkung der gräflichen Kritik auf Hofmeister und

Wagenlenker erkunden, und sagt schließlich auffällig gelassen zur Gräfin: »Im Kampf gegen Glaubensfeinde stehen wir naturgemäß immer an vorderster Front und damit auch auf Ihrer Seite, da können Sie, verehrte Gräfin, ganz unbesorgt sein. Wir werden also Ihre Aktion in diesem Punkt, diesbezüglich hege ich nicht die geringsten Zweifel, mit allen uns zur Verfügung stehenden Mitteln mittragen und unterstützen. Was die Verteilungs- und Neiddebatte angeht, muss ich Ihnen allerdings schon korrigierend entgegenhalten, dass wir und unsere Herde den angesprochenen Glaubensgrundsatz mitnichten aus den Augen verloren haben. Er ist nach wie vor eine fest verankerte Maxime im Christentum, und deshalb werden diese Debatten, von wenigen Ausnahmen abgesehen, auch nicht von den Christengemeinden geführt.«

Der Kardinal nimmt einen Schluck Rotwein zu sich, lässt dann nachdenklich den Rest in seinem Glas eine paar Augenblicke lang zirkulieren und wendet sich schließlich Hofmeister zu: »Damit Sie unsere kleine Auseinandersetzung halbwegs richtig einordnen können, Herr Hofmeister, darf ich Ihnen folgende Erklärung zukommen lassen: Ich habe in diesem Hause leider schon des Öfteren eingestehen müssen, dass der Einfluss der christlichen Kirchen in den letzten Jahrzehnten im Schwinden begriffen ist und unsere Botschaften immer weniger Menschen erreichen, was schließlich dazu führt, dass wir in der Öffentlichkeit nicht mehr die Wirkung erzielen, die sich unsere Gräfin wünscht, um nicht zu sagen, die sie einfordert.«

Der Kardinal schaut einen Augenblick lang die Gräfin an – ein Blick den Hofmeister nicht deuten kann – und klärt ihn dann weiter auf: »Auch wenn wir in der letzten Zeit gelegentlich zu Talkshows im Fernsehen geladen werden, gelingt es uns nicht, diesen Negativtrend zu stoppen oder gar umzukehren. Gerade bei Themen wie der ›Verteilungsgerechtigkeit‹ finden wir bei der Mehrheit der Teilnehmer mit unseren Stellungnahmen und Argumenten keine Zustimmung, sondern handeln uns durchweg harsche Kritik ein.«

Wieder der Gräfin zugewandt, vermeldet er mit leisem Vorwurf in der Stimme: »Wenn wir zum Beispiel in so einer Gesprächsrunde den Leuten, die eine gerechtere Verteilung der Erträge in der Wirtschaft fordern, den von Ihnen gerade zitierten Glaubensgrundsatz entgegenhalten, dann ernten wir, abgesehen von manchen Vertretern oder Anhängern der christlichen Parteien und der FDP, nur Spott und Anfeindungen. Fast immer, verehrte Frau Gräfin, vertritt nämlich die Mehrheit in den Podiumsrunden sehr radikal den Standpunkt, dass sich heute zu allererst die Wohlhabenden und Reichen im Lande dieses elementare Element der christlichen Lehre zu Herzen nehmen sollen.«

Bevor die Gräfin ein Wort dazu sagen kann, bringt der Kardinal noch ein Beispiel, um die Brisanz und die Schwierigkeiten aufzuzeigen, denen nicht zuletzt die Vertreter der katholischen Kirche ausgesetzt sind: »Ein Student hat mir zum Beispiel erst vor ein paar Monaten in einer ARD-Sendung wütend vorgeworfen, dass eine skrupellose Oberschicht unsere Glaubensinhalte in schäbigster Weise für sich missbraucht und wir dabei auch noch wort- und tatenlos zusehen, ja dies offenbar stillschweigend gutheißen. Er sagte unter anderem wörtlich: ›Mein guter Herr Kardinal, die Empfehlung aus Ihrem alten Testament *Macht euch die Erde untertan*, legen diese Leute doch so aus, dass sie sich nicht nur die Natur untertan machen dürfen, sondern auch die überwiegende Mehrheit ihrer Mitmenschen. Und dieses Verhalten, Herr Kardinal, werde ich, wie viele andere auch, nicht mehr lange dulden!‹«

Der Kardinal, der bis zu den letzten beiden Sätzen routiniert Ruhe bewahren konnte, wirkt nun doch einigermaßen erregt. Er trinkt hastig sein Rotweinglas bis zur Neige aus und bemüht sich dann krampfhaft, die Gräfin nicht allzu frustriert und vorwurfsvoll anzuschauen.

Mit »Mein lieber Kardinal, ich sehe ja durchaus, dass Sie und Ihre Mitstreiter in der letzten Zeit einen schweren Stand haben« gibt sich die Gräfin verständnisvoll und mitfühlend.

»Aber gerade deswegen, meine Herren«, fährt sie unbeirrt fort, »müssen wir schnellstmöglich eine Offensive auf den Weg bringen! In deren Verlauf gilt es zunächst einmal unsere Standpunkte unverdrossen verständlich zu machen, und im nächsten Schritt müssen wir die weltfremden, ideologisch aufgeheizten und somit auch unhaltbaren Vorstellungen und Ideen der Rädelsführer auf der Gegenseite öffentlich demaskieren. Denn die Einkommen auf der Unternehmerseite, meine Herren, um nun meinerseits ein Beispiel zu nennen, konnten wir doch bis in die späten Neunziger hinein noch relativ leicht und überzeugend belegen: mit unserem hohen Engagement für das Unternehmen, mit unserer Verantwortung für die Arbeitsplätze und schließlich auch mit den Geschäftsrisiken, denen wir tagaus, tagein ausgesetzt sind. Und diese außergewöhnlichen Belastungen, meine Herren, sind unverändert auch heute gegeben, und deshalb kann ich keinen überzeugenden Grund erkennen, der für eine Abkehr vom bewährten Verteilungsschlüssel spricht.«

Die Gräfin nimmt den Schreibblock und den Füllfederhalter zur Hand, legt beides nach kurzem Überlegen aber wieder auf ihren Schoß zurück und sagt dann noch eindringlich und kämpferisch: »Meine Herren, wir müssen also das Heft in der öffentlichen Diskussion wieder in die Hand bekommen und das Geschehen in unserem Lande in Bahnen lenken, die für uns akzeptabel sind und unsere Zukunft langfristig sichern. Daran, das könnt ihr drehen und wenden wie ihr wollt, führt absolut kein Weg vorbei!«

Nach diesem Appell nimmt sie genussvoll einen Schluck Wein zu sich, lehnt sich dann wieder zurück und schaut mit prüfendem Blick über ihre Männergesellschaft.

Reinhardt Wagenlenker steht auf und sagt ein wenig übermütig und mit leicht ironischem Unterton: »Liebe Eleonore, meine Herren, bevor wir nun beraten, wie wir schnellstmöglich das Heft wieder in die Hand bekommen, möchte ich uns erst einmal von diesem überaus köstlichen Bordeaux nachschenken.«

Und während er alle Gläser nachfüllt, meint er aufgekratzt: »Meine verehrte Eleonore, ich habe in der letzten halben Stunde alleine vom Zuhören eine trockene Kehle bekommen, und deshalb meine ich, dass wir nun erst einmal einen ordentlichen Schluck auf ein gutes

Gelingen unseres Vorhabens trinken sollten.«

Schon etwas unsicher auf den Beinen bückt er sich nach seinem Glas, deutet ein Anstoßen an und sagt vergnügt: »Salute, Freunde, und auf unser aller Wohl! – Und auch darauf«, er dreht sich zum Gemälde vom Generalfeldmarschall hin, »dass wir unter der Führung Ihrer verehrten Enkelin unsere Zukunft zufriedenstellend gestalten können.« Überschäumend aufgelegt prostet er nun auch dem Feldmarschall zu, dann noch einmal der kleinen Gesellschaft und genehmigt sich schließlich einen kräftigen Schluck.

Der Kardinal, Hofmeister und auch die Gräfin, die allerdings ein wenig widerstrebend, schauen sich einen Augenblick lang amüsiert an, prosten sich dann kurz zu und genießen einträchtig den Rotwein.

Reinhardt Wagenlenker setzt sich wieder, verschränkt die Arme vor der Brust und fragt – nun ganz nüchtern und ernsthaft: »Eleonore, hast du dir eigentlich schon überlegt, auf welchen Ebenen und mit welchen Mitteln die angepeilte Kampagne geführt werden soll?«

»Selbstverständlich, Reinhardt! – Also, ich denke, dass wir zunächst einmal die bisher gängigen Wege verstärkt beschreiten werden. Wir werden umfassende Statements und Artikel zu den relevanten Themen in den wichtigsten Zeitungen schalten, dann …«

Die Gräfin bricht ab, streicht sich mit einer missmutigen Handbewegung eine Haarsträhne aus der Stirn und mahnt dann mit deutlichem Unmut in der Stimme: »Speziell auf dieser Ebene, meine Herren, müssen wir ganz besonders darauf dringen, dass sich dort vor allem die uns nahestehenden Professoren und Institutsdirektoren endlich einmal so richtig ins Zeug legen! – Ja, und dann müssen wir dafür sorgen, auch wenn sich unser verehrter Herr Kardinal diesbezüglich gerade sehr kritisch und ablehnend geäußert hat, dass unsere Präsenz im Fernsehen erheblich ausgebaut wird.«

Während sie sich aufrichtet und mit beiden Händen die Armlehnen umfasst, schließt mit Nachdruck daran an: »Und wenn wir dort auftreten, sollten wir mit offenem Visier und mit vollem Einsatz für unsere Sache kämpfen!«

Nach diesem Appell lässt sich die Gräfin mit einem Seufzer in die Rückenlehne fallen und sagt nach einer Weile in einem gewinnenden, aber dennoch zwingenden Tonfall zum Kardinal: »Mein verehrter und hoch geachteter Kardinal Hallhuber, ich will Ihnen wirklich nicht zu nahe treten, aber einen Angriff wie den des Studenten müssen wir ab sofort knallhart parieren. Contenance ist gegenüber solchen Leuten höchst unangebracht und wird uns nur als Schwäche ausgelegt, wie ich heute schon einmal gesagt habe.

Gerade wenn uns jemand droht«, schließt sie nach kurzem Überlegen energisch daran an und blickt nun ihrerseits kurz auf das Bildnis von ihrem Großvater, »ist der Gegenangriff immer noch die beste Verteidigung. Mit einer gut geführten Attacke, ich denke, das ist auch einem Kirchenmann nicht fremd, lässt man den Gegner schwach aussehen und sammelt insbesondere bei den zu TV-Konsumenten mutierten Zeitgenossen am einfachsten Pluspunkte.«

Weil die Gräfin sich selbst und dem Kardinal ein Scharmützel in Sachen TV-Auftritte ersparen will, schlägt sie nach diesem Statement den Schreibblock auf und macht eiligst ein paar Notizen.

Sie legt dann den Block samt Füllfederhalter schwungvoll auf den Tisch, nimmt ihren Teller und lehnt sich mit diesem zurück. Sie prüft dann sorgfältig, was der Teller noch zu bieten hat, und gönnt sich schließlich ein Kaviarschiffchen.

Der Kardinal, der der Gräfin mit reservierter Miene zugehört hatte, neigt offensichtlich auch nicht dazu, den Punkt TV-Präsenz weiter zu behandeln, und so eröffnet sich für Hofmeister die Gelegenheit, seine Ansichten zum politisch motivierten Fernsehauftritt darzulegen.

Er nimmt seinen Kugelschreiber zur Hand, dreht ihn wieder mit beiden Händen ein paar Mal hin und her und sagt dann recht überzeugt: »Verehrte Frau Gräfin, in einer Talkshow mit dem dort immer recht knappen Zeitbudget, erscheint es mir fast unmöglich, beispielsweise die gegenwärtigen Verhältnisse auf dem Einkommenssektor gemäß ihrer Sichtweise überzeugend zu beleuchten und erfolgreich zu verteidigen. Dazu kommt, dass diese Gesprächsrunden in aller Regel recht chaotisch ablaufen, und so kann selbst eine Argumentationskette wie jene, mit der Sie gerade vorhin die relativ großen Einkommensunterschiede zwischen Unternehmern und Arbeitnehmern begründet haben, nur in Trümmern enden und kaum jemand überzeugen. Ich glaube also nicht«, fährt er an die Runde gewandt fort, »dass Ihr über vermehrte TV-Präsenz Eure Position nennenswert verbessern könnt.«

Hofmeister, der nun wieder einen recht selbstsicheren Eindruck macht, lehnt sich nach diesen Einwendungen locker in seinem Sessel zurück und schlägt die Beine schwungvoll übereinander.

Weil seine Gegenüber, die er mit seiner Sichtweise offenbar etwas überrascht hat, nicht gleich darauf eingehen, merkt er noch an: »Sehr wirkungsvoll erweist sich nach meiner Kenntnis dagegen die Lancierung von Leserbriefen in den Tageszeitungen, was noch dazu mit wenig Aufwand verbunden ist. Ihr habt bundesweit sicher genügend Fußvolk in Euren Reihen, das es sich zur Ehre anrechnet, nach Euren Vorgaben die Stimme zu erheben.«

»Junger Mann, Sie gefallen mir«, sagt da die Gräfin mit anerkennendem Blick, »auch wenn ich Ihre Einschätzung bezüglich der TV-Präsenz nicht ganz teilen kann. Aber diesen Punkt können wir ja bei unserer Generalzusammenkunft im Februar abschließend behandeln. Leute wie unser Kardinal werden sicher nichts dagegen haben, wenn die wenig erfreulichen Fernsehauftritte – dass diese kein Zuckerschlecken sind, gestehe ich ja gerne zu – auf ein Minimum beschränkt bleiben.«

Der Kardinal setzt sich auf, nimmt sein Weinglas, schwenkt eine Weile nachdenklich den Rotwein und stellt dann das Glas wieder ab. »Auch wenn der Zweck die Mittel manchmal heiligt, verehrte Gräfin«, sagt er schließlich und lehnt sich wieder zurück, »ich nehme nur allzu gerne Abstand von diesen Veranstaltungen, die in aller Regel auch von Disziplinlosigkeit und Geltungssucht geprägt sind. Ich stelle mich aber für Tagungen, zum Beispiel bei der evangelischen Akademie oder bei den anderen gesellschaftspolitisch agierenden Veranstaltern, gerne zur Verfügung. Dort finden wir zwar ein nicht annähernd so großes Publikum vor, dafür steht uns aber immer ausreichend Zeit für einen fundierten Vortrag zur Verfügung; wir sind darüber hinaus weder im Vortrag noch bei Stellungnahmen ständigem Störfeuer ausgesetzt, und es ergeben sich ohne Ausnahme Ansatzpunkte und Gelegenheiten für gewinnbringende Gespräche. – Und so können wir bei solchen Veranstaltungen, und das erweist sich letztlich als ein recht gewichtiger Vorteil für uns, verehrte Gräfin, auch immer Multiplikatoren für unsere Sache gewinnen.«

»Schön, mein lieber Kardinal. Ich werde Sie, vielmehr *wir* werden Sie zu gegebener Zeit beim Wort nehmen. – Und nun zurück zu Ihnen, Herr Hofmeister. Die Lancierung von Leserbriefen, wie Sie so schön gesagt haben, ist übrigens die dritte traditionelle Agitationsebene, die ich ansprechen wollte. Reinhardt und der Herr Kardinal haben, als Sie dieses bewährte Element der Einflussnahme ansprachen, zustimmend genickt, und so kann ich diesen Punkt wohl abhaken und umgehend zu einer Strategie kommen, die unsere Kreise aus verschiedenen Gründen bisher nicht einmal denken wollten.«

Die Gräfin notiert ›Leserbriefe bundesweit ankurbeln‹, schaut dann auf ihre Armbanduhr und stellt überrascht fest: »Ach Gott, es ist ja schon kurz vor neun!«

Sie wendet sich daraufhin an den jungen Dr. Hofmeister und meint besorgt: »Ihre Frau wird doch hoffentlich nicht auf Sie warten, Herr Hofmeister. Ich fürchte, wir benötigen bestimmt noch gut eine Stunde für den zweiten Teil unseres Maßnahmenpaketes.«

»Keine Sorge, verehrte Frau Gräfin! Meine Frau hat mir gesagt, dass sie ihre beste Freundin besuchen wird, und da kommt sie ganz sicher nicht vor Mitternacht nach Hause. Sie wissen ja vermutlich selbst, dass es für die Weiblichkeit Themen gibt, die bezüglich ihrer Bedeutung das unsere weit hinter sich lassen, und …« Noch bevor er ganz zu Ende gesprochen hat, weiß Hofmeister, dass er sich einen argen Fauxpas geleistet hat, und verstummt wie abgeschnitten.

Auf das Gesicht der Gräfin legt sich aber nur ein leichter Schatten und Reinhardt Wagenlenker und der Kardinal registrieren erneut einigermaßen verwundert, dass sie nun schon zum wiederholten Male dem jungen Mann ungewöhnlich gnädig begegnet.

»Nun, da haben Sie nicht ganz unrecht, Herr Hofmeister«, meint sie nach diesem Schnitzer nämlich nur ein wenig spröde, verpasst ihm dann aber doch elegant eine verbale Ohrfeige, indem sie betont abgehoben erklärt: »Es ist ja tatsächlich so, dass die Prioritäten bei vielen Frauen anders gelagert sind, dass die weibliche Natur gemeinhin nicht gerade prädestiniert ist für Unternehmertätigkeit, für das Entwickeln von weit gespannten Strategien und schon gar nicht für die gesellschaftspolitische Agitation … aber sie schließt dies, Gott sei's gedankt, nicht gänzlich aus.«

Über einen kleinen Schlenker kehrt sie dann auch schon zur Tagesordnung zurück, und bewahrt so den jungen Mann auch davor, etwa mit einer Entschuldigung oder Klarstellung erneut ins Fettnäpfchen zu treten. »Das nicht ganz einfache weibliche Geschlecht, meine Herren«, fährt sie also kühl, aber doch noch ein wenig spitzzüngig fort, »führt uns geradewegs auf die Strategie hin, die ich gerade angekündigt habe.«

Sie zupft noch eine Weile an einem Ärmel ihres Kleides herum und beginnt schließlich: »Als ich bei der Einweihung des Wellnessparks die grüne Landtagsabgeordnete so wohlwollend reden hörte, überraschte mich der Gedanke, dass wir doch den einen oder anderen grünen Politiker vor unseren Wagen spannen könnten. Eine ganze Anzahl von den Führungsgrünen gibt sich ja gerne elitär und nähert sich seit geraumer Zeit politisch der FDP an. Für uns sollte es also ein Leichtes sein, gerade diejenigen Grünen, die immer wieder einmal in unserem Umfeld auftauchen, in unserem Sinne tätig werden zu lassen.«

Nach einem Schluck Wein lehnt sie sich bequem in ihrem Sessel zurück und fragt dann in die Runde: »Und, meine Herren, was haltet ihr von dieser Idee?«

»Auf den ersten Blick scheint mir das durchaus eine praktikable und vermutlich auch wirkungsvolle Möglichkeit zu sein, mit der wir unsere Phalanx erweitern können«, meint Reinhardt Wagenlenker bedächtig.

Nachdem er sich eine gefüllte Cocktailtomate zu Gemüte geführt hat, gibt er aber zu bedenken: »Wir müssten allerdings an die grüne Spitze, die sich von Fall zu Fall bei uns sehen lässt, bundesweit herankommen, Eleonore. Denn andernfalls würden wir nur Querelen in ihrer Partei auslösen, und dann geht der Schuss für uns mit Sicherheit nach hinten los.«

Die Gräfin klemmt ihren Füllfederhalter auf das Deckblatt vom Schreibblock und legt ihn auf den Tisch. Sie lehnt sich dann bequem zurück, schlägt die Beine übereinander und sagt, während ihr Blick von Reinhardt Wagenlenker über den Kardinal zu Hofmeister wandert: »Ich habe mir gedacht, dass ich im ersten bundesweiten Anschreiben unseren Leuten die partielle Einbindung der Grünen zunächst einmal nur vorschlage und darum bitte, dass alle, die diesem Schachzug zustimmen können, die in Frage kommenden Grünen benennen. Wenn dieser Vorschlag auf unserer Seite eine breite Mehrheit findet und, was sicher günstig wäre, aus jedem Bundesland wenigstens ein bedeutender Vertreter von Bündnis 90/Die Grünen benannt wird, dann würde ich diese Leute für einen der drei Versammlungstage in den Wellnesspark einladen. An diesem Tag werden wir dann eben nur die Themen ansprechen, die für Grüne gut verdaulich sind, wo sie sich heimisch fühlen und vermutlich auf unserer Schiene fahren können.«

Der Kardinal, der bis dahin der Gräfin geduldig, aber mit zunehmend kritischem Gesichtsausdruck zugehört hatte, meldet sich nun zutiefst beunruhigt zu Wort: »Also, verehrte Frau Gräfin, mir ist absolut nicht wohl bei dem Gedanken, dass Sie eine Kooperation mit den Grünen eingehen wollen. Diese Leute, zumindest ein erheblicher Teil von ihnen, sind meiner Kirche kaum freundlicher zugeneigt als Die Linke. Mit diesem Schritt, verehrte Gräfin, würden wir von meiner Warte aus betrachtet nichts weniger versuchen, als den Teufel mit dem Belzebub auszutreiben.«

»Ach, mein lieber Kardinal«, sagt da die Gräfin mit einem überlegenen Lächeln, »das Zusammenspiel mit den Grünen wird uns nützen, aber deren Partei keineswegs voranbringen, da können wir ganz sicher sein. Wir schlagen damit elegant zwei Fliegen mit einer Klappe, denn das grüne Fundament wird seiner Spitze den Flirt mit uns früher oder später sicher sehr übel nehmen.«

Das Vorhaben der Gräfin überrascht auch Hofmeister nicht gerade wenig. Der junge Mann kann außerdem weder einen nennenswerten positiven Effekt dabei sehen noch durchschaut er das Nutzen-Schaden-Kalkül so richtig.

Er scheut sich deshalb auch nicht zu sagen: »Verehrte Frau Gräfin, trotz des Kommentars von Herrn Wagenlenker muss ich leider gestehen, dass ich nicht so recht erkennen kann, welche Vorteile und Wirkungen Sie sich von einer Kooperation mit Grünen versprechen.«

»Nun, mein junger Freund, das habe ich ja heute schon anklingen lassen. Die Grünen sehen sich zwar immer noch als die ersten Hüter und Bewahrer unserer Umwelt, sie zeigen sich inzwischen aber durchaus flexibel und vernünftig, auch dann, wenn es um die Durchsetzung von Umweltschutzmaßnahmen geht. Ihre Führungsriege hat wohl erkannt, dass man unserer Gesellschaftsschicht ausreichende Freiräume im privaten wie auch im wirtschaftlichen Bereich gewähren muss, wenn man uns im Land halten will, wenn man also die Spitzenposition der bundesdeutschen Wirtschaft nicht gefährden möchte. Und diese Freiräume will die grüne Spitze, ganz im Gegensatz zu den Linken, nach meinem Eindruck keinesfalls antasten. Die ideologisch weniger belasteten Grünen sehen inzwischen auch ein, dass man, wenn man zum Beispiel die Umweltbelastungen durch den Menschen erfolgreich zurückfahren möchte, vorrangig bei der Masse ansetzen muss und nicht bei einer Minderheit, die wir nun einmal sind.«

»Ah, jetzt verstehe ich Sie vielleicht so halbwegs. Sie wollen die Grünen mit in Ihr Boot holen, damit eine möglichst breite politische Mehrheit die Grundlagen und Verhältnisse absichert, die Ihre Gesellschaftsschicht tragen. Diese Rechnung könnte durchaus aufgehen, nicht zuletzt auch deshalb, weil, soweit mir bekannt ist, den Grünen aus Ihren Kreisen heraus erstaunlich viele Stimmen und erhebliche Finanzmittel zufließen.«

»Sie haben mich sehr gut verstanden, Herr Hofmeister«, lobt ihn die Gräfin wohlwollend. Eindringlich und überzeugt fügt sie gleich darauf hinzu: »Und weil das mit uns traditionell verbundene Parteienspektrum nun schon seit Jahren bei den Wahlen Prozentpunkte verliert, sollten wir uns heute nicht mehr zu gut dafür sein, auch die Bündnisgrünen vor unseren Wagen zu spannen«.

Sie wendet sich dann wieder dem Kardinal zu und sagt beschwichtigend und werbend: »Und nun noch einmal zu Ihnen, mein lieber Kardinal. Sie haben doch vorhin selbst angedeutet, dass der Zweck die Mittel das eine oder andere Mal auch heiligen kann, nicht wahr? Wenn es uns also mit den Grünen auf unserer Seite unter anderem auch gelingen sollte, das linke Lager deutlich in die Schranken zu weisen, dann meine ich, müssten auch Sie dieser Verbindung eine positive Seite abgewinnen können. Und, das möchte ich noch hinzufügen, Sie sollten auch nicht die Augen davor verschließen, dass bei den Grünen zunehmend die so genannten Realos die Oberhand gewinnen, und diese Leute zeigen sich gegenüber den Religionsgemeinschaften doch recht offen und tolerant, oder etwa nicht?«

»Da haben Sie durchaus Recht, Frau Gräfin. Dennoch fällt es mir im Moment schwer, Ihr Vorhaben zu befürworten. Die Grünen sind ja noch immer eine verhältnismäßig junge Gruppierung, in der unter der Oberfläche nach wie vor nicht zu unterschätzende Flügelkämpfe ablaufen. Sie sind somit ein ausgesprochen unsicherer Kantonist, den ich mir lieber vom Leibe halte.«

Die Gräfin kann auch diese Sorge absolut nicht teilen und sie meint deshalb amüsiert: »Aber, aber, mein verehrter Kirchenfürst, jetzt überziehen Sie aber schon ein wenig!«

Sie richtet sich im nächsten Moment halb auf, stützt sich mit dem rechten Unterarm auf der Armlehne ab und stellt, schräg im Sessel lehnend mit gespielt strenger Miene fest: »Ihr habt doch in der jüngeren und älteren Vergangenheit weitaus kritischere Schachzüge ausgeführt und seid Verbindungen eingegangen, die wesentlich heikler und fragwürdiger waren, als eine Kooperation mit den Grünen. Und, mein guter Kardinal, Ihre Kirche hat doch hierzulande und auch anderswo, immer wieder Allianzen und Verhältnisse toleriert, die nun wirklich bedenklich waren. Warum solltet Ihr also ausgerechnet diesmal so zimperlich sein, Kardinal Hallhuber?«

Die Gräfin nimmt nach dieser kleinen Attacke den Schreibblock vom Tisch und notiert entschlossen ›partielle Einbindung von Bündnis 90/Die Grünen‹.

»Nun, es ist nicht zu leugnen, dass wir nicht immer den geraden Weg gegangen sind«, gesteht der Kardinal währenddessen mit bekümmerter Miene. Die Armlehnen etwas verkrampft umfassend, erklärt er gleich darauf aber bestimmt und sicher: »Heute, verehrte Gräfin, sind wir allerdings so weit, dass der Wahlspruch, den

Sie vorhin erwähnt haben, unser Denken und Handeln nicht mehr beeinflusst.«

Ungeduldig – und nun doch ein wenig verärgert – entgegnet ihm die Gräfin: »Mein lieber Kardinal Hallhuber, die starre Abneigung, die Sie gegenüber den Grünen hegen, verstellt Ihnen offenbar auch den Blick dafür, dass diese Partei in bestimmten Bereichen gerade Ihrer Intention sehr entgegen kommt. Ich denke dabei vor allem daran, verehrter Kirchenmann, wie vehement die Grünen die Gleichstellung der Frau verfolgen, und wie sie diese nicht zuletzt auch von der katholischen Kirche einfordern.«

Reinhardt Wagenlenker ist weder die Frustration entgangen, die in den Worten der Gräfin mitschwang, noch die Anspannung, mit der sein Freund ihre kritischen Worte aufgenommen hat. Noch bevor der Kardinal darauf reagieren kann, beugt er sich zu ihm hinüber, legt seine Hand auf dessen Unterarm und meint besänftigend: »Lieber Johannes, warten wir doch erst einmal ab, wie unsere Freunde Eleonores Vorschlag aufnehmen. Und für den Fall, dass wir ihn schlussendlich doch in die Tat umsetzen, wird dieser Schritt deiner Kirchengemeinde ganz sicher nicht schaden.«

Der Kardinal entzieht Reinhardt Wagenlenker unwillig seinen Arm, sagt dann aber doch einigermaßen beherrscht und mit einem seltsam wehmütigen Blick zu ihm: »Ist ja schon gut, Reinhardt.«

Ein wenig verkrampft wendet er sich dann wieder zur Gräfin hin und erklärt mit bebender Stimme: »Aber eines möchte ich schon klarstellen, verehrte Frau Gräfin, mein Blick auf die Grünen ist weder verstellt noch hege ich eine starre Abneigung gegen diese Leute! Und ich übersehe auch nicht, dass die Grünen gegen die Diskriminierung der Frau ankämpfen und so durchaus auch mit dazu beitragen können, dass eines Tages das unselige Zölibat fällt ... darauf haben Sie ja wohl angespielt, nicht wahr? Aber Sie haben augenscheinlich nur dieses Detail der grünen Programmatik im Auge und beachten nicht das geradezu fanatische Bestreben der grünen Parteiführung und der Mehrzahl ihrer Mitglieder, eherne Grundsätze der katholischen Kirche auszuhebeln und die grüne Programmatik über die Inhalte und Lehren einer Weltreligion zu stellen! Und somit, werte Gräfin, unterscheidet sich das reale Grün keinen Deut von dem Allmachtsanspruch, den zum Beispiel der vergangene Kommunismus für sich reklamiert hatte!«

Die Gräfin hat sich während der heftigen und bitteren Entgegnung des Kardinals erschreckt in ihrem Sessel aufgerichtet. Nachdem er geendet hatte, und nach ein paar Augenblicken lähmender Stille, sagt sie äußerst betroffen und um einen versöhnlichen Tonfall bemüht zu ihm: »Mein lieber Kardinal, ich muss zugeben, dass ich das gesamte programmatische Spektrum der grünen Partei nicht immer in petto habe, und auch nicht diverse Zielsetzungen, die vielleicht nur zwischen den Zeilen ihres Programms aufzufinden sind. Es tut mir also sehr leid, dass ich, was mir ja leider immer wieder einmal passiert, eine etwas unüberlegte Attacke gegen Sie geritten habe.«

Der Blick, den sie während dieser Worte auf den Kardinal richtet, unterstreicht ihre Entschuldigung so eindringlich und ist so intensiv, sodass dem stattlichen und eigentlich immer sehr selbstsicheren Kirchenmann der Atem stockt und Reinhardt Wagenlenker wieder dazu verleitet, seine Hand auf den Unterarm des Kardinals zu legen – ganz so, als wollte er ihn beschützen.

Der Kardinal entledigt sich auch diesmal ungehalten der Hand seines Freundes und meint dann knapp und distanziert: »Gut, werte Frau Gräfin, damit wäre dieses Gewitter ohne nachhaltigen Schaden anzurichten über uns hinweg gezogen.« Und an den jungen Dr. Hofmeister gewandt, sagt er mit etwas belegter Stimme: »Entschuldigen Sie bitte, Herr Hofmeister, dass ich mich«, er schaut auf die Jahresuhr auf dem Sideboard, »zu so später Stunde auf ein so ausgedehntes Gefecht eingelassen habe.«

»Oh, Herr Kardinal Hallhuber, für mich war dieses Gefecht recht aufschlussreich und ich kann nun auch Ihre Reserviertheit gegenüber den Grünen in etwa verstehen und nachvollziehen.«

Nach kurzem Überlegen wendet sich Hofmeister an die Gräfin und meint: »Verehrte Frau Gräfin, nachdem sich die Wogen nun wieder geglättet haben, könnten wir doch zu Ihrem nächsten Punkt übergehen, wenn ich mir als Neuling in Ihrem Kreis diese Anregung erlauben darf.«

»Das dürfen Sie, Herr Hofmeister«, sagt die Gräfin ein wenig steif. Trotz der für ihre Ohren ungehörigen Betonung des Wortes ›aufschlussreich‹, ist sie ihm im Moment aber doch dankbar dafür, dass er mit seinem Vorschlag einen Schlusspunkt unter die Auseinandersetzung um die Grünen setzt.

»Also, wenn ihr damit einverstanden seid«, die Gräfin lässt ihren Blick von Reinhardt zum Kardinal wandern, »dann wenden wir uns jetzt einem Thema zu, das in meinen Augen inzwischen eine Tragweite erlangt hat, die alles andere – Sie wollen mir bitte auch das nachsehen, Herr Kardinal – in den Schatten stellt.«

Der Kardinal nickt nur müde.

»Und das wäre, Eleonore?«, fragt dagegen Wagenlenker neugierig und nimmt sich ein Schinken-Käse-Hörnchen von seinem Teller.

Er lehnt sich damit bequem zurück, beißt einmal von dem Hörnchen ab und schaut dann erwartungsvoll und genüsslich kauend auf die Gräfin.

Die lässt sich mit einem tiefen Seufzer in die Sessellehne fallen und sagt: »Das sind die absolut üblen Verhältnisse in der Welt der Banken beziehungsweise auf den sogenannten Finanzmärkten.«

»Übel?!«, regt sich da Reinhardt Wagenlenker erstmals lautstark und knallt den Rest des Hörnchens auf seinen Teller. »Nach meinem Dafürhalten, verehrte Eleonore, ist das ein zu schwaches Adjektiv für den Zustand eines urtümlichen und einst so sicheren Pfeilers in der Wirtschaftswelt. Ein Pfeiler«, fährt er nach einem Schluck Wasser mit verdrossener Miene fort, »der sich – zum Leidwesen von uns allen – in den letzten Jahrzehnten in höchst abträglicher und gefährlicher Weise verselbstständigt hat, sich immer weiter von der realen Wirtschaft entfernt und ihr, trotz zahlreicher Interventionen von verschiedenen Seiten, heute nur mehr eingeschränkt und manchmal geradezu widerstrebend zu Diensten ist.«

Mit »Ja, Herr Wagenlenker, die Finanzwelt ist inzwischen in ein Fahrwasser geraten, das auch im Wirtschaftsministerium mit größter Sorge beobachtet und verfolgt wird« unterstreicht Hofmeister dessen Kritik.

Gleich darauf wendet er sich an die Gräfin und meint: »Sie persönlich hatten aber bei der Finanzierung Ihres Wellness-Projektes offenbar keine nennenswerten Schwierigkeiten zu überwinden, wenn ich richtig informiert bin.«

»Da sind Sie richtig informiert, Herr Hofmeister«, antwortet die Gräfin erneut etwas steif, weil ihr diese Bemerkung zu indiskret erscheint. »Ich habe aber auch ein Konzept vorlegen können«, erklärt sie dann aber doch recht offen und stolz, »das meine Finanzpartner bis ins Letzte überzeugt hat.«

Schon wieder bestens aufgelegt, bemerkt Reinhardt Wagenlenker spitzbübisch: »Ja, junger Freund, unsere Gräfin hatte nach meiner Kenntnis noch nie nennenswerte Probleme mit den Bankern. Wo sie auftaucht, schmelzen diese Herren dahin wie der Schnee in der Sonne.«

»Bricht jetzt der Macho in dir durch, Reinhardt?!«, empört sich da die Gräfin und wirft ihm einen missbilligenden Blick zu. Sie überlegt dann ein paar Augenblicke lang und sagt schließlich streng: »Lasst mich nach diesem unnötigen Schwenk in meine kleine Finanzwelt nun wieder auf die globalen Verhältnisse auf diesem Felde zurückkommen, meine Herren.«

Sie setzt sich ein wenig angespannt auf, legt beide Arme auf die Lehnen und spricht dann auffällig ruhig weiter: »Wir müssen also, und das geht wohl zeitlich wie auch vom Umfang her weit über die anderen Elemente unserer Offensive hinaus, auch gegen ein Übel ankämpfen, das mich nun schon einige Jahre umtreibt und stärker belastet, als die Linken und die Klimaproblematik zusammen. Und so ist es im Grunde eine leichtfertige Untertreibung, da hat Reinhardt leider nur allzu Recht, wenn ich hier nur von einem Übel spreche. Denn in Wahrheit haben wir es mit einem Ungeheuer zu tun, mit einem vielarmigen Riesenkraken, dem möglicherweise gar nicht mehr beizukommen ist. Und dennoch, meine Herren«, sagt sie beschwörend und lässt sich wieder in die Rückenlehne fallen, »dürfen wir nicht resignieren und die Dinge einfach treiben lassen, weil wir sonst eine Mitschuld auf uns laden würden. – Und, meine Herren, auch wenn dieses Ungeheuer inzwischen den ganzen Globus im Griff hat, stehen wir ihm, das dürfen wir nicht aus den Augen verlieren, nicht gänzlich machtlos gegenüber, denn schließlich umspannen auch unsere Verbindungen nahezu den gesamten Erdball.«

Die Gräfin macht eine Pause und schaut trotz der Zuversicht, die aus ihren letzten Worten herauszuhören war, mit düsterem Gesichtsausdruck über ihre Männergesellschaft.

Sie streicht dann mit hektischen Handbewegungen den Rock ihres Kleides glatt und fährt schließlich mit heiserer Stimme fort: »Leben verleiht diesem Kraken vor allem das Verhalten führender Leute in der Bankenwelt, dann ein ganzes Heer von verantwortungslosen Finanzjongleuren, des weiteren eine Horde skrupelloser Fondsmanager sowie eine zunehmende Anzahl von Managern und Unternehmensführern, denen offenbar jedes Augenmaß abhanden gekommen ist. Alle diese Zeitgenossen, die zu einem guten Teil wenig mit uns gemein haben, haben unsere Gesellschaftsschicht aber inzwischen in ein derart schlechtes Licht gerückt – ich glaube wir haben das Eingangs schon einmal kurz angesprochen –, sodass es im Grunde nicht allzu verwunderlich ist, dass wir heute beim Volk fast so schlecht angesehen sind, wie zuletzt kurz vor der französischen Revolution.«

Die Gräfin macht erneut eine Pause, trinkt hastig ein paar Schlucke Wasser und gesteht – halb dem Dr. Hofmeister zugewandt – dann unumwunden: »Am Rande der letzten Salzburger Festspiele ergaben sich mehrere Gelegenheiten, diese Situation zu erörtern, und man war einhellig der Ansicht, dass das unselige Treiben in der Finanzwelt gestoppt und korrigiert werden muss. Nur – das ist leider nicht zu verleugnen – man sah sich bei den verschiedenen Treffen nicht einmal in der Lage, auch nur ansatzweise Lösungs- beziehungsweise Strategieansätze dafür zu entwickeln.«

Nach dieser Bankrotterklärung bricht die Gräfin unvermittelt ab, lehnt sich niedergeschlagen im Sessel zurück und schließt die Augen. Reinhardt Wagenlenker, der sie besorgt anschaut, kann sich nicht erinnern, dass er sie jemals so mitgenommen und hilflos gesehen hätte.

Offenbar wollen aber weder er noch der Kardinal an die gräfliche Lagebeschreibung anknüpfen, und so durchbricht Hofmeister mit einer Stellungnahme die bedrückende Stille, die nach der Schlussbemerkung der Gräfin im Salon eingekehrt ist.

Er räuspert sich kurz, löst so die Gräfin aus ihrer Lethargie, und sagt dann verständnisvoll zu ihr: »Trotz der weit reichenden Verbindungen, verehrte Frau Gräfin, die Sie und Ihre Kreise aktivieren können, ist es nicht allzu verwunderlich, dass sich Ihre Seite bisher erfolglos diesem globalen Missstand genähert hat. Wir im Wirtschaftsministerium, die Politiker um uns herum und im Grunde alle im klassischen Sinne unternehmerisch tätigen Menschen, haben bisher auch noch keine mehrheitlich akzeptierte Strategie beziehungsweise Rezeptur gefunden, mit der insbesondere den Vorgängen auf dem Finanzsektor Einhalt geboten werden kann. Wir mussten in den letzten Jahren feststellen und widerstrebend zur Kenntnis nehmen, dass sich mit Hilfe der modernen Kommunikationstechniken die Finanzgeschäfte einen weltumspannenden Marktplatz geschaffen haben, und diese Geschäfte in aller Regel ohne Bindung an die reale Wirtschaft und somit zu Lasten der Mehrheit getätigt werden.«

Hofmeister setzt sich nach dieser Stellungnahme auf, stützt sich mit den Unterarmen und mit verschränkten Händen auf den Knien ab und fährt dann fort: »So bedauerlich das auch ist, die Politiker und die Mehrzahl der führenden Leute in der Wirtschaft sitzen auf dieser Operationsebene an den kürzeren Hebeln und haben deshalb so gut wie keinen Einfluss auf den Lauf der Dinge. Insbesondere für die Macher in der Wirtschaft ist dabei gänzlich neu und äußerst frustrierend, dass sie keine wirksamen Geschütze gegen diese Entwicklung auffahren können.«

Während sich Hofmeister wieder zurücklehnt, stellt er noch fest: »Was die Situation schließlich besonders verfahren und problematisch gestaltet ist der Umstand, dass so manche Vertreter aus Wirtschaft und Politik nicht nur als Kritiker des Übels auftreten, sondern in der einen oder anderen Weise auch Passagiere auf dem Finanztrain sind. Sie haben aber keine Kontrolle über diesen Zug und derzeit auch keine Notbremse zur Verfügung, wenn ich mich so bildhaft ausdrücken darf.«

»Das dürfen Sie, Herr Hofmeister«, sagt die Gräfin wie automatisiert zum zweiten Mal. Aber schon im nächsten Augenblick richtet sie sich energisch auf und schießt ihn heftig an: »Und ich denke, dass ich Sie auch ganz gut verstanden habe, junger Mann! Neben Ihren Feststellungen, die leider nur zu gut unsere Gegenwart beschreiben, wollten Sie uns wohl so ganz nebenbei auch zu verstehen geben, dass Leute wie Herr Wagenlenker und ich ein Teil des Problems sind, und nun die Kehrseite der Medaille präsentiert bekommen, nicht wahr?«

Hofmeister pariert diesen Angriff ganz ruhig und gelassen: »Absolut nicht, Frau Gräfin, denn ich kenne Sie beide nur als Unternehmer vom alten Schlag, die ihre Erträge zum größten Teil wieder in ihre Unternehmen zurückfließen lassen.«

Nach kurzem Überlegen fährt er an die ganze Runde gewandt fort: »Ein Teilaspekt im gegenwärtigen Problemgemenge ist aber schon die Tatsache, dass die Kapitalanleger zunehmend hohe und höchste Renditen erwarten, und so sehen sich«, Hofmeister wendet sich wieder zur Gräfin hin, »unter anderen auch die von Ihnen besonders gescholtenen Fondsmanager einem immer höheren Druck ausgesetzt, den sie sich dann auch mit astronomisch hohen Summen honorieren lassen. Ihre Sorge um das ungefährdete Fortbestehen Ihrer Gesellschaftsschicht, verehrte Frau Gräfin«, meint er nach einer kurzen Atempause noch, »ist also nicht ganz unbegründet, weil in den letzten Jahren neben den unhaltbaren Verhältnissen auf den Finanzmärkten die Einkommen in einer ganzen Reihe von Tätigkeitsfeldern – und das im Grunde immer zu Lasten der Mehrheit – extrem gewachsen sind. Und dazu kommt, was im Volk das Fass allmählich zum Überlaufen bringt, dass der Steuerzahler, also mehrheitlich die Arbeitnehmerseite, auch noch für so manches Missmanagement im Finanz- und Unternehmensbereich den Kopf hinhalten muss.«

Reinhardt Wagenlenker und der Kardinal sitzen inzwischen einigermaßen angespannt in ihren Sesseln und wundern sich nun schon zum wiederholten Male über das freimütige Reden des jungen Mannes, von dem sie beide annehmen, dass ihm doch einigermaßen klar sein muss, warum die Gräfin Verbindung zu ihm aufgenommen hat. Darüber hinaus sollte er in den letzten Stunden auch erkannt haben, dass die Gräfin das fundamentale Kritisieren und Infragestellen ihrer Gesellschaftsschicht, selbst wenn dies, wie gerade eben, vorrangig an die Adresse der ungeliebten Emporkömmlinge in ihrem weiteren Umfeld gerichtet ist, durch Außenstehende nicht akzeptieren kann.

Und prompt herrscht ihn die Gräfin auch böse an: »Herr Hofmeister, lassen Sie sich das ein für alle Mal gesagt sein, ich erwarte keine unvertretbaren Renditen! Und, das nehmen Sie ebenfalls tunlichst zur Kenntnis: Gerade für mich ist es besonders unerträglich, dass der Staat, wegen gigantischer und unglaublicher Fehlleistungen so mancher Akteure, immer häufiger wie ein Sponsor in das Wirtschaftsgeschehen eingreift beziehungsweise, wenn Sie so wollen, dort eingreifen muss!«

Die unbeherrschte Reaktion der Gräfin auf seine letzten Äußerungen lässt Hofmeister unschwer erkennen, dass die gegenwärtigen Verhältnisse in der Wirtschafts- und Finanzwelt mit den ökonomischen Prinzipien der Gräfin absolut nicht zu vereinbaren sind, und dass sie die Marktwirtschaft bis in ihre Grundfesten erschüttert sieht. Er sieht deshalb auch von einer Entgegnung ab, und schaut nur einen Augenblick lang fragend und ein wenig ratlos in die Gesichter von Wagenlenker und dem Kardinal.

Die Gräfin fährt sich nach ihrer neuerlichen Attacke mit beiden Händen übers Haar, trommelt dann eine Zeit lang hektisch auf den Armlehnen ihres Sessels herum und sagt schließlich mit rauer Stimme, aber wieder halbwegs ruhig zu Hofmeister: »Ich und die über Jahrhunderte gewachsene Gesellschaftsschicht um mich herum, beobachten also mit größter Sorge, wie ein leichtsinniger und nicht über den Tag hinaus denkender Haufen Newcomer unsere Schiffe in schwere See reißt und unseren Untergang heraufbeschwört.«

Sie nimmt daraufhin einen Schluck Wasser zu sich, macht noch ein paar Notizen und lehnt sich dann erschöpft in ihrem Sessel zurück.

Nach einer Weile wendet sich Reinhardt Wagenlenker an den gescholtenen jungen Mann: »Tragischerweise, Herr Hofmeister, gehen die Ansichten, wie wir aus der stürmischen See heil herauskommen, in unseren Kreisen weit auseinander, das hat unsere verehrte Gräfin ja schon zu erkennen gegeben. Und es stimmt leider auch, was Sie angedeutet haben, dass manche in unserem

Lager nicht bereit sind, ihr Handeln und ihre Ansprüche zu Gunsten der Allgemeinheit oder auch nur in Richtung einer nachhaltigen Wirtschaftsweise zu korrigieren. Dabei haben wir in den letzten Jahren bei diversen Zusammenkünften und Tagungen sowohl unsere Sicht- und Verhaltenweisen, wie auch unsere Zielsetzungen durchaus auf den Prüfstand gestellt und offen und kritisch durchleuchtet. Wir haben uns ernsthaft mit den Thesen eines Silvio Gesell und mit der kleinen Welt der alternativen, also den sozial und ökologisch ausgerichteten Banken auseinandergesetzt, sowie Lenkungsmittel wie die Tobin-Steuer beziehungsweise die Belastung von Finanztransaktionen diskutiert.«

Reinhardt Wagenlenker bricht seine Erklärungen ab, setzt sich halb auf, legt beide Arme auf die Lehnen und fährt dann mit etwas erhobener Stimme fort: »Ja, Herr Hofmeister, wir sind nicht einmal davor zurückgeschreckt, den in unseren Reihen höchst unpopulären Gesichtspunkt, dass großer Besitz in einer Hand im Grunde immer nur auf Basis ungerechter Gesellschaftsverhältnisse angehäuft werden kann, auf die Tagesordnung zu setzen. Und, ob Sie es nun glauben oder nicht, wir haben uns sogar mit bedeutenden Religionsführern zusammengesetzt und deren Ratschläge eingeholt.«

Wagenlenker bricht erneut ab, nimmt seinen Teller vom Tisch und schiebt das letzte Canapé darauf nachdenklich hin und her.

Er stellt den Teller nach einer Weile wieder auf den Tisch zurück, lässt sich in die Sessellehne fallen und sagt dann fast beiläufig: »Nicht zuletzt wegen ideologischer Differenzen und zu verschieden gelagerter Interessen sind wir aber noch jedes Mal uneins und ohne irgendwelche Entschließungen, und schon gar nicht mit Erfolg versprechenden Problemlösungen im Gepäck, wieder auseinander gegangen.«

Nach diesem Eingeständnis schlägt er die Beine übereinander und meint nach einem kurzen Blick auf die Gräfin vorsichtig: »Es machen sich allerdings auch die wenigsten unter uns so viele Gedanken um unsere Zukunft wie Eleonore. Und so sieht die Mehrheit in unseren Reihen unsere Stellung im Lande nicht gravierend gefährdet, und ist deshalb auch nicht bereit und Willens, gegen fraglos gegebene Missstände anzugehen. Viele von uns verharren aber auch deswegen in Passivität, weil sie, wie der einfache Bürger auch, die Problematiken, die uns die Globalisierung zunehmend beschert, nicht mehr überblicken. Die dennoch erstaunliche Lähmung auf unserer Seite resultiert nach meiner Erfahrung aber auch aus dem Umstand, dass niemand, wohl oft in Rücksicht auf seine Konkurrenzfähigkeit, den ersten Änderungsschritt tun möchte – einer wartet da auf den anderen. Und nicht wenige in unserem Lager«, fährt Reinhardt Wagenlenker in unverändert ruhigem Tonfall fort, »neigen mittlerweile ganz ungeniert zu einer fatalistischen, ja fast schon zu einer apokalyptischen Haltung, und leben und agieren nun schon fast eine Generation lang nach der Devise ›Nach uns die Sintflut‹. Und vor so einem Hintergrund, Herr Hofmeister, ist es für mich nun auch nicht verwunderlich, dass sich der Finanzsektor trotz seines rasant wachsenden Gefahrenpotentials relativ ungestört in einer weitgehend anonymen Parallelwelt einrichten konnte.«

Reinhardt Wagenlenker nimmt das Canapé von seinem Teller, begutachtet es wohlwollend von allen Seiten und führt es schließlich im Ganzen in den Mund. Er lehnt sich dann mit Genuss kauend zurück, schlägt die Beine wieder übereinander und schaut abwartend in die Runde.

Die Gräfin scheint erneut in Lethargie verfallen zu sein und der Kardinal wirkt ein wenig abwesend. Und so ergreift Hofmeister, nicht wenig erstaunt darüber, wie emotionslos Wagenlenker alles vorgetragen hat, wieder das Wort: »Herr Wagenlenker, wenn ich Sie und die verehrte Frau Gräfin richtig verstanden habe, dann befinden Sie sich, nicht zuletzt auch was Ihre geplante Kampagne betrifft, in einer nicht ganz einfachen Lage. Sie sehen die Zukunft Ihrer Gesellschaftsschicht ernsthaft gefährdet, aber gerade diese Schicht will die kritische Konstellation, die sich um sie herum aufgebaut hat, aus verschiedenen Gründen nicht wirklich zur Kenntnis nehmen oder sieht sich nicht im Stande, offensiv dagegen anzugehen. Man steckt also den Kopf in den Sand, während nicht über den Tag hinaus denkende Newcomer, um bei der Formulierung der Frau Gräfin zu bleiben, weiter ihr Unwesen treiben und ihre Kreise, letztlich aber uns alle, in eine zunehmend misslichere Lage hineinmanövrieren.«

»Genauso verhält es sich, junger Mann«, sagt Reinhardt Wagenlenker und nimmt einen guten Schluck Wein zu sich. Er steht dann ächzend auf und füllt sich seinen Teller nach.

Während er sich wieder setzt, gesteht er – es klingt fast wie eine Entschuldigung – man kann aus seinen

Worten aber auch eine Spur Spott und Selbstironie heraushören: »So problemgeladene Gespräche machen mich immer verdammt hungrig.« Er beißt dann mit großem Appetit in ein Krabbenbrötchen und lehnt sich rundum zufrieden im Sessel zurück.

Mit »Diesen spöttischen Unterton finde ich höchst unangebracht!« rügt ihn die Gräfin umgehend und fährt – offensichtlich wieder hellwach – in ihrem Sessel hoch. Und um eine Oktave heftiger schickt sie hinterher: »Ich will ganz einfach, und das ist doch nicht schwer zu verstehen, du leichtsinniger Rentier, zumindest *unser* Land weder den linken Geistern noch den weltweit agierenden Heuschrecken und Geiern überlassen, die, das muss ich offenbar noch einmal ganz besonders betonen, nicht auf den Schlussakkord ihres Handelns blicken wollen, der unvermeidlich katastrophal ausfallen wird, wenn sie nicht ausgebremst werden!«

Die Gräfin lässt sich wieder in die Rückenlehne zurückfallen, schüttelt den Kopf und wendet sich dann Hofmeister zu: »Herr Wagenlenker befindet sich seit einem Jahr im Ruhestand, und so kann *er* vielleicht einigermaßen sorglos in die Zukunft blicken, aber ein noch recht junger Mensch wie *Sie*, der es zu etwas bringen möchte, der sieht doch die Entwicklungen der letzten Jahre sicher wesentlich kritischer, nicht wahr?«

»Nun, verehrte Frau Gräfin, ich sehe zunächst einmal, dass nahezu weltweit Verhältnisse eingekehrt sind, die eine mehr oder weniger explosive Stimmung in den Völkern aufkommen lassen. Andererseits lehrt die Geschichte, dass die Massen erstaunlich belastbar und träge sind, und in aller Regel mit kleinen Geschenken ruhiggestellt werden können. Ich bin aber dennoch der Ansicht, dass der Bogen nicht überspannt werden darf, weil Massen, wenn sie erst einmal Feuer gefangen haben, nicht mehr kontrolliert werden können und, das lehrt uns die Geschichte ebenfalls, dann meist ohne Sinn und Verstand zuschlagen.«

Hofmeister dreht eine Weile nachdenklich seinen Ehering hin und her und fügt schließlich hinzu: »Darüber hinaus bin ich aber auch wie Sie der Ansicht, dass es zwingend notwendig ist, gegen die nun schon mehrfach genannten Schieflagen in der Finanz- und Wirtschaftswelt zu Felde zu ziehen. Aus meiner Sicht kommen Sie also nicht darum herum, zwei Hauptfronten zu eröffnen: Die eine muss gegen die Linkstendenzen in unserem Land gerichtet sein, und die andere gegen die schlimmsten Auswüchse auf den Finanz- beziehungsweise Kapitalmärkten und gegen die Hasardeure in der Wirtschaft. Wenn man so will, sind diese beiden Gefahrenfelder ein ungleiches Zwillingspaar – ein janusköpfiges Ungeheuer sozusagen –, das, wohl nicht ganz zufällig, bald nach dem Zusammenbruch der Sowjetunion das Licht der Welt erblickt hat.«

»Junger Mann, so gefallen Sie mir schon wesentlich besser!«, gesteht die Gräfin hocherfreut. Sie beugt sich zu Hofmeister hinüber, fasst seine linke Hand und drückt sie freundschaftlich, ja fast dankbar, wie es Reinhardt Wagenlenker vorkommt.

Locker und wieder gänzlich unbeschwert sagt sie dann auch noch: »Auch wenn mir so manche Äußerung von Ihnen missfällt, denke ich doch, dass wir mit Leuten wie Ihnen unser Land wieder auf einen guten Kurs bringen können. Und darauf sollten wir anstoßen, liebe Freunde!«, schlägt sie mit dem nächsten Atemzug vor, hebt ihr Glas und bringt einen Toast aus: »Auf eine gute Zukunft für uns und unser Land, meine Herren!«

Strahlend, als ob ein Windstoß alle ihre trüben Gedanken vertrieben hätte, stößt die Gräfin dann der Reihe nach mit ihren Gästen an und nimmt einen kräftigen Schluck von ihrem bevorzugten Rotwein zu sich.

Der Kardinal stellt als erster sein Glas auf den Tisch zurück. Er dreht sich dann halb zu Reinhardt Wagenlenker hin, legt den rechten Arm auf die Rückenlehne und meint optimistisch: »Einen ersten Schritt in Richtung Entspannung auf dem Finanzsektor zeichnet sich ja offenbar bezüglich der Bankenaufsicht und der Bonuszahlungen für Banker ab. Denn, wenn ich die letzten Meldungen bezüglich der Boni richtig verstanden habe, dann werden diese in Bälde nur mehr bei längerfristigem Geschäftserfolg an die Herren Manager ausgeschüttet. So ist es doch, nicht wahr?«

»Das wird wohl demnächst so über die Bühne gehen, Johannes.« Wagenlenker will noch etwas hinzufügen, aber die Gräfin, gerade noch mit Notizen beschäftigt, kommt ihm zuvor: »Ja, das sind tatsächlich erste Schritte in die richtige Richtung. Aber es ist ja wieder einmal typisch, dass diese Maßnahmen, die wir seit Jahren einfordern, erst jetzt auf Grund eines Vorstoßes unserer Freunde im Ausland ernsthaft in Erwägung gezogen werden. Und dieses Beispiel, meine Herren, zeigt auch deutlich auf, dass wir den Druck auf unsere Politiker deutlich erhöhen müssen, damit die Entwicklungen im Lande wieder in unserem Sinne verlaufen. Insbesondere müssen wir alles daran setzen, dass der verheerende Einfluss von diversen Gruppen auf die Politik unterbunden wird. Allen voran denke ich dabei an die Sippschaft, die sich, wie Reinhardt so treffend gesagt hat, in der anonymen Parallelwelt der Finanzen angesiedelt und etabliert hat.«

»Und mit welchen Maßnahmen, verehrte Frau Gräfin, gedenken Sie den Druck auf die nationale und, falls das notwendig sein sollte, auch auf die internationale Politik zu erhöhen, wenn ich, vielleicht etwas zu unbedarft, danach fragen darf?«

»Selbstverständlich dürfen Sie, Herr Hofmeister. – Also, wir setzen sicher zunächst einmal auf den Einfluss, den wir über eine ganze Reihe von Mittelsmännern und Sympathisanten ausüben können. Als weitere gängige weiche Maßnahmen stehen uns persönliche Gespräche mit den gewichtigsten Vertretern von zentralen Institutionen und Einrichtungen und mit den relevanten Politikern, sowie die Lancierung von Stellungnahmen und Beiträgen in den großen Zeitungen zur Verfügung. Sollten wir damit nicht genügend Wirkung erzielen, dann werden wir eben auch zu den bewährten Werkzeugen ›Aussetzen von Parteispenden‹, ›Investitionszurückhaltung‹ und, falls dessen Einsatz sinnvoll möglich ist, auch zu unserem schlagkräftigsten Werkzeug, der ›Auslandsverlagerung‹ greifen müssen. Beim Druckmittel Auslandsverlagerung genügte in den letzten Jahren, das muss ich Ihnen ja nicht sagen, häufig alleine deren Ankündigung, um die Politik auf den rechten Weg zu bringen.«

Die Gräfin streicht sich eine Haarsträhne aus der

Stirn und schließt dann kämpferisch daran an: »Und was das unheilvolle Wirken der Haie in der Finanzwelt angeht, Herr Hofmeister, werden wir von deutscher Seite alles daransetzen, dass unser internationales Netzwerk auf maximale Leistung hochgefahren wird, mit dem Ziel, die Struktur dieser Welt einzureißen und so diesen Leuten möglichst bald den Garaus zu machen.«

Während sie die widerspenstige Haarsträhne unter eine Haarklammer klemmt, meint sie auch noch optimistisch: »Auch wenn sich in unseren Reihen eine gewisse Gleichgültigkeit breitmacht, wie Reinhardt vorhin nicht ganz zu Unrecht festgestellt hat, denke ich doch, dass die Mehrheit bei unserer Zusammenkunft im Frühjahr für diese Kampfmaßnahmen grünes Licht geben wird. Und ich meine auch, dass wir nach wie vor in der Lage sind, die weltweite Zusammenarbeit im notwendigen Maße zu beleben.«

Nach diesem Ausblick lehnt sich die Gräfin – nun offenbar mit sich und der Welt wieder zufrieden – ganz entspannt zurück. Sie schlägt dann wie befreit ihre Beine übereinander und lässt ihren Blick forschend über ihre Männergesellschaft schweifen.

Nachdem Hofmeister keine Anstalten macht, auf ihre Ausführungen einzugehen, richtet sie sich nach einer Weile wieder auf, legt die Arme auf die Lehnen und sagt: »Meine Herren, wir haben heute recht intensive und hoffentlich auch gewinnbringende Stunden miteinander verbracht. Ich bedanke mich für euer Kommen und für eure, für mich immer außergewöhnlich angenehme Gesellschaft. Und ich danke euch auch dafür«, fügt sie mit einem entschuldigenden Lächeln hinzu, »dass ihr mein manchmal etwas ungezügeltes Verhalten wieder einmal toleriert und großzügig hingenommen habt.«

Die Gräfin stützt sich auf beiden Armlehnen ab, um aufzustehen, lehnt sich aber gleich wieder zurück und sagt: »Ach ja, die Ergebnisse unserer heutigen Zusammenkunft werde ich euch und unseren Freunden im süddeutschen Raum in den nächsten Tagen auf dem Postwege zukommen lassen; verbunden mit der Bitte, dieses Papier baldmöglichst durchzusehen und mir dann umgehend das Okay für dessen bundesweite Aussendung zu erteilen. Falls ihr Korrekturen oder Zusätze anbringen wollt, dann legt sie bitte eurem schriftlichen Einverständnis bei.«

Sie steht nun auf und bringt ihr Kleid ein wenig in Ordnung. Während auch ihre Gäste einer nach dem anderen aufstehen, sagt sie herzlich: »Und nun wünsche ich euch noch eine gute Heimfahrt und ein erholsames Wochenende.«

In der nächsten Sekunde schlägt sie sich mit der flachen Hand auf die Stirn und wendet sich zum Kardinal hin: »Oh, beinahe hätte ich es vergessen! Lieber Kardinal, ich möchte Sie bitten, dass Sie ein paar Minuten länger bleiben. Ich habe noch ein ganz spezielles Anliegen an Sie zu richten.«

Reinhardt Wagenlenker und Hofmeister schauen sich einen Moment lang etwas überrascht an und der Kardinal meint nach kurzem Zögern: »Aber gerne … Frau Gräfin … Sie wissen ja, dass ich Ihnen keinen Wunsch ausschlagen kann.«

Er drückt dann Reinhardt Wagenlenker kräftig die Hand, wünscht ihm einen guten Nachhauseweg und erinnert ihn daran, dass sie sich am Samstag nächster Woche zu einer Schachpartie treffen wollen. Von Hofmeister verabschiedet er sich ebenfalls mit einem kräftigen Händedruck. Er legt dabei seine linke Hand auf dessen Oberarm und sagt zu ihm: »Junger Mann, es freut mich sehr, dass ich Sie kennenlernen durfte. Ich wünsche Ihnen eine gute Zeit, und vielleicht treffen wir uns hier bald wieder.«

»Eure Eminenz, auch für mich war unser Zusammentreffen ein erfreuliches und spannendes Erlebnis.« Und wieder ein wenig zu vertraut, fügt Hofmeister hinzu: »Sie sind übrigens der erste Kirchenfürst, dessen Bekanntschaft ich machen durfte, und Sie haben mich auf der ganzen Linie positiv überrascht und die Vorstellungen, die ich bezüglich der katholischen Kirche mit mir herumgetragen habe, ein gutes Stück weit gewandelt.«

Bevor der Kardinal zu einer Entgegnung findet, sagt die Gräfin ungeduldig: »Bitte, meine Herren, vielleicht könnt Ihr Euch bei unserer nächsten Zusammenkunft weiter austauschen! Es ist ja schon halb elf, und ich muss morgen fit sein für den Verkauf von ein paar Dreijährigen aus meiner Pferdezucht.«

»Aber selbstverständlich!«, sagen der Kardinal und Hofmeister wie ein Mann.

Mit »Gott behüte euch« verabschiedet sich der Kardinal noch einmal von Wagenlenker und Hofmeister und setzt sich.

Die Gräfin begleitet die beiden bis auf die Terrasse am Eingang, verabschiedet sich noch einmal von ihnen und eilt dann in den Salon zurück.

»Mein lieber Kardinal«, sagt sie, während sie sich

ein wenig außer Atem in ihren Sessel fallen lässt, »entschuldigen Sie bitte meine Eile von vorhin, ich war wohl wieder einmal zu ungeduldig, es tut mir leid.«

»Aber verehrte Frau Gräfin, Sie haben doch ganz recht getan. Der sympathische junge Mann und ich stünden vermutlich noch jetzt in ein Zwiegespräch vertieft hier im Salon. Sie haben uns mit Ihrem Einschreiten letztlich vor einer groben Unhöflichkeit bewahrt.«

»Schön, lieber Kardinal, dann wären wir ja für heute quitt.«

Die Gräfin setzt sich und schlägt ihre Beine in einer Weise übereinander, die dem Kardinal den Atem nimmt. In herzlichem Tonfall sagt sie dann: »Ich habe Sie zurückgehalten, lieber Kardinal, weil ich noch einmal besonders betonen möchte, wie wichtig für uns der Beitrag der Kirche im Kampf gegen die linken Tendenzen im Lande ist. Darüber hinaus habe ich es in den vergangenen Stunden versäumt, dezidiert darauf hinzuweisen, dass wir auch im Kampf gegen die ehrlose Clique der Finanzjongleure und Bonijäger auf die tatkräftige Unterstützung der beiden christlichen Konfessionen angewiesen sind.«

Nach diesen einleitenden Worten spielt sie ein paar Augenblicke lang scheinbar gedankenverloren mir ihrer Perlenkette und wird dann deutlicher: »Im Verlaufe dieses Abends habe ich ja schon mehrfach darauf hingewiesen, dass die Vorgänge auf dem Finanzsektor unser Land und die Weltgemeinschaft auf einen Abgrund zutreiben lassen. Und deshalb, mein lieber Kardinal«, sagt sie nun streng und streicht dabei mit einer energischen Handbewegung über den Rock ihres Kleides, »halte ich es für unerlässlich, dass die führenden Kirchenmänner die Machenschaften in diesem Sektor in Zukunft deutlich schärfer verurteilen, als sie das bis dato getan haben, und dass sie sich darüber hinaus unmissverständlich für die Ächtung der Spieler auf diesem Felde aussprechen.«

Der Kardinal setzt sich ganz gelassen auf und poliert zunächst eine Weile seinen Kardinalsring. Er atmet dann einmal tief durch und sagt schließlich bedächtig: »Verehrte Frau Gräfin, wir haben in den letzten Jahren schon mehrfach laut und deutlich unsere Stimme gegen die Akteure auf diesem Felde erhoben und auch mit Nachdruck Korrekturen im Gefüge des weltweiten Finanzsystems angemahnt. Aber wir mussten und müssen zu unserem größten Bedauern feststellen, dass unsere Worte und Bemühungen nicht die geringste Wirkung zeitigen. Dazu kommt noch, dass wir die Mehrzahl der maßgeblich in der Welt der Finanzen agierenden Leute persönlich nicht erreichen können, weil sie konsequent den Kontakt mit den Vertretern der Kirchen vermeiden. Man könnte also durchaus volkstümlich sagen, dass sie diesen scheuen wie der Teufel das Weihwasser.«

Dieser Vergleich entlockt der Gräfin nur ein kurzes Lächeln, dem sie umgehend eine harsche Rüge folgen lässt: »Sie und ihre Kirche machen es sich da etwas zu leicht, mein guter Kardinal! Wie soll sich denn die Welt zum Besseren wenden, wenn sogar die großen Kirchen gegenüber dem Bösen klein beigeben? Ihr seid verdammt kleinmütig geworden, das musste ich zu meinem Leidwesen heute schon einmal konstatieren, Kardinal Hallhuber!«

Der Kardinal nimmt auch diesen Vorwurf scheinbar gelassen auf und antwortet darauf betont ruhig: »Ihre Kritik kann ich leider nicht zur Gänze zurückweisen, aber ich will schon anmerken, Reinhardt und Herr Dr. Hofmeister haben heute ja schon in dieser Richtung gesprochen, dass wir auch deswegen so erfolglos bleiben, weil sich die von Ihnen mit Recht angeklagten Geister nicht zuletzt auch am Gewinnstreben Ihrer Gesellschaftsschicht orientieren, werte Frau Gräfin.«

Die Gräfin will heftig darauf reagieren, aber der Kardinal lässt sie nicht zu Wort kommen, weil er seinen Konter unverzüglich präzisieren will: »Auf der Jagd nach dem Gelde, verehrte Gräfin, haben diese Geister aber offenbar jeden Anstand und Gemeinschaftssinn verloren. Darüber hinaus, und im Gegensatz zu Ihnen und der Mehrzahl Ihrer Weggenossen, basieren deren Einkünfte häufig nicht einmal auf Aktivitäten, die der Gemeinschaft nützen, und schon gar nicht auf einer soliden Unternehmertätigkeit.«

»Gut, mit dieser Ergänzung kann ich Ihre *Anmerkung* gerade noch durchgehen lassen. Dennoch, mein lieber Freund und Kardinal, erwarte ich in Zukunft von den großen Kirchen deutlich mehr Engagement auf diesem so brandgefährlichen Schauplatz.«

Die Gräfin genehmigt sich daraufhin einen kräftigen Schluck Rotwein und der Kardinal lehnt sich mit etwas reservierter Miene in seinem Sessel zurück.

Nach kurzem Überlegen sagt er dann aber doch entgegenkommend und versöhnlich: »Ich werde auf jeden Fall, das will ich Ihnen gerne versprechen, verehrte Frau Gräfin, bei der nächsten Bischofskonferenz und bei meinen künftigen Kontakten mit den Führern der evangelischen Christengemeinde auf ein verstärktes Engagement gegen die sündhaften Auswüchse bei den Einkommen dringen und auch darauf drängen, dass alle uns zur Verfügung stehenden Hebel so aktiviert werden, damit auf der politischen Bühne die Änderung der weltweiten Finanzarchitektur zumindest ernsthaft diskutiert wird.«

Mit »Okay, Kardinal, damit will ich mich zunächst einmal zufrieden geben« gibt sich die Gräfin großzügig und spielt dann wieder mit ihrer Perlenkette.

»Abschließend möchte ich noch zu einem Punkt kommen«, sagt sie schließlich und setzt sich auf, »den wir heute auch schon erörtert haben, bei dem ich ebenfalls ein zu zaghaftes Wirken Ihrer Kirche reklamieren musste. Ich meine die zunehmende Unbescheidenheit im Volk und dessen wachsende Neidhaltung gegenüber dem erfolgreichen Menschen und, daraus resultierend, die bedrohlich angewachsenen Umweltbelastungen.

Angesichts der fortgeschrittenen Stunde, lieber Kardinal, will ich mich ganz kurz fassen: Also, es ist ja wohl unstrittig, dass es die begrenzte Belastbarkeit der Natur nicht zulässt, dass jeder Bürger seinen Urlaub auf den Malediven verbringt, seine Mobilität auf das Auto gründet und an all den anderen technischen Segnungen teilhaben kann, die wir Menschen hervorgebracht haben. Dass darüber hinaus der Durchschnittsmensch in aller Regel die notwendige Gegenleistung für all dies letztlich gar nicht erbringen kann – er verschuldet sich also –, ist eine Binsenweisheit, und Ihnen und Ihren Amtsbrüdern sicher nicht weniger bekannt als mir. Wegen dieser einfachen, aber schwerwiegenden Tatbestände, werter Kardinal, möchte ich noch einmal nachdrücklich fordern, dass die Spitzen der katholischen Kirche gerade auf diesem Felde ihren Einfluss voll in die Waagschale werfen.«

Die Gräfin lehnt sich wieder zurück, schlägt die Beine energisch übereinander – sie schiebt den dabei hoch gerutschten Rock ihres Kleides ganz bewusst nicht zurück – und sagt dann erregt: »Denn nicht einige wenige wohlhabende Menschen sorgen für die Umweltprobleme, mit denen wir heute zu kämpfen haben, sondern eine Masse, die in einer geradezu penetranten Art und Weise in allen Bereichen des täglichen Lebens mit uns mithalten will. – Und, das ist Euch Kirchenoberen auch bekannt: Eine prosperierende Wirtschaft, und damit eine starke Gesellschaft, haben nur dann dauerhaften Bestand, wenn der besonders fähige Mensch auch die entsprechenden Vorteile aus seiner Arbeit ziehen kann, wenn er diese nicht Tag für Tag gegenüber niveaulosen Neidern verteidigen und von den unteren Bevölkerungsschichten absegnen lassen muss.«

Der Kardinal, dem es trotz der weitgehend entblößten Beine der Gräfin und ihrer heftigen Attacke inzwischen einige Mühe bereitet, das Gähnen zu unterdrücken, hat der Gräfin dennoch aufmerksam zugehört.

Er richtet sich langsam auf, nimmt sein Glas zur Hand und schwenkt den letzten Schluck Wein darin eine Zeit lang im Kreis herum, stellt es dann wieder ab und sagt nach kurzem Überlegen gelassen: »Nun, verehrte Gräfin, für mich und alle meine Glaubensbrüder ist es ganz selbstverständlich, dass es in einem Gesellschaftsverband möglich sein muss, dass der fähige Mensch die entsprechenden Vorteile aus seiner Arbeit zieht. Aber genauso selbstverständlich muss sich der Gesellschaftsverband auch immer wieder mit der Frage beschäftigen, welche Vorteile noch angemessen sind, die der fähige Mensch aus seiner Arbeit ziehen darf.«

Der Kardinal erfasst erneut sein Glas, beugt sich nach vorne, stützt sich mit den Unterarmen auf den Knien ab und umfasst dann mit beiden Händen den Kelch des Glases. Den Blick ins Glas gerichtet und spürbar um einen ruhigen Tonfall bemüht, fährt er nach einer Weile fort: »In den Nachkriegsjahren lagen die unteren und die oberen Einkommen etwa wie eins zu zehn auseinander, was der überwiegende Teil der Bevölkerung gerade noch akzeptieren konnte.«

Der Kirchenfürst lässt nach diesem Rückblick ein paar Sekunden unbewegt und wortlos verstreichen. Er richtet sich dann mit einem Ruck auf, stellt das Weinglas ziemlich unsanft auf den Tisch und sagt mit erhobener Stimme: »Aber heute, verehrte Gräfin, ist die Spanne gut zwanzigmal so groß, und in solchen Verhältnissen hat man einen schweren Stand, wenn man dem Volk nahe bringen soll, dass Geld und Besitz nicht alles sind; dass im Gegenteil, vor allem der Verzicht den Menschen stark und zufrieden macht, und damit auch seinem Heil bei Gott bedeutend weniger im Wege steht!«

»Lieber Kardinal, dann sind wir ja weitgehend einig«, stellt die Gräfin einlenkend fest. Denn der Tonfall und die Körpersprache des Kardinals haben nun eine Strenge angenommen, die Kontras zu seiner Stellungnahme geradezu ausschließen und auch unmissverständlich signalisieren, dass er nun zu einem Ende kommen möchte.

Und so fasst sie nur noch kurz zusammen: »Sie werden also dem Kampf gegen das linke Lager nicht aus dem Weg gehen und gegen die unhaltbaren Zustände auf dem Finanzsektor ernsthaft vorgehen. Ich darf auch feststellen, dass wir bezüglich der Umweltproblematik voll und ganz übereinstimmen, und Sie haben auch nicht einen Ihrer bedeutendsten Glaubensinhalte aus den Augen verloren, nämlich den, dass der Mensch dem schnöden Mammon nicht verfallen darf.«

Der zunächst etwas unterkühlte Blick der Gräfin wurde während dieser Worte von einem gewinnenden, und schließlich von einem betörenden Lächeln abgelöst.

Dem Kardinal wird augenblicklich heiß. Er öffnet möglichst unauffällig sein Sakko und versucht den Blick der Gräfin gelassen zu erwidern.

Die Gräfin gibt sich so, als seien ihr seine Reaktionen entgangen, und wiederholt noch einmal das Anliegen, das ihr offenbar besonders unter den Nägeln brennt: »Also, mein lieber Kardinal, ich will mich nun gerne der Hoffnung hingeben, dass es die Führungsriege der katholischen Kirche nicht länger versäumt, ihre Herde auf eine christliche Haltung gegenüber der traditionell und aus guten Gründen wohlhabenden Bevölkerungsschicht zurückzuführen.«

Der Kardinal will genervt zu einer abschließenden Entgegnung ansetzen, aber da richtet sich die Gräfin unvermittelt kerzengerade auf, klammert sich an beide Armlehnen und sagt erregt: »Denn das, mein lieber Kardinal, möchte ich auf keinen Fall erleben, dass eines Tages neidgetriebene und haltlose Individuen mit Steinen nach meinem Auto werfen, nur weil es ein Mercedes ist!«

Den Kardinal trifft diese Mixtur aus echter Sorge, diffusem Bedrohungsszenario und vorweggenommener Schuldzuweisung völlig überraschend. Er knöpft sich unter dem Eindruck dieses Ausbruchs sein Sakko wieder zu und rückt die Krawatte zurecht.

Unverändert genervt, aber dennoch um einen freundlichen und zuvorkommenden Tonfall bemüht, entgegnet er dann der Gräfin: »Verehrte Frau Gräfin, ich habe heute schon einmal deutlich gemacht, dass ich Ihre Gesellschaftsschicht und die christlichen Kirchen in ein und dem selben Boot sitzen sehe, und dass wir Kirchenführer deshalb auch alles daran setzen werden, dass in unserem gesegneten Land das hohe Gut der Friedfertigkeit und die vom Allmächtigen eingesetzte Ordnung erhalten bleiben.«

Er trinkt daraufhin den Rest Rotwein in seinem Glas in einem Zug aus, legt dann die Arme auf die Sessellehnen und schaut abwartend auf die Gräfin. Es ist nicht zu übersehen, dass er nun aufbrechen möchte – aber die Gräfin überrascht ihn erneut mit einem rasanten Stimmungswechsel und einem weiteren Anliegen.

Sie lehnt sich erst einmal locker und unbeschwert in ihrem Sessel zurück, schlägt dann ihre Beine in Schwindel erregender Weise übereinander und sagt dabei mit einem überaus gewinnenden Lächeln: »Mein lieber Kardinal, es beruhigt mich sehr, Sie so sprechen zu hören … und Sie würden mir abschließend auch noch eine große Freude bereiten, und diesen langen Abend für mich mit einem Highlight enden lassen, wenn Sie sich noch die Zeit für einen Tanz mit mir nehmen könnten.« Während sie das sagt, nehmen Ihr Lächeln und ihr Blick einen derart unwiderstehlichen Ausdruck an, sodass dem Kardinal nicht die geringste Chance für die Ablehnung ihres Wunsches bleibt.

Das Ansinnen der Gräfin trifft ihn aber wie ein Keulenschlag, denn bisher hat er – sicher immer nur zu gerne und mit größtem Vergnügen – nur im Kreise ihrer Gäste oder bei öffentlichen Anlässen und Festlichkeiten mit ihr getanzt. Ein paar Augenblicke lang ringt er hilflos und mit einem Gesichtsausdruck, der nicht überraschter sein könnte, nach Worten und sagt schließlich mit belegter Stimme: »Verehrte Gräfin, mich wiederholend kann ich dazu nur sagen, dass mir nichts schwerer fällt, als Ihnen einen Wunsch auszuschlagen.«

Die Gräfin amüsiert sich offen und ungeniert über den verunsicherten Würdenträger; und während sie aufsteht und mit wiegenden Schritten zum Sideboard geht, meint sie: »Mein lieber Kardinal, jetzt kommen Sie mir aber vor wie ein Oberstufenschüler, der in der Tanzstunde zum ersten Mal von einem Mädchen aufgefordert wird.«

Mit »Ach, verehrte Gräfin, jetzt machen Sie sich auch noch lustig über mich!« beschwert sich der Kardinal mit rauer Stimme. Er folgt ihr mit angespanntem Blick zum Sideboard, zieht dabei den Knoten seiner Krawatte fester und erklärt: »Für einen Kirchenmann ist es eben ein höchst ungewöhnliches Ereignis, zu so später Stunde von einer so überwältigend schönen Frau ... und nur Sie und ich ... zum Tanzen aufgefordert zu werden.«

Während die Gräfin im Sideboard nach einer CD sucht, sagt sie lachend: »Aber mein lieber Kardinal, ich mache mich doch nicht lustig über Sie! Mich hat es nur ein wenig überrascht, wie erschreckt sie meine Bitte aufgenommen haben.«

Gleich darauf erklingen die ersten Takte des Boléro von Maurice Ravel aus den Lautsprechern und die Gräfin geht mit versonnenem Lächeln auf den Kardinal zu. Der erhebt sich unschlüssig und steif, und will dann die Gräfin in Standard-Tanzhaltung in seine Arme nehmen.

Doch die wehrt ihn erst einmal ab und meint übermütig: »Sie werden doch diesen spannungsgeladenen Boléro nicht im Sakko und mit streng gebundener Krawatte tanzen wollen, Kardinal!« Sie knöpft dabei sein Sakko auf, tanzt dann halb um ihn herum, nimmt es ihm ab und lässt es mit elegantem Schwung auf einen der Sessel segeln. Dann – der Kardinal weiß nicht mehr wie ihm geschieht, er spürt nur, dass eine heiße Woge durch seinen Körper läuft und ihn ein leichter Schwindel erfasst – zieht die Gräfin mit überlegenem Lächeln seine Krawatte auf und lässt sie dem Sakko folgen. Sie legt dann ihre rechte Hand auf seine Hüfte und nimmt den großen Mann mit Leichtigkeit, sich wiegend und drehend, mit in den Tanz und knöpft ihm auch noch mit der linken Hand die beiden oberen Hemdknöpfe auf. »So«, sagt sie triumphierend, »jetzt sind Sie endlich der Tänzer, wie ich ihn mir schon immer gewünscht habe.«

Der Kardinal lässt sich von der Gräfin nahezu willenlos führen und er spürt ihren wunderbar geformten Körper wie niemals zuvor; wenn sie sich im monotonen Rhythmus des Ravelschen Boléro an ihn schmiegt, ihn wieder frei gibt und wieder an sich zieht. Er fühlt sich auf ein Boot versetzt, das in eine Dünung geraten ist, und sieht nur mehr verschwommen das strahlende und, wie er meint, auch fordernde Gesicht der Gräfin. Und sie streicht wieder und wieder über seinen Nacken und seinen Rücken, und wiegt und dreht sich mit ihm immer leidenschaftlicher, während der Boléro seinem Finale zustrebt.

Mit einem Mal hört sich der Kardinal rufen: »Nein! Nein! Ich darf das nicht, ich darf das nicht!«

Er windet sich in Panik aus der Umarmung der Gräfin, greift sich noch hektisch das Sakko und die Krawatte und eilt dann Hals über Kopf aus dem Salon.

Mit den letzten Takten des Boléro hört ihn die Gräfin durch die Halle hasten, die schwere Eingangstüre aufreißen und die Freitreppe hinunterstolpern – und dann ist es still. Sie schaut total konsterniert auf die offen stehende Salontüre und spürt wie ihre Beine, die sie gerade noch so mühelos getragen haben, schwach werden und wie in ihrem Kopf alles durcheinander geht.

Sie stützt sich auf den nächststehenden Sessel und fühlt eine tiefe Enttäuschung und eine schreckliche Leere in sich aufsteigen – und mit einem Mal ist ihr kalt. Sie lässt sich in den Sessel fallen und sagt mit gebrochener Stimme in Richtung Tür: »Mein Gott, Kardinal, was ist denn nur in Sie gefahren, was habe ich Ihnen denn Unrechtes angetan?«

Sie dreht sich zur Rückenlehne hin, legt beide Unterarme darauf, lässt ihren Kopf auf die Arme sinken und stöhnt: »Ich will doch nur geliebt werden, nur ein bisschen geliebt werden von diesem Mann, der mich so sehr anzieht. Wie kann er da nur von mir weglaufen?

Er liebt mich doch auch und sehnt sich genauso nach Liebe wie ich.«

Die Gräfin richtet sich halb auf, schaut verzweifelt zur Salontüre und klagt: »Mein Gott, Kardinal, was treibt Sie denn nur weg von mir?«

Der Kardinal ist blindlings zu seinem Wagen gelaufen. Er zieht hastig sein Sakko an, wirft die Krawatte auf den Beifahrersitz, lässt sich dann schwer atmend in den Fahrersitz fallen und schließt die Augen.

Er kann keinen klaren Gedanken fassen, in seinem Kopf herrscht das totale Chaos und mittendrin rotiert unablässig und quälend der Gedanke: Mein Gott, warum schickst du mir nur diese Prüfung? Und warum verbietest du deinen Dienern die Liebe, warum nur? Sag mir, warum nur?!

Und dann spürt er wieder die festen und doch so anschmiegsamen Oberschenkel der Gräfin und ihren heißen, sanft gewölbten Bauch, der ihn geradezu angesaugt hat und auch jetzt noch den Atem nimmt; und er spürt ihren Rücken, in dessen Mitte sich seine rechte Hand sich verselbstständigend vergraben hatte, von dem sie sich nicht mehr lösen wollte.

Und er ahnt, dass er diese Woge von Gefühlen nicht mehr wird abschütteln können, dass sie jedes Mal über ihn hereinbrechen wird, wenn ihm die Gräfin begegnet. – Und dann kriecht unheimlich und nicht abzuwehrend die Gewissheit in sein Gehirn, dass er aber auch nicht die Kraft haben wird, in Zukunft der Gräfin aus dem Wege zu gehen.

Es laufen Schauer durch seinen Körper und er

klammert sich verzweifelt an das Lenkrad und will erneut seinen Gott anklagen.

Aber da bemerkt er schemenhaft sein zerfurchtes Gesicht in der Frontscheibe des Wagens, und das sagt ihm unmissverständlich, dass nicht sein Gott seinem Stand die körperliche Liebe versagt, sondern, dass sich sein Stand diese unmenschliche Last selbst auferlegt hat.

Oh, mein Gott und Vater, denkt er geschockt, verzeih mir meine ungerechte und frevelhafte Anklage! Denn du hast uns dieses wunderbare weibliche Geschlecht ja mit Bedacht zur Seite gestellt, um so deine Schöpfung zu vollenden. Sünde und Verfehlung ist es also in Wahrheit, wenn wir uns deinem Willen widersetzen! »O mein Gott, wie kann ich mich nur so sehr verirren!«, klagt er noch erschrocken und erschüttert; und dann fallen seine Hände kraftlos vom Lenkrad und er sackt im Sitz zusammen.

Irgendwann – der Kardinal könnte nicht sagen, wie viel Zeit vergangen ist – schwinden aus seinem Kopf wundersam die quälenden und gegeneinander laufenden Gedanken. Ihn erfasst eine triumphale, die Erdenschwere auflösende Stimmung und er wird überflutet von Dankbarkeit gegenüber seinem Gott und Beschützer: Mein Gott, du hast mich vor einer schweren Verfehlung bewahrt und vor einem schrecklichen Hörigkeitsverhältnis mit dieser dominanten Frau! Ich wäre nie mehr von ihr losgekommen, hätte ihr nicht mehr die Stirn bieten können, wenn sie wieder einmal in meiner Gegenwart deine Gebote missachtend gehandelt hätte. Und ich hätte nicht mehr aufrecht vor dir erscheinen können und wäre auch nicht mehr in der Lage gewesen, das Amt, das du mir übertragen hast, konsequent und ehrlich auszuüben. Oh, mein allmächtiger, großer Gott, ich danke dir für die Kraft, die du über mich kommen ließest – und bitte, schenke auch der Gräfin die Kraft und den Willen für ein Leben, das dir gefällig sein kann.

Diese befreienden Gedanken können aber nicht verhindern, dass er zu frieren beginnt, und er muss zu seinem Leidwesen nun auch noch feststellen, dass er auf seiner Flucht seinen Mantel in der Halle hat hängen lassen.

Er will aber auf keinen Fall in das Haus der Gräfin zurückkehren und entscheidet sich dafür, ihn bei der nächsten Gelegenheit abzuholen. Er startet den Motor, schaltet die Heizung ein und lässt den Wagen langsam die Auffahrt zur Villa hinunterrollen. Noch bevor er die Zufahrtsstraße zum gräflichen Besitz erreicht, bremst er den Wagen abrupt ab und steuert ihn auf die Parkfläche vor dem schmiedeeisernen Eingangstor.

Das hätte mir gerade noch gefehlt, denkt er erschrocken, mit wohl gut einem Promille in eine Polizeistreife zu geraten. Mit zitternden Fingern wählt er auf seinem Handy die Nummer eines Taxiunternehmens, knöpft nach kurzem Gespräch alle drei Knöpfe seines Sakkos zu, verschränkt die Arme vor der Brust und wartet geduldig auf das Taxi.

Wenige Minuten nach der Flucht des Kardinals obsiegt in der Gefühlswelt der Gräfin der Trotz, aus dem schließlich eine grimmige Entschlossenheit erwächst. Sie schaut auf ihre Armbanduhr, die zeigt kurz vor elf an, wirft dann noch einen Blick auf das Gemälde mit ihrem Großvater und meint ihn nicken zu sehen. Sie steht energisch auf, geht mit raschen Schritten in die Halle, schließt die Eingangstüre und versperrt sie.

Einen Augenblick lang bleibt sie zögerlich vor dem großen Spiegel neben der Garderobe stehen. Sie bringt dann aber doch ihr Haar und ihr Kleid halbwegs in Form und geht schließlich mit weichen Knien auf die breite Treppe zu, die in das erste Stockwerk hinauf führt. Sie weiß, dass ihr Gärtner Sebastian seit langem nicht vor zwölf Uhr ins Bett geht, und will nun bei ihm Zuwendung und Trost finden.

Im ersten Stock zögert sie wieder einen Moment lang, aber da übermannt sie erneut die tiefe Enttäuschung, die ihr der Kardinal bereitet hat, und so steigt nun leise auch die Treppe in das Dachgeschoß hinauf.

Im Dachgeschoß befinden sich neben zwei Gästeappartements auch drei kleine Dienstbotenwohnungen. Durch den Bodenspalt von Sebastians Wohnungstür fällt Licht in den langen Gang, der die Räumlichkeiten im Dachgeschoß erschließt.

Mein guter Sebastian ist also noch auf, denkt sie erleichtert und aufgeregt zugleich. Aber wie wird er das wohl aufnehmen, wenn ich ihn mitten in der Nacht besuchen will, überlegt sie erneut verunsichert. Sie nimmt sich schließlich ein Herz und klopft vorsichtig an seine Tür – nichts rührt sich. Sie klopft noch einmal etwas fester und hört dann ein leises »Ja, bitte«.

Sie öffnet langsam die Tür und schaut schüchtern in den vom Schein einer Stehlampe nur schwach erhellten Raum und sagt dann halblaut: »Bitte, nicht erschrecken, Sebastian, darf ich für ein paar Minuten zu Ihnen hereinkommen?«

»Aber selbstverständlich, verehrte Frau Gräfin!« Er setzt sich auf und legt ein Buch zur Seite, das er auf seinem Kanapee im Liegen gelesen hatte. Während die Gräfin die Tür schließt, denkt er äußerst beunruhigt, dass etwas Außergewöhnliches vorgefallen sein muss.

Er hebt noch rasch ein Kissen vom Boden auf, schüttelt es und legt es neben sich aufs Kanapee. So ruhig und gelassen er im Moment nur kann, sagt er dann zur Gräfin: »Wollen Sie sich zu mir aufs Kanapee setzen, gnädige Frau Gräfin?«

»Aber gerne, Sebastian … und … und ich störe Sie auch wirklich nicht?«

»Nein, ganz im Gegenteil, Frau Gräfin. Ihre Gegenwart ist immer ein wohltuendes Erlebnis für mich, und ich hoffe jetzt nur, dass der Grund für Ihren Besuch nicht die Folge von Geschehnissen ist, die Sie bedrücken.«

Die Gräfin setzt sich zu ihm aufs Kanapee und sagt dankbar: »Mein lieber Sebastian, Sie sind ein so liebenswerter und guter Mensch.« Und während sie seine rechte Hand drückt, schließt sie mit brüchiger Stimme daran an: »Und ich bin schlecht – glaube ich wenigstens.«

Sie holt daraufhin einmal tief Luft und bekennt dann freimütig: »Wie könnte sonst der Kardinal von mir weglaufen, nur weil ich mit ihm tanzen und von ihm geliebt werden möchte.«

Sebastian ist neben Reinhardt Wagenlenker der engste Vertraute der Gräfin, und somit sind ihm viele Details aus ihrem Leben bekannt. Aber dieses zutiefst intime Geständnis schockiert ihn nun doch. Er schaut verlegen zu

Boden und sagt kein Wort, obwohl er spürt, dass sich die Gräfin nach teilnehmenden Worten von ihm sehnt.

Nach einer Weile beugt er sich nach vorne, stützt die Unterarme mit verschränkten Händen auf den Knien ab und sagt: »Verehrte Gräfin, Sie sind keinesfalls ein schlechter Mensch, ganz im Gegenteil, sie haben ein großes Herz, das Sie nicht zuletzt mit den Patenschaften, die Sie für Kinder in aller Welt eingehen, immer wieder aufs Neue beweisen. Und, verehrte Gräfin, die Sehnsucht nach Liebe macht aus Ihnen schon gar nicht einen schlechten Menschen.«

Nach diesen aus seinem tiefsten Herzen kommenden Worten wippt er eine Zeit lang unschlüssig mit den Füßen auf und ab. Er richtet sich schließlich ein wenig steif auf, legt den rechten Arm auf die Lehne des Kanapees und sagt zögerlich: »Dass Ihr Leben auch von Schattenseiten geprägt wurde und wird, liegt nach meiner Ansicht weniger an Ihnen selbst, sondern vor allem daran, dass Sie in eine Welt hineingeboren wurden, in der so manche Probleme vorprogrammiert sind. Sie entstammen einer sehr wohlhabenden Familie, sind in konservativ denkenden und materiell bestens gestellten Kreisen aufgewachsen, und mussten darüber hinaus sehr früh die Unternehmen Ihres Vaters weiterführen. Für Sie tat sich wohl nie ein Grund auf, und Ihnen blieb wohl auch nie Zeit dafür, Ihr Wirken, Ihren Lebensweg und Ihr Umfeld kritisch zu beleuchten und zu hinterfragen. Und dazu kommt, ich hoffe, ich nehme mir jetzt nicht zuviel heraus, dass Sie, obwohl Sie ein so wunderbarer Mensch sind, doch wenig Glück in der Liebe hatten und offenbar haben.«

Sebastian dreht sich von der Gräfin weg – sie soll nicht bemerken, dass seine Augen feucht geworden sind – und schaut mit wehmütigem Blick auf ein vergilbtes Porträt von der jugendlichen Gräfin, das er vor vielen Jahren angefertigt hatte. Nach einer Weile meint er mit brüchiger Stimme: »Und ich bin mit schuld daran, Frau Gräfin.«

Mit »Ach, mein lieber Sebastian, das dürfen Sie nicht sagen und auch nicht denken!« rügt ihn die Gräfin mit bebender Stimme und legt ihren linken Arm um seine Schultern. »Ich weiß doch nur zu gut, Sebastian, dass letztlich meine Mutter eine Trennwand zwischen uns errichtet hat; und genau wie ich, haben auch Sie sich am Ende ihrem Diktat unterworfen. Und, Sebastian, obwohl ich eigentlich nicht verstanden habe, warum Sie trotz dieses Affronts unserem Hause die Treue hielten, war ich doch sehr froh darüber, dass Sie geblieben sind. Sie waren mir oft Trost und Stütze alleine durch Ihre Anwesenheit ... so wie heute auch«, sagt sie noch leise und drückt ihn kurz an sich.

Sie rückt dann hastig ein Stück von ihm weg und weiß offenbar ein paar Augenblicke lang nicht, wohin mit ihren Händen. Sie legt sie schließlich in ihren Schoß und schaut verunsichert und hilflos zu Boden.

Für Sebastian, den ihr Geständnis und ihre kurze Annäherung in Aufregung versetzt haben, der sie scheu aus den Augenwinkeln beobachtet, bietet die Gräfin nun ein Bild des Jammers.

Er stützt sich wieder auf den Knien ab und sagt dann stockend: »Ich hätte Sie nie verlassen können, verehrte Gräfin. Sie waren in Ihren jungen Jahren für mich der

Stern, der jeden Tag erhellt hat. Ihre Fröhlichkeit, Ihre Unbeschwertheit und alle Ihre liebenswerten Verhaltensweisen haben mich so sehr angezogen, sodass das Weggehen bis zum heutigen Tag nicht für eine Sekunde ein Thema für mich war. Denn …«, er schaut wieder auf das Portrait von der jungen Gräfin, »denn in meinem Herzen sind Sie immer die bezaubernde Nori geblieben.«

Die Gräfin hört Sebastians letzte Worte wie durch einen Schleier. Sie spürt, wie sie wieder von einer Schwäche erfasst wird und dreht sich Halt suchend zur Rückenlehne des Kanapees um, legt ihre Arme und ihren Kopf darauf und beginnt fast lautlos zu Weinen.

Sebastian erschüttert das nach innen gerichtete Schluchzen der Gräfin so sehr, sodass er eine Weile nicht weiß, was er tun und sagen soll. Schließlich streichelt er behutsam ihr Haar und sagt, krampfhaft um eine feste Stimme bemüht: »Bitte, weinen Sie deshalb doch nicht, verehrte Gräfin!«

Im nächsten Augenblick verliert aber auch er die Fassung und stammelt: »Bitte, liebe Nori, bitte weine doch nicht so sehr. Bitte, liebste Nori!« Und er legt seinen linken Arm auf ihren Rücken und küsst innig ihr Haar, ihren Nacken und ihre Schulter.

Mit tränenüberströmtem Gesicht dreht sich die Gräfin zu ihm um, umarmt ihn und drückt ihr nasses Gesicht an seinen Hals und schluchzt: »Mein lieber Sebastian, warum nur haben wir ein halbes Leben lang diese unsägliche Trennung hingenommen, warum nur, mein liebster Sebastian?«

Die Gräfin weint nun hemmungslos und überschüttet Sebastian sehnsüchtig mit Küssen. Der meint zu spüren, dass zentnerschwere Lasten von ihm abfallen, er glaubt zu schweben und all seine Sinne reagieren ungezügelt auf die aufgelöste Gräfin.

Und unterbrochen von seinen Küssen, antwortet er mit brüchiger Stimme: »Wir waren zu obrigkeitshörig, Nori ... wir wurden so erzogen ... ich war nicht stark genug, um gegen die Gesellschaft anzukämpfen ... gegen die Leute oben und auch gegen die Leute ganz unten.«

»Bitte, lieber Sebastian, bitte kümmern wir uns jetzt nicht mehr um diese engstirnige und herzlose Gesellschaft. Lass uns frei werden, Sebastian!«, schluchzt die Gräfin laut und klammert sich mit aller Kraft an ihn.

Sebastian löst sich nach einer Weile aus ihrer Umarmung, steht auf und hebt die Gräfin hoch. Während er sie zur Tür trägt, die in seine Schlafkammer führt, schlingt sie ihre Arme um seine Schultern und stöhnt: »Mein Sebastian, mein lieber Sebastiaann.«

VI

Reinhardt Wagenlenker schaut ein wenig enttäuscht zum tiefblauen Herbsthimmel hinauf, wo sich gerade die letzten Wolkenschleier auflösen – ein untrügliches Zeichen für eine dauerhafte Flaute. Dabei hatte sich der Tag so gut angelassen: Windstärke drei bis vier, kaum Boote auf dem See und die Fischer alle wieder zurück an Land; ideale Bedingungen also, um sein neues Segelboot einmal so richtig auszutesten. Er steuert das Boot mit schlaffen Segeln bis auf wenige Meter an den Schilfgürtel heran und entscheidet sich dafür, zumindest eine halbe Stunde lang die weitere Wetterentwicklung abzuwarten.

Er rollt die Fock ein und lässt das Hauptsegel herunter, breitet seine Wetterjacke und einen dicken Pullover im Boot aus und legt sich dann so bequem wie nur möglich darauf. Er schließt die Augen und genießt die Ruhe in der Südbucht des Sees, die nur vom sanften Gluckern flacher Wellen und hie und da vom Schrei eines Wasservogels unterbrochen wird.

Weil er auf dem großen und oft unberechenbaren See aber keinesfalls einschlafen möchte, beginnt er auf die Geschehnisse zurückzuschauen, die sich um ihn herum in den letzten beiden Jahren zugetragen haben.

Er bleibt gedanklich zuerst bei seiner Tochter hängen, und sein Herz erfüllt sich mit Stolz, wenn er daran denkt, was sie in dieser Zeit alles geleistet und bewegt hat. Mit ihrem Sprechstundenmodell ist es ihr gelungen, die Motivation und das Engagement der Mitarbeiter innerhalb kurzer Zeit spürbar anzuheben; sie hat deren Beteiligung am Unternehmensertrag ausgebaut und das Vorschlagswesen auf eine breitere und für die Mitarbeiter lukrativere Basis gestellt; sie ist in den wachsenden Markt der Umwelttechnik eingestiegen und hat mit diesem Schritt die Sievers-Werke auf eine breitere und stabilere Basis gestellt.

Aber fraglos gehen von ihrer Bereitschaft, jeden Mitarbeiter im Unternehmen genauso hoch einzuschätzen wie sich selbst, die fruchtbarsten Impulse für das Unternehmen aus. Und so befindet sich heute die Produktivität in den Sievers-Werken, die ja schon zu seiner Zeit auf einem hohen Stand war, auf einem Level, der die Fachwelt aufhorchen lässt. Die Produktivitätssteigerung hat Sabrina auch in die Lage versetzt, seine Ukrainepläne zumindest einmal auf Eis zu legen, was bei der Belegschaft einen zusätzlichen Schub pro Unternehmen ausgelöst hatte.

Ihr Wirken wird von der nationalen Wirtschaft dennoch kritisch und misstrauisch beobachtet, und nur ganz vereinzelt erfährt sie von dieser Seite offene Anerkennung und Unterstützung. Die Gewerkschaften sind natürlich voll des Lobes und nutzen ihre partnerschaftlich angelegte Unternehmensführung als leuchtendes Beispiel bei jeder sich bietenden Gelegenheit.

Dass sich diese als ein Erfolgsmodell entpuppt, ist allerdings der Topgesellschaft ein gewaltiger Dorn im Auge, und sie wird – wie es die Gräfin vorausgesagt hatte – von dieser inzwischen nahezu ohne Ausnahme geschnitten und von deren Hardlinerriege meist verdeckt, vereinzelt aber auch ganz offen bekämpft.

Reinhardt hat nicht vergessen, dass auch ihm die Linie seiner Tochter zunächst nicht geheuer war, dass er Sabrina und ihrem Mann das Unternehmen nur unter größten Bedenken überantwortet hat. Es überrascht ihn deshalb auch nicht, dass insbesondere Sabrinas Maxime, in den Beschäftigten die wichtigsten Partner der Unternehmensleitung zu sehen, und somit letztlich anzuerkennen, dass jeder werktätige Mensch für das Wirtschaftsleben und damit für die Gesellschaft prinzipiell gleich wertvoll ist, von der Oberschicht im Lande nahezu einhellig als eine hochgradig umstürzlerische Idee angesehen und kategorisch abgelehnt wird.

Sabrina und Alexander ficht die breite Gegnerschaft aus dem oberen Segment der Gesellschaft aber nicht sonderlich an, und sie setzen ihren Weg unbeirrt fort. Dabei können sich die beiden nicht nur auf die Anerkennung von Seiten der Gewerkschaften und den verschiedenen Verbänden auf der Arbeitnehmerseite stützen, sondern auch auf den Rückenwind, der ihnen inzwischen von unabhängigen Instituten im In- und Ausland zuteil wird.

Reinhardt Wagenlenker öffnet langsam die Augen und lässt seinen Blick am blendend hellen Aluminium-Mast zum Himmel hinauf wandern. Seine Sabrina und Alexander ragen ganz ähnlich aus der Gesellschaft hervor, denkt er philosophierend, wie der Mast seines Bootes über dem See aufragt. Und wie der Mast, spinnt er diesen Gedanken weiter, werden auch sie Stürme überstehen müssen und vielleicht das eine oder andere Mal auch an die Grenze ihrer Belastbarkeit geraten.

Der Ex-Chef der Sievers-Werke bringt seine Beine in eine etwas bequemere Lage und gesteht sich dann ein: Und wenn ich auch – vielleicht nur, weil ich einer anderen Zeit entstamme – nach wie vor mit einer gewissen Reserviertheit ihren Weg verfolge, so wünsche ich ihnen doch von ganzem Herzen, dass sie das alles mit Bravour überstehen und ihre Ziele unbeschadet verwirklichen können.

Ach Reinhardt, sagt er da in Gedanken zu sich selbst, jetzt bist du aber verdammt sentimental geworden. Aber im Ruhestand, du alter Kämpfer, solltest du dir das eigentlich auch leisten können; du hast dich ja lange genug von scheinbar unvermeidlichen Zwängen und fragwürdigen Spielregeln leiten lassen.

Er schließt wieder die Augen und nimmt ganz entspannt das wunderbar beruhigende Gluckern des Wassers in sich auf. Dieses so ungemein natürliche Geräusch weckt in ihm die Erinnerung an seine erste intime Begegnung mit der Gräfin: Sie liegen beide auf dem Badesteg, der vom Park der Villa Hortocány weit in den See hinausragt. Die Gräfin trägt einen raffiniert geschnittenen Badeanzug, der sie in seinen Augen wie eine Göttin erscheinen lässt.

Er hat sie ein halbes Jahr vorher auf einer Wohltätigkeitsveranstaltung kennengelernt, bei der sie die Moderation übernommen hatte. Beim anschließenden Ball ist sie ihm dann als eine herausragende Tänzerin aufgefallen. Er selbst, das gibt er unumwunden zu, ist weder ein sehr guter noch ein begeisterter Tänzer. Die Gräfin hat das offenbar nicht sonderlich gestört, weil sie ihn bald darauf zum traditionellen Fünfuhrtee in ihre Villa eingeladen hat.

Wie vermutlich die allermeisten Männer, ist er binnen kurzem ihrem Charme, ihrer Schönheit und ihrer

Ausstrahlung erlegen. Im Gegensatz zu vielen anderen Männern, fesselt ihn aber auch ihre geballte Kompetenz auf verschiedenen Gebieten, ihre schier unermüdliche Tatkraft, ihr klarer und präziser Verstand und ihr zielgerichtetes Handeln. Sicher stört ihn die raue, manchmal auch rücksichtslose Art, die sie von Fall zu Fall an den Tag legen kann, und auch ihre Unbeugsamkeit auf der gesellschaftspolitischen Ebene. Nicht selten hat ihn das erschreckt und vor den Kopf gestoßen, und er hatte sich schon mehrere Male vorgenommen, den Kontakt zu ihr auf ein Minimum zu beschränken.

Doch es genügte noch jedes Mal nur ein Anruf von ihr, dass er diesen Vorsatz wieder über Bord gehen ließ. Was ihn schließlich geradezu unwiderstehlich zu ihr hinzieht, ist die tiefe Traurigkeit, die er hinter dem leuchtenden Äußern der Gräfin gelegentlich zu verspüren glaubt. Wirklich glücklich hat er sie nicht oft erlebt – damals, am Badesteg, war sie es ganz bestimmt für ein paar Stunden, und für ihn war es der schönste Tag seit dem allzu frühen Tod seiner über alles geliebten Frau. Aber er hatte auch damals gespürt, wie sehr sie auf der Suche nach einem Glück ist, das sie nicht finden und vielleicht auch nicht artikulieren kann. Und so schmerzt es ihn jedes Mal aufs Neue, wenn er bemerkt, dass ihr Inneres wieder von Trauer und Leere, und von einer ungestillten Sehnsucht erfüllt ist.

Ja, gesteht er sich ehrlich ein und lässt seinen Blick über den Himmel schweifen, die Gräfin ist zu einer Konstante in seinem Leben geworden, wenn auch zu einer schwierigen. Diese ungewöhnliche Frau beherrscht aber nicht nur ihn, sie kann auch ganze Heerscharen in

Bewegung setzen, was sich in den letzten zwölf Monaten wieder einmal eindrucksvoll herausgestellt hat.

Die Kampagne gegen die von ihr so sehr befürchteten Umwälzungen im Lande ist geradezu generalstabsmäßig durchgeführt worden, und war, auch ausgehend von ihren hohen Zielsetzungen, alles in allem erfolgreich. Der einzige, allerdings recht bittere Wermutstropfen für sie war und ist, dass bei der Bundestagswahl die Partei Die Linke nicht zurückgedrängt werden konnte, sondern sogar Zugewinne eingefahren hat.

Nicht lange nach den Wahlen war das Kernteam der Kampagne zu einer abschließenden Manöverkritik zusammengekommen, bei der sie diese Zielverfehlung kurz und unmissverständlich folgendermaßen kommentierte: »Meine Damen und Herren, wir müssen wohl oder übel zur Kenntnis nehmen, dass das Gespenst Die Linke nach wie vor mit an Bord ist. Wir dürfen also unser Engagement für Freiheit und Toleranz keinesfalls zurückfahren und nicht wieder darauf hoffen, dass es Gott schon in unserem Sinne richten werde. Und wir dürfen auch nicht dem Denkfehler erliegen«, hat sie ihre Mitstreiter damals auch noch gemahnt, »dass die schwarzgelbe Regierung ohne ständigen Druck von unserer Seite unsere Vorstellungen und Zielsetzungen eins zu eins umsetzen wird.«

Nach seinem Eindruck haben ihre Mitstreiter diesen Appell aber ziemlich gelassen aufgenommen. Sie wollten erst einmal den Sieg ihres Lagers ausgiebig feiern und sich anschließend ihren Tagesaufgaben zuwenden. Schließlich hatten sie ja, neben einer ganzen Reihe anderer Aktivitäten, mit viel persönlichem Einsatz und unter hohem Zeitaufwand ein gutes halbes Jahr lang dafür gesorgt, dass in der Medienwelt der Bundesrepublik kein Tag mehr vergangen ist, an dem nicht ganz offen, zumindest aber zwischen den Zeilen, stets aber geschickt verpackt und leicht verdaulich verkündet wurde, dass das Heil für alle nur in einem wirtschaftsliberalen und wenig reglementierten Staat zu finden ist.

Über Reinhardts Gesicht huscht ein amüsiertes Lächeln, als er sich daran erinnert, wie kurz nach der Wahl ein Kommentator im Fernsehen auf die Wahlanalyse einging und dabei ziemlich erstaunt anmerkte, dass sogar viele Arbeitslose die FDP gewählt hätten. Ihn selbst hat das nicht im Geringsten überrascht, denn, wen soll ein Arbeitsloser schon wählen, wenn er in wirtschaftlich schwierigen Zeiten über Monate hinweg nur mehr hört und liest, dass nur zufriedene Arbeitgeber und Kapitaleigner für Arbeitsplätze sorgen können.

Der Gräfin ist die fast schon dumpfe Zufriedenheit, die sich damals bei Ihren Weggenossen eingestellt hatte, nicht entgangen, sie hat aber, für ihn einigermaßen überraschend, nicht sogleich vehement dagegen angekämpft. Sie hat sich in der letzten Zeit verändert, denkt er, sie wirkt entspannter und umgänglicher, und er bildet sich ein, dass sie auch weiblicher geworden wäre.

Am Ende, sinniert Wagenlenker weiter, ist an dem Gerücht tatsächlich etwas d'ran, das in der feinen Gesellschaft seit Monaten kursiert und hinter vorgehaltener Hand weiterverbreitet wird.

Dazu würde ja auch passen, was er bei einem seiner letzten Besuche im Hause Hortocány erlebt hatte: Er musste eine Weile auf das Eintreffen der Gräfin warten, und so hat ihn Nina von Hagen auf die Terrasse geleitet und mit einer Tasse Kaffee und einem Glas Wasser versorgt.

Obwohl sie den Freunden und Gästen des Hauses in aller Regel reserviert und mit größter Zurückhaltung begegnet, konnte es sich Nina an diesem Tag offenbar nicht verkneifen, zu bemerken, dass die werte Frau Gräfin seit neuestem mit dem Gärtner des Öfteren hier auf der Terrasse die Nachmittage zu verbringen geruht. Ihre Miene zeigte ihm dabei überdeutlich, dass sie für diesen Vorgang nicht das geringste Verständnis aufbringen kann, und als einen nicht tolerierbaren Verstoß gegen die Etikette einordnet.

Er selbst, fährt er in Gedanken fort, würde es der Gräfin ja von Herzen gönnen, wenn sie eine Verbindung mit einem Mann eingehen könnte, die sie glücklich und zufrieden macht und auch von Dauer ist. Ganz im Gegensatz zu seiner Gesellschaftsschicht, sieht er derartige Verbindungen ohne jedes Vorurteil und fühlt sich auch ansonsten nicht an deren Konventionen gebunden.

Aber Hallo, rügt er sich im nächsten Augenblick selbst, hast du schon vergessen wie schockiert du zunächst einmal warst, als du hinter die Beziehung zwischen Sabrina und Alexander gekommen bist?! Und, sei doch einmal ganz ehrlich, ein wenig nagt der Gedanke schon an dir, dass die Gräfin nun vielleicht jemand gefunden hat, dem sie ihr Herz zur Gänze schenken will, und dass den großen Reinhardt Wagenlenker ausgerechnet ein Gärtner ausstechen könnte.

Ach Unsinn, schilt er sich erneut, zwischen uns beiden hat sich doch nur eine feste und herzliche Freundschaft entwickelt – und die wird weiter bestehen bleiben, da bin ich mir ganz sicher. Und außerdem, die Gräfin wird sich wegen Sebastian keinesfalls aus ihrem gewohnten gesellschaftlichen Leben zurückziehen, dafür ist sie doch viel zu sehr ein Alphatier.

Aber dieser Gärtner, geistert es weiter in seinem Kopf herum, ist schon ein merkwürdiger Mensch. Soviel mir bekannt ist, arbeitet er schon seit Jahrzehnten äußerst bescheiden und immer im Hintergrund für das Haus Hortocány. Dabei ist er doch ein recht intelligenter Mensch, ein großer Denker und beileibe nicht nur ein begnadeter Gärtnersmann.

Bei verschiedenen Gelegenheiten bin ich mit ihm schon ins Gespräch gekommen und konnte jedes Mal nur staunen, wie weit gefächert seine Interessensgebiete gelagert und wie umfangreich seine Kenntnisse sind. Sebastian beschäftigt sich ja nicht nur innerhalb einer großen Bandbreite mit Themen, die mit seinem Beruf zusammenhängen, sondern auch intensiv mit der Astronomie und der Philosophie. Diese beiden Wissensgebiete bilden ja ein ungemein interessantes Paar, mit dem ich mich selbst nur allzu gerne beschäftigte. Aber meine Unternehmertätigkeit hat leider nur eine oberflächliche und bruchstückhafte Beschäftigung mit diesen Wissenschaften zugelassen. Und so sind auch die Gespräche mit Sebastian, nicht nur mangels zur Verfügung stehender Zeit, sondern auch wegen der erheblichen Kenntnisdifferenzen nur relativ selten wirklich ergiebig verlaufen.

Aber das kannst du jetzt doch ändern, denkt er im nächsten Augenblick ein wenig aufgeregt. Er setzt sich auf und lehnt sich so bequem wie möglich an den

Schwertkasten. Du hast doch inzwischen alle Zeit der Welt, und die Gräfin, überlegt er weiter, wird Sebastian wohl kaum so eng an sich binden, sodass ihm keine Zeit mehr für seine Passionen verbleibt.

Mann, Reinhardt, das wär's doch: Männerabende mit dem Gärtner und dem Kardinal! Vielleicht sogar mit Alexander, als vierten im Bunde. Denn sein Schwiegersohn würde so einem Treffen ganz sicher noch zusätzlich Farbe und Würze verleihen.

Aber alleine Sebastian und der Kardinal wären ja schon ein echter Knüller. Wenn ich nur daran denke, was der Gärtner bezüglich unserer Existenz, der Schöpfung und dem Universum schon so alles losgelassen hat. »Das Universum«, hat er einmal gesagt, »kann ich mir nur als eine pulsierende Masse- beziehungsweise Energiekonstellation vorstellen, als ein Fluidum, dessen Dichte sich dauernd ändert, als einen Vorgang ohne Anfang und Ende und ohne räumliche Begrenzung. Der heute so populäre Urknall«, befand er locker weiter, »war möglicherweise nichts anderes als ein sich wiederholendes Ereignis und somit so etwas wie eine Durchgangsstation in diesem Geschehen. Er ist die Folge von einem vorausgegangenen Zusammenstürzen der Materie, gefolgt von Entspannung, also der Expansion, die wir heute beobachten können, und der wieder ein Zusammenstürzen folgen wird. Räumliche und zeitliche Grenzen, Herr Wagenlenker«, erklärte er damals unter anderem auch, »gründen sich nur auf unsere spezifisch menschlichen Erfahrungen und Beobachtungen, sie sind also nicht in einem universalen Sinne gültig. Als allgemein gültig kann man wohl nur eine permanente

Bewegung und Veränderung für das Universum postulieren und – vielleicht – die Überlegungen und Feststellungen im Bereich der Quantenphysik. Inzwischen bin ich übrigens auch zur Ansicht gelangt«, sagte er ganz ohne Emotion weiter, »dass es uns Menschen nicht gelingen kann, das Universum zu durchschauen. Wir verheddern uns alleine schon auf einer Geraden, die nach gängiger Sichtweise von dem, was wir als das Große bezeichnen, zu dem hin führt, was wir als das Kleine ansehen. Nach meinen Überlegungen ist diese Verbindung möglicherweise aber nur scheinbar eine Gerade, es könnte sich vielmehr um eine Krümmung handeln, die sich am Ende zu einem Kreis schließt, wo sich das Kleine und das Große vereinigen, sozusagen ineinander übergehen. Und auf Basis dieses Gedankenganges könnte ich auch so etwas sehen, was wir mit dem Begriff Unendlichkeit belegen. Aber dieser Gedankengang, Herr Wagenlenker«, sagte er damals einschränkend, »ist eben nur ein Gedankengang, und ein sehr gewagter noch dazu, das will ich gerne zugeben.«

Sich wiederholend und ohne eine Spur des Bedauerns, stellte der Gärtner daraufhin noch fest: »Wir Menschen werden zu sehr von unserer Umwelt und unseren Erfahrungen geleitet, und sind somit von ganz natürlichen und wohl unüberwindbaren Grenzen eingeschlossen. Und so werden uns auch«, fügte er recht überzeugt hinzu, »die technischen Einrichtungen, die unseren Blick vielleicht etwas erweitern und von Fall zu Fall auch korrigieren können, letztendlich nicht entscheidend voranbringen. Sie verschlingen aber immer größere Geldmittel und damit ein immer größeres Quantum an Arbeitskraft, das uns naturgemäß nur in begrenztem Ausmaß zur Verfügung steht. Und dann denke ich manchmal auch«, sagte er nach einer Pause unvermittelt und düster, »dass die Menschheit selbst ihrem Forschen im Universum möglicherweise bald ein Ende setzt, weil sie drauf und dran ist, ihre Lebensgrundlagen zu zerstören und damit ihr Fortkommen gravierend belastet.«

Ziemlich überrascht habe ich damals gemeint: »Und trotzdem beschäftigen Sie sich weiterhin recht intensiv mit dieser Materie, Sebastian? Diese Überlegungen müssten Sie doch eigentlich deprimieren und dafür sorgen, dass Sie sich anderen Dingen zuwenden.«

»O nein, Herr Wagenlenker«, antwortete er da unbeirrt und wieder ganz unbeschwert, »die Astronomie bleibt trotzdem eine äußerst interessante Wissenschaft. Die Entdeckungen, die gerade in der Gegenwart gemacht werden, sind derart faszinierend, sodass ich mich keinesfalls von ihr abwenden werde. Und wenn Sie mir einen Vergleich erlauben wollen, Herr Wagenlenker, die Beschäftigung mit dem Universum kann ähnlich fesselnd sein wie der Umgang mit den Frauen. Aber beide Welten werden wohl für alle Zeiten ein mehr oder weniger großes Mysterium bleiben.«

Schau, schau, der Gärtner Sebastian, dachte ich damals nicht wenig erstaunt, er verfügt also offenbar auch über ein gerütteltes Maß von Erfahrungen mit dem anderen Geschlecht.

Und so haben mich auch seine Betrachtungen im Bezug auf uns Menschen, die er kurz nach dem elften September 2001 bei einem zufälligen Zusammentreffen mir gegenüber geäußert hatte, beinahe noch stärker beeindruckt, als seine Kenntnisse und Überlegungen auf dem Felde der Astronomie.

Sebastian war mit den Doggen der Gräfin in den Park zurückgekommen, als ich gerade in meinen Wagen steigen wollte. Nach kurzer Begrüßung haben wir uns bei Sonnenuntergang eine Zeit lang auf eine Bank am Seeufer gesetzt. Sebastian hatte eine Tageszeitung bei sich, deren Titelseite nahezu vollständig von einer Fotografie vom rauchenden Ground Zero ausgefüllt war, und ich musste ihm einfach sagen, wie furchtbar und unendlich kontraproduktiv ich diesen Terrorakt empfand. Sebastian sah das nicht anders und war offensichtlich dankbar dafür, dass er mit jemand über diesen Anschlag und die möglichen Beweg- und Hintergründe sprechen konnte.

Mir sind aus diesem Gespräch bis heute zwei bildhaft vorgetragene Sichtweisen des Gärtners im Gedächtnis haften geblieben: »Der Mensch«, sagte er zunächst einmal, »findet sich auf einer Bühne vor, deren eine Hälfte in ein zunehmend helleres Licht getaucht ist, und deren andere Hälfte sich allmählich im Dunkel verliert. In welchem Sektor der Bühne nun der einzelne Mensch sein Dasein fristet, hängt nicht nur von ihm selbst ab, sondern in ganz bedeutendem Maße und in einem umfassenden Sinne auch von seiner Umwelt, aber auch davon, was in einer Gesellschaft als gut und schlecht empfunden wird.«

Vielleicht nur, um mir dieses Bild etwas zu verdeutlichen, führte Sebastian die Situation vieler junger Menschen in der Bundesrepublik an. Er sagte: »Die gegenwärtigen wirtschaftlichen wie auch die gesamtgesellschaftlichen Verhältnisse werden ganz automatisch viele Jugendliche in die dunkle Hälfte der Bühne drängen. Dorthin drängt sie nicht zuletzt das Wirken von Mitgliedern der Gesellschaft, die in aller Regel sehr angesehen sind und darüber hinaus selbstgerecht meinen, sich selbst im Lichte zu bewegen. Diese Leute haben inzwischen auch die gesamte Lichttechnik für diese Bühne an sich gerissen, und richten die Scheinwerfer nur mehr auf diejenigen jungen Leute, die einer hochgestochenen Wirtschaftswelt dienlich sein könnten.«

Nach einer kurzen Pause fügte er noch ein zweites Bild hinzu: Er hat erst einmal darauf hingewiesen, dass die Natur nirgendwo lineare Charakteristiken aufweist, und dann erklärt, dass auch das Böse und das Gute immer in Form von Wellen durch die Gesellschaften laufen, dass diese Wellen in neuerer Zeit unter Umständen sogar den ganzen Erdball umrunden können. Beide Wellen laufen gleichzeitig, aber in unterschiedlicher Ausprägung und mehr oder weniger stark phasenverschoben. In einer Zeit also, in der sich das Böse verstärkt ausbreitet, fällt das Gute unvermeidlich zurück; es wird aber früher oder später wieder an Boden gewinnen und das Böse zurückdrängen.

Das hofft er jedenfalls, sagte er damals, und streichelte dabei den mächtigen Kopf der Dogge Lara. Einigermaßen zuversichtlich meinte er anschließend noch: Und er hofft auch, dass im Laufe der Zeit in unserer Welt – auf der vorhin erwähnten Bühne – immer mehr Lichter angehen werden.

Worauf sich seine Hoffnungen denn stützen würden, habe ich ihn daraufhin gefragt. Das könne er eigentlich nicht sagen, zumindest nicht in wenigen Worten, hat er damals geantwortet und nach einer Weile noch gemeint, dass er ohne diese Hoffnung nicht leben könnte.

Sebastian ist dann aufgestanden und hat sich herzlich für das Gespräch bedankt. Unvermittelt und schon halb im Gehen, sagte er dann noch, dass dieser Ort seit langem dem Guten und dem Schlechten eine Heimstatt bietet, dass von diesem wunderschönen Fleck Erde durchaus positive, aber leider auch negative Impulse ausgehen.

Nun, grübelt Reinhardt Wagenlenker, während er sich wieder hinlegt und die wärmenden Sonnenstrahlen geniest, dir ist bis heute nicht so recht klar geworden, ob Sebastian damals auch in dir einen Emittenten von negativen Signalen gesehen hat. Auf jeden Fall spürt er seit diesem Tag, dass ihm Sebastian nicht mehr nur höflich und mit Respekt, sondern auch wohltuend freundlich begegnet.

Und er fragt sich in diesem Augenblick wieder einmal, warum dieser rechtschaffene Mann über so viele Jahre dem Hause Hortocány treu geblieben ist. Dort, wo sich immer wieder Leute treffen, die ohne Legitimation die Führerschaft in der Gesellschaft für sich beanspruchen, die ihre Sichtweisen und ihre Weltanschauung wie eine Monstranz vor sich hertragen und nicht Willens, vermutlich auch nicht in der Lage sind, sich mit den Gedanken und Ansichten der Mehrheit auseinanderzusetzen; die einem Menschen wie Sebastian bestenfalls Aufmerksamkeit und Anerkennung für seine Arbeit, also für die Gestaltung des Parks und für den immer außergewöhnlich schönen Blumenschmuck bei den verschiedenen Festen im Park oder in der Villa zukommen lassen. Vielleicht sind er selbst, die Gräfin und in gewissen Maße auch der Kardinal die einzigen Menschen aus der Oberschicht, die in Sebastian nicht einen Untermenschen, sondern ein gleichwertiges Mitglied der Gesellschaft sehen, und mit ihm auch entsprechend umgehen.

Ach Reinhardt, sagt da Wagenlenker in Gedanken zu sich selbst und verschränkt seine Hände unter dem Kopf, jetzt hast du schon wieder einen Bogen von der Gräfin zum Gärtner geschlagen. Solltest du am Ende doch ein wenig eifersüchtig auf den guten Sebastian sein, und dich deshalb über Gebühr mit den beiden beschäftigen? Dabei sind doch im Zusammenhang mit deinem Freund Johannes viel wichtigere, ja geradezu weltbewegende Dinge im Gange.

Allerdings befindet sich der Kardinal, geht es ihm durch den Kopf, schon seit längerem in einer äußerst misslichen Lage. Johannes ist ja ohne Frage zunächst einmal ein nach vorne gewandter und ein recht aufgeschlossener Vertreter der katholischen Kirche. Er möchte seine Glaubensgemeinschaft aber keinesfalls ins Volkstümliche und in die Hände der Laien abgleiten lassen. Daneben kollidiert er permanent mit dem erzkonservativen Lager in seiner Kirche, also mit den Leuten, die in der Ökumene nur eine Abwendung vom rechten Glauben sehen können, für die die uneingeschränkte Einbeziehung der Frauen in den innerkirchlichen Betrieb ein Sündenfall wäre, die – an diese Denkebene anschließend – die Sexualität im Grunde in Bausch und Bogen verteufeln.

Und so versucht Johannes nun schon über viele Jahre, in der katholischen Kirche Brücken zu bauen, und müht sich bei diesem Drahtseilakt verzweifelt und seine Gesundheit gefährdend, den offenen Bruch mit der konservativen Seite zu vermeiden.

Unbeirrt und mit aller Entschiedenheit setzt er sich allerdings schon seit seiner Einsetzung als Pfarrer für die Abschaffung des Zölibats ein, und ist wohl nicht zuletzt deshalb seit geraumer Zeit weltweit und auf allen Ebenen seiner Glaubensgemeinschaft als Papstnachfolger im Gespräch, was ihn aber eher beunruhigt als erfreut. Auf ihn bauen nicht nur führende undogmatische Leute in seiner Kirche, sondern auch die Mehrzahl der Gläubigen, die, basierend auf ganz pragmatischen Überlegungen, dem Zölibat ein Ende setzen wollen.

Ja, unser Kardinal ist fürwahr eine schillernde Persönlichkeit, die der katholischen Kirche als ihr oberster Hirte aber sicher gut tun würde, spinnt Reinhardt Wagenlenker seine Gedanken um seinen Freund weiter. Er hat die Kraft, den Elan und die notwendigen Fähigkeiten, um die katholische Kirchengemeinde auf einen guten Weg zu bringen; und er würde sicher auch die Aussöhnung mit meiner Glaubensgemeinschaft, den evangelischen Christen, energisch angehen.

Dass der Kardinal ein starker und überzeugender Frontmann sein kann, hat er ja auch während der von der Gräfin angestoßenen Kampagne eindrucksvoll bewiesen. Er hat die Sichtweisen der etablierten Bevölkerungsschicht mit seiner Sorge um die Zukunft der römisch-katholischen Kirche plausibel verknüpft, und dieses Konstrukt in Form eines persönlichen Rundbriefes an alle Führungsebenen seiner Kirche versenden lassen. In einer Zeit, in der die bundesdeutsche Bevölkerung immer weiter auseinander triftet, war sein Brief dann auch vielen Vertretern seiner Kirche eine höchst willkommene Argumentationshilfe. Darüber hinaus wurden Stellungnahmen von ihm zur Bankenkrise und zu den aktuellen Weichenstellungen in Wirtschaft und Politik in mehreren großen Tageszeitungen veröffentlicht, und im Wahlkampf hat er sich schließlich doch einige Male für Gesprächsrunden im Fernsehen zur Verfügung gestellt.

Ohne Frage, stellt Reinhardt Wagenlenker für sich fest, war der Kardinal auf Seiten der Gräfin eine der wirkungsvollsten Figuren im Kampf gegen die rotrotgrüne Gefahr in der Bundesrepublik. Er verstand es, die Problemlagen im Lande zu relativieren, er hat sich energisch gegen eine pauschale Verurteilung der Spitzen in der Gesellschaft gewandt und verhalf ihnen dabei auch noch unauffällig, aber effektiv, zu einer weitgehend weißen Weste.

Es ist ihm darüber hinaus auch gelungen, die weit geöffnete Schere zwischen Arm und Reich klein zu reden, und hat bei jeder sich bietenden Gelegenheit das einfache Volk in der Manier eines fürsorglichen Hirten gemahnt, sich nicht einer menschenunwürdigen Neidhaltung zu ergeben. Und schließlich hat er es auch nicht versäumt, seine Christengemeinde daran zu erinnern, dass Geld und Besitz wie Wegelagerer die Erlangung des Heils gefährden.

Ja, unser guter Johannes konnte sich sogar bei den Talkrunden im Fernsehen dazu durchringen, die von der Gräfin geforderte Härte an den Tag zu legen, was ihm vermutlich gegenüber den Vertretern der Partei Die Linke nicht sonderlich schwer gefallen sein dürfte. Oha, sagt sich da Wagenlenker in Gedanken und verscheucht dabei eine Libelle, die sich auf seiner Nase niederlassen wollte, möglicherweise hat sich gerade diese Härte, die allerdings schon seit längerem von weiten Teilen der katholischen Kirche gegenüber linksgerichteten Gruppierungen geübt wird, als ein Schuss in den eigenen Rücken erwiesen, hat Die Linke womöglich eher befördert als gebremst. Deren Abschneiden bei der Bundestagswahl hatte ja nicht nur allgemein überrascht, sondern ließ deren Gegnerschaft, allen voran das Kampagneteam, für ein paar Tage in eine Art Schockstarre fallen.

Reinhardt Wagenlenker setzt sich wieder auf, blinzelt in die inzwischen schon schräg stehende Sonne und stellt enttäuscht fest, dass sich der Himmel unverändert wolkenlos präsentiert, und somit nicht zu erwarten ist, dass der Nachmittag noch nennenswerten Wind bringen wird. Außerdem verspürt er mit einem Mal den unwiderstehlichen Drang nach einer Rumtorte und einer Tasse Kaffee im Cafe Raitmann.

Er packt also die Jacke und den Pullover wieder in den Stauraum, holt aus einem anderen den Elektro-Außenbordmotor und setzt ihn mit ein paar Handgriffen im Heck des Bootes ein. Mit gedrosseltem Motor fährt er gleich darauf fast lautlos aus der Uferzone heraus, stellt dann den Motor auf volle Leistung und rauscht, eine ordentliche Bugwelle zurücklassend, auf den Hafen am anderen Ende des Sees zu.

VII

»Mein Gott, wie schön unser Land doch ist«, sagt die Gräfin überwältigt und etwas außer Atem, als sie mit Sebastian aus dem Wald heraustritt, die Alpenkette vor sich liegen sieht und, eingebettet in die grünen Hügel des Alpenvorlandes und gut hundert Höhenmeter unter ihnen, den graublau schimmernden See.

Mit »Ja, es ist ein wunderbares Land, und ich möchte auch nirgendwo sonst leben« schließt sich Sebastian aus tiefstem Herzen der Gräfin an.

»Aber Sebastian, wie kannst du das nur so überzeugt sagen? Du bist doch nie weit über unsere Landesgrenzen hinausgekommen.«

»Ja, Eleonore, vielleicht bin ich da etwas voreingenommen, weil ich hier geboren und aufgewachsen bin. Aber du und Herr Wagenlenker, ihr seid doch schon so viele Jahre in aller Welt unterwegs, und kommt doch jedes Mal wieder gerne hierher zurück. Das stimmt doch, oder?«

»Ja, so ist es tatsächlich. Komm, gehen wir noch die wenigen Meter zum Kreuz hinauf und setzen uns für ein paar Minuten auf die Bank darunter.«

»Gerne, Eleonore, ich war ja bestimmt schon zehn Jahre nicht mehr hier heroben.«

»Und ich erst! Du, ich glaube, ich war das letzte Mal mit Papa da. – Du meine Güte, das muss ja mehr als dreißig Jahre her sein! Ach Gott, Sebastian, wo ist denn nur die Zeit geblieben?«

»Ja, das frage ich mich auch so manches Mal«, sagt Sebastian, während er mit einem Büschel trockenem Gras die grau verwitterte Bank abwischt. Er setzt sich dann und meint nachdenklich: »Aber für dich sind die letzten Jahrzehnte vermutlich noch schneller vergangen, als für mich. Deine Unternehmen ließen dir ja kaum einmal Zeit zum Atemholen.«

»Damit hast du leider nur allzu Recht, Sebastian«, seufzt die Gräfin und lässt sich neben ihm auf die Bank fallen.

Die Gräfin ist von der Bäuerin Regina Rohrer vor einigen Tagen zum Mittagessen eingeladen worden. Weil deren Topfenrohrnudeln mit viel Puderzucker und mit Zwetschgenkompott zu den Leibspeisen der Gräfin zählen, hat sie diese Einladung nur zu gerne angenommen. Der Hof der Rohrers liegt nicht weit vom Gestüt der Gräfin entfernt, und deshalb erledigen der Bauer und sein Sohn schon seit Jahren alle landwirtschaftlichen Arbeiten, die auf dem weitläufigen gräflichen Betrieb anfallen. Der Alpenraum wird seit Tagen mit schönstem Sommerwetter verwöhnt, und so haben sich die Gräfin und Sebastian entschlossen, zum Rohrerhof zu wandern.

Nachdem die Gräfin und Sebastian das Panorama vor ihnen eine Weile stumm auf sich haben wirken lassen, beginnt die Gräfin stockend zu sprechen: »In den ersten Jahren, Sebastian ... wollte ich Papa nicht enttäuschen ... aber ich habe sein Werk auch gerne weitergeführt ... das weißt du ja. Im Laufe der Zeit haben mich die verschiedenen Aufgaben allerdings regelrecht gefangen genommen … Und heute, Sebastian, bin ich ein Rad in einem Getriebe, das nicht ermüden darf, obwohl die Zeiten schwieriger geworden sind … das weißt du ja auch ganz gut. Die Globalisierung … einerseits ein Segen und andererseits ein Fluch … der Konkurrenzkampf, Sebastian, nimmt teilweise geradezu groteske Formen an und nahezu jede unternehmerische Tätigkeit ist mühseliger geworden …«

Die Gräfin legt ihren rechten Arm um seine Schultern und seufzt: »Ach Sebastian, wenn ich dich nicht hätte, würde ich es vielleicht nicht mehr schaffen.«

Sebastian drückt ihre linke Hand auf ihrem Schoß und sagt: »Und mich macht es glücklich, liebste Eleonore, dass ich dir eine Stütze bin, auch wenn ich dir nicht direkt behilflich sein kann. Ich bin eben nur ein Gärtner, und so sind mein Denken und meine Sichtweisen auch voll und ganz von dieser Tätigkeit geprägt und taugen somit nicht besonders für unternehmerische Tätigkeit … schon gar nicht in der heutigen Zeit.«

»Ach, mein guter Sebastian, ich weiß, dass wir diesbezüglich ziemlich weit auseinanderliegen, aber vielleicht fühle ich mich gerade deswegen bei dir geborgen und in Sicherheit. Du bist ein Schirm für mich, unter den ich mich schon viel früher hätte flüchten sollen.«

Die Gräfin schlingt beide Arme um ihn und schmiegt ihren Kopf an seine Brust. Sebastian streichelt sanft ihr Haar und ihren Rücken und meint, dass er die Erleichterung spüren kann, die die Gräfin in diesen Augenblicken durchflutet.

Nach einer Weile sagt er mit rauer Stimme: »Ich beobachte nun schon so viele Jahre deinen Weg und die Entwicklungen um uns herum, und so haben mir die Turbulenzen und Verwerfungen in den Gesellschaften und in der weltweiten Wirtschaft, die ja auch dein Agieren zunehmend beeinflussen und dich belasten, nicht selten den Schlaf geraubt. Ich musste mich immer wieder dazu zwingen, all das aus meinem Kopf zu verbannen, um nicht irgendetwas Unsinniges anzustellen. Ich habe miterlebt«, fährt er nach einem Seufzer fort, »wie du härter werden musstest und wie dein Blickwinkel in der sich rasant verändernden Welt enger wurde; in einer Welt, in der zunehmend die Ellenbogen eingesetzt werden, in der solidarisches Verhalten und die Achtung vor dem Mitmenschen beängstigend zurückfallen.«

Die Gräfin drückt sich heftig an Sebastian und nimmt all ihre Kraft zusammen, um nicht loszuweinen. Sie richtet sich nach einer Weile auf, atmet einmal tief durch und stößt dann heraus: »Ja, ich bin in einen Strudel hineingeraten, aus dem man nicht so leicht herauskommt – und ich will mich im Grunde auch gar nicht zurückziehen, weil ich nicht feige und kampflos das Feld denjenigen Kräften überlassen möchte, die nicht berechenbar sind und meinen Überzeugungen und meiner Weltsicht diametral gegenüber stehen.«

»Das überrascht mich nicht, Eleonore, du hattest ja schon als Jugendliche einen eisernen Willen und bist vor fast nichts zurückgeschreckt«, sagt Sebastian recht zurückhaltend dazu, nimmt ihren Kopf zwischen beide Hände und küsst innig ihre Stirn.

Er legt dann beide Arme auf die Lehne der Bank und schaut eine Weile gedankenverloren auf die Alpen und hinunter zum See.

»Die auf viele Milliarden angewachsene Weltbevölkerung«, sagt er schließlich, »kommt nach meinen Überlegungen nicht umhin, sich wie ein riesiger, in die Natur eingebetteter Organismus aufzufassen, der nur dann fortbestehen kann, wenn er darauf achtet, dass er sie nicht überstrapaziert und dass alle seine Glieder lebensfähig bleiben.«

Und nach kurzem Überlegen fügt er noch nachdenklich hinzu: »Bis vor wenigen Jahrhunderten konnte sich die Menschheit so manche Sorglosigkeit ja noch leisten, ohne ihren Fortbestand ernsthaft zu gefährden, aber nun ist es allerhöchste Zeit, dass wir einen von Rücksichtnahme und Nachhaltigkeit geprägten Weg einschlagen.«

Sebastian bricht sein Statement ab, weil er bemerkt, dass die Gräfin unruhig wird.

Und im nächsten Augenblick sagt sie auch schon: »Mein guter Sebastian, ich weiß, dass du ein großer Philosoph vor dem Herrn bist, aber so tief gründende Gedanken halte ich im Sitzen nicht aus, da machen sie mich nervös. Bitte verzeih, und lass uns weitergehen. Wir müssen ja sowieso in einer halben Stunde bei den Rohrers sein, weil die Topfennudeln frisch aus dem Backrohr am besten schmecken. Im Gehen können wir aber gerne weiter über deine Ansichten und deine Denkwelt sprechen.«

Die Gräfin hebt Sebastians linken Arm über ihren Kopf, drückt ihm einen Kuss auf den Handrücken und steht auf. Sebastian wirft im Aufstehen einen kurzen Blick zum Gekreuzigten hinauf, umarmt dann die Gräfin und drückt sie fest an sich.

Die Arme gegenseitig über die Schultern gelegt, gehen sie dann eine Weile schweigend den Feldweg hinunter, der zu dem breiten Moränenrücken führt, auf dem inmitten von grünen Wiesen und umgeben von Baumgruppen der Rohrerhof liegt.

Sebastian erschrickt ein wenig, als die Gräfin unvermittelt ihren Arm von seiner Schulter nimmt und hektisch zu reden beginnt: »Vielleicht hast du ja Recht damit, dass wir Menschen in Zukunft solidarischer zusammenleben sollten oder sogar müssen, dass wir uns einfügen müssen in ein großes Ganzes und sich keiner über den anderen erheben sollte. Aber ich fürchte, ich kann das nicht, ich bin nicht so angelegt, ich habe zu sehr meinen eigenen Kopf, Sebastian! – Und deshalb kann ich mich auch nicht der Mehrheit anschließen und schon gar nicht nahtlos einfügen. Wenn du so willst, wurde mir von dem da oben«, sie schaut kurz zum wolkenlosen Himmel hinauf, »eine Führernatur eingepflanzt, und ich will und kann nur so sein, wie ich nun mal bin, und will mein Leben keinesfalls einem Raster unterwerfen.

Und so kann ich auch nicht ein mehr oder weniger standardisiertes Element in deinem weltumspannenden Organismus sein, Sebastian! Ich will ein freier, unabhängiger Mensch sein und meine Zielsetzungen und meinen Lebensstil ohne Korrekturen anpeilen dürfen. Ich will nicht in einer Masse versinken, sondern will Steuermann sein und keinesfalls in der zweiten Reihe stehen, um dann von dort aus mit ansehen zu müssen, wie wenig prädestinierte Leute die Grundlagen unseres Lebens gestalten. Ich könnte es nicht ertragen, nur als ein Rädchen unter vielen zu wirken, Sebastian!«

Die Gräfin atmet einmal tief durch, schaut noch ein paar Schritte lang auf die allmählich im Schönwetterdunst verblassenden Alpen und dann mit prüfendem Blick auf Sebastian. Schließlich meint sie etwas zögerlich: »Ich bin mir nicht sicher, ob ich dir eine weitere konträre Sichtweise zumuten darf, Sebastian, aber ich fände es letztlich nicht gut, wenn ich nicht offen mit dir reden würde.«

Nach einem kleinen Stolperer schaut sie noch einmal zu Sebastian hinüber, der jetzt mit etwas Abstand rechts von ihr in der zweiten Radspur des Weges geht, und beginnt dann: »Also, Sebastian, in meiner Umgebung finden sich durchaus ehrenwerte Leute, manche von ihnen kennst du ja flüchtig, die die Überzeugung mit sich herumtragen, dass der Organismus Menschheit in Zukunft schrumpfen muss, damit er halbwegs gesichert überleben kann. Ganz im Gegensatz zu dir, wollen sie also keinesfalls alle seine Glieder auf Gedeih und Verderb erhalten, sondern es sollen nur diejenigen Glieder Bestand haben, die sich selbstständig über Wasser halten können. Für diese Leute, Sebastian, sind Selektion und Reduktion unausweichlich Elemente, die uns auf unserem Weg in die Zukunft begleiten werden!«

Du meine Güte!, sagt sich Sebastian in Gedanken, als er Eleonore so aufgewühlt reden hört. Was habe ich mit meinem lauten Denken nur angerichtet, das war unbedacht und offenbar auch ein Stich ins Wespennest.

Hoffentlich habe ich ihr damit diesen schönen Tag nicht zur Gänze verdorben.

Und so sagt er nach einer Weile ein wenig hilflos: »Eleonore, es tut mir leid, dass ich dich mit meinem Reden so in Aufregung versetzt habe, das wollte ich wirklich nicht.«

»Ist ja schon wieder gut, Sebastian! Und ich habe ja auch zugestanden, dass du vielleicht Recht haben könntest. Sabrina Wagenlenker und ihr Mann versuchen ja seit geraumer Zeit einen Kurs zu fahren, der vermutlich ganz in deinem Sinne ist. Aber so partnerschaftlich wie die beiden ihr Unternehmen führen, kann man heutzutage nur in einem ganz speziellen Umfeld zu Werke gehen und muss noch dazu von einem fast schon irrationalen Sendungsbewusstsein geleitet werden. Sabrina und ihr Mann haben darüber hinaus mit vergleichsweise wenig Konkurrenz zu kämpfen und sind mit Kapitalgebern verbandelt, die nicht gerade die fittesten sind, die deshalb das Konzept dieser beiden Weltverbesserer ohne großen Widerstand hingenommen haben. Mich aber zwingen«, fährt sie erregt fort, »meine Konkurrenten und die Banken in jeder Hinsicht und auf allen meinen Geschäftsfeldern zum Fahren einer relativ harten Linie. Mein Leben und Wirken, mein guter Sebastian, würde unweigerlich auf eine Absturzzone zutreiben, wenn ich meinen Kurs grundlegend ändere. Und schauen wir doch bloß einmal nach China, dort schert man sich doch nach wie vor einen Teufel um die Umwelt und um menschenwürdige Arbeitsbedingungen, und zahlt Löhne, für die man hierzulande gesteinigt werden würde. Gerade China, Sebastian, für sich selbst schon ein riesiger Organismus, wenn wir bei deiner Terminologie bleiben wollen, denkt ja gar nicht daran, auf den Einzelnen oder einen weltumspannenden Organismus Rücksicht zu nehmen. Und dann noch etwas, Sebastian, ich kann und will mit Leuten, deren Sicht- und Verhaltensweisen vom stundenlangen Fernsehen und vom Lesen niveauloser Zeitungen und Illustrierten geprägt werden, nicht partnerschaftlich und auf gleicher Augenhöhe zusammenarbeiten; will ihnen deshalb auch nicht vermehrt Verantwortung übertragen, und schon gar nicht Teilhabe an meinen Unternehmen.«

Die Gräfin bricht ihren Redefluss ab und schaut erneut mit prüfendem Blick zu Sebastian hinüber. Der scheint ihr aber ganz interessiert und entspannt zuzuhören, und so führt sie einen weiteren Aspekt an, der ihr Leben und Handeln bestimmt: »Und so will ich auch nicht verhehlen, Sebastian, dass ich mich ganz bewusst von der Masse abheben will, und zwar deutlich; und so machen der Aufbau und das Halten einer exponierten und singulären Stellung innerhalb der Gesellschaft, selbst wenn die angestrebten und realisierten Vorteile auch von Widrigkeiten begleitet werden, für mich das Dasein erst lebenswert.«

Sebastian lässt seine rechte Hand über die hoch stehenden Gräser am Wegrand gleiten und sagt dann ganz gelassen: »Und damit hast du, meine gute Eleonore, das vielleicht größte Dilemma angesprochen, das der Menschheit schon seit Jahrtausenden anhängt. Dass der Mensch nicht gerne uniformiert existieren will, dass er sich von seinen Artgenossen abheben möchte, das ist ja zunächst einmal gut zu verstehen; so sind wir ganz offensichtlich gestrickt, und die Menschheitsgeschichte scheint ja auch ein deutlicher Beleg dafür zu sein. Nur, parallel dazu hat sich eine zweite, genauso elementare und verständliche Veranlagung in uns herausgebildet, nämlich die, dass wir von unseren Mitmenschen nicht ungerecht behandelt, ausgenützt oder gar unterjocht werden wollen. Und diese zweite Veranlagung wird immer dann besonders belebt, wenn die andere überhand nimmt. Wir Menschen befinden uns also auf einer Gratwanderung, die vielleicht nie ein Ende finden wird und immer das Risiko in sich birgt, dass wir das Gleichgewicht verlieren.«

Sebastian holt einmal tief Luft, schaut dann seinerseits mit forschendem Blick auf sein Gegenüber und berichtet dann noch: »Vor einigen Jahren, Eleonore, hat sich die weltweit agierende ›Global Marshall Plan Initiative‹ gegründet, deren Mitglieder in allen Gesellschaftsschichten und in vielen Wissensgebieten zuhause sind. Gemäß ihrem Leitmotiv ›die Welt in Balance‹ wollen diese Leute verhindern, dass die Menschheit über kurz oder lang in eine dramatische Schieflage gerät. Sie …«

Die Gräfin lässt Sebastian nicht ausreden. Sie wechselt auf den grasbewachsenen Mittelstreifen, legt ihren rechten Arm um seine Schultern, drückt ihn an sich und sagt mit einem strahlenden Lächeln: »Oh, mein lieber und guter Sebastian, solche Leute und so eine Zielsetzung fördern natürlich Wasser auf deine Mühlen!«

Und während sie ihren Arm von seinen Schultern nimmt, fügt sie ein wenig abgehoben hinzu: »Ich selber habe von dieser Initiative allerdings noch nie etwas gehört und unterstelle nun erst einmal, dass es sich um eine neue Gilde von Idealisten handelt, die, wie alle Idealisten, unsere Welt zwar etwas sympathischer machen, aber am Ende unser Zusammenleben nur erschweren.«

Sie drückt Sebastian noch einen Kuss auf die Wange, scheucht eine Biene aus ihrem Haar und geht dann beschwingt und bestens gelaunt im Gleichschritt mit ihm weiter.

Sebastian überlegt einen Augenblick lang, ob er das Gespräch nun nicht besser in eine andere Richtung lenken sollte, aber dann kann er es sich doch nicht verkneifen, auf den lockern Kommentar der Gräfin einzugehen.

Er fährt wieder mit der rechten Hand über die Gräser am Wegrand, diesmal aber so heftig, sodass deren Blütenstaub in Wolken hinter ihm aufsteigt, und sagt dann mit Nachdruck: »Meine liebe Eleonore, das sind keine weltfernen Idealisten und auch keine Außenseiter, sondern seriöse Wissenschaftler, aktive Politiker, erfolgreiche Unternehmer, aber auch Arbeiter und Angestellte in anspruchsvollen Positionen. Mich wundert es allerdings nicht, dass du von dieser Initiative noch nichts gehört hast, weil sie so gut wie nicht in den Medien erscheint. Und deshalb trage ich auch schon seit längerem die Vermutung mit mir herum, dass einflussreiche Kreise dafür sorgen, dass sie totgeschwiegen wird.«

»Oh, jetzt auch noch eine Verschwörungstheorie!«, jubelt da die Gräfin und drückt Sebastian im Gehen wieder kurz an sich.

Der gibt ihr daraufhin einen kleinen Schubs und sagt: »Ich sehe schon, du nimmst mich im Moment nicht ganz ernst. Aber hartnäckig, wie ich manchmal sein kann, möchte ich jetzt trotzdem noch einen Gesichtspunkt ansprechen, der mit der vorhin erwähnten Gratwanderung zu tun hat, und der mich schon lange beschäftigt.«

Er schlägt mit der Schuhspitze einen Stein den abfallenden Weg hinunter und beginnt dann bedächtig: »Das Leben in einer Volksgemeinschaft kann doch nur dann halbwegs entspannt und friedlich verlaufen, wenn man sich auch dazu durchringen kann, die Erträge aus der gemeinsamen Wirtschaftstätigkeit nicht so ungleich zu verteilen, wie das heute verbreitet der Fall ist.«

Die Gräfin setzt zu einer Entgegnung an, aber Sebastian will das jetzt durchziehen und fährt unbeirrt fort: »Unerfreulich sind ja nicht nur die kleinen Ertragsanteile für all jene, die davon leben müssen, sondern es muss doch auch für die Menschen auf der anderen Seite des Wirtschaftslebens sehr belastend sein, große Ertragsunterschiede durchzusetzen und zu verteidigen. Du hast vorhin gemeint, dass die Differenz das Dasein erst lebenswert macht, da kann ich durchaus ein Stück weit mitgehen, Eleonore. Aber diese zunächst einmal positive Lebenseinstellung entwickelt sich doch nur allzu leicht zu einem Bumerang, wenn dabei Maß und Ziel aus den Augen verloren werden.«

Sebastian richtet seinen Blick wieder kurz auf die Gräfin, um zu sehen, wie sie seine Betrachtungen wohl aufnimmt. Weil sie ihm offenbar ziemlich gelassen zuhört, führt er weiter aus: »Ich meine also, dass das menschliche Leben, wie wohl jedes andere Leben auch, nur innerhalb einer bestimmten Bandbreite ungefährdet existieren kann; wird diese missachtet, dann sind schwer beherrschbare Folgen unausweichlich. Schlittert also eine Gesellschaft in derart ungerechte Verhältnisse hinein, dass sie die Menschenwürde gravierend beschädigen, dann geraten die Nutznießer dieser Verhältnisse früher oder später unvermeidlich in die Zwangslage, ihre Vorteile mit Gewaltmitteln verteidigen zu müssen.«

Sebastian schaut neuerlich kurz zur Gräfin hinüber und meint dann noch hastig: »Ich denke, dass die Bandbreite, die wir Menschen mehrheitlich tolerieren können, uns genügend Spielraum für eine individuelle Lebensführung lässt. Wir müssen also keinesfalls, was du vorhin wohl sagen wolltest, in eine sozialistisch oder gar kommunistisch geprägte Gesellschaftsform einschwenken, um Unfrieden im Volk zu vermeiden.«

Die Gräfin fasst Sebastians Hand, drückt sie kurz und sagt dann überschwänglich: »Oh, Sebastian, ich kann dir gar nicht sagen, wie frei und unbeschwert ich mich gerade fühle! Würde ein anderer Mensch mir gegenüber derartige Ansichten von sich geben, dann wäre ich bestimmt schon auf hundertachtzig. Aber aus deinem Mund kann ich mir das ganz entspannt anhören; nicht zuletzt auch deshalb, weil du, auch wenn dein Reden zunächst einmal etwas naiv daherkommt, trotzdem umwerfend überzeugend wirkst. Aber vor allem kommst du nicht rechthaberisch oder gar in klassenkämpferischer Manier daher, und schon gar nicht umstürzlerisch, wie so mancher Chefideologe aus den linken Gefilden oder auf Seite der Gewerkschaften. Und, Sebastian, was dich und dein Reden besonders sympathisch macht, man hat bei dir nie das Gefühl, dass du deine Überzeugungen deinem Gegenüber aufdrängen willst.«

»Das freut mich, Eleonore!«, sagt Sebastian erleichtert, drückt der Gräfin im Gehen einen Kuss auf die

Wange und meint dann noch: »Was aber deine gute Laune und Unbeschwertheit angeht, da glaube ich schon eher, dass dafür zuallererst das herrliche Wetter, die wunderschöne Landschaft und die Aussicht auf das köstliche Mittagessen verantwortlich sind. Und darüber hinaus habe ich auch das Gefühl, dass du auf wundersame Weise deine Alltagssorgen auf der Bank unterm Kreuz zurücklassen konntest.«

»Das kann schon sein, mein großer Meister«, sagt die Gräfin lachend, »aber es ist schon auch so, dass ich mich von dir nicht angegriffen fühle, du setzt mich nicht unter Druck und machst mir auch kein schlechtes Gewissen. Dabei hast du ganz Recht damit, das habe ich ja schon zugestanden, dass das Streben nach Erfolg und einer exquisiten Lebensführung von Missklängen begleitet wird und zur Last werden kann. Und trotzdem, Sebastian, will ich auf meinem Kurs bleiben, nicht zuletzt auch wegen der knapp tausend Arbeitsplätze, die mit meinem Weg verbunden sind. Gerade heutzutage, Sebastian, können sich Unternehmer nicht vorrangig von philosophischen Denkweisen leiten lassen, das verstehst du ja, oder?«

Sebastian schlägt wieder einen Kieselstein vor sich her und sagt dabei diplomatisch: »Das verstehe ich durchaus und dennoch beobachte ich deinen Weg mit Sorge, Eleonore.«

Er drückt noch kurz ihre Hand und sagt dann zögerlich: »Vielleicht darf ich an dieser Stelle auf die in deinem Bekanntenkreis kursierende Ansicht zurückkommen, dass die Erdbevölkerung in Zukunft tunlichst schrumpfen sollte.«

Mit »Aber bitte« gibt sich die Gräfin nun knapp. Sebastian fast deshalb seine Überlegungen in einem Satz zusammen: »Ich will jetzt gar nicht fragen, welche Selektions- und Reduktionsmechanismen diese Leute da im Auge haben, sondern nur anmerken, dass so ein Bestreben früher oder später einen Prozess auslösen würde, den die Menschheit nicht kontrollieren und vielleicht auch nicht stoppen kann.«

»Ach, Sebastian, ich wusste es doch, dass ich dir mit solchen Gedankengängen nicht kommen darf! Aber, wenn wir schon dabei sind, nur so viel von meiner Seite dazu: Ich kann und will mich mit derartigen Sichtweisen absolut nicht beschäftigen, Sebastian, dafür habe ich weder die Zeit noch den Nerv. Aber soweit kann ich schon mitdenken: Deine Idee, den Organismus Menschheit auf Gedeih und Verderb in allen seinen Gliedern zu erhalten, läuft doch irgendwann genauso auf nicht mehr beherrschbare Verhältnisse hinaus, nämlich auf die Überbevölkerung der Erde.«

»Das ist nicht ganz auszuschließen, Eleonore. Allerdings zeigt sich nun schon seit Jahrzehnten, dass mit zunehmendem Wohlstand die Geburtenraten in Richtung Bevölkerungsrückgang weisen.«

»Dieser Wohlstand, der die Geburtenraten senkt, belastet aber unsere Lebensgrundlagen ganz gewaltig, mein guter Sebastian! Auf diesen Effekt solltest also gerade du, du glühender Befürworter des einfachen und naturnahen Lebens, nicht setzen! Meinst du nicht auch?«

»Da hast du völlig Recht, Eleonore. Und ich muss leider auch zugeben, dass dieser vielleicht drängendste Problemkreis, mit dem die Menschheit heute konfrontiert ist, meine Denk- und Erkenntnisfähigkeit im Grunde übersteigt.«

»Nicht nur die deine, Sebastian. Sogar unser großer Professor Rainhaus, der felsenfest davon überzeugt ist, dass derzeit zu viele Menschen auf unserer Erde ihr Dasein fristen, vertritt diese seine Ansicht nach meinem Eindruck verdammt unreflektiert und wohl eher von einem ideologisch angehauchten Standpunkt aus. – Übrigens, der Professor wird demnächst mein Gast im Wellnesspark sein und mich wohl auch einige Male in der Villa besuchen. Bei dieser Gelegenheit könntet ihr euch dieses schwierige Thema doch einmal vornehmen, was meinst du?«

Sebastian schlägt erneut einen Kieselstein vor sich her und sagt dann etwas unsicher: »Ich weiß nicht so recht, den Professor kenne ich ja nur vom Sehen und er wirkte bisher recht unzugänglich auf mich. – Aber jetzt, liebe Eleonore, möchte ich vorschlagen, dass wir für heute das Beackern schwieriger Themen sein lassen. Der Tag ist doch viel zu schön dafür, oder?«

»Das meine ich unbedingt, Sebastian. Außerdem kann ich mir nicht vorstellen, dass wir zwei für alle bedeutenden Problemlagen einen gemeinsamen Nenner finden werden. Wir sind zu unterschiedlich gepolt; vielleicht haben wir aber gerade deswegen, wenngleich auch mit arger Verspätung, zueinander gefunden.«

Die Gräfin legt ihren Arm um Sebastians Schultern und drückt ihm einen Kuss auf die Wange. Im nächsten Moment stößt sie einen Schrei aus und reißt Sebastian fasst um.

Als der wieder sicher auf den Beinen ist, klagt die Gräfin: »Au, mein Knöchel! Ich bin auf dem Stein da umgeknickt.« An Sebastian geklammert zeigt sie auf einen großen Feldstein, der halb aus dem Weg herausragt.

»Ach so ein Pech!«, entfährt es da Sebastian nicht gerade mitfühlend. »Du, setz dich doch bitte dort auf den Baumstumpf und lass mich den Fuß einmal anschauen«, sagt er gleich darauf aber doch recht fürsorglich und führt sie die paar Schritte zum Baumstumpf und hilft ihr beim Hinsetzen. Er zieht ihr dann behutsam den rechten Schuh aus und bewegt zunächst den Fuß ganz vorsichtig. »Tut das weh, Nori?«

»Ein bisschen schon«, antwortet die Gräfin und beißt die Zähne zusammen.

Sebastian schiebt ihre Jeans hoch, zieht ihr den Socken aus und betastet die gesamte Knöchelzone. »Auuu!«, stöhnt die Gräfin, als er unterhalb des Außenknöchels etwas zu fest drückt.

»Entschuldige, Nori!«, stößt da Sebastian erschrocken heraus und steht auf.

Recht zuversichtlich meint er dann aber: »Ich glaube, wir haben noch einmal Glück gehabt, der Fuß schwillt kaum an und ich sehe auch keine Blauverfärbung. Du bist vermutlich mit einer leichten Zerrung davongekommen.«

»Gott sei Dank, Sebastian!« Die Gräfin zieht vorsichtig den Socken und den Schuh an und lässt sich von Sebastian aufhelfen. »Auu!«, stöhnt sie erneut, als sie den angeknacksten Fuß belastet. Auf Sebastians besorgten Blick hin meint sie aber tapfer: »Entschuldige, Sebastian, es geht schon, es war nur ein kurzer Stich;

und wenn ich meinen Arm über deine Schultern lege, dann kann ich bestimmt weitermarschieren.«

»Okay, versuchen wir es«, meint Sebastian und legt seinen linken Arm zusätzlich stützend um ihre Taille.

Mit »Siehst du, es geht ganz gut« gibt sich die Gräfin optimistisch, während sie vorsichtig neben ihm herhinkt.

»Sebastian, setzen wir uns doch bitte noch für ein paar Minuten auf die Bank da vorne«, sagt die Gräfin, als sie den Rohrerhof so recht und schlecht fast erreicht haben.

»Aber selbstverständlich, Eleonore. Schmerzt dein Fuß nun doch zu sehr?«

»Nein, nein, Sebastian! Ich möchte dir nur etwas gestehen.«

Und während sie sich mit Sebastians Hilfe auf die Bank setzt, erklärt sie: »Ich will mir nämlich, und vielleicht klappt das schon in den nächsten vier, fünf Jahren, einen lang gehegten Wunsch erfüllen.«

»Oh, da bin ich jetzt aber echt gespannt«, sagt Sebastian und setzt sich mit kleinem Abstand neben die Gräfin.

»Also, ich habe mich für einen mehrtägigen Raumflug angemeldet«, teilt ihm die Gräfin so locker mit, als würde es sich um eine Kreuzfahrt handeln. »Und vor einigen Wochen«, fügt sie strahlend hinzu, »habe ich auch schon meine Registrierung und ein ganzes Paket Infos erhalten.«

Sebastian wirkt eine Zeit lang so, als hätte er kein Wort verstanden. Er dreht sich schließlich langsam ganz zur Gräfin hin, schaut sie ungläubig an und sagt dann fassungslos: »Du bist verrückt! ... Doch nicht im Ernst, Eleonore? ... Nein, so etwas! – Dabei dachte ich immer, dass deine Pferde, deine Reisen, die Erfolge mit deinen Unternehmen – und inzwischen vielleicht auch ich – dein Leben so ausfüllen, sodass kein Raum mehr für einen kapitalen Wunsch bleiben könnte.«

»Ach Gott, mein guter Sebastian, da würde man sein Leben ja schon vor dem natürlichen Ende abschließen, wenn man keine größeren Wünsche mehr hätte!«, sagt da die Gräfin streng, aber nachsichtig lächelnd, und legt ihr lädiertes Bein vorsichtig auf die Bank.

»Ja ... schon«, meint Sebastian wenig überzeugt und fährt dann stockend fort: »Aber ein Raumflug für Privatleute ... das steckt ja noch nicht einmal so richtig in den Kinderschuhen ... Und dann die Kosten ... die können dir doch nur ganz unverbindlich genannt worden sein ... da kann es sich doch nur um eine Summe handeln, die nach oben hin völlig offen ist.«

Er schüttelt unbewusst den Kopf und sagt nach einer Weile vorsichtig und ohne die Gräfin dabei anzuschauen: »Ich will dir nun wirklich nicht zu nahe treten, Eleonore, aber ich fürchte, du hast dich vermutlich von einem gut aufgemachten Hochglanzprospekt verführen lassen.«

Die Gräfin schaut ihn entrüstet an und sagt im nächsten Moment auch schon heftig: »Jetzt enttäuscht du mich aber schwer, Sebastian! Wie kann nur einer wie du, *einer*, der sich zeitlebens leidenschaftlich mit der Astronomie und dem Weltall beschäftig, *einer*, der sozusagen ins Universum eingeheiratet hat, vorrangig so sekundäre Gesichtspunkte im Auge haben?«

Sebastian, der nicht erkennen kann, ob die Gräfin nun ernsthaft erzürnt ist oder sich nur über ihn lustig macht, sagt nach einigem Überlegen langsam: »Eleonore, das musst du verstehen, auch wenn ich mich mit dem Universum durchaus verbunden fühle, so ist für mich so ein Ansinnen dennoch weiter weg, als die nächste Galaxie.« Während er das sagt, streichelt er unbewusst ihren verletzten Knöchel und meint dann noch zögerlich: »Mir ist auch nie aufgefallen, dass du dich so sehr für den erdnahen Weltraum interessierst, Eleonore.«

»Weil auch du gelegentlich ein unaufmerksamer Mann bist, mein guter Sebastian!«, sagt die Gräfin schnippisch und überschüttet ihn gleich darauf genüsslich mit vorwurfgeladenen Argumenten: »*Du* hast mir doch so oft begeistert und anschaulich von den neuesten Entdeckungen der Astronomen und den Erfolgen in der Raumfahrt berichtet. Vor allem *du* hast mich neugierig gemacht auf die Schwerelosigkeit und hast in mir den Wunsch geweckt, ja, du hast mich geradezu verführt dazu, wie die Astronauten, die vom Weltraum aus so verletzlich wirkende Erde sehen zu wollen. *Du*, mein Freund, nicht ein simples Prospekt!

Und, *wer* hat denn mir gegenüber nicht nur einmal darauf hingewiesen, dass wir Menschen entschieden freundlicher mit unserer Erde umgehen würden, wenn wir diese zarte Schönheit nur einmal aus großer Distanz in uns aufnehmen könnten? Nur *du*, mein guter Sebastian!«

Die Gräfin lässt ihr Bein vorsichtig von der Bank gleiten, setzt sich gerade auf, atmet einmal tief durch und sagt dann energisch und euphorisch: »Bevor ich alt und gebrechlich werde, möchte ich das alles einmal erleben: Den fulminanten Start, den Blick in den Weltraum ohne störende Atmosphäre, möchte den Mond und die Sonne aus jener Perspektive sehen, die bisher den Raumfahrern vorbehalten war; und ich will mich auch am Bild unserer Erde erfreuen, die aus großer Höhe nicht nur verletzlich, sondern auch so wohltuend friedlich anmuten soll. – Und, Sebastian, ich will auch abschließend spüren, wie das ist, wenn man aus dem Weltall kommend, wieder auf sie hinuntergleitet.«

Sebastian ist nicht in der Lage, auf soviel Begeisterung adäquat zu antworten. Er steht deshalb langsam und steif auf und meint: »Liebe Eleonore, dein Vorhaben überfordert mich im Moment total, das ist ja nicht zu übersehen. Deshalb, und weil wir am Ende auch noch zu spät zu den Rohrers kommen, sollten wir uns jetzt wieder auf den Weg machen. Ist das okay, meine Raumfahrerin in spe?«

Die Gräfin schaut auf ihre Armbanduhr und sagt: »Aber ja, Sebastian, in fünf Minuten sollten wir auf jeden Fall da sein, wenn wir Regina nicht enttäuschen wollen.«

Sebastian hilft der Gräfin auf, legt ihren rechten Arm über seine Schultern und fast sie wieder fest um ihre Taille.

Nach wenigen Schritten hält die Gräfin kurz an, hinkt aber gleich wieder weiter und sagt schließlich beschwörend: »Sebastian, bitte behalte meine Absicht, an einem Flug in den Weltraum teilzunehmen, unbedingt für dich! Ich möchte nicht, dass dieses Unternehmen öffentlich wird und in die Presse gerät. Ich werde ein paar Tage vor dem Start nur noch Reinhardt davon in Kenntnis setzen, und der wird – das wird mir wohl nicht erspart bleiben – mit noch mehr Unverständnis als du darauf reagieren. Für die Beschäftigten in der Villa und die führenden Mitarbeiter in meinen Unternehmen werde ich auf einer einwöchigen Auslandsreise sein. Der Veranstalter des Raumabenteuers sichert übrigens von sich aus höchste Diskretion zu, weil vermutlich auch andere Teilnehmer nicht als Raumfahrer in den Medien erscheinen wollen.«

Sebastian drückt die Gräfin fest an sich, sodass sie unwillkürlich einen kurzen Schrei ausstößt, und küsst sie dann innig auf die Wange. »Was bist du bloß für eine verrückte Person, Eleonore! Du hast dein Abenteuer offenbar schon recht detailliert geplant und bist wohl auch nicht mehr davon abzubringen, nicht wahr?«

»Keinesfalls, mein lieber Sebastian!«, sagt die Gräfin strahlend und küsst ihn ihrerseits auf die Wange.

»Mein Gott, Eleonore!«, stößt da Sebastian überrascht heraus, »Jetzt siehst du so jugendlich aus, wie einst unsere Nori im Alter von etwa sechzehn Jahren. Nicht nur taufrisch und bildhübsch, sondern auch so unternehmungslustig und ... und auch so leichtsinnig.«

»Oh, wie mich das freut, Sebastian!«, jubelt da die Gräfin und drückt sich fest an ihn. »Gelegentlich, Sebastian, werde ich nämlich von dem lähmenden Gefühl überfallen, dass ich inzwischen recht stramm in Richtung altes Eisen marschiere.«

Die Gräfin scheint ihren verletzten Knöchel nun nicht mehr zu spüren; sie beschleunigt ihren Schritt und winkt fröhlich der Bäuerin zu, die gerade aus dem Haus tritt.

»Du, Eleonore, bevor uns Regina jetzt gleich in Empfang nimmt«, sagt Sebastian hastig und hält sie zurück, »lass mich bitte nur noch folgenden Gesichtspunkt anbringen: Dein anvisierter Flug ins All ist unvermeidlich mit einem nicht zu unterschätzenden Risiko verbunden, denn das von dir vermutlich gewählte westliche Unternehmen muss ja gewinnorientiert arbeiten und wird deshalb aus Kostengründen eine ganze Reihe von Sicherheitsvorkehrungen außer Acht lassen.«

Mit »Ach, Sebastian, jetzt bist du aber doch drauf und dran, mir die Laune zu verderben!« tadelt ihn die Gräfin nun äußerst ungehalten und fügt nach kurzem Überlegen genervt hinzu: »Gerade das gewinnorientierte Unternehmen wird sich nicht die geringste Nachlässigkeit leisten, weil ein Unglück sein sofortiges Aus bedeuten würde, du Held!«

Sie stößt sich daraufhin von ihm ab und hinkt eilig auf die Bäuerin zu und umarmt sie stürmisch.

Sebastian bleibt ein paar Augenblicke lang betroffen stehen. Er fährt sich schließlich mit beiden Händen übers Haar und folgt dann der Gräfin mit nachdenklicher Miene.

...

Das Mittagessen bei den Rohrers empfanden die Gräfin und der Sebastian wie eine Stippvisite in die ›gute alte Zeit‹, die die Missstimmung, die zwischen ihnen kurz vor ihrer Ankunft aufgeflammt war, schnell verfliegen ließ.

In der anheimelnden und lichtdurchfluteten Wohnstube hatte die Bäuerin den schweren Tisch im Herrgottswinkel mit hübsch bemalten Keramiktellern auf Sets aus Naturleinen und mit ihrem alten Silberbesteck auf weißen Papierservietten fein gedeckt. In der Tischmitte prangte in einem alten Krug ein großer Strauß Wiesenblumen.

Als Regina die Topfennudeln, die ein verführerisch süßliches Aroma verströmten, in einer Reine in die Stube brachte, applaudierte ihr die Gräfin begeistert. Die Bäuerin bedankte sich dafür mit einem glücklichen Lächeln und einem artigen Knicks und bemerkte schelmisch: Sie müssen unbedingt häufiger zu uns zum Essen kommen, Frau Gräfin, damit bei meinen zwei Männern nicht in Vergessenheit gerät, wie gut sie es bei mir haben.

Der Bauer und sein Sohn reagierten auf diesen Wink unübersehbar verlegen. Trotzdem wagte es der Sohn gleich darauf zu sagen, dass ihm das durchaus gefallen würde, was ihm aber umgehend eine leichte Röte ins Gesicht trieb.

Die Gräfin schenkte dem jungen Mann dafür ihr schönstes Lächeln, das den vollends rot werden ließ, und wandte sich dann mit großem Appetit und voll des Lobes den Topfennudeln zu.

Während des Essens unterhielten sich die fünf über die immer größeren Betriebseinheiten in der Landwirtschaft und die daraus resultierenden Folgen, die besonders im Alpenvorland äußerst negativ in Erscheinung treten. Die zu Agrarfabriken heranwachsenden Höfe und die riesigen Wirtschaftsflächen verschandeln das Landschaftsbild und dezimieren die Vielfalt in der Pflanzen- und Tierwelt dramatisch – diesbezüglich waren sie sich einig, und auch dahingehend, dass sie dieser Entwicklung völlig hilflos gegenüberstehen.

Regina und ihr Mann machten für diese Fehlentwicklung vor allem Brüssel verantwortlich, der Sohn hingegen in erster Linie die freie Marktwirtschaft, der seiner Ansicht nach auch in den Bereichen Lebensmittelproduktion und Natur eine gesamtstaatliche Sichtweise fehlt. Darüber hinaus befand der junge Mann, dass die geringen Einkommen der breiten Masse dazu führen, dass sich nur mehr eine Minderheit Nahrungsmittel aus bäuerlicher Produktion leisten kann.

Sebastian musste während dieses Gesprächs erstmals miterleben, wie die Gräfin – die vehemente Befürworterin von unreglementierten Märkten – ins Straucheln geriet. Sie wurde zunehmend einsilbiger, während die Bäuerin und der junge Bauer sich allmählich in Rage redeten.

Auch dem alten Rohrer ist nach einiger Zeit die Zurückhaltung der Gräfin aufgefallen, und er führte deshalb einen Wechsel des Themas herbei, indem er auf die in der nächsten Woche anliegenden Arbeiten auf dem Gestüt zu sprechen kam.

Nach dem Essen musste Sebastian den gepflegten Nutz- und Ziergarten der Bäuerin begutachten, während Gregor, der junge Bauer, der Gräfin stolz seinen preisgekrönten Kaltbluthengst Hannibal vorführte. Der junge Mann bestand dann auch noch darauf, den Knöchel der Gräfin bandagieren zu dürfen, und er ließ es sich auch nicht nehmen, die ›gnädige Frau Gräfin‹ und Sebastian nach Hause zu fahren.

Auf der kurzen Fahrt entpuppte sich Gregor als großer Charmeur, dem die Gräfin amüsiert und mit größtem Vergnügen zuhörte, den sie mit lockeren Entgegnungen auch immer mutiger werden ließ. Sebastian wurde das Techtelmechtel allmählich zu viel und er verließ, nachdem Gregor vor dem gräflichen Park angehalten hatte, das Auto fluchtartig.

Der junge Rohrer verabschiedete sich von der Gräfin zunächst durchaus mit Respekt, aber schließlich doch wie von einer guten Freundin. Mit Sebastian wechselte er nur einen kräftigen Händedruck und rauschte dann mit quietschenden Reifen davon.

Während sich die Gräfin bei Sebastian unterhakte, sagte sie aufgekratzt: »Ein kerniger und lebenslustiger Bursche ist dieser Gregor, findest du nicht auch?«

»Unbedingt«, antwortete Sebastian darauf trocken und meinte dann noch ein wenig säuerlich: »Und ich würde mich schon sehr wundern, wenn er in Zukunft nicht vermehrt bei dir auf dem Gestüt auftaucht – selbstverständlich nur, um seinen alten Vater zu entlasten.«

»Oh, Sebastian, du kannst ja auch richtig eifersüchtig sein!«, jubelte da die Gräfin zum wiederholten Male an diesem Tag und schlug ihm dann vor: »Weißt du was, jetzt setzen wir uns noch für ein Stündchen auf die Terrasse, lassen uns Kaffee und ein paar Schnitten vom arabischen Honigkuchen bringen, und turteln der Nina von Hagen ordentlich was vor.«

»Mein Gott, Eleonore, wie soll nur einer wie ich mit dir mitkommen, du fährst ja dauernd Achterbahn. Noch vor zwei Stunden«, fügte er nach einem tiefen Seufzer hinzu, »warst du nicht wenig verärgert wegen meiner Sorge um dich, gleich darauf aber offenbar wieder richtig glücklich, dann, im Verlauf unseres Tischgespräches fast schon störend ruhig und wortkarg, um bald wieder so lebenslustig zu sein, wie ein junges, sorgenfreies Mädchen.«

»Das musst du schon aushalten, Sebastian! So bin ich halt, das weißt du doch schon lange, mein Schatz.«

Überschäumend gut gelaunt, legte die Gräfin mit dieser Bekundung ihren rechten Arm um seine Taille, drückte ihn fest an sich und steuerte strahlend, ihren lädierten Fuß missachtend, die große Terrasse auf der Südseite der Villa an.

VIII

»Verehrte Gräfin«, sagt der Kardinal halblaut und beugt sich über die Kaffeetafel zur Gräfin hinüber, »habe ich das richtig gesehen, ihre Annina ist schwanger?«

»Ja, mein lieber Kardinal, wir bekommen ein Kind, ein Mädchen«, antwortet die Gräfin hocherfreut und strahlt dabei, als würde sie selbst Nachwuchs erwarten.

»Ich kann Ihnen gar nicht sagen, wie sehr ich mich darauf freue, dass hier in Bälde neues Leben einkehren wird«, sprudelt sie gleich darauf glücklich weiter und drückt dabei Sebastians Hand, der auf ihrer linken Seite sitzt.

Seit gut einer Woche ist Professor Dr. Gutram Rainhaus, einer der engsten Mitstreiter der Gräfin während der großen Kampagne, ihr Gast im Wellnesspark. Und bevor er und seine Frau in den nächsten Tagen wieder abreisen, hat sie ihn und einige Freunde zum Kaffee in die Villa eingeladen.

Weil sich schon am Vormittag ein schöner Sommersonntag angekündigt hatte, haben das Dienstmädchen Annina und Sebastian gleich nach dem Mittagstisch auf der Südterrasse der Villa eine schön geschmückte Kaffeetafel aufgebaut.

Die Köchin hatte schon am Vortag eine Sachertorte gebacken, von der der Kardinal schon nach dem ersten Bissen sagen wird, dass man sie *so* nicht einmal in Wien bekommen würde. Vor dem sonntäglichen Mittagessen hat sie auch noch einen unwiderstehlich duftenden Zwetschgendatschi und ihre Spezialität, den arabischen Honigkuchen gebacken.

Vor ein paar Minuten sind die letzten Gäste eingetroffen. Rechts von der Gräfin hat Reinhardt Wagenlenker Platz genommen, neben dem der Senior des Hauses Hohenfels, ein blonder, stattlicher Mittfünfziger, und dessen groß gewachsene, elegant gekleidete Gattin. Neben der Freifrau sitzt an der Stirnseite der Tafel die Hausdame Nina von Hagen. Der junge Dr. Hofmeister sitzt neben Sebastian. Rechts vom Kardinal haben der Professor und seine Frau Platz genommen, und links von ihm der Bankier Granier, ein mittelgroßer, dünner und etwas kränklich wirkender Herr. Neben dem Banker sitzt seine korpulente Gattin, die sich nicht nur von der Figur her, sondern auch mit ihrem üppigen Goldschmuck markant von ihrem unscheinbaren Ehemann abhebt.

»Ja, und dieses große Glück, Herr Kardinal, haben wir letztlich Herrn Hofmeister zu verdanken«, fährt die Gräfin fort und schaut dabei dankbar und voll Anerkennung zu dem jungen Mann hinüber. »Denn der hat mir vorgeschlagen, dass ich Anninas Freund doch als Hausmeister im Wellnesspark beschäftigen könnte. Und so bleibt mir nun nicht nur meine Annina erhalten, sondern ich habe jetzt auch einen verlässlichen Menschen auf dem Hausmeisterposten, und, lieber Kardinal, ich werde bald, und das ist das Schönste dabei, sogar eine kleine Familie um mich haben. Ja, Kardinal,

Janós Andreescu ist nicht nur ein sehr geschickter und vielseitig begabter Mann ... er wird ganz bestimmt ...«, die Gräfin dreht sich zum Dienstmädchen um, das gerade mit einer Kanne Kaffee auf die Terrasse herunter gekommen ist, »auch ein guter Vater werden, nicht wahr, Annina?«

Annina errötet ein wenig, knickst und sagt leise: »Aber ganz bestimmt, Frau Gräfin.« Sie stellt dann die Kaffeekanne bei der Gräfin auf den Tisch, lächelt sie dankbar an, knickst wieder und verlässt eilends die Terrasse.

»Wie wunderbar der Allmächtige doch unsere Geschicke immer wieder fügt, verehrte Gräfin«, sagt da der Kardinal euphorisch. Er wendet sich dann dem Dr. Hofmeister zu und meint: »Und Sie, junger Mann, haben dabei offenbar als seine rechte Hand fungiert. Ich gratuliere!«

»Oh, ich danke Ihnen, Herr Kardinal. Ich muss aber gestehen, dass der Gedanke, den Freund von Frau Annina bei der verehrten Frau Gräfin zu beschäftigen, vor geraumer Zeit recht naheliegend war.«

»Aber gerade dann, wenn eine Idee oder ein Gedankengang so naheliegend erscheinen, zeigt sich deutlich das Wirken unseres Gottes, mein lieber Herr Hofmeister«, entgegnet ihm der Kardinal mit Nachdruck und deklamiert unverzüglich weiter: »Und wenn dieses Wirken aus mancherlei Gründen einmal nicht zum Tragen kommt, dann baut sich in uns und um uns herum eine geistige Leere auf, wie wir sie gerade heute so verbreitet und schmerzlich erleben müssen. Darüber hinaus ...«

Mit »Aber, aber, Herr Kardinal!« unterbricht ihn

missbilligend Professor Rainhaus, der die letzten Worte des Kardinals mit kritischer Miene verfolgt hatte. »Ich will Ihnen ja keinesfalls zu nahe treten«, meint er einen Atemzug später etwas moderater, »aber ich denke schon, dass Sie Ihrem Gott jetzt zu viel Verantwortung zugeschoben haben, und unsere Zeit in einem zu schlechten Licht erscheinen lassen.«

Die Frau des Professors fasst beschwichtigend den Unterarm ihres Mannes, was der aber nicht beachtet, sondern mit Nachdruck noch anfügt: »Wären wir so sehr von einer höheren Macht abhängig, dann würde das doch bedeuten, dass wir unfreie und unmündige Geschöpfe sind, und somit die Verantwortung für unser Tun auf Ihren Gott abwälzen könnten, nicht wahr, Eminenz?«

»Das ist mir etwas zu kurz gedacht, mein guter Herr Professor«, antwortet darauf der Kardinal überlegen. Er dreht sich halb zu Rainhaus hin, um dann im Stile einer Verkündigung anzuschließen: »Unser Schöpfer hat uns unzweifelhaft mit einem freien Willen ausgestattet, und dieser versetzt uns in die Lage, ihm in seinem Sinne zu folgen oder von Fall zu Fall auch nicht. Einfach gesprochen, Herr Professor, er hat uns ein Gewissen mit auf den Weg gegeben, das uns, wenn wir geneigt sind, dieses zu beachten, auf dem rechten Weg hält.«

Professor Rainhaus, der ein renommiertes Institut für Wirtschaft und Entwicklung im norddeutschen Raum leitet, hat Mühe, auf das in seinen Ohren zu schulmeisterliche Reden des Kardinals kühl zu reagieren. Darüber hinaus empfindet er dessen Worte auch als einen Seitenhieb auf seine Person.

Seiner Frau entgeht das nicht und sie verstärkt deshalb den Druck ihrer Hand auf seinen Unterarm.

Aber Rainhaus ist es nicht gewöhnt, Ansichten, die seinem Denken nicht entsprechen, unkommentiert stehen zu lassen. Er lehnt sich im hölzernen Gartenstuhl betont gelassen zurück, schüttelt dann aber die Hand seiner Frau unwirsch ab und entgegnet schließlich dem Kardinal ziemlich abgehoben: »Das Gewissen beziehungsweise dessen Ausgestaltung, Eure Eminenz, ist nach meinem Dafürhalten doch nicht auf einen Gott zurückzuführen, sondern ausschließlich auf Menschen, die Ihre Mitmenschen entsprechend beeinflussen können. Und zu den bedeutendsten Gewissensbildnern gehört vermutlich die Religionsgemeinschaft, der Sie als einer ihrer führenden Vertreter angehören.«

Der Kardinal setzt zu einer Entgegnung an, aber Rainhaus fährt unbeirrt fort: »Seinem Gewissen folgen besagt doch letztlich, dass man glaubt, dass das persönliche Verhalten universalen Werten und allgemein anerkannten positiven Verhaltensweisen entspricht. Und spätestens hier, Herr Kardinal«, der Professor richtet sich in seinem Stuhl kämpferisch auf, »muss ich ganz erhebliche Zweifel anmelden; dahingehend vor allem, dass ich meine, dass man erstens solche gar nicht festsetzen kann, und dass zweitens der fehlbare Mensch dazu gar nicht in der Lage ist.«

Rainhaus nimmt nach seinen letzten Worten einen Schluck Kaffee zu sich und lässt sich dann selbstzufrieden in die Stuhllehne zurückfallen.

Der Kardinal möchte dieses Zwiegespräch eigentlich nicht ausweiten, aber wegen der Schlussbemerkung des Professors fühlt er sich nun doch genötigt, mit einer kleinen Spitze zu reagieren: »Das trifft für die Mehrzahl der Menschen wohl zu, Herr Professor, aber nicht nur in meiner Religionsgemeinschaft fanden und finden sich erleuchtete Menschen, denen von einer transzendenten Macht der rechte Weg für uns Menschen gewiesen wird.«

Mit »Also, mein verehrter Herr Kardinal Hallhuber« hebt da der Professor mit überlegenem Gesichtsausdruck erneut an, »bei der Ausrichtung meiner Verhaltensweisen möchte ich mich auf keinen Fall von einer transzendenten Macht leiten lassen, und schon gar nicht, wenn der Wille dieser Macht vertretungsweise an mich herangetragen wird! Darüber hinaus habe ich persönlich das Wirken einer irgendwie gearteten überirdischen Macht bisher noch nicht feststellen können, und so kann ich mich auf eine solche auch nicht stützen.«

Sebastian, der recht interessiert, aber bis zu diesem Punkt mit Zurückhaltung dem sich allmählich zuspitzenden Gespräch der beiden intellektuellen Schwergewichte gefolgt ist, fast sich nun ein Herz und wendet sich mit fester Stimme an den Professor: »Herr Professor Rainhaus, erlauben Sie mir bitte, dass ich mich mit einer Frage zu diesem so bedeutsamen Thema an Sie wende.«

Der Professor nickt gnädig und sagt: »Schießen Sie los!« Er lehnt sich dann lässig, den Kopf auf die rechte Faust gestützt, in seinem Stuhl zurück und schaut betont geduldig auf den Gärtner der Gräfin.

Sebastian atmet einmal tief durch und sagt dann: »Sie haben anklingen lassen, dass der Mensch eigentlich nicht in der Lage sein kann, universale Wertvorstellungen und allgemein anerkannte positive Verhaltensweisen zu entwickeln. Darüber hinaus empfinden Sie die Gewissensbildung offenbar als einen manipulatorischen Akt, der von diversen Eliten ausgeht, und schließlich erscheint Ihnen der Glaube an ein höheres Wesen geradezu abwegig.«

Sebastian entgeht nicht, dass den Professor der Vorspann zu seiner Frage nervt, und er lässt sie deshalb übergangslos folgen: »Was könnte also Ihrer Ansicht nach die Richtschnur für einen möglichst reibungsarmen und friedvollen Umgang der Menschen untereinander sein, Herr Professor?«

Der Kardinal wirft Sebastian einen anerkennenden Blick zu und schaut dann abwartend und mit einem triumphierenden Lächeln auf den Professor.

Obwohl er mit seinen Äußerungen diese Frage geradezu provoziert hatte, wirkt der Professor nun doch einen Augenblick lang überrascht – vielleicht weniger von der Frage an sich, sondern wohl eher von den sicheren Formulierungen des Gärtners.

Aber Rainhaus wäre nicht Rainhaus, wenn er nicht recht schnell zu seiner überlegenen Haltung zurückfinden würde.

Er richtet sich in seinem Stuhl auf und antwortet dann kühl: »Ich will mich ganz kurz fassen und mich nicht in Details verlieren, weil ich fürchte, dass wir sonst nicht zu einem Ende kommen werden, und weil ich Sie auch nicht überfordern will. – Also, mein guter Herr Sebastian, ich bevorzuge und vertrete die schon seit Jahrtausenden auf dem ganzen Erdball gängige und bewährte Richtschnur, präziser gesagt, einen Verhaltenskodex, der maßgeblich von den Starken und Erfolgreichen unter uns ausgestaltet wird. Einen Kodex, der die tatkräftigen Menschen nicht ohne Not behindert und der großen Masse nicht schadet – einen Kodex aus dem Diesseits also. Ich votiere für eine Richtschnur, um bei Ihren Begriff zu bleiben, in die durchaus auch ethische Elemente eingeflochten sein können, die aber von diesen nicht überfrachtet sein darf, denn dies würde über kurz oder lang das Wirtschaftsleben im Lande und auf dem Globus zum Erliegen bringen. Und auf eine reibungsfrei funktionierende Wirtschaft, Herr Sebastian, da werden Sie mir sicher zustimmen, haben wir fraglos unser Hauptaugenmerk zu richten. Dieses von mir bevorzugte Gesellschaftsmodell«, fährt der Professor zügig fort, »ist trotz so mancher Kritik, die ihm von verschiedenen Seiten entgegenschlägt, nach wie vor das praktikabelste für unsere Spezies. Andere Konzeptionen, das dürfte Ihnen ja bekannt sein, haben in aller Regel nur wenige potente Anhänger gefunden oder sind schon in der Kinderschuhphase gescheitert.«

Der Professor lässt unübersehbar erkennen, dass für ihn dieses Thema nun erledigt ist, und wendet sich mit Genuss seinem Stück Zwetschgendatschi zu.

Sebastian, der eine Antwort dieser Prägung im Grunde erwartet hatte, legt ebenfalls keinen Wert darauf, den Diskurs weiterzuführen.

Der Kardinal aber, der mit dem Professor schon des Öfteren die Klingen gekreuzt hat, will ihn nicht ungeschoren zu Kaffee und Kuchen übergehen lassen, und richtet deshalb scheinheilig eine Frage an den Gärtner:

»Mein lieber Herr Sebastian, Ihre Miene lässt mich mutmaßen, dass Sie kein Anhänger der Linie unseres großen Meisters Rainhaus sind, und deshalb würde ich nun gerne von Ihnen erfahren, auf welche Bausteine Sie ein nachhaltiges und friedvolles Zusammenleben von uns Menschen gründen würden?«

Sebastian überlegt ein paar Augenblicke lang und sagt dann: »Eminenz, gestatten Sie mir bitte, dass ich mich ganz kurz fasse, um den Herrn Professor nicht zu langweilen.« Und ohne auch nur mit einer Wimper zu zucken, fährt er nach diesem kleinen Seitenhieb unverzüglich fort: »Die zwei wichtigsten Bausteine für unser Zusammenleben sind für mich folgende: Zum einen ist dies die von einem lauteren Herzen kommende Nächstenliebe, wenigstens aber die unverhandelbare Anerkennung des Mitmenschen, und zum anderen die kompromisslose Rücksichtnahme auf die uns umgebende Natur. Derart verkürzt könnte ich *meinen* Verhaltenskodex auch mit dem alten Sprichwort ›Was Du nicht willst, das man Dir tu, das füg auch keinem andern zu‹ umrahmen.«

Sebastian richtet seinen Blick einen Moment lang prüfend auf den Professor und wendet sich dann wieder zum Kardinal hin.

Rainhaus gibt nicht im Geringsten zu erkennen, ob ihn Sebastians Worte irgendwie bewegt hätten. Er führt den letzten Bissen Zwetschgendatschi in den Mund, lehnt sich dann bequem zurück und wartet genüsslich kauend erst einmal auf eine Reaktion von Seiten des Kardinals.

Der sagt aber nur: »Bravo, Herr Sebastian!«, und dreht sich – auf seinem Gesicht liegt erneut ein feiner

Triumph – zum Professor hin und meint: »Nun, mein guter Professor, was sagen Sie jetzt?«

Der gibt sich nach wie vor unbeeindruckt und selbstsicher. Und so sagt er auch nach einem Schluck Kaffee mit der Routine eines Staranwalts: »Herr Sebastian, Ihr Verhaltenskodex, das will ich gerne glauben, entspringt einem guten und lauteren Herzen und basiert wohl auch auf Ihrer Profession. Aber mir können Sie ebenfalls getrost abnehmen, dass diese ihre Konzeption die moderne Welt sehr bald in ein Chaos stürzen würde. Denn vorrangig geleitet von der Nächstenliebe – hier finden Sie zwar, das vermute ich zumindest, die uneingeschränkte Zustimmung unseres Kirchenmannes – und vom brüderlichen Umgang mit der Natur, wird die Entwicklung der Menschheit zum Stillstand kommen und früher oder später sogar in eine Abwärtsspirale übergehen. Ausgehend von Ihrem Einverständnis, und weil ich Sie ebenfalls nicht langweilen möchte, weil ich außerdem den Eindruck habe, dass unsere verehrte Frau Gräfin ein paar Worte an uns richten möchte, will ich mein Urteil nun nur ganz knapp begründen.«

Der Professor richtet sich halb auf und erklärt dann: »Also, Herr Sebastian, wenn Ihre beiden Bausteine zur dominierenden Maxime in den Gesellschaften werden, dann schnüren Sie allen vorwärts strebenden und starken Geistern die Luft ab, und wir versinken schließlich in Blumenkindergesellschaften, die sich erwiesenermaßen noch nie über Wasser halten konnten.«

Rainhaus will noch ein weiteres Argument gegen Sebastians Leitlinie vorbringen, doch die Gräfin, die sich schon eine ganze Weile mit dem Bankier und dem

Freiherrn über die kritische Situation auf dem Banken- und Finanzsektor unterhält, mit einem Ohr aber auch dem Diskurs links von ihr verfolgt, fasst nach den letzten Worten des Professors Sebastians Hand, drückt sie liebevoll, sagt dann aber energisch: »Meine Herren, so interessant und wichtig euer Gespräch auch sein mag, ich möchte jetzt trotzdem, wie Sie lieber Rainhaus schon erkannt haben, ein anderes Thema zur Sprache bringen. Ein Thema, das zwar nicht von so grundsätzlicher Bedeutung ist, uns aber wesentlich näher liegt. Ich meine den Zustand der Nation, meine Herren, der uns leider schon wieder fordert und zum Handeln zwingt. Ihr könntet ja, wenn ich euch das vorschlagen darf, eure Auseinandersetzung später, vielleicht bei einem Spaziergang durch den Park fortsetzen. Was meint ihr dazu?«

Der Kardinal, Rainhaus und Sebastian nicken nur.

Die Gräfin nimmt daraufhin einen Schluck Wasser zu sich, fährt sich dann mit beiden Händen durchs Haar und wendet sich schließlich an alle ihre Gäste: »Liebe Freunde, darf ich für ein paar Minuten um eure Aufmerksamkeit bitten?«

Sie steht auf, schaut noch kurz mit fragendem Blick auf das weibliche Dreigestirn rechts von ihr, und beginnt dann: »Liebe Freunde, ich will mich ganz kurz fassen, weil ich meine, dass ein so schöner Nachmittag eigentlich zu schade dafür ist, unerfreuliche Dinge anzusprechen. Aber unser Professor Rainhaus muss schon Mitte nächster Woche in den rauen Norden zurückkehren, und deshalb erscheint es mir zweckmäßig, seinen Aufenthalt bei uns wenigstens für eine erste Beurteilung der gegenwärtigen Verhältnisse im Lande zu nutzen.«

Die Gräfin verscheucht eine Wespe, die sie schon eine ganze Weile hartnäckig umschwirrt, und fährt dann mit erhobener Stimme fort: »Wir haben im vergangenen Jahr einen großartigen Erfolg verbuchen können und durften damals sehr optimistisch in die Zukunft blicken. Doch was müssen wir nun schon seit Monaten mit ansehen, meine Damen und Herren? Das Dahinschmelzen fast aller unserer Hoffnungen, eine schwarzgelbe Regierungsmannschaft, die sich selbst das Leben schwer macht, und das Wachsen des rotrotgrünen Blocks! Daneben die unverändert lodernden Schadensfeuer auf den Kapital- beziehungsweise Finanzmärkten und, nicht zuletzt von diesen befördert, die Probleme mit denen sich mehrere Nationalstaaten herumschlagen müssen. Und so meine ich, meine Damen und Herren, auch wenn in unseren Kreisen zunehmend davon geredet wird, dass unsere Einflussmöglichkeiten inzwischen nicht mehr ausreichen, um den Gang der Dinge in unserem Sinne zu beeinflussen, dass wir letztendlich doch nicht umhinkommen, erneut in einer weit gespannten Aktion tätig zu werden. Des …«

»Einspruch, verehrte Frau Gräfin!«, ruft da Frau Rainhaus impulsiv dazwischen und erschreckt damit nicht nur sich selbst, sondern auch ihren Gatten und die ganze Tischgesellschaft.

Die Gräfin richtet ihren Blick irritiert auf die Professorengattin und sagt in strengem Tonfall: »Wie meinen Sie, Frau Rainhaus?«

Etwas verunsichert ob der Reaktion der Gräfin, und weil sie die überraschten Blicke der ganzen Gesellschaft auf sich gerichtet spürt, erklärt Frau Rainhaus erst mit Verzögerung: »Ich will damit nur sagen, dass mein Mann dringend zwei oder drei ruhigere Jahre braucht. Darüber hinaus kann er sein Institut nicht schon wieder für längere Zeit nur so nebenher führen.«

Mit »Aber Henriette, das ist doch kein Thema für hier und heute!« fährt der Professor seine Frau ungehalten an.

»Doch, Gutram, mir scheint es durchaus angezeigt, dass die Leute um dich herum rechtzeitig davon in Kenntnis gesetzt werden, dass du nicht schon wieder deine Kernaufgaben vernachlässigen darfst.«

Die Frau des Professors verliert nun zunehmend ihre anfängliche Scheu. Sie erfasst die Hand ihres Gatten, schaut ihn vorwurfsvoll an und fährt dann bitter fort: »Und darüber hinaus wirst du doch sicher nicht über kurz oder lang als Wrack enden wollen, wie so mancher bedauernswerte Mensch, den wir in den letzten Tagen im Wellnesspark sehen und erleben mussten. Deren Zustand sollte doch ein deutlicher Fingerzeig für dich gewesen sein. Mir hat das auf jeden Fall genügt, Gutram!«

Mit »Henriette, noch einmal, das müssen wir nicht hier und heute klären!« schilt der Professor seine Frau erneut und schaut sie bitterböse an.

Der Gräfin käme ein sich ausweitender Zwist zwischen den beiden im Augenblick höchst ungelegen, und so sagt sie nach kurzem Überlegen und mit einem gewinnenden Lächeln zur Gattin des Professors: »Aber meine liebe Frau Rainhaus, Ihr Gatte ist doch so fit wie ein junger Mann, so äußerte sich mir gegenüber zumindest unser Golflehrer. Und, liebe Frau Rainhaus, ich

349

will Ihnen auch gerne versprechen, dass wir zukünftig Ihrem Mann kein so umfangreiches Aufgabenfeld wie zuletzt zumuten werden. Könnten wir vorerst so verbleiben, Frau Rainhaus?«

Frau Rainhaus schüttelt ungläubig und frustriert den Kopf und rührt dabei hektisch in ihrer Kaffeetasse herum.

Sie richtet dann ihren Blick vorwurfsvoll auf die Gräfin und sagt mit brüchiger Stimme: »Das kenne ich nun schon so viele Jahre, Frau Gräfin. Der Umfang Eurer Offensiven hat doch während deren Verlauf noch immer erheblich zugenommen und meinen Mann zeitweise in ein Leben gestürzt, das sonst nur Vertreter kennen. Und, wenn ich das noch bemerken darf, Frau Gräfin, unser Land und die Welt befinden sich inzwischen in einer derart kritischen Verfassung, sodass Ihr mittels der bis dato gewählten Strategien und Maßnahmen nicht einmal mehr ansatzweise akzeptable und dauerhaft stabile Verhältnisse für Eure Seite herbeiführen könnt. Ich fürchte also, dass sich mein Mann beim nächsten Mal unnötig, ja ganz umsonst verschleißen wird. Sie haben ja gerade eben selbst festgestellt, dass der zurückliegenden und nahezu über ein Jahr laufenden Kampagne nur kurzfristig Erfolg beschieden war, dass Ihr einen kapitalen Scheinerfolg eingefahren habt.«

Der Gräfin missfällt das hartnäckige Argumentieren und die unverhohlene Kritik der hageren und unauffälligen Frau über alle Maßen. Sie kennt sie bisher nur als eine sich dem Professor unterordnende Ehefrau, und fühlt sich nun, wie selten in ihrem Leben, auf dem falschen Fuß erwischt. Etwas verunsichert schaut sie über die Kaffeetafel und muss nun auch noch registrieren, dass ihre Gäste in gespannter Erwartung abwechselnd auf sie und die Gattin des Professors schauen.

»Meine lieben Gäste«, nimmt die Gräfin schließlich ihre Rede wieder auf, »ich habe ja Eingangs schon erwähnt, dass dieser schöne Sommertag eigentlich zu schade für die Diskussion unerfreulicher Themen ist. Nun müssen wir aber auch noch von Seiten der Gattin unseres Frontmannes recht überraschend und unmissverständlich erfahren, dass wir unseren Einsatz für unser Land und Teile der Weltgemeinschaft von einer untauglichen Plattform aus führen und mit nicht mehr zeitgemäßen Waffen kämpfen; dass wir also, nichts anderes kann ich aus den Worten von Frau Rainhaus heraushören, einen anderen Weg einschlagen müssen, damit wir unsere Ziele sicher erreichen und dauerhaft verankern können.«

Die Gräfin fühlt sich mit einem Mal schwach und müde und setzt sich abrupt. Sie greift Halt suchend nach Sebastians Hand, streicht sich mit einer fahrigen Bewegung der rechten Hand eine Haarsträhne aus der Stirn und wendet sich dann mit einem nicht gerade freundlichen Blick an die Frau des Professors: »Habe ich Ihre Einstellung gegenüber unseren Aktivitäten halbwegs zutreffend wiedergegeben, Frau Rainhaus?«

Die lässt sich von der Gräfin nun nicht mehr aus der Fassung bringen und widersteht auch der finsteren Miene ihres Mannes und seinem staccatohaften Fingertrommeln auf der Armlehne des Gartenstuhls. Sie umfasst mit beiden Händen ihre Tasse, lässt ihren Blick einen Moment lang über die Kaffeegesellschaft schweifen und sagt dann gefasst: »Sie haben meine Einstellung zu Eurem Wirken in den zurückliegenden Jahren durchaus richtig dargestellt, Frau Gräfin. Vielleicht sollte ich diese nun auch«, sie blickt wieder über die kleine Gesellschaft, »in geraffter Form begründen.«

Die Gräfin schaut kurz über ihre Gästeschar und sagt dann knapp: »Ich bitte darum.«

Frau Rainhaus rückt ihren Stuhl so, dass sie die Gräfin und alle ihre Gäste im Blick hat, und beginnt dann mit fester Stimme: »Über viele Jahre habt Ihr mittels tradierter Methoden und Formen der Einflussnahme Eure gesellschaftliche Stellung erfolgreich absichern und Euren Weg in die Zukunft relativ ungestört und verlässlich gestalten können. Nun triftet aber die Weltbevölkerung etwa seit dem Zusammenbruch der Sowjetunion in rasantem Tempo auseinander, was nach meinen Beobachtungen weder Eure Vorgehensweise noch Eure Schwerpunkte und Stoßrichtungen beeinflusst hat. Dabei wachsen rechts von Euch zunehmend Superreiche und Finanzgewinnler heran, und links von Euch leben immer mehr Menschen in Armut und in menschenunwürdigen Verhältnissen. Vor diesem Hintergrund erscheint es mir unabdingbar, dass Ihr Euer Engagement umgehend und vorrangig darauf richtet, dass die Hebel dieser verhängnisvollen Schere bis auf einen vergleichsweise kleinen Öffnungswinkel zurückgestellt werden. Eure Anstrengungen in dieser Richtung dürfen selbstverständlich nicht nur auf die Bundesrepublik beschränkt bleiben, sondern müssen über Eure Verbindungen und Netzwerke auf die globale Ebene gehoben werden.«

Über die Kaffeetafel hat sich schon nach den ersten Worten von Frau Rainhaus eine derartige Stille gelegt, sodass das nur halblaute Reden der schmächtigen Frau unüberhörbar über der großen Terrasse schwebt – bis zu Annina hinauf, die vor einer schmalen Türe zum Salon sitzt und wie gebannt zuhört.

Das ist Frau Rainhaus nicht entgangen. Sie senkt deshalb ihre Stimme etwas ab, fährt aber ansonsten ungerührt fort: »Bezüglich der Entwicklung der Einkommen scheint Euch noch dazu ein ganz wesentlicher Effekt völlig entgangen zu sein, der allerdings, das will gerne zugestehen, von Euch nur allzu leicht übersehen werden kann. Ich meine den Effekt, dass neben den realen Einkommensverlusten auf Seiten der arbeitenden Bevölkerungsschicht, die wachsenden Erlöse aus Kapitalanlagen und Finanzgeschäften den Wert der Arbeit in nicht verantwortbarer Weise absinken lassen. Skandalös und gefährlich wird diese Entwicklung schließlich, weil immer größere Einkommen auf einer Seite erzielt werden, wo keine Wertschöpfung für das Land erbracht wird, auf der aber gewaltige Risiken für uns und die Weltgemeinschaft produziert werden.«

Frau Rainhaus atmet einmal tief durch und spricht dann unvermindert engagiert weiter: »Wenn Ihr also nicht bald alles in Eurer Macht stehende daransetzt, dass die Zeiger dieser Entwicklung zurückgedreht werden, wird die Mehrheit früher oder später erkennen, dass sie auf den Status von Sklaven zusteuert, und sie wird dann versuchen – möglicherweise sind wir gar nicht mehr so weit davon entfernt –, sich aus dieser Lage zu befreien. Die Gefahr eines mehr oder weniger gewalttätigen Befreiungsschlages schätze ich deshalb relativ hoch ein, weil von Euch, aber vor allem von den Leuten auf Eurer rechten Seite, die uralte und banale Erkenntnis, dass die Kampfbereitschaft der Menschen überproportional ansteigt, je weniger sie zu verlieren haben, nun schon so lange geradezu fahrlässig verdrängt, ja verbreitet sogar ignoriert wird.«

Die Gattin des Professors schaut nach diesen dramatischen Worten schwer atmend über die Gästeschar und streift mit einem prüfenden Blick ihren Gatten. Sie nimmt dann einen Schluck Wasser zu sich und fügt, weil niemand zu einer Entgegnung ansetzt, kurz entschlossen noch hinzu: »Die extrem asymmetrischen Einkommen entwickeln sich schließlich auch zu einem eminent gefährlichen Gewächs für die Demokratie. Denn kaum hat dieses Gewächs die ersten Triebe gesetzt, beginnt es die Demokratie zu verdrängen und wird sie, wenn man es nicht rechtzeitig ausreißt, früher oder später auch ersticken. Denn weder die Politik noch die Mehrzahl der Wähler können sich den Wirkungen des ungleich verteilten Geldes entziehen. Die Politik entscheidet unvermeidlich umso unfreier, je weiter Geld und Vermögen auseinander triften, und der Wähler spürt den daraus resultierenden Druck unter anderem ganz offen auf der Schiene Arbeitsplatz und erliegt ihm häufig auch – ohne dass er dessen gewahr wird – beim Kontakt mit den Medien, die sich ihrerseits nur allzu oft der Macht des Geldes beugen. Und so hat gerade heute kaum etwas mehr Wahrheitsgehalt als das Sprichwort ›Geld regiert die Welt‹. Abschließend möchte ich noch mein Unverständnis darüber zum Ausdruck bringen, dass Ihr in den letzten zwei Jahrzehnten das weit verbreitete Verdrängen und Ignorieren von Problemlagen und das Inkaufnehmen unkalkulierbarer Risiken so unfassbar unreflektiert hingenommen habt. Ihr habt ein Verhalten toleriert, das vor allem von denjenigen Zeitgenossen, die das so genannte westliche System nur kapitalistisch denken beziehungsweise interpretieren können, geradezu zum Prinzip erhoben wurde.«

Frau Rainhaus rückt nun ihren Stuhl ein Stück weit zurück, legt beide Arme auf die Lehnen und schaut abwartend und ein wenig angespannt in die Runde. Die wirkt aber wie gelähmt, und so richtet sie sich wieder auf und sagt: »Lassen Sie mich bitte auch noch ganz kurz etwas zur Umweltproblematik und zum Klimawandel sagen, weil ja auch dort Euer Verhalten einen ganz entscheidenden Einfluss ausübt. Also, es ist ja nicht mehr zu übersehen, dass die Menschheit auf diesen für sie so überlebenswichtigen Feldern nicht schnell genug vorankommt. Und das wird sich auch nicht ändern, solange die Topgesellschaft nicht bereit ist, im Einklang mit der Natur zu leben. Gegenwärtig sieht sich nämlich die breite Masse auch auf dieser Ebene in die Rolle von Menschen zweiter Klasse gedrängt, weil sie den Eindruck gewonnen hat, dass nur sie den Umstieg auf einen zukunftsfähigen Lebensstil vollziehen soll. Und so hält sich, was ja nicht verwunderlich ist, deren Bereitschaft diesen Weg einzuschlagen in engen Grenzen, was letztlich dazu führt, dass die Menschheit in eine immer kritischere Situation hineinschlittert.«

Die Gattin des Professors atmet einmal tief durch, lehnt sich zurück und sagt dann noch mit Nachdruck:

»Die Menschheit steht heute ohne Frage an einem Scheideweg, sowohl auf dem Gebiet der Einkommensgerechtigkeit, wie auch der Lebensführung. Wenn also die Fahrt des Homo sapiens nicht in einem unbeherrschbaren Fahrwasser enden soll, muss die traditionell gut situierte Bevölkerungsschicht, die auch heute noch die einflussreichste und somit eine richtunggebende Kraft im Lande ist, auf einen solidarischen Weg einschwenken, was im Kern bedeutet, dass man seine Mitmenschen und die uns umgebende Natur nicht weniger achtet als sich selbst. Ihr müsst also nach meinem Dafürhalten Euer gesellschaftliches Engagement grundlegend neu ausrichten, die eingefahrenen Gleise verlassen und Euch dafür einsetzen, dass die Weichen hierzulande und weltweit in eine Richtung gestellt werden, die allen Menschen eine akzeptable Zukunft bietet.«

Die Frau des Professors nimmt nach diesen zunehmend leidenschaftlich geführten Worten mit leicht zitternder Hand einen Schluck Kaffee zu sich und lehnt sich dann ziemlich erschöpft in ihrem Stuhl zurück.

Ihr Mann weiß nicht so recht, wohin er seinen Blick richten soll, und so schenkt er sich aus reiner Verlegenheit erst einmal Kaffee nach. Er gibt dann – offenbar hat ihn das unverblümte Reden seiner Frau im Kreise seiner Weggefährten total überrascht und verwirrt – auch noch Zucker dazu, den er sonst beim Kaffee weglässt.

Aus den Mienen der Damen Granier und von Hohenfels lässt sich unschwer ablesen, dass sie die Äußerungen von Frau Rainhaus nur in den Rubriken ›Unangebracht‹ und ›Entbehrlich‹ einordnen können und als eine unerhörte Anmaßung und Konfrontation empfinden. Nina von Hagen dagegen, hat der Gattin des Professors von Anfang an interessiert und mit Respekt zugehört und musste sich, als Frau Rainhaus geendet hatte, sehr zusammennehmen, um ihr nicht zu applaudieren.

Als ersten gelingt es dem Freiherrn von Hohenfels, den die Formulierungen ›Sklavenstatus‹ und ›solidarischer Weg‹ zusammenzucken ließen, sich aus der kollektiven Sprachlosigkeit zu lösen, welche die aus heiterem Himmel über die Kaffeegesellschaft hereingebrochene Anklage hervorgerufen hat.

Er beugt sich ein wenig nach vorne, um die Professorengattin besser ins Auge fassen zu können, und sagt dann aufgeregt: »Da haben Sie jetzt aber eine Breitseite auf uns abgefeuert, wie ich sie in meinem nun doch schon recht langen Leben noch nicht erlebt habe, werte Frau Rainhaus. Und deshalb kann ich es Ihnen auch nicht ersparen, festzustellen, dass Ihre Sicht auf unser Wirken und die Welt, ich sage es einmal ganz vorsichtig, in einem höchst erstaunlichen Gegensatz zu der Ihres Gatten steht. Auf Ihre ausgesprochen ungewöhnlichen Ansichten möchte ich jetzt nicht weiter eingehen, aber mich würde schon interessieren, was Sie zur Ansicht gelangen lässt, dass Kapitalerträge und Gewinne in der Finanzwelt den Wert der Arbeit schmälern, und was Sie dazu verleitet, vom ›Sklavenstatus‹ zu reden?«

Der Freiherr lässt nach dieser verärgert geäußerten Frage seinen Blick prüfend über die nach wie vor recht überraschte Gesellschaft wandern und meint dann noch empört: »Und, werte Frau Rainhaus, darüber hinaus verwundert es mich in ganz besonderem Maße, dass Sie sich so gar nicht scheuen, dieses unerhörte und hässliche Wort in unserer Gegenwart in den Mund zu nehmen.«

Der Professor sitzt wie auf Kohlen auf seinem Stuhl und überlegt krampfhaft, wie er die missliche Situation entschärfen, am besten aber umgehend bereinigen könnte. Die von seinen Gegnern so gefürchtete Redegewandtheit scheint ihm aber in den letzten Minuten abhanden gekommen zu sein, und so tritt ein, was an diesem so schönen und friedlichen Sommertag unabwendbar zu sein scheint:

Seine Frau umfasst wieder mit beiden Händen die Armlehnen ihres Stuhls, rückt ihn halbwegs in Richtung des Freiherrn von Hohenfels und sagt dann in geradezu souveräner Manier: »Also, Herr von Hohenfels, wenn die Einen ihren Lebensunterhalt ganz oder zu einem erheblichen Teil aus Gewinnen beziehungsweise Erträgen auf den so genannten Geldmärkten bestreiten können, also nicht oder nur in geringem Maße bei der Generierung unserer Lebensgrundlagen mit Hand anlegen, dann entwertet dies selbstredend die Aktivität derjenigen Menschen, die unsere heute so vielfältige Lebensbasis Tag für Tag erarbeiten und sichern. Arbeiten hat in so einem Umfeld keinen höheren Stellenwert, als nicht arbeiten, ja verbreitet sogar einen geringeren, weil die Einkommen der Werktätigen in aller Regel weit unter den Erträgen liegen, die heute auf dem Kapital- beziehungsweise Finanzsektor erzielt werden. Und wenn sich also diese Einen, obwohl sie nicht nutzbringend tätig sind, all die Produkte und Dienste leisten können, die von der Mehrheit geschaffen beziehungsweise angeboten werden, dann führen die arbeitenden Bevölkerungsschichten, deren Einkünfte heutzutage häufig gerade so ausreichen, um sich mehr schlecht als recht über Wasser halten zu können, ein Leben, das sich im Prinzip nicht von dem der Sklaven in den zurückliegenden Jahrtausenden unterscheidet. Gerade diese Entwicklung, Herr von Hohenfels, kann man eigentlich nicht übersehen, und ich meine deshalb auch, dass allen, die, aus welchen Gründen auch immer, die Augen davor verschließen, vielleicht schon bald ein böses Erwachen droht.«

Der Seniorchef des Bankhauses Granier, der den Worten von Frau Rainhaus mit deutlich zur Schau getragenem Unwillen und Kopfschütteln gefolgt ist, kann sich nun nicht mehr zurückhalten und wendet sich aufgebracht an den Professor: »Professor Rainhaus, was kann man von den Aussagen Ihrer Frau nun halten und wie ernst sollen wir sie Ihrer Ansicht nach nehmen? Selbst ein alt gedienter Banker wie ich, der in den zurückliegenden Jahren immer wieder einmal mit obskuren Anschauungen konfrontiert wurde, reibt sich da erstaunt die Augen und fragt sich zu allererst einmal, wie er die Ergüsse Ihrer Gattin auf dem Felde der Einkommen werten soll.«

Die Gräfin, aufgerüttelt von der Zuspitzung der Auseinandersetzung, möchte diese umgehend abbrechen. Aber der Professor, der sich nun wieder halbwegs in der Hand hat, kommt ihr zuvor und sagt bedächtig und seine Worte sorgsam abwägend in Richtung Granier und von Hohenfels: »Nun, meine Herren, von einer sehr speziellen Warte aus kann man die Dinge in etwa so sehen, wie sie von Henriette, sicherlich mit etwas zu breitem Pinsel agierend, dargestellt wurden. Diese

Sichtweise ist aber nur *eine* aus einer ganzen Reihe von unterschiedlichen Sichtweisen, die sich bei der Betrachtung unserer Lebenswelt einstellen, und sie ist somit auch entsprechend einzuordnen. Bezüglich der Einkommensunterschiede und der differierenden Erwerbslagen kann ich weiter relativierend sagen, dass diese nichts Neues, sondern seit Jahrtausenden eherne und ganz natürliche Elemente der menschlichen Lebensgemeinschaften sind. Dies, und die Tatsache, dass das einfache Volk in weiten Teilen unserer Erde in durchaus passablen Verhältnissen lebt, der moderne Massenmensch sich darüber hinaus aus freien Stücken zu einem Gefangenen seiner, wenn auch bescheidenen Interessenlagen und Besitztümer entwickelt hat, bedeutet für uns, dass man nennenswerte revolutionäre Erhebungen von Seiten der Mehrheit nicht ernsthaft befürchten muss.«

Rainhaus nimmt einen Schluck Kaffee zu sich, lehnt sich dann bequem in seinem Stuhl zurück und schlägt das recht Bein betont gelassen über das linke. Er überlegt einen Moment lang und fährt dann, nun ganz in seinem Element und bevor ihn die Gräfin stoppen kann, dozierend fort: »Das Klima und die Umwelt betreffend ist anzumerken, dass es sich das Volk allzu leicht macht und verantwortungslos handelt, wenn es den schwarzen Peter dem oberen Segment der Gesellschaft zuschiebt. Denn ganz klar sind die möglicherweise doch nicht ganz unkritischen Veränderungen in der Natur der Masse anzulasten, und mitnichten einer Minderheit. Um dem Volk den Wind aus den Segeln zu nehmen und seine Verweigerungshaltung aufzubrechen, erscheint es mir aber schon geboten, dass sich unsere Seite gelegentlich mit gut placierten Gesten dieser Thematik zuwendet. Zusammenfassend, meine Herrschaften, will ich folgendes noch herausstellen: Wenn man in einer Gesamtschau das Zusammenleben der Menschen und deren Zukunft beleuchtet, darf man vor allem nicht aus den Augen verlieren, ich habe das vorhin schon gegenüber dem Herrn Kardinal und Herrn Sebastian anklingen lassen, dass wir Menschen keinen Zugang zu vielleicht existenten universellen Wahrheiten haben. Wir müssen also unser Leben unvermeidlich ohne eine allgemein anerkannte und verbindliche Richtschnur – eine Wortschöpfung von Herrn Sebastian übrigens – bewältigen. Glücklicherweise, kann ich da nur sagen, denn so können wir dieses eigenverantwortlich und weitgehend frei gestalten.«

Unüberhörbar spöttisch und rachsüchtig meint Rainhaus nach dieser Manifestation noch: »Dazu könnte uns übrigens von Seiten der katholischen Kirche – einer Instanz also, die eine übergeordnete Macht vertritt – der Herr Kardinal sicher mit einer Stellungnahme dienen.«

Kühl und überlegen schließt er an diesen arglistigen Hinweis schließlich noch an: »Abschließend sollte ich vielleicht noch bemerken, was ich mir in dieser Runde aber eigentlich ersparen könnte, dass uns eine wie auch immer geartete Richtschnur über kurz oder lang in einem von Gleichmacherei und Gleichgültigkeit erfüllten System enden lassen würde.«

Undefinierbar lächelnd und nun wieder total relaxet, lehnt sich der Professor noch ein Stück weiter in seinem Stuhl zurück und wartet darauf, ob der Kardinal seine Anregung aufnimmt. Er weiß ja nur zu gut, dass der Kardinal bei Leuten wie den Graniers und den von Hohenfels mit seinen Argumenten und einer offenen und ungeschminkt geäußerten Stellungnahme nicht gut ankommen würde.

Dem Mienenspiel von Frau Rainhaus war schon nach den ersten Sätzen ihres Gatten deutlich zu entnehmen, was sie von den Auslassungen ihres Gatten hält. Während er doziert, sinkt sie in sich zusammen und denkt bedrückt: Wie so oft bringt er es wieder einmal nahezu mühelos fertig, ungute Sachverhalte in ein positives, zumindest aber in ein neutrales Licht zu stellen.

Sie rückt ihren Stuhl zurück, kramt so unauffällig wie möglich eine winzige Pille aus ihrer Handtasche und schluckt sie mit etwas Wasser. Schon vor dem Versuch ihres Mannes, den Kardinal zu einer Stellungnahme zu verleiten, haben Resignation und Niedergeschlagenheit die leichte Röte in ihrem Gesicht, die sie für ein paar Minuten um Jahre jünger erscheinen ließ, ausgelöscht. Sie erwidert noch mit einem matten Lächeln die aufmunternden Blicke von Sebastian und Hofmeister, stellt dann ihre Stuhllehne etwas nach hinten und lehnt sich müde und kraftlos zurück.

Die Gräfin reagiert auf den arglistigen, ja fast schon böswilligen Vorschlag des Professors mit energischem Kopfschütteln und sagt streng und unerbittlich: »Nein, meine Herren, die Auseinandersetzung von vorhin wollen Sie jetzt bitte nicht weiterführen!« Und an alle ihre Gäste gewandt, sagt sie sichtlich ernüchtert: »Liebe Freunde, angesichts der Einwände von Frau Rainhaus möchte ich euch nun vorschlagen, dass wir die von mir angedachte Aussprache zur Lage der Nation vorerst zurückstellen.«

Mit »Das meine ich auch« stimmt ihr Reinhardt Wagenlenker umgehend zu. Er drückt dann herzlich ihre rechte Hand und meint beschwingt: »Wir haben ja nicht nur Probleme zu bewältigen, sondern auch einen kapitalen Grund zum Feiern, nicht wahr, Eleonore?«

Nach einem kurzen Blick nach links und rechts berichtet er begeistert: »Vermutlich ist es noch nicht zu allen von euch vorgedrungen, dass unsere verehrte Gräfin vom bedeutendsten deutschen Wirtschaftsmagazin in Kürze zur Unternehmerin des Jahres, respektive zur Unternehmerin des vergangenen Jahres gekürt werden wird.«

Mit »Ach Reinhardt, warum musst ausgerechnet du das ausplaudern? Das ist doch sonst ganz und gar nicht deine Art!« fährt ihn da die Gräfin heftig an und versetzt ihm einen Stoß mit dem Ellenbogen. Den wohlwollenden Applaus der Kaffeegesellschaft nimmt sie dann aber recht stolz und mit einem strahlenden Lächeln entgegen.

Nachdem der Applaus abgeflaut ist, erfasst der Kardinal beide Hände der Gräfin und sagt: »Gratuliere, verehrte Frau Gräfin, das ist fürwahr ein ganz besonderer Grund zum Feiern, und am besten mit ihrem vorzüglichen Champagner, wenn ich das vorschlagen darf.«

Mit dem nächsten Atemzug wendet er sich auch schon an die ganze Runde und fragt: »Na, meine Herrschaften, was meint Ihr?«, und löst damit neuerlichen Applaus und allseitige Zustimmung aus.

Die Gräfin dreht sich um und winkt dem Dienstmädchen.

Annina steht ein wenig unbeholfen auf und eilt

dann schnellstmöglich die paar Stufen zur Terrasse hinunter.

»Nicht so schnell, Annina!«, ruft ihr die Gräfin besorgt zu. Und bevor sich das Dienstmädchen nach ihren Wünschen erkundigen kann, meint sie eindringlich: »Sie müssen in den nächsten Wochen schon ein wenig auf sich aufpassen, meine Liebe! – Ach ja, und jetzt bringen Sie uns bitte zwei Flaschen Champagner.«

Mit »Aber bitte nicht öffnen, das möchte ich erledigen!« wendet sich Reinhardt Wagenlenker ausgelassen an das Dienstmädchen.

Annina fügt sich diesem Wunsch nur allzu gerne. Sie sagt nur knapp: »Jawohl, Herr Wagenlenker«, deutet einen Knicks an und bemüht sich, die Stufen zur kleinen Terrasse vor dem Salon langsam hinaufzusteigen.

»Ach bitte, Frau von Hagen«, sagt die Gräfin ein paar Augenblicke später, »bringen Sie uns doch«, die Gräfin blickt zählend über ihre Gästeschar, »zwölf von den neuen Champagnerkelchen und einen Eiskübel.«

Die Hausdame steht ein wenig steif auf und sagt: »Wie Sie wünschen, Frau Gräfin«, und folgt Annina in die Villa.

Die Freifrau von Hohenfels will gerade dazu ansetzen, den neuesten Klatsch aus Monaco an die Bankiersgattin weiterzureichen, aber da ergreift der Kardinal wieder das Wort und sagt: »Liebe Gräfin, jetzt darf ich Sie doch sicher auch noch bitten, uns zu eröffnen, für welche Ihrer so umfangreichen Tätigkeiten beziehungsweise Unternehmungen Ihnen diese bedeutende Auszeichnung zuteil wird.«

Die Gräfin versetzt Reinhardt Wagenlenker erneut einen Stoß mit dem Ellenbogen und sagt vergnügt: »Du hast das ausgeplaudert, jetzt kannst du auch diesen Part übernehmen, mein Freund.«

»Nichts tue ich lieber, Eleonore«, meint der euphorisch.

Er erfasst aber zunächst einmal ihre rechte Hand, drückt ihr übermütig einen Kuss auf den Handrücken und beginnt dann stolz: »Also, meine Freunde, unsere Gräfin erhält diese Auszeichnung für das Gesamtwerk ›Wellnesspark Hortocány‹. Und, meine Herrschaften, inzwischen sind mir auch die wichtigsten Punkte bekannt, auf die sich die Entscheidung des Verlegers und des Redaktionsteams stützt: Allem vorangestellt haben sie den Mut unserer verehrten Gräfin«, Wagenlenker erfasst wieder ihre Hand und drückt sie anerkennend, »zum unternehmerischen Risiko. Auch wenn Frau Rainhaus vorhin nicht zu Unrecht festgestellt hat, dass sie im Wellnesspark nicht wenige Menschen erleben musste, die den Belastungen des modernen Lebens nicht mehr standgehalten haben, so konnte Eleonore vor nun gut zwei Jahren absolut nicht sicher sein, dass die erheblichen Geldmittel, die sie in dieses Projekt fließen ließ, auch sinnvoll und verantwortbar eingesetzt sind. Und damit bin ich auch schon beim zweiten Punkt, der besonders gewürdigt wurde. Es ist der hohe Anteil von Eigenkapital am Investitionsvolumen, der deutlich über dem liegt, was heute üblich ist. Und schließlich, last, but not least, befand die Jury den konzeptionellen Rahmen, auf den sich der Wellnesspark gründet, als zukunftsweisend und beispielgebend.«

Mit »Liebe Freunde« fährt Reinhardt Wagenlenker

engagiert fort und lässt seinen Blick über die Gästeschar schweifen, »ich will einer Laudatio nun wirklich nicht vorgreifen, und nenne deshalb nur die wichtigsten Details, die in diesem Punkt eine Rolle spielen: Das ist einmal das umfassende Angebot in den Bereichen medizinische Versorgung und Rehabilitation, dann die Wellness-Sektion, die nicht die geringsten Wünsche offen lässt, und nicht zuletzt das wunderschön gestaltete Hotel, dieses so überaus einladende Entree in den Wellnesspark. Als Tüpfelchen auf dem ›i‹ werden schließlich die neun Golfbahnen gesehen, die ohne nennenswerte bauliche Eingriffe in die parkartige Landschaft eingefügt wurden und den Wellnesspark nach außen hin abschließen. Bezüglich des Gesamteindrucks scheute sich die Jury schließlich nicht, festzustellen, ich zitiere wörtlich: ›Als ob ein göttlicher Planer den Wellnesspark auf diesen herrlichen Fleck Erde gesetzt hätte‹.«

Die Gräfin schenkt Reinhardt Wagenlenker ein liebevolles Lächeln, legt ihren Arm um seine Schultern, küsst ihn auf die Wange und sagt dann glücklich: »Das hast du aber schon ein wenig überzogen wiedergegeben, mein guter Reinhardt.«

Mit »Aber nicht im Geringsten, verehrte Frau Gräfin« verteidigt der Kardinal Reinhardt Wagenlenker. Und mit einer Eleganz, die in dieser Runde nur ihm eigen ist, fügt er hinzu: »Wer will denn da nicht an einen göttlichen Planer glauben, wenn man ein so außergewöhnlich gut gelungenes Werk vor Augen hat?«

Er dreht sich daraufhin zum Professor hin und meint mit größtem Vergnügen: »Vermutlich nur Sie, verehrter Herr Professor, weil er Ihnen noch nicht begegnet ist, wie Sie gerade vorhin so locker und unbedarft verlauten ließen.«

Abgesehen vom Professor amüsieren sich alle königlich über diese kleine Attacke, was den dann auch von einer adäquaten Retourkutsche abhält.

Außerdem kommen gerade die Hausdame und das Dienstmädchen mit dem Eiskübel, den Champagnerkelchen und den beiden Flaschen Champagner die Stufen zur Terrasse herunter, was bei der Tischgesellschaft erneut begeisterten Applaus auslöst.

Annina stellt eine von den beiden Flaschen in den Eiskübel und verteilt die Champagnerkelche. Sie richtet dann einen fragenden Blick auf die Gräfin und verlässt auf deren Nicken hin die Terrasse.

Reinhardt Wagenlenker steht auf, nimmt die Champagnerflasche aus dem Eiskübel, stellt die zweite Flasche hinein und meint dann: »Ich darf doch, Eleonore?«

»Aber gerne, Reinhardt«, antwortet die Gräfin mit einem Lächeln.

Wagenlenker dreht sich um und löst vorsichtig den Drahtverschluss. Er schlägt dann mit dem Handballen auf den Flaschenboden und drückt den Korken mit den Daumen aus der Flasche. Der löst sich mit sattem Knall und fliegt bis zu Annina hinauf, die ihn geschickt auffängt. Routiniert wie ein Oberkellner füllt er dann den überschäumenden Champagner zuerst in den Kelch der Gräfin und dann in die Kelche ihrer Gäste.

Das Damentrio am rechten Tischende bedankt sich bei ihm dafür mit herzlichem Applaus. Madame Granier wendet sich dann augenzwinkernd ihrem Gatten zu und meint: »Hast du das gesehen, Antoine? Du solltest einmal einen Kurs bei Reinhardt machen.«

Der alte Granier schüttelt nur missmutig den Kopf und sagt mit seiner von einem Kehlkopfleiden verzerrten Stimme gallig: »Auf solche Fähigkeiten lege ich keinen Wert, Isolde. Und das sollte dir nach vierzig Ehejahren eigentlich bekannt sein!«

Mit »Gut gesprochen, Antoine!« mischt sich der Freiherr in diesen kleinen Zwist ein und meint dann auch noch kämpferisch: »Es wird Zeit, dass die Weiblichkeit endlich einmal erkennt, dass wir Männer auch Schwächen haben und tunlichst darauf verzichtet, auf diesen tagaus, tagein herumzureiten.«

Seine Frau setzt ein mitleidiges Lächeln auf und meint spöttisch: »Ach, ihr Armen, wenn wir so unerträglich sind, warum habt ihr dann nicht einen Weg eingeschlagen wie Seine Eminenz, der Herr Kardinal?«

»Bravissimo, Florence!«, ruft da Nina von Hagen verzückt und will ebenfalls einen Pfeil auf die Männerwelt abschießen.

Doch für den Kardinal ist der Verweis auf seine Person ein willkommener Anlass, auf den Erfolg der Gräfin zurückzukommen. Mit deutlicher Ironie in der Stimme sagt er deshalb zu dem übermütigen Trio: »Verschieben wir doch bitte auch diese so schwerwiegende Fragestellung auf den Spaziergang im Park, meine Damen. Aber jetzt lasst uns erst einmal auf die Auszeichnung anstoßen, mit der das letzte große Werk unserer verehrten Frau Gräfin seine verdiente Würdigung erfährt.«

Er nimmt seinen Kelch zur Hand, lässt den Blick noch kurz über die Kaffeegesellschaft wandern und sagt dann: »Liebe Frau Gräfin, herzlichen Glückwunsch zu dieser herausragenden Ehrung und Gottes Segen für Ihr zukünftiges Wirken. Viel Glück und Erfolg für Ihren weiteren Weg wünsche ich Ihnen nicht zuletzt auch deshalb, weil Ihr Wirken, verehrte Frau Gräfin, immer auch ein Dienst am Nächsten, und damit auch ein grundlegender und signifikanter Dienst am Volk und für das Land ist.«

»Bravo, Johannes, schöner hätte das unser Wirtschaftsminister auch nicht sagen können!« Mit diesen Worten kommentiert Reinhardt Wagenlenker die Glückwünsche des Kardinals und dessen kurze, aber von Herzen kommende Hommage an die Gräfin. Und mit erhobenen Kelch sagt er dann zur strahlenden Gräfin: »Also, auf dein Wohl und auf deine Zukunft, liebe Eleonore!«

All die anderen Gäste heben nun ebenfalls ihre Gläser und prosten der Gräfin zu. Von »Glückwunsch Eleonore!« bis »Auf Ihr Werk und Ihre Zukunft, Frau Gräfin!« schwappt nun ein ganzer Schwall von Glückwunschformeln über die Terrasse.

Die Gräfin deutet mit leuchtenden Augen nach links und rechts ein Anstoßen an und sagt nach einem kleinen Schluck Champagner glücklich: »Oh, ich danke euch, liebe Freunde! So wunderschöne Augenblicke lassen alle Mühen und Sorgen verblassen und unbedeutend werden … und sie verleihen mir auch die Kraft, unverdrossen weiterzumachen.«

Die letzten Minuten haben von Frau Rainhaus die Lethargie, in die sie ihr Mann gestürzt hatte, Stück für Stück abfallen lassen, und sie hat dankbar das freundliche Lächeln der Gräfin beim Zuprosten erwidert. Während sie ihr Glas absetzt, fragt sie sich nicht zum ersten Mal, wie die Gräfin nur so sein kann, wie sie nur so werden konnte. Auf der einen Seite, stellt sie für sich fest, ist diese Frau eine knallharte und absolut nicht zimperliche Unternehmerin und ein gefürchteter Hardliner auf der politischen Ebene, sie kann andererseits aber auch ein wunderbarer und sehr sympathischer Mensch sein. Sie muss, sagt sie sich in Gedanken, einen schweren und vielleicht nicht selbstbestimmten Weg gegangen sein. Gutram wüsste sicher eine Menge über sie und ihren Lebensweg zu berichten. Aber seit eh und je vermeidet er es konsequent, mit mir über die Gräfin und das Umfeld, in dem sie beide seit langem aktiv sind, zu reden.

Nach einem kräftigen Schluck Champagner stellt der Kardinal seinen Kelch mit Bedacht ab und wendet sich dann Reinhardt Wagenlenker zu und sagt zu ihm: »Und wenn du erlaubst, würde *ich* jetzt gerne aus dem Nähkästchen plaudern. Ich spiele auf deine Tochter an, und du weißt ja, worauf ich hinaus will.«

»Also, ich weiß nicht so recht, Johannes. Ich meine, wir sollten doch nicht gerade hier und heute eine weitere Bühne aufbauen.«

»Was soll ich nicht erfahren, Reinhardt?«, fragt da die Gräfin gespielt entrüstet. Sie lässt ihren Blick zwischen dem Kardinal und Wagenlenker hin und her gehen und sagt dann energisch: »Also, heraus mit der Sprache, jetzt habt ihr mich schon neugierig gemacht!«

»Du bist d'ran, Johannes«, sagt Reinhardt Wagenlenker gottergeben und legt sich ein Stück Zwetschgendatschi auf seinen Teller und daneben einen ordentlichen Klacks Schlagrahm.

Der Kardinal räuspert sich kurz und beginnt dann recht angetan: »Also, verehrte Frau Gräfin und meine Damen und Herren, ich will nun keinesfalls, wie Reinhardt meint, ein Pendant zu unserer verehrten Gräfin beziehungsweise zu deren Auszeichnung aus dem Hut zaubern, sondern möchte von einem Ereignis berichten, dessen Erwähnung mir gerade jetzt und in dieser Runde durchaus angebracht erscheint. Es geht um Reinhardts Tochter und ihren Mann Alexander Reger und um eine Ehrung, die diesen beiden zuteil wurde.«

Der Kardinal unterbricht für einen Moment seine Berichterstattung, verscheucht absichtlich recht ungeschickt eine Wespe und wirft dabei einen forschenden Blick auf die Gräfin, um festzustellen, wie sie auf diese Namen reagiert. Sie folgt aber offensichtlich recht interessiert und entspannt seinen Worten, und so fährt er beruhigt fort: »Anerkennung hat also ein Handeln erfahren, verehrte Frau Gräfin, das in meinen Augen nicht mit Ihrem vorbildlichen und so überaus komplexen Engagement konkurriert, sondern dieses in schönster Weise ergänzt und dem Wirtschaftsleben hierzulande sehr gut tut.«

»Herr Kardinal!«, regt sich da missmutig der Bankier, »bitte keine Predigt, sagen Sie kurz und bündig um was es geht!«

Mit »Aber Antoine, sei doch nicht so ungeduldig!« rügt ihn lächelnd die Gräfin und nickt dann dem Kardinal aufmunternd zu.

Der wendet sich aber erst einmal etwas verstimmt

seinem Kritiker zu und meint spitz: »Ja, ja, Euch Bankern sind in den letzten Jahren die Ruhe, die Gelassenheit und die Nerven weitgehend abhanden gekommen. Aber zum Teil kann ich das ja auch ganz gut verstehen, mein lieber Granier.«

»Dann ist es ja gut!«, krächzt der zurück und schubst dabei die Hand seiner Frau von sich, die sie mit strafendem Blick auf die seine gelegt hatte.

Nach kurzem Überlegen nimmt der Kardinal seine Rede wieder auf: »Also Freunde, den beiden jungen Leuten wurde vom Europäischen Gewerkschaftsbund für die Art und Weise wie sie ihr Unternehmen führen, die erstmals ausgelobte Auszeichnung ›imprenditore e azienda del futuro‹ verliehen. In der deutschen Presse, wie ich von Reinhardt erfahren habe, ist diese Ehrung allerdings nur vereinzelt in Form einer Randnotiz aufgetaucht, und so kann ich wohl davon ausgehen, dass Ihr alle erstmals davon hört.«

Mit »Also ich höre tatsächlich zum ersten Mal davon« pflichtet Hofmeister dem Kardinal bei. Er beugt sich dann etwas nach vorne und sagt zu Reinhardt Wagenlenker: »Leider habe ich nur marginale Italienischkenntnisse, Herr Wagenlenker, und so kann ich auch nur vermuten, dass man diese Auszeichnung in unsere Sprache etwa mit ›Unternehmer und Unternehmen der Zukunft‹ übersetzen kann. Liege ich damit halbwegs richtig?«

»Meine Tochter hat mir das genauso übersetzt, Herr Hofmeister. Sabrina konnte aber noch keine Zeit dafür erübrigen, mir die Überlegungen und Zielsetzungen, die der Europäische Gewerkschaftsbund an diese neue Auszeichnung knüpft, zu erläutern. Ich meine allerdings, dass deren Name recht deutlich sagt, worum es dabei geht. Und mir ist leider auch noch nicht bekannt, Herr Hofmeister, welche Einzelheiten das Gremium, das sich mit der Vergabe der Auszeichnung zu befassen hatte, bewogen haben, sie den Sievers-Werken beziehungsweise deren Leitung zuzusprechen. Ein gewichtiger Punkt dürfte aber wohl schon die intensive Zusammenarbeit mit der Belegschaft sein, die meine Tochter und ihr Mann gleich nach der Übernahme des Unternehmens aufgenommen haben.«

Mit »Reinhardt, was bist du doch für ein unverbesserlicher Geheimniskrämer!« fährt ihn die Gräfin im nächsten Augenblick an und versetzt ihm erneut einen Stoß mit dem Ellenbogen. »Wenn dein Busenfreund nicht wäre«, schickt sie verdrossen hinterher, »wüssten wir von dir und deinem Umfeld so gut wie nichts. Mann, Reinhardt, ich fasse es einfach nicht, du bist und bleibst ein echtes Schaf!«

Mit »Aber, aber, Eleonore!« wehrt sich Wagenlenker energisch, aber nicht wirklich verstimmt. »Sabrina und Alexander«, erklärt er dann gutmütig, »sind doch erst vergangenen Mittwoch aus Bologna zurückgekommen, und Johannes weiß nur deshalb davon, weil wir uns am Freitag wieder einmal für eine Schachpartie getroffen haben.«

Und während er seinen Arm um sie legt und an sich drückt, sagt er: »Ich hatte also noch gar keine Gelegenheit, dich davon in Kenntnis zu setzen, meine gute Eleonore.«

»Also, das schlägt doch dem Fass den Boden aus!«,

schimpft da die Gräfin genüsslich weiter und schiebt ihn von sich. »Hast du kein Telefon mehr? Oder sollen wir vielleicht alle Schachspielen lernen, um von dir etwas zu erfahren?«

Sie schaut ihn entrüstet an und wendet sich dann an die ganze Gesellschaft: »Da passiert etwas, ja ich möchte fast sagen, etwas weltbewegendes, und wir sind es nicht wert«, sie schaut fragend in die Runde, »wie hat er schon wieder gesagt …? Ach ja, er hatte noch keine Gelegenheit, uns davon in Kenntnis zu setzen«, wiederholt sie gedehnt und lässt mit dem nächsten Atemzug folgen: »Reinhardt, ich glaube, du wirst allmählich alt.«

Bevor der dazu etwas sagen kann, wendet sie sich an den Professor und fragt ihn streng: »Hören auch Sie hier und heute erstmals von dieser Auszeichnung?«

»Nein, verehrte Frau Gräfin, im Handelsblatt war ein kurzer Bericht abgedruckt.«

»Ach nein?! Und auch Sie hatten offenbar noch keine Gelegenheit gefunden oder fanden es einfach nicht wert, mich davon in Kenntnis zu setzen?!«

Die Gräfin schaut den Professor eine Weile ungläubig an und stöhnt dann: »O Mann, o Mann, da leben wir in einer denkbar schwierigen Zeit und sind nicht einmal fähig, uns auf dem Laufenden zu halten!« Nach einem schweren Seufzer stößt sie noch heraus: »O Gott, ich kann es einfach nicht fassen!«, und lässt sich wie erschlagen in die Rückenlehne fallen.

Der Professor fühlt sich von der Gräfin gänzlich ungerechtfertigt angegangen und reagiert deshalb auf deren Vorwürfe nur knapp und betont förmlich: »Mir erschien diese Meldung nicht bedeutend genug, Frau

Gräfin, und so habe ich davon Abstand genommen, sie umgehend weiterzugeben.«

»Also, Herr Professor, da kann ich Ihnen nun aber absolut nicht folgen! Wenn die Gewerkschaften derartige Aktionen in die Welt setzen, dann ist das für uns sehr wohl von Bedeutung und beachtenswert. Ihnen ist doch nicht weniger bekannt als mir, auf welchen Kurs die Sievers-Werke von ihren verrückten Kapitänen und ihren ausgeflippten Mannschaften gebracht wurden.«

Kopfschüttelnd greift sich die Gräfin ihren noch halb vollen Champagnerkelch und trinkt in einem Zug aus.

Die ganze Gesellschaft schaut ein wenig angespannt auf den Professor, und seine Frau erfasst wieder besorgt seine Hand.

Doch der verspürt nicht die geringste Lust, sich mit der Gräfin anzulegen. Ihm genügen für heute die Auseinandersetzungen mit dem Kardinal und mit seiner Frau, und deshalb entscheidet er sich erneut für eine kurz gefasste und zurückhaltende Entgegnung.

Er schiebt die Hand seiner Frau beiseite und sagt dann kühl und gelassen: »Verehrte Frau Gräfin, Sie wissen doch genauso gut wie ich, dass man die Vorgänge in den Sievers-Werken nicht überbewerten darf, das sind Eintagsfliegen mit der entsprechenden Lebensspanne. Dazu kommt auch noch, was dem Handelsblatt zu entnehmen war, dass die Gewerkschaften in ganz Europa nur auf eine Handvoll Unternehmen gestoßen sind, die für diese fragwürdige Auszeichnung ins Auge gefasst werden konnten. Also, gnädige Frau Gräfin, von meiner Seite kann in dieser Angelegenheit ganz klar Entwarnung ausgegeben werden.«

Der alte Granier beugt sich nach vorne und krächzt: »Das sehe ich genauso, Leute.« Und zu Reinhardt Wagenlenker sagt er gönnerhaft: »Deine Nachfolger sind zwar ohne Frage sehr sympathische und durchaus auch fähige Persönlichkeiten, aber ihre Ideen werden genauso verhallen wie so vieles, das so manche Menschen mit wenig Bodenhaftung in der Vergangenheit in Szene gesetzt haben.«

»Ich fürchte, Ihr nehmt diesen Vorgang zu sehr auf die leichte Schulter, meine Herren!« Die Gräfin richtet sich in ihrem Stuhl energisch auf und fährt dann eindringlich fort: »Es ist doch nicht zu übersehen, dass die Gewerkschaften in den letzten Jahren wieder Oberwasser gewinnen; und so lässt diese Auszeichnung – ich will sie beileibe nicht überbewerten und auch nicht übereilt Schlüsse daraus ziehen – in mir den Verdacht aufkommen, dass sie möglicherweise auch eine neue Strategie entwickelt haben und in Zukunft versuchen werden, das Arbeitgeberlager zu spalten oder zumindest aufzuweichen, indem sie in höchst arglistiger Weise auf uns zugehen.«

Mit »Aber verehrte Eleonore, wie kannst du dich nur so decouragiert geben?!« ergreift jetzt ungeduldig der Freiherr von Hohenfels das Wort. »Unsere Position gegenüber den Gewerkschaften ist doch heute so komfortabel wie schon lange nicht mehr; nicht zuletzt auch deshalb, weil die überwiegende Mehrheit der Arbeitnehmer ganz klar erkannt hat, dass ihre Zukunft untrennbar mit zufriedenen und starken Unternehmern verkoppelt ist. Und, was Sabrina und diesen Ex-Gewerkschafter Reger angeht, kann ich mich nur voll und ganz unserem erfahrenen und mit allen Wassern gewaschenen Antoine anschließen. Darüber hinaus ist auch noch anzumerken, verehrte Eleonore, dass die Sievers-Werke von diesen prämierten Traumtänzern nur deshalb so unkonventionell, ja geradezu extravagant geführt werden können und noch nicht abgestürzt sind, weil ihnen Reinhardt ein bestens gemachtes Nest übergeben hat und das Unternehmen in einer wenig umkämpften Marktnische operiert.«

Für den Freiherrn von Hohenfels ist dieses Thema damit abgehakt. Er nimmt einen Schluck Champagner zu sich und lehnt sich dann selbstzufrieden in seinem Stuhl zurück. Seine Frau streicht ihm anerkennend übers Haar und beginnt dann umgehend ein Gespräch mit Nina von Hagen über die neue Herbst- und Wintermode.

Noch bevor die Gräfin auf die abgehobene Stellungnahme des Freiherrn eingehen kann, wendet sich Reinhardt Wagenlenker an ihn und sagt mit Nachdruck: »Mein guter René und Freiherr von Hohenfels, Sabrina und Alex sind weder Traumtänzer noch führen sie die Sievers-Werke extravagant! Ganz im Gegenteil, du Schnellschütze, die beiden managen das Unternehmen äußerst verantwortungsbewusst und zielstrebig und, das ist inzwischen nicht mehr zu übersehen, auch mit außergewöhnlichem Erfolg.«

Der Gründer der Sievers-Werke fährt sich nach dieser Attacke mit beiden Händen übers Haar und beginnt dann energisch und unüberhörbar stolz aufzuzählen: »Sie haben die Effektivität aller Unternehmensteile deutlich gesteigert und haben mittlerweile die Belegschaft mit dem niedrigsten Krankenstand im ganzen Land. Sie zahlen darüber hinaus überdurchschnittliche Löhne und Gehälter und haben dabei auch noch die Ertragsbeteiligung für die Mitarbeiter ausgebaut, die sie baldmöglichst in eine Beteiligung am Unternehmen überführen wollen, wenn der eine oder andere Beschäftigte so einen Schritt ins Auge fassen möchte.«

Wagenlenker unterbricht für einen Schluck Champagner die Erfolgsstory aus den Sievers-Werken, und so kann der Freiherr, der sich während der Worte seines Freundes erschrocken aufgerichtet hatte, ein wenig kleinlaut entgegenhalten: »Ist ja schon gut, Reinhardt! Ich will ja nicht abstreiten, dass man das Agieren der zwei Außenseiter mit viel gutem Willen auch in einem anderen Licht sehen kann. Aber ich darf dich hoffentlich schon daran erinnern, dass du selbst, und das ist noch gar nicht so lange her, deren Ideen ganz und gar nicht gutheißen konntest und ihnen dein Unternehmen nur unter großen Bauchschmerzen übereignet hast. Und *ich* kann mir eben auch heute noch nicht vorstellen – selbst wenn die Sievers-Werke derzeit tatsächlich nicht schlecht dastehen sollten –, dass die beiden ihren partnerschaftlichen Weg über einen längeren Zeitraum ohne gravierende Probleme fortsetzen können. Denn Arbeitnehmer nehmen, nicht nur meiner Erfahrung nach, wenn du ihnen einmal den kleinen Finger gegeben hast, früher oder später die ganze Hand, und machen dann eine konsequente und freie Unternehmensführung unmöglich.«

Der Freiherr schaut kurz über die Gästerunde und erklärt dann noch überzeugt und wieder recht selbstsicher: »Mann, Reinhardt, Arbeitnehmer sind und bleiben Arbeitnehmer! Das liegt doch auf der Hand und in der Natur der Sache, und daran kommt auch niemand vorbei. Ihre Zielsetzungen sind doch ohne Ausnahme mit den unseren nicht zu vereinbaren, und so können sie auch niemals ein echter und verlässlicher Partner des Unternehmers sein.«

Die dogmatischen letzten Sätze des Freiherrn haben sogar die bis dahin recht lebhaft geführte Unterhaltung der drei Damen an seiner Seite unterbrochen, und nach seinem Schlusswort applaudieren ihm die Bankiersgattin und seine Frau beifällig.

Der Freiherr greift sich daraufhin seinen Champagnerkelch und prostet den beiden zu. Er stellt ihn im nächsten Augenblick aber wieder ab, neigt sich zum Kardinal hin und sagt süffisant: »Ach ja, eins noch, und nur so am Rande zu Ihnen, Herr Kardinal: Sie haben vorhin sehr angetan von Sabrina und ihrem Mann berichtet, also muss Ihre Einstellung gegenüber Sabrina in den letzten beiden Jahren eine geradezu wundersame Wandlung erfahren haben, denn ich kann mich noch sehr gut daran erinnern, dass Sie für diese Revolutionärin so eine Art Gehirnwäsche empfohlen haben.« Und an Reinhardt Wagenlenker gewandt fügt er etwas verschnupft hinzu: »Das nur zu meiner weiteren Entlastung, Reinhardt!«

Mit »Ist ja schon wieder in Ordnung, René« gibt sich Wagenlenker großmütig und versetzt ihm mit der Faust einen freundschaftlichen Stoß.

Der Kardinal vollführt mit seiner rechten Hand eine großzügige Bewegung und sagt ungerührt: »Nun ja, Herr von Hohenfels, die junge Dame hat inzwischen aber genügend Beweise dafür geliefert, dass ihr kritisches Denken und Reden kein blindes Anrennen gegen das Establishment war, sondern von einem soliden Fundament aus geführt wurde; und dieses versetzt sie nun auch in die Lage, als Unternehmerin mutig und konsequent neue Wege zu beschreiten. Dazu kommt, Frau Rainhaus hat ja vorhin schon davon gesprochen, dass sich der Kapitalismus seit einigen Jahren in einer Form breit macht, die ich eigentlich nicht mehr tolerieren kann.«

Der Professor fühlt sich nun doch bemüßigt, auf die Vorgänge in den Sievers-Werken näher einzugehen, und will auch ein Statement zu dem seiner Ansicht nach völlig irrelevanten Thema ›partnerschaftliche Unternehmensführung‹ abgeben.

Er schiebt sein Kaffeegedeck zur Seite, legt den rechten Unterarm betont lässig auf den Tisch und wendet sich dann in oberlehrerhafter Manier an den Kardinal: »Ein so neuer Weg ist das Zusammenarbeiten von Unternehmer beziehungsweise Unternehmensleitung und Belegschaft nun auch wieder nicht, wenn wir zunächst einmal unser Augenmerk auf den Kleinbetrieb lenken. Aber selbst dort, Herr Kardinal, zählt schlussendlich vor allem die Interessenlage des Inhabers beziehungsweise der Betriebsleitung. Größere Unternehmen können es sich schließlich ganz und gar nicht leisten, die Belegschaft in ihre Entscheidungsprozesse mit einzubinden, weil in Belegschaften unvermeidlich viele unterschiedliche Meinungen anzutreffen sind, die ein Unternehmen von heut auf morgen in einen heillosen Diskutier- und Streitladen verwandeln würden. Dem Arbeitnehmer,

Herr Kardinal, fehlt darüber hinaus in aller Regel der notwendige Horizont für eine fundierte Mitsprache, und seine Sichtweise wird naturgemäß eine andere sein, als die des Unternehmers beziehungsweise die der Kapitalanleger, die hinter einem Unternehmen stehen. Dazu kommt noch, dass sich die Mehrzahl der Arbeitnehmer über ihre spezifische Aufgabe im Unternehmen hinaus, nicht weiter für dieses einsetzen will. Dies alles führt schließlich dazu, dass sich der Unternehmer, wenn er sich auf eine partnerschaftliche Unternehmensführung einlässt, vor allem mit Leuten herumschlagen muss, die von den Gewerkschaften gesteuert werden.«

Der Professor nimmt nach diesem umfangreichen Strauß von Argumenten einen Schluck Champagner zu sich, klopft dann mit den Fingern rechten Hand ein paar Mal in Gedanken auf die Tischplatte und wendet sich schließlich an die ganze Gesellschaft: »Und, meine Damen und Herren, lasst uns in diesem Zusammenhang doch nur einmal daran denken, in welch unselige Irrfahrten uns so mancher Bürger- oder Volksentscheid schon gestürzt hat.«

Ganz locker und strotzend vor Selbstbewusstsein lehnt sich Rainhaus nun wieder in seinem Stuhl zurück und erklärt dann noch: »Ich kann also ohne Abstriche dem folgen, was unser Freiherr von Hohenfels gesagt hat. Darüber hinaus möchte ich auch noch ganz dick unterstreichen«, er wendet sich mit einem aufmunternden Blick der Gräfin zu, »dass wir absolut keinen Grund haben, die Flinte ins Korn zu werfen, wie das, verehrte Frau Gräfin, jetzt schon zweimal aus Ihren Worten herausklang. Und«, er richtet sich kämpferisch auf, »wir sind auch in einer Zeit, in der die Geschehnisse in der Finanzwelt alles zu dominieren scheinen, nach wie vor in der Lage, die Zukunft in unserem Sinne zu gestalten. Wir müssen vielleicht das eine oder andere Mal zu modifizierten Waffen greifen und uns von Fall zu Fall auch in eine wirkungsvollere Position bringen – ich begebe mich damit auf die Argumentationsebene zwischen Ihnen und meiner Frau –, aber ich denke, wir werden demnächst mit neuem Schwung unsere Stärken konzentriert und ohne falsche Rücksichtnahmen erfolgreich einsetzen und, falls erforderlich, auch unsere weltweiten Verbindungen konsequent ausspielen.«

Der Professor möchte abschließend noch ein letztes gewichtiges Argument gegen die Herrschaft des Kollektivs vortragen, da hebt Hofmeister die Hand und sagt: »Herr Professor und Frau Gräfin, gestatten sie mir bitte eine kurze Anmerkung zu …«

Die Gräfin unterbricht den jungen Mann energisch: »Nein, Herr Dr. Hofmeister, bitte stellen Sie Ihren Beitrag zu dieser inzwischen doch recht anstrengenden Diskussion zurück! Ich möchte nämlich vorschlagen, dass wir jetzt erst einmal einen Spaziergang durch den Park machen. Wer unbedingt will, kann ja die Fragen und Probleme, die sich in der letzten Stunde so gänzlich unerwartet eingestellt haben, dabei weiter beackern.«

Die Gräfin wartet nicht eine Sekunde darauf, wie ihre Gäste auf ihren Vorschlag reagieren, sondern steht umgehend auf, rückt ihren Stuhl zurück und sagt beschwingt und mit einem strahlenden Lächeln zu Sebastian und Reinhardt Wagenlenker: »Bitte, meine Herren!« Sie hakt sich dann bei den beiden unter und steuert mit ihnen unverzüglich die Seeseite des Parks an.

Mit Ausnahme der drei Damen am rechten Tischende, für die nicht nur heute die neuesten Modetrends und die Klatschgeschichten aus der Welt der Reichen und Schönen die Themen Nummer eins sind, stehen alle anderen bereitwillig auf und folgen der Gräfin in den Park.

Die Freifrau von Hohenfels und Frau Granier werfen sich einen despektierlichen Blick zu und schauen dann der Gräfin kopfschüttelnd nach.

IX

Es ist kurz vor Mitternacht und ein heftiger Wind bewegt in wildem Rhythmus die Gardine im gräflichen Schlafzimmer. Für Sekunden saugt er sie wie den Spinnaker auf einem Segelboot in das Schlafzimmer, um sie im nächsten Moment nach draußen in den immer stärker strömenden Regen zu reißen.

Schon am frühen Abend, als die Gäste der Gräfin den Heimweg antraten, zeichnete sich ab, dass dem strahlend schönen Sommertag eine heftige Gewitternacht folgen wird.

Sebastian wacht auf und streckt seinen Arm auf die rechte Betthälfte – doch die ist leer und kühl. Er setzt sich auf und blickt sich suchend nach der Gräfin um, aber die hat das Schlafzimmer wohl schon vor einiger Zeit verlassen. Er steht auf, geht zum Fenster und will beide Flügel schließen – da taucht ein mächtiger Blitz den Park in ein grellweißes Licht. Sebastian vernimmt im selben Augenblick ein Zischen, fast ein Rauschen, und gleich darauf folgt ein gewaltiger Donnerschlag, der die Villa erzittern lässt und ihn selbst ins Wanken bringt; ja er hat den Eindruck, dass ihn der Blitz ein Stück weit vom Fenster wegversetzt hat. Er sieht noch, wie von der größten Douglastanne im Park ein paar Äste herabfallen und in der Wipfelzone ein milchig weißer Rauch aufsteigt, und dann ist es auch schon wieder dunkel. Einigermaßen geschockt schließt er hastig das Fenster und verlässt dann besorgt das Schlafzimmer.

Das großräumige Treppenhaus ist hell erleuchtet. Es sind sowohl die Lüster auf den Etagendecken, wie auch die Lampen an den Wänden eingeschalten. Sebastian setzt gerade seinen Fuß auf die Treppe, die in die Eingangshalle hinunterführt, da hört er jemand über ihm. Er schaut nach oben und sieht Nina von Hagen, bekleidet nur mit einem langen Nachthemd, aus dem Dachgeschoß herunter hasten. Als sie ihn erblickt, ruft sie gellend: »Sebastian, es brennt ... es brennt bei uuns!«

Sebastian geht ihr bis zum Treppenabsatz entgegen und kann sie dort gerade noch auffangen, weil sie auf den letzten Stufen ins Stolpern geraten ist. Als sie wieder sicher steht, sagt er so ruhig wie nur möglich: »Aber Frau von Hagen, da täuschen Sie sich, der Blitz vorhin hat glücklicherweise nur in eine Tanne im Park eingeschlagen.«

»Nein, nein, Sebastian«, zetert Nina von Hagen panisch, »in meinem Zimmer riecht man deutlich den Rauch! Bitte, bitte, kommen Sie ganz schnell mit nach oben!«

Sebastian sagt nur kurz okay und rennt ins Dachgeschoß hinauf. Aus Ninas Apartment fällt Licht in den langen, unbeleuchteten Mittelgang. Sebastian stößt die halb offene Tür auf, eilt hinein und schaut sich kurz um. Er reißt dann ein Dachgaubenfenster auf, lehnt sich soweit wie nur möglich hinaus, schaut nach links und rechts und schließt dann das Fenster wieder. Er dreht sich um, schnuppert ein wenig und sagt dann zu Nina von Hagen, die schwer atmend an der Tür zu ihrem Apartment lehnt: »Hatten sie eins der Fenster auf, bevor Sie aus Ihrer Wohnung geflüchtet sind?«

»Ja. Ich habe es aber sofort zugemacht, als ich aufwachte und den Rauch bemerkt habe. Das war doch richtig, Herr Sebastian.«

»Auf jeden Fall, denn sonst hätten Sie jetzt eine kleine Überschwemmung hier, es schüttet nämlich inzwischen wie aus Kübeln.« Sebastian streift sich mit beiden Händen den Regen aus dem Haar und versichert dann: »Es brennt aber definitiv nicht bei uns, Frau von Hagen. – Und was den leichten Rauchgeruch angeht, der ist vermutlich von der Tanne zu Ihnen herein gezogen. Sie können also ganz beruhigt wieder ins Bett gehen.«

Sebastian will auf die Tür zugehen, da registriert er erst so richtig, dass Nina nahezu nackt am Türstock lehnt. Ihr lindgrünes Nachthemd ist nicht mehr als ein Hauch Textil und lässt ihren atemberaubend weiblichen Körper bis ins letzte Detail durchscheinen, ja geradezu weiß leuchten. Mein Gott, denkt er, während sich sein Atem beschleunigt und sein Herz zu pochen beginnt, diese Nina von Hagen ist ja der schiere Traum von einem Weib!

Er meint, seine Beine wären gelähmt, als er die paar Schritte zur Tür hin macht. Und er sieht auf einmal alles gleichzeitig: wie sie schwer atmet und sich ihre schönen Brüste dabei heben und senken, wie sich ihr Bauch wölbt und wieder flacher wird, und spürt, wie ihn ihr sinnlich sehnsüchtiges Lächeln gefangen nimmt.

Sebastian hört sich sagen, obwohl er das eigentlich gar nicht sagen will: »Frau von Hagen, bitte lassen Sie mich gehen. Ich muss mich noch um die Frau Gräfin kümmern, sie ist verschwunden. Bitte, lassen Sie mich doch gehen!«

Er will Nina von der Türe wegschieben, aber die rafft mit einer blitzschnellen Bewegung ihr Nachthemd hoch, schlingt ihr rechtes Bein um seine Hüfte und ihre Arme um seine Schultern und stöhnt: »Nein, Sebastian! Nein! Bitte bleiben Sie doch bei mir. Bitte, nur heute, und nur einmal. Bitte, lieber Sebastian!«

Und Nina von Hagen presst sich mit Urgewalt an ihn und überschüttet ihn mit wilden Küssen. Ihr heißer Körper und die Glut ihrer Küsse nehmen Sebastian schier den Atem, und er spürt, wie das Blut aus seinem Kopf weicht. Irgendetwas bringt ihn dann aber doch dazu, Ninas Bein wegzudrängen und sich aus ihren Armen zu winden. Er stammelt: »Bitte, seien Sie mir nicht böse, Nina, ich muss mich doch um die Gräfin kümmern. Bitte, verstehen Sie das doch!«

Nina von Hagen sackt zu Boden und schaut mit traurigen und enttäuschten Augen zu ihm hoch – ein Blick, der Sebastian tief und schmerzhaft ins Herz schneidet. Er bückt sich zu ihr hinunter, streicht mehrere Male zärtlich über ihr kupferrot gefärbtes Haar und flüstert: »Bitte, verstehen Sie mich doch, Nina.« Er drückt dann vorsichtig die Türe auf und zwängt sich hinaus.

»Mein Gott, Sebastian, was für ein dummer und ungeschickter Bursche sind Sie doch!«, hört er Nina von Hagen mit gebrochener Stimme noch sagen, und ist dann endlich draußen.

Er eilt restlos durcheinander auf das Treppenhaus zu und schilt sich dabei selbst: »Ja, du bist wirklich ein dummer Bursche, wie kannst du nur ein so wundervolles Weib verschmähen!«

Während er die beiden Treppensektionen hinuntereilt, wird sein Kopf wieder halbwegs klar und er findet ansatzweise zu einer Erklärung für sein Verhalten: Er liebt Eleonore über alles. Nina von Hagen dagegen, war für ihn bis vor wenigen Minuten eher eine Fremde und eine ziemlich unnahbare Person.

Aber, schießt es gleich darauf durch seinen Kopf, sie ist ja von einer geradezu göttlichen Weiblichkeit, und so werde ich – in ihm steigt eine dunkle Beklommenheit hoch – das Bild von ihrem Körper, ihre Wärme und ihre bedingungslose Hingabe wohl immer mit mir herumtragen.

Die Eingangshalle liegt im Halbdunkel. Nur durch die nicht ganz geschlossene Salontür fällt ein schmaler Lichtstreif. Sebastian drückt die Tür langsam auf und sieht im schwachen Licht von zwei Wandlampen die Gräfin starr und unbeweglich in einem der Sessel am Couchtisch sitzen. Sie hat ihren Morgenmantel nur über die Schultern gelegt, und auf dem Tisch steht eine Flasche Cognac und ein leeres Cognacglas.

Erst als Sebastian halblaut sagt: »Eleonore, was ist denn?«, dreht sie langsam ihren Kopf zu ihm hin und sagt tonlos: »Ich weiß nicht, Sebastian. Ich weiß es nicht.«

Sebastian rückt einen zweiten Sessel dicht an den der Gräfin heran und setzt sich zu ihr.

Die Gräfin greift nach seiner rechten Hand und sagt verstört: »Ich habe schrecklich geträumt, Sebastian. Ich glaube wenigstens, dass ich geträumt habe.« Sie lässt Sebastian wieder los und versucht den Morgenmantel enger zu schließen.

Sebastian steht auf und sagt: »Ich hole dir eine Decke, du frierst ja, Eleonore.«

»Nein, nein, Sebastian! Es geht schon, aber setz dich bitte wieder zu mir.«

Während sich Sebastian wieder setzt, versucht er möglichst unauffällig vom Gesicht der Gräfin abzulesen, was sie wohl so erschüttert haben könnte.

Die Gräfin rafft den Morgenmantel noch einmal enger, lehnt sich zurück, verschränkt die Arme vor der Brust und meint dann unvermittelt: »Die Hagen hat dich aus dem Bett geholt, nicht wahr?«

»Nein, Eleonore. Ich bin vor etwa fünf Minuten aufgewacht, kurz bevor der gewaltige Blitz im Park eingeschlagen hat. Du warst nicht mehr im Schlafzimmer, und so habe ich mich auf die Suche nach dir gemacht. Auf den Treppen bin ich dann auf die Hagen gestoßen, und die schrie in Panik, du hast es ja offenbar gehört, dass es im Dachgeschoß brennt.«

Die Gräfin scheint allmählich aus ihrer Erstarrung herauszufinden und meint darauf nur: »Ein Fehlalarm also, nicht wahr?«

»Ja, Gott sei Dank!«

»Und sie wollte dich dann nicht mehr gehen lassen, oder? Wegen der fünf Minuten, meine ich.«

Sebastian errötet leicht und sagt verlegen: »Ja, sie wollte, dass ich bei ihr bleibe.«

»Und du hast dich geweigert, so wie es aussieht«, mutmaßt die Gräfin lapidar. »Und du hast diesem kapitalen Weib tatsächlich widerstehen können, Sebastian?«, hakt sie nach einer Weile ungläubig nach.

»Ja, auch wenn es nicht leicht war. Ich war ja so überrascht, Eleonore. Ich kannte sie bisher nur als deine spröde und zugeknöpfte Hausdame.«

Die Gräfin richtet sich im Sessel auf, eine leichte Röte überzieht ihr Gesicht und unverhohlen neugierig fragt sie: »Und, Sebastian, sie hatte vermutlich so gut wie nichts an, oder?«

Sebastian will möglichst unverfänglich antworten, aber da spinnt die Gräfin ihren Faden auch schon weiter: »Sie hat den schönsten Frauenkörper, den ich je gesehen habe. In aller Herrgottsfrühe traf ich sie einmal nackt am Badesteg, als sie gerade aus dem Wasser kam. Ich war damals wohl genauso überrascht wie du heute, und habe deshalb nur etwas dumm gesagt: ›Guten Morgen, Frau von Hagen‹ und kehrte schnurstracks um. – Ja, ich beneide sie, Sebastian.«

Auf sein überraschtes Gesicht hin fügt sie hinzu: »Weil sie auch die Männer anzieht, wie das Licht die Motten.« Und während sie den Morgenmantel bis unters Kinn hinaufschiebt, sagt sie ein wenig abwesend vor sich hin: »Trotzdem hat sie mit euch Männern auch nicht mehr Glück als ich.«

In der nächsten Sekunde fasst sie erschrocken Sebastians Arm und stößt entschuldigend heraus: »Ich *hatte* nicht mehr Glück als sie, muss ich natürlich sagen! Denn heute habe ich ja dich, liebster Sebastian.«

Sie legt dann auch noch ihre Arme um den etwas verunsicherten Sebastian und drückt ihm links und rechts einen Kuss auf die Wange. Wie eine Katze kuschelt sie sich dann im Sessel zusammen, deckt sich mit ihrem Morgenmantel so gut es geht zu und lächelt ihn glücklich an.

Erleichtert darüber, dass die Gräfin von sich aus von der Hausdame weggekommen ist, nimmt er ihre rechte

Hand, küsst sie zärtlich und sagt dann zaghaft: »Möchtest du mir jetzt erzählen, was du geträumt hast, was dich aus dem Schlafzimmer getrieben hat, Eleonore?«

»Ungern, Sebastian«, seufzt die Gräfin, und das Lächeln in ihrem Gesicht erlischt ebenso schnell, wie es dort aufgeblüht ist. »Das ist ... das war alles so bedrückend, Sebastian. Als du auf einmal hier unten warst ... du, ich wusste bis dahin nicht, ob ich geträumt habe oder ob sie noch da ist ... diese Frau Rainhaus. Ach, Sebastian, lass uns lieber ins Bett gehen. Bitte, Sebastian, mir wird wieder kalt!«

Sebastian steht auf.

Die Gräfin streckt ihm beide Arme entgegen und er hilft ihr behutsam auf die Beine. Er legt dann seinen rechten Arm um ihre Taille und führt sie aus dem Salon.

Im Bett schmiegt sie sich wie ein verängstigtes Kind an ihn und klagt: »Mein Gott, Sebastian, ich habe noch nie so schrecklich geträumt! ... Nicht einmal damals ... als mir die zwei Männer Gewalt antun wollten ... Weißt du noch, Sebastian?«

»Bei Gott, das habe ich nicht vergessen, Eleonore! Aber sag, was ist denn mit der Frau Rainhaus, wie kann dich diese freundliche und so sympathische Frau nur so sehr beunruhigen?«

Die Gräfin dreht sich auf den Rücken, zieht die Bettdecke bis zum Kinn hoch und schaut mit starrem Blick zur mit feinem Stuck verzierten Schlafzimmerdecke hinauf.

Als ein Blitz das Schlafzimmer erhellt, dreht sie langsam den Kopf zu ihm hin und beginnt stockend zu sprechen: »Zuerst, Sebastian, waren da große Menschenmassen – irgendwo. Die haben auf einmal angefangen zu rufen: Die Früchte der Arbeit gehören uns allen, die Früchte der Arbeit gehören uns allen!« Und während sie sich halb zu ihm hindreht und ihre linke Hand Hilfe suchend nach ihm ausstreckt, jammert sie verstört: »Und dieses Rufen, Sebastian, hat nicht aufgehört, es hat einfach nicht aufgehört, Sebastian!«

Sebastian drückt ihre Hand an seine Brust und sagt in beruhigendem Tonfall: »Aber jetzt ist das ja vorbei, Eleonore. Jetzt ist doch alles vorbei, liebste Eleonore.«

Die Gräfin nimmt seine Worte offenbar gar nicht so recht wahr, denn sie fährt nach kurzem Atemholen aufgeregt und mit bebender Stimme fort: »Und dann waren die Leute plötzlich im Fürstentum Monaco, und sie haben die vielen Yachten gestürmt und all die Häuser der Reichen … sogar das Schloss der Grimaldis, Sebastian! Und dann war Kanonendonner zu hören und Soldaten sind gekommen. Aber die vielen Menschen waren nicht aufzuhalten und haben immer wieder gerufen: Die Früchte der Arbeit gehören uns allen!«

Sebastian bereut inzwischen, dass er die Gräfin dazu gebracht hat, ihm ihren Traum zu erzählen. Er versucht also erneut, sie zu beruhigen: »Eleonore, das war kein Kanonendonner, das war das Gewitter, das über uns hinweggezogen ist.«

Mit »Und da schwebt mit einem Mal« folgt die Gräfin dennoch weiter ihrer Traumspur, »die Göttin Justitia über Monaco. Aber es war gar nicht die Göttin, Sebastian! Es war in einem langen, schwarzen Kleid die Frau Rainhaus. In ihrer linken Hand hielt sie die Waage, sie trug aber keine Augenbinde und führte auch kein Schwert mit sich. Dafür stand aber der Waagebalken ganz schräg und sie rief mit schneidender Stimme: Ihr müsst die Reichtümer teilen, ihr müsst teilen!«

Sie dreht sich nun ganz zu Sebastian hin und stöhnt: »Und das Wort ›teilen‹, Sebastian, hat auch nicht mehr aufgehört. Es hallte unendlich lange von den vielstöckigen Häuserfronten und den Felswänden hinaus aufs Meer: teilen ... teilen ... teilen!«

Sebastian sagt jetzt nichts mehr. Er drückt nur ganz fest Eleonores Hand und hofft inständig, dass sie bald zum Ende von ihrem Traum kommt.

Nach einer Weile entzieht sie Sebastian ihre Hand und dreht sich wieder auf den Rücken.

Eine Zeit lang bleibt sie so schwer atmend liegen. Mit einem Mal ruckt sie hoch, stützt sich auf ihren linken Arm und fällt in die Rolle einer unbeschwerten Erzählerin: »Und weißt du, was dann passiert ist, Sebastian?«

»Nein, natürlich nicht«, antwortet der überrascht und erleichtert zugleich.

»Auf dem obersten Deck der größten Yacht steht urplötzlich Rainhaus. Er schwingt einen Golfschläger wie ein Schwert und brüllt auf das Hauptdeck hinunter: Wir müssen Ungleichgewichte aushalten, Leute! Wir dürfen jetzt nicht einknicken! Wir können doch nur im Ungleichgewicht leben, das wisst ihr doch alle! Dann greift er sich ans Herz und bricht zusammen.«

»Mein Gott!«, entfährt es da Sebastian, der für einen Augenblick Eleonores Traum erlegen ist.

Die holt einmal tief Luft und erzählt dann – nun wieder recht aufgeregt – weiter: »Auf dem Hauptdeck,

Sebastian, stehen dicht zusammengedrängt und umgeben von der tobenden Masse fast alle meine Freunde und Partner, ja sogar die Verbindungsleute, die ich in Marokko aufgebaut habe. Ich selber war aber nicht dabei, und ich weiß auch nicht, wo ich mich die ganze Zeit über aufgehalten habe. Aber ich habe trotzdem alles hautnah mitbekommen. – Es war einfach schrecklich, Sebastian!«

Die Gräfin lässt sich aufs Bett fallen, deckt sich bis zu den Schultern zu und sucht dann mit der linken Hand nach Sebastians Händen.

Mit »Ach, eins fällt mir jetzt noch ein!« regt sie sich nach einer Weile wieder. »Das Meer hat sich auf einmal aufgerichtet und verwandelte sich in einen riesigen Bildschirm. Im dauernden Wechsel waren darauf Bilder aus aller Welt zu sehen. Im Grunde waren die Bilder aber eins wie das andere: riesige Menschenmassen, die da rufen: Die Früchte der Arbeit gehören uns allen! Und überall, Sebastian, wurde das vom Donner der Kanonen begleitet.«

Nach einer Pause, Sebastian hofft schon, dass die Gräfin nun langsam einschläft, sagt sie leise: »Du, ich weiß nicht, wie ich in den Salon gekommen bin. Und ich weiß auch sonst nichts, Sebastian. Ich weiß im Moment nur, dass ich bis zu dem Zeitpunkt, als du in den Salon kamst, immer und überall die Frau Rainhaus gesehen habe.«

»Aber jetzt doch ganz bestimmt nicht mehr. Dein schlimmer Traum gehört nun der Vergangenheit an. Das ist aus und vorbei, liebste Eleonore!«

Die Gräfin dreht sich auf die linke Schulter, drückt

Sebastians Hand an ihre Brust und sagt erleichtert: »Ja, Sebastian, jetzt bist nur mehr du da.«

»Ganz vorbei ist er aber vielleicht doch noch nicht, Sebastian«, meint sie nach ein paar Augenblicken mit verschlafener Stimme und dreht sich wieder auf den Rücken, ›Träume, so sagt man doch, haben immer auch einen tieferen Sinn, nicht wahr?«

»Das mag manchmal zutreffen, Eleonore. Aber dein Traum scheint mir eher eine Überreaktion auf das so unvermutete und auch recht dramatische Auftreten und Reden der Frau Rainhaus zu sein. Und außerdem hattest du am Nachmittag nicht gerade wenig Champagner getrunken, mein Schatz! Ja, und dann noch das schwere Gewitter – da wäre es also kein Wunder, wenn dir deine Sinne einmal einen Streich spielen.«

»Vielleicht hast du Recht, Sebastian. Im Moment habe ich aber ganz stark das Gefühl, dass ich in den nächsten Tagen darangehen werde, meinen weiteren Lebensweg einer Prüfung zu unterziehen.«

Die Gräfin sucht unter Gähnen wieder nach einer von Sebastians Händen und sagt dann mit müder Stimme: »Und du musst mir dabei helfen … du und Reinhardt. Ihr seid meine besten Freunde … auf euch kann ich mich verla…«

Das letzte Wort hat die Gräfin mit in den Schlaf genommen. Ihre Hand löst sich aus Sebastians Hand und sie beginnt ganz entspannt und ruhig zu atmen.

Sebastian wartet ein paar Minuten, steht dann langsam auf und geht zum Fenster. Er öffnet einen Flügel und stellt ihn fest. Von draußen strömt angenehm kühle Luft ins Schlafzimmer. Am Himmel zeigt sich umgeben von Wolkenresten voll und rund der Mond. Dazwischen leuchten in der klaren Luft gleißend hell ein paar dominante Sterne. Nach einmal tief Luft holen dreht er sich um, lehnt sich an die Fensterbank und betrachtet nachdenklich die schlafende Gräfin.

Wie gut habe ich es doch, denkt er nach einer Weile, solche Alpträume können mich vermutlich niemals überfallen. Ich muss keine großen Besitztümer bewahren und verteidigen, und muss mich auch nicht mit Gewerkschaften und unzufrieden Belegschaften herumschlagen. Mich tangieren die Finanzkrise, die Verwerfungen in der Wirtschaft und im politischen Raum höchstens am Rande. Ein guter Gärtner kann ja im Grunde nie scheitern.

Ja, und dann, auch wenn Eleonore aus einer ganzen Reihe von Quellen ein vielfach höheres Einkommen schöpft, und deshalb auf einer äußerst komfortablen und auch recht sicheren Lebensbasis steht, führt sie nach meinem Eindruck keinesfalls ein so entspanntes und sorgenfreies Leben wie ich.

Und mit einem süßsaueren Lächeln stellt er schließlich auch noch für sich fest: Nicht zuletzt deshalb ist die Verbindung mit ihr manchmal auch recht schwierig, nicht wahr, Gärtner Sebastian?

Er dreht sich noch einmal um, schaut in den vom Mond fast taghell erleuchteten Park hinaus und wischt sich über die unvermutet feucht gewordenen Augen. Ach, Sebastian, fährt es ihm da mehr unbewusst durch den Kopf, ich glaube dein Herz hängt zu sehr an Eleonore. Ja … ja und da solltest du schon darauf achten, dass du am Ende nicht eine belastende Abhängigkeit gerätst. Aber werde ich das überhaupt noch leisten können, fragt er sich bang, während er sich wieder dem Schlafraum zuwendet und sein Blick auf die schlafende Gräfin fällt.

Doch schon im nächsten Augenblick durchflutet ihn ein überwältigendes Glücksgefühl und er sagt leise zu sich selbst und wischt sich dabei wieder über die Augen: »Sie wird für mich immer meine Nori sein, und sie ist trotz ihrer Schattenseiten das wunderbarste weibliche Wesen auf dieser Welt.«

Sebastian geht auf Zehenspitzen um das Bett herum, legt sich vorsichtig neben die Gräfin und streichelt ein paar Mal über ihr Haar. Eleonores Atem setzt für einen Moment aus, sie murmelt undeutlich zwei, drei Worte und schläft dann friedlich weiter.

Ich muss mir morgen früh zu allererst die Tanne anschauen, der Blitz hat bestimmt eine tiefe Spur in den Stamm gezogen, denkt Sebastian noch, und dann werden seine Augen auch schon schwer und sein Bewusstsein verliert sich im Dunkel des Schlafzimmers.

X

Die Gräfin und Sebastian sitzen seit acht Uhr beim Frühstück im Salon. Draußen ziehen die ersten Herbstnebel durch den Park und ein stürmischer Wind hat vor ein paar Tagen einen goldbraunen Laubteppich über die Rasenflächen und Kieswege gebreitet. Sebastian hat auf dem Sessel neben ihm einen schmalen Packen dicht beschriebener Blätter liegen. Neben der Gräfin, die ihm gegenüber sitzt, liegen auf einem Beistelltisch ihr Laptop und ein Buch.

Sebastian hatte gerade die letzten Reste aus seinem Frühstücksei geschabt. Nach einem Schluck Kaffee lehnt er sich bequem zurück und sagt: »Also, Eleonore, ich habe mir das Protokoll von eurem Treffen in dem Jagdschloss bei Kassel in den letzten Tagen mehrere Male angeschaut und … ach ja, mein Schatz, wenn man nur beachtet, wie viele Wissenschaftler aus den verschiedensten Fachgebieten eurem Ruf gefolgt sind, dann klingt mir die Bezeichnung ›Treffen‹ übertrieben bescheiden, das war doch eher eine Zusammenkunft von Eliten, ein Symposium sozusagen. Und so hat mir das Lesen dieser umfangreichen Niederschrift«, er wirft einen kurzen Blick auf die Blätter neben ihm, »stellenweise auch einige Mühe bereitet, das muss ich ehrlich zugeben. Nicht einfach war deren Lektüre aber auch, weil eure Ansichten und die zahlreichen Statements häufig weit auseinander gehen und so manches bei genauerer Betrachtung sogar gegeneinander steht. Und das, Eleonore, gilt sowohl für euer grundsätzliches Gedankengut, wie auch für die vorgeschlagenen Maßnahmen, Anstrengungen und Aktivitäten auf den Feldern Wirtschaft und Politik. Naiv, wie ich gelegentlich nun mal bin, staune ich ganz besonders über einige Beiträge aus der Schweiz. Irgendwie dachte ich ja immer, dass die Schweizer durch die Bank nach der Maxime ›leben und leben lassen‹ ihre Tage angehen.«

»Ach, mein guter Sebastian«, sagt da die Gräfin lächelnd und lehnt sich im Sessel zurück, »das gilt ganz bestimmt für die überwiegende Mehrzahl der Eidgenossen. Aber nicht wenige führende Leute in der Wirtschaft, wie auch einige ihrer Professoren, kennen nur knallhartes Vorgehen gemäß ihren Vorstellungen beziehungsweise, wenn man so will, gemäß ihrer Ideologie.«

Sebastian nimmt das Protokoll zur Hand, schlägt die letzten Seiten auf und sagt dann: »Ein wenig erstaunt mich auch, dass auf eurer Teilnehmerliste niemand aus dem skandinavischen Raum vertreten ist.«

»Ja, Sebastian, leider sind die Nordländer unserem Treffen diesmal ferngeblieben. Beim Abendessen am Anreisetag ist das an meinem Tisch auch kurz angesprochen worden. Der Inhaber eines bedeutenden deutschen Unternehmens im Maschinenbau meinte zu wissen, dass sich die Skandinavier seit längerem in einer schwierigen Situation befinden, weil das Erbe aus Zeiten einer überzogenen sozialen Ausrichtung ihrer Staaten, deren Position im Zeitalter der Globalisierung zunehmend belastet. Die Skandinavier, meinte er, haben gegenwärtig andere Sorgen, als sich mit den größtenteils hausgemachten Problemen der Zentraleuropäer zu beschäftigen, und sie haben wohl derzeit auch nicht den Nerv dafür, sich mit Grundsatzfragen auseinanderzusetzen, die über die unmittelbare Gegenwart hinausgehen. Professor Rainhaus, der diesmal mit der Aussendung der Einladungen betraut war, hat unsere Zusammenkunft vielleicht auch etwas zu abgehoben unter das Leitmotiv ›Europa vor neuen Herausforderungen – wir geben unsere Zukunft nicht aus der Hand‹ gestellt.«

»Probleme und Fragen«, meint da Sebastian so beiläufig wie nur möglich, »die sich allerdings zu einem nicht geringen Teil als unvermeidliche Begleiter einer Ideologie einstellen, die du gerade andeutungsweise erwähnt hast; eine Ideologie, die sich wie ein Krebsgeschwür seit dem Fall der Mauer im bis dahin relativ gesunden Westeuropa ausbreitet.«

Sebastian setzt sich auf, legt Schinken auf eine Scheibe Schwarzbrot und beißt dann ein ordentliches Stück davon ab. Genussvoll kauend lehnt er sich zurück und wartet gespannt darauf, wie die Gräfin auf seine etwas deutlichere Benennung der Verhältnisse in Europa reagiert.

Für ihn recht überraschend, nimmt sie gänzlich unaufgeregt dazu Stellung: »Leute wie du, müssen das wohl so sehen. Aber auch ein wachsender Teil in meiner Gesellschaftsschicht, ich selbst darf mich diesbezüglich ja nicht mehr so ganz ausnehmen, ist sich nicht mehr sicher – in so einem Hängezustand haben wir uns übrigens noch nie befunden –, wie wir die nächsten Jahre angehen sollen. Und deshalb fanden wir erstmals, du hast das im Grunde ja schon erkannt, auch nicht zu einer tragfähigen Übereinkunft bezüglich unserer Handlungsschwerpunkte im politischen Raum. Es blieb leider auch einigermaßen ungeklärt, welche Mittel und Maßnahmen dort eingesetzt werden sollen, wo wir unseren Einfluss keinesfalls schleifen lassen dürfen. Wir sind so uneins und zersplittert wie noch nie, Sebastian! Unsere Bandbreite reicht inzwischen von Hardlinern des Schweizer Typs, bis hin zu regelrechten Softies und Hasenfüßen. Die Hardliner beharren unverändert auf dem Recht des Stärkeren und wollen der Mehrheit im Volk, zum Beispiel auf dem Sektor Einkommen, nicht weiter entgegenkommen, als es zur Vermeidung von Revolten notwendig ist. Sie bleiben übrigens auch kategorisch dabei, dass es vollauf genügt – und dies auch durchsetzbar ist –, wenn die Volksmehrheit den Erfordernissen der Natur Rechnung trägt, sich also letzten Endes der Natur unterordnet.«

Die Gräfin trinkt einen Schluck Kaffee und fährt dann unverändert gelassen fort: »Die Softies dagegen, die in Kassel erstmals nennenswert in Erscheinung getreten sind, denken und reden etwa so wie Sabrina Wagenlenker, haben aber nach meinem Eindruck ihr Denken bisher noch nicht in die tägliche Praxis einfließen lassen. Die Hasenfüße schließlich, werden von einer diffusen Angst beherrscht, die vor allem von der Befürchtung getragen wird, dass in Bälde das linke Spektrum im Land und in Europa die Oberhand gewinnen wird – mit den leicht vorstellbaren Folgen für die oberen Gesellschaftsschichten –, und unterstützen deshalb vehement die Linie der Softies. Diese zwei Gruppen, Sebastian, hängen nun auch in etwa einer Konzeption, oder besser gesagt, einer neuen Weltordnung nach, die in diesem Buch da«, sie richtet ihren Blick kurz auf den Beistelltisch, »dargestellt ist. Alleine dessen Titel ›Welt in Balance‹ oder so ähnlich – ich selbst habe bis heute noch nicht die Zeit erübrigen können, um darin zu blättern –, hat unsere Hardliner wahnsinnig aufgebracht, weil sich für sie unter dem aufgeplusterten ökosozialen Mäntelchen des Buches, nichts anderes als die Auferstehung des Kommunismus verbirgt. Für viel Aufregung, Sebastian, sorgte übrigens auch die Schenkungsorgie, die ein paar superreiche Amerikaner vor einiger Zeit angezettelt haben. Dieser schizophrene Vorgang hat allerdings wieder ein wenig Geschlossenheit in unseren Reihen einkehren lassen, weil alle Teilnehmer der Tagung diese Aktion kritisiert, ja als absolut kontraproduktiv verurteilt haben. Und so waren wir auch einhellig der Meinung, dass sie früher oder später zum Bumerang werden wird, denn auffälliger kann man ja auf die Einkommens- und Vermögensschieflagen, die die kleinen Leute immer öfter offen anprangern, nun wirklich nicht hinweisen.«

Mit einer Miene, die die Unsicherheit widerspiegelt, in die ihre Gesellschaftsschicht gegen Ende der ersten Dekade des 21. Jahrhunderts unversehens hineingeraten ist, nimmt die Gräfin einen Apfel aus einer mit Obst gefüllten Schale, schneidet ihn in Viertelstücke und legt zwei davon auf den Teller von Sebastian.

»Ja, Sebastian«, sagt sie dann bekümmert, »es war diesmal alles in allem eine aufreibende Zusammenkunft. Wenn die Landschaft an den Ufern der Fulda in ihrem Herbstkleid nicht so atemberaubend schön gewesen wäre, hätte ich vermutlich schon nach dem ersten Tag die Flucht ergriffen. Nicht zuletzt hat übrigens auch die

Ansicht, dass sich das Unternehmertum selbst in Frage stellt, wenn der Unternehmer den Erfolg seines Unternehmens vorrangig seinem eigenen Einsatz zurechnet, die Stimmung in dem zu einem Hotel umgestalteten Jagdschloss zeitweise sehr belastet. Geradezu penetrant, Sebastian, haben diese These zwei junge Wirtschaftswissenschaftler vertreten. Einer von den beiden Revoluzzern kam von der Freien Universität Berlin, er musste für seinen Ordinarius einspringen, und der andere war im Schlepptau einer portugiesischen Adeligen angereist. Unisono meinten sie, dass Unternehmer und Manager, die unter diesem Vorzeichen Mitarbeiter beschäftigen, in unverantwortlicher Weise zur Spaltung der Gesellschaft beitragen, weil nicht zuletzt diese Einstellung in den letzten Jahrzehnten ganz erheblich zum dramatischen Auseinandertriften der Einkommen beigetragen hat.«

Sebastian nimmt das Protokoll zur Hand, sucht darin eine Weile flüchtig herum und meint schließlich: »Beispiele für Unternehmen, die sich durch hohe Wertschätzung der Mitarbeiter auszeichnen – mir fällt da im Moment nur Frau Wagenlenker ein –, haben die zwei jungen Leute aber nicht anführen können, oder?«

»Doch, Sebastian, sie haben schon auf einige kleinere Unternehmen hingewiesen, die sich nicht allzu weit auseinanderklaffende Einkommen auf ihre Fahne geschrieben haben.«

Die Gräfin steht auf, schenkt sich und Sebastian Kaffee nach, und während sie sich wieder setzt, schließt sie daran an – Sebastian hat den Eindruck, dass ein wenig Genugtuung in ihren Worten mitschwingt: »Die beiden Heißsporne mussten allerdings einräumen, dass diese Fahne ohne Ausnahme tiefer gesetzt wird, sobald die Unternehmen zu wachsen beginnen, bis sie eines schönen Tages ganz verschwindet.«

Nach einem Schluck Kaffee verlässt sie dennoch flugs dieses Thema. Sie sagt zunächst nur: »Apropos, Protokoll, Sebastian!«, und erzählt dann ganz angetan: »Auf meine Bitte hin, ist Nina mit nach Kassel gekommen und hat dort die Protokollführung übernommen. Du, ich wusste bis dahin nicht, dass sie so routiniert und unglaublich schnell schreiben kann. Sie saß ja immer neben mir, und mir ist nicht einmal aufgefallen, dass sie hinter einer Wortmeldung oder einem längeren Redebeitrag hätte herhecheln müssen. – Das hat mich deswegen überrascht, Sebastian, weil sie, bevor sie zu mir kam, angeblich viele Jahre Chefsekretärin in einer international tätigen Baufirma war.«

Die Gräfin nimmt sich ein halbiertes Brötchen vom Tisch, streicht Butter darauf und meint dabei sinnierend: »Und so könnte Nina dort in Wahrheit nur als gehobene Schreibkraft beschäftigt gewesen sein.«

Sie träufelt sich noch Honig auf das Brötchen und gesteht dann rundheraus: »Ich habe sie auf jeden Fall wieder einmal beneidet. Aber nicht nur wegen ihrer flinken Finger und der Fähigkeit, sich auf ein Geschehen locker und entspannt konzentrieren zu können, sondern auch – sie war ja zum ersten Mal bei so einem Treffen mit dabei –, weil sie vom Anreisetag weg von den Männern geradezu umschwärmt wurde.«

Nach kurzem Blick auf Sebastian, beißt sie ein Stück vom Brötchen ab und lehnt sich dann genussvoll kauend zurück.

Mit noch halb vollem Mund erzählt sie schließlich weiter: »So wollte René von Hohenfels zunächst gar nicht mit nach Kassel kommen, als er aber von mir hörte, dass Nina mit dabei sein wird, hat er es sich ganz schnell anders überlegt. Natürlich ist er ohne seine Frau angereist. Er versucht ja schon seit geraumer Zeit an Nina heranzukommen, und er hat es in den insgesamt fünf Tagen wohl auch geschafft. Wie immer war am Sonntagabend nach dem abschließenden gemeinsamen Essen Tanz angesagt, und Nina ist bei dieser Festlichkeit einfach umwerfend aufgetreten. Sie trug ein ärmelloses, knapp knielanges Kleid, das ihre Figur schwindelerregend zur Geltung kommen ließ. Das seidenmatt glänzende dunkle Grün des Kleides stand dann auch noch in perfektem Kontrast zu ihrem kupferroten Haar, das sich wie ein Helm an ihren Kopf schmiegte. Dazu trug sie eine Halskette aus mattschwarzen runden Steinen und die dazugehörigen Ohrgehänge. Kurz und gut, Sebastian, Nina sah ganz und gar so aus, wie ich mir die Göttin Diana vorstelle. Dem auf Wolke sieben schwebenden René hat sie, soweit ich das mitbekommen habe, nur allzu gerne jeden zweiten oder dritten Tanz geschenkt; mehr ging wohl nicht, weil das sonst bestimmt den Unmut der übrigen Männer heraufbeschworen hätte.«

Die Gräfin holt einmal tief Luft, nimmt einen Schluck Kaffee zu sich und meint dann unvermittelt: »Ich langweile dich mit diesem Randgeschehen doch hoffentlich nicht, Sebastian?«

»Nein, ganz im Gegenteil, Eleonore. Seit der Gewitternacht vor ein paar Monaten sehe ich Frau von

Hagen mit ganz anderen Augen, und ich gönne ihr von Herzen schöne und glückliche Stunden. Und es würde mich auch sehr freuen, wenn sie bald den richtigen Mann finden könnte.«

»Oh, Sebastian, das glaube ich dir gerne, dass du Nina seitdem mit anderen Augen siehst!«, ruft da die Gräfin lauthals und lacht. »Ach Gott, wie ihr Männer«, fügt sie nach einmal tief Atemholen belustigt hinzu, »doch manchmal so herrlich unbedarft und amüsant daherreden und könnt!«

Sie beißt daraufhin ein großes Stück vom Brötchen ab, lehnt sich wieder zurück und schlägt ihre Beine schwungvoll übereinander.

»Du, ich habe das mehr im übertragenen Sinne gemeint«, erklärt Sebastian so gelassen wie nur möglich, kann aber trotzdem nicht verhindern, dass er dabei ein wenig rot anläuft.

Nun vollends amüsiert und mit einem hintergründigen Lächeln räumt die Gräfin ein: »Gut, gut, Sebastian, lassen wir das einmal so stehen.«

Sie angelt sich dann ihre Serviette, wischt sich den Mund ab und meint schließlich beschwingt: »Dann kann ich dir also, auch wenn diese Romanze letztlich nur eine von mehreren Episoden war, die unsere diesjährige Tagung begleitet haben, nun auch ganz unbesorgt deren vorläufiges Finale schildern, oder?«

Sebastian legt das Protokoll wieder zurück und sagt: »Aber sicher, Eleonore.«

Die Gräfin lässt sich in die Rückenlehne fallen und beginnt dann auch schon: »Also, Sebastian, so richtig zu Herzen gehend war – ich war gerade mit meinem Koffer zum Auto unterwegs –, wie sich Nina und René am Abreisetag am Parkplatz verabschiedet haben. Sie erweckten den Eindruck, als müssten sie für immer auseinandergehen. Vielleicht hatten beide auch das untrügliche Gefühl, dass alles schon wieder vorbei ist, denn Renés Frau wird unserem Freiherrn eine Rivalin nicht genehmigen, da bin ich mir ganz sicher. Und ob er eine Scheidung – alleine wegen der vermutlich immensen Kosten – auf sich nehmen würde, das mag ich sehr bezweifeln. Auf der Heimfahrt war Nina dann auch sehr still und nachdenklich, und da hat sie mir, obwohl ich sie während der Tage im Schloss beneidet habe, auf einmal Leid getan. Als wir auf der relativ ruhigen Autobahn waren, habe ich es riskiert, ihre Hand leicht zu drücken. Und siehe da – wir hatten bis dahin ja eher ein etwas reserviertes Verhältnis zueinander –, sie hat mir ihre Hand nicht entzogen, und ich habe gespürt, dass sie meine Anteilnahme dankbar annimmt. Während der gesamten Heimfahrt haben wir trotzdem nur ein paar belanglose Worte gewechselt. Einmal, als uns ein Porschefahrer beim Überholen zuwinkte und daraufhin – der Idiot hatte bestimmt zweihundertfünfzig Sachen d'rauf – seinen Wagen gerade noch auf der Fahrbahn halten konnte; und etwas später, als sich im Donauraum ein wunderschöner Föhnhimmel vor uns auftat. – Ach ja, ein paar Kilometer vor München hat sie mir noch eröffnet, dass sie sich die nächsten Tage frei nehmen möchte. Hier angekommen, wollten wir uns in der Halle – zunächst wohl wir beide – nur kurz verabschieden. Aber da war auf einmal so etwas wie ein Magnetfeld, Sebastian! Wir haben uns so innig umarmt, wie ich das mit einer

Frau noch nicht erlebt habe. Es war ein derart überwältigendes Gefühl, Sebastian, ich kann dir das gar nicht beschreiben. Und dann haben wir uns losgelassen – ich glaube wir waren beide ein wenig rot geworden – und wussten, dass wir nun Freundinnen sind, vielleicht für unser ganzes weiteres Leben.«

Die Gräfin atmet einmal tief durch, nimmt dann ihre Kaffeetasse vom Tisch und hält sie mit beiden Händen und einem versonnenen Blick eine Weile auf ihrem Schoß.

Sebastian beobachtet sie dabei recht nachdenklich und sagt schließlich ein wenig steif: »Du, das könnte ich mir gut vorstellen, Eleonore.«

Seinen knappen und etwas reservierten Kommentar hat die Gräfin offenbar gar nicht so richtig wahrgenommen, denn sie trinkt ein paar Augenblicke später ungerührt zwei, drei Schlucke Kaffee, nimmt dann ihren Dessertteller vom Tisch und schiebt sich den Rest vom Brötchen in den Mund. Mit dem Teller in der Hand lehnt sie sich wieder zurück. Nach einer Weile wischt sie mit dem Zeigefinger ein paar Tropfen Honig vom Teller, schleckt den Finger mit Genuss ab und stellt dann den Teller auf den Beistelltisch.

Sebastian hat sich inzwischen einen Becher Joghurt geöffnet. Und während er den Joghurt bedächtig löffelt, wirft er wiederholt einen prüfenden Blick auf die Gräfin. »Ich glaube«, sagt er schließlich, »Nina von Hagen hat bisher eher ein einsames Leben geführt. Als wir zwei zusammenfanden, hat sie das Alleinsein wohl noch schlimmer empfunden. Und so konnte sie unsere Beziehung auch nur als einen krassen Verstoß gegen die

Etikette werten, was sie uns eine Zeit lang auch recht deutlich spüren ließ.«

Er rührt daraufhin in Gedanken eine Weile im Joghurtbecher herum und erklärt dann: »Also, Eleonore, mich würde das durchaus freuen, wenn ihr auf Dauer gute Freundinnen sein könntet. Vom Naturell her unterscheidet ihr euch zwar nicht gerade wenig, aber ihr seid mit sich ergänzenden Talenten ausgestattet, was ja immer eine gute Voraussetzung für eine dauerhafte und erfüllte Freundschaft ist.«

Und ein wenig gekünstelt spitzbübisch, meint er nach einer kurzen Pause auch noch: »Und, Eleonore, das hört man ja immer wieder, dass die Freundin für eine Frau fast wichtiger ist, als der Partner oder der Ehemann.«

Die Gräfin nimmt das gelassen hin und sagt nach einem Schluck Orangensaft kühl und sachlich: »Du, eine wirkliche Freundin hatte ich bisher noch nicht, ich habe diesbezüglich also keine Erfahrung. Ich befinde mich ja seit meiner Studienzeit mehr oder weniger im Dauereinsatz, und so konnten sich mit den Frauen in meinem Umfeld immer nur oberflächliche und flüchtige Freundschaften entwickeln.«

Sebastian fischt sich das letzte Stückchen Kiwi aus dem Joghurtbecher, stellt ihn auf den Tisch und sagt dabei: »Kassel hat dir also, sozusagen auf den letzten Metern, zumindest einen schönen Abschluss beschert.«

»Das auf jeden Fall, Sebastian. Aber da war noch ein zweites recht positives Ereignis …«

Die Gräfin ruckt in ihrem Sessel hoch, aktiviert den Laptop und ruft das Protokoll von Kassel auf. Sie geht dann auf die Seiten mit den Namen der Teilnehmer und sagt nach kurzem Suchen: »Ah, da hab ich ihn ja schon: Karsten Niermann, Architekt. Übrigens, mir wurde nicht bekannt, wie Rainhaus auf diesen Menschen gekommen ist, und warum er ihn eingeladen hat; und ich habe Herrn Niermann auch nicht gefragt, was ihn wohl zu uns geführt hat. – Manchmal scheint mir unser guter Professor nun doch etwas überlastet zu sein, und ist deshalb nicht immer in der Lage, unsere Linie und Vorgaben sicher einzuhalten. Aber gerade dieser überraschende Gast, Sebastian, erwies sich schon nach dem ersten Tag als ein Glücksfall für mich. Ja, ich könnte sogar sagen, dass er sich in der fast durchwegs schweren See unserer Tagung als ein Rettungsring für mich entpuppt hat.«

Die Gräfin klappt den Bildschirm vom Laptop halb herunter, trinkt noch einen Schluck Orangensaft und setzt dann ihre Berichterstattung fort: »Also, Sebastian, dieser Herr Niermann ist ein äußerst interessanter und dazu auch noch ein sehr sympathischer Mann. Er dürfte knapp sechzig Jahre alt sein und lebt und arbeitet im Raum Hannover. – Und, welch ein schöner Zufall, Sebastian, er züchtet ebenfalls Pferde, ausschließlich Traber, die ihren Besitzern, das war gut herauszuhören, schon viele Siege beschert haben. Aber das ist noch nicht alles, Sebastian, Niermann gehört nämlich der ... dreimal darfst du raten ... er gehört der ›Global Marshall Plan Initiative‹ an!«

»Na, was sagst du jetzt, Sebastian?!«, fragt die Gräfin mit dem nächsten Atemzug triumphierend und schließt nach einmal Durchatmen daran an: »Erst vor kurzem habe ich von dir zum ersten Mal von dieser so gut wie unbekannten Gruppe gehört, und da treffe ich auch schon auf eins ihrer Mitglieder.«

»O Mann, das ist aber wirklich ein Ding, Eleonore! Du, das überrascht mich dermaßen, sodass ich jetzt erst einmal gar nicht weiß, was ich dazu sagen soll. – Ja, höchstens, dass du mir jetzt etwas voraus hast, denn ich habe bisher noch niemand aus dieser Initiative kennengelernt.«

»Dieses Buch da«, die Gräfin deutet auf den Beistelltisch, »haben übrigens diese Leute herausgegeben. Aber das ist dir ja vermutlich bekannt.«

Sebastian nickt nur dazu und trinkt seinen Kaffee aus. Er lehnt sich dann im Sessel weit zurück, überlegt eine Weile und sagt schließlich: »Falls dieser Herr Niermann in eurem Kreis die Ideen und Zielsetzungen der Initiative auch nur näherungsweise angesprochen hat, dann wird nicht nur dieses Buch, sondern auch er selbst für einige Unruhe bei eurer Tagung gesorgt haben.«

»Du, während der etwa dreistündigen Diskussions- und Beratungsrunden, die sowohl am Vormittag wie auch am Nachmittag angesetzt waren, hat er sich sehr zurückgehalten. Mir ist er erst am späten Freitag Nachmittag so richtig aufgefallen, als er an der Bar zu einer Gruppe von vier oder fünf Leuten sehr nachdrücklich sagte, dass die hoch entwickelten Nationen seit langem einen zu aufwändigen Lebensstil pflegen, den wir der Natur und der Weltgemeinschaft keinesfalls länger zumuten dürfen.«

Die Gräfin richtet sich halb auf und sagt aufgeregt: »Sebastian, du kannst dir ja vorstellen, dass mich diese

Äußerung, die deinem Organismusdenken entsprungen sein könnte, geradezu elektrisiert hat. Und so habe ich ihn bei der nächstbesten Gelegenheit angesprochen und zu einem Spaziergang an den Ufern der Fulda eingeladen. Er hat meine Einladung gerne angenommen, und so sind wir gleich nach dem Abendessen im letzten Sonnenlicht in Joggingklamotten losgezogen.«

Sebastian schenkt sich und der Gräfin Kaffee nach und legt sich auch noch eine dicke Scheibe Hefezopf auf seinen Teller, denn er ist sich ziemlich sicher, dass die Gräfin nun eine recht lange Geschichte erzählen wird – und langes Zuhören macht ihn immer hungrig.

»Ich bin auch gleich mit der Tür ins Haus gefallen«, berichtet die Gräfin nach einem Schluck Kaffee lebhaft weiter, »und habe ihm gesagt, wie sehr mich seine kategorische und pauschale Äußerung in der Bar gestört hat. Gleich darauf überraschte ich mich aber selbst, Sebastian, weil ich ihm gegenüber zugestanden habe, dass es möglicherweise schon so sein könnte, dass in weiten Teilen der Welt Lebensformen eingekehrt sind, die sich früher oder später eine Korrektur gefallen lassen müssen. Bevor er auf dieses Zugeständnis eingehen konnte, ließ ich ihn aber auch unmissverständlich wissen, dass ich nur einen Wandel mit Augenmaß tolerieren könnte und keinesfalls eine Verhaltenskorrektur hinnehmen würde, die alle Menschen über einen Kamm schert. Der Architekt hat sich ebenfalls Umschweife geschenkt und nur kurz und knapp gefragt: ›Wie wollen Sie differierende Verhaltenskorrekturen durchsetzen, gnädige Frau? Und, was noch schwieriger sein wird, wie würden Sie diese rechtfertigen wollen?‹«

Die Gräfin unterbricht sich an dieser Stelle und nimmt ihre Kaffeetasse vom Tisch. Sie fasst sie dann mit beiden Händen und trinkt, während sie mit hochgezogenen Augenbrauen auf Sebastian schielt, einen Schluck Kaffee.

»Dich wird es vielleicht ein wenig verwundern, Sebastian«, sagt sie dann mit etwas schiefem Lächeln und stellt die Tasse wieder zurück, »wenn ich dir sage, dass mich dieser Einwand, obwohl ich und meine Gesellschaftsschicht gerade in der letzten Zeit mit Fragestellungen dieser Art vermehrt konfrontiert werden, doch etwas überrascht hat. Niermann hat das wohl gespürt und machte mich – ganz Gentleman – auf ein paar Rehe aufmerksam, die nicht weit von uns auf einer Lichtung ästen. Aber da hatte ich mich, hoffend, dass ich mich damit nicht gleich wieder angreifbar mache, auch schon zu einer Antwort durchgerungen. Ich sagte ihm also, dass ich der festen Überzeugung bin, dass der Mensch nur dann zufrieden leben, ja überleben kann, wenn man ihn nicht in ein Schema presst. Und ich habe ihm auch deutlich gemacht, dass ich mich niemals einer Standardisierung unterwerfen könnte, und derartige Bestrebungen auch mit allen Mitteln bekämpfen würde.«

Die Gräfin lässt sich in die Rückenlehne fallen, schlägt ihre Beine schwungvoll übereinander und wippt dann einige Male energisch das rechte Bein.

Nach ein paar Augenblicken fährt sie aber ganz gelassen fort: »Ich habe Niermann mit meiner einigermaßen heftigen Reaktion allerdings nicht im Geringsten erschreckt, Sebastian. Er hat nur, wie ich das bei dir auch schon beobachtet habe, einen kleinen Stein mit der Schuhspitze vor sich hergeschlagen und dann in aller Ruhe und sorgfältig abwägend erklärt: ›Verehrte Frau Gräfin, wir‹ – dieses *wir*, Sebastian, bezog sich vermutlich auf seine Initiative – ›wir wollen‹, sagte er also, ›niemand in ein Korsett zwängen. Aber wenn sich der Mensch eine lebenswerte Zukunft erhalten will, dann kommt er um eine deutliche Änderung seiner Lebensgewohnheiten nicht herum. Es werden durchaus Differenzierungsmöglichkeiten verbleiben, aber den neuen Kurs muss im Grundsatz jeder Erdenbürger und jede Nation akzeptieren und mittragen, weil sich dessen Missachtung wie beim Dominoeffekt von Mensch zu Mensch und von Nation zu Nation fortpflanzen würde, was letztlich auch dazu führt, dass man den schwarzen Peter immer nur bei den anderen sieht.‹ Einigermaßen genervt, Sebastian, habe ich ihm daraufhin vorgeworfen: ›Mein guter Herr Niermann, Sie wollen Leuten wie mir also doch eine Korsage verpassen!‹«

»Keine Sorge, Sebastian«, sagt die Gräfin auf dessen etwas kritischen Blick hin, »ich hatte mich nach diesem Schuss gleich wieder in der Hand und habe in versöhnlichem Tonfall folgen lassen: ›Bevor ich weiter auf Ihren *neuen* Kurs eingehe, Herr Niermann, verklickern Sie mir doch bitte erst einmal, auf welche Veränderungen wir uns Ihrer Ansicht nach einstellen müssen.‹ Niermann hat daraufhin erneut einen Stein vor sich her geschlagen … Ach, Sebastian …«

Die Gräfin setzt sich halb auf, legt die Arme auf die Sessellehnen und sagt dann mit überlegenem Lächeln: »Übrigens, inzwischen glaube ich zu wissen, was euch

Männer zu diesem Elfmeterschießen treibt. Ihr macht das, wenn euch der Gesprächspartner anstrengt, und vermutlich ganz besonders dann, wenn er dem weiblichen Geschlecht angehört. Eure Ungeduld treibt euch dazu, nicht wahr, Sebastian?«

Sebastian schaut die Gräfin verblüfft an, überlegt dann eine Weile und gesteht schließlich zögerlich: »Ich fürchte, da hast du Recht, Eleonore. Wir Männer wollen eben alles kurz und knapp abhandeln.« Und mit einem vorsichtig spitzbübischen Blick meint er dann noch: »Und ihr Frauen geht halt mit Vorliebe den langen Weg.«

»Okay, mein Schatz, dann steht es jetzt erst einmal eins zu eins – mein langer Weg gegen deinen neuen Blick für Nina. Du erinnerst dich doch, oder?«

Undefinierbar lächelnd lehnt sich die Gräfin wieder zurück und fährt dann mit ihrer Berichterstattung fort: »Also, nachdem Niermann den Stein ein paar Meter weit den abfallenden Weg hinuntergeschlagen hatte, begann er mit einer geradezu bedrückenden Sicherheit Punkt für Punkt aufzuzählen: ›Zuallererst‹, sagte er, ›müssen die Industrienationen ihren Ressourcenverbrauch erheblich absenken, was unter anderem mit einschließt, dass sie schnellstmöglich die Wandlung von einer Wegwerfgesellschaft zu einer Bewahrgesellschaft, und den Wechsel vom quantitativen zum qualitativen Wachstum vollziehen. Dazu gehört auch‹, das hat er besonders betont, Sebastian, ›dass wir die weniger entwickelten Nationen zukünftig nicht mehr ausnützen oder gar ausrauben, sondern partnerschaftlich mit ihnen umgehen und sie dabei unterstützen, wirtschaftlich weitestgehend selbstständig, also möglichst unabhängig zu werden. Und damit, verehrte Frau Gräfin‹, sagte er souverän und überlegen, ›bin ich auch schon beim nächsten wesentlichen Änderungssegment, denn ich will mich möglichst kurz fassen und Sie keinesfalls langweilen.‹ Aber stell dir vor Sebastian, entgegen seiner Befürchtung, konnte ich diesem Menschen, der mir zunächst einmal höchst unangenehm aufgefallen und kurz vorher drauf und dran war, mich zu nerven, mit einem Mal ganz entspannt zuhören. Er hat die Dinge in einer Weise vorgetragen, wie ich es nicht einmal bei dir je erlebt habe. Das war alles so eingängig, so selbstverständlich. Selbst *ich* hörte bald nur mehr Selbstverständlichkeiten aus seinem Mund. Ich musste ihn zwar im Verlauf unserer Wanderung, zu der sich unser Spaziergang schließlich ausgewachsen hatte, schon auf die eine oder andere Ungereimtheit aufmerksam machen – nach meiner Sicht- und Denkweise natürlich –, aber selbst heute finde ich ihn eigentlich immer noch total überzeugend, auch wenn ich mich nach wie vor von meinen ureigenen Sichtweisen leiten lasse.«

»Nun ja«, sagt da Sebastian und schiebt dabei die Scheibe Hefezopf auf seinem Teller nachdenklich hin und her, »auch ein führendes Mitglied der Global Marshall Plan Initiative, und das könnte dieser Herr Niermann ja gut sein, wird dich nicht so ohne weiteres aus deiner angestammten Fahrrinne herauslotsen können. Im Übrigen zeigt ja auch das Tagungsprotokoll deutlich auf, dass sich deine Gesellschaftsschicht mehrheitlich gegen ein Umdenken wehrt und ihren Kurs nicht ändern will. Auf der anderen Seite ist dem Protokoll aber schon zu entnehmen, dass ihr die Verhaltensänderungen, die auf die Menschheit wohl unvermeidlich zukommen, nicht mehr als das Gedankengut von Spinnern abtut, ja deren Umsetzung vom Volk sogar ganz selbstverständlich erwartet. Ihr selbst, Eleonore, wollt diesen Weg aber ganz offenkundig nicht beschreiten, wenn ich das noch einmal herausstellen darf, und ihr könnt auch keine Notwendigkeit dafür erkennen.«

Sebastian trinkt nach dieser kritischen Stellungnahme erst einmal einen Schluck Kaffee, beißt auch noch voller Genuss in den Hefezopf und lehnt sich dann abwartend in seinem Sessel zurück.

Entgegen seiner Erwartung geht die Gräfin auf den deutlichen Vorwurf in seinen Worten nicht ein, sondern kommt auf ihr Gespräch mit dem Architekt zurück: »Ja, Sebastian, Niermann hat also den partnerschaftlichen Umgang mit den weniger entwickelten Völkern angemahnt, und unsere Hilfestellung bei deren Bemühungen, die auf eine möglichst weitgehende wirtschaftliche Selbstständigkeit abzielen, eingefordert. Und damit, Sebastian, war er auch schon beim Thema Regionalität, das bei ihm auch den Abbau von vielen, seiner Ansicht nach absolut unnötigen Verknüpfungen und Abhängigkeiten in der Wirtschaft beinhaltet. Wenn regionale Kreisläufe den Schwerpunkt in der Wirtschaft bilden, sagte er unter anderem, stellt sich auch ein ganz wesentlicher Nebeneffekt ein, nämlich der, dass mit diesem Schritt die globalen Warenströme und damit die Umweltbelastungen aus dieser inzwischen gigantischen Zirkulation eingedämmt beziehungsweise deutlich reduziert werden. Ganz besonders wichtig scheint ihm übrigens dabei zu sein, dass so auch der schädliche

Einfluss der Handelsriesen zurückgedrängt und deren Macht entscheidend gebrochen werden kann.«

Die Gräfin richtet sich in ihrem Sessel auf, holt einmal tief Luft und fährt dann engagiert fort: »Kurz zusammengefasst, Sebastian, ich habe ihn in diesem Punkt letztlich so verstanden, dass in Zukunft auch kleine und kleinste Regionen größtmögliche Selbstständigkeit beziehungsweise Unabhängigkeit erreichen sollen. Und mit dieser Zielsetzung, auch das hat er besonders betont, sind große Wirtschaftskomplexe selbstverständlich nicht mehr zu vereinbaren. Seiner Meinung nach müssen diese übrigens auch deshalb von der Bildfläche verschwinden, weil sie die Freiheit des einzelnen Menschen, die der Regierungen und der ganzen Weltgemeinschaft zu sehr einschränken. Denn von den Riesen auf den verschiedenen Gebieten der Wirtschaft – letztlich ganz allgemein vom Gigantismus – geht seiner Ansicht nach die größte Gefahr für die Menschheit aus. – Und vom missbräuchlichen Umgang mit dem Geld, fügte er fast verbittert und das einzige Mal die Contenance verlierend hinzu.«

Nach dieser Etappe nimmt die Gräfin einen Schluck Orangensaft zu sich und lässt sich dann ein wenig erschöpft in die Rückenlehne fallen.

Sebastian nutzt die kleine Pause und sagt: »Der Gigantismus ist übrigens ein Stichwort für mich. Mir ist nämlich auch aufgefallen, dass bei eurer Tagung niemand von den ganz Großen aus den Bereichen Energie, Chemie und Finanzen anwesend war … Ja, ihr habt ja offenbar nicht einmal die Bosse der Automobilkonzerne eingeladen. Sehe ich das richtig, Eleonore?«

»Das siehst du ganz richtig, Sebastian.« Die Gräfin schaut daraufhin eine Weile auf das Bildnis von ihrem Großvater und gesteht schließlich freimütig: »Die ganz Großen, musst du wissen, gehen schon seit einigen Jahren der Zusammenarbeit mit uns aus dem Wege.«

Sie nimmt dann eine Weintraube aus der Obstschale, bricht einen Seitentrieb ab und erklärt dabei verdrossen: »Und wir wollen mit ihnen im Grunde auch nichts mehr zu tun haben, Sebastian!«

Nach einem schweren Seufzer legt sie die Traube mit einer missmutigen Bewegung in die Schale zurück und schiebt sich dann eine Beere in den Mund. Mit dem Seitentrieb in der Hand lehnt sich zurück und legt den Kopf auf die Rückenlehne. Und während ihr Blick nachdenklich über die stuckierte Salondecke wandert, kaut sie langsam die Weinbeere.

»Die Großen«, sagt sie nach einer Weile unvermittelt und verbittert, »haben sich von uns und vom Land abgekoppelt. Für sie sind die Menschen nur mehr Abnehmer und Verbraucher ... und, wie im Falle der Banken, Auffangnetze für ihre Abstürze. Abgesehen von Josef Ackermann halten sich die obersten Chefs auch öffentlichkeitsscheu, ja geradezu feige im Hintergrund, und deshalb, Sebastian, trifft so manche Missstimmung im Volk vor allem Leute wie mich.«

Die Gräfin richtet sich mit einem Ruck auf, lässt den Traubentrieb auf ihren Teller fallen und sagt dann aufgebracht: »Denn die traditionellen Unternehmer, aber auch die führenden Kräfte in der Medizin, im Bildungssektor und in den Verwaltungen, um nur einige Beispiele zu nennen, können nicht anonym agieren, sie stehen täglich und vor aller Welt auf den Kommandobrücken und müssen ihr Tun permanent gegenüber dem Volk verantworten. Die Bosse auf ihren Supertankern dagegen, haben längst die Orientierung, den Bezug zum Land und seinen Menschen, und so auch jeglichen Gemeinsinn verloren, was auf so großen Schiffen vielleicht auch kein Wunder ist. Irgendwann, Sebastian, haben sie wohl auch den Begriff Sinnfälligkeit einfach über Bord gehen lassen und fahren inzwischen einen Kurs, der weitab von dem liegt, den die Bevölkerung und die Mehrzahl der Politiker von ihnen erwartet. Und sie haben«, fährt sie unverändert aufgebracht fort, »neben der Rendite und ihrem eigenen Vorteil, eigentlich nur mehr ihre wenigen Konkurrenten im Auge, um von diesen nicht unversehens gekapert zu werden!«

»Entschuldige, Sebastian«, sagt die Gräfin nach einem tiefen Schnaufer und lässt sich wieder in die Rückenlehne fallen, »ich will dich nun wirklich nicht als Blitzableiter missbrauchen, aber ich muss mir den Frust jetzt einfach von der Seele reden. Denn aus dem Protokoll, Sebastian, geht so manches nicht hervor – also auch nicht die Probleme und Themen, die üblicherweise erst nach den offiziellen Beratungsrunden hochkommen. Da ist zum Beispiel der Zwiespalt, in den wir in Sachen Energie hineingeraten sind. So ist schon am ersten Abend das rigorose Agieren, das die Stromkonzerne seit langem an den Tag legen, nahezu einhellig auf Ablehnung gestoßen. Allerdings war nur ein einziger von uns – der Maschinenbauer, den ich vorhin schon einmal erwähnt habe – so offen und ehrlich, darauf hinzuweisen, dass die meisten von uns in die Anlagen der

Stromriesen Geld gesteckt haben, dies auch heute noch recht gedankenlos tun, und somit auch bei der Produktion von elektrischer Energie in den Atommeilern satt mitverdienen.«

Nach diesem Eingeständnis nimmt die Gräfin ihr halb volles Glas mit dem Orangensaft vom Tisch, trinkt es in einem Zug aus und stellt es dann ziemlich hart auf den Beistelltisch.

Sebastian sagt nach einem Räusperer dazu recht zurückhaltend: »Ja, Eleonore, heute finden sich die kleinen wie die großen Investoren nicht selten in einer Zwickmühle wieder. Denn insbesondere die Branchen, die in den letzten Jahrzehnten große Bedeutung erlangt haben, lassen uns ihre Macht immer deutlicher spüren. Mir, dem kleinen Gärtner, drängt sich deshalb vor allem im Fall der großen Stromproduzenten unvermeidlich der Gedanke auf, dass man sie über kurz oder lang verstaatlichen wird, wenn sie so weitermachen. Denn gerade diese Konzerne sind doch längst nicht mehr privat geführte Unternehmen im ursprünglichen marktwirtschaftlichen Sinne, sondern haben sich zu überdimensionalen Apparaten entwickelt, deren erstes Ziel nicht die Versorgung des Landes mit Strom, sondern die Gewinnmaximierung ist. Und so erscheint mir die staatlich geführte Stromversorgung, wenn nicht sogar der gesamte Energiesektor unter der Obhut des Staates, derzeit als die günstigere Lösung.«

Nach diesem Kommentar und einem großen Bissen vom Hefezopf, den die Köchin ihm zuliebe mit extra viel Rosinen gebacken hat, lehnt er sich wieder bequem zurück und wartet gespannt darauf, was die Gräfin zu seinem Ansinnen wohl sagen wird.

Die fährt sich aber nur mit beiden Händen übers Haar, nimmt sich dann den Traubentrieb vom Teller und lässt ihn ein paar Mal gedankenverloren hin- und herpendeln. Sie zupft schließlich zwei Beeren ab, schiebt eine nach der anderen in den Mund und legt den Rest auf den Teller zurück. Während sie kaut, lässt sie den Kopf wieder auf die Rückenlehne sinken und folgt mit ihrem Blick den Bögen und Schnörkeln der stuckierten Decke.

»Verstaatlichung ist für mich keine vertretbare Option, aber das wird dich ja nicht besonders überraschen, mein guter Sebastian«, sagt sie nach einer Weile und richtet sich wieder auf.

Sie rückt dann mit dem Sessel ein Stück vom Tisch weg, schlägt die Beine übereinander und nimmt dann ihre Berichterstattung wieder auf: »Niermann hat mir aber eine alternative Handlungsebene aufgezeigt, mit der ich mich schon eher anfreunden könnte; eine Marschrichtung, Sebastian, die mir bis Kassel im Grunde fremd war.«

Und während sie einen Krümel von ihrem Rock schnippt, fährt sie ganz angetan fort: »Niermann brachte also zum Ausdruck, dass man die Welt relativ einfach auf einen zukunftsfähigeren Weg bringen kann, wenn sich die Kapitalgeber von den kritischen oder gar schädlichen Wirtschaftsbereichen und Unternehmen abwenden und ihre Finanzmittel dorthin transferieren, wo heute schon die Kriterien des sozialen und nachhaltigen Wirtschaftens erfüllt sind. Weltweit begeben sich nach seinen Worten inzwischen auch größere und große Unternehmen auf den Nachhaltigkeitspfad, weil sie den langfristigen und relativ sicheren Erfolg dem Strohfeuer vorziehen, welches seit langem die Wirtschaft dominiert.«

Sebastian, der der Gräfin recht interessiert zugehört hatte, sagt dazu im Brustton der Überzeugung: »Du, da kann ich nur zustimmen. Mir scheint das auch eine sehr wirkungsvolle Maßnahme zu sein, wenn man unsere Welt in eine Richtung lenken will, die auch für die nachfolgenden Generationen eine passable Lebensbasis bereithält. Darüber …«

Mit »Ich fürchte allerdings, Sebastian« fährt ihm die Gräfin dazwischen, »dass sich die Betonköpfe und blinden Macher unter uns zu diesem Schritt nicht durchringen können.«

Mit dieser Kritik am eigenen Lager überrascht die Gräfin den Gärtner nun aber sehr. Er setzt zu einem Einwand an, aber da packt die Gräfin sogar noch eins d'rauf: »Diese Leute, Sebastian, aber auch die Banken beziehungsweise die Mehrzahl der großen Kapitaleigner haben nach wie vor nur den kurzfristigen Erfolg im Auge. Sie …«

Die Gräfin bricht ihre Anklage ab, schlägt die Beine energisch in Gegenrichtung übereinander, überlegt noch einen Augenblick lang und sagt dann: »Du, ich überspringe jetzt einfach eine ziemlich aufregende und strapaziöse Stunde auf unserem Ausflug, und schildere dir erst einmal sein zum Teil recht unrühmlich verlaufenes Finale.

Also, Sebastian, Niermann und ich sind erst kurz vor elf ins Hotel zurückgekommen und wollten den Tag wenigstens an der Bar geruhsam ausklingen lassen. Wir waren dort natürlich nicht die einzigen Nachtschwärmer, und kaum hatten wir unsere Drinks bestellt, stürzt sich auch schon einer aus der Gruppe vom Nachmittag auf Niermann. Es war Niki Richardson, Inhaber eines Logistik- und Speditionsunternehmens im Ruhrgebiet. Er nickte mir nur kurz zu, stellte sein Glas Bier auf die Theke und während er sich mit der Schuhspitze einen Barhocker heranzog, meinte er noch flüchtig: ›Sie gestatten doch, gnädige Frau‹, und setzte sich ohne eine Antwort von mir abzuwarten, zwischen Niermann und mich. ›Richardson ist mein Name‹, sagte er dann angriffslustig zu Niermann, ›und ich habe ein Hühnchen mit Ihnen zu rupfen, guter Mann!‹ Der Architekt, der ein schlanker und vielleicht gerade mal ein einsfünfundsiebzig großer Mann ist, schaute mit entschuldigendem Blick kurz zu mir herüber und sagte dann zum nahezu einen Kopf größeren und gut hundert Kilo schweren Richardson kühl und ruhig: ›Wenn Sie sich das zu so später Stunde noch antun wollen, bitte.‹ ›Für mich gibt es keine späte Stunde, guter Mann!‹, bellte ihn Niki aggressiv an und feuerte umgehend hinterher: ›Ich arbeite seit gut dreißig Jahren mindestens zwölf Stunden am Tag, lassen Sie sich das gesagt sein! Und … und da kommen *Sie* daher und verkünden, dass wir zu aufwendig leben. Mann, das würde ja auch heißen, dass ich mich Tag für Tag und Jahr für Jahr unnötig lange in der Tretmühle aufgehalten habe! Meinen Sie das so, guter Mann?!‹«

Die Gräfin streicht sich eine Strähne aus der Stirn und sagt dann mit angehobener Stimme: »Du, Sebastian, in diesem Moment dachte ich, jetzt geht Richardson dem Architekt an die Gurgel. Der aber antwortete darauf gänzlich unbeeindruckt und gelassen: ›Sie hatten vermutlich – wie so viele Menschen in den Industrienationen – keine Wahl und haben wohl auch keinen anderen Weg gesehen. Aber dennoch gilt, Herr Richardson, dass wir seit Jahrzehnten mit unserem Wachstumsdenken uns selbst – Sie haben gerade eben ihren Zwölfstundentag angeführt – und die Natur überfordern. Wir müssen deshalb diesem Denken umgehend eine Absage erteilen und uns auf einen Weg begeben, der uns eine langfristige Perspektive bietet.‹ ›Und was heißt das im Klartext, Mann?!‹, fauchte ihn daraufhin Richardson an. ›Das heißt zunächst einmal‹, entgegnete ihm Niermann unverändert ruhig, ›dass wir in Zukunft unsere Verbräuche erheblich reduzieren müssen. Und das wiederum heißt im *Klartext*, Herr Richardson, dass wir nahezu alle unsere Gebrauchsgüter in Richtung längere Lebensdauer auslegen und umweltverträglicher gestalten müssen; dass wir darüber hinaus im Grunde täglich überprüfen müssen, ob wir ein Produkt beziehungsweise eine Ware wirklich benötigen, und ob wir eine Leistung unbedingt in Anspruch nehmen müssen. Das heißt schließlich auch, dass unser gesamtes Leben auf einen wesentlich niedrigeren Energieeinsatz umgestellt werden muss und …‹«

Die Gräfin stoppt, setzt sich auf, hält sich an den Armlehnen fest und sagt dann aufgeregt: »Sebastian, so etwas hast du vielleicht noch nicht erlebt; Niki hat mir zwar dauernd und ungeniert den Rücken zugekehrt, aber ich habe förmlich gespürt, wie die Adern an seinem Hals und auf seiner Stirn angeschwollen sind. Und dann explodiert er auch schon mitten in Niermanns Litanei hinein und brüllt, sodass die sechs oder acht Leute an den Stehtischen hinter uns aufschrecken: ›Mann, ich höre von Ihnen jetzt nicht anderes als *müssen, müssen* und wieder *müssen!* Sie haben wohl nicht mehr alle Tassen im Schrank, Mann! Wollen Sie uns alle arbeitslos machen, Sie seltsamer Vogel?‹

Nach dieser Kanonade, Sebastian, hat Niki offenbar ein paar aufgeregte Atemzüge lang überlegt und dann gegiftet: ›Wissen Sie, was *Sie* sein *müssen*: Sie können nichts anderes als ein weltfremder Lehrer oder ein total abgehobener Musiker oder am Ende gar ein verirrter Pastor sein, weil nur solche Geister einen derart bodenlosen Unsinn von sich geben können. O Mann, o Mann, was muss ich mir kurz vor Mitternacht doch alles anhören!‹

Auf diese Pöbelei hin, Sebastian, nimmt Niermann sein Glas und rutscht vom Barhocker – offenbar wollte er sich mit mir an einen der Tische setzen, die um eine kleine Tanzfläche gruppiert waren – und sagt eisig: ›Wenn Sie das so sehen, dann kann ich Sie gerne vor jedem weiteren Unsinn bewahren. Guten Abend, Herr Richardson.‹ ›Nichts da, Sie bleiben jetzt hier!‹, knurrt da Richardson und hält Niermann mit seiner mächtigen Pranke auf. Etwas ruhiger argwöhnte er dann noch: ›Sie werden doch am Ende nicht auch noch ein Drückeberger sein wollen, oder?‹ Der Architekt schaute daraufhin mit einem fragenden Blick zu mir herüber, worauf ich ihm nur zugenickt habe.«

Die Gräfin lehnt sich wieder zurück und meint dann nachdenklich: »Sebastian, mir ist bis heute nicht so recht klar geworden, warum ich ihn zum Verbleiben animiert habe, welcher Teufel mich da geritten hat.

Denn eigentlich war mir der Auftritt des angetrunkenen Richardson so etwas von zuwider, wie kaum irgendetwas anderes. – Vielleicht, Sebastian, ist in mir eine bis dahin verborgene Lust an Box- oder gar an Gladiatorenkämpfen zu Tage getreten, ich weiß es wirklich nicht, Sebastian. Ich blieb auf jeden Fall wie angewachsen auf meinem Hocker sitzen und habe Niermann auch noch aufmunternd zugeprostet. Karsten Niermann setzte sich also wieder und forderte dann streng: ›Aber so wie ich kein Drückeberger bin, erwarte ich jetzt von Ihnen, dass Sie im weiteren Gespräch wenigstens halbwegs Ruhe bewahren. Haben wir uns zumindest diesbezüglich verstanden, Herr Richardson?!‹ ›Gut, ich werde mich zusammenreißen, damit Sie nicht gleich wieder die Flucht ergreifen, guter Mann‹, sagte dazu Richardson und prostete Niermann mit seinem Glas Bier kumpelhaft zu. Er hat sich dann zu mir umgedreht und sagte mit hochrotem Kopf: ›Entschuldigen Sie bitte, gnädige Frau Gräfin, dass ich Sie, die schönste Frau im ganzen Land, für eine Weile vergessen habe.‹ Und ehrlich reumütig und mit betrübter Miene fügte er hinzu: ›Im Grunde sind daran aber Ihr Begleiter und seine abwegigen Ansichten Schuld. Also, ich hoffe sehr, dass Sie mir noch einmal verzeihen können, verehrte Frau Gräfin.‹ Weil ich ja selbst nicht frei von heftigen Ausbrüchen bin, und angesichts der Reumütigkeit, die bei dem bulligen Richardson einen amüsanten aber auch rührenden Touch annahm, konnte ich nichts anderes sagen als: ›Ist schon gut, Niki, keiner von uns kommt ohne gelegentliche Ausrutscher durchs Leben.‹ Richardson prostete mir daraufhin dankbar zu, wandte sich dann wieder zu Niermann um und sagte halbwegs ruhig zu ihm: ›Also, mein Freund, wir sollen gemäß Ihrem Evangelium weniger verbrauchen, weniger herstellen, weniger Energie einsetzen und alles was wir haben so lange nutzen, bis es nicht mehr repariert werden kann und damit schrottreif ist ... Und ... und was wird dann aus unserer Wirtschaft und aus mir, guter Mann?! Ich bin unter anderem Partner der Autoindustrie; und so wäre ich von heut auf morgen am Ende, und alle meine Leute stünden auf der Straße, wenn nur die Autoproduktion gemäß Ihren Sprüchen heruntergefahren wird. Haben Sie jemals bis zu diesem Punkt hin gedacht, Sie Phantast?!‹«

Die Gräfin schlägt wieder ihre Beine übereinander und legt den rechten Arm auf die Rückenlehne. »Sebastian«, sagt sie dann beeindruckt, »es war alleine schon spannend zu beobachten, wie sich Niermann um eine möglichst konfliktarme Antwort bemüht hat. Er hat sein Cocktailglas einige Male hin und her gedreht und sagte schließlich bedächtig: ›Sie hätten vermutlich sehr bald ein Problem bei der Bedienung Ihrer Kredite, nicht wahr?‹ ›Aber selbstverständlich, Mann!‹, bellt ihn da Richardson unwirsch an und schickt in anklagendem Tonfall hinterher: ›Heutzutage kann man doch nicht mehr mithalten, wenn man sich nicht in großem Stil mit Finanzdienstleistern zusammentut.‹ ›Sehen Sie‹, sagte daraufhin Niermann, ›da liegt einer von den vielen Hunden begraben, die die moderne Welt und unser Leben belasten. Unsere vom massiven Werbedruck – den man durchaus als eine Spielart des Doping bezeichnen kann – künstlich aufgeblähte Wirtschaft, die verbreitet nur mehr am Schuldentropf überleben kann, ist vermutlich der schlimmste davon. Eine unvermeidliche Folge daraus, Herr Richardson, ist ja leider auch, dass die Schulden beziehungsweise der Schuldendienst die unternehmerische Freiheit, also die Flexibilität des Unternehmers immer weiter einschränken. Und zu allem Überfluss resultiert daraus auch noch, dass Unternehmer wie Sie, Ihre Belegschaft mit eingeschlossen, zu einem guten Teil in die Taschen der Kapitalgeber arbeiten. Ihre Überstunden in der Tretmühle, die Sie vorhin erwähnt haben, sind also nichts anderes, als ein Opfergang zu deren Gunsten. Zu Gunsten von Leuten, die sich, was das Einkommen betrifft, wahrscheinlich schon längst über Ihnen angesiedelt haben.‹«

Die Gräfin setzt sich auf, trinkt einen Schluck Kaffee und meint dann unverändert beeindruckt: »Du, Sebastian, der Architekt brachte diese Sichtweise, die ja im Grunde ein recht verbreitetes Dilemma beschreibt, derart kühl und emotionslos vor, sodass ich nur Staunen konnte. Er wollte wohl den Puls von Richardson nicht gleich wieder auf hundertachtzig treiben und verhindern, dass die übrigen Barbesucher erneut gestört werden. – Und tatsächlich, Niki sagte erst einmal gar nichts; er hat nur eine Zeit lang sein Bierglas mit beiden Händen auf der Theke hin und her geschoben und schließlich mit brüchiger Stimme gemeint: ›Verdammt, Sie haben ja nur zu Recht!‹ Daraufhin hat er hektisch zwei, drei Schlucke Bier getrunken und erneut losgewütet. Was er dabei von sich gegeben hat, war für mich allerdings schon überraschend, Sebastian. ›Und wie ich das hasse‹, brach es aus ihm heraus, ›für diese Typen

Tag für Tag schuften, und dass ich derentwegen auch noch die Löhne meiner Leute drücken muss! O Mann, wie ich das alles hasse!‹

Nach diesem Ausbruch, Sebastian, stützt er beide Ellenbogen auf den Tresen, klemmt den Kopf zwischen seine gewaltigen Fäuste und stiert mit frustriertem Blick auf das Regal an der Rückwand der Bar. Nach vielleicht einer viertel Minute ruckt er urplötzlich hoch und fällt dabei fast vom Hocker. Als er wieder sicher sitzt, sagt er ganz ruhig zu Niermann: ›Aber, guter Mann, wie soll denn das funktionieren, wenn wir in Zukunft weniger produzieren und umsetzen? Mit so einer Einstellung machen wir die Leute doch reihenweise arbeitslos! Hast du das jemals bedacht, du Oberlehrer?‹ Dass er Niermann mit einem Mal duzt, ist ihm selbst und offenbar auch dem Architekt gar nicht aufgefallen. Und stell dir vor, Sebastian, mit dem *Oberlehrer*, als hätte er einen guten Bekannten vor sich, schlägt er Niermann auch noch freundschaftlich auf die Schulter. Diese handfeste Geste hat Niermann augenscheinlich auch nicht gestört, denn seine Antwort ließ nicht eine Sekunde auf sich warten: ›Herr Richardson‹, begann er so sicher wie immer, ›das erste Gebot für die Wirtschaft der Zukunft muss sein, dass kein arbeitswilliger und arbeitsfähiger Mensch vom Arbeitsleben ausgeschlossen werden darf. Das beinhaltet unter anderem natürlich auch, dass die Arbeitszeiten entsprechend angepasst werden. Der Übergang zu kürzeren Arbeitszeiten wird aber nicht abrupt verlaufen, Herr Richardson, weil uns alleine die unumgängliche Umstellung in Richtung nachhaltige Wirtschafts- und Lebensformen eine Zeit lang ganz gut beschäftigen wird. Und wenn wir diese Phase eines Tages im Wesentlichen hinter uns haben, werden die Menschen dankbar feststellen, dass sie mit weniger Arbeit und Konsum ein deutlich entspannteres und erfüllteres Leben führen können.‹ ›Ach Gott, Niermann, wie kannst du nur so blauäugig sein!‹, ereiferte sich Niki da erneut und legte auch gleich nach: ›*Ein entspannteres und erfüllteres Leben* – die Menschen werden sich langweilen und auf die dümmsten Gedanken kommen! Mann, du bist mir vielleicht ein Träumer! Die Mehrzahl unserer Zeitgenossen hat sich doch an ein Leben, das bis zum Rand angefüllt ist mit Arbeit und Konsum schon so gewöhnt, die können doch gar nicht mehr anders. Gott sei Dank, möchte ich da am liebsten sagen. Und jeden von uns in Arbeit und Brot bringen … Mann, das ist doch der Oberhammer! Heutzutage kann man doch nur mehr mit den besten Kräften konkurrenzfähig bleiben, das sollte eigentlich auch dir bekannt sein, mein Freund. Mann, o Mann, Ideen hast du vielleicht!‹ Aber schon mit dem nächsten Atemzug, Sebastian, gab sich Niki wieder locker und leutselig und sagte: ›Stoßen wir trotzdem auf unsere Zukunft an, Niermann! Irgendwie gefällst du mir, auch wenn deine verrückten Ideen und Ansichten das Herzinfarktrisiko bei mir gewaltig hochschnellen lassen.‹«

Die Gräfin steht ein wenig steif auf und streckt beide Arme weit von sich. Sie schenkt sich dann im Stehen Kaffee nach und sagt dabei: »Und, du glaubst es nicht, Sebastian, da stößt der raubeinige Niki Richardson mit dem feinsinnigen Karsten Niermann an, als wären sie schon seit langem dicke Freunde.

Aber Niermann wäre nicht Niermann«, fährt sie fort und setzt sich wieder, »wenn er nicht auch auf Nikis brachiale Äußerungen eingegangen wäre. Er stocherte eine Weile mit dem Trinkhalm in seinem Glas herum und sagte dann mit Nachdruck: ›Wir können sehr wohl nahezu alle Mitglieder unserer Gesellschaft in Arbeit und Brot bringen, Herr Richardson, wenn wir davon Abstand nehmen, das Heil für unsere Nation vorrangig auf dem Felde der Spitzenleistungen und im Export von Hochtechnologie zu suchen. Und ich meine, wir müssen sogar davon Abstand nehmen‹ – das betonte der Architekt übrigens ganz besonders, Sebastian –, ›wenn wir nicht riskieren wollen, dass ein Teil der Bevölkerung aus unserem Gesellschaftsverband herausfällt. Wir kommen also nicht umhin‹, fuhr er nach einer kurzen Atempause fort, ›unseren Bürgern in größerem Umfang auch einfache Tätigkeiten anzubieten. Und das ist gerade dann durchaus machbar, wenn wir die regionale Komponente in unserer Wirtschaft ausbauen und die mittelständischen Unternehmen verstärkt fördern.‹

Und nach einem Schluck von seinem Drink, Sebastian, setze Niermann sein Statement beharrlich fort und erklärte: ›In Zukunft, Herr Richardson, wird übrigens eine ganze Anzahl von einfachen Produktionen wieder in unser Land zurückkehren, weil wir auch nicht darum herumkommen, uns in der zweiten und dritten Welt ernsthaft für Produktionsbedingungen einzusetzen, die nicht mehr zu Lasten der Beschäftigten und der Umwelt gehen. Solch ein Engagement lässt die Produktionskosten in den verschiedenen Regionen unserer Erde näher zusammenrücken und die derzeit gegebenen Marktverzerrungen schwinden. Parallel dazu, Herr Richardson, müssen wir diese Länder‹ – das hat Niermann übrigens ebenfalls besonders betont – ›dabei unterstützen, ihre Binnenwirtschaft auszubauen, damit sie sich vom Tropf der ersten Welt lösen können, also nicht länger gezwungen sind, für uns massenhaft textilen Ramsch herzustellen, um nur ein Beispiel zu nennen.‹«

Nach dieser langen Etappe streicht sich die Gräfin ein wenig atemlos eine Haarsträne aus der Stirn, trinkt einen Schluck Kaffee und sagt nach einer Weile: »Du, Sebastian, es war einfach faszinierend, mit welcher Sicherheit und Überzeugungskraft Niermann das alles vorgetragen und wie geduldig ihm Richardson dabei zugehört hat. Ich hatte zwar schon den Eindruck, dass Niki ein paar Mal einhaken wollte, aber Niermann ließ sich nicht aufhalten. Er hat schließlich, das ist mir besonders im Gedächtnis haften geblieben und hat mir sehr zu denken gegeben, auch noch darauf hingewiesen, dass regional ausgerichtete und vorrangig auf den Inlandsmarkt zentrierte Wirtschaftsgebilde nicht nur unabhängiger sein werden, sondern in solchen auch der Druck auf die Löhne ganz entscheidend abnimmt.«

Sebastian setzt sich auf, schneidet sich neuerlich ein Stück vom Hefezopf ab und fragt dabei neugierig: »Und, wie hat Richardson diese Ausführungen des Architekten letztlich aufgenommen?«

»Du, ich kann Nikis Reaktionen nicht so richtig beschreiben beziehungsweise wiedergeben. Aber ich glaube, in ihm ist etwas abgelaufen, was er in seinem bisherigen Leben noch nicht erlebt hat. Denn er hatte sich, während Niermann seine Zukunftsschau herunterspulte, einige Male mit fragendem Blick und offenbar ziemlich verunsichert zu mir umgewandt. Nachdem Niermann sein Statement recht unvermittelt beendet hatte – vermutlich wollte er Richardson mit seinen Ansichten nicht gänzlich zukleistern –, hat sich der erst einmal einen Whisky bestellt und sich dann langsam, ja geradezu in Zeitlupe zu mir umgedreht und mich mit rauer Stimme gefragt: ›Gnädige Frau Gräfin, was sollen wir von solchen Gedanken und Ideen nun halten?‹ Diese Frage, Sebastian, war aber rein rhetorischer Natur und wohl auch auf seine unübersehbare Verunsicherung zurückzuführen, denn er hat sich gleich darauf auf den Whisky gestürzt und ihn in einem Zug hinuntergeschüttet. Nach einem kurzen Hustenanfall wandte er sich erneut an mich und meinte ziemlich hilflos: ›Wenn mein neuer Freund die Dinge nur halbwegs richtig sieht, verehrte Gräfin, dann muss man ja befürchten, dass wir beide und die meisten um uns herum ein Leben führen, das schon seit langem in die verkehrte Richtung weist.‹ Richardson hatte offensichtlich auch dazu keine Stellungnahme von mir erwartet, weil er sich gleich darauf wieder Niermann zuwendet und aufgeregt tönt: ›Mann, *du* musst verkehrt liegen, denn das kann doch gar nicht sein, dass hier alle, also auch unser großer Professor Rainhaus, ja, was sag ich denn, dass daneben auch noch die halbe Welt auf dem falschen Dampfer unterwegs ist!‹ Noch bevor Niermann dazu etwas sagen konnte, hat er sich auch schon zu der Gruppe umgedreht, aus der er sich eine Viertelstunde vorher auf Niermann gestürzt hatte, und hat gerufen: ›Professor, ich brauche Ihre Hilfe, setzen Sie doch bitte für einen Moment zu uns!‹

Du, Sebastian, ich hatte im Halbdunkel der Bar, und weil mich die Schlacht zwischen Niermann und Richardson so gefesselt hat, nicht einmal bemerkt, dass auch Rainhaus dort mit dabei war.«

Nach diesem freimütigen Geständnis dreht sich die Gräfin um und schaut in den Park hinaus.

»Das wundert mich nicht, Eleonore.« Sebastian steht auf, stellt sein Gedeck zusammen und fügt dabei mit etwas belegter Stimme und nicht ganz zurückgehaltener Eifersucht hinzu: »Denn dieser Herr Niermann, das ist weder zu übersehen noch zu überhören, hat dich ja mächtig beeindruckt.«

Die Gräfin dreht sich überrascht zurück und sagt irritiert: »Sebastian, was ist los?«

»Ach nichts, Eleonore. Aber es wird jetzt höchste Zeit, dass ich in den Park hinauskomme und zumindest damit anfange, das Laub zusammenzurechen. Inzwischen ist ja der größte Teil von den Bäumen herunter.«

»Ach, lieber Sebastian, das mit dem Laub eilt doch nicht! Bitte, Sebastian, nimm dir noch ein halbes Stündchen Zeit für mich.«

Die Gräfin klingelt dem Dienstmädchen und sagt, den werbenden Tonfall noch verstärkend: »Du, ich ziehe mich nur ganz schnell um und dann gehen wir hinaus in den Park und hinunter zum See. Die Sonne ist gerade dabei, den Nebel zu vertreiben, und dieses Naturschauspiel möchte ich mir nicht entgehen lassen.«

Sebastian setzt sich wieder und schaut stumm in den Park hinaus.

»Mann, Sebastian«, sagt da die Gräfin ein wenig betroffen, »schau doch nicht so verbiestert d'rein! Ich weiß, ich habe etwas zu lang und breit von Niermann erzählt. Ich dachte allerdings, dass dich seine Ansichten und Aussagen interessieren könnten.«

»Ist ja schon wieder gut, Eleonore. Mir ist nur einen Moment lang aufgestoßen, dass du meine fast deckungsgleichen Ansichten und Gedanken bisher eher belächelt hast. Und dieses Buch da, verehrte Eleonore«, bemerkt Sebastian trotz seiner Beteuerung dann doch mit gekränkter Stimme, »das habe ich dir schon vor einem Jahr zum Lesen angeboten.«

In diesem Augenblick kommt die hochschwangere Annina in den Salon. Den sonst obligatorischen Knicks hat ihr die Gräfin schon vor Wochen erlassen, und so fragt Annina nur: »Sie wünschen, Frau Gräfin?«

»Sie können abräumen, Annina.« Und an Sebastian gewandt sagt sie im Aufstehen lächelnd: »Ich bin gleich wieder da, Sebastian, und dann reden wir draußen über meine Zickigkeit.«

Der Gärtner wechselt mit Annina einen amüsierten Blick und schickt der aus dem Salon eilenden Gräfin ein geduldiges »Okay, okay« hinterher. Annina holt aus dem Dienstmädchenzimmer ein Tablett und Sebastian hilft ihr dann beim Abräumen und trägt ihr das Tablett in die Küche hinunter.

»Du ein so guter Mensch bist«, sagt Annina inbrünstig zu Sebastian, als er in der Küche das Tablett abstellt. Sie fasst ihn dann mit beiden Händen an den Schultern, stellt sich auf die Zehenspitzen und haucht ihm einen Kuss auf die linke Wange.

Sebastian nimmt daraufhin ihren Kopf zärtlich zwischen seine beiden Hände, küsst ihre Stirn und meint dann nachdenklich und liebevoll zugleich: »Und du bist ein Engel, Annina.«

»Aber die gnädige Frau Gräfin auch gut ist, Sebastian!«, sagt da Annina mit Nachdruck und total überzeugt. Während sie den Geschirrspüler einräumt, mutmaßt sie allerdings mit einem schelmischen Lächeln: »Nur manchmal sie ist ein bisschen schwierig, nicht wahr, Sebastian?«

Sebastian will diese Bemerkung im Moment nicht kommentieren. Er zupft sich nur noch schnell ein paar Beeren vom Rest der Weintraube und eilt dann mit »Ciao, Annina!« aus der Küche.

In der Halle wartet die Gräfin schon auf ihn und sagt vergnügt: »Ihr zwei habt mich wohl für eine kleine Turtelei missbraucht, stimmt's, Sebastian?«

»Stimmt, verehrte Eleonore«, antwortet der ungeniert und wieder bestens gelaunt. Er nimmt dann seinen Lodenjanker von der Garderobe, öffnet einen der beiden Türflügel vom Haupteingang und lässt der Gräfin galant den Vortritt.

Draußen auf der Terrasse schlüpft Sebastian in den Janker. Die Gräfin hakt sich bei ihm unter und drückt seinen Arm fest an sich.

Während sie die breite Freitreppe hinuntergehen, gesteht sie: »Ja, du hast es wirklich nicht leicht mit mir, Sebastian. Ich bin ein schwieriger Mensch, das kann ich nicht verleugnen. Und deshalb bin dir auch so dankbar dafür, dass du mich erträgst, denn ohne dich hätte ich die letzten Jahre vielleicht nicht überstanden. – Im Ernst, Sebastian!«, fügt sie eindringlich hinzu, weil er sie recht ungläubig anschaut.

Nach wenigen Schritten im Park bleibt die Gräfin unvermittelt stehen und sagt: »Du, jetzt fällt mir auf einmal ein, was ich als Kind im Herbst und Winter oft gemacht habe: Im Herbst, wenn das Laub so dicht und hoch am Boden lag wie heute, habe ich meine Gummistiefel angezogen und habe dann schlurfenden Schrittes dicke Spuren durch den Park gezogen. Genauso im Winter, Sebastian, wenn in der Nacht Pulverschnee gefallen war. Durch den leichten und funkelnden Schnee zu waten, war besonders schön; auch deshalb, weil ich, wenn die Sonne so wie jetzt herausgekommen ist, von der Eingangsterrasse aus, fast mein gesamtes Werk überblicken konnte.«

Sebastian küsst die Gräfin auf die Wange und meint nach kurzem Überlegen: »Das muss aber vor meiner Zeit gewesen sein, Eleonore, denn ich kann mich an solche Laub- und Schneespuren nicht erinnern.«

»Als du zu uns kamst, Sebastian, da war ich ja schon vierzehn und hatte vermutlich für solche Spielchen nichts mehr übrig«, antwortet die Gräfin lächelnd und setzt sich wieder in Bewegung.

Nach ein paar Schritten hält sie erneut an und dreht sich um. »Und weißt du, was ich fast jedes Mal versucht habe zu ergründen, wenn ich da oben gestanden bin? – An die Balustrade gelehnt und versunken in mein Werk, habe ich mir überlegt, wohin mich mein Weg wohl einmal führen wird. Es war aber meistens eher ein beklemmendes Nachdenken, Sebastian, das in aller Regel damit endete, dass ich ziemlich verstört auf mein Zimmer gelaufen bin und mich an meinen Bären Jacko gedrückt habe.«

»Oh, an den Jacko kann ich mich noch gut erinnern. Wo ist denn der eigentlich geblieben, Eleonore?«, erkundigt sich Sebastian gerührt und drückt die Gräfin fest an sich.

»Den habe ich an meinem achtzehnten Geburtstag in ein weiches Tuch gewickelt und in einen großen Karton gelegt. Der Karton, Sebastian, liegt noch heute in dem alten Bauernschrank auf dem Dachboden.«

Während sie das sagt, lässt sie ihren Blick durch den Park schweifen, und Sebastian meint zu erkennen, wie ihre Kindheit vor ihrem geistigen Auge wieder lebendig wird.

Die durch die Baumkronen fallenden Sonnestrahlen löschen gerade die letzten Nebelschleier aus, und die Gräfin ruft mit einem Mal aufgeregt: »Schau, Sebastian, schau wie das Laub jetzt leuchtet! Es leuchtet wie damals, als ich durch den Park stiefelte. Jetzt ist alles genauso wie damals!«

Nach einer Weile, auf ihr Gesicht hat sich eine zarte Melancholie gelegt, hakt sie sich wieder bei Sebastian unter, und die beiden gehen dann unter dem gut hundert Jahre alten Baumbestand langsam hinunter zum See.

Mit »Weißt du, was mich bei meinen Überlegungen besonders beunruhigt hat, Sebastian« kommt die Gräfin nach ein paar Schritten auf ihre Kindheitserlebnisse zurück. »Meine Spuren begannen und endeten immer an der Treppe vorm Haus. Und deshalb dachte ich bang und geradezu schmerzhaft verkrampft, dass ich in meinem Leben nicht vorwärtskommen, dass ich vielleicht immer im Kreis laufen werde.«

Und nach kurzem Schweigen, fährt sie nachdenklich fort: »Im Grunde ist es ja auch so gekommen. Mein Leben verlief bis heute ganz ähnlich wie meine Spuren im Park. Es war durchaus geprägt von so manchem Hin und Her, aber letztlich bin ich auf dem vorgegebenen Kurs geblieben. Erst seit unserer turbulenten Tagung und dem Spaziergang mit Niermann denke ich ernsthaft daran, dass ich mein Lebensschiff auch in eine andere Richtung lenken könnte.«

Die Gräfin legt im nächsten Moment ihren Arm über Sebastians Schultern und sagt besorgt: »Bitte Sebastian, werde deswegen nicht gleich wieder eifersüchtig, du hast mich ja auch das eine oder andere Mal beeinflusst und warst gerade in der letzten Zeit eine ganz bedeutende Stütze für mich. Ohne dich, das war vorhin wirklich ernst gemeint, Sebastian, wäre mein Schiff vielleicht schon gesunken.«

Sie drückt ihm nach diesem Geständnis einen Kuss auf die Wange und schlägt dann vor: »Gehen wir doch auf den Steg hinaus und setzen uns auf die Liegestühle, Sebastian. Die Sonne wärmt da draußen bestimmt schon ganz ordentlich.«

Draußen am Steg stellt Sebastian die Rückenlehnen halb hoch und legt die Fußstützen zur Seite. »Eleonore, warte bitte einen Moment«, sagt der dabei, »ich hole aus dem Bootshaus ein Tuch und trockne die Stühle ab, die Sitzflächen sind nämlich noch nicht ganz trocken.«

Kurz darauf kommt er mit einem Badetuch zurück. »Wer das wohl vergessen hat?«, überlegt er halblaut vor sich hin, während er die hölzernen Stühle sorgfältig abtrocknet.

»Du, ich glaube das Tuch ist von Nina«, sagt die Gräfin zunächst ganz beiläufig. Aber während sie sich setzt, meint sie augenzwinkernd und mit leicht anzüglichem Tonfall: »Du kannst es ihr ja nachher auf ihr Zimmer bringen, Sebastian.«

»Das mache ich auf jeden Fall, meine Süße«, gibt ihr Sebastian mit Vergnügen heraus und setzt sich beschwingt neben sie.

»Mann, ist das ein phantastisches Panorama!«, schwärmt er gleich darauf hingerissen. Er schirmt die Augen mit der linken Hand gegen die Sonne ab und befindet dann noch: »Auch nach vier Jahrzehnten, Eleonore, überrascht mich der Blick, den man von hier aus hat, immer wieder aufs Neue.«

»Ja, es ist ein großes Glück, dass wir hier leben können, Sebastian. Und deshalb mache ich mir auch immer häufiger Gedanken darüber, was getan werden kann beziehungsweise, was getan werden muss, damit wir dieses Glück nicht verspielen.«

Die Gräfin greift nach Sebastians linker Hand und drückt sie einen Augenblick lang so fest, sodass er sich unwillkürlich zu ihr hinwendet. Er trommelt dann eine Weile mit den Fingern der rechten Hand auf der Armlehne herum und meint schließlich zögerlich: »Du denkst dabei aber bestimmt nicht zuerst an die erneut aufgeflammte Diskussion über den freien Zugang zu den oberbayrischen Seen, sondern wohl schon eher an die großen Ungleichgewichte in unserer Gesellschaft und in der Welt, die früher oder später so manches Glück, also auch deine Lebenswelt gefährden könnten, nicht wahr, Eleonore?«

Weil sie nicht gleich antwortet, sie genießt offenbar ganz entspannt und mit geschlossenen Augen die sanften Strahlen der Herbstsonne, mutmaßt er noch ein wenig verschmitzt: »Du, Eleonore, ich glaube, du hast dir das Buch mit dem Titel ›die Welt in Balance‹ doch schon angeschaut.«

Die Gräfin dreht daraufhin nur träge den Kopf zu ihm hin und sagt: »Nein, Sebastian, ich hatte bisher wirklich keine Zeit dafür erübrigen können. Aber vielleicht hat auch mein wüster Traum vor ein paar Wochen etwas bewirkt. – Auf jeden Fall habe ich mir vorgenommen«, fügt sie hinzu und steht auf, »mein Leben gründlich zu überdenken.«

Sie stellt die Rückenlehne etwas steiler, setzt sich wieder und schaut gedankenverloren auf den See hinaus. »Übrigens«, sagt sie mit einem Mal unvermittelt, »die Sache *Grundabtretung für die Weiterführung des Uferweges durch unser Grundstück* ist inzwischen wieder vom Tisch. Ich habe vergangene Woche den Landrat und die entsprechenden Leute bei der Landesregierung davon überzeugen können, dass der Ausbau des Pfades, der seit jeher oberhalb von unserem Grundstück verläuft, wesentlich weniger Kosten verursachen wird, als die Weiterführung des Uferweges. Und man hat auch eingesehen, dass die Spaziergänger und Wanderer von dort oben einen bedeutend schöneren Blick auf den See und das Alpenvorland haben, als vom schilfgesäumten Ufer aus.«

Die Gräfin öffnet sich nach dieser Info den obersten Mantelknopf und beobachtet dann versonnen zwei Schwäne. Nach einer Weile dreht sie sich zu Sebastian hin, fasst seinen Unterarm und sagt: »Du, ich hab dir ja noch gar nicht erzählt, was Rainhaus nach dem Hilferuf von Richardson von sich gegeben hat. – Und keine Angst, Sebastian, ich will mich nun auch ganz kurz fassen, versprochen!«

»Oh, Eleonore, ich hab jetzt Zeit«, meint der vergnügt und schickt mit leicht ironischem Unterton noch hinterher: »Du hast mir ja für heute Vormittag freigegeben.«

Er streckt daraufhin seine Beine der Länge nach aus und blinzelt mit schelmischer Miene in den strahlend blauen Himmel. »Und außerdem interessiert mich durchaus«, meint er dann auch noch halbwegs ernsthaft, »was euer Frontmann dem ins Schleudern geratenen Spediteur und deinem neuen Star so alles gesagt hat.«

Mit »Na warte, mein Freund!« droht ihm da die Gräfin übermütig und zieht ihn im nächsten Augenblick auch schon am Ohr. Und während sie sich ihren Mantel weiter aufknöpft, schilt sie ihn auch noch genüsslich: »Und rede mir ja nicht noch einmal so unangebracht sarkastisch und abgehoben daher, du Scheusal!«

Sie legt nach dieser Attacke den Kopf zurück, schließt die Augen und beginnt dann recht zügig: »Also, der Professor hat sich nach einem knappen ›Guten Abend, zusammen‹ mit dem Rücken lässig neben Niermann an die Theke gelehnt und ist ohne Umschweife – offenbar hat er den Diskurs zwischen ihm und Richardson zum Teil mitbekommen – erst einmal auf das Zurückfahren der Wirtschaftstätigkeit in den hoch entwickelten Nationen eingegangen. ›Mein verehrter Herr Niermann, bei allem Respekt vor Ihrer Person‹, begann er kämpferisch, ›aber das Zurückfahren der

Wirtschaft – ganz gleich unter welchem Aspekt, und ich unterstelle auch, dass Sie nicht blindlings Luft ablassen wollen –, wie auch das Anvisieren eines bestimmten Pegels im Wirtschaftsleben, ist und bleibt eine fixe Idee. Ja, ich möchte sogar sagen, dieses ist ein Bestreben, das sich in geradezu naiver Weise gegen die Natur des Menschen richtet. Der Mensch will vorwärtskommen, Herr Niermann, und nicht auf der Stelle treten, und er will schon gar nicht den Rückwärtsgang einlegen.‹ Und uns allen zugewandt, erklärte Rainhaus dann auch noch: ›Wirtschaftstheoretisch betrachtet, meine Herrschaften, würde übrigens so eine Kursänderung unvermeidlich eine Abwärtsspirale in Gang setzen und uns in ein noch nicht erlebtes Chaos stürzen.‹«

Nach kurzem Atemholen dreht sich die Gräfin halb zu Sebastian hin und sagt: »Du, es war während dieses Statements alleine schon spannend, Niermann zu beobachten. Denn seinem Mienenspiel war unschwer zu entnehmen, dass ihm der Professor mit seinen Aussagen eine perfekte Vorlage geliefert hat. Richardson dagegen wirkte geradezu erleichtert und sagte triumphierend zu Niermann: ›Na, was sagst du jetzt, mein Freund?! Dein realitätsfernes Kartenhaus wird jetzt gleich in sich zusammenfallen und ich kann es dann mit meinem kleinsten Transporter mit links entsorgen!‹ Er bellt daraufhin aufgedreht in Richtung Barkeeper, der in der hintersten Ecke seines Arbeitsraumes an einem Laptop herumspielt: ›Cognac für uns alle, junger Mann!‹ Und den an den Stehtischen verbliebenen Tagungsteilnehmern rief er zu: ›Freunde, kommt her, es gibt etwas zu feiern!‹ Das ließen sich die natürlich nicht zweimal sagen, und so war die Theke gleich darauf dicht umlagert. Neben Niermann, Richardson, dem Professor und mir, von dem deutschen Maschinenbauer und der Adeligen aus Portugal, die beiden habe ich heute ja schon einmal erwähnt, dann von Marcello Pertini, einem Bauunternehmer aus Verona, und auch von dem exzentrischen Pierre Delacroix, der große Ländereien in Südfrankreich besitzt. Nachdem der Barkeeper die Gläser auf dem Tresen platziert hatte, rief Niki voller Elan: ›Lasst uns auf unseren verehrten Professor Rainhaus anstoßen, Freunde, und selbstverständlich auch auf unser aller Wohl!‹ Er hat dann den exzellenten Cognac in einem Zug hinuntergekippt und nach kurzem Atemholen gönnerhaft zu Niermann gesagt: ›So, und jetzt bist du d'ran, falls du dem Professor überhaupt etwas entgegensetzen kannst.‹

Sebastian, ich habe mich in diesem Moment erneut gefragt, warum der Professor Karsten Niermann eingeladen hat. Rainhaus wusste doch sicher, dass der Architekt eine Linie vertritt, die von der unseren und seiner eigenen ganz entschieden abweicht. Es blieb mir aber nicht die Zeit, mir einen Reim daraus zu machen, denn Niermann holte umgehend zum Gegenschlag aus.«

»Vielleicht«, unterbricht Sebastian die Gräfin, »wollte er euch mit Hilfe einer Kontrastimme dazu bringen, eure Positionen wieder entschlossener zu vertreten. Ihm ist ja sicher nicht entgangen, du hast heute ja schon mehrfach darauf hingewiesen, dass sich in der letzten Zeit in euren Reihen Uneinigkeit breitmacht.«

»Mann, Sebastian! Das ist vielleicht die einzig vernünftige Erklärung für diesen ungewöhnlichen Gast«, meint da die Gräfin verblüfft. Sie steht wieder auf, geht zum Rand des Steges und schaut auf ihr Spiegelbild auf der unbewegten Wasserfläche. Nach einer Weile dreht sie sich um, entledigt sich ihres Mantels und sagt: »Wenn er Niermann tatsächlich mit diesem Hintergedanken eingeladen hat, dann hat er zumindest bei mir eher das Gegenteil bewirkt, denn der Architekt hat mich schon ein Stück weit zum Nachdenken gebracht.«

»Das ist nicht zu übersehen, Eleonore«, stellt Sebastian ziemlich spitz fest. Er schaut daraufhin mit leicht eingetrübter Miene zur Gräfin hoch, schirmt mit der linken Hand die Sonne ab und sagt nach kurzem Zögern auch noch: »Ich will nun wirklich nicht ein weiteres Mal den Eindruck erwecken, dass ich eifersüchtig auf diesen Herrn Niermann schiele, aber ich möchte schon anmerken, dass er dich mit seinen Thesen und seinem Auftreten offensichtlich mächtig beeindruckt hat.«

Er setzt sich dann mit einem Ruck auf, stützt sich mit den Unterarmen auf den Knien ab, presst mit gespreizten Fingern seine Hände gegeneinander und schaut nachdenklich auf den See hinaus.

Die Gräfin hängt ihren Mantel mit einer missmutigen Bewegung über die Stuhllehne und schaut einen Augenblick lang kopfschüttelnd auf Sebastian hinunter. Während sie sich setzt, sagt sie ungehalten: »Sebastian, der Architekt hat mich durchaus beeindruckt, aber auch nicht mehr, das darfst du mir ruhig abnehmen!«

Nach einer Weile dreht sie sich langsam zu ihm hinüber, schaut ihn strafend an – was ihr allerdings schwer fällt, weil sie ein Lächeln unterdrücken muss – und meint misstrauisch: »Sag einmal, du alter Schlawiner, könnte es vielleicht sein, dass du mir, so hartnäckig wie du dich heute kaprizierst, am Ende nur eine Liebeserklärung abringen möchtest? Nein, so etwas!«, entrüstet sie sich in der nächsten Sekunde übermütig und versetzt ihm mit dem Ellenbogen einen Stoß in die Rippen; küsst ihn aber gleich darauf ungestüm auf die Wange und beginnt hellauf zu lachen.

»Ach Unsinn, Eleonore!«, knirscht Sebastian und lässt sich in die Stuhllehne zurückfallen. »Vielleicht«, meint er mit dem nächsten Atemzug etwas verunsichert, »bin ich heute nur mit dem linken Bein zuerst aufgestanden.«

Mit »Gut, nehmen wir das einmal so an, Sebastian« gibt sich die Gräfin, nachdem sie sich wieder einigermaßen beruhigt hat, versöhnlich und schließt umgehend daran an: »Dann darf ich also, mein Freund und Linksfuß, auf Niermann und seinen Gegenschlag zurückkommen, oder?«

»Aber selbstverständlich, Eleonore.« Sebastian verschränkt seine Hände unter dem Kopf, schließt die Augen und meint dann noch: »Ich bin jetzt wieder ganz Ohr, meine Süße.«

»Also, Sebastian, Rainhaus hat der Auffassung, dass die Wirtschaftstätigkeit eines Volkes in Zukunft in einen Rahmen eingebettet sein muss, der unter anderem dafür sorgt, dass man den nachkommenden Generationen keine unnötigen Lasten hinterlässt, eine knallharte Absage erteilt, ja, er hat dieses Ansinnen sogar als fixe Idee abgestempelt. Nachdem wir uns alle zugeprostet und uns Nikis Cognac zu Gemüte geführt hatten, sagte Niermann ein wenig scheinheilig zu Rainhaus: ›Sie setzen also nach wie vor, ja offenbar grundsätzlich, auf eine wachsende Wirtschaft, Herr Professor. Habe ich Sie da wirklich richtig verstanden?‹ Rainhaus genehmigte sich auf diese etwas provokante Frage erst einmal einen weiteren Schluck Cognac und sagte dann – ganz Professor: ›Ja, mein guter Herr Niermann, Sie haben mich richtig verstanden. Und man versteigt sich auch nicht, das möchte ich verstärkend hinzufügen, wenn man dem Wachstum einer Volkswirtschaft den Status eines Naturgesetzes einräumt.‹«

Die Gräfin bricht ab, dreht sich wieder halb zu Sebastian hinüber und sagt mit etwas belegter Stimme: »Sebastian, du weißt ja, dass ich den Professor nun schon viele Jahre kenne und wir uns bisher immer einvernehmlich und in gegenseitiger Hochachtung begegnet sind. Aber bei dieser Aussage, auch wenn zu berücksichtigen ist, dass er nicht mehr ganz nüchtern war und deshalb wohl mit gelöster Zunge geredet hat, lief mir doch ein Schauer über den Rücken.«

»Das erstaunt mich nun aber schon ein wenig, Eleonore«, sagt Sebastian mit geschlossenen Augen vorsichtig, »denn bisher haben dich solche Sprüche nicht im Geringsten gestört, wenn ich mich recht erinnere.«

»Zugestanden, Sebastian, aber an diesem Abend und nicht weit vor Mitternacht, hat mich dieses dogmatische Proklamieren des uferlosen Wachstums doch sehr unangenehm berührt. Aber Gott sei Dank hat Niermann den Hauch von Kälte, der nach meinem Empfinden daraufhin in der Bar zu verspüren war, mit seiner Sichtweise gleich wieder vertrieben. Kühl, ja fast schon störend gelassen, begann er also wieder zu sprechen. Und stell dir vor, Sebastian«, die Gräfin schiebt hektisch die Ärmel ihres Pullovers hoch, »keiner, nicht einmal der Professor, und auch nicht der Poltergeist Richardson, hat ihn dabei unterbrochen! Denn Niermann, Sebastian, nahm schon mit dem ersten Satz den Stier bei den Hörnern, indem er sagte: ›Wer dazu neigt, das Wirtschaftswachstum auf die Ebene der Naturgesetze zu heben, muss auf dem Felde der Ökonomie von einem recht eindimensionalen Denken geleitet sein. Darüber hinaus, meine verehrten Damen und Herren, setzt man damit ein Paradoxon in die Welt, weil so ein Naturgesetz gegen die Natur gerichtet wäre. Denn das quantitative Wirtschaftswachstum, da werden Sie mir sicher zustimmen, wird Schritt für Schritt unsere Lebensgrundlagen zerstören.‹

An dieser Stelle, Sebastian, unterbrach sich der Architekt und begann mit der linken Hand nachdenklich seinen Cognacschwenker im Kreis herum zu schieben. Nach ein paar Augenblicken ließ er vom Glas wieder ab, blickte kurz über seine Zuhörerschaft und sagte dann eindringlich: ›Und, meine Herrschaften, wir kommen in Zukunft nicht einmal darum herum, auch das qualitative Wachstum mit kritischen Augen und klarem Verstand zu begleiten, weil auch dieses – angesichts der vielen Milliarden Menschen, die inzwischen die Erde bevölkern – zu einer Überlastung der Natur führen kann. Als Beispiel dafür, meine Damen und Herren, will ich nur den Bereich Mobilität anführen, wo man auf Seiten der grundsätzlich Fortschrittsgläubigen glaubt, dass das Elektromobil und optimierte Flugzeuge unschädliche Begleiter auf unserem Weg in die Zukunft sein könnten. Die Menschheit muss sich also‹, fügte er nach einer neuerlichen Pause zusammenfassend hinzu, ›unverzüglich von der Vorstellung verabschieden, die da meint, dass wir mit wachsender Wirtschaft ungestraft in die Zukunft rauschen können.‹«

Die Gräfin dreht sich mit prüfendem Blick zu Sebastian hinüber – der lehnt nach wie vor mit geschlossenen Augen in seinem Sessel – und sagt vorwurfsvoll: »Hörst du mir eigentlich noch zu, Sebastian?«

»Aber sicher, Eleonore! Mit beständig wachsender Wirtschaft werden wir eines nicht allzu fernen Tages an die Wand fahren, sagte sinngemäß der gute Herr Niermann. Was ja übrigens«, wagt er gleich darauf noch zu sagen, »schon seit langem auch meine Meinung ist, nicht wahr, liebste Eleonore?«

»Sebastian, du bist heute ein rechtes Ekel! Aber ich zieh das jetzt durch, mein Freund, auch wenn dir erneut einiges bekannt vorkommen sollte. Also, Sebastian, mit etwas erhobener Stimme sagte Niermann abschließend noch: ›Meine verehrten Damen und Herren, lassen Sie mich folgendes noch anmerken: Betrachtet man die Natur des Menschen etwas genauer, so kann man unschwer feststellen, dass diese keinesfalls von blindem Drang nach immer mehr Besitz und Komfort geprägt ist. Diese Verhaltensweise wollen uns nur diejenigen unter uns einreden, denen die Hatz der Masse zum Vorteil gereicht. Der Mensch kann sich nämlich durchaus, und ohne dabei Schaden zu nehmen oder in Not zu geraten, den wahrhaften Gesetzen der Schöpfung beugen, was sich ja auch schon oft genug erwiesen hat. Wenn wir also die tatsächlich gegebenen Naturgesetze nicht missachten, meine Damen und Herren, wird sich ganz automatisch – im Gegensatz zu den heftigen Wellenbewegungen, die als ein weiteres Übel eine gepushte Wirtschaft begleiten – ein relativ stabiler Wirtschaftspegel einstellen. Es wird also keine Abwärtsspirale im Wirtschaftleben in Gang kommen, und die Menschheit fällt auch nicht in den Rückwärtsgang. Vielmehr begibt sie sich unter Beachtung der gerade genannten Prämissen auf einen Weg, der von erheblich weniger Gefährdungspotentialen umsäumt ist, als die von mancher Seite so hochgelobte Wachstumsstraße.«

»So, Sebastian«, sagt die Gräfin nach einer kurzen Verschnaufpause und drückt dabei seine Hand, »jetzt hast du meine Arie überstanden.«

»Okay, Eleonore. Dann darf ich jetzt aber schon mit der einen oder anderen Frage kommen, ja?«

»Aber sicher, Sebastian«, sagt sie beschwingt und lächelt ihn betörend an.

Sie steht auf, stellt die Lehne des Stuhls wieder halb schräg und lässt sich dann wie befreit hineinfallen.

Sebastian räuspert sich noch kurz und beginnt dann auch schon: »Also, dieser Herr Niermann hat mir durch die Bank aus der Seele gesprochen, das wird dich ja sicher nicht überraschen, Eleonore. Nur, hält er sich denn selbst an seine Einsichten, an sein Gedankengut, bewegt er sich selbst in dessen Rahmen?«

Er dreht sich halb zur Gräfin hin und sagt dann verhalten: »Er züchtet doch Pferde für den Trabrennsport, nicht wahr? Und da frage ich mich schon, wie er so ein Engagement mit seinem Denken vereinbaren kann. Die Zucht dieser Pferde und der ganze Rennbetrieb sind doch bestimmt äußerst aufwendige Unternehmungen, und damit passen sie nach meinem Dafürhalten absolut nicht in die Lebenswelt, die er proklamiert. Meinst du nicht auch Eleonore?«

»Okay, das ist richtig, Sebastian. Auf unserer nächtlichen Runde habe ich ihn diesbezüglich auch angesprochen. Er hatte dafür aber auch eine halbwegs plausible Erklärung zur Hand. Die Traberzucht, erzählte er mir, war der ganz große Lebensinhalt seiner vor wenigen Jahren verstorbenen Frau, und deshalb hat er es bis heute nicht übers Herz gebracht, den Zuchtbetrieb aufzulösen oder an einen anderen Betreiber zu veräußern. Früher oder später, meinte er – der Hängezustand in dem er sich da befindet, war ihm übrigens anzumerken –, wird er aber aus dieser Zwickmühle heraus sein, denn seine Tochter und sein Sohn wollen dieses extraordinäre Unternehmen keinesfalls weiterführen. Denn beide haben nach dem Abschluss ihres Studiums ein Betätigungsfeld gewählt, das voll und ganz auf der Ebene seiner gesellschafts- und weltpolitischen Überlegungen angesiedelt ist. Sie arbeiten seit einigen Jahren als Betreuer von Projekten, die den Aufbau einer stabilen regionalen Wirtschaft auf dem schwarzen Kontinent zum Ziele haben. Der Architekt meint deshalb, und gibt sich derzeit damit zufrieden, dass sich die Niermanns, die gesamte kleine Familie betrachtet, schon auf dem richtigen Weg befinden.«

Sebastian verschränkt seine Arme wieder unter dem Kopf und sagt mit einem Hauch Ironie in der Stimme: »Ja, Eleonore, das muss man leider befürchten, dass erst die nachwachsende Generation auf den Weg findet, den Niermann und Co. heute aufzeigen.«

Mit »Sebastian, Sebastian, du willst mich wohl schon wieder anspitzen und herausfordern, du alter Miesepeter!« entrüstet sich die Gräfin eher amüsiert als wirklich verärgert und versetzt ihm erneut einen Stoß mit dem Ellenbogen. »Aber das, mein Freund«, fügt sie mit strenger Miene hinzu, »soll dir heute nicht mehr gelingen, das schwör ich dir! Mir genügt es nämlich voll und ganz, du allzeit kritischer Gärtnersmann, dass ich derzeit arg im Schleudern bin und nicht mehr so recht weiß, wie es weitergehen soll.«

»Okay, Eleonore, und entschuldige bitte, dass ich manchmal arg locker daherrede. Für dich ist ja alleine die Schau auf eine Zukunft, wie sie der Architekt in Ansätzen beschrieben hat, und erst recht der Weg dorthin, ein unvergleichlich dramatischeres Ereignis als für mich, das will ich gerne zugeben.«

Sebastian richtet sich daraufhin auf, drückt der Gräfin einen Kuss auf die Wange und lässt sich wieder in die Stuhllehne fallen.

Sein Blick wandert dann eine Weile nachdenklich über den See und schließlich sagt er etwas zögerlich: »Weil du gerade eure nächtliche Wanderung erwähnt hast, Eleonore, bei der, wie du beim Frühstück angedeutet hast, etwas schiefgelaufen ist, darf ich vielleicht erfahren was da passiert ist?«

»Aber selbstverständlich, Sebastian!«, sagt die Gräfin, die inzwischen wieder ganz entspannt und mit geschlossenen Augen die Sonnenstrahlen genießt, mit einem verständnisvollen Lächeln.

»Also, Sebastian, zuerst musst du wissen, dass Niermann und ich zum ersten Mal im Fuldatal waren, und somit nicht die geringste Ortskenntnis besaßen. So lange es noch einigermaßen hell war, sah die Tallandschaft auch recht übersichtlich aus. Wir sind also, ohne auf irgendwelche markanten Punkte zu achten, zunächst einmal auf einem schmalen Weg die etwa fünfzig Höhenmeter zum Fluss hinuntermarschiert. Unten an der Fulda haben wir den Uferweg flussabwärts eingeschlagen und drehten nach einer knappen halben Stunde wieder um. Mittlerweile war es aber stockdunkel geworden, und weil wir wohl auch zu sehr in unsere Gespräche vertieft waren, haben wir prompt den Weg übersehen, auf dem wir zur Fulda heruntergekommen waren. Wir wollten aber keinesfalls auf dem Uferweg zurückmarschieren und entschieden uns deshalb dafür, auf einem schmalen Pfad aus der Flussniederung nach oben zu steigen. Weil das Fuldatal in diesem Abschnitt dicht bewaldet ist, war der aber schon nach wenigen Schritten kaum mehr auszumachen. Wir sind also mehr nach oben gefallen als gegangen, und ich war heilfroh, dass ich mir meinen Knöchel nicht wieder verknackst habe. Als wir die Steigung endlich hinter uns hatten, war vom Schloss weit und breit nichts zu sehen. Wir sind dann wohl oder übel auf dem Pfad weiter marschiert, mussten uns dabei zweimal unter fast mannshohen massiven Stangenzäunen hindurchzwängen, und befanden uns mit einem Mal auf einer Bullenweide. Als uns die etwa zweijährigen Tiere bemerkt haben, sind sie neugierig auf uns zu galoppiert. Obwohl Niermann und ich seit Jahr und Tag mit Tieren zu tun haben, war uns doch wesentlich wohler, als wir nach zwei oder drei Minuten die Weide hinter uns lassen konnten und auf jene Straße stießen, auf der ich tags zuvor zum Schloss gefahren bin. Auf dieser Straße wurde es dann aber erst so richtig gefährlich, Sebastian!«

Die Gräfin fährt sich mit beiden Händen übers Haar und fährt dann vorwurfsvoll fort: »Vor allem jüngere Leute, wir waren ja in der Nacht von Freitag auf Samstag unterwegs, sind auf der nicht gerade breit bemessenen Landstraße, die sich noch dazu äußerst unübersichtlich durch das hügelige Fuldaland windet, mit Karacho gegen unsere Marschrichtung nach Kassel gefahren. Und weil auch von hinten immer wieder Autos auf uns zurasten, wussten wir bald nicht mehr, auf welcher Seite wir denn gehen sollten, um nicht angefahren zu werden. Ich bin ja nun wahrlich kein Autogegner, aber die paarigen Lichtkegel, die immer wieder geradezu unheimlich durch die Nacht schwenkten, das bedrohliche Quietschen der Reifen und das Heulen der Motoren haben mir fast den Zahn gezogen, das kannst du mir wirklich glauben, Sebastian!«

»Du, das glaube ich dir gerne, Eleonore«, sagt der mitfühlend und küsst sie tröstend auf die Wange.

»Ziemlich geschlaucht, am Ende aber Gott sei Dank doch wohlbehalten, kamen wir also erst gegen elf Uhr ins Hotel zurück. Ja, Sebastian«, meint die Gräfin schließlich noch und richtet sich auf, »so interessant die erste Begegnung mit Niermann einerseits auch war, so strapaziös möchte ich in Zukunft aber keine mehr haben.«

Mit »Das wundert mich nun ganz und gar nicht, Eleonore« gibt sich Sebastian verständnisvoll und setzt sich ebenfalls auf. Er stützt sich dann mit den Unterarmen auf den Knien ab, verschränkt die Hände und meint: »Wenn ich dich gerade richtig verstanden habe, sollen dieser ersten Begegnung wohl weitere Treffen folgen, nicht wahr?«

Mit »Ach, Sebastian, wie du das schon wieder betonst!« beschwert sich die Gräfin amüsiert und versetzt ihm mit der rechten Faust einen Stoß gegen seinen Oberarm.

Sie lässt sich dann wieder in die Lehne fallen, streckt unter Gähnen die Arme mit verschränkten Händen ein paar Augenblicke lang über den Kopf aus und sagt schließlich: »Du, ich habe ihm vorerst nur angeboten, dass er die Tage um Silvester herum bei uns verbringen könnte. Und er will auch gerne kommen, wenn nicht unaufschiebbare Arbeiten im Rahmen seiner Tätigkeit als Architekt dazwischenkommen. Seine Kinder besuchen ihn zu Weihnachten, hat er mit erzählt, aber beide wollen den Jahreswechsel unbedingt bei ihren Projektpartnern in Afrika verbringen, weil der dort ganz groß gefeiert wird.«

Auf Sebastians reservierte Miene hin meint sie dann noch werbend: »Du, ich bin mir ganz sicher, dass ihr glänzend miteinander auskommen werdet und eure Begegnung für euch beide eine Bereicherung sein wird.«

»Okay, Eleonore, da hast du wohl recht, eigentlich müssten wir uns ganz gut verstehen, dieser Herr Niermann und ich«, meint Sebastian gottergeben und lässt sich mit energischem Schwung wieder in die Rückenlehne zurückfallen.

Er kratzt sich nach einer Weile nachdenklich am Kopf und fragt schließlich ganz behutsam: »Hast du

Niermann eigentlich von deinem geplanten Raumflugabenteuer erzählt, Eleonore?«

Die Gräfin, die gerade einem Fischer aus dem nahen Dorf freundlich zuwinkt, dreht sich abrupt um und sagt heftig: »Nein, Sebastian! Und warum sollte ich das?!«

Noch bevor Sebastian zu einer möglichst diplomatischen Antwort findet, zieht in ihrem Gesicht ein Gewitter auf und sie stößt bitter heraus: »Oh, jetzt weiß ich, worauf du hinaus willst! Der Raumflug und das unspektakuläre Leben, mit dem wir uns vielleicht demnächst anfreunden müssen, passen deiner Ansicht nach so gar nicht zusammen!«

Sie stützt sich im nächsten Augenblick mit beiden Händen auf den Armlehnen ab und steht mit einem Ruck auf, schaut dann bitterböse auf Sebastian hinunter und schimpft enttäuscht und wütend los: »Mann, Sebastian, wie kannst du nur so kleinlich und penetrant sein?! Du weißt doch ganz genau, dass der Flug ins Weltall mein letzter großer Wunsch an das Leben ist. Und du weißt im Grunde besser als ich, dass diese Raumflüge nicht überhand nehmen werden wie die allgemeine Luftfahrt, die sich inzwischen sicher zu einem großen Problem für die Menschheit entwickelt hat. Und, dann noch etwas, mein guter Sebastian: Auch wenn ich mein Denken und Handeln derzeit einer Prüfung unterziehe, muss ich mich deswegen noch lange nicht in klösterliche Anspruchslosigkeit stürzen! Ich hoffe, wir haben uns diesbezüglich ein für alle Mal verstanden, Sebastian!«

Mit gerötetem Gesicht dreht sich die Gräfin nach diesem Ausbruch auf der Stelle um und marschiert restlos aufgebracht zum seeseitigen Ende des Steges.

Sebastian schaut ihr geschockt nach und wirft sich nach ein paar Schrecksekunden nicht zum ersten Mal vor: Was bin ich doch für ein unverbesserlicher und gottverdammter Idiot! Wie kann ich nur annehmen, dass es ihr möglich ist, in relativ kurzer Zeit – wenn überhaupt – ihre Richtung zu ändern. Sie ist eine Gefangene ihrer Gene, ihrer Erziehung und ihres gesellschaftlichen Umfeldes, das sie seit Kindesbeinen und bis zum heutigen Tag beeinflusst.

Er setzt sich auf und schaut eine Weile zur Gräfin hinaus, die mit Blick auf den See und unbeweglich wie eine Statue am äußersten Stegrand steht.

Offenbar hat sie inzwischen ja erkannt, sinniert er beklommen weiter, dass sie ihren Pfad verlassen sollte, aber sie führt vermutlich einen fast aussichtslosen Kampf gegen die in ihr und in ihrer Gesellschaftsschicht angelegten Strukturen.

Sebastian steht schließlich ächzend auf und schaut noch einmal hilflos zur Gräfin hinaus. Er dreht sich dann achselzuckend um, hebt das Badetuch auf und geht langsam zur Villa hinauf.

Ein paar Minuten später kommt er in Arbeitskleidung, den großen Handwagen hinter sich herziehend und ausgerüstet mit einem breiten Rechen und einer Gabel wieder zurück.

Auf dem Badesteg schlüpft die Gräfin gerade in ihren Mantel. Als sie Sebastian bemerkt, geht sie ihm eilends entgegen, umarmt ihn kurz und sagt mit gebrochener Stimme und mit Tränen in den Augen: »Bitte verzeih, Sebastian«, und hastet dann weiter.

Sebastian schaut ihr benommen nach, bis sie die Tür in die Halle hinter sich schließt, und beginnt dann an der Stelle, wo er von der Gräfin angehalten wurde, planlos und geistesabwesend das handbreit hoch liegende Laub zusammenzurechen.

Nach einer Weile schweben klagende Töne aus dem Salon in den Park. Sebastian legt den Rechen aus der Hand und lehnt sich mit vor der Brust verschränkten Armen an die Bordwand des Handwagens. Er spürt ganz deutlich, dass die Gräfin nun versucht, sich am Klavier ihr Leid und ihren Frust von der Seele zu spielen.

Das Klagen schwillt mehrfach auf und ab, wird wütend und fällt in ein leises Weinen zurück, tönt aber bald wieder böse und rachsüchtig, und geht schließlich in ein hilfloses Schluchzen über.

Als Sebastian schon meint, dass sich das Ende ihrer Improvisation ankündigt, hallen urplötzlich derart laute und harte Töne aus dem Salon, sodass die Doggen hinter der Villa zu bellen beginnen. O Mann, o Mann, denkt er erschrocken, jetzt intoniert sie wohl das Gewitter, das vorhin über ihr Gesicht gezogen ist.

Nachdem sich die Hunde beruhigt haben, kann er aus der brachialen Behandlung des Klaviers unschwer die Elemente Wut, Enttäuschung und Verzweiflung herauszuhören. Dieser Orkan aus Tönen wütet noch etwa zwei oder drei Minuten und bricht dann übergangslos ab.

Sebastian hört noch den Deckel vom Klavier zufallen – und dann liegt wieder die sanfte Ruhe des ausklingenden Herbstes über dem Park.

XI

In der Villa Hortocány haben sich knapp zwei Dutzend Gäste eingefunden, und deren Stimmung ist so unbeschwert und ausgelassen, wie selten in den letzten Jahren. Es ist nicht mehr weit bis Mitternacht und es ist der Silvestertag.

Im Salon wird seit zwei Stunden unermüdlich getanzt. Die Gräfin, Karsten Niermann und der junge Dr. Hofmeister wechseln sich regelmäßig am Klavier ab. Sie bieten so den Tanzpaaren nicht nur einen abwechslungsreichen Bogen durch die Welt der Tanzmusik, sondern auch einen mitreißenden Wettstreit am Klavier, der von diesen begeistert und mit viel Applaus aufgenommen wird.

Die Stimmung hebt aber auch die Sylvester-Spendenaktion, die im Hause Hortocány eine lange Tradition hat: Jedes Tanzpaar, das mit dem gut drei Meter hohen und wunderschön geschmückten Christbaum, der zwischen den beiden Rundbogenfenstern steht, in Berührung kommt, muss in eine Schale am Fuße des Baumes ein Bußgeld in Form eines Geldscheins entrichten. Natürlich lösen stets die Herren diese Schuld ein, was nicht selten dazu führt, dass vor allem die jüngeren Damen mit Absicht den Baum berühren. Den daraus resultierenden und jedes Jahr recht ansehnlichen Geldbetrag, stellt die Gräfin seit eh und je karitativ tätigen Einrichtungen in der Region zur Verfügung.

Nur der Papagei Ricardo kann dem Ganzen so gar nichts abgewinnen, weil er wegen des Christbaums seinen angestammten Platz bei den Fenstern räumen musste und darüber hinaus für die Sylvesternacht ins gräfliche Schlafzimmer verbannt wurde.

Sebastian hat am Vormittag die Sitzmöbel und den großen Couchtisch vom Salon in die Halle transportiert und mit einem weiteren Tisch und zusätzlichen Sesseln zu zwei Sitzgruppen zusammengestellt. Mit Janós Andreescu hat er schon am Vortag vom Kristallüster in der Deckenmitte zu den Eckleisten der Kassettendecke feingliedrige silberfarbene Girlanden gespannt und provisorisch mehrere Spotleuchten an den Wänden befestigt. Diese Leuchten strahlen blaues Licht auf die Hallendecke, und so bewegt man sich seit dem späten Abend in der etwa vier Meter hohen Halle wie unter einem prächtigen Sternenhimmel.

Noch vor dem Eintreffen der ersten Gäste hatte die Köchin Mehrens gegenüber den beiden Sitzgruppen ein exquisites kaltes Büfett aufgebaut, für das sie mit Lobeshymnen überschüttet wird.

Annina, seit sechs Wochen Mutter eines hübschen und äußerst aufgeweckten Mädchens, steht in einer kleinen Bar und bedient glückstrahlend die Gäste. Sie trägt ein schickes Cocktailkleid, das ihr die Gräfin für den Silvesterabend geschenkt hat.

Am Badesteg trifft Janós die letzten Vorbereitungen für das Feuerwerk, dessen Feuerwerkskörper er zum Teil selbst gefertigt hat.

Vor zwei Tagen ist ein wenig Schnee gefallen, der inzwischen hart gefroren ist und das Licht, das aus der

Villa fällt, in langen Bahnen bis weit in den Park hinein reflektiert.

…

Sebastian hat sich nach dem Eklat im zurückliegenden Herbst wieder in seine kleine Dachwohnung zurückgezogen. Er verbringt mit der Gräfin aber wenigstens einmal in der Woche eine gute Stunde in angeregter Unterhaltung bei Kaffee und Kuchen. Bisher haben es allerdings beide vermieden, sowohl den unerfreulichen Vorfall auf dem Badesteg als auch Sebastians Rückzug anzusprechen.

Vor gut einem Monat hat ihn die Gräfin beim Nachmittagskaffee aber wissen lassen, dass sie sich dazu durchgerungen hat, einen erheblichen Teil ihrer Geschäftstätigkeit in andere Hände zu legen und dass sie die Verlagerung der hortocányschen Unternehmenszentrale nach Marokko vorerst auf Eis legen will.

Sie sei müde geworden in den letzten Jahren, hat sie eingestanden, und wird deshalb im Wellnesspark und in ihrem Kosmetikunternehmen Geschäftsführer mit weitreichenden Befugnissen einsetzen.

Ohne irgendwelche Umschweife hat sie auch bekannt, dass sie davon ausgeht, dass die jungen Leute, die demnächst in ihrem kleinen Imperium Verantwortung tragen, den zukünftigen Aufgaben besser gewappnet gegenüberstehen, als sie selbst.

Sebastian wurde nicht so sehr von der Sache an sich überrascht, sondern von der Leichtigkeit, mit der ihn die Gräfin von diesen Entscheidungen in Kenntnis gesetzt hatte, und auch davon, dass aus ihren Worten weder Resignation noch Wehmut herauszuhören waren.

Sie hat sich klug entschieden, sagt sich Sebastian ein paar Nächte später, als er nicht gleich einschlafen kann. Sie spürt wohl, dass die Welt auf tief greifende Veränderungen zusteuert, und ein Mensch wie sie, für den die völlig freie Entfaltung des Individuums die wesentlichste Lebensgrundlage ist, in absehbarer Zeit als Unternehmensführer von der einen in die andere Kollision schleudern würde.

Und sie hat vermutlich auch erkannt, dass in Zukunft das Durchsetzen von Zielen, die mit dem Gemeinwohl nicht kompatibel sind, immer schwieriger werden wird. Sie will sich also rechtzeitig absetzen, um sich selbst und den Menschen, mit denen sie als Unternehmerin in Berührung kommt, diese Kollisionen zu ersparen.

Oberflächlich betrachtet könnte man ihren Rückzug durchaus verurteilen, ihn als Flucht und Schwäche auslegen, spukt es durch seinen Kopf, während er sich auf die andere Seite dreht und durch die Dachgaubenfenster eine Weile gedankenverloren den sternenübersäten Nachthimmel betrachtet.

Man muss allerdings beachten, sagt er sich gleich darauf in Gedanken, dass Eleonore in den letzten Jahren – wie so viele andere Unternehmer auch – von den weltweiten Entwicklungen, von der so genannten Globalisierung geradezu überrollt wurde.

Eleonore ist zwar beileibe nicht so ein Typ wie die junge Frau Wagenlenker, sinniert er weiter, aber sie würde sicher, was ihre Rolle als Arbeitgeberin angeht, eine etwas großzügigere Linie fahren, wenn der eskalierte Konkurrenzkampf in der weltweiten Wirtschaft das noch zulassen würde.

Dieses Übel, rekapituliert Sebastian, macht ihr vor allem auf dem Kosmetiksektor zunehmend zu schaffen; wobei dort, letztlich aber ganz allgemein noch hinzu kommt, dass die tägliche Arbeit von Arbeitgebern und Arbeitnehmern in den letzten Jahrzehnten in immer größerem Ausmaß unter der Bürde von Schuldzinsen leidet. Es werden also die zu verteilenden Erträge auf Seiten derer, die Jahr und Tag ihrer Arbeit nachgehen, dezimiert, weil große Summen in die Taschen der Kapitalgeber fließen.

Was sie aber vermutlich stärker belastet als sie zugeben will, ist das Phänomen, dass in der globalisierten Welt auf der einen Seite die Volksmassen verarmen, auf der anderen Seite aber einige wenige geradezu widersinnige Vermögen anhäufen.

Mit dem Schlagen der Standuhr im Ohr, das aus der Halle heraufdringt, dreht sich Sebastian wieder auf den Rücken und überlegt dann ein wenig aufgeregt: Wenn ich mir das Verhalten der Gräfin im Verlauf der letzten Jahre etwas genauer vor Augen führe, dann kann ich wohl auch annehmen, dass sie trotz ihrer ultraliberalen Grundeinstellung inzwischen zur Einsicht gelangt ist, dass die Ideologie von den ungelenkten Märkten scheitern wird. Und vielleicht erkennt sie auch, dass der Mensch, sei er aus freien Stücken oder per System zum Roboter mutiert, geradewegs darauf zusteuert, seine Lebensgrundlagen irreparabel zu zerstören.

Eleonore will sich also ganz offensichtlich, fast er zusammen, vor dem großen Crash, auf den wir nicht nur wegen der gewaltigen Verwerfungen und den zunehmend unhaltbaren Verhältnissen in weiten Teilen der Wirtschaft zutreiben, als Unternehmensführerin zurückziehen – zumindest so weit, als ihr das derzeit möglich ist.

Der Gedankengang, dass man nach einer wie auch immer ablaufenden Dezimierung der menschlichen Population, auf diesem Planeten wieder freier und ungebundener schalten und walten kann, war für sie ja nie eine Perspektive, der man nachhängen könnte, die man ernsthaft ins Auge fassen darf.

Ja, sagt sich Sebastian, und drängt diese ungeheure Spekulation energisch aus seinem Kopf, Eleonore will ihre Zukunft fraglos so lasten- und sorgenfrei wie nur möglich gestalten.

Und während er seine Hände unter dem Kopf verschränkt, stellt er weiter für sich fest: Sie wird also demnächst nur mehr diejenigen Geschäfte führen, die ihre Pferdezucht und ihren über halb Europa verstreuten Waldbesitz betreffen. Diese Geschäftsfelder sind heutzutage zwar auch nicht mehr einfach zu handeln, überlegt er unter anhaltendem Gähnen, wenn man aber beachtet, nimmt er den Faden mit Mühe wieder auf, dass die Gräfin im Grunde ein sehr naturverbundener Mensch ist, dann könnte sie nach dem geplanten Umbruch vielleicht auch zu dem Glück finden, das sie bisher vergeblich gesucht hat.

Schon halb eingeschlafen, dreht sich Sebastian wieder auf die Seite und will nun auch die Gräfin aus seinem Kopf verbannen. Aber da überfällt ihn hinterrücks und begleitet von Gewissensbissen zum wiederholten

Male die Einsicht, dass er ihren unbändigen Wunsch, unsere Erde einmal aus dem Weltraum erleben zu dürfen, besser nicht so hartnäckig in Frage gestellt hätte.

...

In der Halle beginnen Annina und Sebastian Champagner in wunderschöne Kelche aus dem Familienbesitz der Hortocánys zu füllen. In das Glas der Kelche, die von der Gräfin wie einen Schatz gehütet werden und nur bei festlichen Anlässen Verwendung finden, sind hauchzarte Jagd- und Reitmotive eingeschliffen. Der Vater der Gräfin hatte diese wertvollen Gläser, die noch aus der Zeit der Donaumonarchie stammen, in den letzten Tagen des zweiten Weltkrieges in einer nicht ungefährlichen Nacht-und-Nebel-Aktion aus Ungarn nach Deutschland gerettet.

Im Salon wogt die Silvestergesellschaft im Rhythmus eines feurigen Cha-Cha-Cha, den die Gräfin leidenschaftlich und mitreißend spielt. Nach den letzten Takten wird sie von den außer Atem geratenen Tanzpaaren mit anhaltendem Beifall bedacht, den sie, neben dem Klavier stehend, bekleidet mit einem ärmellosen roten Abendkleid, nur allzu gerne und mit einem strahlenden Lächeln entgegennimmt. Ihr Haar hat sie wieder äußerst attraktiv hochgesteckt, sie hat sich aber nur zurückhaltend geschminkt und Schmuck eher bescheiden angelegt.

Die Gräfin wirkt aber gerade deswegen wie die ungekrönte Königin dieser Sylvesternacht. Nachdem der Beifall abgeklungen ist, bittet sie ihre Gäste in die Halle und empfiehlt ihnen, sich warm anzuziehen und sich mit einem Glas Champagner zu versorgen. Schließlich lotst sie die sich um die Garderobe und die Bar drängende Gästeschar auf die Terrasse vor der Eingangstüre. Sebastian löscht die Lichter im Salon und in der Halle und schließt die beiden Türflügel.

Nina von Hagen gesellt sich zu Karsten Niermann und den beiden von Hohenfels. René von Hohenfels und Niermann hatten sich den ganzen Abend über ein regelrechtes Duell um die Gunst von Nina geliefert, was die Gräfin amüsiert registrierte, und Florence von Hohenfels großzügig toleriert hat, weil sie selbst, die ehemalige Varieteetänzerin, von den Männern geradezu bestürmt wurde. Sogar Sebastian hatte sie zwei- oder dreimal erfolgreich um einen Tanz gebeten, und ein wenig eifersüchtig musste die Gräfin feststellen, dass die beiden, er der große athletische Mann, und sie, die schlanke und nur geringfügig kleinere Frau, ein äußerst attraktives Paar bilden.

Und dennoch findet sie, während sie sich glücklich und zufrieden an Reinhardt Wagenlenker lehnt, einen so schönen Silvesterabend hatten wir schon lange nicht mehr. Dabei hätte ich Reinhardt, erinnert sie sich und drückt sich dabei fest an ihren alten Freund, im ablaufenden Jahr beinahe für immer verloren.

Er hatte es im Herbst kategorisch abgelehnt, mit nach Kassel zu kommen, und hat es vorgezogen, mit ein paar Freunden auf seiner Hochsee-Segelyacht durchs Mittelmeer zu kreuzen. Aber schon am dritten Tag sind sie vor Barcelona in einen überraschend losbrechenden Sturm geraten und Reinhardt wurde von einer unvermutet über die Yacht hereinbrechenden Welle mit dem

Kopf voran gegen den Großbaum geschleudert. Er verlor augenblicklich das Bewusstsein, blieb aber zum Glück einen Moment lang an der Reling hängen. Zwei seiner Freunde konnten ihn in letzter Sekunde dort festhalten, während die nächste Welle die Yacht überrollte.

Gott sei Dank war ein Arzt mit an Bord, der bei Reinhardt eine mittelschwere Gehirnerschütterung diagnostizierte und die breite Platzwunde auf seiner Stirn mit einem speziellen Heftpflaster provisorisch verschließen konnte. Stur, wie Reinhardt manchmal sein kann, lehnte er es ab, nach Barcelona zurückzukehren, um sich in einem der dortigen Hospitäler gründlich untersuchen zu lassen, und er stellte sich auch schon am nächsten Tag wieder ans Steuerrad.

Es war seine schönste Kreuzfahrt, berichtete er begeistert, als er nach zwei Wochen zurückkehrte. Seither ziert seine Stirn eine etwa drei Zentimeter lange, in den Augen der Gräfin aber eine durchaus attraktive Narbe, die er auch nicht zu verbergen versucht.

Während die Gräfin ihren Gedanken nachhing, hatten sich auf der Terrasse kleine Gruppen gebildet, die sich angeregt unterhalten und dennoch gespannt auf das Schlagen der Standuhr in der Halle warten. Neben den von Hohenfels, Nina und Niermann, stehen ihre jüngsten Gäste zusammen. Es sind dies die Tochter des Landrats mit dem etwas verklemmt wirkenden Junior des Bankhauses Granier, die schwangere Sabrina Wagenlenker und ihr Mann Alexander Reger; dann ihr Chef-Parfümeur Pierre Gaultier mit seiner hübschen und quirligen Freundin, und schließlich noch Dr. Hofmeister und dessen Frau.

Mit Blick auf die lebhaften jungen Leute stellt die Gräfin dankbar fest, dass sich die Dinge um sie herum eigentlich ganz passabel entwickelt haben, auch wenn sie in den letzten Jahren mit Dr. Hofmeister, gelegentlich auch mit dem manchmal etwas zu ungeduldigen Pierre Gaultier und nicht zuletzt mit Sabrina Wagenlenker so manche heftige Auseinandersetzung zu überstehen hatte.

Hofmeister führt seit einer Woche die Geschäfte im Wellnesspark und Gaultier wird im Verlauf des neuen Jahres die Leitung ihres Kosmetikunternehmens übernehmen.

Die Gräfin drückt sich erneut fest an Reinhardt, der sie daraufhin ein wenig besorgt anschaut. Aber Eleonore scheint nach wie vor in bester Stimmung zu sein, und so legt nun er seinen Arm um sie und drückt sie liebevoll an sich.

Sebastian, Annina und Frau Mehrens stehen ganz vorne an der steinernen Balustrade und warten Arm in Arm auf das Feuerwerk.

Ach Gott, mein Sebastian, flüstert da die Gräfin in sich hinein, als sie ihn dort vorne entdeckt. Jetzt hat er doch tatsächlich seinen alten Lodenmantel übergezogen. Du meine Güte, wie unangenehm auffällig sich der von all den eleganten Kaschmir- und Pelzmänteln abhebt! Die durchaus schicken Wintermäntel, die Annina und die Mehrens tragen, passen ja noch halbwegs ins Bild – aber dieser alte Lodenmantel?! – Dabei hat er in seinem Schrank, überlegt sie vorwurfsvoll, bestimmt noch den fellgefütterten Ledermantel hängen, den ich ihm vor einem Jahr geschenkt habe, und in dem er so imposant aussieht.

Schwankend zwischen Unmut und Amüsement geht ihr auch noch durch den Kopf, dass sich Sebastian an ihren Freundes- und Bekanntenkreis inzwischen zwar halbwegs gewöhnt hat, aber offensichtlich muss er dennoch immer wieder einmal demonstrieren, dass er anders gepolt ist als wir.

Umgeben von seiner Frau, vom Landrat und dessen Lebensgefährtin sowie vom Architektenehepaar Behringer sitzt der alte Granier – die Hände auf einen Gehstock gestützt – auf einem Klappstuhl, den ihm Sebastian kurz vor zwölf fürsorglich auf die Terrasse gestellt hatte. Der Bankier, der vor ein paar Tagen in seinem Haus gestürzt ist, ereifert sich gerade, was ihm in der kalten Luft und wegen seines Kehlkopfleidens allerdings ziemlich schwer fällt, über das Unvermögen der Ärzte. Mitten in seine Anklage hinein beginnt die Standuhr in der Halle die zwölfte Stunde zu schlagen und im nicht weit entfernten Dorf krachen die ersten Böller.

Ach Gott, schießt es da der Gräfin durch den Kopf, hoffentlich wecken diese Kracher nicht unsere kleine Nellina auf und bringen am Ende meine Doggen, die Sebastian diesmal im Keller einquartiert hat, nicht doch wieder zum Toben. Aber da stoßen auch schon von allen Seiten ihre Gäste mit ihr an, und ein, zwei Minuten lang geht es auf der Terrasse recht turbulent zu: der Klang von den Champagnergläsern vermischt sich mit Glückwünschen und vergnügtem Lachen; Hände werden gedrückt und heftig geschüttelt, und es wird sich umarmt und geküsst, als würde man sich für eine Jahre währende Reise verabschieden.

Sebastian ist der letzte, der auf die Gräfin zukommt.

Er lächelt mir ein wenig zu künstlich und zu verkrampft, denkt die Gräfin kritisch, während sie mit ihren Gläsern anstoßen. Mit etwas brüchiger Stimme wünscht er ihr dann recht knapp, dass im neuen Jahr alle ihre Wünsche in Erfüllung gehen mögen.

Bevor die Gräfin darauf etwas erwidern kann, haucht er ihr noch schnell einen Kuss auf die Wange und ist dann auch schon wieder vorne bei Annina, die aufgeregt dem Feuerwerk entgegenfiebert.

Janós Andreescu ist in seiner Heimat ein bekannter Feuerwerker, und er hat der Gräfin versprochen, dass er ihr mit dem Geld, das sie ihm für das Sylvesterfeuerwerk zur Verfügung gestellt hat, eine Symphonie aus Farben und Figuren in den Nachthimmel zaubern wird. Nicht so recht einverstanden war er allerdings mit der Auflage, dass er *sein* Feuerwerk erst drei Minuten nach zwölf Uhr starten darf, damit ihren Gästen genügend Zeit für Glückwünsche und das Anstoßen aufs neue Jahr verbleibt.

Aber dann ist es endlich so weit – ein lautes Zischen ist zu vernehmen, die Gäste wenden sich rasch zum See hin, und schon erstrahlt der Himmel, der Park und der schneebedeckte Boden im Licht einer Unzahl von verschiedenfarbigen Sternen. Als die letzten verblassen und der Park wieder in Dunkelheit fällt, steigen über den Bäumen grünes Licht versprühende, sich immer weiter öffnende Spiralen auf, die schließlich aus großer Höhe auch auf die Villa herabsinken, und den alten Granier unwillkürlich den Kopf einziehen lassen. Die übrige

Gesellschaft bricht erneut in ein kollektives Ah und Oh aus, und Annina, jede Contenance verlierend, klatscht begeistert in die Hände und ruft laut zum See hinunter: »Bravo, János, bravo!« Sie stößt dabei gegen ihren Champagnerkelch, was sie in ihrer Begeisterung aber gar nicht bemerkt. Sebastian kann das wertvolle Stück gerade noch auffangen und stellt den Kelch dann vorsichtshalber neben den seinen.

Mitten durch die herabsinkenden Spiralen schießen unvermutet dunkelrot leuchtende Kugelkaskaden, die sich, als die Spiralen gerade verlöschen, in einer Höhe von wohl gut hundert Metern auflösen und als dichter roter Lichterregen auf den Park niedergehen. Kaum ist dieser Niederschlag abgeebbt, rasen innerhalb eines Winkelsegments von etwa neunzig Grad in dichter Folge Raketen in den Himmel, die in allen Farben gleißend helle Lichtschweife nach sich ziehen und so den Eindruck von einem riesigen, bewegten Fächer vermitteln.

Der Hausmeister hat nicht zuviel versprochen, denkt die Gräfin angenehm überrascht und hoch zufrieden, als der Fächer allmählich zusammenklappt und erlischt.

Wohl noch vier oder fünf Minuten lang setzt sich das grandiose Farben- und Figurenspektakel fort, bis eine sich um ihre Achse drehende Rakete, die im Aufsteigen seitlich in allen Farben Lichtpartikel ausstößt, auf dem Scheitelpunkt ihres imposanten Fluges explodiert und ihre Lichtteilchen in Form einer sich immer weiter ausdehnenden Kugel in den Nachthimmel schleudert. Schließlich erlischt diese riesige Lichtkugel und der Park verliert sich wieder im Dunkel der Sylvesternacht.

Niemand auf der Terrasse will so recht glauben, dass die grandiose Licht- und Figurenshow nun zu Ende sein soll. Erst als Annina die Treppe hinunterrennt und ohne Rücksicht auf ihre schicken Pumps durch den gefrorenen Schnee in Richtung See hastet, löst sich die Gesellschaft aus ihrem verzückten Schauen und Staunen und applaudiert begeistert.

Die Gräfin nimmt als erste ihren Champagnerkelch wieder zur Hand, den sie, wie ihre Gäste auch, im Verlaufe des Feuerwerks auf der Terrassenbrüstung abgestellt hatte, und stößt mit den Gästen um sie herum noch einmal auf das neue Jahr und das imposante Feuerwerk an. Dann eilt sie in die Halle, füllt ihren Kelch nach und nimmt einen vollen von der Theke der Bar. Mit beiden Gläsern geht sie dann Janós und Annina, die gerade Arm in Arm aus dem Dunkel des Parks auftauchen, bis auf die unterste Treppenstufe entgegen. Janós möchte ganz offensichtlich rasch verschwinden, aber Annina zerrt ihn kurzerhand zur Treppe hin.

Mit einem strahlenden Lächeln drückt die Gräfin dem verlegenen und etwas verrußten Janós das ihm zugedachte Glas in die Hand, stößt mit ihm auf das neue Jahr an und bedankt sich dann überschwänglich für das Feuerwerk.

Die Gäste auf der Terrasse spenden ihm noch einmal herzlichen Beifall, und die Köchin bringt für ihn auf einem Teller eine Auswahl von den Köstlichkeiten am Büffet. Janós bedankt sich schüchtern bei der Köchin, küsst seine Annina noch flüchtig auf die Wange und marschiert dann eiligst mit Glas und Teller in Richtung Werkstatt.

Die Gräfin bittet nun ihre Gäste in die Halle. Während sich die überschäumend aufgelegte Schar dort ihrer Mäntel entledigt, legt sie im Salon eine CD mit Operettenmelodien in den CD-Player. Die Köchin Mehrens schleppt einen schweren Topf mit dampfender Gulaschsuppe aus der Küche herauf und stellt ihn neben dem Büfett auf ein schmiedeeisernes Gestell. Annina stapelt daneben auf einem Beistelltisch bunt bemalte Keramikschalen und Untertassen, legt in ein Körbchen ein ganzes Paket Suppenlöffel und einen Schöpflöffel. Daneben legt sie noch ein Schneidbrett mit Messer und stellt einen Korb mit Baguettes dazu.

René von Hohenfels reiht sich mit der Gräfin in die Schlange ein, die sich im Nu vor dem Suppentopf gebildet hat. Er gratuliert ihr zu dem tollen Feuerwerk und meint dann noch, dass sie ihm ihren Feuerwerker für seine Silberhochzeit im August unbedingt überlassen müsse.

»Oh, das muss ich mir erst einmal gut überlegen, mein lieber René«, antwortet die Gräfin kapriziös. »Denn eigentlich«, schließt sie mit kessem Augenaufschlag daran an, »möchte ich mir mit dem guten Janós ganz gerne ein Stück Exklusivität bewahren, das wirst du ja wohl verstehen, oder?«

Mit »Nein, ganz und gar nicht!« gibt sich der Freiherr total verständnislos. »Deinem ...«, er schaut kurz in die Runde und beginnt dann noch einmal mit Nachdruck: »Deinem zweitbesten Freund – zumindest hier und heute – kannst du diesen Wunsch doch auf keinen Fall abschlagen, verehrte Eleonore!«

»Das neue Jahr fängt ja gut an!«, sagt im nächsten Moment mit sarkastischem Unterton Florence von Hohenfels und schiebt sich zwischen die Gräfin und ihren Mann.

Die Freifrau war, verdeckt von den Graniers, nur ein kleines Stück weiter hinten gestanden und hatte das Gespräch um die Silberhochzeit und den Feuerwerker recht interessiert verfolgt.

Sie legt ihren linken Arm über die Schultern der Gräfin, wirft kurz einen bösen Blick auf ihren Mann und sagt dann: »Dass er unsere Silberhochzeit groß feiern will, das höre ich heute zum ersten Mal, Eleonore!«

Die Freifrau hält einen Augenblick inne, schluckt einmal verkrampft und fährt dann stockend fort: »In der letzten Zeit, musst du wissen, hatte ich ja eher den Eindruck, dass er sich scheiden lassen will.« Sie lässt dann ihren Arm von den Schultern der Gräfin fallen und versucht krampfhaft, nicht die Beherrschung zu verlieren. »Ein Feuerwerk«, stößt sie schließlich heraus, »wird es also im August auf keinen Fall geben!« Und nach einmal tief Luft holen, schickt sie mit bebender Stimme hinterher: »Und damit bleibt ... bleibt dir auch ... die ... die Exklusivität deines Feuerwerks erhalten, meine liebe Eleonore.«

»Ach Florence, wie kannst du die Männerwelt nur so ernst nehmen?«, sagt da die Gräfin beschwichtigend, legt dabei ihren Arm über die Schultern der Freifrau und drängt sie sanft aber bestimmt zur Bar hin.

»Ein Mann, Florence, ist doch immer nur ein großer und unsicherer Junge, der gelegentlich eine Bestätigung dafür braucht, dass die einmal getroffene Wahl die beste war«, stellt die Gräfin dort überlegen fest und wirft einen kurzen Blick zu einer der beiden Sitzgruppen hinüber, wo – als einzige die Gulaschsuppe negierend – Nina von Hagen und Karsten Niermann in angeregter Unterhaltung zusammensitzen. Und so meint sie hintergründig lächelnd auch noch: »Und außerdem, Florence, für uns Frauen gibt es doch nichts Schöneres und kaum mehr Befriedigung, wenn ein Mann, kuriert von seinen Eskapaden, reumütig zu uns zurückkommt. Also, Kopf hoch, Florence, und lass die trüben Gedanken sausen! – Ja, und jetzt, meine Liebe, genehmigen wir uns einen frischen Champagner und stoßen ganz speziell auf unser beider Glück im neuen Jahr an.«

Voller Elan und Optimismus, und nach einem flüchtigen Seitenblick auf Sebastian, der gerade ein paar Pappträger Pils zur Bar bringt, sprudelt die Gräfin aber erst einmal weiter: »Ich habe übrigens das ganz starke Gefühl, Florence, dass es ein gutes Jahr mit vielen positiven Ereignissen werden wird.«

Sie füllt dann zwei Champagnerkelche halb auf und drückt einen davon der Freifrau in die Hand. Während Florence von Hohenfels etwas halbherzig und mit einem müden Lächeln mit ihr anstößt, sagt sie mit Nachdruck: »Und unser Hausmeister wird das Feuerwerk für euch selbstverständlich machen, Florence. Also, noch einmal, Kopf hoch, meine Liebe!«

Die Gräfin leert ihr Glas in einem Zug und stellt es auf die Theke zurück. Sie nickt dann der Freifrau aufmunternd zu, hakt sich bei ihr unter und sagt unternehmungslustig: »Und damit wir nicht mit hungrigen Mägen in das neue Jahr starten, Florence, lassen wir uns jetzt die Gulaschsuppe schmecken.«

Nachdem sich die beiden am Suppentopf bedient

haben, füllt Sebastian für Annina, die nach den Vorbereitungen für die Mitternachtssuppe kurz nach ihrer kleinen Tochter geschaut hatte, und jetzt den männlichen Gästen Pils einschenkt, eine Schale mit der Gulaschsuppe und stellt sie ihr mit ein paar Scheiben Baguette auf die Theke der Bar.

Annina dankt ihm dafür mit einem Lächeln und einem angedeuteten Kuss.

Er füllt dann für sich selbst eine Schale mit der köstlich duftenden Suppe, nimmt sich das Endstück von einem Baguette und versorgt sich auch noch mit einer Flasche Pils.

So ausgerüstet steigt er die Treppe zum ersten Stock hinauf und setzt sich auf eine der oberen Stufen. Die beiden Sitzgruppen in der Halle bieten nicht allen Gästen Platz, und deshalb haben sich die jüngeren unter ihnen schon vor ihm mit ihren Getränken, der Suppe und ein paar Stangen Baguettes auf der Treppe breit gemacht, was die Laune der jungen Leute aber nur weiter hebt.

Sie sind geradezu außer Rand und Band, denkt Sebastian amüsiert. Vor allem Sabrina Wagenlenker, deren Gesicht in seinen Augen im Verlauf der Schwangerschaft geradezu madonnenhafte Züge angenommen hat, wirkt wie aufgeregt. Alexander Reger hat deshalb alle Hände voll zu tun, um sie einigermaßen im Zaum zu halten.

Was ist das doch für ein wunderschönes Bild, denkt Sebastian, während er die ausgelassene und schick gekleidete Schar unter sich beobachtet. Sie wirken so beneidenswert sorgenfrei und lebenslustig, so natürlich und optimistisch. Wenn man sie so sieht, könnte man meinen, dass sich unser Land und die Welt in schönster Ordnung befinden, dass das gräfliche Feuerwerk die dunklen Wolken, die sich immer dichter über uns zusammenbrauen, aufgelöst hätte.

Das Feuerwerk stoppt nun auch seine ausufernden Betrachtungen, und er rügt sich energisch: O Mann, Sebastian, lass doch über deinen Gedanken die Suppe nicht kalt werden! Folgsam und mit Genuss löffelt er also sogleich die Gulaschsuppe und wischt mit einem Stück Baguette auch die letzten Reste aus der Schale.

Er lehnt sich dann so bequem wie möglich zurück und nimmt sich fest vor, sich bei der Köchin noch am Neujahrstag mit einem ganzen Strauß von Komplimenten für ihr tolles Büfett und die herzhafte Gulaschsuppe zu bedanken.

Ja, und im Verlauf des ersten Tages im neuen Jahr, beginnt er erneut zu sinnieren, da werden sich die Menschen im Lande und in aller Welt wieder auf den Istzustand auf dem Globus einstellen müssen, ob sie es nun wollen oder nicht – auch die jungen Leute, die da so hochgestimmt unter mir sitzen. Ob denen wohl manchmal dämmert, ob sie jemals soweit gedacht haben, dass wir auf einen Abschnitt auf dem Entwicklungsstrang des Menschen zufahren, vielmehr zurasen, der gespickt ist mit Veränderungen, Herausforderungen und Bewährungsproben? Vermutlich auch mit Überraschungen der verschiedensten Art sowie, das muss man befürchten, auch begleitet von gewalttätigen Auseinandersetzungen. Letztere möglichst klein zu halten, wird in den nächsten Jahrzehnten wohl die schwierigste und wichtigste Aufgabe für die Menschheit werden. Frau Wagenlenker und ihr Mann, stellt er nach einem Schluck Pils fest, haben ja schon erkannt, dass die Menschheit ihren Kurs ändern muss. Und das trifft wohl auch für den so beneidenswert jugendlich wirkenden Dr. Hofmeister zu, der mir so sympathisch ist, weil sich bei ihm Klugheit und Tatkraft ideal ergänzen. Dieser junge Mann will ja durchaus erfolgreich tätig sein, aber dennoch nicht blindlings dem Mainstream in der Wirtschaft und der Gesellschaft folgen. Und so kann man ihm nur wünschen, dass er diesen Spagat auf Dauer durchhalten und, wie das junge Führungsteam in den Sievers-Werken, wegweisend wirken kann.

Sebastian lässt es damit gut sein und schaut über die junge Gästeschar hinweg in die Halle hinunter. Im blauen Licht der Spotlampen und unter den glitzernden Girlanden wirkt die an den beiden Tischen und an der Bar versammelte Gesellschaft irgendwie unwirklich, beinahe wie auf einer Theaterbühne, auf der ein Stück von Bert Brecht aufgeführt wird.

Die Freifrau von Hohenfels scheint ihr Tief überwunden zu haben und flirtet nun hemmungslos mit den Männern an ihrem Tisch. Am Tisch daneben gibt der alte Granier gerade die neuesten Bankerwitze zum Besten. Das Reden macht ihm zwar Mühe, bei Sebastian kommt deshalb auch nicht alles verständlich an, aber der ungewohnte Alkohol, dessen Vermeidung bei der gräflichen Sylvesterparty schlichtweg unmöglich ist, hat offenbar seine Sprechprobleme etwas gemindert. Seine dennoch brüchige und krächzende Stimme hebt die Wirkung der Anekdoten rund um die Zusammenbrüche in der Bankenwelt und bezüglich der irrationalen

Aktionen und Verhaltensweisen seitens der dort tätigen Individuen aber ungemein, und so erntet der alte Herr nach jeder Pointe großes Gelächter und viel Applaus.

Sebastian hat allerdings den Eindruck, dass im hemmungslosen Lachen seiner Zuhörer das eine oder andere Mal auch Verunsicherung und Unbehagen mitschwingt.

Ja, denkt Sebastian, die feine Gesellschaft ist verunsichert und man weiß nicht mehr so recht, wie es weitergehen soll. Sogar bei dieser rauschenden Party, die alle Sinne beflügelt, ist das zu spüren. Die Leute in der Oberschicht haben keine klare Vorstellung davon, welchen Kurs sie einschlagen sollen; ihr Kompass spielt verrückt, und sie sind den globalen Strömungen ziemlich hilflos ausgeliefert.

Manche von ihnen erkennen ja durchaus, dass die rasant wachsende Weltbevölkerung uns alle zu veränderten Verhaltensweisen und Lebensformen zwingt; aber auch diese Leute werden nahezu ausnahmslos von dem Drang beherrscht, sich von der Masse abzuheben. Und dieser Wesenszug macht es Mitgliedern der Topgesellschaft letztlich unmöglich, sich solidarisch zu verhalten, und bildet somit ein gewaltiges Hindernis für den notwendigen Wandel.

Denn das Volk, diagnostiziert Sebastian in Gedanken, will den Weg, der zu einer umweltverträglichen Lebensweise hinführt, ganz offensichtlich nicht alleine einschlagen, will diese fundamentale und in der Menschheitsgeschichte fraglos einmalige Verhaltenskorrektur nicht ausschließlich auf seine Schultern verteilt sehen. Gerade in diesem Punkt, fährt es ihm in den Sinn, zeigt sich deutlich, dass die Mehrheit in wohl allen Völkern dieser Erde nicht mehr länger gewillt ist, Minderheiten hervorstechende Sonderstellungen einzuräumen.

Er richtet sich nach diesen Feststellungen wieder auf und schließt in Gedanken beklommen daran an: Und dennoch bringt es selbst ein Mensch wie Herr Niermann, der sicher ein recht kluger Mann ist und vermutlich auch das Geschehen auf dem Erdball ganz gut überblickt, offenbar nicht fertig, persönlich die unumgänglichen Verhaltensänderungen konsequent anzugehen. Dabei ist er allem Anschein nach sogar ein flammender Verfechter der Korrekturen, auf die sich die Menschheit unverzüglich einlassen muss.

Unsere Zukunft wird also ganz entscheidend davon abhängen, resümiert Sebastian, ob der Mensch in der Lage ist, seine Neigung, sich eine außerordentliche Position gegenüber seinen Mitmenschen zu verschaffen, auf ein verträgliches und von den Volksgemeinschaften akzeptiertes Maß zu begrenzen.

Aus diesen schwerwiegenden Gedanken reißt ihn das gerade noch vernehmbare Schreien der kleinen Nellina, die im Zimmer von Annina offenbar bis zur Stunde friedlich geschlafen hat. Er steht rasch auf, nimmt die Pilsflasche und sein Geschirr und eilt in die Halle hinunter.

An der Bar erläutert Herr Gaultier gerade Frau Hofmeister und Annina die Vorteile und Wirkungen der neuen Hautpflegeserie aus dem Hause Hortocány. Sebastian schiebt den Vorhang an der Rückseite der Bar zur Seite, tippt Annina an und sagt leise zu ihr: »Nellina ist wach.«

Annina entschuldigt sich kurz bei Herrn Gaultier

und rennt dann in das Dachgeschoß hinauf. An die Theke gelehnt, bekommt Sebastian nun mit, welch faszinierende Welt die Entwicklung und die Produktion von Kosmetikerzeugnissen doch ist.

Mit kurzem Nicken verabschieden sich Frau Hofmeister und Pierre Gaultier nach ein paar Minuten von ihm und setzen sich wieder zu der feuchtfröhlichen Schar auf der Treppe. Sebastian stellt die Whiskygläser der beiden in einen Korb, füllt den Rest von seinem Pils in ein Glas und lehnt sich dann wieder an die Theke. Nach einer Weile stützt er seinen Kopf auf die linke Faust und beginnt erneut zu grübeln.

»Mann, Sebastian, warum schauen Sie denn in der ersten Stunde des neuen Jahres gar so gedankenschwer drein?«, sagt auf einmal jemand mit lauter Stimme links von ihm, und erschreckt ihn damit ganz gehörig.

Er ruckt hoch und stößt dabei beinahe sein Pils von der Theke.

Die Stimme gehört zu Reinhardt Wagenlenker, der kurz vorher zur Garderobe geeilt war, weil sich aus der Tasche seines Mantels sein Handy hartnäckig gemeldet hatte.

Sebastian stellt das Pilsglas zur Seite und beschwert sich dann heftig: »Ach, Herr Wagenlenker, jetzt haben sie mich aber mordsmäßig erschreckt!«

»Das tut mir leid, Sebastian, erschrecken wollte ich Sie nun wirklich nicht«, sagt der entschuldigend, bohrt dann aber neugierig weiter: »Aber jetzt sagen Sie mir schon, was Sie so nachdenklich macht, während sich die übrige Gesellschaft glänzend amüsiert.«

»Lieber nicht, Herr Wagenlenker. Denn wenn ich

Ihnen das ehrlich und ungeschminkt sage, dann verderbe ich Ihnen ganz sicher den Start ins neue Jahr. Also lassen wir das besser bleiben.«

»Nichts da!«, sagt Reinhardt Wagenlenker energisch und setzt sich auf einen der Barhocker. Er wirft noch einen kurzen Blick zu den beiden Sitzgruppen hinüber und bekundet dann freimütig: »Wissen Sie, ich unterhalte mich im Grunde ja lieber mit Ihnen, als mit so manchem von den anderen hier, die noch dazu auch schon etwas zu tief ins Glas geschaut haben. Doch bevor wir dazu kommen, Sebastian, schenken Sie mir doch bitte einen Cognac ein.«

Sebastian schenkt den Cognac ein, und Reinhardt Wagenlenker stößt dann mit ihm hochgestimmt auf das neue Jahr an.

»Also, Sebastian, was hat Sie denn vorhin so sehr beschäftigt?«, forscht Wagenlenker nach einem guten Schluck vom Cognac unerbittlich weiter.

»Gut, aber auf Ihre Verantwortung! Ich gestehe aber auch gerne ein, Herr Wagenlenker, dass ich im Grunde dankbar dafür bin, wenn sich jemand für die Dinge interessiert, die mich beschäftigen.«

Sebastian trinkt den Rest von seinem Pils aus und beginnt dann mit gedämpfter Stimme: »Also, Herr Wagenlenker, ich beobachte nun schon längere Zeit mit Sorge das Anwachsen der Weltbevölkerung und die ausufernden Umweltbelastungen. Und deshalb empfinde ich es auch als besonders alarmierend, dass weltweit relativ kleine Bevölkerungsschichten einen Lebensstil pflegen und sogar forcieren, der in einem nicht verantwortbaren Ausmaß unsere Lebensgrundlagen angreift, der darüber hinaus in einem geradezu provokanten Missverhältnis zu den Lebensbedingungen steht, denen etwa die halbe Erdbevölkerung ausgesetzt ist. Ich sehe also in dem Hang zur feudalen Lebensführung, der in den letzten Jahrzehnten so unvermutet und in extremer Form wieder auflebt, ein gewaltiges Problem, das nicht nur die Gegenwart ganz erheblich belastet, sondern auch unseren Weg in eine gedeihliche Zukunft unnötig verbarrikadiert. Und vorhin habe ich wieder einmal darüber gegrübelt, wie wir diese Hürde überwinden beziehungsweise aus dem Weg räumen könnten.«

»Ach, Sebastian, jetzt verwundert mich Ihre Nachdenklichkeit nicht mehr!« Und mit dem nächsten Atemzug schließt Wagenlenker bedauernd und amüsiert zugleich daran an: »O Mann, Sie armer Tropf, wie können Sie nur mit einem Wesenszug des Menschen ins neue Jahr starten, der uns nun schon seit Jahrtausenden wie ein Schatten folgt und unser Zusammenleben erschwert? Aber, ob Sie es glauben oder nicht, ich bin ganz nahe bei Ihnen, was die Beurteilung unserer Lage angeht. Im Gegensatz zu Ihnen weiß ich allerdings nur zu gut, dass es für manche von uns fast unmöglich ist, dem Drang zu widerstehen, sich auf Gedeih und Verderb aus der Masse herauszuheben. Und so ist dieser Typus Mensch auch nicht in der Lage, sich der Natur unterzuordnen. Darüber hinaus, Sebastian, ist der Personenkreis, dem Sie einen unangebrachten Lebensstil ankreiden, in einer äußerst dynamischen Strömung gefangen, die ihre Energie schier unerschöpflich aus der Herkunft dieser Menschen und in vielen Fällen auch aus deren Einbindung in das moderne Wirtschaftsleben aufnimmt. Das ist ein Circulus vitiosus, mein guter Sebastian, und da ist ein sich Heraushalten – leider möchte ich heute sagen – nahezu unmöglich. Entweder man treibt mit, oder man ist weg vom Fenster.«

Ein wenig erregt kippt Reinhardt Wagenlenker den Rest Cognac hinunter und hält dann Sebastian unmissverständlich das leere Glas hin. Sebastian zögert einen kleinen Moment, worauf Wagenlenker schmunzelnd sagt: »Keine Sorge, Sebastian, ich werde mit einem Teil der Gäste gegen zwei Uhr mit dem Taxi in das Hotel im Wellnesspark gebracht, und mittags treffen wir uns wieder hier zum Brunch.«

»Ach ja«, sagt Sebastian erleichtert. Und während er nachschenkt meint er forschend: »Aber ihre Tochter scheint diesem Teufelskreis entkommen zu sein, nicht wahr, Herr Wagenlenker?«

»Das trifft wohl zu«, sagt der voller Stolz. »Sie und ihr Mann müssen aber auch jeden Tag dafür kämpfen. Alleine die Umgestaltung des gesamten Unternehmens in Richtung Nachhaltigkeit erfordert ein besonderes Engagement und kostet zunächst einmal viel Geld, wogegen sich Vorteile für das Unternehmen meist erst mit erheblicher Verzögerung einstellen.«

Und nach einem Räusperer fügt Wagenlenker ganz angetan hinzu: »Sabrina und Alexander können sich auf dieser Etappe ihres Weges allerdings auf einen unschätzbaren Vorteil stützen, weil nahezu die gesamte Belegschaft den Umbau der Sievers-Werke in ein zukunftsfähiges Unternehmen befürwortet und nach Kräften unterstützt. Ganz entscheidend ist dabei aber, das glaube ich wenigstens, dass Sabrina viel von ihrer

Mutter geerbt hat. Meine Frau hat sich nämlich immer gegen unreflektierte Strömungen gestellt und eisern ihre eigene Linie durchgezogen, da konnte kommen was da wollte. Meine Christine ließ sich nicht beirren und schon gar nicht von falschen Göttern leiten.«

Mit leicht feuchten Augen sagt Reinhardt Wagenlenker dann noch leise, sodass ihn Sebastian fast nicht versteht: »Schade, dass Sie diese wunderbare Frau nicht kennenlernen konnten, Sebastian, ihr beide hättet euch bestimmt sehr gut verstanden.«

Der Senior der Sievers-Werke trinkt einen Schluck, stellt dann das Glas sorgsam auf die Theke und sagt bedächtig: »Ja, es ist leider schon so, dass die kleinen Leute einen weniger getrübten Blick für die Erfordernisse der Zukunft haben als die Highsociety. Ihnen, mein guter Sebastian, ist ja sicher nicht entgangen, dass die Topgesellschaft mit dem Begriff Nachhaltigkeit vorrangig den Verlust von Lebensqualität verbindet – was ja auch stimmt, wenn nur großer Besitz, hohes Einkommen, Macht und uneingeschränkte Freiheit die Bausteine für Lebensqualität sein können.«

Wagenlenker schiebt daraufhin sein Glas eine Weile gedankenverloren auf der Theke hin und her und sagt schließlich bedauernd: »Ich wüsste allerdings auch nicht, Sebastian, wie man diesen Knoten durchtrennen oder, wie Sie vorhin gesagt haben, wie man diese Hürde überwinden könnte. Erschwerend kommt ja auch noch hinzu, dass sich in den oberen Gesellschaftsschichten zunehmend so eine Art Endzeitstimmung breit macht, die unter anderem auch dazu führt, dass man sich über unsere Zukunft weder Gedanken machen möchte noch in eine Diskussion darüber einlassen will. Man lebt dort nur mehr im Jetzt und Heute, ohne Rücksicht auf die Allgemeinheit und die uns umgebende Natur; man will nur mehr das Leben ohne Wenn und Aber genießen.«

Nach dieser pessimistischen Analyse hebt er seinen Cognacschwenker schräg in die Höhe und betrachtet durch das Glas und den Cognac die vielen Lichtpunkte an der Hallendecke. Nach einer Weile meint er ziemlich bedrückt: »Mich erinnert das manchmal ganz stark an die Babylonier und ihren König Belsazar, aber auch an das alte Rom, und schließlich auch noch an den Turmbau zu Babel.«

Sebastian fährt sich mit einer hektischen Bewegung übers Haar und sagt mit ehrlichem Bedauern: »Sehen Sie, jetzt habe ich Ihnen den Start ins neue Jahr doch vermiest. Das tut mir wirklich leid, Herr Wagenlenker.«

»Ach nein, Sebastian!«, meint der beschwichtigend, stellt sein Glas dann aber doch ein wenig unsanft auf die Theke. Und auch nicht gerade überzeugend erklärt er noch: »Ich sehe das Ganze letztlich mit genügend Abstand und hoffe dabei, dass sich die Dinge am Ende doch zum Guten wenden werden.«

»Was wird sich zum Guten wenden, ihr zwei Philosophen?«, fragt die Gräfin neugierig, die in diesem Moment hochgestimmt und leicht beschwipst an die Bar kommt.

»Topsecret, verehrte Gräfin!«, meint da Reinhardt Wagenlenker mit schelmischer Miene und küsst sie übermütig auf die Wange. »Aber wir zwei, liebe Nori«, verkündet er dann vergnügt, »würden nur zu gerne mit dir auf eine gute Zukunft für uns alle anstoßen.«

»O Reinhardt, Nori hast du mich ja seit einer Ewigkeit nicht mehr genannt!«, jubelt da die Gräfin. »Ach liebster Reinhardt«, stöhnt sie gleich darauf auch noch, »wie ist das doch schön!« Sie umarmt ihn stürmisch, küsst ihn ungestüm auf beide Wangen und wiederholt: »Ach, mein liebster Reinhardt, wie ist das doch schön!«

Strahlend setzt sie sich dann auf einen Barhocker und meint ausgelassen: »Auch wenn ihr zwei immer wieder einmal unausstehliche Geheimniskrämer sein müsst, auf eine gute Zukunft stoße ich mit euch trotzdem gerne an. – Aber dazu, lieber Sebastian, müsstest du mir schon einen Whisky einschenken.«

Während Sebastian den Whisky für die Gräfin und für sich selbst einen Cognac einschenkt, kommt Annina zurück.

Die junge Mutter kommt nicht dazu, sich bei Sebastian für seine Aufmerksamkeit und die Übernahme der Bar zu bedanken, weil ihr die überschäumend aufgelegte Gräfin sogleich offenbart: »Liebe Annina, Sie müssen mit uns unbedingt auf die Zukunft anstoßen, die diese beiden Herren gerade beschworen haben.«

Annina schaut die Gräfin einen Augenblick lang recht überrascht an und sagt schließlich ein wenig unsicher: »Aber gerne, Frau Gräfin.« Sie schenkt sich dann einen Schluck Campari ein, gibt einen Eiswürfel dazu und stellt das Glas auf die Theke.

»Also, meine Lieben«, sagt die Gräfin beschwingt, »auf unser aller Zukunft! – Und, das dürfen wir auf keinen Fall vergessen, ganz besonders auch auf die Zukunft ihrer kleinen Nellina, nicht wahr, Annina?«

Annina nickt glückstrahlend, hebt mit leicht zitternder Hand ihr Glas und sagt ein wenig holprig: »Auf

Ihr Wohl, Frau Gräfin ... und auf das von Ihnen auch, Herr Wagenlenker ... und auch auf das von dir, Sebastian.«

Reinhardt Wagenlenker stellt als erster sein Glas ab und sagt nach kurzem Überlegen zögerlich: »Liebe Eleonore, vielleicht trage ich jetzt nur tölpelhaft eine Indiskretion oder gar ein Gerücht weiter, wenn ich sage, dass ich vor kurzem aufgeschnappt habe, dass du die Taufpatin von der kleinen ... ach ja, von der kleinen Nellina sein wirst. Du ...«

Mit »Ach Reinhardt,« unterbricht ihn die Gräfin, »entschuldige bitte, dass ich dir das vorenthalten habe! Aber es stimmt schon, ich werde ihre Taufpatin sein – und ich freue mich schon ganz unbändig darauf! Nellina ist ja ein so wunderbares Mädchen, ein richtiger kleiner Engel. Im Mai wird sie getauft, wenn hier alles wieder grünt und blüht.«

Und an das Dienstmädchen gewandt sagt sie euphorisch: »Herr Wagenlenker darf doch bei Nellinas Taufe sicher mit dabei sein, nicht wahr?«

»Ja doch, Frau Gräfin«, antwortet Annina brav und mit einem schüchternen Lächeln.

»Oh, das freut mich, Annina, da komme ich gerne.« Und gespielt streng meint er gleich darauf auch noch: »Aber dann müssen Sie mir morgen ... ach nein, heute Mittag, das kleine Geschöpf aber auch präsentieren. Ich habe es ja noch gar nicht zu Gesicht bekommen, Annina!«

»Aber ja, Herr Wagenlenker«, sagt Annina pflichtschuldigst und errötet ein wenig.

»Übrigens, Annina, meine Tochter erwartet im Mai

ihr erstes Kind, und das wird auch ein Mädchen. Ist das nicht ein schöner Zufall?«

»O ja, Herr Wagenlenker«, antwortet Annina ein wenig gehemmt und erschreckt, denn für sie ist es im Hause Hortocány das erste Mal, dass sich ein Gast der Gräfin, und nun sogar der große und angesehene Reinhardt Wagenlenker, auf ein Gespräch mit ihr einlässt.

»Manchmal denke ich allerdings mit Sorge daran, in welch unsichere Zukunft und in welch raue Welt die Kinder heute hineingeboren werden«, sagt Reinhardt Wagenlenker in das Lee hinein, das Anninas knappe Antwort hinterlassen hat.

Er stützt sich dann mit dem rechten Unterarm auf der Theke ab, schiebt eine Weile seinen Cognacschwenker gedankenverloren im Kreis herum und sagt schließlich mit etwas spröder Stimme: »Es ist doch eine Welt, deren eine Hälfte vorrangig hinter dem wirtschaftlichen Erfolg herjagt, und deren andere Hälfte nicht auf die Beine kommt. Und so baut sich ein Konfliktpotential auf, das die Menschheit, diese Sorge begleitet mich nun schon einige Jahre, bald nicht mehr beherrschen wird.«

Er richtet sich daraufhin mit einem schweren Seufzer auf und schaut mit düsterem Blick auf die junge Gästeschar, die gerade die Treppe verlässt und in den Salon strömt.

Sebastian und Annina warten gespannt darauf, wie sich Reinhardt Wagenlenker wohl weiter äußern wird. Die Gräfin dagegen schaut ihn einigermaßen irritiert an, sagt aber nichts dazu.

Und so setzt Wagenlenker, obwohl er sich doch erst vor ein paar Minuten an Sebastians Nachdenklichkeit gestoßen hatte, seine pessimistische Weltschau fort: »Wenn ich mir also Sorgen um die Zukunft der nachwachsenden Generation mache, denke ich nicht einmal vorrangig an die Wirtschafts- und Finanzkrisen auf der einen Seite, auch nicht an den zunehmenden Terrorismus, der doch eher der anderen Seite zugerechnet werden muss, also dem der Teil der Welt, der sich am System der westlich orientierten Staaten reibt; und ich denke auch nicht zuerst an den Klimawandel, sondern vor allem an Migrantenströme, die, wenn die Weltbevölkerung weiterhin auseinandertriftet, in immer größerem Umfang von den armen Zonen dieser Erde in die wohlhabenden drängen werden.«

Reinhardt Wagenlenker nimmt einen kleinen Schluck Cognac zu sich, und weil sich die Gräfin immer noch zurückhält, fügt er noch hinzu: »In der letzten Zeit überlege ich mir deshalb immer wieder einmal, was denn getan werden kann beziehungsweise was getan werden muss, damit die junge Generation in eine lebenswerte Zukunft hineinwachsen kann. Und dabei komme ich zunehmend zu dem Schluss, dass wir uns als Glieder einer Weltgemeinschaft auffassen müssen, was letztlich darauf hinaus läuft, dass der Mensch seinem Egoismus Zügel anlegen muss und bei allen seinen Entscheidungen und Aktivitäten deren Wirkung auf seine Mitmenschen nicht außer Acht lassen darf.«

Der Gründer der Sievers-Werke legt erneut eine Pause ein und bugsiert den Cognacschwenker ein weiteres Mal nachdenklich über die Theke.

Der Gräfin kommt das nun gerade recht. Sie lässt sich flugs vom Barhocker gleiten, legt ihren rechten

Arm über Reinhardts Schultern und sagt lachend: »Ach Gott, mein guter Reinhardt, ich glaube dir tut der Ruhestand nicht gut; du denkst wohl zu viel nach und läufst dabei in Gefahr, dich zu verirren. Auf jeden Fall redest du ja fast schon so wie unser Querdenker Sebastian und ...«, sie dreht sich zu dem Tisch hin, an dem Nina von Hagen und der Architekt unübersehbar verliebt nebeneinander sitzen, »und wie der Revolutionär Niermann da drüben.«

Während sie sich wieder zurückdreht, befindet sie großzügig: »Vielleicht liegt ihr drei am Ende aber gar nicht so verkehrt, das kann ja sein.« Aber schon mit dem nächsten Atemzug meint sie skeptisch: »Nur, ich kann bis heute nirgendwo Mehrheiten für eure Richtung erkennen, meine Lieben.«

Sie nimmt daraufhin ihren Arm von Reinhardts Schultern, trinkt ihren Whisky aus und sagt: »Und jetzt entschuldigt mich bitte. Ich muss nämlich, so lange er noch halbwegs nüchtern ist, unbedingt mit unserem widerspenstigen Landrat über den Ausbau der Strasse zum Wellnesspark reden.«

Die Gräfin wirft den dreien eine Kusshand zu, geht dann beschwingten Schrittes aber erst einmal in den Salon und sucht für ihre jungen Gäste ein paar CDs mit Tanzmusik heraus.

Reinhardt Wagenlenker und Annina schauen ihr nachdenklich nach, und Sebastian sagt nach einer Weile: »Ja, sie hat vermutlich Recht, derzeit gibt es wohl noch keine Mehrheiten für ein weltweites Miteinander. – Aber, als Sie vorhin die nachwachsende Generation angesprochen haben, Herr Wagenlenker, ist mir in den Kopf geschossen, dass unsere Jugend – vielleicht geleitet von einem ganz natürlichen Instinkt – einen Weg finden könnte, der alle Menschen auf dieser Erde in eine lebenswerte Zukunft führt.«

»Mann, Sebastian, das ist ja ein außerordentlich schöner Gedanke!«, sagt da Reinhardt Wagenlenker überrascht. »Ach, was sage ich denn«, stößt er im nächsten Augenblick euphorisch heraus, »das ist eine gewaltige und höchst potente Überlegung, Sebastian!«

Wagenlenker atmet einmal tief durch und meint dann: »Gut möglich, dass nur ein Gärtner eine so starke und ermutigende Hoffnung entwickeln und aussähen kann.« Und dann greift er auch schon nach seinem Glas und sagt begeistert: »Sebastian, darauf müssen wir drei unbedingt anstoßen!«

Mit »Aber gerne, Herr Wagenlenker« zeigt sich Sebastian hocherfreut. Er stößt mit Reinhardt Wagenlenker und Annina an und trinkt dann mit Genuss einen guten Schluck von dem exzellenten Cognac aus der Charente.

»Die Frage ist nur«, überlegt Wagenlenker laut und stellt sein Glas auf die Theke, »ob die mit diesem Instinkt ausgestatteten jungen Menschen auch stark genug sein werden, das häufig sehr abträgliche Wirken der derzeit aktiven Generationen zu durchbrechen. Aber ich …«

Mit »Meine Nellina das kann!« unterbricht ihn impulsiv Annina. Und aufgeregt lässt sie dem noch folgen: »Das ich schon heute spür, wenn ich nur schau in ihres Augen!«

Dieser emotionale Vorstoß ließ Annina nicht nur in das gebrochene Deutsch ihres ersten Jahres bei der Gräfin zurückfallen, sondern sie erschreckt sich damit auch selbst. Sie verstummt wie abgeschnitten und schaut betroffen in ihr Glas.

»Aber Annina, das passt doch wunderbar!«, sagt Reinhardt Wagenlenker aufmunternd und nicht im Geringsten verstimmt ob der abrupten Unterbrechung. »Denn ich wollte gerade sagen, dass ich nicht schon wieder in Pessimismus verfallen möchte, und dass ich nur zu gerne an so eine Wende und an die Kraft der Jugend glauben möchte. Sie brauchen sich also nicht zu verstecken, Annina! Und deshalb möchte ich vorschlagen, dass wir nun ganz speziell auf das Wohl Ihrer kleinen Nellina anstoßen, und auch darauf, dass sie eines Tages erfolgreich mithelfen kann, die Welt auf einen guten Weg zu bringen. Einverstanden, Annina?«

Annina hebt langsam den Kopf und beteuert mit fester Stimme: »Herr Wagenlenker, Sie auch ein guter Mensch sind, genauso wie unser Herr Sebastian.« Sie hebt dann ihr Glas und stößt ganz piano mit den beiden Männern an.

»Oh, danke für die Blumen, Annina«, sagt da Reinhardt Wagenlenker und fügt galant hinzu: »Aus einem so liebreizenden Mund und von so einer hübschen jungen Frau nehme ich sie natürlich besonders gerne an.«

Annina läuft tiefrot an und nippt nur kurz am Campari. Sie stellt das Glas dann hastig auf die Theke, hält es mit beiden Händen fest und schaut wieder, diesmal allerdings äußerst verlegen, in ihr Glas.

Reinhardt Wagenlenker dagegen leert den Cognacschwenker bis auf den letzten Tropfen, stellt ihn schwungvoll ab und sagt: »Aber bitte, entschuldigt nun auch mich, weil ich mich jetzt zum Landrat und zur Gräfin setzen möchte. Vielleicht kann sie Schützenhilfe gebrauchen, denn der Herr Landrat kann manchmal ein äußerst harter Knochen sein. Also, dann bis später, ihr beiden.«

»Bis später, Herr Wagenlenker«, sagt Sebastian hörbar enttäuscht. Annina drückt deshalb liebevoll seine Hand und meint, als Wagenlenker außer Hörweite ist, überzeugt: »Das ist ganz bestimmt ein guter Mensch, meinst du nicht auch, Sebastian?«

»Ganz bestimmt, Annina!« Sebastian legt seinen linken Arm um ihre Schultern und drückt sie kurz an sich. Er dreht sich dann um und schaut auf die Standuhr, die zwischen der Treppe zum ersten Stock und der Tür in den Salon steht. »Ach nein, es ist ja schon halb zwei!«, stellt er überrascht fest und sagt dann auch schon zu Annina: »Du, ich hole jetzt die Hunde aus dem Keller und bringe sie wieder in den Zwinger. Ist das okay?«

»Aber ja, Sebastian. Ich glaube nicht, dass die Leute jetzt noch trinken viel. Ciao, Sebastian!«

Sebastian haucht ihr einen Kuss auf die Stirn und holt sich dann seinen Mantel von der Garderobe.

Im Keller wird er von den Doggen Hektor und Lara stürmisch begrüßt. Hektor reißt ihn dabei fast um und Lara drückt ihren Kopf liebebedürftig in seine Taille.

Als Sebastian wieder sicher steht, streichelt er Laras mächtigen Kopf und sagt dabei in verständnisvollem Tonfall: »Ja, ja, ich weiß schon, dass ihr nicht gerne im Keller eingesperrt seid. Also kommt, jetzt geht es wieder hinaus!« Und da galoppieren die Doggen auch schon die Treppe zum rückwärtigen Eingang der Villa hinauf und warten dort ungeduldig auf Sebastian.

Im Zwinger schaut er erst einmal nach den Wassertöpfen und dann bekommen die beiden Hunde von ihm noch ein ordentliches Sylvesterdessert. Während sie sich gierig darüber her machen, verschließt er den Zwinger und geht dann über den hart gefrorenen Schnee hinunter zum See.

Vor der Freitreppe am Haupteingang steht ein Taxi, in das gerade das Ehepaar Granier einsteigt. Die Gräfin hilft dem alten Herrn dabei, und bevor sie die Wagentüre schließt, wünscht sie den beiden noch einen guten Nachhauseweg. Sie eilt dann, so schnell es die hochhackigen Pumps und ihr knöchellanges Kleid zulassen, die Stufen zum Eingang hinauf und schlüpft am halb offenen Türflügel vorbei in die Halle.

Der Bankier Granier erinnert Sebastian daran, dass er Reinhardt Wagenlenker bei dem Diskurs an der Bar noch gerne bezüglich der Krise im Euroraum und deren Hintergründe angesprochen hätte. Denn ihn beunruhigen schon seit Jahren die Entwicklungen im Bereich der Arbeitseinkommen und auf der anderen Seite die Vorgänge auf dem Kapitalsektor. Dass beides zusammenhängt, steht für ihn außer Frage. Uns so ärgert es ihn auch über die Maßen, dass dieser Zusammenhang in den Medien so gut wie nicht thematisiert wird. Dabei kann doch gar nicht übersehen werden, überlegt er zum wiederholtem Male, dass ein immer größerer Anteil aus der Wertschöpfung, die der arbeitende Mensch generiert, einigen wenigen zugute kommt. Einige wenige, die dann als Kapitalgeber für die Wirtschaft, aber in immer größerem Umfang auch als Finanziers von Staaten auftreten, und nicht zuletzt von Letzteren hohe Zinsen kassieren. Und so sorgt nun auch noch der Zins dafür, dass die Geldvermögen auf Seiten der Kapitaleigner immer größer werden. Darüber hinaus gelingt es diesen Leuten nahezu ohne Ausnahme, ihre Einkommen dem Zugriff der Finanzbehörden zu entziehen beziehungsweise die Steuerlast niedrig zu halten, was nicht zuletzt zur Finanznot vieler Staaten beiträgt.

Begleitet von diesen aufwühlenden Gedanken geht Sebastian auf den Badesteg zu. Auf der gegenüberliegenden Seite des Sees leuchten ein paar verspätete Raketen auf, und von Norden her weht das gerade noch vernehmbare Knattern von Knallfröschen.

Auf dem Steg schaut sich Sebastian eine Weile die verschiedenen Vorrichtungen und Abschussrampen an, die Janós bei seinem Feuerwerk eingesetzt hat. Besondere Beachtung schenkt er einer im Grunde sehr einfachen Konstruktion, mit der Janós vermutlich den äußerst effektvollen Fächer in den Silvesterhimmel gezaubert hat. Es ist eine schwenkbare Apparatur, auf der hintereinander mehrere Abschussrampen für Raketen angeordnet sind. Mit einem Hebel kann sie hin und her bewegt werden und mittels einer Zündschnur, spekuliert Sebastian, wurde dann wohl eine Rakete nach der anderen gezündet. Gut, dass dabei nichts schief gegangen ist, murmelt er vor sich hin, während er sich den Apparat in der mittlerweile mondhellen Nacht genauer anschaut.

Aber was ist diese Gefahr schon, fällt er wieder in seine kritischen Betrachtungen zurück, gegen die weltumspannende Gefahrenlage, die alleine von den Vorgängen in der Welt der Wirtschaft und der Finanzen ausgeht. So muss man unter anderem doch auch befürchten, er richtet sich ächzend aus seiner gebückten Haltung auf, dass über kurz oder lang die großen Kapitaleigner und die Banken die Volksgemeinschaften beherrschen werden und deren politische Vertreter zu Marionetten verkommen lassen.

Die Investoren beherrschen das Geschehen, stellt er für sich fest, während er langsam weitergeht. Und so werden Investoren schleichend auch dort zu bestimmenden Figuren, wo man in einer Demokratie zu leben glaubt. Und gegenüber diesen aus dem Hintergrund heraus agierenden Figuren und Gruppen, mutmaßt er schließlich bedrückt, wird möglicherweise auch die nachwachsende Generation schlechte Karten in der Hand haben.

»Es darf also gar nicht soweit kommen!«, sagt er – am Ende des Steges angekommen – aufgeregt vor sich hin. Und während er zum sternenübersäten Himmel hinauf schaut, wiederholt er diesen Appell in Gedanken: Es darf einfach nicht soweit kommen, dass nur mehr das Geld die Welt regiert!

»Was darf nicht soweit kommen, Sebastian?«, fragt im selben Augenblick die Gräfin ein paar Schritte hinter ihm.

Sebastian fährt herum und stöhnt: »Ach Eleonore, wie kannst du mich nur so erschrecken! Ich habe dich doch gar nicht kommen hören.«

»Das wundert mich nicht. Denn du warst wohl wieder einmal ganz weit weg mit deinen Gedanken. Du kannst sie aber gerne für dich behalten«, fügt sie spitzbübisch hinzu, »falls sie ebenfalls mit *topsecret* belegt sein sollten, mein großer Denker und Weltverbesserer.«

»Geheim sind sie bestimmt nicht, Eleonore«, sagt Sebastian müde und schaut dabei an der Gräfin herunter. Sie hat ihren langen, schmal geschnitten Pelzmantel übergezogen und ihren Kopf in ein Seidentuch gehüllt. Unten lugt ihr Abendkleid hervor, und sie hat ihre eleganten Pumps anbehalten. Sie sieht traumhaft aus, denkt er trotz der Müdigkeit, die ihm offenbar mit dem Schrecken in die Glieder gefahren ist.

Der Gräfin entgeht Sebastians gebannter Blick nicht, und weil sie nicht unbedingt erfahren muss, was Sebastian in den ersten Stunden des neuen Jahres so sehr beschäftigt, sagt sie nur hintergründig lächelnd zu ihm: »Komm, Sebastian, gehen wir doch ins Haus zurück. Die letzten Gäste sind gerade weggefahren, und so könnten wir zwei den Jahresanfang ungestört mit einem Drink ausklingen lassen.«

Sie legt ihren rechten Arm um seine Taille, drückt sich an ihn und gesteht sehnsüchtig: »Und ich möchte mit dir wieder einmal kuscheln, Sebastian.«

Weil Sebastian stockseif stehen bleibt, meint sie belustigt: »Ach bitte, schau doch nicht so überrascht d'rein und steh nicht so störrisch da, du Sturkopf. Also, komm schon, Sebastian!«

Die Gräfin hakt sich bei ihm unter und schleppt ihn dann regelrecht ab. Sebastian folgt ihr nur widerstrebend, weil ihm im Moment weder nach einem

Drink noch nach kuscheln zumute ist. Aber auf dem Weg zur Villa fließt die Wärme ihres Körpers durch seinen Lodenmantel und weicht seinen Widerstand auf, noch bevor sie die Freitreppe erreicht haben.

Die Gräfin sagt kein Wort, nur ein kaum merkbares triumphierendes Lächeln liegt jetzt auf ihrem Gesicht.

Und während sie die Treppe hinaufsteigen gewinnt bei Sebastian die Einsicht die Oberhand, dass niemand geholfen ist, wenn er den Start ins neue Jahr vorrangig mit düsteren Gedanken verbringt und sich auch noch zum Spielverderber aufschwingt. Er öffnet den rechten Türflügel und lässt die Gräfin mit einer einladenden Armbewegung zuerst eintreten.

»Danke, mein lieber Sebastian«, sagt sie glücklich lächelnd. Und während er ihr aus dem Mantel hilft, meint sie noch: »Schöner kann das neue Jahr doch gar nicht beginnen, findest du nicht auch, Sebastian?«

ENDE

Günther Urban
STAMMTISCH
392 Seiten
Taschenbuch/eBook
ISBN: 978-3-8391-1521-3

Severin Berenth und seine Geliebte Saskia Herzog kämpfen seit langem für nachhaltige und zukunftsfähige Lebens- und Wirtschaftsformen. Sie kollidieren dabei regelmäßig mit Zeitgenossen, die dem Mainstream anhängen, der von skrupellosen Individuen auf dem Kapital- und Wirtschaftssektor nach dem Fall der Mauer in Gang gesetzt wurde.

Saskia Herzog meint, dass die Menschheit auf eine Katastrophe zusteuert, die nur ein weltweiter Aufstand der Volksmassen, die die negativen Folgen dieser Entwicklung zunehmend zu spüren bekommen, abwenden kann. Severin Berenth, der Gewalt ablehnt, will dagegen mit diversen Aktivitäten den Boden aufweichen, auf den sich die Dominanz von Wirtschaft und Kapital gründet. Als er nach kleinen Erfolgen wieder einmal Mut schöpft, wird Saskia, die sich möglicherweise einer radikalen Untergrundorganisation angeschlossen hatte, tot aufgefunden.